Dan
BROWN
Kod
Leonarda da Vinci

Z angielskiego przełożył
KRZYSZTOF MAZUREK

Tytuł oryginału:
THE DA VINCI CODE

Copyright © Dan Brown 2003
All rights reserved
Copyright © for the Polish edition by Wydawnictwo Sonia Draga 2004
Copyright © for the Polish translation by Krzysztof Mazurek 2004

Redakcja: Helena Klimek/Beata Słama
Redakcja historyczna i posłowie: prof. Zbigniew Mikołejko
Ilustracja na okładce: Jacek Kopalski
Reprodukcje „Ostatniej Wieczerzy" i „Mona Lizy" Leonarda da Vinci:
Gamma/BE & W
Projekt graficzny okładki: Andrzej Kuryłowicz

ISBN 83-919131-2-0
(Sonia Draga)
ISBN 83-7359-162-1
(Albatros)

Dystrybucja
[fk] Firma Księgarska Jacek Olesiejuk
Kolejowa 15/17, 01-217 Warszawa
t./f. (22)-631-4832, (22)-632-9155, (22)-535-0557
www.oramus.pl/www.olesiejuk.pl
Wydawnictwo L & L/Dział Handlowy
Kościuszki 38/3, 80-445 Gdańsk
t. (58)-520-3557, f. (58)-344-1338

Sprzedaż wysyłkowa
Internetowe księgarnie wysyłkowe:
www.merlin.pl
www.ksiazki.wp.pl
www.vivid.pl

WYDAWNICTWO SONIA DRAGA
Pl. Grunwaldzki 8-10, 40-950 Katowice
www.soniadraga.pl
WYDAWNICTWO ALBATROS ANDRZEJ KURYŁOWICZ
skr. poczt. 55, 02-792 Warszawa 78

Wydanie XIV/wersja 1
Skład: Laguna
Druk: OpolGraf S.A., Opole

POŚWIĘCAM BLYTHE... ZNOWU.
BARDZIEJ NIŻ KIEDYKOLWIEK.

Podziękowania

Przede wszystkim chciałbym podziękować mojemu przyjacielowi i wydawcy, Jasonowi Kaufmannowi, za ogrom pracy, którą poświęcił temu zamierzeniu, materii tej powieści. Również niezrównanej Heide Lange — niestrudzonej promotorce *Kodu Leonarda da Vinci*, znakomitej agentce i zaufanej przyjaciółce.

Nie zdołam wyrazić wdzięczności, jaką jestem winien wyjątkowemu zespołowi redakcyjnemu wydawnictwa Doubleday za zaufanie, którym mnie obdarzono, szczodrość rad i przenikliwość. Szczególnie dziękuję Billowi Thomasowi i Steve'owi Rubinowi, którzy wierzyli w tę książkę od samego początku. Serdeczne dzięki również tym wszystkim w redakcji, którzy podtrzymywali mnie na duchu od pierwszych dni pisania, a zwłaszcza Michaelowi Palgonowi, którego entuzjazm udzielał się innym, Suzanne Herz, Janelle Moburg, Jackie Everly oraz Adrienne Sparks, dziękuję również utalentowanej ekipie działu sprzedaży wydawnictwa Doubleday oraz Michaelowi Windsorowi za świetną obwolutę wydania amerykańskiego książki.

Za wszechstronną pomoc przy zbieraniu materiałów chciałbym podziękować dyrekcji Muzeum Luwru, francuskiemu Ministerstwu Kultury i Bibliotece Narodowej, fundacji Project Gutenberg, Bibliotece Towarzystwa Gnostycznego, Działowi Opracowań Obrazów i Dokumentów w Luwrze, Catholic World News, Królewskiemu Obserwatorium Astronomicznemu w Greenwich, stowarzyszeniu London Record Society, Muniment Collection w Opactwie Westminsterskim, Johnowi Pike'owi i Federacji Naukowców Amerykańskich oraz pięciu członkom Opus Dei (dwóm czynnym i trzem byłym), którzy opowiedzieli mi swoje przeżycia, pozytywne i negatywne, związane z przynależnością.

Jestem również winien wdzięczność księgarni Water Street Bookstore za wyszukiwanie opracowań, na których mogłem się oprzeć, mojemu ojcu — Richardowi Brownowi — nauczycielowi matematyki i pisarzowi, za pomoc przy złotej proporcji i ciągu Fibonacciego, Stanowi Plantonowi, Sylvie Baudeloque, Peterowi McGuiganowi, Francisowi McInerneyowi, Margie Wachtel, Andre Vernetowi, Kenowi Kelleherowi z Anchorball Web Media, Carze Sottak, Karyn Popham, Esther Sung, Miriam Abramowitz, Williamowi Tunstall-Pedoe oraz Griffinowi Woodenowi Brownowi.

I wreszcie, skoro ta powieść tak obficie posiłkuje się koncepcją sakralności kobiecej, zgrzeszyłbym zaniedbaniem, gdybym nie wspomniał o dwóch absolutnie niezwykłych kobietach, z którymi zetknął mnie los. Pierwsza z nich to moja matka, Connie Brown, opiekunka, pisarka, muzyk i wzór do naśladowania. A druga — moja żona Blythe, historyk sztuki, malarka, pierwszorzędny redaktor i bez wątpienia najbardziej utalentowana osoba, jaką kiedykolwiek miałem szczęście poznać.

FAKTY

Zakon Syjonu — Prieuré de Sion — tajne
stowarzyszenie działające w Europie, założone
w roku 1099, naprawdę istnieje. W 1975
w Bibliotece Narodowej w Paryżu odkryto zwoje
pergaminu, *Les Dossiers Secrets*, ujawniające
tożsamość wielu członków Prieuré de Sion, m.in.
sir Isaaca Newtona, Botticellego, Victora Hugo
oraz Leonarda da Vinci.

Opus Dei, papieska prałatura personalna, to
żarliwie religijne stowarzyszenie katolików, które
niedawno było na cenzurowanym po doniesieniach
prasowych o indoktrynacji, stosowaniu przymusu
oraz niebezpiecznych praktyk umartwiania ciała.
Ostatnio, kosztem 47 milionów dolarów, ukończono
budowę siedziby Opus Dei przy Lexington Avenue
243 w Nowym Jorku.

Wszystkie opisy dzieł sztuki, obiektów
architektonicznych, dokumentów oraz tajnych
rytuałów zamieszczone w tej powieści odpowiadają
rzeczywistości.

Prolog

Mecenas sztuki i kustosz, Jacques Saunière, przeszedł chwiejnym krokiem pod przypominającym wejście do skarbca łukowatym sklepieniem Wielkiej Galerii Luwru. Po kilku krokach rzucił się do przodu, starając się złapać najbliższy obraz, który pojawił się w jego polu widzenia — płótno Caravaggia. Chwycił mocno pozłacaną ramę, pociągnął dzieło wielkiego mistrza ku sobie i zerwał je ze ściany. Siedemdziesięcioszescioletni Saunière upadł bez sił na podłogę, przykryty olejnym obrazem.

Tak jak się spodziewał, tuż obok z hukiem opadła stalowa krata, zamykając wejście do sali. Parkiet zadrżał od impetu uderzenia. Gdzieś daleko zabrzmiał dzwonek alarmu.

Kustosz leżał przez chwilę, próbując złapać oddech i ocenić sytuację. Jeszcze żyję. Wyczołgał się spod płótna i potoczył wzrokiem po ogromnej przestrzeni sali, szukając miejsca, w którym mógłby się ukryć.

Nagle zmroził go dochodzący z bliska głos.

— Nie ruszaj się.

Kustosz zamarł w miejscu na czworakach i powoli odwrócił głowę.

Zaledwie parę metrów dalej, za prętami kraty majaczyła potężna sylwetka napastnika. Był szeroki w barach i wysoki, skórę miał jasną jak duch i rzednące białe włosy. Różowe tęczówki oczu naznaczone były pośrodku czerwienią. Albinos wyciągnął z kieszeni marynarki pistolet i wymierzył przez kraty wprost w kustosza.

11

— Nie powinieneś był uciekać. — Miał trudny do rozpoznania akcent. — Teraz mów, gdzie to jest.

— Już mówiłem — wymamrotał Saunière, klęcząc bezbronny na podłodze Wielkiej Galerii. — Nie mam pojęcia, o czym mówisz!

— Łżesz. — Mężczyzna patrzył na niego nieruchomo, tylko jego niesamowite oczy rzucały groźne błyski. — Ty i twój zakon jesteście w posiadaniu czegoś, co nie należy do was.

Kustosz poczuł przypływ adrenaliny. Skąd on może to wiedzieć?

— Dzisiaj prawowici strażnicy przejmą nad tym pieczę. Powiedz, gdzie to jest ukryte, a ocalisz życie. — Mężczyzna wycelował broń w głowę kustosza. — Czy jest to tajemnica, za którą jesteś gotów umrzeć?

Saunière'owi zabrakło powietrza.

Mężczyzna przechylił głowę, patrząc przez muszkę pistoletu.

Saunière uniósł ręce w geście obrony.

— Czekaj — powiedział powoli. — Powiem ci to, co chcesz wiedzieć. — Kilka następnych słów wymówił bardzo starannie. Ćwiczył to kłamstwo tyle razy, zawsze modląc się, żeby nie musiał go nigdy wypowiedzieć.

Kiedy skończył, jego dręczyciel uśmiechnął się chytrze.

— Tak. To samo powiedzieli mi pozostali.

Saunière skulił się. Pozostali?

— Ich też znalazłem — pochwalił się olbrzym. — Całą trójkę. Potwierdzili to, co mi właśnie powiedziałeś.

To niemożliwe! Prawdziwa tożsamość kustosza, jak i tożsamość jego trzech seneszalów, była tajemnicą niemal tak świętą jak odwieczny sekret, którego strzegli. Saunière zdał sobie teraz sprawę z tego, że jego seneszale, trzymając się ustalonej procedury, wypowiedzieli przed śmiercią to samo kłamstwo. To była część uzgodnionego protokołu.

Napastnik znów wymierzył w niego broń.

— Kiedy ciebie już nie będzie, ja zostanę jedynym człowiekiem na świecie, który zna prawdę.

Prawda. W jednej chwili do kustosza dotarła groza sytuacji. Jeżeli umrę, prawda odejdzie wraz ze mną na zawsze. Instynktownie próbował podnieść się i uciec.

Rozległ się huk wystrzału i kustosz poczuł rozchodzące się po ciele fale gorąca, kiedy kula utkwiła w jego brzuchu. Upadł na twarz... Walczył z bólem. Powoli przetoczył się na plecy i spojrzał przez kraty na człowieka, który na niego napadł. Mierzył teraz w jego głowę.

Saunière zamknął oczy, jego myśli wirowały, w sercu mieszał się strach i żal.

Tępe uderzenie iglicy pistoletu przetoczyło się echem przez korytarz.

Kustosz otworzył oczy.

Mężczyzna spojrzał na broń niemal z rozbawieniem. Sięgnął po kolejny nabój, lecz po chwili namysłu uśmiechnął się spokojnie, patrząc na brzuch Saunière'a.

— Nie mam tu już nic do roboty.

Kustosz skierował wzrok w dół i w białej lnianej koszuli zobaczył otwór po kuli. Otaczał go niewielki krąg krwi kilka centymetrów poniżej mostka. Mój żołądek. Okrutnym zrządzeniem losu kula ominęła serce. Jako weteran *la guerre d'Algèrie* kustosz widział już cierpienie ludzi, którzy umierają powoli. Będzie to trwało jakieś piętnaście minut. Kwasy żołądkowe przedostaną się do klatki piersiowej, powoli zżerając ciało od środka.

— Ból jest dobry, *monsieur* — powiedział mężczyzna.

I oddalił się.

Jacques Saunière, teraz sam w wielkiej sali, raz jeszcze obrócił głowę w kierunku kraty, która nie podniesie się jeszcze co najmniej przez dwadzieścia minut. Znalazł się w pułapce. Zanim ktoś do niego dotrze, będzie martwy. Mimo to strach, który opanował go teraz, był silniejszy niż strach przed śmiercią.

Muszę przekazać tajemnicę.

Podniósł się z trudem, mając w oczach postacie trzech zamordowanych braci. Myślał o pokoleniach, które były przed nimi... O misji, którą im powierzono.

Nieprzerwany łańcuch wiedzy.

I nagle, mimo wszystkich środków ostrożności... Mimo zabezpieczeń... Jacques Saunière został jedynym łącznikiem, samotnym strażnikiem jednej z największych tajemnic w historii ludzkości.

13

Drżąc, zdołał stanąć na nogach.

Muszę znaleźć jakiś sposób...

Był uwięziony we wnętrzu Wielkiej Galerii i wiedział, że na całym świecie jest tylko jedna, jedyna osoba, której może przekazać pochodnię wiedzy. Spojrzał w górę i powiódł wzrokiem po ścianach swojego wspaniale wyposażonego więzienia. Kolekcja najsłynniejszych obrazów świata — postacie na obrazach uśmiechały się do niego jak starzy przyjaciele.

Zaciskając z bólu powieki, zebrał wszystkie siły i myśli. Miał przed sobą dramatyczne zadanie, któremu musi poświęcić każdą pozostałą sekundę życia.

Rozdział 1

Robert Langdon budził się powoli.

W ciemności dzwonił telefon — dźwięk dzwonka był przytłumiony i obcy. Pomacał ręką w ciemności, szukając lampy przy łóżku, i nacisnął włącznik. Mrużąc oczy, rozejrzał się i stwierdził, że jest w wypełnionej miękkimi pluszami renesansowej sypialni umeblowanej fotelami i kanapami w stylu Ludwika XVI, ściany zdobią ręcznie malowane freski, a pośrodku stoi gigantyczne mahoniowe łoże z czterema filarami.

Gdzie ja jestem?

Na żakardowym szlafroku zwisającym z filara łóżka były wyhaftowane słowa: HOTEL RITZ PARIS.

Powoli mgła zaczęła opadać.

Langdon odebrał telefon.

— Halo?

— *Monsieur* Langdon? — odezwał się głos w słuchawce. — Mam nadzieję, że pana nie obudziłem.

Skołowany Langdon spojrzał na budzik stojący przy łóżku. Wpół do pierwszej w nocy. Spał od godziny, ale czuł się tak, jakby przez rok leżał w trumnie.

— Tu recepcja, *monsieur*. Przepraszam, że o tej porze zawracam panu głowę, ale ma pan gościa. Twierdzi stanowczo, że sprawa jest bardzo pilna.

Langdonowi kręciło się w głowie i wciąż nie mógł się dobudzić. Jakiego gościa? Skupił wzrok na pogniecionym druku leżącym na nocnym stoliku.

15

AMERYKAŃSKI UNIWERSYTET W PARYŻU

ma zaszczyt zaprosić Państwa na

SPOTKANIE Z ROBERTEM LANGDONEM

PROFESOREM SYMBOLIKI RELIGIJNEJ

Z UNIWERSYTETU HARVARDA

Langdon jęknął. Ilustrowany slajdami wykład na temat symboliki pogańskiej ukrytej w kamieniach katedry w Chartres, który wygłosił tego wieczoru, poruszył chyba co bardziej konserwatywnych słuchaczy. Pewnie jakiś naukowiec religioznawca poszedł za nim do hotelu, a teraz próbuje rzucić mu rękawicę.

— Przykro mi — powiedział Langdon — ale jestem bardzo zmęczony i...

— *Mais, monsieur* — mówił dalej recepcjonista z naciskiem, obniżając głos do nerwowego szeptu. — Pański gość to ktoś bardzo ważny.

Langdon nie miał co do tego wątpliwości. Jego książki poświęcone obrazom o treści religijnej i symbolice kultu uczyniły z niego, bez jego udziału, postać dobrze znaną w świecie sztuki, a w zeszłym roku jego obecność w mediach wzrosła stokrotnie, po tym jak zaangażował się w szeroko komentowany incydent w Watykanie. Od tej pory pod jego drzwiami stała niekończąca się kolejka ważnych w swoim mniemaniu historyków i tak zwanych znawców sztuki.

— Proszę łaskawie powiedzieć tej osobie — Langdon starał się mówić jak najuprzejmiej — żeby zostawiła swój numer telefonu i nazwisko, a ja oddzwonię, zanim we wtorek wyjadę z Paryża, dobrze? Dziękuję bardzo.

Odłożył słuchawkę, nim recepcjonista zdołał zaprotestować.

Langdon usiadł na łóżku i spojrzał na leżący na stoliku przewodnik dla gości hotelowych, na którego okładce widniał slogan: ZAŚNIJ JAK DZIECKO W MIEŚCIE ŚWIATEŁ. SPĘDŹ NOC W PARYSKIM HOTELU RITZ. Odwrócił się i rzucił zmęczone spojrzenie na olbrzymie lustro po drugiej stronie pokoju. Z kryształowej ramy patrzył na niego obcy mężczyzna — wymięty i znużony.

Potrzebujesz wakacji, Robercie.

Miał bardzo ciężki rok, i nie musiał szukać potwierdzenia tego w lustrze. Jego zazwyczaj przenikliwe niebieskie oczy były dziś rozkojarzone i zapadnięte. Mocno zarysowaną szczękę i podbródek z dołkiem pokrywał ciemny twardy zarost. Na skroniach widać było pierwsze przebłyski siwizny, która coraz głębiej wcinała się w jego gęste czarne włosy. Chociaż koleżanki na uniwersytecie twierdziły, że siwizna ładnie akcentuje jego profesorski wygląd, Langdon miał na ten temat własne zdanie. Niechby zobaczył mnie teraz redaktor *Boston Magazine*...

W ubiegłym miesiącu, ku wielkiej konsternacji Langdona, *Boston Magazine* umieścił go na liście dziesięciu najbardziej intrygujących osób w mieście — wątpliwy zaszczyt, który jego uniwersyteccy koledzy potraktowali jako okazję do dania mu prztyczka w nos. Dzisiaj, pięć tysięcy kilometrów od domu, ta wątpliwa sława znów go dopadła.

— Panie i panowie, nie muszę przedstawiać naszego dzisiejszego gościa... — obwieściła prowadząca spotkanie w wypełnionej po brzegi sali na Amerykańskim Uniwersytecie w Paryżu w Pavillon Dauphin. — Jest autorem licznych książek: *Symbolika tajnych sekt, Sztuka iluminatów, Zaginiony język ideogramów* czy *Ikonografia w religii*. Wymieniam te tytuły tylko ze względów formalnych, ponieważ wielu z was korzysta z jego podręczników podczas zajęć.

Obecni na sali studenci z entuzjazmem kiwali głowami.

— Miałam zamiar przedstawić go dzisiaj, opowiadając o jego frapującym życiorysie zawodowym. Tymczasem... — spojrzała rozbawiona na Langdona, który siedział pośrodku podium. — Ktoś z widowni podsunął mi właśnie, by tak rzec... znacznie bardziej intrygujący sposób prezentacji.

Podniosła do góry egzemplarz *Boston Magazine*.

Langdon aż się wzdrygnął. Skąd ta baba to wzięła?

Prowadząca zaczęła czytać wyjątki z tego niedorzecznego artykułu, a Langdon czuł, że zapada się coraz głębiej w krzesło. Pół minuty później część widowni śmiała się bez żenady. Nie wyglądało na to, żeby zamierzała szybko skończyć.

— „A to, że pan Langdon odmawia publicznych wypowiedzi na temat swojej niezwykłej roli w zeszłorocznym watykańskim konklawe, na pewno dodaje mu punktów na naszej skali oceny intrygujących osobowości". — Kobieta podpuszczała widownię. — Chcielibyście państwo usłyszeć coś jeszcze?

Rozległ się aplauz słuchaczy. Niech ktoś ją powstrzyma, modlił się w duchu Langdon, kiedy prowadząca znów sięgnęła do artykułu.

— „Chociaż profesor Langdon nie jest może typem hollywoodzkim, tak jak niektórzy nasi młodsi nominowani, ten czterdziestokilkuletni nauczyciel akademicki to nie tylko naukowiec i wykładowca. Jego zniewalającą powierzchowność podkreśla głos — niezwykle niski baryton, o którym studentki mówią «aksamit dla uszu»".

Widownia wybuchnęła śmiechem.

Langdon zmusił się do niezręcznego uśmiechu. Wiedział, co zaraz usłyszy — jakiś śmieszny kawałek o „Harrisonie Fordzie w tweedach od Harrisa" — a ponieważ tego wieczoru uznał, że w końcu może włożyć tweedowy garnitur od Harrisa i golf od Burberry'ego, postanowił wkroczyć do akcji.

— Dziękuję pani, Monique — powiedział, wstając trochę za wcześnie i powolutku wypychając ją delikatnie z podium. — Redaktorzy *Boston Magazine* mają niezwykły talent literacki. — Zwrócił się do słuchaczy, wzdychając z zażenowaniem: — A jeżeli znajdę osobę, która przyniosła tutaj ten artykuł, postaram się w konsulacie, aby ją deportowano.

Na widowni znów rozległy się śmiechy.

— Cóż, proszę państwa, jak wiecie, mam tu dziś mówić o sile symboli...

Dźwięk telefonu ponownie zakłócił ciszę.

Langdon jęknął, nie dowierzając, że to prawda, i podniósł słuchawkę.

— Tak?

Tak jak się tego spodziewał, to znów był recepcjonista.

— Jeszcze raz proszę o wybaczenie, panie Langdon. Dzwonię, żeby pana poinformować, iż pański gość jest już w drodze do pokoju. Pomyślałem, że lepiej pana uprzedzić.

Langdon był już teraz zupełnie rozbudzony.

— Posłał pan kogoś do mojego pokoju?

— Przepraszam, *monsieur*, ale taki człowiek jak ten pan... Moje kompetencje nie sięgają aż tak daleko, żeby go powstrzymać.

— Kto to taki?

Recepcjonista już się rozłączył.

Niemal natychmiast ktoś zaczął walić ciężką pięścią w drzwi.

Langdon niepewnie zsunął się z łóżka, poczuł, że jego stopy toną głęboko w pluszowym dywanie. Włożył szlafrok i podszedł do drzwi.

— Kto tam?

— Pan Langdon? Muszę z panem porozmawiać. — W angielszczyźnie człowieka stojącego za drzwiami słychać było silny francuski akcent, głos był zdecydowany i władczy. — Porucznik Jérôme Collet. Direction Centrale Police Judiciaire.

Langdon stanął jak wryty. Centralne Biuro Śledcze? DCPJ było mniej więcej tym, czym w Stanach Zjednoczonych FBI.

Nie zdejmując łańcucha, Langdon uchylił lekko drzwi. Twarz patrząca na niego z drugiej strony należała do szczupłego mężczyzny o nieokreślonych rysach. Był wysoki, miał na sobie mundur.

— Mogę wejść? — spytał agent.

Langdon wahał się chwilę, niepewny, co ma zrobić, podczas gdy nieruchome oczy nieznajomego przyglądały mu się badawczo.

— A o co właściwie chodzi?

— Mój przełożony chciałby skorzystać z pańskiej wiedzy.

— Teraz? — wydusił Langdon. — Jest już po północy.

— Czy to prawda, że dziś wieczorem miał pan umówione spotkanie z kustoszem Luwru?

Langdon zaniepokoił się. Rzeczywiście, miał się spotkać z niezwykle cenionym w świecie historyków sztuki Jacques'em Saunière'em, umówili się na drinka wieczorem po wykładzie, lecz Saunière się nie pojawił.

— Tak. Skąd pan o tym wie?

— Znaleźliśmy pańskie nazwisko w jego kalendarzu.

— Mam nadzieję, że nie stało się nic złego.

Agent westchnął złowieszczo i wsunął przez uchylone drzwi zdjęcie zrobione polaroidem.

19

Kiedy Langdon je zobaczył, poczuł, że cały sztywnieje.

— Zrobiono je mniej niż godzinę temu. W Luwrze.

Kiedy Langdon przyglądał się temu dziwacznemu obrazowi, jego pierwsze uczucia — wstręt i wstrząs — ustąpiły miejsca wzbierającej fali gniewu.

— Kto mógł to zrobić?!

— Mieliśmy nadzieję, że pan nam pomoże odpowiedzieć na to pytanie, zważywszy na pańską wiedzę z dziedziny symboli i na planowane na dziś wieczór spotkanie.

Langdon przyglądał się zdjęciu, jego przerażenie mieszało się ze strachem. To było odrażające i dziwaczne, miał nieprzyjemne uczucie, że już to kiedyś widział. Ponad rok temu Langdon otrzymał fotografię ciała i podobną prośbę o pomoc. Dwadzieścia cztery godziny później omal nie stracił życia w murach Watykanu. To zdjęcie było zupełnie inne, a jednak w scenariuszu wydarzeń wyczuwał coś niepokojąco podobnego.

Agent spojrzał na zegarek.

— Mój *capitaine* czeka, proszę pana.

Langdon prawie go nie słyszał. Oczy wciąż miał utkwione w zdjęciu.

— Ten symbol i sposób, w jaki ciało jest tak dziwnie...

— ...ułożone — podsunął agent.

Langdon przytaknął i oderwawszy oczy od fotografii, poczuł chłód na całym ciele.

— Nie potrafię sobie wyobrazić, kto mógł mu zrobić coś takiego.

— Pan nie rozumie, panie Langdon — powiedział agent z ponurym wyrazem twarzy. — To, co widać na zdjęciu... — urwał. — *Monsieur* Saunière sam to sobie zrobił.

Rozdział 2

Niecałe dwa kilometry dalej olbrzymi albinos o imieniu Sylas, kulejąc, wchodził przez frontową bramę do luksusowej rezydencji z piaskowca przy rue la Bruyère. Kolczasty pas *cilice*, który nosił zaciśnięty na udzie, wpijał mu się w mięśnie, ale jego dusza śpiewała z radości, że przysłużył się Panu.

Ból jest dobry.

Wszedłszy do rezydencji, zlustrował korytarz czerwonymi oczami. Pusto. Wszedł cicho po schodach, nie chcąc obudzić żadnego ze współbraci. Drzwi do jego sypialni były otwarte — tutaj nie używa się kluczy. Wszedł do środka i zamknął za sobą drzwi.

Pokój miał spartański wystrój — drewniana podłoga, sosnowa toaletka, w rogu materac, który służył mu za łóżko. W tym tygodniu był tu gościem, ale przez wiele lat, dzięki błogosławieństwu Pana, miał swój kąt w podobnym sanktuarium w Nowym Jorku.

Pan dał mi schronienie i cel w życiu.

Dziś wieczór Sylas nareszcie poczuł, że zaczął spłacać swój dług. Pospiesznie podszedł do toaletki, znalazł telefon komórkowy w dolnej szufladzie i wybrał numer.

— Tak? — odezwał się w słuchawce męski głos.

— Wróciłem, Nauczycielu.

— Mów — rozkazał głos, w którym było słychać zadowolenie, że są jakieś wiadomości.

— Całej czwórki już nie ma. Trzech seneszalów... i wielkiego mistrza.

Nastąpiła chwila ciszy, jakby przerwa na modlitwę.

— W takim razie rozumiem, że masz tę informację?

— Cała czwórka była zgodna. Niezależnie od siebie.

— I uwierzyłeś im?

— Taka zbieżność nie może być przypadkowa.

Po drugiej stronie słuchawki słychać było pełen ekscytacji oddech.

— Doskonale. Bałem się, że przywiązanie bractwa do tajemnic, z którego słynie, weźmie górę.

— Perspektywa śmierci to bardzo silna motywacja.

— A więc, mój uczniu, powiedz mi to, co muszę wiedzieć.

Sylas zdawał sobie sprawę, że informacja, którą wydobył ze swoich ofiar, będzie zaskakująca.

— Cała czwórka potwierdziła istnienie *clef de voûte*... Legendarnego zwornika, klucza sklepienia.

Rozmówca na chwilę wstrzymał oddech, a kiedy znów się odezwał, w jego głosie wyczuwało się oczekiwanie.

— Klucz sklepienia. Właśnie tak, jak przewidywaliśmy.

Zgodnie z legendą bractwo jest w posiadaniu kamiennej mapy — *clef de voûte*... czyli zwornika lub klucza sklepienia. Jest to rzeźbiona kamienna tablica, która wskazuje ostatnie miejsce ukrycia największej tajemnicy bractwa... Informacji o takim znaczeniu, że dla jej ochrony istnieje całe bractwo.

— Kiedy już zdobędziemy klucz — powiedział Nauczyciel — będziemy tylko o krok od sukcesu.

— Jesteśmy bliżej, niż się wydaje, Nauczycielu. Klucz jest tutaj, w Paryżu.

— W Paryżu? To nie do wiary. To byłoby zbyt proste.

Sylas opowiedział o wydarzeniach tego wieczoru... O tym, jak jego cztery ofiary na chwilę przed śmiercią w desperackim wysiłku odkupienia swojego bezbożnego życia wyznały mu tajemnicę. Wszyscy powiedzieli dokładnie to samo — że klucz jest przemyślnie ukryty w pewnym konkretnym miejscu w jednym z najstarszych kościołów Paryża — w kościele Saint-Sulpice.

— Pośród murów domu Bożego — oburzył się Nauczyciel. — Jakże nas przedrzeźniają.

— I tak było przez wieki.

Nauczyciel umilkł, jakby chciał przez chwilę nacieszyć się triumfem. W końcu odezwał się znowu:

— Oddałeś wielką posługę Bogu. Czekaliśmy na tę chwilę wieki. Teraz musisz zdobyć ten klucz. Natychmiast. Dziś w nocy. Chyba rozumiesz, o jaką stawkę gramy.

Sylas wiedział, że jest to stawka zawrotna, ale to, co polecał mu Nauczyciel, wydawało się niewykonalne.

— Ale kościół... przecież to jest forteca. Zwłaszcza w nocy. Jak tam wejdę?

Pewnym tonem człowieka o ogromnych wpływach Nauczyciel wyjaśnił, co trzeba zrobić.

Kiedy Sylas odłożył słuchawkę, przeszedł go dreszcz oczekiwania.

Godzina — powiedział do siebie, wdzięczny, że Nauczyciel dał mu czas, by odbyć niezbędną pokutę, zanim wejdzie do domu Bożego. Muszę oczyścić duszę z moich dzisiejszych grzechów. Grzechy, które popełnił dzisiaj, uświęcał cel. Działania wojenne skierowane przeciwko wrogom Boga prowadzono od wieków. Odkupienie było pewne.

Mimo to Sylas wiedział, że odpuszczenie grzechów wymaga poświęceń.

Zaciągnął zasłony, rozebrał się do naga i ukląkł na środku pokoju. Spojrzał na *cilice* — kolczasty pas zaciśnięty wokół uda. Wszyscy prawdziwi wyznawcy Drogi nosili ten skórzany pasek nabity ostrymi metalowymi kolcami, wrzynającymi się w ciało, jako codzienne przypomnienie cierpień Chrystusa. Ból, który sprawiał kolczasty pas, pomagał również powstrzymywać pokusy cielesne.

Chociaż Sylas miał dziś na sobie *cilice* dłużej niż przepisane dwie godziny, wiedział, że dzisiejszy dzień nie jest dniem zwykłym. Zapiął pas o jedną dziurkę dalej, krzywiąc się, kiedy kolce wbiły się w jego skórę. Powoli wypuścił powietrze i cieszył się każdą sekundą oczyszczającego rytuału bólu.

— Ból jest dobry — szeptał, powtarzając świętą mantrę ojca José Marii Escrivy, Nauczyciela wszystkich Nauczycieli.

23

Chociaż Escrivá zmarł w 1975 roku, jego mądrość żyła, a jego słowa wciąż szeptało tysiące wiernych sług na całym świecie, kiedy klęczeli na podłodze i odprawiali uświęconą praktykę umartwiania ciała.

Sylas przeniósł teraz uwagę na kawałek ciężkiej liny z węzłami, zwiniętej w słoneczko na podłodze tuż obok niego. Dyscyplina. Na węzłach widać było zakrzepłą krew. Sylas chciał szybko doznać oczyszczających skutków cielesnego bólu i zmówił krótką modlitwę. Potem chwycił koniec liny, zamknął oczy i uderzył się mocno ponad ramieniem, czując, jak węzły przecinają mu skórę na plecach. Znów uderzył się biczem po plecach i węzły przecięły skórę do krwi. Smagał się biczem, i jeszcze, i jeszcze.

Castigo corpus meum.

W końcu poczuł, że krew płynie ciepłym strumieniem.

Rozdział 3

Rześkie kwietniowe powietrze wpadało z łopotem przez otwarte okno citroena ZX, kiedy samochód przejeżdżał obok budynku Opery Paryskiej i przecinał na ukos plac Vendôme. Robert Langdon, siedząc na fotelu pasażera, czuł, jak miasto przemyka obok niego, a on próbował zebrać myśli. Dzięki szybkiemu prysznicowi i goleniu zdołał odzyskać jako taki wygląd, ale nie udało mu się uciszyć lęków. Wciąż miał w pamięci przerażający obraz ciała kustosza Luwru.

Jacques Saunière nie żyje.

Langdona opanowało głębokie poczucie straty po śmierci kustosza. Saunière miał wprawdzie opinię odludka, lecz cieszył się powszechnym uznaniem i szacunkiem za bezgraniczne oddanie sztuce. Jego książki na temat tajnych kodów ukrytych w płótnach Poussina i Teniersa były ulubionymi lekturami Langdona, z których często korzystał na zajęciach ze studentami. Cieszył się na dzisiejsze spotkanie i był głęboko rozczarowany, że kustosz się nie zjawił.

Raz jeszcze przemknął mu przez głowę obraz jego ciała. Jacques Saunière sam to sobie zrobił? Langdon odwrócił się i wyjrzał przez okno, próbując wyrzucić ten obraz z pamięci.

Miasto szykowało się do snu — uliczni sprzedawcy popychali wózki z kandyzowanymi owocami, kelnerzy wynosili worki ze śmieciami na krawężniki, para spóźnionych kochanków obejmowała się i przytulała, żeby nie zmarznąć w podmuchach wiatru, w których czuło się zapach kwitnącego jaśminu. Citroen władczo przepływał przez ten chaos, a podwójny dźwięk syreny przecinał ruch uliczny jak ostry nóż.

— *Le capitaine* był zadowolony, kiedy się dowiedział, że wciąż jeszcze jest pan w Paryżu — powiedział agent, przerywając milczenie po raz pierwszy od chwili, kiedy wyszli z hotelu. — Szczęśliwy zbieg okoliczności.

Langdon był daleki od poczucia szczęścia, a koncepcja zbiegu okoliczności nie budziła jego zaufania. Będąc człowiekiem, który spędził całe życie na badaniu ukrytych powiązań bardzo odrębnych znaków i ideologii, postrzegał świat jako sieć głęboko powiązanych ze sobą historii i wydarzeń. Powiązania mogą być niewidoczne — mówił często podczas zajęć uniwersyteckich z wiedzy o symbolach — ale zawsze gdzieś są, ukryte pod powierzchnią zjawisk.

— Przypuszczam — powiedział Langdon — że na uniwersytecie powiedziano panu, gdzie się zatrzymałem.

Collet pokręcił głową.

— Nie, dowiedzieliśmy się z Interpolu.

Z Interpolu, pomyślał Langdon. Oczywiście. Zapomniał o tej z pozoru niewinnej prośbie, którą musi spełnić każdy gość hotelowy w Europie — pokazać paszport podczas meldowania się w hotelu. Było to coś więcej niż tylko prosta formalność — takie były przepisy. Każdego wieczoru, w całej Europie, funkcjonariusze Interpolu mogą wskazać dokładnie i bez cienia wątpliwości, kto gdzie śpi. Znalezienie Langdona w Ritzu zajęło im prawdopodobnie jakieś pięć sekund.

Kiedy citroen przyspieszał, przecinając miasto w kierunku południowym, za oknami pojawiła się nagle oświetlona wieża Eiffla, strzelając ku niebu gdzieś daleko po prawej stronie. Patrząc na nią, Langdon pomyślał o Vittorii, przypomniał sobie rzuconą rok temu żartem obietnicę, że co pół roku będą się spotykali w jakimś romantycznym miejscu na ziemi. Wieżą Eiffla, jak podejrzewał, pewnie znalazłaby się na tej liście. Zrobiło mu się smutno na myśl, że ostatni raz pocałował Vittorię na gwarnym lotnisku w Rzymie ponad rok temu.

— Poskromił ją pan? — zapytał agent, rzucając mu spojrzenie przez ramię.

Langdon podniósł głowę, pewien, że się przesłyszał.

— Słucham?

— Jest śliczna, prawda? — Agent wskazał ręką przez przednią szybę na wieżę Eiffla. — Wspiął się pan na nią?

Langdon wzniósł oczy do góry.

— Nie, nie byłem na wieży.

— Jest symbolem Francji. Uważam, że jest doskonała.

Langdon kiwnął głową, ale myślami wciąż był nieobecny. Specjaliści od symboli często podkreślają, że Francuzi — macho, znani z flirtowania i słynący z niewielkich wzrostem, niepewnych siebie przywódców, takich jak Napoleon i Pepin Mały — nie mogliby wybrać trafniejszego symbolu narodowego niż trzystumetrowy fallus.

Kiedy dotarli do skrzyżowania przy rue de Rivoli, zapaliło się czerwone światło, lecz citroen ani na sekundę nie zwolnił. Agent nacisnął gaz i przemknął jak burza przez skrzyżowanie, a potem przyspieszył w kierunku obsadzonej drzewami części rue Castiglione, która służyła jako północny wjazd do słynnych ogrodów Tuileries — paryskiej wersji nowojorskiego Central Parku. Większość turystów błędnie tłumaczy nazwę Jardins de Tuileries, myśląc, że pochodzi od tysięcy kwitnących tu tulipanów, a tymczasem jest to dosłowne odniesienie do czegoś znacznie mniej romantycznego. Na terenie parku znajdowała się kiedyś ogromna zanieczyszczona kopalnia odkrywkowa, która dla paryskich przedsiębiorców budowlanych była źródłem gliny do wyrobu słynnych paryskich czerwonych dachówek, czyli *tuiles*.

Wjechawszy do pustego parku, agent sięgnął pod deskę rozdzielczą i wyłączył syrenę. Langdon wypuścił powietrze z płuc, rozkoszując się ciszą. Snop światła lamp halogenowych przesuwał się przed samochodem, nad wysypaną białym żwirem drogą prowadzącą przez park, a opony obracające się na żwirze intonowały hipnotyczny rytm. Langdon zawsze uważał Tuileries za ziemię uświęconą. Były to ogrody, w których Claude Monet eksperymentował z formą i z kolorem, inspirując narodziny impresjonizmu. Dziś w nocy jednak panowała tu aura niesamowitości.

Citroen skręcił ostro w lewo, zmierzając w kierunku zachodnim, ku głównemu bulwarowi parku. Objechawszy okrągły staw, przejechał przez opuszczoną drogę i znalazł się na szerokim prostokącie trawy tuż za nią. Langdon widział teraz koniec ogrodów Tuileries, wyjazd z nich akcentował ogromny kamienny łuk.

Arc du Carrousel.

Pomimo orgiastycznych rytuałów, które kiedyś odbywały się przy Arc du Carrousel, fanatycy sztuki oddawali cześć temu miejscu. Z esplanady na końcu Tuileries można było bowiem zobaczyć cztery największe muzea sztuki... po jednym w każdym punkcie wyznaczonym przez kompas.

Z prawych okien samochodu, wyglądając na południe przez Sekwanę i Quai Voltaire, Langdon widział ostro oświetloną fasadę starego dworca kolejowego — teraz czcigodne Musée d'Orsay. Patrząc w lewo, widziało się szczyt dachu ultramodernistycznego Centrum Pompidou, w którym mieściło się muzeum sztuki nowoczesnej. Langdon wiedział, że z tyłu za nim, na zachód, wyrasta nad linią drzew starożytny obelisk Ramzesa, który wskazuje na Musée du Jeu de Paume.

Prosto przed nim, w kierunku wschodnim, pod kamiennym łukiem, Langdon widział teraz monolit renesansowego pałacu, który stał się najsłynniejszym muzeum sztuki na świecie.

Musée du Louvre.

Langdon po raz kolejny poczuł zachwyt, kiedy jego wzrok na próżno próbował ogarnąć całą potężną bryłę i fasadę Luwru. Po drugiej stronie zapierającego dech w piersiach ogromnego placu imponujący fronton muzeum wyrastał w górę jak cytadela na tle paryskiego nieba. Luwr, który ma kształt ogromnej podkowy, jest najdłuższym budynkiem w Europie, dłuższym niż trzy wieże Eiffla, gdyby je położyć na ziemi jedną za drugą. Nawet ponad dziewięćdziesiąt tysięcy metrów kwadratowych otwartej przestrzeni między skrzydłami budowli nie robiło takiego wrażenia jak majestat szerokości jej fasady. Langdon kiedyś przeszedł wzdłuż całej długości murów Luwru, pokonując prawie pięć kilometrów.

Mimo że według szacunków turyście, który chciałby dokładnie obejrzeć wszystkie sześćdziesiąt pięć tysięcy trzysta dzieł sztuki znajdujących się w tym budynku, zajęłoby to jakieś pięć tygodni, większość zwiedzających wybiera skróconą wersję, którą Langdon nazywał „Sprintem przez Luwr" — biegiem przez muzeum, żeby zobaczyć trzy najsłynniejsze dzieła — *Mona Lizę*, *Wenus z Milo* i *Nike*. Art Buchwald chwalił się kiedyś, że udało mu się zobaczyć wszystkie trzy w pięć minut i pięćdziesiąt sześć sekund.

Kierowca podjechał i trzymając w dłoni małą krótkofalówkę, wypowiedział po francusku kilka słów, co brzmiało jak wystrzały z karabinu maszynowego.

— *Monsieur Langdon est arrivé. Deux minutes.*

Z głośnika krótkofalówki przez trzaski dobiegło nieczytelne potwierdzenie jego meldunku.

Agent schował aparat i zwrócił się do Langdona:

— Spotka się pan z kapitanem przy głównym wejściu.

Kierowca zignorował znaki zakazu wjazdu samochodów na plac przed Luwrem, ryknął silnikiem i przejechał przez krawężnik. Główne wejście do Luwru górowało w oddali, otoczone siedmioma trójkątnymi fontannami, z których tryskały podświetlane strumienie wody.

La pyramide.

Nowe wejście do paryskiego Luwru zyskało niemal tak wielką sławę jak samo muzeum. Kontrowersyjna, modernistyczna szklana piramida, zaprojektowana przez urodzonego w Ameryce chińskiego architekta I. M. Pei, wciąż wywoływała niepochlebne opinie tradycjonalistów, którzy mieli poczucie, że niszczy dostojeństwo renesansowego podwórca. Goethe pisał, że architektura to zamrożona muzyka, a krytycy dzieła Pei mówili, że piramida to jak zgrzytanie paznokciami o tablicę. Postępowi wielbiciele utrzymywali, że przezroczysta piramida wysokości dwudziestu jeden metrów jest imponującym połączeniem starożytnej formy i współczesnej metody — symbolicznym łącznikiem między tym, co nowe, a tym, co stare — pomaga Luwrowi przekroczyć próg nowego tysiąclecia.

— Podoba się panu nasza piramida? — spytał agent.

Langdon zmarszczył brwi. Wydawało mu się, że Francuzi uwielbiają pytać o to Amerykanów. Było to oczywiście pytanie podchwytliwe. Jeżeli się powiedziało, że piramida się podoba, zyskiwało się uznanie pozbawionego gustu Amerykanina, a jeżeli się mówiło, że nie, dotknięci czuli się Francuzi.

— Mitterrand był bardzo odważnym człowiekiem — odparł Langdon wymijająco.

Nieżyjący już prezydent Francji, który zamówił budowlę, cierpiał, jak mówiono, na „kompleks faraona". Był osobiście odpowiedzialny za zapełnienie Paryża egipskimi obeliskami, sztuką starożytną i dziełami sztuki znad Nilu. François Mitterrand przejawiał upodobanie do egipskiej kultury, które było tak przemożne, że Francuzi mówili o nim Sfinks.

— Jak się nazywa kapitan? — spytał Langdon, zmieniając temat.

— Bezu Fache — odparł kierowca, podjeżdżając pod główne wejście do piramidy. — My nazywamy go *le Taureau*.

Langdon spojrzał na niego, zastanawiając się, czy każdy Francuz nosi przedziwne przezwisko wzięte ze świata zwierząt.

— Nazywacie waszego zwierzchnika Byk?

Agent, zdziwiony, uniósł brwi.

— Mówi pan po francusku lepiej, niż się pan do tego przyznaje, *monsieur* Langdon.

Mój francuski jest do niczego, pomyślał Langdon, ale moja wiedza na temat zodiaku jest całkiem niezła. Taurus zawsze był Bykiem. Astrologia jest wszędzie taka sama.

Agent zatrzymał samochód między dwoma fontannami przed olbrzymimi drzwiami z boku piramidy.

— Tam jest wejście. Powodzenia, *monsieur*.

— Pan nie wchodzi?

— Miałem rozkaz zostawić pana tutaj. Mam inne sprawy do załatwienia.

Langdon westchnął ciężko i wysiadł z samochodu. To nie mój cyrk.

Collet dodał gazu i samochód odjechał.

Langdon stał przed wejściem do piramidy i patrzył na oddalające się tylne światła citroena. W tej chwili zdał sobie sprawę, że mógłby jeszcze zmienić decyzję, wyjść z dziedzińca, złapać taksówkę i pojechać do hotelu, prosto do łóżka. Coś mu jednak mówiło, że to chyba głupi pomysł.

Kiedy szedł w kierunku rozświetlonych mgieł unoszących się nad fontanną, miał dziwne uczucie, że wchodzi przez wyimaginowane wrota do innego świata. Cały wieczór wydał mu się jak ze snu. Dwadzieścia minut temu leżał w łóżku w pokoju hotelowym. Teraz stał naprzeciw przezroczystej piramidy wybudowanej przez Sfinksa, czekając na policjanta, którego nazywano Bykiem.

Tkwię we wnętrzu obrazu Salvadora Dali i nie mogę się ruszyć, pomyślał.

Podszedł do głównego wejścia, do ogromnych obrotowych drzwi. Korytarz za nimi był słabo oświetlony i pusty.

Mam zapukać?

Zastanawiał się, czy któryś z poważanych harwardzkich egiptologów pukał kiedykolwiek do frontowych drzwi piramidy i oczekiwał odpowiedzi. Podniósł dłoń, żeby uderzyć w szkło, ale gdzieś z ciemności poniżej wyłoniła się sylwetka człowieka, który zaczął wchodzić po kręconych schodach. Mężczyzna był potężnie zbudowany, zwalisty, ciemnowłosy, wyglądał niemal jak neandertalczyk, miał na sobie dwurzędowy garnitur, który ciasno opinał jego szerokie ramiona. Poruszał się na trochę krzywych, potężnie umięśnionych nogach, mając wyraźne poczucie władzy. Mówił coś do telefonu komórkowego, ale kiedy znalazł się na górze, rozłączył się. Dał Langdonowi znak, żeby wszedł do środka.

— Nazywam się Bezu Fache — oznajmił, kiedy Langdon przepchnął się przez obrotowe drzwi. — Jestem kapitanem policji i pracuję w Centralnym Biurze Śledczym. — Jego gardłowy, niski głos współgrał z sylwetką... przypominał pomruki nadciągającej burzy.

Langdon wyciągnął rękę w geście powitania.

— Robert Langdon.

Olbrzymia dłoń Fache'a ścisnęła rękę Langdona z siłą imadła.

— Widziałem fotografię — powiedział Langdon. — Pański agent mówił, że Jacques Saunière sam to zrobił...

— Panie Langdon — hebanowe oczy Fache'a patrzyły prosto w oczy Langdona — to, co pan widział na fotografii, to tylko początek tego, co zrobił Saunière.

Rozdział 4

Kiedy kapitan Bezu Fache szedł, wyglądał jak rozwścieczony wół — szerokie ramiona odchylał do tyłu, a podbródek mocno przyciskał do klatki piersiowej. Ciemne włosy miał gładko przyczesane i posmarowane brylantyną, co uwydatniało jeszcze zrośnięte krzaczaste brwi i nos, który zdawał się go wyprzedzać, jak bukszpryt wyprzedza okręt wojenny. Jego ciemne oczy ognistym spojrzeniem niemal wypalały ziemię, po której kroczył, a bijąca z nich inteligencja zapowiadała nieustępliwość w każdym działaniu.

Langdon schodził za kapitanem po słynnych marmurowych stopniach do zatopionego głęboko w ziemi atrium pod szklaną piramidą. U stóp schodów przeszli między dwoma uzbrojonymi policjantami z karabinami maszynowymi. Sygnał był jasny — tej nocy nikt tu nie wchodzi ani stąd nie wychodzi bez błogosławieństwa kapitana Fache'a.

Langdon, schodząc pod poziom ulicy, czuł rosnący niepokój. Obecność Fache'a nie była ani miła, ani przyjazna, a atmosfera panująca w samym Luwrze o tej porze przypominała atmosferę pogańskiej świątyni. Schody, niczym wejście do kina, oświetlone były małymi punktowymi lampkami zatopionymi po bokach stopni. Langdon słyszał echo swoich kroków odbijające się od szkła nad głową. Kiedy spojrzał w górę, zobaczył prześwitujące przez szkło oświetlone strumienie wody bijącej z fontanny o przezroczysty dach.

— Podoba się to panu? — spytał Fache, wskazując w górę gestem szerokiego podbródka.

Langdon westchnął, zbyt zmęczony, żeby podjąć grę.

— Tak, wasza piramida jest wspaniała.

— Blizna na twarzy Paryża — jęknął Fache.

Pierwsze starcie. Langdon wyczuł, że jego dzisiejszego gospodarza trudno będzie zadowolić. Zastanawiał się, czy Fache miał pojęcie o tym, że ta piramida, na wyraźne życzenie prezydenta Mitterranda, została zbudowana z sześciuset sześćdziesięciu sześciu bloków szkła, a to dziwne żądanie było stałym gorącym tematem rozmów ludzi rozkochanych w konspiracji, którzy utrzymywali, że 666 to liczba szatana.

Langdon postanowił nie poruszać tego tematu.

Kiedy schodzili coraz niżej do podziemnego foyer, z półcieni zaczęła wyłaniać się potężniejąca podziemna przestrzeń. Zlokalizowana dziewiętnaście metrów poniżej poziomu ulicy, nowa kondygnacja Luwru o powierzchni ponad sześciu tysięcy metrów kwadratowych rozciągała się jak niekończąca się grota. Zbudowana z marmuru o ciepłym kolorze ochry, współgrającym kolorystycznie z miodowym odcieniem kamiennej fasady Luwru, ta podziemna sala zazwyczaj wibrowała światłem słońca i głosami turystów. Tej nocy jednak była opuszczona i ciemna, a cała przestrzeń emanowała atmosferą podziemnej krypty i chłodu.

— Gdzie są strażnicy muzeum? — spytał Langdon.

— En quarantaine — odburknął Fache takim tonem, jakby Langdon chciał swoim pytaniem zakwestionować wiarygodność jego ekipy dochodzeniowej. — Rzecz jasna, pozwolenie na wejście uzyskał ktoś, kto nie powinien był się tu znaleźć. Wszyscy nocni strażnicy Luwru są w skrzydle Sully'ego, gdzie ich przesłuchujemy. Teraz aż do rana za bezpieczeństwo muzeum odpowiadają moi agenci.

Langdon skinął głową, przyspieszając kroku, żeby nie zostawać w tyle za Fache'em.

— Czy znał pan dobrze Jacques'a Saunière'a? — spytał kapitan.

— Właściwie wcale go nie znałem. Nigdy się nie spotkaliśmy.

Fache wyglądał na zdziwionego.

— Dzisiaj wieczorem mieliście się spotkać po raz pierwszy?

— Tak. Zaplanowaliśmy spotkanie w recepcji Amerykańskiego Uniwersytetu zaraz po moim wykładzie, ale się nie pojawił.

Fache zapisał coś w notesie. Kiedy szli dalej, Langdon kątem oka zobaczył mniej znaną piramidę Luwru — *la pyramide inversée* — ogromne, odwrócone do góry nogami okno dachowe, które zwisało z sufitu jak stalaktyt. Fache poprowadził Langdona krótkimi schodami w górę aż do wejścia do łukowatego tunelu, nad którym widniał napis: DENON. Skrzydło Denona było najsłynniejsze z trzech głównych części Muzeum Luwru.

— Kto poprosił o spotkanie? — spytał nagle Fache. — Pan czy on?

Pytanie wydawało się dziwne.

— Poprosił pan Saunière — odparł Langdon, kiedy wchodzili do tunelu. — Kilka tygodni temu jego sekretarka skontaktowała się ze mną przez e-mail. Napisała, że kustosz dowiedział się, że w tym miesiącu będę miał wykład w Paryżu, i chce ze mną coś omówić.

— Co?

— Nie wiem. Przypuszczam, że kwestie związane ze sztuką. Mieliśmy wspólne zainteresowania.

Fache spojrzał na niego sceptycznie.

— Nie domyślał się pan, o czym będzie rozmowa?

Nie. Kiedy poproszono go o spotkanie, był ciekaw, jednak nie czuł się na tyle swobodnie, żeby żądać szczegółów. Powszechnie uwielbiany Jacques Saunière bardzo pilnie strzegł swojej prywatności i rzadko spotykał się z ludźmi; Langdon był wdzięczny za samą możliwość poznania go.

— Panie Langdon, czy mógłby pan przynajmniej spróbować zgadnąć, na czym ofierze morderstwa mogło zależeć, co Saunière chciał z panem omówić tego wieczoru, kiedy go zabito? To może nam pomóc.

Obcesowość tego pytania była dla Langdona dosyć krępująca.

— Naprawdę nie potrafię sobie wyobrazić. Nie pytałem. Czułem się zaszczycony, że w ogóle się ze mną skontaktował. Zawsze podziwiałem prace pana Saunière'a. Często korzystam z jego tekstów podczas zajęć na uczelni.

Fache odnotował to w notesie.

Byli już w połowie drogi przez tunel wejściowy do skrzydła Denona, gdzieś na końcu Langdon widział dwie windy, teraz nieruchome.

— Mieliście panowie wspólne zainteresowania? — spytał Fache.

— Tak. Szczerze mówiąc, prawie cały ubiegły rok poświęciłem na opracowanie książki pokrewnej dziedzinie wiedzy, w której pan Saunière był niezaprzeczalnie ekspertem. Spodziewałem się, że będę mógł go wysondować.

Fache podniósł wzrok.

— Przepraszam?

Widać zwrot, którego Langdon użył, był niezrozumiały.

— Cieszyłem się, że będę mógł się dowiedzieć, co myśli na ten temat.

— Rozumiem. A cóż to za temat?

Langdon zawahał się, niepewny, jak to ująć.

— W zasadzie rzecz jest poświęcona artystycznym wyobrażeniom Wielkiej Bogini, pojęciu świętości kobiecej oraz związanej z nim sztuce i symbolice.

Fache przygładził czarne włosy wielką jak kotlet dłonią.

— A Saunière był biegły w tej materii?

— Jak nikt na świecie.

— Rozumiem.

Langdon wyczuł, że Fache nie rozumie, o czym mowa. Jacques Saunière był uważany za najpoważniejszego znawcę wyobrażeń Wielkiej Bogini. Nie tylko miał osobiste zacięcie i pasję do znalezisk archeologicznych związanych z kultem płodności i Wielką Boginią, z Wicca i sakralnością kobiecą, ale w ciągu dwudziestu lat pracy na stanowisku kustosza Luwru pomógł muzeum w zgromadzeniu największej na świecie kolekcji sztuki związanej z kultem Wielkiej Bogini: labrysów — toporów z najstarszej greckiej świątyni kapłanek delfickich, setek egipskich zapinek *angh*, przypominających stojące anioły, grzechotek *sistrum*, używanych w starożytnym Egipcie do odpędzania złych duchów, niezwykłego zbioru statuetek boga Horusa pielęgnowanego przez boginię Izydę.

— Może Jacques Saunière wiedział o istnieniu pańskiej

pracy? — zasugerował Fache. — I poprosił pana o spotkanie, żeby zaproponować pomoc?

Langdon pokręcił głową.

— Prawdę mówiąc, nikt jeszcze nie wie o mojej książce. Nie jest skończona i nie pokazywałem jej nikomu oprócz mojego wydawcy.

Fache zamilkł. Langdon nie wspomniał, dlaczego nie pokazał jeszcze rękopisu nikomu innemu. W trzystustronicowym szkicu pod roboczym tytułem *Symbole zatraconej świętości żeńskiej* proponował raczej niekonwencjonalne ujęcia ikonografii religijnej, które zapewne wzbudzą spory.

Teraz, kiedy Langdon zbliżał się do nieczynnych w tej chwili ruchomych schodów, przystanął, zdając sobie sprawę, że Fache'a przy nim nie ma. Odwrócił się i zobaczył, że stoi kilka metrów dalej, koło windy technicznej.

— Pojedziemy tą windą — powiedział Fache, kiedy otworzyły się jej drzwi. — Na pewno pan wie, że galeria jest dosyć daleko.

Chociaż Langdon zdawał sobie sprawę, że podróż windą przyspieszy długą drogę na drugie piętro do skrzydła Denona, nie ruszał się z miejsca.

— Coś nie tak? — Fache przytrzymywał drzwi lekko zniecierpliwiony.

Langdon wypuścił powietrze z płuc i spojrzał tęsknym wzrokiem na ruchome schody. Nie, wszystko w porządku, skłamał sam przed sobą i podreptał do windy. Jako chłopak Langdon kiedyś wpadł do nieczynnej studni i omal nie stracił życia w płytkiej wodzie, zanim go ktoś uratował. Od tego czasu cierpiał na fobię zamkniętych przestrzeni — wind, metra, kortów do gry w squasha. Winda to zupełnie bezpieczne urządzenie, powtarzał sobie, ale nie mógł w to uwierzyć. To maleńkie, metalowe pudło wiszące w zamkniętym szybie! Wstrzymał oddech i wszedł do windy, czując dobrze znane uczucie przypływu adrenaliny, kiedy drzwi się za nim zamknęły.

Dwa piętra. Dziesięć sekund.

— Więc pan i Saunière — podjął Fache, kiedy winda ruszyła — nigdy się nie spotkaliście? Nigdy z sobą nie rozmawialiście i nie korespondowaliście? Nie wymienialiście e-maili?

36

Kolejne dziwne pytanie.

— Nie. Nigdy.

Fache przekrzywił głowę, jakby odnotowując ten fakt w pamięci. Milcząc, patrzył wprost przed siebie na chromowane drzwi.

Langdon starał się skupić myśli na czymkolwiek, byle nie na czterech ścianach, które go otaczały. W odbiciu błyszczących drzwi windy ujrzał spinkę do krawata kapitana policji — srebrny krzyżyk z trzynastoma wtopionymi w niego kawałkami czarnego onyksu. Zauważył to z niejakim zdziwieniem. Ten symbol znany był jako *crux gemmata* — krzyż z trzynastoma klejnotami — ideogram chrześcijański, symbolizujący Chrystusa i jego dwunastu apostołów. Langdon jakoś nie spodziewał się, że kapitan francuskiej policji będzie tak otwarcie manifestował swoje przywiązanie do Kościoła. Z drugiej jednak strony byli we Francji, a chrześcijaństwo w tym kraju to religia tak powszechna, jak powszechne jest prawo do narodzin.

— To *crux gemmata* — powiedział nagle Fache.

Zdziwiony Langdon podniósł wzrok i w odbiciu chromowanych drzwi windy dostrzegł, że Fache na niego patrzy.

Winda stanęła i drzwi się otworzyły.

Langdon czym prędzej wyszedł do holu, chcąc jak najszybciej znaleźć się w szerszej przestrzeni, którą tworzyły słynne wysokie sufity galerii Luwru. Świat, w którym się znalazł, był jednak zupełnie różny od tego, czego się spodziewał.

Zdziwiony zatrzymał się w pół kroku.

Fache odwrócił się i rzekł przez ramię:

— Rozumiem, panie Langdon, że nigdy nie widział pan Luwru po zamknięciu?

Chyba nie, pomyślał Langdon, próbując zorientować się w ciemnościach.

Zazwyczaj starannie oświetlone, teraz galerie były zadziwiająco ciemne. Zamiast płaskich, białych elementów oświetlenia, które schodzą od sufitu po ścianach, teraz świeciły przytłumione małe żaróweczki zatopione w podłodze, raz po raz rozświetlanej plamami czerwonego światła rozlewającymi się pod stopami.

Kiedy Langdon spojrzał w mroczny korytarz, zdał sobie sprawę, że powinien był się tego spodziewać. W zasadzie wszystkie większe galerie sztuki nocą wykorzystują czerwone oświetlenie techniczne — umieszczone strategicznie bardzo nisko, nieinwazyjne lampki, które pozwalają obsłudze galerii rozpoznawać korytarze i przejścia, utrzymując jednocześnie obrazy we względnej ciemności, aby spowolnić efekt blaknięcia spowodowany zbytnią ekspozycją na promienie światła. Tej nocy muzeum niemal osaczało i przytłaczało ciemnością. Wszędzie czaiły się długie cienie, a to, co na co dzień jawiło się przed oczami jako pnące się w górę, potężne sufity, teraz wydawało się nisko wiszącą czarną pustką.

— Tędy — rzucił Fache, skręcając ostro w prawo i mijając połączone galerie.

Langdon szedł za nim, powoli przyzwyczajając wzrok do ciemności. Z lewej i z prawej strony materializowały się z półcieni ogromne płótna olejne, jak odbitki wyłaniające się z wywoływacza w jakiejś ogromnej ciemni... Kiedy przechodzili przez kolejne sale, śledziły ich oczy postaci przedstawionych na obrazach. Langdon czuł na języku znany smak muzealnego powietrza — suchą, pozbawioną jonów esencję, w której wyczuwało się delikatny akcent węgla. Produkt przemysłowych regulatorów wilgotności zaopatrzonych w filtry węglowe, które pracowały dwadzieścia cztery godziny na dobę, by przeciwdziałać korozyjnemu wpływowi dwutlenku węgla wydychanego przez zwiedzających.

Umocowane wysoko na ścianach i dobrze widoczne kamery przemysłowe posyłały zwiedzającym bardzo jasny komunikat: Widzimy cię. Niczego nie dotykaj.

— Są prawdziwe? — spytał Langdon, gestem głowy wskazując kamery.

Fache pokręcił głową.

— Oczywiście, że nie.

Langdon nie był zdziwiony. Podgląd wideo w muzeum tej wielkości byłby ogromnie kosztowny i nieskuteczny. Gdyby chcieć monitorować setki metrów kwadratowych galerii, Luwr musiałby zatrudnić setki dodatkowych pracowników. Większość wielkich muzeów korzystała teraz z systemu „bezpieczeństwa przez zatrzymanie". Zamiast nie wpuszczać złodziei do środka, starała się ich tam zatrzymać. Urządzenia służące do tego celu włączano po zamknięciu muzeum. Gdyby jakiś intruz zdjął ze ściany obraz, podzielone na sektory wyjścia odcięłyby daną galerię, zamykając się wokół niej, a złodziej znalazłby się za kratami, nim pojawiłaby się policja.

Dźwięk głosów odbijał się echem w wyłożonym marmurem korytarzu. Wydawało się, że odgłosy dochodzą z wielkiej niszy leżącej po prawej stronie. Wylewało się z niej na korytarz jaskrawe światło.

— Biuro kustosza — powiedział kapitan.

Kiedy podeszli do niszy, Langdon zajrzał w głąb krótkiego korytarza, do luksusowo urządzonego gabinetu Saunière'a — ściany wyłożone emanującym ciepło drewnem, obrazy starych mistrzów i olbrzymie, liczące ponad sto lat biurko, na którym stała półmetrowej wysokości figurka rycerza w pełnej zbroi. Po pomieszczeniu kręciło się kilku tajniaków, rozmawiając przez telefony i pisząc coś w notesach. Jeden siedział przy biurku Saunière'a i stukał w klawiaturę laptopa. Wyglądało na to, że osobiste biuro Saunière'a stało się na tę noc tymczasowym punktem dowodzenia DCPJ.

— *Messieurs* — zawołał Fache i obecni odwrócili się w jego kierunku. — *Ne nous dérangez pas sous aucun prétexte. Entendu?*

Wszyscy kiwnęli głowami, że rozumieją.

Langdon nieraz już wywieszał na klamkach drzwi pokoi hotelowych tabliczki z napisem NE PAS DERANGER, więc złapał sens rozkazów kapitana. Fache'owi i Langdonowi miano nie przeszkadzać pod żadnym pozorem.

Zostawiając za sobą małe zgromadzenie agentów, Fache poprowadził Langdona ciemnym korytarzem. Trzydzieści metrów przed nimi wyłaniało się z ciemności wejście do cieszącej się największą popularnością części Luwru — la Grande Galerie — wydającego się nie mieć końca pawilonu, w którym zgromadzono najcenniejsze dzieła sztuki włoskich mistrzów. Langdon zorientował się już, że właśnie tutaj leżało ciało Saunière'a; na zdjęciu z polaroidu widać było jak na dłoni słynny parkiet Wielkiej Galerii.

Kiedy podeszli, Langdon zobaczył, że wejście blokuje potężna stalowa krata, która wyglądała, jakby miała powstrzymać armię średniowiecznych rycerzy.

— Nowe środki bezpieczeństwa — wyjaśnił Fache, kiedy się do niej zbliżyli.

Nawet w ciemności zapora ze stali sprawiała wrażenie zdolnej do zatrzymania czołgu. Langdon podszedł i zajrzał przez stalową kratownicę do słabo oświetlonych pomieszczeń Wielkiej Galerii.

— Pan pierwszy, panie Langdon — powiedział Fache.

Langdon odwrócił się do niego. Pierwszy, ale dokąd?

Fache wskazał gestem podłogę u podstawy stalowej kraty.

Langdon spojrzał w dół. Nie zauważył tego w ciemności. Była uniesiona na blisko sześćdziesiąt centymetrów, tak że pod spodem powstało wąskie, niewygodne przejście.

— Ten obszar jest wciąż niedostępny dla ochrony Luwru — wyjaśnił Fache. — Ekipa Police Technique et Scientifique właśnie skończyła pracę. — Wskazał ręką na otwór pod kratą. — Niech się pan prześlizgnie pod spodem.

Langdon spojrzał na wąską przestrzeń u swoich stóp, w którą miał się wczołgać, a potem na masywną żelazną bramę. On chyba żartuje. Stalowa krata wyglądała jak gilotyna, gotowa w każdej chwili zmiażdżyć intruza.

Fache mruknął coś pod nosem po francusku i spojrzał na zegarek. Potem ukląkł i przesunął pod kratą najpierw masywne ramiona, a potem resztę ciała. Wstał po drugiej stronie i spojrzał na Langdona przez stalowe pręty.

Langdon westchnął. Położył się na brzuchu, dłonie oparł płasko na wypolerowanym parkiecie i podciągnął się do przodu. Kiedy się przesuwał, kołnierz jego tweedowej marynarki od Harrisa zahaczył o pręt kraty, a on przywalił w nią tyłem głowy.

Bardzo sprytnie, Robercie, pomyślał, prześlizgując się niezręcznie na drugą stronę. Kiedy wstał, zrodziło się w nim podejrzenie, że to będzie bardzo długa noc.

Rozdział 5

Murray Hill Place — nowa kwatera główna i centrum konferencyjne Opus Dei — mieści się przy Lexington Avenue numer 243 w Nowym Jorku. Kosztowała nieco ponad czterdzieści siedem milionów dolarów, ma ponad dwanaście tysięcy metrów kwadratowych powierzchni i jest wieżowcem zbudowanym z czerwonej cegły i wapienia z Indiany. Zaprojektowała ją firma architektoniczna Nay & Pinska, w budynku jest ponad sto sypialni, sześć jadalni, biblioteki, pokoje wypoczynkowe, sale konferencyjne i biura. Na drugim, ósmym i szesnastym piętrze znajdują się kaplice ozdobione rzeźbionym kamieniem i marmurem. Piętro siedemnaste to piętro wypoczynkowe. Mężczyźni wchodzą do budynku przez główne drzwi przy Lexington Avenue. Kobiety — od strony bocznej uliczki i są „akustycznie i wizualnie oddzielone" od mężczyzn przez cały czas przebywania w budynku.

Trochę wcześniej tego samego wieczoru w ciszy i spokoju swojego mieszkania z widokiem na światła Nowego Jorku biskup Manuel Aringarosa spakował małą torbę podróżną i włożył zwykłą czarną sutannę. Kiedy indziej nie zapomniałby o purpurowym pasie biskupim, ale dziś wieczorem będzie podróżował publicznymi środkami transportu i wolał nie przyciągać uwagi swoją godnością. Tylko bystry obserwator mógłby dostrzec pierścień z czternastokaratowego złota z purpurowym ametystem, wielkimi diamentami i ręcznie wykonaną ozdobą w kształcie laski biskupiej. Zarzucił torbę podróżną na ramię, odmówił w ciszy modlitwę i wyszedł z mieszkania, potem zjechał do holu na dole, gdzie czekał kierowca, który miał odwieźć go na lotnisko.

Teraz, siedząc w samolocie odbywającym regularny lot do Rzymu, Aringarosa wyglądał przez okno, obserwując ciemne wody Atlantyku. Słońce już zaszło, lecz Aringarosa wiedział, że jego gwiazda wschodzi. Dzisiejszej nocy wygramy bitwę, pomyślał zdumiony, że zaledwie kilka miesięcy temu czuł się bezradny w rękach tych, którzy grozili, że zniszczą jego imperium.

Jako prałat Opus Dei, biskup Aringarosa spędził ostatnie dziesięć lat swojego życia, niosąc dobrą nowinę Dzieła Bożego — Opus Dei. Kongregacja założona w 1928 roku przez hiszpańskiego księdza José Maria Escrivá de Balaguer propagowała powrót do tradycyjnych wartości katolickich i zachęcała swoich członków do poświęcania całego życia i pracy Bogu.

Konserwatywna i zainspirowana tradycyjnymi wartościami chrześcijaństwa filozofia Opus Dei oraz sam ruch ma swoje początki w Hiszpanii, jeszcze w czasach sprzed reżimu Franco, ale od chwili publikacji w 1934 roku uduchowionego dzieła José Marii Escrivy zatytułowanego *Droga*, zawierającego 999 punktów medytacji służącej wdrażaniu Dzieła Bożego w codziennym życiu, przesłanie Escrivy rozprzestrzeniło się na całym świecie. Teraz, kiedy ponad cztery miliony egzemplarzy *Drogi* krąży po wszystkich kontynentach przetłumaczone na czterdzieści dwa języki, Opus Dei wyrasta na ruch ogólnoświatowy. Jego bursy, ośrodki naukowe, a nawet uniwersytety można odnaleźć niemal w każdej większej metropolii Europy i obu Ameryk. Opus Dei jest najszybciej rozwijającą się i finansowo najlepiej prosperującą organizacją katolicką na świecie. Niestety, o czym przekonał się Aringarosa, w czasach cynizmu religijnego, kultów i telewizyjnych kaznodziei, rosnące bogactwo i wpływy Opus Dei rodziły przeróżne podejrzenia.

— Dla wielu Opus Dei jest ideologicznym praniem mózgów — oskarżają często dziennikarze. — Dla innych ultrakonserwatywnym tajnym stowarzyszeniem katolickim. Kim właściwie jesteście?

— Opus Dei nie jest ani jednym, ani drugim — tłumaczył cierpliwie biskup. — Należymy do Kościoła katolickiego. Jesteśmy zgromadzeniem katolików, którzy wybrali możliwie najbardziej rygorystyczne przestrzeganie doktryny katolickiej.

— Czy Dzieło Boże musi zawierać takie elementy jak śluby czystości, płacenie dziesięciny oraz pokutę za grzechy przez samobiczowanie i noszenie *cilice*?

— Mówi pan tylko o pewnym niewielkim procencie wyznawców Opus Dei — odpowiadał Aringarosa. — Jest przecież wiele poziomów, na których można się zaangażować duchowo. Istnieją tysiące zwyczajnych członków Opus Dei, którzy są w związkach małżeńskich, mają rodziny i szerzą Dzieło Boże w swoich społecznościach. Inni wybierają życie w ascezie, w murach naszych domów zakonnych. Są to wybory osobiste, ale wszyscy w Opus Dei mamy jeden cel — ulepszanie świata poprzez czynienie Dzieła Bożego. Jest to z pewnością cel wzniosły.

Rzadko jednak udawało się przekonać kogoś argumentami zdroworozsądkowymi. Media zawsze ciążyły w kierunku skandalu, a w szeregach Opus Dei, tak jak w większości ponad miarę rozrośniętych organizacji, było kilka zbłąkanych dusz, których zachowanie rzucało cień na wszystkich pozostałych. Dwa miesiące przed tym wywiadem grupę Opus Dei na uniwersytecie na środkowym zachodzie Stanów przyłapano na podawaniu nowo przyjętym do organizacji meskaliny, by wzbudzić w nich stany euforyczne, które neofici mieli postrzegać jako doświadczenie religijne. Jakiś student uniwersytetu zapinał na udzie nabijany ostrymi kolcami pas *cilice* na dłużej niż zalecane dwie godziny dziennie i nabawił się śmiertelnej infekcji. Nie tak dawno temu w Bostonie rozczarowany życiem młody bankier zapisał Opus Dei oszczędności całego życia, a potem popełnił samobójstwo.

Zbłąkane owieczki, pomyślał Aringarosa, ogarniając ich serdeczną, współczującą myślą.

Największe zakłopotanie organizacji wzbudził, rzecz jasna, szeroko komentowany w mediach proces szpiega FBI, Roberta Hanssena, który prócz tego, że był prominentnym członkiem Opus Dei, był też, jak się okazało, dewiantem seksualnym, a podczas procesu sądowego ujawniono dowody na to, że zainstalował ukryte kamery we własnej sypialni, by jego koledzy mogli się przyglądać, jak uprawia seks z żoną.

— A takie zachowanie trudno nazwać rozrywką żarliwego katolika — powiedział sędzia podczas rozprawy.

To przykre, ale wydarzenia te zainspirowały powołanie do życia nowej grupy, która obserwuje działalność Opus Dei, znanej jako Sieć Świadomości Opus Dei. Bardzo popularna strona internetowa tej grupy przekazywała przerażające historie opowiadane przez byłych członków Opus Dei, którzy ostrzegali, czym grozi wstąpienie do organizacji. Media mówiły teraz, że Opus Dei to „mafia Boga" i „sekta Chrystusa".

Boimy się tego, czego nie rozumiemy, myślał Aringarosa, zastanawiając się, czy ci krytycy mają w ogóle pojęcie, ile istnień ludzkich wzbogaciło Opus Dei. Organizacja miała pełne poparcie i błogosławieństwo Watykanu. Opus Dei to osobista prałatura papieża.

Jednak całkiem niedawno zagroziła Opus Dei siła nieskończenie potężniejsza niż media... Niespodziewany wróg, przed którym Aringarosa nie potrafił się nigdzie ukryć. Pięć miesięcy temu zatrzęsły się podstawy władzy organizacji, a Aringarosa wciąż nie mógł się po tym ciosie podnieść.

— Nie wiedzą, z kim wszczynają wojnę — szeptał do siebie Aringarosa, wyglądając przez okno samolotu w nieprzeniknioną ciemność oceanu. Przez chwilę jego wzrok spoczął na powierzchni okna i ujrzał odbicie swojej twarzy — o ciemnej cerze, pociągłej, z wydatnym płaskim i krzywym nosem, który kiedyś, gdy był młodym misjonarzem, złamała w Hiszpanii brutalna pięść. Teraz jednak nikt nie zważał na jego fizyczne niedoskonałości. Aringarosa żył zanurzony w świecie ducha, a nie ciała.

Kiedy odrzutowiec przeleciał nad wybrzeżem Portugalii, telefon komórkowy w kieszeni sutanny Aringarosy zaczął bezgłośnie wibrować. Mimo że przepisy linii lotniczych zakazują korzystania z komórek w czasie lotu, Aringarosa odebrał telefon, ponieważ wiedział, że jest to rozmowa, której nie może zignorować. Tylko jeden człowiek miał numer tego telefonu, ten sam człowiek, który go przesłał.

Podekscytowany biskup odezwał się cicho:

— Tak?

— Sylas zlokalizował klucz sklepienia — powiedział jego rozmówca. — Jest w Paryżu. W murach kościoła Saint-Sulpice.

Aringarosa uśmiechnął się.

— Jesteśmy więc blisko.

— Możemy go zdobyć natychmiast. Potrzebujemy jednak twoich wpływów, księże biskupie.

— Oczywiście. Powiedz, co mam zrobić.

Kiedy Aringarosa wyłączył telefon, serce biło mu jak młotem. Raz jeszcze spojrzał w pustkę, w ciemność nocy, czując się jak pyłek w lawinie wydarzeń, które zaczęły toczyć się z jego woli.

Siedemset kilometrów dalej albinos o imieniu Sylas stał pochylony nad miednicą i ścierał sobie krew z pleców, patrząc, jak w wodzie wirują czerwone wzory. *Pokrop mnie hizopem, a stanę się czysty, obmyj mnie, a nad śnieg wybieleję* * — modlił się słowami psalmu.

Sylas czuł radosne podniecenie — po raz pierwszy od czasów, kiedy skończyło się jego poprzednie życie. Zaskoczyło go to i podekscytowało zarazem. Przez ostatnie dziesięć lat wyznawał Drogę, oczyszczając się z grzechów... Odbudowując życie... Wymazując akty przemocy z poprzedniego życia. Dziś wieczorem to wszystko powróciło jednak jak fala. Nienawiść, którą tak bardzo chciał pogrzebać, została wezwana do apelu. Był zdziwiony tym, jak szybko wróciła przeszłość. A wraz z nią jego umiejętności. Trochę zapomniane, ale użyteczne.

Słowo Jezusa to słowo pokoju... Nieuciekanie się do przemocy... słowo Miłości. Tego uczono Sylasa od początku i te nauki zachowywał w sercu. Lecz wrogowie Chrystusa próbują teraz zniszczyć właśnie te nauki i tę prawdę. Ci, którzy grożą Bogu siłą, będą siłą zwalczani. Niewzruszoną. Jak skała.

---

* Księga Psalmów 51,9. Cytaty z Pisma Świętego według Biblii Tysiąclecia.

Przez dwa tysiąclecia żołnierze Chrystusa bronili wiary przed tymi, którzy próbowali ją zafałszować. Dziś Sylasa wezwano do boju.

Osuszył rany i włożył sięgający kostek habit. Prosty, uszyty z ciemnej wełny, podkreślał biel jego skóry i włosów. Zawiązał mocniej węzeł na sznurze wokół pasa, założył kaptur i pozwolił swoim czerwonym oczom podziwiać odbicie w lustrze. Kości zostały rzucone.

Rozdział 6

Prześlizgnąwszy się pod stalową kratą do Wielkiej Galerii, Robert Langdon miał poczucie, jakby nagle znalazł się u wylotu długiej, głębokiej doliny. Po obu stronach galerii nagie ściany wyrastały w górę na ponad dziesięć metrów i znikały gdzieś w ciemnościach. Rzednący blask czerwonych lampek rozpraszał się, pnąc ku sufitowi, a lampki rzucały nienaturalne, rudawe światło na imponującą kolekcję obrazów Leonarda da Vinci, Tycjana i Caravaggia, wiszących na umocowanych u sufitu sznurach. Martwe natury, sceny religijne i krajobrazy wisiały tuż obok portretów szlachty i mężów stanu.

Chociaż w Wielkiej Galerii znajdowały się najsłynniejsze dzieła sztuki malarstwa włoskiego, wielu odwiedzających miało uczucie, że największe wrażenie robi na nich jej słynny parkiet. Ułożony z ukośnych dębowych klepek w zadziwiający geometryczny wzór, stwarzał efemeryczne złudzenie optyczne — złudzenie wielowymiarowej sieci. Zwiedzającym wydawało się, że płyną przez galerię po ruchomej, zmieniającej się z każdym krokiem powierzchni wody.

Kiedy wzrok Langdona zaczął błądzić po intarsjowanej podłodze, jego oczy nagle zatrzymały się na przedmiocie leżącym kilka metrów na lewo, otoczonym ze wszystkich stron taśmą policyjną, przedmiocie, którego nie powinno tam być. Odwrócił się do Fache'a.

— Czy tam na podłodze, to jest... Caravaggio?

Fache skinął głową, nawet nie patrząc.

Obraz, jak oceniał Langdon, był wart powyżej dwóch milionów dolarów, a tu walał się na podłodze jak stary plakat.

— A cóż to płótno robi na podłodze?

Fache spojrzał na niego niechętnie, najwyraźniej nieporuszony tym faktem.

— To jest miejsce zbrodni, panie Langdon. Niczego nie dotykaliśmy. Płótno zerwał ze ściany kustosz Luwru. Właśnie tak włączył system alarmowy.

Langdon odwrócił się i znów spojrzał na stalową kratownicę oddzielającą korytarz od głównej sali, próbując sobie wyobrazić, co się tu wydarzyło.

— Kustosza napadnięto w jego biurze, uciekł do Wielkiej Galerii i włączył system bezpieczeństwa, zrywając ten obraz ze ściany. Krata natychmiast opadła, odcinając tu wszelki dostęp. To jest jedyne wejście i wyjście z galerii.

Langdon nie od razu zrozumiał.

— To znaczy, że kustoszowi udało się uwięzić napastnika tutaj, w Wielkiej Galerii?

Fache pokręcił głową.

— Brama systemu alarmowego oddzieliła Saunière'a od napastnika. Zabójca był po jej drugiej stronie, w holu, i strzelił do Saunière'a przez kraty. — Fache wskazał palcem na pomarańczowe oznaczenie zwisające z jednego z prętów. — Ekipa daktyloskopijna znalazła osad po prochu i ślad wystrzału. Strzelił przez pręty. Saunière zmarł tutaj sam.

Langdon przypomniał sobie fotografię ciała Saunière'a. Podobno zrobił to sobie sam. Wyjrzał na olbrzymi pawilon rozciągający się przed nimi.

— Więc gdzie jest jego ciało?

Fache poprawił spinkę do krawata w kształcie krzyżyka i ruszył do przodu.

— Jak pan prawdopodobnie wie, Wielka Galeria jest dosyć długa.

Jej długość, o ile Langdon dobrze pamiętał, wynosiła ponad czterysta metrów, a to mniej więcej długość trzech pomników Waszyngtona ułożonych wzdłuż jeden za drugim. Szerokość była równie zdumiewająca, mogły się w niej zmieścić bez trudu dwa pociągi pasażerskie. Pośrodku olbrzymiego pawilonu stały co kilkanaście metrów posągi i kolosalnej wielkości porcelanowe urny, służące jako gustowne oznaczenie linii środkowej, rozdzielające kierunki ruchu zwiedzających.

Fache milczał. Stawiając energiczne kroki, maszerował prawą stroną ze wzrokiem utkwionym gdzieś przed siebie. Langdon czuł, że to profanacja, przebiegać obok tylu wybitnych dzieł sztuki, nie zatrzymując się nawet na chwilę, by na nie spojrzeć. Inna rzecz, że przy tym oświetleniu i tak niczego nie dałoby się zobaczyć, pomyślał.

Stłumione karmazynowe światło przywiodło niestety wspomnienia z niedawnych przeżyć Langdona w pomieszczeniach Tajnych Archiwów Watykańskich, oświetlanych podobnie nieinwazyjnym światłem. Dziś wieczorem była to druga niepokojąca paralela z przygodą w Rzymie, która niemal nie skończyła się dla niego tragicznie. Znów przypomniał sobie Vittorię. Zniknęła z jego snów. Nie pojawiała się w nich już od miesięcy. Langdon nie mógł uwierzyć, że Rzym był zaledwie rok temu; czuł, jakby minęły całe dziesięciolecia. Inne życie. Ostatni list — a właściwie pocztówkę — otrzymał od Vittorii w grudniu. Pisała, że wybiera się na morze niedaleko Jawy, by kontynuować badania nad dynamiką stanów nieuporządkowanych... Coś na temat wykorzystywania satelitów do śledzenia migracji ogromnych płaszczek. Langdon nigdy się nie oszukiwał, że takie kobiety jaki Vittoria Vetra mogłyby prowadzić szczęśliwe życie u jego boku w kampusie uniwersyteckim, ale ich spotkanie w Rzymie rozbudziło w nim tęsknoty, których nigdy nawet sobie nie wyobrażał. Jego kawalerski stan i zwyczajne przyjemności, które takie życie dawało, zostało nagle zepchnięte z prostych torów i pojawiła się niespodziewana pustka — chociaż przez rok rana trochę się zabliźniła.

Szli dalej szybkim krokiem, a Langdon wciąż nie widział ciała.

— Jacques Saunière dotarł aż tutaj?

— Pan Saunière został trafiony w brzuch. Umierał bardzo powoli. Może piętnaście lub dwadzieścia minut. Bezsprzecznie był człowiekiem o wielkiej sile fizycznej i duchowej.

Langdon odwrócił się, nie dowierzając.

— Ochrona dotarła tu dopiero po piętnastu minutach?

— Ależ skąd. Ochrona Luwru natychmiast zareagowała na alarm. Okazało się, że Wielka Galeria jest odcięta. Słyszeli przez bramę, że ktoś tam jest, porusza się na końcu korytarza, ale nie widzieli kto. Krzyczeli, lecz nie było odpowiedzi. Uznali, że to może być tylko przestępca, i postępowali zgodnie z procedurą. Zadzwonili do Centralnego Biura Śledczego. Byliśmy na stanowiskach w piętnaście minut. Kiedy dotarliśmy na miejsce, unieśliśmy kratownicę, by można się było pod nią przecisnąć, i posłałem sześciu uzbrojonych agentów do środka. Przeczesywali całą długość galerii, żeby przyskrzynić intruza.

— I co?

— Nie znaleźli nikogo. Oprócz... — pokazał palcem jakieś miejsce daleko w wielkim holu — niego.

Langdon podążył wzrokiem za wyciągniętym palcem Fache'a. Z początku sądził, że Fache wskazuje na wielką marmurową rzeźbę stojącą pośrodku. Po chwili jednak zaczął rozróżniać kształty. Coś leżało tuż za rzeźbą. Stojąca trzydzieści metrów dalej pojedyncza lampa na przenośnym statywie była skierowana na podłogę, tworząc rażąco białą plamę jaskrawego światła pośrodku ciemnoczerwonej galerii. W jego kręgu, jak owad pod mikroskopem, leżało nagie ciało kustosza rozciągnięte na parkiecie Luwru.

— Widział pan zdjęcie — powiedział Fache — więc to nie powinno pana dziwić.

Kiedy podchodzili do ciała, Langdon poczuł nagły chłód. Jego oczom ukazał się jeden z najdziwniejszych widoków, jakie kiedykolwiek zdarzyło mu się oglądać.

Marmurowo białe ciało Jacques'a Saunière'a leżało na parkiecie w takiej samej pozycji, w jakiej widział je na fotografii. Kiedy Langdon stał, mrużąc oczy w ostrym świetle lampy, przypomniał sobie i uzmysłowił, ku swojemu zdziwieniu, że zmarły poświęcił ostatnie minuty życia na ułożenie ciała w ten dziwny sposób.

Saunière wyglądał na człowieka niezwykle sprawnego fizycznie jak na swój wiek... I cała jego muskulatura była teraz wyraźnie widoczna. Rozebrał się do naga, złożył starannie ubranie i położył się na plecach w samym środku szerokiego pawilonu, dokładnie na długiej osi pomieszczenia. Ramiona i nogi miał rozrzucone na boki jak dziecko, które robi orła na śniegu. Albo może lepiej — jak człowiek, którego rozciągnęła i podzieliła na ćwiartki jakaś niewidoczna siła.

Tuż pod mostkiem Saunière'a krwawy ślad oznaczał miejsce, gdzie kula przebiła skórę. Rana była mała i prawie nie krwawiła, widać było tylko plamkę zaschniętej krwi.

Lewy palec wskazujący Saunière'a również był zakrwawiony, ponieważ, jak widać, moczył go w ranie, by stworzyć najbardziej niepokojący aspekt swego makabrycznego łoża śmierci; posługując się krwią jak atramentem i własnym ciałem jak płótnem, Saunière narysował na swojej skórze symbol — pięć prostych przecinających się linii, tworzących pięcioramienną gwiazdę.

Pentagram.

Gwiazda wyrysowana krwią, której środek wyznaczał pępek Saunière'a, nadawała ciału złowieszczą, cmentarną aurę. Fotografia, którą przedtem oglądał, mroziła krew w żyłach, ale teraz, patrząc na tę scenę, Langdon czuł pogłębiający się niepokój.

Sam to sobie zrobił.

— Panie Langdon? — Znów spoczęły na nim ciemne oczy Fache'a.

— To jest pentagram. — Głos Langdona rozległ się dudniącym echem w pustej przestrzeni. — Jeden z najstarszych symboli świata. Rysowano go już cztery tysiące lat przed Chrystusem.

— I co on oznacza?

Langdon zawsze się wahał, kiedy zadawano mu tego typu pytanie. Opowiedzieć komuś, co symbol „oznacza", to tak jak opowiedzieć, jakie uczucie powinna wzbudzać w nim piosenka... A przecież każdy czuje co innego. Biała szpiczasta czapka Ku-Klux-Klanu wzbudzała w Stanach Zjednoczonych poczucie nienawiści i rasizm, ale to samo przybranie głowy w Hiszpanii symbolizowało głęboką wiarę religijną.

— Symbole mają różne znaczenie w różnych okolicznoś-

51

ciach — powiedział Langdon. — Pentagram jest przede wszystkim pogańskim symbolem religijnym.

Fache skinął głową.

— Kult diabła.

— Nie — skorygował Langdon, natychmiast zdając sobie sprawę, że powinien staranniej dobierać słowa.

Obecnie termin „pogański" stał się niemal synonimem kultu diabła — a to wielkie nieporozumienie. Słowo to pochodzi od łacińskiego *paganus*, co oznacza mieszkańca wsi. „Poganie" to w dosłownym znaczeniu nieuczeni ludzie ze wsi, wyznający pradawny kult Natury i trzymający się z dala od Kościoła, który uczynił ze słowa „wieśniak", *paganus*, synonim grzesznej, zbłąkanej duszy.

— Pentagram — tłumaczył Langdon — to przedchrześcijański symbol, który wiąże się z kultem przyrody. Starożytni dzielili świat na dwie części — męską i żeńską. Ich bogowie i boginie zmierzali ku równowadze mocy. *Jin* i *yang*. Kiedy między pierwiastkiem męskim i żeńskim panowała równowaga, świat żył w harmonii. Kiedy zaś równowaga była zachwiana, świat pogrążał się w chaosie. — Langdon wskazał brzuch Saunière'a. — Ten pentagram przedstawia żeńską połowę wszechrzeczy, pojęcie, które historycy religii zwą „sakralnością żeńską" albo „boską boginią". Saunière, jak niewielu, znał to pojęcie.

— Saunière narysował sobie symbol bogini na brzuchu?

Langdon musiał przyznać, że to wydaje się dziwne.

— W bardzo szczególnej wykładni pentagram symbolizuje Wenus, boginię kobiecej miłości cielesnej i urody.

Fache rzucił spojrzenie na nagiego mężczyznę i sapnął.

— Wczesne religie odwoływały się do boskiego porządku przyrody. Bogini Wenus i planeta Wenus były jednym i tym samym. Bogini miała swoje miejsce na nocnym niebie i znano ją pod wieloma imionami — Wenus, Gwiazda Wschodu, Isztar, Astarte — zaś wszystkie te określenia żeńskiej mocy łączyły się z Naturą lub Matką Ziemią.

Fache sprawiał teraz wrażenie jeszcze bardziej zakłopotanego, jakby z dwojga złego wolał koncepcję kultu diabła.

Langdon postanowił, że nie będzie dzielił się z Fache'em

wiedzą o najbardziej zadziwiającej właściwości pentagramu — o graficznych źródłach jego związku z Wenus. Gdy w młodości studiował astronomię, dowiedział się ze zdziwieniem, że raz na osiem lat planeta Wenus przemierza po eklipptyce nieboskłonu linię idealnego pentagramu. Starożytni byli tak zdumieni tym zjawiskiem, że Wenus i jej pentagram stały się symbolem perfekcji, piękna oraz cyklicznych cech miłości cielesnej. W hołdzie magii Wenus starożytni Grecy zastosowali ośmioletni cykl w organizacji igrzysk olimpijskich. W dzisiejszych czasach rzadko kto zdaje sobie sprawę, że czteroletni cykl współczesnych igrzysk nadal odzwierciedla połowiczne cykle wędrówki Wenus. A prawie nikt nie wie, że pięcioramienna gwiazda miała być oficjalnym znakiem olimpiady, lecz w ostatniej chwili zmodyfikowano ją, zamieniając jej pięć wierzchołków na pięć przenikających się pierścieni, aby lepiej odzwierciedlić ducha igrzysk, łączność i harmonię.

— Panie Langdon — powiedział nagle Fache — rzecz jasna, że pentagram zapewne odnosi się również do diabła. Pokazują to wasze amerykańskie horrory filmowe.

Langdon zmarszczył brwi. Dzięki ci, Hollywood. Pięcioramienna gwiazda stała się teraz najprawdziwszym symbolem kiczu w satanistycznych obrazach o seryjnych mordercach, zazwyczaj nasmarowana krwią na ścianie jakiegoś opuszczonego mieszkania wraz z innymi domniemanymi symbolami demonów. Langdon, oglądając ten symbol w takim kontekście, czuł gniew i zniechęcenie, ponieważ rzeczywiste początki i pochodzenie pentagramu są bardziej boskie niż diabelskie.

— Zapewniam pana, że mimo tego, co ogląda pan na filmach, interpretacja historyczna pentagramu jako symbolu szatana jest nietrafna. Pierwotnym przesłaniem pentagramu jest kobiecość, jednak jego symbolika została zniekształcona w ciągu tysięcy lat. I to przy użyciu przemocy.

— Obawiam się, że nie chwytam.

Langdon spojrzał na krzyżyk Fache'a, niepewny, jak ubrać w słowa swoją następną myśl.

— Chodzi o Kościół, panie kapitanie. Symbole są bardzo odporne, ale Kościół katolicki w pierwszych latach swojego

53

istnienia zniekształcił pentagram. Rzym chciał wykorzenić religie pogańskie i nawrócić masy na chrześcijaństwo, a Kościół rozpętał kampanię pomówień przeciwko pogańskim bogom i boginiom, pokazując ich uświęcone symbole jako symbole zła.

— Proszę mówić dalej.

— To rzecz bardzo zwyczajna w czasach niepokojów — kontynuował Langdon. — Nowa, kształtująca się władza przeważnie przejmuje istniejące symbole i z czasem degraduje je, by zatrzeć ich znaczenie. W zmaganiach między symbolami pogańskimi a symbolami chrześcijańskimi poganie przegrali; trójząb Posejdona stał się widłami diabła, szpiczasty kapelusz mądrej starej kobiety stał się symbolem wiedźmy, a pentagram Wenus znakiem szatana. — Langdon przerwał. — Niestety, armia Stanów Zjednoczonych również sprofanowała pentagram; jest teraz naszym najważniejszym symbolem wojny. Malujemy go na wszystkich odrzutowcach bojowych i zawieszamy na ramionach generałów. — To wyczerpuje kwestię o bogini miłości i piękna.

— Interesujące. — Fache wskazał głową na ciało ułożone w kształt orła na śniegu. — A jeżeli chodzi o sposób ustawienia rąk i nóg. Jak pan to interpretuje?

Langdon wzruszył ramionami.

— Taki układ tylko wzmacnia odniesienie do pentagramu i do sakralności kobiecej.

Fache zachmurzył się.

— Mógłby pan wyrazić to jaśniej?

— Powtórzenie. Powtórzenie symbolu jest najprostszym sposobem podkreślenia jego znaczenia. Jacques Saunière ułożył swoje ciało na kształt znaku pięcioramiennej gwiazdy. — Jeśli jeden pentagram coś znaczy, dwa znaczą jeszcze więcej.

Fache powiódł wzrokiem po pięciu wierzchołkach, które tworzyły ramiona, nogi i głowa Saunière'a, i znowu przyczesał dłonią czarne, błyszczące włosy.

— Interesująca analiza. — Urwał. — A jego nagość? — Kiedy wymówił to słowo, aż się wzdrygnął, widać było, że odstręcza go widok starzejącego się męskiego ciała. — Dlaczego zdjął ubranie?

Cholernie dobre pytanie, pomyślał Langdon. Cały czas się nad tym zastanawiał, od chwili kiedy pierwszy raz zobaczył zdjęcie zrobione polaroidem. Domyślał się, że naga postać ludzka to jeszcze jeden sposób pokazania Wenus, bogini ludzkiej cielesności. Chociaż współczesna kultura wymazała wiele skojarzeń między Wenus a zjednoczeniem kobiety i mężczyzny, to analityczne oko etymologa wciąż potrafi dostrzec każdy najmniejszy ślad oryginalnego znaczenia Wenus, na przykład w słowie „weneryczny". Langdon postanowił jednak nie zagłębiać się w ten temat.

— Panie Fache, z pewnością nie potrafię wyjaśnić panu, dlaczego Saunière narysował ten symbol na swoim ciele ani dlaczego w ten sposób się położył, ale mogę powiedzieć jedno, że ktoś taki jak Jacques Saunière na pewno uważał pentagram za znak bogini. Korelacja między tym symbolem a świętością kobiecą jest dobrze znana zarówno historykom sztuki, jak i specjalistom od symboliki.

— Rozumiem, w porządku. A pisanie własną krwią?

— Widać nie miał nic innego, czym mógłby napisać to, co chciał napisać.

Fache milczał chwilę.

— Sądzę, że pisał krwią, żeby policja mogła zastosować pewne procedury daktyloskopijne.

— Nie rozumiem.

— Niech pan spojrzy na jego lewą dłoń.

Wzrok Langdona powędrował wzdłuż sinobiałego ramienia kustosza do lewej dłoni, ale niczego tam nie było. Langdon okrążył ciało i przykucnął, odnotowując ze zdziwieniem, że kustosz ściska w ręku gruby pisak.

— Saunière trzymał go, kiedy znaleźliśmy ciało — wyjaśnił Fache, zostawiając Langdona i odchodząc na kilka metrów do przenośnego stołu zastawionego przyrządami daktyloskopijnymi, kablami i najprzeróżniejszą elektroniką. — Jak panu mówiłem — kontynuował, szukając czegoś na stole — niczego nie dotykaliśmy. Zna pan ten rodzaj pisaka?

Langdon przyklęknął i pochylił się, żeby zobaczyć oznaczenie firmowe. STYLO DE LUMIERE NOIRE.

Zdziwiony, podniósł wzrok.

Tak zwany pisak znaków wodnych lub czarnego światła to specjalistyczny marker, używany przez pracowników muzealnych, konserwatorów zabytków i policję ścigającą fałszerstwa, do niewidzialnego znakowania przedmiotów. Był napełniony atramentem opartym na alkoholu, niekorodującym i fluorescencyjnym, widocznym jedynie w świetle ultrafioletu. Pracownicy muzealni nosili takie pisaki przy sobie podczas codziennych obchodów i oznaczali nimi ramy obrazów kwalifikujących się do konserwacji.

Kiedy Langdon wstał, Fache podszedł do reflektora i wyłączył światło. Cała galeria nagle pogrążyła się w ciemności.

Langdon przez chwilę nic nie widział i czuł rosnącą niepewność. Sylwetka Fache'a pojawiła się oświetlona jaskrawym fioletem. Podszedł bliżej, trzymając w ręku przenośne źródło światła, które otaczało go fioletową aurą.

— Jak pan wie — powiedział Fache, którego oczy błyszczały w fioletowym świetle — policja wykorzystuje oświetlenie czarnym światłem na miejscu zbrodni do poszukiwania śladów krwi i innych dowodów sądowych. Proszę więc wyobrazić sobie nasze zdziwienie... — Nagle skierował światło na ciało.

Langdon, zaskoczony, cofnął się o krok.

Serce mu zabiło, kiedy dotarł do niego dziwny widok, jaśniejący tuż przed nim na parkiecie. Ostatnie słowa kustosza muzeum, wypisane jego ręką świetlistym pismem, widniały teraz tuż obok jego ciała. Kiedy Langdon przyglądał się pobłyskującemu tekstowi, poczuł, że mgła spowijająca cały ten wieczór zagęszcza się.

Jeszcze raz przeczytał napis i spojrzał na Fache'a.

— Cóż to, u diabła, ma znaczyć?!

Oczy Fache'a płonęły biało.

— To jest właśnie pytanie, *monsieur*, na które musi nam pan odpowiedzieć.

Niedaleko, w biurze Saunière'a, porucznik Collet, który wrócił do Luwru, pochylił się nad konsolą radiową ustawioną na ogromnym biurku kustosza. Gdyby nie spojrzenie dziwacznej, podobnej do robota figurki przedstawiającej średniowiecznego rycerza, która wpatrywała się w niego z narożnika biurka, Collet czułby się komfortowo. Poprawił słuchawki AKG i sprawdził poziom sygnału na wejściu systemu zapisu na twardym dysku. Wszystko działało. Mikrofony funkcjonowały bez zarzutu, a sygnał audio był krystalicznie czysty.

Le moment de vérité, pomyślał filozoficznie.

Z uśmiechem zamknął oczy i zagłębił się w fotelu, ciekaw dalszej części toczącej się w Wielkiej Galerii rozmowy, którą zaczął nagrywać.

Rozdział 7

Skromne mieszkanko w murach kościoła Saint-Sulpice mieściło się na drugim piętrze samego kościoła, na lewo od balkonu dla chóru. Dwupokojowe, z kamienną podłogą i spartańskim umeblowaniem, już od ponad dziesięciu lat było domem dla siostry Sandrine Bieil. Klasztor nieopodal był jej oficjalnym miejscem zameldowania, gdyby ktoś chciał wiedzieć, wolała jednak ciszę i spokój kościoła i urządziła się na górze całkiem wygodnie; miała łóżko, telefon i dwupalnikową kuchenkę.

Jako kościelna *conservatrice d'affairs*, siostra Sandrine była odpowiedzialna za wszystkie niereligijne aspekty funkcjonowania kościoła — utrzymanie budynku, zatrudnianie dodatkowego personelu i przewodników, bezpieczeństwo po zamknięciu bram i dostawy produktów takich jak wino i opłatki komunijne.

Już spała, kiedy obudził ją natarczywy dźwięk telefonu. Zmęczona, podniosła słuchawkę.

— *Soeur Sandrine. Eglise Saint-Sulpice.*

— Witam, siostro — odezwał się po francusku męski głos.

Siostra Sandrine usiadła na łóżku. Która godzina? Chociaż rozpoznała głos przełożonego, była zdziwiona, gdyż od piętnastu lat nigdy nie budził jej w środku nocy. Opat był człowiekiem bardzo religijnym, który szedł do domu i kładł się spać zaraz po wieczornej mszy.

— Proszę mi wybaczyć, jeżeli siostrę obudziłem — powiedział, a w jego głosie słychać było nutę zdenerwowania i niepewności. — Muszę siostrę prosić o przysługę. Właśnie miałem telefon od bardzo wpływowego amerykańskiego biskupa. Może siostra o nim słyszała? Manuel Aringarosa.

— Prałat Opus Dei? — Oczywiście, że słyszałam. Kto w Kościele o nim nie słyszał?

Konserwatywne rządy Aringarosy w ostatnich latach jeszcze przybrały na sile. Wyniesienie do łask nastąpiło nagle, w roku 1982, kiedy papież Jan Paweł II niespodziewanie wyniósł Opus Dei do papieskiej prałatury personalnej, oficjalnie sankcjonując praktyki religijne stowarzyszenia. Co dziwne, wyniesienie Opus Dei nastąpiło w tym samym roku, w którym ta bogata organizacja religijna miała ponoć przekazać miliard dolarów Watykańskiemu Instytutowi Studiów Religijnych — znanemu powszechnie jako Bank Watykański — ratując go od upokarzającego bankructwa. Drugi krok, który wywołał niejakie zdziwienie, to umieszczenie założyciela Opus Dei na „szybkiej ścieżce" do wyniesienia na ołtarze, skracającej często stuletni czas oczekiwania na kanonizację do zaledwie dwudziestu lat. Siostra Sandrine miała odczucie, że dobre notowania Opus Dei w Rzymie są trochę podejrzane, ale przecież nikt nie kwestionował decyzji Rzymu.

— Biskup Aringarosa prosił mnie o przysługę — oznajmił opat nerwowym głosem. — Jeden z członków Opus Dei jest dziś wieczorem w Paryżu...

Siostra Sandrine, słuchając tej dziwnej prośby, czuła się coraz bardziej zagubiona.

— Proszę mi wybaczyć, ale czy ten gość z Opus Dei nie mógłby zaczekać do rana?

— Niestety, chyba nie. Wylatuje rannym samolotem. Zawsze marzył o tym, by zobaczyć kościół Saint-Sulpice.

— Ale kościół jest znacznie bardziej interesujący w ciągu dnia. Promienie słońca, które wpadają przez oculus, gęstniejące cienie na gnomach, dzięki temu Saint-Sulpice jest unikalny.

— Zgadzam się z siostrą, ale proszę o osobistą przysługę. Proszę go oprowadzić. Będzie tam około... Powiedzmy, około pierwszej. To jest za dwadzieścia minut.

Siostra Sandrine zmarszczyła brwi.

— Oczywiście. Z przyjemnością.

Opat podziękował jej i odłożył słuchawkę.

Zdziwiona obrotem spraw, siostra Sandrine poleżała jeszcze chwilę pod ciepłą kołdrą, próbując strząsnąć z siebie pajęczynę snu. Jej sześćdziesięcioletnie ciało nie budziło się już tak szybko jak kiedyś, chociaż dzisiejszy telefon na pewno wyostrzył jej zmysły. Opus Dei zawsze wprawiało ją w zakłopotanie. Oprócz tego, że jego członkowie trzymali się ściśle arkanów i rytuału umartwiania ciała, ich poglądy na temat kobiet były, delikatnie mówiąc, średniowieczne. Zszokowała ją wiadomość, że członkinie Opus Dei zmuszano do sprzątania męskiej części bursy za darmo, podczas gdy mężczyźni byli na mszy; że kobiety spały na gołych deskach, podczas gdy mężczyźni mieli słomiane maty; że zmuszano je do dodatkowych ćwiczeń ciała, do dodatkowych umartwień... A wszystko to jako kara za grzech pierworodny. Wydawało się, że Ewa, która ugryzła jabłko z drzewa wiadomości, zaciągnęła dług, który kobiety mają spłacać po wieczne czasy. To smutne, że kiedy większa część Kościoła katolickiego powoli zmierza we właściwą stronę w kwestiach praw kobiet, Opus Dei jest zagrożeniem dla postępu, wręcz chce odwrócić bieg historii. Mimo to siostra Sandrine wiedziała, że otrzymała polecenie, które musi wykonać.

Spuściła nogi z łóżka i powoli wstała, jej bose stopy zmroził chłód kamiennej podłogi. Chłód przeniknął całe jej ciało, poczuła nagły strach.

Kobieca intuicja?

Siostra Sandrine, pokorna służka Boga, nauczyła się znajdować uspokojenie w pocieszających głosach, które przemawiają w jej duszy. Dziś w nocy te głosy były jednak tak ciche jak pusty kościół wokół niej.

Rozdział 8

Langdon nie mógł oderwać oczu od jaśniejącego purpurą tekstu napisanego pisakiem na parkiecie. Ostatni przekaz od Jacques'a Saunière'a w niczym nie przypominał przedśmiertnego przesłania i przekraczał granice wyobraźni Langdona. Brzmiał on:

13-3-2-21-1-1-8-5
Miano czorta li dolina na video.

Chociaż Langdon nie miał najmniejszego pojęcia, co to mogło oznaczać, zrozumiał przeczucie Fache'a, że pentagram ma coś wspólnego z kultem szatana.

Miano czorta?

Saunière wręcz przywołuje postać szatana. Równie dziwaczny jest ten ciąg liczb.

— Część tego ciągu wygląda jak szyfr numeryczny.

— Tak — potwierdził Fache. — Nasi kryptolodzy już nad tym pracują. Uważamy, że te liczby mogą stanowić klucz i dać odpowiedź, kto go zabił. Może to numer do jakiejś centrali telefonicznej albo identyfikator ubezpieczenia zdrowotnego. Czy liczby te mają dla pana jakieś znaczenie symboliczne?

Langdon raz jeszcze spojrzał na liczby, czując, że musiałby posiedzieć nad nimi kilka dobrych godzin, aby wyciągnąć z tego jakiś symboliczny sens. O ile Saunière w ogóle pisał z taką intencją. Dla Langdona liczby te wyglądały na zupełnie przypadkowe. Był przyzwyczajony do progresywnie rosnących ciągów symbolicznych, które miały choć cień sensu, ale wszystko tutaj — pentagram, tekst, liczby — wydawało mu się zupełnie rozbieżne na poziomie najbardziej podstawowym.

— Wysunął pan wcześniej przypuszczenie — powiedział Fache — że to, co Saunière tutaj zrobił, było próbą przesłania nam jakiejś wiadomości... Na temat kultu Wielkiej Bogini czy coś w tym guście... Jak ta wiadomość wpisuje się w pańską hipotezę?

Langdon wiedział, że pytanie jest retoryczne. Ten dziwaczny komunikat najwyraźniej nie pasował do żadnego scenariusza Langdona dotyczącego kultu Wielkiej Bogini.

Miano czorta li dolina na video.

— Ten tekst wydaje mi się jakąś wskazówką — ciągnął Fache. — Może oskarżeniem. Zgodzi się pan z tym?

Langdon próbował wyobrazić sobie ostatnie minuty życia kustosza Luwru w pułapce, samotnie umierającego w Wielkiej Galerii muzeum. To wydawało się logiczne.

— Przypuszczam, że może to być oskarżenie wysunięte pod adresem mordercy.

— A moim zadaniem jest przypisać tej osobie nazwisko. Pozwoli pan, że spytam, panie Langdon. Pańskim zdaniem, oprócz tych liczb, co jest w tej wiadomości najdziwniejsze?

Najdziwniejsze? Umierający mężczyzna zabarykadował się w galerii, narysował na swoim ciele pentagram i wypisał na podłodze tajemnicze oskarżenie. Co w tym scenariuszu nie jest dziwne?

— Słowa „czort" i „dolina"? — zaproponował nieśmiało pierwszą myśl, która mu przyszła do głowy. Był niemal pewny, że wzmianka o czorcie i jakiejś dolinie raczej nie były ostatnimi myślami umierającego człowieka. „Czort" i „dolina" — to bardzo dziwny zestaw słów.

— Czort i dolina? — W głosie Fache'a słychać było teraz zniecierpliwienie. — Nie wydaje się, by zestaw słów, których użył Saunière, był tu kwestią podstawową.

Langdon nie wiedział, co dla jego rozmówcy jest kwestią podstawową, ale zaczął podejrzewać, że Fache'owi z czortem byłoby całkiem po drodze.

— Saunière był Francuzem — odezwał się Fache sucho. — Mieszkał w Paryżu. A jednak uważał, że tę wiadomość należy napisać...

— Po angielsku — dokończył Langdon, zdając sobie teraz sprawę, o co chodziło kapitanowi.

Fache skinął głową.

— *Précisément*. Ma pan jakiś pomysł dlaczego?

Langdon wiedział oczywiście, że Saunière mówił bezbłędnie po angielsku, jednak powód, dla którego wybrał ten język, żeby napisać ostatnie w życiu słowa, był dla Langdona absolutnie zagadkowy. Wzruszył ramionami.

Fache raz jeszcze wskazał pentagram na brzuchu Saunière'a.

— To nie ma nic wspólnego z kultem szatana? Wciąż jest pan tego pewny?

Langdon nie był już pewny niczego.

— Nie wydaje się, by istniała jakaś zbieżność między symbolem a tekstem. Przykro mi, ale nie mogę panu więcej pomóc.

— Może to coś nam wyjaśni. — Fache cofnął się do ciała i znów podniósł latarkę świecącą czarnym światłem, a jej promień zatoczył szerszy krąg. — A teraz?

Ku zdziwieniu Langdona wokół ciała kustosza zajaśniał kształt koła. Widocznie Saunière położył się i obrysował kilkoma ruchami dłoni, tak że łuki połączyły się w kształt okręgu.

Jeden błysk i wszystko stało się jasne.

— *Człowiek witruwiański*. — Langdona wprost zatkało. Saunière stworzył replikę najsłynniejszego szkicu Leonarda da Vinci w naturalnych wymiarach.

Człowiek witruwiański, rysunek Leonarda da Vinci, który uważano za anatomicznie najbardziej poprawny w jego czasach, stał się współczesną ikoną kultury, na całym świecie pojawiał się na plakatach, podkładkach pod myszy komputerowe i T-shirtach. Ten wysoko ceniony rysunek przedstawiał figurę nagiego mężczyzny wpisaną w koło i kwadrat — z rękami i nogami ułożonymi w kształt pozbawionego piór orła z rozpostartymi skrzydłami.

Da Vinci. Langdon zdumiał się. Nie sposób zaprzeczyć, że intencje Saunière'a były jasne. W ostatnich chwilach życia kustosz Luwru zdjął z siebie ubranie i ułożył ciało tak, by tworzyło wyraźny obraz *Człowieka witruwiańskiego* Leonarda da Vinci.

Okrąg był brakującym ogniwem. Kobiecy symbol ochrony — okrąg wokół nagiego ciała mężczyzny — dopełniał intencji przekazu Leonarda da Vinci — harmonii między pierwiastkiem męskim i kobiecym. Teraz rodziło się pytanie, dlaczego Saunière chciał odtworzyć ten słynny rysunek?

— Panie Langdon — powiedział Fache — taki człowiek jak pan niewątpliwie jest świadom, że Leonardo da Vinci interesował się czarną magią.

Langdon był zdziwiony, że Fache ma taką wiedzę o malarzu; tu z pewnością należało szukać wyjaśnienia podejrzliwości kapitana w odniesieniu do kultu szatana. Da Vinci nigdy nie był wygodnym tematem dla historyków, szczególnie tych związanych z tradycją chrześcijańską. Mimo całego geniuszu tego renesansowego wizjonera był on jawnym homoseksualistą i czcicielem Natury. Ponadto przedziwna ekscentryczność artysty wytwarzała wokół niego aurę demoniczności — da Vinci ekshumował zwłoki, by studiować na nich anatomię człowieka; pisał tajemnicze dzienniki nieczytelnym pismem wspak; wierzył, że ma alchemiczną moc zamieniania ołowiu w złoto, a nawet że potrafi oszukać Boga i stworzyć eliksir życia; wśród jego wynalazków były też przerażające, niewyobrażalne dotąd machiny wojenne i narzędzia tortur.

Niezrozumienie rodzi nieufność, pomyślał Langdon.

Niezliczone prace Leonarda da Vinci, zapierające dech w piersiach dzieła sztuki o tematyce chrześcijańskiej utrwaliły tylko opinię, że artysta był duchowym hipokrytą. Przyjmował setki lukratywnych zleceń papieskiego Rzymu, malował sceny biblijne, lecz traktował je nie jako wyraz własnych przekonań religijnych, lecz jako usługę — sposób zdobywania środków na rozrzutny styl życia. Niestety, Leonardo da Vinci był również żartownisiem, który często robił kawały tym, którzy go żywili. W treść wielu obrazów o tematyce religijnej wplatał ukryte symbole, które nie miały nic wspólnego z chrześcijaństwem — były hołdem dla jego własnych przekonań i subtelnym graniem na nosie Kościołowi. Langdon wygłosił kiedyś wykład w Galerii

Narodowej w Londynie na temat: „Sekretne życia Leonarda: symbolika pogańska w sztuce chrześcijańskiej".

— Rozumiem pańskie obawy — powiedział teraz Langdon — ale Leonardo da Vinci w gruncie rzeczy nigdy nie oddawał się praktykom czarnoksięskim. Był człowiekiem niezwykle uduchowionym, choć w nieustannym konflikcie z Kościołem. — Kiedy wypowiedział te słowa, przez głowę przemknęła mu dziwna myśl. Spojrzał raz jeszcze na litery wypisane na podłodze. *Miano czorta li dolina na video.*

— Tak? — odezwał się Fache.

Langdon dokładnie ważył słowa.

— Pomyślałem, że duchowo i intelektualnie Saunière'a i Leonarda wiele łączyło, między innymi troska, że Kościół usunął ze współczesnej religii sakralność kobiecą. Może naśladując rysunek Leonarda da Vinci, Saunière chciał dać wyraz łączącemu go z artystą niezadowoleniu, że współczesny Kościół demonizuje Wielka Boginię.

Spojrzenie Fache'a spoważniało.

— Uważa pan, że Saunière określa Kościół „mianem czorta"?

Langdon musiał przyznać, że może posunął się zbyt daleko, a jednak pentagram na jakimś poziomie uprawniał taką myśl.

— Chcę tylko powiedzieć, że pan Saunière poświęcił życie badaniu historii Wielkiej Bogini, a nikt nie zrobił więcej, by wymazać tę historię z pamięci ludzkości niż Kościół katolicki. Wydaje się rozsądne, że Saunière, żegnając się ostatecznie ze światem, mógł chcieć wyrazić swoje rozczarowanie.

— Rozczarowanie? — powtórzył Fache, teraz wyraźnie zły. — W tym przekazie słychać raczej wściekłość, nie rozczarowanie, nie sądzi pan?

Langdon czuł, że jego cierpliwość powoli się wyczerpuje.

— Panie kapitanie, poprosił mnie pan, żebym podzielił się swoimi wrażeniami na temat tego, co Saunière chciał przekazać. I to właśnie czynię.

— Że jest to oskarżenie Kościoła? — Fache zacisnął zęby i mówił, prawie nie otwierając ust. — Panie Langdon, widziałem już niejedną śmierć i coś panu powiem: kiedy człowieka morduje inny człowiek, to na pewno jego ostatnią myślą nie jest wypisanie jakiegoś przedziwnego duchowego credo, którego nikt nie zrozumie. Sądzę, że mordowany człowiek myśli tylko o jednym. — Syczący szept Fache'a ciął powietrze jak nóż. — *La vengeance.* Uważam, że Saunière napisał to, co napisał, żeby nam powiedzieć, kto go zabił.

Langdon spojrzał na niego ze zdziwieniem.

— Przecież to nie ma żadnego sensu.

— Nie?

— Nie — odparował Langdon zmęczony i sfrustrowany. — Powiedział pan, że Saunière'a napadł ktoś w jego biurze, ktoś, kogo on sam zaprosił.

— Tak.

— Wynika stąd rozsądny wniosek, że kustosz znał swojego napastnika.

Fache skinął głową.

— Proszę mówić dalej.

— A więc jeżeli Saunière znał osobę, która go zabiła, co tu ma być oskarżeniem? — Pokazał na podłogę. — Kod numeryczny? *Miano czorta? Dolina na video?* Pentagram na brzuchu? To jest zbyt głęboko zaszyfrowane.

Fache zmarszczył brwi, taka myśl nie przyszła mu do głowy.

— Ma pan rację.

— W tych okolicznościach — ciągnął Langdon — powiedziałbym, że jeżeli Saunière chciał przekazać panu, kto go zabił, powinien był napisać czyjeś nazwisko.

Kiedy Langdon wymawiał te słowa, przez usta Fache'a przemknął chytry uśmieszek. Uśmiechnął się po raz pierwszy tego wieczoru.

— *Précisément* — powiedział. — *Précisément.*

— Obserwuję pracę mistrza — mówił do siebie z rozbawieniem porucznik Collet, dostrajając sprzęt audio i słuchając głosu Fache'a przez słuchawki. *Le agent supérieur.* Wiedział, że to właśnie takie momenty jak ten wyniosły kapitana na szczyty francuskich stróżów prawa.

Fache zrobi to, czego nikt inny nie ośmieliłby się zrobić.

W dzisiejszym świecie prawniczym odeszła już w zapomnienie subtelna sztuka *cajoler*; wymaga wyjątkowego spokoju w napiętej sytuacji. Bardzo nieliczni potrafili zachować zimną krew potrzebną dla tego rodzaju działań, a Fache sprawiał wrażenie, jakby był wprost do tego stworzony. Jego opanowanie i cierpliwość niemalże przekraczały granice możliwości człowieka.

Tego wieczoru wydawało się, że jedyną emocją, która rządzi Fache'em, jest nieustępliwość w dążeniu do rozwiązania, jakby to aresztowanie było jego sprawą osobistą. Odprawa, którą odbył z agentami godzinę temu, była krótka i bezdyskusyjna jak nigdy.

— Ja wiem, kto zamordował Jacques'a Saunière'a — powiedział. — A wy wiecie, co robić. Dzisiejszej nocy nie życzę sobie żadnych błędów.

Jak dotąd żadnych błędów nie było.

Collet nie był wprawdzie w pełni przekonany co do dowodów, które utwierdzały Fache'a w przekonaniu, że ich podejrzany jest winny, ale wiedział, że lepiej nie kwestionować instynktu Byka. Niekiedy wydawało się, że intuicja Fache'a jest niemal nadprzyrodzona. „Bóg szepcze mu na ucho", orzekł kiedyś jeden z agentów po szczególnie imponującym pokazie szóstego zmysłu Fache'a. Collet musiał przyznać, że jeśli jest w tym ręka Boga, to Bezu Fache musi być na czele jego listy. Kapitan uczęszczał na mszę i do spowiedzi z regularnością neofity — znacznie częściej, niż wynikałoby to z jego obowiązków urzędnika państwowego, który chodzi do kościoła w dni świąteczne w imię dobrych relacji publicznych. Kiedy przed kilkoma laty papież odwiedził Paryż, Fache wykorzystał wszystkie swoje wpływy, by uzyskać zaszczyt audiencji. Zdjęcie z papieżem wisiało teraz w jego gabinecie. „Papieski Byk", mówili o nim za plecami agenci.

Collet widział w tym ironię losu, że jednym z bardzo nielicznych wystąpień publicznych Fache'a w ostatnich latach była jego ostra reakcja na skandal pedofilii wśród księży katolickich. „Ci księża powinni zawisnąć dwa razy!, mówił Fache. Raz za zbrodnie przeciwko dzieciom. I drugi raz za zbrukanie dobrego imienia Kościoła katolickiego". Collet miał dziwne wrażenie, że drugi zarzut wzbudzał większy gniew Fache'a.

Rzucając spojrzenie na laptopa, Collet poświęcił się teraz drugiej części zadania, które mu zlecono na dzisiejszy wieczór — skupił się na systemie śledzenia GPS. Obraz na ekranie pokazywał szczegółowy plan piętra skrzydła Denona, był to schemat strukturalny ściągnięty z bazy danych biura ochrony Luwru. Prześledził labirynty galerii i korytarzy i znalazł to, czego szukał.

Gdzieś w głębi, w samym sercu Wielkiej Galerii zapalał się i gasł mały czerwony punkcik. *La marque.*

Fache trzymał dzisiaj swoją ofiarę na krótkiej smyczy. Mądrze. Robert Langdon udowodnił, że jest graczem o pokerowej twarzy.

Rozdział 9

Aby się upewnić, że nikt nie przerwie jego rozmowy z panem Langdonem, Bezu Fache wyłączył telefon komórkowy. Niestety, był to dość drogi model wyposażony w nadajnik i odbiornik radiowy, który wbrew jego rozkazom odezwał się teraz głosem jednego z agentów:

— *Capitaine?* — Telefon zatrzeszczał jak krótkofalówka.

Fache zacisnął zęby z wściekłości. Nie wyobrażał sobie niczego tak ważnego, by Collet mógł przerwać mu *surveillance cachée*, zwłaszcza w tak znaczącym momencie.

Spojrzał na Langdona spokojnie i przepraszająco.

— Przepraszam na chwilę. — Wyciągnął telefon z futerału na pasku i nacisnął przycisk przekazu radiowego. — *Oui?*

— *Capitaine, un agent du Département de Cryptographie est arrivé.*

Gniew Fache'a opadł. Kryptolog? Mimo że to fatalny moment, wiadomość chyba jest dobra. Znalazłszy zaszyfrowany tekst Saunière'a na podłodze, Fache przesłał przez Internet fotografię miejsca zbrodni do Wydziału Kryptografii, w nadziei, że ktoś będzie mógł mu pomóc i dowie się wreszcie, co takiego chciał przekazać Saunière. Jeżeli teraz pojawił się specjalista od łamania kodów, być może znaczy to, że wiadomość Saunière'a została rozszyfrowana.

— Jestem teraz zajęty — odpowiedział przez radio Fache, nie pozostawiając cienia wątpliwości, że ktoś przekroczył swoje

69

uprawnienia. — Każ kryptologowi czekać w punkcie dowodzenia. Porozmawiam z nim, kiedy skończę.

— Z nią — poprawił go głos. — To agentka Neveu.

Fache'owi z każdą chwilą ta rozmowa mniej się podobała. Sophie Neveu okazała się największą pomyłką DCPJ. Młoda paryska *déchiffreuse*, która studiowała kryptografię w Anglii, w Royal Holloway, została podrzucona Fache'owi dwa lata temu w programie ministerstwa angażowania do pracy w policji większej liczby kobiet. Stałe dążenie ministerstwa do poprawności politycznej, dowodził Fache, jedynie osłabia siły policji. Kobiety nie tylko nie miały odpowiedniej siły fizycznej do tego typu pracy, ale ich obecność niebezpiecznie rozpraszała mężczyzn pracujących w terenie. Fache słusznie się obawiał, że Sophie Neveu rozprasza uwagę policjantów znacznie bardziej niż inne kobiety w jego wydziale.

Miała trzydzieści dwa lata i była nieustępliwa i uparta jak osioł. Jej niezachwiana wiara w nowe metody, których nauczyła się w Wielkiej Brytanii, bezustannie irytowała weteranów francuskiej kryptografii, stojących wyżej od niej w hierarchii służbowej. Lecz dla Fache'a większe znaczenie miała niezaprzeczalna i jakże uniwersalna prawda, że w pomieszczeniach biurowych wypełnionych mężczyznami w średnim wieku atrakcyjna młoda kobieta zawsze odciąga uwagę od tego, co mają właśnie do zrobienia.

Głos mężczyzny w radiu powiedział:

— Agentka Neveu uparła się, że musi natychmiast z panem porozmawiać, panie kapitanie. Próbowałem ją powstrzymać, ale idzie do pana do galerii.

Fache nie mógł uwierzyć własnym uszom.

— To niedopuszczalne! Powiedziałem chyba jasno...

Przez chwilę Robert Langdon był przekonany, że Bezu Fache ma wylew. Kapitan urwał w pół zdania, szczęka mu opadła, a oczy wyszły na wierzch. Jego porażające spojrzenie utkwiło w czymś poza ramieniem Langdona. Zanim zdążył się odwrócić i zobaczyć, co to jest, usłyszał melodyjny kobiecy głos:

— *Excusez-moi, messieurs.*

Langdon odwrócił się i zobaczył zbliżającą się do nich młodą kobietę. Szła korytarzem, stawiając długie, niemal taneczne kroki... W jej sposobie poruszania się była niezamierzona pewność siebie. Ubrana swobodnie, w kremowy irlandzki sweter do kolan i czarne legginsy, atrakcyjna trzydziestolatka. Gęste włosy koloru burgunda opadały jej na ramiona, podkreślając ciepły wyraz twarzy. Ta zdrowa kobieta, emanująca naturalną pięknością i budzącą zaufanie szczerością, w niczym nie przypominała zwiewnych, wiecznie odchudzających się blondynek, które zapełniały sale wykładowe Harvardu.

Ku zdumieniu Langdona kobieta podeszła wprost do niego i wyciągnęła rękę w uprzejmym geście.

— *Monsieur* Langdon, nazywam się Sophie Neveu, jestem agentką z Wydziału Kryptografii DCPJ. — W jej słowach, wypowiadanych pełnym głosem, brzmiał ledwie dostrzegalny francuski akcent. — Miło mi pana poznać.

Langdon ujął delikatną dłoń Sophie i od razu był pod wrażeniem jej silnego spojrzenia. Oczy miała oliwkowozielone, patrzyła na niego pewnie i odważnie.

Fache wziął głęboki oddech, z pewnością przygotowując się do udzielenia jej srogiej reprymendy.

— Panie kapitanie — powiedziała, odwracając się do niego szybko i przerywając mu, nim zdążył zacząć. — Pan wybaczy to najście, ale...

— *Ce n'est pas le moment* — wycedził Fache.

— Próbowałam do pana zadzwonić. — Sophie nadal mówiła po angielsku, jak gdyby w geście uprzejmości w stosunku do Langdona — ale pański telefon komórkowy był wyłączony.

— Wyłączyłem go nie bez powodu — syknął Fache. — Rozmawiam teraz z panem Langdonem.

— Rozszyfrowałam kod numeryczny — poinformowała po prostu.

Langdon poczuł szybsze bicie serca. Złamała kod?

Fache miał niepewną minę, nie wiedział, co odpowiedzieć.

— Zanim wyjaśnię — powiedziała Sophie — mam pilną wiadomość dla pana Langdona.

Twarz Fache'a wyrażała teraz głębokie zaniepokojenie.

— Dla pana Langdona?

Skinęła głową i zwróciła się do Langdona:

— Musi się pan skontaktować z ambasadą amerykańską, panie Langdon. Mają dla pana wiadomość ze Stanów.

Langdon zareagował zdziwieniem, a jego ciekawość, co oznacza kod, ustąpiła miejsca fali niepokoju. Wiadomość ze Stanów? Próbował sobie wyobrazić, kto chce się z nim skontaktować. Tylko kilkoro znajomych z uniwersytetu wiedziało, że jest w Paryżu.

Szeroka szczęka Fache'a zacisnęła się, kiedy to usłyszał.

— Z ambasady Stanów Zjednoczonych? — dociekał podejrzliwie. — Skąd mogli wiedzieć, że pana Langdona trzeba szukać akurat tu?

Sophie wzruszyła ramionami.

— Pewnie zadzwonili do hotelu, a recepcjonista powiedział im, że pan Langdon został zabrany przez agenta DCPJ.

Fache nie wyglądał na przekonanego.

— I ambasada skontaktowała się z Wydziałem Kryptografii DCPJ?

— Nie, panie kapitanie — powiedziała Sophie pewnym głosem. — Kiedy zadzwoniłam do dyżurnego DCPJ, starając się skontaktować z panem, mieli wiadomość czekającą na pana Langdona i poprosili mnie, żebym ją przekazała, jeżeli uda mi się do pana dotrzeć.

Fache zmarszczył brwi i widać było, że nie bardzo wie, o co chodzi. Otworzył usta, żeby coś powiedzieć, ale Sophie już zwróciła się do Langdona:

— Panie Langdon — wyciągnęła z kieszeni karteczkę — to jest numer, pod którym w ambasadzie może pan odebrać wiadomość. Prosili, żeby pan zadzwonił jak najszybciej. — Wręczyła mu papierek, nie spuszczając z niego wzroku. — Powinien pan zatelefonować, kiedy będę wyjaśniała kod kapitanowi Fache'owi.

Langdon spojrzał na karteczkę. Był na niej paryski numer telefonu, a tuż obok numer wewnętrzny.

— Dziękuję — powiedział zaniepokojony. — Gdzie znajdę telefon?

Sophie sięgnęła do kieszeni swetra po swój telefon komórkowy, ale Fache powstrzymał ją gestem dłoni. Wyglądał teraz

72

jak Wezuwiusz, który za chwilę wybuchnie i plunie lawą. Nie spuszczając oczu z Sophie, wyjął swój własny telefon i podał go Langdonowi.

— To jest bezpieczna linia, panie Langdon. Proszę dzwonić.

Langdon nie mógł zrozumieć, dlaczego Fache jest tak rozgniewany na młodą kobietę. Poczuł się trochę niepewnie, ale wziął od kapitana telefon. Fache natychmiast odprowadził Sophie kilka kroków dalej i zaczął ją rugać przyciszonym głosem. Czując do niego coraz większą niechęć, Langdon odwrócił się, żeby nie patrzeć na tą dziwaczną konfrontację, i włączył telefon. Patrząc na karteczkę, którą dała mu Sophie, wybrał numer. W słuchawce usłyszał dźwięk dzwonka.

Jeden dzwonek... Dwa dzwonki... Trzy dzwonki... W końcu uzyskał połączenie.

Langdon oczekiwał, że zgłosi się ktoś z centrali ambasady, ale zamiast tego usłyszał automatyczną sekretarkę. A co dziwniejsze, głos na taśmie był znajomy. To był głos Sophie Neveu.

— *Bonjour, vous êtes bien chez Sophie Neveu. Je suis absente pour le moment, mais...*

Zakłopotany i niepewny, Langdon odwrócił się do Sophie.

— Przepraszam, panno Neveu? Sądziłem, że dała mi pani...

— Nie, to jest właściwy numer — przerwała mu szybko Sophie, jakby oczekując, że nie będzie wiedział, co robić. — Ambasada ma system automatycznego przekazywania wiadomości. Musi pan wystukać kod dostępu i odebrać wiadomość.

Langdon był jeszcze bardziej zdziwiony.

— Ale...

— To jest ten trzycyfrowy numer na karteczce, którą panu dałam.

Langdon otworzył usta, żeby wyjaśnić tę dziwaczną pomyłkę, ale Sophie posłała mu uciszające spojrzenie, które trwało tylko sekundę. W jej zielonych oczach wyczytał krystalicznie czysty komunikat: Nie zadawaj pytań. Zrób, co ci mówię.

Niepomiernie zdziwiony, Langdon wystukał numer wewnętrzny zapisany na karteczce. 454.

Głos Sophie na taśmie sekretarki natychmiast zamilkł, a Langdon usłyszał elektroniczny komunikat po francusku: „Masz jedną nową wiadomość".

Prawdopodobnie 454 to kod zdalnego dostępu Sophie, dzięki któremu mogła odbierać wiadomości, kiedy była poza domem.

Odbieram wiadomości tej kobiety?

Langdon usłyszał teraz, że taśma się przewija. W końcu stanęła i maszyna włączyła się ponownie. Langdon znów usłyszał głos Sophie.

— Panie Langdon — zaczynała się wiadomość przekazywana pełnym przerażenia szeptem. — Proszę nie reagować na tę wiadomość. Proszę spokojnie odsłuchać. Jest pan w niebezpieczeństwie. Musi pan wykonać dokładnie wszystkie moje polecenia.

Rozdział 10

Sylas siedział za kierownicą czarnego audi, które załatwił mu Nauczyciel, i spoglądał przez szybę na wspaniały kościół Saint-Sulpice. Dwie wieże kościelne, oświetlone od dołu przez zatopione w ziemi reflektory, wznosiły się jak dwie nieruchome strażniczki ponad długim masywem budowli. Po obu stronach ocienione rzędy wysmukłych wsporników wysuwały się delikatnie poza gładź muru niczym żebra na kształtnej klatce piersiowej.

Poganie wykorzystali dom Boży, by ukryć tam swój klucz. Raz jeszcze bractwo dało dowód legendarnej już umiejętności tworzenia iluzji i pozorów. Sylas cieszył się, że znajdzie klucz i odda go Nauczycielowi, tak że będą mogli odzyskać to, co bractwo przed wiekami ukradło wiernym.

Jakże potężne będzie teraz Opus Dei.

Sylas zaparkował audi na opuszczonym o tej porze placu Saint-Sulpice. Wziął głęboki oddech, mówiąc sobie, że musi teraz oczyścić umysł, ma bowiem do wykonania ważne zadanie. Ramiona i plecy wciąż bolały go od biczowania, które zadał sobie dziś po południu, ale ból się nie liczył w porównaniu z tym, ile cierpień zaoszczędziło mu w życiu Opus Dei.

A jednak wciąż nawiedzały go wspomnienia.

Uwolnij nienawiść, rozkazał sobie Sylas. I odpuść swoim winowajcom.

Spojrzał w górę, na kamienne ściany wież kościelnych Saint-Sulpice, i poczuł dobrze znane emocje, które były jak rzeczny prąd... Siłę, która często przenosiła go w czasie, by znów zamknąć w więzieniu, będącym jego światem w młodości. Wspomnienia czyśćca przychodziły tak, jak przychodziły do niego zawsze, podobne do nawałnicy zmysłów... Smród śmierdzącej kapusty, odór śmierci, moczu i odchodów ludzkich. Okrzyki tych, którzy stracili nadzieję, ginące w wyjącym wietrze Pirenejów i stłumiony szloch tych, o których zapomniano.

Andora, pomyślał i poczuł, jak mięśnie mu tężeją.

Nie do wiary, ale to właśnie w nagim i zapomnianym przez Boga i ludzi zakątku świata między Francją i Hiszpanią, drżąc z zimna w kamiennej celi i czekając jedynie na śmierć, Sylas został zbawiony. Wtedy jednak nie zdawał sobie z tego sprawy.

Rozbłysk światła przyszedł długo po odgłosach burzy.

Nie nazywał się wtedy Sylas, chociaż nie pamiętał, jak dali mu na imię rodzice. Wyniósł się z domu, kiedy miał siedem lat. Jego wiecznie pijany ojciec, ordynarny robotnik z doków, wściekły, że na świat przyszedł syn albinos, bił regularnie matkę, obwiniając ją za wygląd chłopca. Kiedy ten próbował jej bronić, również dostawał cięgi.

Pewnego wieczoru, po kolejnej straszliwej awanturze, matka już się nie podniosła. Chłopiec stał nad leżącą bez życia kobietą i czuł nieznośny ciężar winy, że do tego dopuścił.

To moja wina!

Jak gdyby jakiś demon kierował jego duszą i ciałem — poszedł do kuchni i chwycił nóż rzeźnicki. Jak zahipnotyzowany ruszył do sypialni, gdzie ojciec leżał na łóżku odurzony alkoholem. Bez słowa dźgnął go w plecy. Ojciec krzyknął z bólu i próbował się obrócić, ale syn znowu uderzył nożem, jeszcze raz i jeszcze raz, aż w mieszkaniu zrobiło się cicho.

Chłopiec uciekł z domu i okazało się, że ulice Marsylii są równie nieprzyjazne. Jego dziwny wygląd zrobił z niego wyrzutka wśród innych młodych uciekinierów i był zmuszony żyć w samotności, w piwnicy opuszczonej fabryki, żywił się kradzionymi owocami i surowymi rybami z doków. Jego jedynymi towarzyszami były zniszczone kolorowe czasopisma, które znajdował w śmieciach i na których uczył się czytać. Z czasem wyrósł i zmężniał. Kiedy miał dwanaście lat, jakaś uliczna dziewczyna — dwa razy starsza od niego — wyśmiewała go i chciała ukraść mu jedzenie. Niewiele brakowało, a byłby ją zabił. Kiedy policja odciągnęła go od niej, dostał ultimatum — wyjedzie z Marsylii albo pójdzie do zakładu poprawczego.

Chłopak przeniósł się do Tulonu, również na wybrzeżu Francji. Z czasem spojrzenia pełne współczucia, które rzucano mu na ulicy, zamieniły się w spojrzenia pełne strachu. Chłopiec wyrósł i był teraz silnym młodym mężczyzną. Kiedy ludzie mijali go na ulicy, słyszał, że szepcą coś do siebie. „Duch", mówili, patrząc z przerażeniem na jego białą skórę. „Duch o oczach diabła!".

I czuł się jak duch... przezroczysty... miotany wiatrem od portu do portu.

Ludzie jakby patrzyli przez niego na wylot.

Kiedy miał osiemnaście lat, w pewnym mieście portowym próbował ukraść z jakiejś ładowni skrzynkę wędzonej szynki i złapało go dwóch członków załogi. Marynarze, którzy wzięli się do bicia, śmierdzieli piwem, jak jego ojciec. Wspomnienia strachu i nienawiści wypłynęły na powierzchnię niczym potwór morski z otchłani. Młody człowiek gołymi rękami ukręcił kark jednemu i tylko przyjazd policji uratował drugiego od podobnego losu.

Dwa miesiące później, zakuty w kajdany, wylądował w więzieniu w Andorze.

„Jesteś biały jak duch", wyśmiewali się z niego współwięźniowie, kiedy strażnicy wprowadzali go do środka, nagiego i zziębniętego. *Mira el espectro!* Może duch przejdzie przez te ściany!

Przez dwanaście następnych lat jego ciało i dusza stawały się coraz bielsze, aż przekonał się, że jest przezroczysty.

Jestem duchem.

Jestem lekki jak piórko.

Yo soy un espectro... pálido como un fantasma... cominando este mundo a solas.

Duch obudził się pewnej nocy, słysząc wrzaski innych współwięźniów. Nie wiedział, co to za niewidzialna siła trzęsie podłogą, która była jego posłaniem, nie wiedział, co za mocarna dłoń wzrusza zaprawę i kamienie w jego celi, ale zerwał się na równe nogi, a wtedy ogromny głaz zwalił się tam, gdzie spał.

Spojrzał w górę, w kierunku miejsca, skąd spadł kamień, i zobaczył otwór w chwiejących się murach, a za nim widok, którego nie widział od ponad dziesięciu lat. Księżyc.

Kiedy ziemia jeszcze drżała, duch przeciskał się przez wąski tunel i wychodził na chwiejnych nogach na otwartą przestrzeń, i toczył się po nagim zboczu góry, ku lasom.

Uciekał całą noc, zawsze w dół, w delirium głodu i wyczerpania.

O świcie, niemal balansując na skraju świadomości, znalazł się na przecince leśnej, tam gdzie przez las biegły tory kolejowe. Szedł wzdłuż torów jak we śnie. Zobaczył pusty wagon towarowy, wczołgał się do środka, szukając schronienia i odpoczynku. Kiedy się obudził, pociąg był w ruchu. Jak długo? Jak daleko? W brzuchu czuł coraz większy ból. Czy ja umieram? Znowu zasnął. Tym razem obudził się, bo ktoś na niego krzyczał, bił go i wyrzucał z pociągu. Zakrwawiony i brudny, błąkał się na skraju niewielkiego miasteczka, na próżno szukając jedzenia. W końcu, kiedy jego organizm był tak osłabiony, że nie mógł już zrobić kroku, położył się na skraju drogi i odpłynął.

Światło stawało się powoli coraz mocniejsze, a Duch zastanawiał się, jak długo już nie żyje. Dzień? Trzy dni? To nie miało znaczenia. Łóżko było miękkie jak puch, a w powietrzu unosił się słodki zapach świec. Był tam Jezus i patrzył prosto na niego. „Tu jestem, powiedział Jezus. Głaz odsłonił drogę ucieczki, a ty narodziłeś się na nowo".

Spał i budził się. Jego myśli kłębiły się jak we mgle. Nigdy nie wierzył w niebo, a jednak Jezus nad nim czuwał. Przy łóżku pojawiło się jedzenie i Duch je zjadł, a jedząc, czuł niemal, że mięśnie materializują się na jego kościach. Znów zasnął. Kiedy się obudził, Jezus wciąż się do niego uśmiechał i przemawiał. „Jesteś uratowany, mój synu. Błogosławieni niech będą ci, którzy idą za mną".

Znowu spał.

Wybudził Ducha z pół snu, pół jawy jakiś wrzask. Jego ciało wyskoczyło z łóżka i ruszyło chwiejnie korytarzem w kierunku, skąd dochodziły krzyki. Wszedł do kuchni i zobaczył, jak jakiś duży mężczyzna bije mniejszego. Nie wiedząc dlaczego, Duch chwycił olbrzyma i rzucił nim o ścianę. Mężczyzna uciekł, pozostawiając Ducha nad ciałem młodego mężczyzny w księżej sukience, z rozbitym nosem. Podniósł zakrwawionego księdza i zaniósł na leżankę.

— Dziękuję, mój przyjacielu — powiedział ksiądz łamaną francuszczyzną. — Pieniądze z datków kościelnych są pokusą dla złodziei. We śnie mówiłeś po francusku. Znasz też hiszpański?

Duch pokręcił głową.

— Jak się nazywasz? — spytał ksiądz.

Duch nie mógł sobie przypomnieć imienia, które dali mu rodzice. A w więzieniu słyszał tylko szyderstwa i okrzyki strażników.

Ksiądz się uśmiechnął.

— *No hay problema*. Ja się nazywam Manuel Aringarosa. Jestem misjonarzem z Madrytu. Przysłano mnie tutaj, żebym wybudował kościół dla Obra de Dios.

— Gdzie ja jestem? — W głosie Ducha nie było słychać emocji.

— W Oviedo. Na północy Hiszpanii.

— Jak się tu dostałem?

— Ktoś cię zostawił na moim progu. Byłeś chory. Nakarmiłem cię. Jesteś tutaj już od wielu dni.

Duch przyglądał się dłuższą chwilę swojemu opiekunowi. Minęły lata od chwili, kiedy ktoś okazał mu życzliwość.

— Dziękuję ci, ojcze.

Ksiądz dotknął swoich zakrwawionych warg.

— To ja powinienem ci dziękować, przyjacielu.

Kiedy Duch obudził się rano, świat wydawał się bardziej przejrzysty i materialny. Spojrzał na krzyż wiszący na ścianie nad jego łóżkiem. Chociaż Jezus już do niego nie przemawiał, czuł w sercu miłość i znajdował pocieszenie w jego obecności. Wstając, ze zdziwieniem ujrzał na stoliku przy łóżku wycięty z gazety artykuł. Był po francusku i sprzed tygodnia. Kiedy go czytał, poczuł nagły strach. Była tam mowa o trzęsieniu ziemi w górach, które zniszczyło więzienie i dzięki któremu na wolność wydostało się wielu niebezpiecznych przestępców.

Serce zaczęło mu walić jak młotem. Ksiądz wie, kim jestem! To, co teraz czuł, były to emocje, których dawno nie doznawał.

Wstyd. Poczucie winy. Również strach, że go złapią. Wyskoczył z łóżka. Dokąd mam uciekać?

— Dzieje Apostolskie — powiedział głos od drzwi.

Duch odwrócił się przestraszony.

Młody kapłan uśmiechał się, wchodząc do środka. Miał niezręcznie zabandażowany nos i podawał mu Biblię.

— Znalazłem dla ciebie Pismo Święte po francusku. Zaznaczyłem rozdział.

Niepewny, Duch wziął Biblię i otworzył na rozdziale, który zaznaczył ksiądz.

Dzieje Apostolskie 16.

Wersety opowiadały o więźniu imieniem Sylas, który leżał nagi i pobity w celi, śpiewając hymn na chwałę Boga. Kiedy Duch doszedł do wersetu 26, ze zdumienia wstrzymał oddech.

...Nagle powstało silne trzęsienie ziemi, tak że zachwiały się fundamenty więzienia. Natychmiast otwarły się wszystkie drzwi...

Podniósł szybko oczy na księdza. Ksiądz uśmiechnął się ciepło.

— Od teraz, mój przyjacielu, jeżeli nie masz innego imienia, będę cię nazywał Sylas.

Duch przytaknął bezwiednie. Sylas. Znów dano mu ciało. Nazywam się Sylas.

— Czas na śniadanie — powiedział ksiądz. — Będziesz potrzebował dużo siły, jeżeli masz mi pomagać zbudować ten kościół.

Siedem tysięcy metrów powyżej poziomu Morza Śródziemnego samolot Alitalii, lot 1618, wpadł w turbulencję i pasażerowie zaczęli nerwowo kręcić się w fotelach. Biskup Aringarosa prawie tego nie zauważył. Myślami był w przeszłości i rozmyślał nad Opus Dei. Nie mógł się doczekać wiadomości o tym, co się dzieje w Paryżu, i żałował, że nie może zadzwonić do Sylasa. Ale nie mógł. Nauczyciel tego dopilnował.

— To dla twojego własnego bezpieczeństwa, księże biskupie — wyjaśnił Nauczyciel, mówiąc po angielsku z francuskim akcentem. — Znam się na tyle na sprzęcie elektronicznym, by wiedzieć, że takie rozmowy można przechwytywać. A gdyby się tak stało, to mogłoby cię zniszczyć.

Aringarosa wiedział, że Nauczyciel ma rację. Robił wrażenie człowieka szczególnie ostrożnego. Nie zdradził Aringarosie swojej tożsamości, a jednak dowiódł, że warto być mu posłusznym. W końcu w jakiś sposób zdobył tajne informacje. Nazwiska czterech najwyższej rangi członków bractwa! Był to dowód mistrzostwa Nauczyciela, który przekonał biskupa, że zasługuje on na tę niezwykłą nagrodę, którą, jak twierdził, jest zdolny wydobyć nawet spod ziemi.

— Księże biskupie — powiedział Nauczyciel — wszystko przygotowane. Aby mój plan się powiódł, musisz pozwolić, żeby Sylas przez kilka najbliższych dni odpowiadał tylko na moje telefony. Nie możecie z sobą rozmawiać. Ja się będę z nim kontaktował przez bezpieczne linie.

— Potraktujesz go z szacunkiem?

— Człowiek szczerej wiary zasługuje na najwyższy szacunek.

— Doskonale. W takim razie rozumiem. Nie będę z nim rozmawiał, dopóki się to nie skończy.

— Robię to, aby chronić księdza tożsamość, tożsamość Sylasa i moją inwestycję.

— Twoją inwestycję?

— Księże biskupie, jeżeli przez nieumiejętność trzymania się z boku wyląduje ksiądz w więzieniu, nie dostanę mojego honorarium.

Biskup uśmiechnął się.

— To prawda. Nasze pragnienia są wspólne. Boże, prowadź.

Dwadzieścia milionów euro, pomyślał biskup, wyglądając przez okno samolotu. W dolarach amerykańskich to mniej więcej tyle samo. Drobiazg za coś tak wielkiego.

Poczuł pewność, że Nauczyciel i Sylas nie zawiodą. Pieniądze i wiara to potężne bodźce.

Rozdział 11

— *Une plaisanterie numérique?* — Bezu Fache był wściekły, patrzył na Sophie Neveu, nie mogąc uwierzyć w to, co słyszy. Żart liczbowy? — To jest pani profesjonalna ocena kodu Saunière'a? Jakiś matematyczny dowcip?

Fache nie mógł pojąć, jak ta kobieta ma czelność mu to mówić. Nie tylko wtargnęła tu bez pozwolenia, ale jeszcze próbuje go przekonać, że Saunière w ostatnich chwilach życia miał natchnienie do matematycznych kawałów.

— Ten kod — Sophie wyjaśniała szybko po francusku — jest prostacki aż do absurdu. Jacques Saunière wiedział, że od razu to odkryjemy. — Wyciągnęła kartkę z kieszeni swetra i podała ją Fache'owi. — To jest odczyt.

Fache spojrzał na papier.

$$1 - 1 - 2 - 3 - 5 - 8 - 13 - 21$$

— Co to jest? — prychnął. — Pani tylko ustawiła te liczby w kolejności rosnącej!

Sophie miała tyle tupetu, że uśmiechnęła się z satysfakcją.

— Właśnie.

Fache mówił teraz ciszej i głosem tak niskim, że przypominał grzmot wodospadu.

— Agentko Neveu, nie mam pojęcia, dokąd pani zmierza, ale radzę, żeby się pani pospieszyła. — Rzucił zniecierpliwione spojrzenie na Langdona, który stał tuż obok z telefonem przyciśniętym do ucha, wciąż słuchając wiadomości z automatycznej sekretarki, nagranej w ambasadzie amerykańskiej. Twarz Langdona poszarzała, z czego Fache wywnioskował, że wiadomości nie są dobre.

— Panie kapitanie — powiedziała Sophie tonem niebezpiecznie wyzywającym. — Tak się składa, że sekwencja liczb, którą ma pan w ręku, jest jednym z najsłynniejszych ciągów rosnących w historii matematyki.

Fache nie wiedział, że istnieje coś takiego jak rosnące ciągi matematyczne, które można nazwać słynnymi, a już na pewno nie podobał mu się ton wyższości w głosie Sophie.

— To jest ciąg Fibonacciego — stwierdziła, wskazując brodą na kartkę w dłoni Fache'a. — Każdy wyraz jest równy sumie dwóch wyrazów poprzedzających.

Fache przyjrzał się liczbom. Każdy wyraz rzeczywiście był sumą dwóch poprzednich, ale Fache wciąż nie mógł sobie wyobrazić, jakie by to mogło mieć znaczenie w kontekście śmierci Saunière'a.

— Matematyk Leonardo Fibonacci stworzył ten ciąg liczbowy w trzynastym wieku. Rzecz jasna, to nie może być przypadek, że wszystkie liczby, które Saunière napisał na podłodze, należą do tego ciągu.

Fache przyglądał się dłuższą chwilę młodej kobiecie.

— Dobrze. Jeżeli nie ma w tym żadnego przypadku, to może powiedziałaby mi pani, dlaczego Jacques Saunière postanowił tak postąpić. Co nam chce powiedzieć? Co to oznacza?

Wzruszyła ramionami.

— Absolutnie nic. O to właśnie chodzi. To jest zwykły żart kryptograficzny. Tak jakby wziąć słowa z jakiegoś słynnego wiersza i pomieszać je, żeby zobaczyć, czy ktoś się zorientuje, co te słowa mają ze sobą wspólnego.

Fache zrobił krok naprzód, groźnie przybliżając twarz do twarzy Sophie.

— Liczę, że ma pani jakieś bardziej przekonywające wyjaśnienie tej sprawy.

Kiedy i Sophie zbliżyła się o pół kroku do niego, na jej twarzy malowała się powaga.

— Panie kapitanie, zważywszy na wagę sprawy, mam nadzieję, że zainteresuje pana informacja, że Jacques Saunière zabawia się z panem. Najwyraźniej pan tego nie widzi. Poinformuję dyrektora Wydziału Kryptografii, że już nie potrzebuje pan naszych usług.

Z tymi słowami odwróciła się na pięcie i odmaszerowała w tym samym kierunku, z którego przyszła.

Fache, oniemiały, patrzył, jak Sophie znika w ciemności. Czy ona zwariowała? Sophie Neveu właśnie przed chwilą na nowo zdefiniowała pojęcie samobójstwa zawodowego.

Fache zwrócił się do Langdona, który wciąż stał z telefonem przy uchu, z jeszcze większym niepokojem na twarzy, słuchając uważnie wiadomości. Ambasada Stanów Zjednoczonych. Bezu Fache pogardzał wieloma rzeczami... Ale niewiele było takich, które wzbudzały w nim większą złość niż Ambasada Stanów Zjednoczonych.

Fache i ambasador nieraz kruszyli kopie w sprawach państwowych wspólnych dla Francji i Stanów, a ubitą ziemią, na której spotykali się najczęściej, było stosowanie prawa wobec Amerykanów odwiedzających Francję. DCPJ niemal codziennie zatrzymywało Amerykanów przyjeżdżających na wymianę studencką za posiadanie narkotyków, biznesmenów ze Stanów za kontakty z niepełnoletnimi prostytutkami, a turystów amerykańskich za kradzieże w sklepach i niszczenie cudzej własności. W świetle prawa ambasada amerykańska mogła interweniować i prosić o ekstradycję winnych obywateli Stanów Zjednoczonych, a kiedy wracali do domu, dostawali tylko lekko po palcach.

Ambasada prosiła o ekstradycję niemal zawsze.

L'émasculation de la Police Judiciaire — tak to nazywał Fache. *Paris Match* wydrukował ostatnio komiks przedstawiający Fache'a jako psa policyjnego, który próbuje ugryźć amerykańskiego kryminalistę, ale nie może go dosięgnąć, ponieważ jest przypięty łańcuchem do ściany ambasady amerykańskiej.

Nie dzisiaj, powiedział sobie Fache. Stawka jest zbyt wysoka.

Kiedy Robert Langdon wyłączył telefon, wyglądał blado i niepewnie.

— Wszystko w porządku? — spytał Fache.

Langdon pokręcił głową.

Złe wiadomości z domu — wyczuł Fache, zauważywszy — odbierając telefon komórkowy — że Langdon się spocił.

— Wypadek — mamrotał Langdon, patrząc na Fache'a z dziwnym wyrazem twarzy. — Przyjaciel... — zawahał się. — Muszę lecieć do domu pierwszym porannym samolotem.

Fache nie miał wątpliwości, że szok na twarzy Langdona nie jest udawany, a jednak wyczuwał też inne emocje, jakby w oczach Amerykanina pojawił się cień lęku.

— Bardzo mi przykro — powiedział Fache, przyglądając się Langdonowi uważnie. — Chciałby pan może usiąść? — Wskazał ławki pod ścianą galerii.

Langdon skinął głową, wciąż nieobecny i zrobił kilka kroków w kierunku ławki. Przystanął i z każdą chwilą wyglądał coraz gorzej.

— Właściwie to chciałbym pójść do toalety.

Fache zmartwił się, gdyż zdał sobie sprawę, że będzie opóźnienie.

— Do toalety. Oczywiście. Zróbmy krótką przerwę. — Wskazał dłonią długi korytarz. — Toalety są obok biura kustosza.

Langdon zawahał się przez chwilę i pokazał drugi koniec Wielkiej Galerii.

— Chyba z tej strony, bliżej, w końcu korytarza też są toalety.

Fache zdał sobie sprawę, że Langdon ma rację.

— Mam z panem pójść?

Langdon zaprzeczył, już kierując się w głąb galerii.

— Nie trzeba. Chciałbym przez kilka chwil być sam.

Fache'owi nie za bardzo podobało się to, że Langdon będzie sam szedł w głąb korytarza, ale pocieszał się, że Wielka Galeria kończy się ślepo, a jedyne wyjście znajduje się po drugiej stronie — krata, pod którą się niedawno przeciskali. Chociaż francuskie przepisy dla tak wielkich powierzchni wymagają schodów przeciwpożarowych, to dostęp do nich został automatycznie odcięty, kiedy Saunière uruchomił system ochrony. To prawda, że system został teraz zresetowany, a schody odblokowano, ale to nie miało żadnego znaczenia — gdyby ktoś otworzył zewnętrzne drzwi, uruchomiłby alarm przeciwpożarowy, a drzwi przeciwpożarowe były i tak strzeżone przez agentów DCPJ. Langdon nie miał szans wyjść z Luwru bez wiedzy Fache'a.

— Muszę wrócić na chwilę do biura Saunière'a — powiedział Fache. — Proszę tam przyjść, panie Langdon. Musimy jeszcze coś omówić.

Langdon machnął bez słowa ręką, znikając w ciemności.

Fache odwrócił się na pięcie i wściekły poszedł w przeciwną stronę. Dotarł do stalowej kratownicy, prześlizgnął się pod nią i wydostawszy się z Wielkiej Galerii, ruszył w kierunku centrum dowodzenia. Wpadł jak burza do gabinetu Saunière'a.

— Kto pozwolił Sophie Neveu wejść do tego budynku?! — wrzasnął.

Pierwszy odpowiedział Collet:

— Powiedziała strażnikom na zewnątrz, że złamała kod.

Fache się rozejrzał:

— Już poszła?

— A nie ma jej z panem?

— Wyszła.

Fache spojrzał na ciemny korytarz. Widać z tego, że Sophie nie była w nastroju, żeby się zatrzymywać i rozmawiać z pozostałymi policjantami, gdy wychodziła z Luwru.

Przez chwilę rozważał, czy nie połączyć się przez radio ze strażnikami przy wejściu, nie kazać im zatrzymać Sophie i przywlec jej tutaj, zanim opuści muzeum. Zreflektował się jednak. Podszeptywała mu to tylko jego duma... Chciał mieć ostatnie słowo. Starczy już rozrywek na ten wieczór.

Policzę się z agentką Neveu później, powiedział sobie, ciesząc się w duchu, że będzie mógł wyrzucić ją z pracy.

Postanowił na razie zapomnieć o Sophie i przez chwilę przyglądał się miniaturowemu rycerzowi stojącemu na biurku Saunière'a. Potem zwrócił się do Colleta:

— Macie go?

Collet skłonił się dwornie i odwrócił laptopa w kierunku Fache'a. Czerwona plamka była wyraźnie widoczna na schemacie planu piętra, świeciła metodycznie i gasła w pomieszczeniu oznaczonym jako TOILETTES PUBLIQUES.

— Dobrze — powiedział Fache, zapalając papierosa i wychodząc na sztywnych nogach na korytarz. — Muszę zadzwonić. Niech pan uważa na Langdona. Proszę pilnować, by wychodził tylko do toalety.

Rozdział 12

Idąc w kierunku przeciwległego końca Wielkiej Galerii, Robert Langdon nie wiedział, co myśleć. W głowie wciąż brzmiała mu wiadomość od Sophie. Podświetlone znaki na końcu korytarza, na których widniały międzynarodowe symbole postaci oznaczające toalety, poprowadziły go przez labirynt między poprzecznymi ściankami, na których wisiały włoskie grafiki, oddzielającymi toalety od reszty pomieszczeń.

Langdon znalazł drzwi do męskiej toalety, wszedł i zapalił światło. Było pusto.

Podszedł do umywalki, obmył twarz wodą i próbował oprzytomnieć. Rażące fluorescencyjne światła jarzeniówek odbijały się od kafelków. Śmierdziało amoniakiem. Kiedy wycierał twarz ręcznikiem, drzwi do toalety zaskrzypiały. Odwrócił się.

Weszła Sophie Neveu; w jej zielonych oczach zobaczył lęk.

— Dzięki Bogu, że pan przyszedł. Nie mamy zbyt wiele czasu.

Langdon stał przy umywalkach, patrząc w bezbrzeżnym zdziwieniu na Sophie Neveu, kryptologa z DCPJ. Zaledwie parę minut temu słuchał jej wiadomości telefonicznej, myśląc, że pani kryptolog, która dopiero co zjawiła się na scenie, musi być szalona. Niemniej im dłużej słuchał, tym bardziej wyczuwał, że Sophie Neveu mówi szczerze. „Proszę nie reagować na tę wiadomość. Proszę spokojnie odsłuchać. Jest pan w niebezpieczeństwie. Musi pan wykonać dokładnie wszystkie moje polecenia".

Pełen niepewności, Langdon postanowił robić dokładnie to, co mu radziła Sophie. Powiedział Fache'owi, że wiadomość telefoniczna ma związek z wypadkiem, któremu uległ znajomy w kraju. Potem spytał, czy może skorzystać z toalety na końcu Wielkiej Galerii.

Sophie stała teraz przed nim, wciąż nie mogąc złapać oddechu. Obeszła prawie cały Luwr dookoła, by się tu znaleźć. W świetle jarzeniówek Langdon patrzył zdziwiony, jaką siłą promieniowała ta dziewczyna o niespodziewanie łagodnych rysach. Tylko jej wzrok był ostry, a ten kontrast przywodził na myśl wielowarstwowy portret Renoira... Zawoalowany, acz wyraźny. Była tam i odwaga w ruchach pędzlem, i jakaś zasłona tajemnicy.

— Chciałam pana ostrzec, panie Langdon... — zaczęła Sophie, wciąż łapiąc oddech — że jest pan *sous surveillance cachée*. Pod specjalną obserwacją. — Jej słowa wypowiedziane po angielsku z lekkim francuskim akcentem odbijały się echem od ścian, a głos wydobywał się jak z jakiejś pustej przestrzeni.

— Ale... dlaczego? — spytał Langdon.

Sophie wyjaśniała mu już przez telefon, ale chciał to usłyszeć z jej ust.

— Ponieważ według Fache'a — powiedziała, podchodząc do niego bliżej — głównym podejrzanym o morderstwo jest właśnie pan.

Langdon przygotował się na te słowa, ale brzmiały one wciąż bardzo zabawnie. Zgodnie z tym, co mówiła Sophie, Langdona wezwano dziś w nocy do Luwru nie jako specjalistę od symboli, ale jako podejrzanego i był on obecnie, chcąc nie chcąc, celem jednej z ulubionych metod śledczych DCPJ — *surveillance cachée* — zręcznej sztuczki policyjnej polegającej na tym, że spokojnie zaprasza się podejrzanego na miejsce zbrodni i przesłuchuje tam w nadziei, że w nerwowej atmosferze przypadkiem sam się pogrąży.

— Niech pan sprawdzi lewą kieszeń marynarki — powiedziała Sophie. — Znajdzie pan tam dowód, że naprawdę jest pan pod obserwacją.

Langdon poczuł rosnącą niechęć i strach. Mam sprawdzać

własne kieszenie? Zabrzmiało to tak, jakby chciała mu pokazać jakąś tanią sztuczkę magiczną.

— No, proszę...

Nie mogąc opanować ciekawości, Langdon sięgnął dłonią do lewej kieszeni tweedowej marynarki, do tej, której nigdy nie używał. Pomacał palcami w środku, ale niczego nie znalazł. A czego się, u diabła, spodziewałeś? Zaczął się zastanawiać, czy może mimo wszystko Sophie jest jednak szalona. Nagle wyczuł coś palcami. Coś małego i twardego. Chwycił maleńki przedmiot w dwa palce, wyciągnął z kieszeni i przyglądał mu się zdziwiony. Był to metalowy krążek w kształcie guzika, wielkości mniej więcej baterii do zegarka. Nigdy go przedtem nie widział. Co to...?

— Pluskwa do namierzania obiektów przez system GPS — wyjaśniła Sophie. — W trybie ciągłym przekazuje swoje położenie satelicie, którego może monitorować DCPJ. Korzystamy z takich pluskiew, żeby mieć podgląd naszych podejrzanych. Namierza z dokładnością do pół metra na całej kuli ziemskiej. Mają pana na elektronicznej smyczy. Agent, który przyjechał po pana do hotelu, wsunął to panu do kieszeni, zanim pan wyszedł z pokoju.

Langdon przypomniał sobie pokój hotelowy... Szybki prysznic, potem się ubierał, a kiedy wychodzili, agent DCPJ uprzejmie podawał mu tweedową marynarkę. „Na dworze jest chłodno, panie Langdon — powiedział. — Wiosna w Paryżu nie zawsze jest taka jak w amerykańskich piosenkach". Langdon podziękował mu i włożył marynarkę.

Oliwkowe spojrzenie Sophie było niezwykle intensywne.

— Nie powiedziałam panu o pluskwie wcześniej, bo nie chciałam, żeby pan zaczął przeszukiwać kieszenie w obecności Fache'a. On nie może wiedzieć, że pan to znalazł.

Langdon nie miał pojęcia, co odpowiedzieć.

— Namierzają pana przez GPS, bo myślą, że będzie pan chciał uciec. — Urwała. — Tak naprawdę mieli nadzieję, że pan ucieknie, to dałoby im dodatkowy argument do ręki.

— Czemu miałbym uciekać?! — oburzył się Langdon. — Jestem niewinny!

— Fache widzi to inaczej.

Rozwścieczony Langdon podszedł do kosza na śmieci, żeby wyrzucić pluskwę.

— Nie! — Sophie chwyciła go za rękę i powstrzymała. — Jeżeli pan ją wyrzuci, sygnał przestanie się przemieszczać i będą wiedzieli, że znalazł pan pluskwę. Fache pozwolił panu pójść do toalety samemu jedynie dlatego, że może bez przerwy monitorować pana położenie. Jeżeli zorientuje się, że pan odkrył jego działania... — Sophie nie dokończyła myśli. Zamiast tego wyciągnęła krążek z dłoni Langdona i wsunęła go z powrotem do kieszeni jego tweedowej marynarki. — Ta pluskwa zostaje z panem. Przynajmniej na razie.

Langdon czuł się zagubiony.

— Jakim cudem Fache mógł uwierzyć, że zabiłem Jacques'a Saunière'a?!

— Ma dosyć przekonujące poszlaki, żeby pana podejrzewać — mówiła Sophie z chmurnym wyrazem twarzy. — Istnieje pewien dowód, którego pan jeszcze nie widział. Fache starannie to przed panem ukrywa.

Langdon patrzył na nią bez słowa.

— Przypomina pan sobie tekst, który Saunière napisał na podłodze?

Langdon skinął głową. Cyfry i słowa były wyryte w jego pamięci.

Sophie mówiła teraz szeptem.

— Niestety to, co pan zobaczył, to nie jest pełna wiadomość. Była jeszcze jedna linijka, którą Fache sfotografował, a potem wytarł do czysta, zanim pan przyszedł.

Chociaż Langdon wiedział, że ślad pisaka wodnego można łatwo usunąć, nie mógł sobie wyobrazić, dlaczego Fache miałby niszczyć dowody.

— Ostatnia linijka tej wiadomości — powiedziała Sophie — to coś, o czym miał pan nie wiedzieć. Przynajmniej do momentu, kiedy Fache z panem nie skończy.

Wyciągnęła z kieszeni swetra wydruk komputerowy zdjęcia i zaczęła go rozwijać.

— Dziś wieczorem Fache wprowadził obraz z miejsca zbrodni do naszej wewnętrznej sieci i przesłał do komputera Wydziału Kryptografii, mając nadzieję, że zorientujemy się, co

chciał powiedzieć Saunière. Oto zdjęcie całej wiadomości. —
Podała kartkę Langdonowi.

Langdon patrzył na fotografię, nie mogąc wyjść ze zdumienia.
W zbliżeniu widać było jaśniejącą na parkiecie Luwru wiadomość. Ostatnia linijka uderzyła go jak cios prosto w splot
słoneczny.

13-3-2-21-1-1-8-5
Miano czorta li dolina na video.
PS. Znajdź Roberta Langdona.

Rozdział 13

Przez kilka sekund Langdon wpatrywał się w komputerowy wydruk fotografii z postscriptum Saunière'a. *PS. Znajdź Roberta Langdona.* Miał uczucie, że podłoga kołysze się pod jego stopami. Saunière zostawił postscriptum, a w nim moje nazwisko? W najśmielszych snach Langdon nie potrafił sobie wyobrazić dlaczego.

— Teraz już pan rozumie — powiedziała Sophie, nie spuszczając z niego wzroku — dlaczego Fache kazał panu tutaj dzisiaj przyjechać i dlaczego jest pan jego głównym podejrzanym.

Jedyne, co Langdon w tej chwili rozumiał, to zadowolenie, z jakim Fache przyjął jego sugestię, że Saunière mógł przecież oskarżyć zabójcę, podając nazwisko.

Znajdź Roberta Langdona.

— Dlaczego Saunière miałby to napisać? — dociekał Langdon, a jego niepewność zaczęła się przeradzać w złość. — Dlaczego miałbym chcieć zabić Jacques'a Saunière'a?

— Fache musi jeszcze znaleźć motyw, ale nagrywał całą rozmowę z panem, sądząc, że coś wyjdzie na jaw.

Langdon otworzył usta, ale nie mógł wydusić ani słowa.

— Ma przy sobie miniaturowy mikrofon — wyjaśniła Sophie. — Jest połączony z przekaźnikiem w kieszeni, który przekazuje sygnał radiowy do punktu dowodzenia.

— To niemożliwe — wymamrotał Langdon. — Mam alibi. Od razu po wykładzie poszedłem do hotelu. Można przecież zapytać w recepcji.

— Fache już to zrobił. Jego raport mówi, że wziął pan klucz do pokoju z recepcji około dziesiątej trzydzieści. Niestety, zabójstwa dokonano bliżej jedenastej. Mógł pan bez problemu wyjść z hotelu niezauważony.

— To jakieś szaleństwo! Fache nie ma żadnych dowodów.

Sophie otworzyła ze zdziwienia oczy, jakby chciała powtórzyć za nim „żadnych dowodów".

— Panie Langdon, pańskie nazwisko jest umieszczone na podłodze tuż obok ciała, a w kalendarzu Saunière'a jest napisane, że miał się pan z nim spotkać mniej więcej o tej godzinie, o której popełniono morderstwo. Fache ma dostatecznie dużo dowodów, by pana aresztować i przesłuchać.

Langdon nagle zrozumiał, że będzie potrzebował dobrego adwokata.

— Ja tego nie zrobiłem.

Sophie westchnęła.

— To nie amerykańska telewizja, panie Langdon. We Francji prawo chroni policję, nie przestępców. Niestety, w tym wypadku trzeba również wziąć pod uwagę, co powiedzą media. Jacques Saunière był postacią wybitną i kochaną przez paryżan, a jego śmierć znajdzie się na pierwszych stronach gazet i we wszystkich porannych programach telewizyjnych i wiadomościach radiowych. Fache'a będą naciskać, żeby wydał oświadczenie, a zaprezentuje się znacznie lepiej, mając podejrzanego w areszcie. To, czy pan jest winny, czy nie, nie ma znaczenia, bo będzie pan przecież przetrzymywany przez DCPJ do momentu, aż policja ustali, co się naprawdę stało.

Langdon czuł się jak zwierzę w potrzasku.

— Czemu pani mi o tym wszystkim mówi?

— Ponieważ, panie Langdon, wierzę, że pan jest niewinny. — Sophie odwróciła na chwilę wzrok, po czym spojrzała mu prosto w oczy. — A także dlatego, że to częściowo moja wina, że znalazł się pan w takich tarapatach.

— Co takiego? Pani wina, że Saunière chciał mnie wrobić?

— Saunière nie chciał pana wrobić. To pomyłka. Ta wiadomość na podłodze była przeznaczona dla mnie.

Całą minutę zajęło Langdonowi przetrawienie tej informacji.

— Mogłaby pani powtórzyć?

— To nie była wiadomość dla policji. Napisał ją dla mnie. Był chyba zmuszony robić wszystko w takim pośpiechu, że nie zdawał sobie sprawy z tego, jak to będzie wyglądało w oczach policji. — Przerwała. — Kod numeryczny jest bez znaczenia. Saunière napisał go, żeby się upewnić, że do śledztwa zostaną zaangażowani kryptolodzy, żeby mieć pewność, że ja się dowiem, co się z nim stało, najszybciej, jak to możliwe.

Langdon czuł, że traci kontakt z rzeczywistością. Kwestia, czy Sophie Neveu zwariowała, czy nie, czeka jeszcze na rozstrzygnięcie, ale przynajmniej wie teraz, dlaczego próbuje mu pomóc. *PS. Znajdź Roberta Langdona.* Widać uważa, że kustosz zostawił jej zaszyfrowane postscriptum po to, żeby znalazła Langdona.

— Ale dlaczego myśli pani, że ta wiadomość jest dla pani?

— *Człowiek witruwiański* — powiedziała głucho. — Ten szkic zawsze był moją ulubioną grafiką Leonarda da Vinci. Dziś wykorzystał ten fakt, żeby przykuć moją uwagę.

— Chwileczkę. Mówi pani, że kustosz wiedział, jaką grafikę lubi pani najbardziej?

Sophie skinęła głową.

— Przepraszam. Mówię trochę bezładnie... Jacques Saunière i ja...

Głos Sophie się załamał, a Langdon usłyszał w nim nagle nutę melancholii, zobaczył bolesną przeszłość, która pulsuje tuż pod powierzchnią. Sophie i Jacques Saunière musieli być blisko związani. Langdon przyglądał się pięknej kobiecie stojącej przed nim, wiedząc doskonale, że we Francji starzejący się mężczyźni często znajdowali sobie młode kochanki. Ale Sophie Neveu nie pasowała jakoś do obrazu „utrzymanki".

— Pokłóciliśmy się dziesięć lat temu — mówiła Sophie szeptem. — Od tego czasu prawie w ogóle nie rozmawialiśmy. Dziś wieczorem, kiedy Wydział Kryptografii dostał telefon, że Saunière został zamordowany, a ja zobaczyłam zdjęcie jego ciała i tekst na podłodze, zdałam sobie sprawę, że chciał mi przesłać wiadomość.

— Z powodu *Człowieka witruwiańskiego*?

— Tak. I liter PS.

— Postscriptum?

Sophie pokręciła głową.

— P.S. to moje inicjały.

— Ale pani nazywa się Sophie Neveu.

Odwróciła wzrok.

— P.S. to przezwisko, które mi nadał, kiedy z nim mieszkałam. — Zarumieniła się. — Oznaczało *Princesse Sophie*. Księżniczka Sophie.

Langdon nie wiedział, jak zareagować.

— To głupie, wiem — powiedziała. — Ale to było przecież lata temu. Kiedy byłam małą dziewczynką.

— Znała go pani, kiedy była małą dziewczynką?

— Całkiem dobrze. — W jej oczach zalśniły łzy. — Jacques Saunière był moim dziadkiem.

Rozdział 14

— Gdzie jest Langdon? — zapytał ostro Fache, zaciągając się po raz ostatni papierosem, kiedy wszedł z powrotem do punktu dowodzenia.

— Wciąż w toalecie, panie kapitanie. — Porucznik Collet oczekiwał, że to pytanie padnie.

— Widzę, że mu się nie spieszy — mruknął niechętnie Fache.

Kapitan patrzył nad ramieniem Colleta na plamkę oznaczającą czujnik GPS, a Collet niemal słyszał trybiki kręcące się w głowie szefa. Fache walczył z pokusą sprawdzenia, co robi Langdon. W idealnym modelu obserwacji daje się podmiotowi tyle czasu i wolności, ile to tylko możliwe, łudząc go fałszywym poczuciem bezpieczeństwa. Langdon musi wrócić z własnej woli. Z drugiej jednak strony nie było go już prawie dziesięć minut.

Za długo.

— Czy to możliwe, że Langdon robi nas w konia? — spytał Fache.

Collet skinął przecząco głową.

— Przez cały czas widzimy niewielkie ruchy wewnątrz męskiej toalety, więc wciąż ma przy sobie czujnik GPS. Może źle się poczuł? Gdyby znalazł pluskwę, na pewno by ją wyciągnął i wyrzucił, próbowałby uciec.

Fache spojrzał na zegarek.

— W porządku.

Fache wciąż był czymś zaniepokojony. Cały wieczór Collet wyczuwał u swojego przełożonego niezwykłe napięcie. Fache zwykle był dosyć chłodny i zachowywał dystans, kiedy działał pod presją, a dziś wydawał się zaangażowany emocjonalnie, jakby cała ta sprawa dotyczyła go osobiście.

Nic dziwnego, pomyślał Collet. Fache rozpaczliwie potrzebuje tego aresztowania. Niedawno Rada Ministrów i media stały się bardziej krytyczne wobec agresywnej taktyki Fache'a, jego starć z ambasadami potężnych sojuszników Francji i przesadnych wydatków na nowe technologie. Dzisiejsze, wspomagane najnowszą elektroniką, znaczące aresztowanie Amerykanina bardzo by się przydało, żeby uciszyć krytyków, pomogłoby mu też utrzymać się na posadzie jeszcze przez parę lat, do lukratywnej emerytury. Bóg jeden wie, że on potrzebuje tej emerytury, pomyślał Collet. Fascynacja Fache'a technologią i elektroniką zaciążyła nie tylko na jego życiu zawodowym, ale i osobistym. Szeptano, że kilka lat temu zainwestował wszystkie oszczędności życia w szaleństwo technologiczne i spłukał się do suchej nitki. A Fache jest mężczyzną, który nosi garnitury tylko z najlepszych materiałów.

Dzisiejsza noc jeszcze się jednak nie skończyła. Dziwaczna i nietrafiona interwencja Sophie Neveu to tylko mała przeszkoda. Jej już nie było, a Fache wciąż miał wszystkie karty w ręku. Musiał jeszcze tylko poinformować Langdona, że jego nazwisko zostało wypisane na podłodze przez ofiarę. *PS. Znajdź Roberta Langdona.* Reakcja Amerykanina na ten dowód na pewno będzie interesująca.

— Panie kapitanie? — Jeden z agentów DCPJ zawołał do niego teraz z drugiej strony gabinetu. — Lepiej, żeby pan odebrał ten telefon. — Trzymał słuchawkę i wyglądał na zaniepokojonego.

— Kto dzwoni? — spytał Fache.

Agent zmarszczył czoło.

— Dyrektor naszego Wydziału Kryptografii.

— No i?

— To dotyczy Sophie Neveu, panie kapitanie. Coś tu nie gra.

Rozdział 15

Już czas.

Wysiadając z czarnego audi, Sylas czuł się silny. Powiew nocnej bryzy poruszał jego luźną zakonną szatą. Wieje wiatr nowych czasów. Wiedział, że jego zadanie będzie wymagało więcej finezji niż siły fizycznej, więc zostawił broń w samochodzie. Trzynastostrzałowy pistolet marki Heckler Koch USP 40 również dostał od Nauczyciela.

Na broń siejącą śmierć nie ma miejsca w domu Pana.

Plac przed wspaniałym kościołem był o tej porze całkiem pusty, widział tylko po drugiej stronie Saint-Sulpice kilka nastoletnich dziwek pokazujących swoje wdzięki kierowcom samochodów i turystom wracającym do hoteli. Ich kuszące ciała wznieciły w lędźwiach Sylasa dobrze znaną tęsknotę. Instynktownie naprężył mięśnie uda, tak by nabijany kolcami pas *cilice* wpił się boleśnie w ciało.

Pożądanie natychmiast się ulotniło. Od dziesięciu lat Sylas był wierny przyrzeczeniu i odmawiał sobie wszelkich uciech cielesnych, nawet tych, których mógł dostarczyć sobie sam. To właśnie była Droga. Wiedział, że wiele poświęca, by oddać się bez reszty Opus Dei, lecz otrzymał w zamian znacznie więcej. Śluby czystości i wyrzeczenie się wszelkich dóbr osobistych nie wydawały mu się wielkim poświęceniem. Zważywszy na biedę, z której wyszedł, i horror seksu więziennego, była to upragniona odmiana.

Teraz, wróciwszy do Francji po raz pierwszy od czasu, kiedy

go aresztowano i odesłano do więzienia w Andorze, Sylas czuł, że kraj rodzinny poddaje go próbie, wyciąga przemocą wspomnienia z jego nawróconej duszy. Narodziłeś się na nowo, napominał się. Jego służba Bogu wymagała dzisiaj popełnienia grzechu morderstwa, a była poświęceniem, które Sylas będzie musiał znieść w milczeniu i po wieczne czasy zachować w sercu. „Miarą twej wiary jest miara bólu, który potrafisz znieść" — powiedział Nauczyciel. Sylasowi ból nie był obcy i bardzo chciał pokazać, ile jest wart, temu, który zapewniał go, że to siła wyższa zleca mu wszystko, co ma zrobić.

— *Hago la obra de Dios* — szepnął Sylas, idąc w kierunku wejścia do kościoła.

Zatrzymał się na chwilę w cieniu ogromnych drzwi i wziął głęboki oddech. Dopiero teraz naprawdę i do końca zdał sobie sprawę z tego, co ma zrobić i co czekało go w środku.

Klucz sklepienia. Zaprowadzi nas do ostatecznego celu.

Podniósł białą jak kreda pięść i zastukał w drzwi trzy razy.

Po chwili poruszyła się zasuwa na olbrzymich drewnianych wrotach.

Rozdział 16

Sophie zastanawiała się, kiedy Fache się zorientuje, że nie wyszła z budynku. Widząc, że Langdon jest naprawdę przytłoczony tempem wydarzeń, zadawała sobie pytanie, czy dobrze zrobiła, zapędzając go do narożnika w męskiej toalecie.

Co jeszcze mogłabym zrobić?

Wyobraziła sobie ciało swojego dziadka, nagie na podłodze, z rozrzuconymi kończynami. Kiedyś był dla niej całym światem, a dziś była zdziwiona, że nie czuje właściwie smutku po jego śmierci. Jacques Saunière był dla niej teraz kimś zupełnie obcym. Ich związek obumarł w jednej chwili pewnego marcowego wieczoru, kiedy miała dwadzieścia dwa lata. Dziesięć lat temu. Sophie wróciła wcześniej do domu z uczelni w Anglii i przez przypadek zobaczyła coś, co nie było przeznaczone dla niej. Obraz, w który do dziś wzbraniała się uwierzyć.

Gdybym nie widziała tego na własne oczy...

Była zbyt zaszokowana i zaskoczona, żeby wytrzymać bolesne próby wyjaśnień, i natychmiast wyprowadziła się od dziadka, zabierając pieniądze, które udało jej się zaoszczędzić, i wynajęła z koleżankami małe mieszkanko. Przyrzekła sobie, że nigdy z nikim nie będzie rozmawiała o tym, co widziała. Dziadek próbował na wszelkie sposoby skontaktować się z nią, posyłał jej pocztówki i listy, błagał, żeby się z nim spotkała i pozwoliła mu wyjaśnić. Jak można to wyjaśnić?! Sophie nigdy nie odpowiedziała na żaden list. Odezwała się do niego tylko jeden raz — zakazała mu do siebie dzwonić lub próbować się z nią spotkać w jakimś miejscu publicznym. Obawiała się, że jego wyjaśnienia będą jeszcze bardziej przerażające niż sam incydent.

To nie do wiary, ale Saunière nigdy się nie poddał i Sophie miała teraz stos korespondencji, która przychodziła przez całe dziesięć lat. Listy nie były otwarte i czekały na lepsze czasy w szufladzie jej garderoby. Musiała oddać dziadkowi sprawiedliwość, że ani razu nie złamał zakazu i nigdy nie zadzwonił.

Dopiero dzisiaj po południu.

— Sophie? — Jego głos brzmiał zadziwiająco staro, kiedy odsłuchiwała wiadomość z automatycznej sekretarki. — Postępowałem zgodnie z twoim życzeniem tak długo... I z bólem do ciebie dzwonię, ale muszę z tobą porozmawiać. Zdarzyło się coś strasznego.

Stojąc w kuchni swojego paryskiego mieszkania, Sophie poczuła przechodzące po grzbiecie ciarki, kiedy usłyszała go po tych wszystkich latach. Jego łagodny i kochany głos przywołał falę wspomnień z dzieciństwa.

— Sophie, posłuchaj, proszę. — Mówił do niej po angielsku, czyli tak jak zawsze, kiedy była małą dziewczynką. Ćwicz francuski w szkole. Ćwicz angielski w domu. — Nie możesz gniewać się na mnie do końca życia. Nie czytałaś listów, które ci przez te wszystkie lata posyłałem? Czy jeszcze nie rozumiesz? — Urwał. — Musimy natychmiast porozmawiać. Proszę, spełnij to jedno życzenie swojego dziadka. Zadzwoń do mnie do Luwru. Natychmiast. Oboje jesteśmy w śmiertelnym niebezpieczeństwie.

Sophie spojrzała na automatyczną sekretarkę. W niebezpieczeństwie? O czym on mówi?

— Księżniczko... — Jego głos załamywał się z emocji, których Sophie nie potrafiła nazwać. — Wiem, że nie wszystko ci mówiłem, i wiem, że zapłaciłem za to utratą twojej miłości. Ale robiłem to dla twojego bezpieczeństwa. Teraz musisz poznać prawdę. Proszę cię bardzo, muszę ci powiedzieć prawdę o twojej rodzinie.

Sophie nagle usłyszała bicie własnego serca. O mojej rodzinie? Rodzice Sophie zmarli, kiedy miała cztery lata. Ich samochód zjechał z mostu do rwącej rzeki. Babcia i młodszy brat również byli w samochodzie i cała rodzina Sophie w jednej chwili została starta z powierzchni ziemi. Miała pudełko z wycinkami z gazet, w których wszystko to opisano.

Jego słowa odbiły się echem nagłej tęsknoty. Moja rodzina! W tej ulotnej chwili Sophie zobaczyła obrazy ze snu, który tak często budził ją w dzieciństwie. Moja rodzina żyje! Wracają do domu! Ale, tak jak w jej śnie, obrazy rozpłynęły się we mgle. „Twoja rodzina nie żyje, mówił. Oni już nie wrócą".

— Sophie... — ciągnął dziadek. — Czekałem całe lata, żeby ci powiedzieć. Czekałem na właściwy moment, a teraz zabrakło mi czasu. Zadzwoń do mnie do Luwru. Jak tylko odsłuchasz tę wiadomość. Będę czekał całą noc. Boję się, że może oboje jesteśmy w niebezpieczeństwie. Jest tyle rzeczy, które muszę ci powiedzieć.

Na tym wiadomość się skończyła.

Sophie stała przez kilka minut w ciszy, drżąc. Rozważywszy to, co usłyszała, uznała, że jest tylko jedna możliwość, przejrzała jego prawdziwy zamiar.

Chciał ją złapać na haczyk.

Oczywiście dziadek rozpaczliwie pragnął ją zobaczyć. Chwytał się wszelkich sposobów. Jej niechęć do tego człowieka była teraz jeszcze głębsza. Zastanawiała się, czy może jest śmiertelnie chory i postanowił spróbować skłonić ją, żeby przyszła odwiedzić go ostatni raz. Jeżeli tak, to dobrze wybrał. Moja rodzina.

Stojąc teraz w ciemności męskiej toalety w Luwrze, Sophie słyszała echa tej wiadomości telefonicznej: „Sophie, może oboje jesteśmy w niebezpieczeństwie. Zadzwoń do mnie".

Nie zadzwoniła. Nawet nie miała zamiaru. Teraz jednak jej sceptycyzm mocno osłabł. Dziadek nie żył, zamordowany w murach swojego muzeum. Zostawił na podłodze zakodowaną wiadomość.

Zakodowaną dla niej. Tego była pewna.

Mimo że nie rozumiała jej znaczenia, nie miała wątpliwości, że jej tajemnicza forma jest dodatkowym dowodem na to, iż słowa te przeznaczone są dla niej. Pasja i zdolności do kryptografii Sophie były efektem jej dorastania u boku Jacques'a Saunière'a, miłośnika kodów, gier słownych i zagadek. Ileż

103

niedziel spędziliśmy razem, rozwiązując kryptogramy i krzyżówki w gazecie. W wieku dwunastu lat Sophie potrafiła już samodzielnie rozwiązać krzyżówkę z *Le Monde*, a dziadek wykształcił ją w krzyżówkach po angielsku, zagadkach matematycznych i kodach podstawiania liter. Sophie była niezmordowana. W końcu zmieniła tę pasję w zawód i została specjalistką od łamania kodów w policji kryminalnej.

Dziś w nocy Sophie jako kryptolog musiała przyznać, że skuteczność, z jaką dziadek posłużył się prostym kodem, aby połączyć dwie zupełnie sobie obce osoby, Sophie Neveu i Roberta Langdona, wzbudziła jej szacunek.

Pozostawało tylko pytanie w jakim celu.

Niestety, pełne zdziwienia spojrzenie Langdona powiedziało jej, że Amerykanin ma niewiele większe pojęcie niż ona, dlaczego dziadek ich połączył.

Spróbowała raz jeszcze.

— Miał pan się dzisiaj spotkać z moim dziadkiem. Po co?

Langdon teraz już naprawdę niczego nie rozumiał.

— Jego sekretarka umówiła nas na spotkanie i nie podała żadnego konkretnego powodu, a ja nie pytałem. Zakładałem, że słyszał o moim wykładzie o pogańskiej ikonografii w katedrach Francji i zainteresował go ten temat, pomyślał więc, że byłoby miło spotkać się przy drinku.

Sophie nie zaakceptowała tego wyjaśnienia. Było za słabe. Dziadek wiedział więcej o pogańskiej ikonografii niż ktokolwiek na świecie. Poza tym bardzo dbał o swoją prywatność, nie był typem, który wdałby się w pogawędkę z jakimś amerykańskim profesorem, chyba że miałby naprawdę ważny powód.

Sophie wzięła głęboki oddech i próbowała dalej:

— Dziadek dzwonił do mnie dzisiaj po południu i powiedział, że oboje jesteśmy w niebezpieczeństwie. Czy może to coś panu mówi?

Błękitne oczy Langdona zachmurzyły się, był wyraźnie zmartwiony.

— Nie, ale zważywszy na to, co się stało w Luwrze...

Sophie skinęła głową. Biorąc pod uwagę wydarzenia dzisiejszej nocy, byłaby idiotką, gdyby się nie przestraszyła. Była już zupełnie wyzuta z pomysłów i uczuć, podeszła więc do małego okienka na końcu toalety i milcząc, wyjrzała na zewnątrz przez siatkę taśmy alarmowej zatopionej w szkle. Byli wysoko, przynajmniej dwanaście metrów.

Westchnęła, podniosła wzrok i spojrzała na imponującą panoramę ulic Paryża. Z lewej strony, po drugiej stronie Sekwany, widniała oświetlona wieża Eiffla. Przed nią Łuk Triumfalny. A po prawej, wysoko na szczycie Montmartre'u, zobaczyła wdzięczną arabeskę kopuły kościoła Sacré-Coeur, której poszycie ze szlifowanych kamieni lśniło biało jak sanktuarium niewinności.

Tutaj, w najbardziej na zachód wysuniętym krańcu skrzydła Denona, obwodnica północ–południe Place du Carrousel biegła niemal równolegle do budynku, a od zewnętrznych ścian Luwru dzielił ją tylko wąski chodnik. Gdzieś daleko w dole, przed skrzyżowaniem, stały, czekając na zmianę świateł, olbrzymie ciężarówki, które nocą przetaczają się przez Paryż, a ich reflektory wydawały się mrugać na Sophie przewrotnie i szyderczo.

— Nie wiem, co powiedzieć — odezwał się Langdon, podchodząc do niej. — Pani dziadek próbuje pani z pewnością coś powiedzieć. Przykro mi, że nie mogę się bardziej przydać.

Sophie odwróciła się od okna, wyczuwając w głębokim głosie Langdona szczery żal. Mimo że sam ma tyle kłopotów, widać było, że chce jej pomóc. Odzywa się w nim nauczyciel, pomyślała. Przeczytała wcześniej wszystkie informacje w DCPJ na temat ich świadka. Miała przed sobą nauczyciela akademickiego, który nie znosił czegoś nie rozumieć.

To nasza wspólna cecha, pomyślała.

Jako specjalistka od łamania kodów, Sophie zarabiała na życie, wyłuskując znaczenie z danych, które na pozór nie mają żadnego związku. Teraz domyślała się, że Robert Langdon, świadom tego, czy nie, ma informację, której ona bardzo potrzebuje. *Princesse Sophie, znajdź Roberta Langdona.* Czy ta wiadomość mogłaby być jaśniejsza? Sophie musi spędzić z Langdonem więcej czasu. Mieć czas, żeby pomyśleć. Żeby tę tajemnicę rozwiązać razem z nim. A, niestety, czasu było coraz mniej.

Sophie spojrzała na Langdona i wykonała jedyny możliwy w tym momencie ruch.

105

— Bezu Fache za chwilę pana aresztuje. Ja mogę wyprowadzić pana z muzeum. Ale musimy zacząć działać natychmiast.

Langdon zdziwił się.

— Chce pani, żebym uciekał?

— To najmądrzejsze, co może pan teraz zrobić. Jeżeli pozwoli pan Fache'owi się zaaresztować, spędzi pan kilka najbliższych tygodni we francuskim więzieniu, podczas gdy DCPJ i ambasada amerykańska będą się spierać, czy sądzić pana we Francji, czy w Stanach. Ale jeżeli uda nam się pana stąd wyprowadzić i dotrze pan do ambasady, wtedy pański rząd będzie mógł chronić pańskie prawa, a tymczasem zdołamy udowodnić, że nie ma pan nic wspólnego z tym morderstwem.

Langdon w najmniejszym stopniu nie wyglądał na przekonanego.

— O tym proszę zapomnieć! Fache ma uzbrojonych strażników przy każdym wyjściu! Nawet jeśli uciekniemy i nikt nas po drodze nie zastrzeli, to sama ucieczka mocno mnie obciąży. Musi pani powiedzieć Fache'owi, że wiadomość na podłodze była dla pani i że moje nazwisko tam wypisane nie jest żadnym oskarżeniem.

— Na pewno to zrobię — zapewniła Sophie, a mówiła coraz szybciej — ale kiedy już pan będzie bezpieczny za drzwiami ambasady amerykańskiej. To tylko około półtora kilometra stąd, a mój samochód jest zaparkowany tuż przed muzeum. Zmaganie się z Fache'em stąd jest zbyt ryzykowne. Czy pan tego nie rozumie? On próbuje udowodnić, że pan jest winny, to dzisiaj jego misja. Nie aresztował pana tylko dlatego, żeby pana dalej obserwować, w nadziei, że zrobi pan coś, co wzmocni jego pozycję.

— Właśnie. Na przykład ucieknę.

W kieszeni swetra Sophie zaczęła dzwonić komórka. Prawdopodobnie Fache. Wyłączyła telefon.

— Panie Langdon — powiedziała pospiesznie. — Muszę panu zadać ostatnie pytanie. Od odpowiedzi może zależeć cała pańska przyszłość. Napis na podłodze rzecz jasna nie jest dowodem pańskiej winy, ale Fache powiedział naszej ekipie, że jest pewny, że pan to zrobił. Czy mógłby mieć jakikolwiek inny powód, który przekonałby go, że jest pan winny?

106

Langdon milczał przez chwilę.

— Nie ma żadnego takiego powodu.

Sophie westchnęła. To znaczy, że Fache kłamie. A dlaczego? Tego sobie Sophie nie potrafiła wyobrazić, ale w tej chwili przecież nie o to chodziło. Fakty są takie, że Bezu Fache jest zdecydowany, żeby wsadzić Roberta Langdona za kratki jeszcze dziś w nocy, za wszelką cenę. Sophie potrzebowała Langdona dla siebie i ten właśnie dylemat pozwolił jej wyciągnąć jeden jedyny logiczny wniosek.

Muszę zawieźć Langdona do ambasady amerykańskiej.

Odwracając się teraz do okna, Sophie spojrzała przez siatkę alarmową zatopioną w grubym szkle, popatrzyła w dół i zakręciło jej się w głowie, bo do chodnika było ponad dwanaście metrów. Skok z tej wysokości oznaczałby dla Langdona w najlepszym wypadku połamane nogi.

Niemniej jednak Sophie podjęła decyzję.

Roberta Langdona czeka ucieczka z Luwru, czy tego chce, czy nie.

Rozdział 17

— Co to znaczy, „nie odpowiada"? — Fache nie mógł uwierzyć. — Dzwonisz na jej telefon komórkowy, tak? Wiem, że ma go przy sobie.

Collet od kilku minut próbował dodzwonić się do Sophie.

— Może wyczerpały się jej baterie. Albo go wyłączyła.

Fache nie mógł dojść do siebie od chwili, kiedy skończył rozmowę z dyrektorem Wydziału Kryptografii. Odłożywszy słuchawkę, podszedł do Colleta i zażądał, żeby połączył go z agentką Neveu. Colletowi się nie udało, a Fache chodził od ściany do ściany jak lew w klatce.

— Czemu dzwonili z Kryptografii? — spytał teraz nieśmiało Collet.

Fache odwrócił się.

— Żeby nam powiedzieć, że nie znaleźli żadnych odniesień do czortów i dolin.

— Tylko po to?

— Nie. Chcieli nam także powiedzieć, że właśnie udało im się dojść do ciągu Fibonacciego, ale podejrzewają, że nie ma on żadnego znaczenia.

Collet nie bardzo rozumiał.

— Ale przecież już posłali agentkę Neveu, aby nas o tym poinformowała.

Fache pokręcił przecząco głową.

— Nie posłali Neveu.

— Co takiego?

— Dyrektor mówi, że zgodnie z moim poleceniem nakazał przez pagery całej swojej ekipie przyjrzeć się obrazom i fotografiom, które im przesłałem. Kiedy przyszła agentka Neveu, rzuciła tylko okiem na fotografię Saunière'a i na kod, i bez słowa wyszła z biura. Dyrektor powiedział, że nie dziwiło go jej zachowanie, ponieważ, co zrozumiałe, była bardzo poruszona tymi fotografiami.

— Poruszona? Nie widziała nigdy zdjęcia umarlaka?

Fache przez chwilę się nie odzywał.

— Nie wiedziałem o tym, chyba nie wiedział też dyrektor, dopóki ktoś z pracowników nie poinformował go, że Sophie Neveu jest chyba wnuczką Jacques'a Saunière'a.

Collet nie był w stanie wykrztusić słowa.

— Dyrektor mówił, że nigdy nie wspominała mu o Saunièrze, a on podejrzewał, że chyba dlatego, bo nie chciała, by ją traktowano inaczej ze względu na sławnego dziadka.

Nic dziwnego, że poruszyło ją to zdjęcie. Colletowi trudno było sobie wyobrazić tak niefortunny zbieg okoliczności. Młoda kobieta jest wzywana, by odcyfrować kod napisany obok ciała zamordowanej osoby z jej rodziny. Niemniej jej działania nie miały sensu.

— Ale ona oczywiście rozpoznała te liczby jako ciąg Fibonacciego, bo przyszła tutaj i powiedziała nam o tym. Nie rozumiem, dlaczego miałaby wychodzić, nie mówiąc nikomu, że domyśliła się, co to jest.

Colletowi przychodził do głowy tylko jeden scenariusz; Saunière napisał kod liczbowy na podłodze, mając nadzieję, że Fache poprosi kryptologów o pomoc w śledztwie, a zatem wciągnie w nie jego wnuczkę. Czy reszta przekazu Saunière'a też miała jakiś związek z wnuczką? A jeśli tak, to co ten komunikat dla niej znaczy? I jaka jest w tym wszystkim rola Langdona?

Zanim Collet miał szansę nad tym pomyśleć, ciszę pustego muzeum przerwał nagle głośny dźwięk alarmu. Wydawało się, że dobiega z wnętrza Wielkiej Galerii.

— *Alarme!* — wrzasnął jeden z agentów, obserwując monitor komputera połączonego z centrum ochrony Luwru. — *Grande Galerie! Toilettes messieurs!*

Fache podbiegł do Colleta.

— Gdzie jest Langdon?

— Wciąż w toalecie! — Collet wskazał palcem migoczący punkt na ekranie laptopa. — Musiał wybić okno!

Collet wiedział, że Langdon daleko nie ucieknie. Chociaż paryskie przepisy przeciwpożarowe wymagały, żeby okna w budynkach publicznych znajdujące się powyżej piętnastu metrów nad poziomem ulicy można było zbić w razie pożaru, to próba wydostania się z drugiego piętra Luwru bez pomocy bosaka i drabiny byłaby samobójstwem. Ponadto od strony zachodniego końca skrzydła Denona nie było ani trawy, ani drzew mogących zamortyzować upadek. Tuż pod oknem toalety biegła dwupasmówka Place du Carrousel.

— Jezus Maria! — krzyknął Collet, wlepiając oczy w ekran komputera. — Langdon wchodzi na parapet!

Ale Fache'a już nie było. Wyszarpnąwszy rewolwer Manurhin MR-93 z kabury pod marynarką, kapitan wypadł na korytarz jak wystrzelony z procy.

Collet z niedowierzaniem patrzył na ekran. Zobaczył, że mrugające światełko dotarło na parapet, a potem zrobiło coś zupełnie niespodziewanego. Przesunęło się poza granicę budynku.

Co się dzieje?, zastanawiał się. Czy Langdon jest na parapecie, czy...

— Boże!

Collet zerwał się na równe nogi, kiedy migające światełko wystrzeliło dalej za ścianę. Sygnał przez chwilę był niepewny, a potem mrugająca kropeczka zatrzymała się nagle około dziesięciu metrów poza granicą budynku.

Collet pomanipulował myszą i klawiszami, wywołał mapę Paryża i skalibrował na nowo GPS. Zogniskował pole widzenia i teraz zobaczył dokładne położenie sygnału.

Nie poruszał się. Znajdował się dokładnie na środku Place du Carrousel.

Langdon musiał więc wyskoczyć przez okno.

Rozdział 18

Fache pędził przez Wielką Galerię, słysząc dobiegający z radia głos Colleta, który przebijał się przez odległy dźwięk alarmu.

— Skoczył! — wrzeszczał Collet. — Widzę sygnał przy Place du Carrousel. Za oknem łazienki. Nie porusza się! Boże, Langdon chyba popełnił samobójstwo!

Fache słyszał głos, ale nie wiedział, o co chodzi. Biegł dalej. Wydawało się, że galeria nie ma końca. Kiedy mijał ciało Saunière'a, skupił wzrok na ściankach działowych na końcu skrzydła Denona. Alarm słychać było teraz znacznie głośniej.

— Chwileczkę! — ponownie odezwał się Collet. — Rusza się! Mój Boże, on żyje! Langdon się rusza!

Fache wciąż biegł, za każdym krokiem coraz bardziej przeklinając długość korytarza.

— Langdon porusza się coraz szybciej! — wrzeszczał Collet. — Biegnie w dół Carrousel. Nie... Nabiera prędkości. Porusza się za szybko!

Fache dopadł do ścianek działowych, prześliznął się między nimi, zobaczył toalety i pobiegł prosto do nich.

Głosu z krótkofalówki prawie nie było już słychać, tak głośno wył alarm.

— On musi być w samochodzie! Chyba jest w samochodzie! Nie potrafię...

Dźwięki dzwonków alarmowych połknęły głos Colleta, kiedy Fache w końcu wpadł z wyciągniętą bronią do męskiej toalety.

Mrużąc oczy, jakby chciał w ten sposób przytłumić przeszywający czaszkę dźwięk alarmu, przeszukał wzrokiem całą przestrzeń.

Ubikacja była pusta, podobnie łazienka. Oczy Fache'a spoczęły natychmiast na rozbitej szybie po przeciwległej stronie. Podbiegł do otworu okiennego i spojrzał w dół. Langdona nigdzie nie było widać. Fache nie mógł sobie wyobrazić, żeby ktokolwiek zaryzykował taki numer. Z pewnością, jeżeli spadł z tej wysokości, będzie ciężko ranny.

W końcu alarm się wyłączył i znów w krótkofalówce rozległ się głos Colleta:

— ...Porusza się w kierunku wschodnim... Coraz szybciej... Przejeżdża przez Pont du Carrousel na drugi brzeg Sekwany!

Fache odwrócił się w lewo. Jedynym pojazdem na Pont du Carrousel była ogromna ciężarówka z przyczepą, która jechała na południe, oddalając się od Luwru. Ciężarówka była przykryta od burty do burty plastikową plandeką, przypominającą z daleka ogromny hamak. Fache poczuł dreszcz strachu. Ta ciężarówka kilka chwil temu prawdopodobnie zatrzymała się na czerwonym świetle tuż pod oknem toalety.

To szalone ryzyko, powiedział sobie Fache. Langdon nie mógł wiedzieć, co ciężarówka wiezie pod winylową plandeką. A gdyby wiozła stal? Albo cement? Albo nawet śmieci? Skoczyć z dwunastu metrów? To by było szaleństwo.

— Sygnał zakręca! — krzyknął Collet. — Skręca w prawo, w Port des Saints-Pères!

I rzeczywiście, ogromny tir, który przejechał most, teraz zwalniał i skręcał w prawo, w Port des Saints-Pères. Niech i tak będzie, pomyślał Fache. Nie mogąc wyjść ze zdumienia, przyglądał się, jak ciężarówka znika za rogiem. Collet już zawiadamiał przez radio agentów dyżurujących przed Luwrem, podrywając ich ze stanowisk i posyłając w wozach patrolowych, żeby ścigali tira, cały czas nadając informacje na temat zmieniającego się położenia ciężarówki, jakby to było jakieś dziwaczne poszukiwanie skarbu.

To koniec, Fache nie miał wątpliwości. Jego ludzie otoczą ciężarówkę w ciągu kilku minut. Langdon nie ma szansy, by się wymknąć.

Schował broń do kabury, wyszedł z toalety i wezwał Colleta przez radio.

— Sprowadź samochód. Chcę tam być, kiedy go aresztujemy.

Kiedy Fache biegł z powrotem przez całą Wielką Galerię, zastanawiał się, czy Langdon w ogóle przeżył upadek.

Prawdę mówiąc, i tak go to nie obchodziło.

Langdon uciekł. A więc jest winny.

Langdon i Sophie stali w ciemnościach Wielkiej Galerii, przyciśnięci plecami do jednej ze ścianek działowych, które zasłaniały toalety przed wzrokiem zwiedzających. Ledwo zdążyli się ukryć, gdy Fache przebiegł obok z wyciągniętym pistoletem i zniknął za drzwiami toalety.

Ostatnie sześćdziesiąt sekund minęło jak mgnienie oka.

Znajdowali się w łazience. Langdon czuł wewnętrzny opór przed ucieczką z miejsca zbrodni, której przecież nie popełnił. Sophie spoglądała na wykonane z grubego szkła okno i zabezpieczającą je siatkę alarmu. Potem przeniosła wzrok na ulicę, jakby mierząc odległość od ziemi.

— Gdyby pan dobrze wycelował, mógłby się pan stąd wydostać — powiedziała.

— Dobrze wycelować? — Wyjrzał niepewnie na ulicę.

Ogromny, osiemnastokołowy tir zmierzał powoli w kierunku świateł, po czym zatrzymał się przed skrzyżowaniem. Nad burtami ciężarówki była rozciągnięta błękitna gruba folia pokrywająca luźno ładunek. Langdon miał nadzieję, że Sophie nie myśli o tym, o czym wydawała się myśleć.

— Sophie, ja na pewno nie skoczę...

— Proszę wyjąć pluskwę z kieszeni.

Wciąż nie mogąc wyjść ze zdumienia, Langdon pogrzebał w kieszeni i znalazł maleńki metalowy krążek. Sophie wzięła go od niego i podeszła do umywalki. Chwyciła kostkę mydła, położyła pluskwę na jej powierzchni i kciukiem wcisnęła w mydło. Kiedy krążek zagłębił się w miękkiej powierzchni, ścisnęła mydło palcami i zatkała dziurę, zatapiając na dobre urządzenie wewnątrz kostki.

Podała mydło Langdonowi i spod umywalek wyciągnęła ciężki cylindryczny kosz na śmieci. Trzymając go przed sobą, jak taranem uderzyła nim w szybę, zanim Langdon zdążył zaprotestować. Dno kosza wybiło dziurę w samym środku i szkło posypało się w dół.

Nad nimi wybuchły alarmy. Było tak głośno, że wydawało się, że popękają im bębenki.

— Mydło! — krzyknęła Sophie, którą ledwo było słychać w tym hałasie. Langdon wsunął jej kostkę mydła w dłoń. Trzymając je w ręku, wyjrzała przez wybite okno na ulicę i zmierzyła wzrokiem osiemnastokołowego tira stojącego na światłach tuż pod nimi. Cel był olbrzymi, plandeka szeroka i nieruchoma, i znajdował się w odległości mniej niż trzech metrów od ściany budynku. Kiedy światło miało się zmienić, Sophie wzięła głęboki oddech i wyrzuciła mydło wielkim łukiem w ciemność.

Pofrunęło w kierunku ciężarówki, wylądowało na samej krawędzi plandeki i ześliznęło się w kierunku przedziału ładunkowego w chwili, gdy światło zmieniło się na zielone.

— Gratuluję — powiedziała Sophie, odciągając Langdona w kierunku drzwi. — Właśnie uciekł pan z Luwru.

Opuścili toaletę i ukryli się w galerii, kiedy Fache przebiegał obok nich.

Teraz, kiedy wyłączył się alarm przeciwpożarowy, Langdon mógł słyszeć samochody DCPJ wyjeżdżające na sygnale z Luwru. Prawdziwy exodus! Fache również zniknął. Wielka Galeria opustoszała.

— Około piętnastu metrów stąd, na tyłach galerii, są schody przeciwpożarowe. Strażnicy wychodzą teraz z budynku, więc możemy się tamtędy wydostać.

Langdon postanowił, że przez cały wieczór nie powie już ani słowa. Sophie Neveu niewątpliwie przewyższała go inteligencją i bystrością umysłu.

Rozdział 19

Kościół Saint-Sulpice jest, jak mówią, najbardziej ekscentrycznym zabytkiem w całym Paryżu. Postawiono go na ruinach starożytnej świątyni egipskiej poświęconej bogini Izydzie. Kościół jest architektonicznie bardzo podobny do Notre Dame, a jego fundamenty naśladują katedrę co do centymetra. Sanktuarium Saint-Sulpice było miejscem chrztu markiza de Sade i Baudelaire'a, jak również ślubu Victora Hugo. Seminarium przykościelne ma dobrze udokumentowaną historię nieortodoksyjności, a kiedyś bywało miejscem spotkań wielu tajnych stowarzyszeń.

Tej nocy pnąca się ku niebu nawa kościoła Saint-Sulpice stała cicha jak wnętrze grobowca, a jedynym świadectwem życia był delikatny zapach kadzidła, który wisiał w powietrzu po wieczornej mszy. Sylas wyczuł niepewność w zachowaniu siostry Sandrine, kiedy wprowadzała go do sanktuarium. Nie dziwiło go to. Przywykł, że ludzie czują się niepewnie, kiedy się pojawia.

— Jest pan Amerykaninem? — zapytała.

— Francuzem z urodzenia — odparł Sylas. — Wstąpiłem do Opus Dei w Hiszpanii, a teraz studiuję w Stanach Zjednoczonych.

Siostra Sandrine skinęła głową. Była niewysoką kobietą o spokojnych oczach.

— I nigdy nie widział pan Saint-Sulpice?

— Zdaję sobie sprawę, że to niemal grzech.

115

— Kościół jest znacznie piękniejszy za dnia.

— Z pewnością. Niemniej jestem bardzo wdzięczny, że siostra daje mi sposobność zwiedzenia świątyni dzisiaj w nocy.

— Zażądał tego opat. Na pewno ma pan bardzo wpływowych przyjaciół.

Nawet nie wiesz jak wpływowych, pomyślał Sylas.

Idąc za siostrą główną nawą, Sylas dziwił się, że świątynia taka jak Saint-Sulpice ma tak surowy wystrój. Inaczej niż w Notre Dame, gdzie wszystkie ściany ozdobione są kolorowymi freskami, ołtarz pełen złoceń i drewna, w Saint-Sulpice było chłodno i surowo, ściany robiły wrażenie niemal nagich, tak jak w ascetycznych katedrach Hiszpanii. To sprawiało, że wnętrze wyglądało jeszcze potężniej i wydawało się jeszcze obszerniejsze, a kiedy Sylas podniósł wzrok na pnącą się w górę żebrowaną powierzchnię sklepienia, wyobraził sobie, że stoi pod stępką przewróconego do góry dnem olbrzymiego statku.

Obraz współgra z rzeczywistością, pomyślał. Statek bractwa miał się wywrócić na dobre. Zniecierpliwiony, ponieważ chciał jak najszybciej zabrać się do pracy, Sylas czekał, kiedy siostra zostawi go w spokoju. Była niewysoka, drobna, Sylas bez trudu mógłby ją uziemić, ale przyrzekł sobie, że nie będzie używał siły, chyba że okaże się to absolutnie konieczne. Ta kobieta nosi szaty zakonne i nie odpowiada za to, że bractwo wybrało właśnie jej kościół na miejsce ukrycia klucza sklepienia. Nie powinna być karana za nie swoje grzechy.

— Niezręcznie się czuję, siostro, że musiała siostra wstać w środku nocy z mojego powodu.

— Nic nie szkodzi. Przyjechał pan do Paryża na krótko. Koniecznie musi pan zobaczyć Saint-Sulpice. Czy interesuje pana architektura, czy raczej historia kościoła?

— Prawdę mówiąc, siostro, moje zainteresowania są duchowe.

Siostra Sandrine zaśmiała się, rozbawiona.

— To oczywiste. Zastanawiałam się tylko, od czego zaczniemy zwiedzanie.

Sylas czuł, że jego wzrok bezwiednie wędruje w kierunku ołtarza.

— Nie musi mnie siostra oprowadzać. Już i tak nadużyłem gościnności. Wszystko obejrzę sam.

— To żaden problem — zapewniła. — W końcu już wstałam.

Sylas przystanął. Doszli teraz do pierwszej ławki, a ołtarz był zaledwie piętnaście metrów dalej. Zwrócił swoje potężne ciało ku niewysokiej kobiecie, czując, że siostra Sandrine kurczy się w sobie, kiedy patrzy wprost w jego czerwone oczy.

— Proszę nie poczytać tego za obcesowość, ale nie nawykłem wchodzić tak po prostu do domu Pana i zachowywać się jak turysta. Czy mógłbym się trochę pomodlić w ciszy, zanim zacznę zwiedzać kościół?

Siostra Sandrine zawahała się.

— Och, oczywiście. Poczekam przy wejściu.

Sylas położył miękką, ale ciężką dłoń na jej ramieniu i spojrzał na nią z góry.

— Siostro, czuję się winny, że przeze mnie siostra nie śpi. Nie chciałbym siostry męczyć. Proszę wrócić do łóżka. Sam nacieszę się tą świątynią, a potem wyjdę.

Robiła wrażenie zaniepokojonej.

— Na pewno nie będzie się pan czuł opuszczony?

— Nie. Z pewnością nie. Modlitwa przynosi radość, kiedy człowiek jest sam.

— Jak pan sobie życzy.

Sylas zdjął rękę z jej ramienia.

— Spokojnych snów, siostro. Bóg z tobą.

— I z tobą. — Siostra Sandrine ruszyła w kierunku schodów. — Wychodząc, proszę dobrze zamknąć drzwi.

— Oczywiście.

Sylas patrzył, jak siostra wchodzi po schodach. Odwrócił się i ukląkł w pierwszej ławce, czując, jak *cilice* wpija się w jego udo.

Dobry Boże, Tobie składam w ofierze pracę, którą mam dziś wykonać...

Stojąc na balkonie chóru, wysoko nad ołtarzem, siostra Sandrine przez balustradę przyglądała się mnichowi w habicie, który klęczał samotnie w ławce. Nagły lęk, który zrodził się w jej duszy, sprawiał, że z trudem zachowywała spokój. Przez krótką chwilę zastanawiała się, czy ten tajemniczy gość okaże się wrogiem, przed którym ją ostrzegano, oraz czy dziś w nocy będzie musiała wykonać polecenia, jakie otrzymała wiele lat temu. Postanowiła pozostać w ukryciu i obserwować każdy ruch człowieka w habicie.

Rozdział 20

Wyłoniwszy się z mroku, Langdon i Sophie przeszli cicho jak duchy przez Wielką Galerię, kierując się ku wyjściu do schodów przeciwpożarowych.

Kiedy tak szli, Langdon miał ochotę spróbować złożyć wszystkie elementy układanki. W prawdziwy niepokój wprawił go świeżo odkryty aspekt tej dziwnej tajemnicy. Kapitan francuskiej policji usiłował wrobić go w morderstwo.

— Myśli pani — szepnął — że Fache sam napisał to zdanie na podłodze?

Sophie nawet się nie odwróciła.

— To niemożliwe.

Langdon nie był taki pewny.

— Wygląda na to, że bardzo mu zależy, żebym okazał się winny. Może pomyślał, że to mu ułatwi śledztwo.

— Ciąg Fibonacciego? PS? Leonardo da Vinci i symbolika Wielkiej Bogini? To musiał być mój dziadek.

Langdon wiedział, że Sophie ma rację. Symbolika wszystkich znaków i sugestii była zbyt perfekcyjnie dobrana — pentagram, *Człowiek witruwiański*, Leonardo, Wielka Bogini, a nawet ciąg Fibonacciego. Spójny układ symboli, tak nazwaliby to specjaliści od ikonografii. Wszystko ściśle powiązane, jak w porządnym marynarskim węźle.

— I ten telefon dzisiaj po południu — dodała Sophie. — Powiedział, że musi mi coś opowiedzieć. Jestem pewna, że wiadomość, którą zostawił w Luwrze, to ostatni wysiłek, żeby przekazać mi coś bardzo ważnego, coś, co według niego pan mógłby mi pomóc zrozumieć.

Langdon zmarszczył czoło. *Miano czorta li dolina na video.* Żałował, że nie rozumie tego przekazu, zarówno z uwagi na bezpieczeństwo Sophie, jak i jego własne. Wszystko układało się coraz gorzej od chwili, kiedy pierwszy raz rzucił okiem na zaszyfrowane słowa. Sfingowany skok z parapetu łazienki w Luwrze nie przysporzy mu popularności ani sympatii Fache'a. Miał dziwne wrażenie, że kapitan francuskiej policji nie dostrzeże niczego zabawnego w pościgu i aresztowaniu kostki mydła.

— Do drzwi mamy już niedaleko — powiedziała Sophie.

— Co pani myśli o takiej hipotezie, że liczby stanowią klucz do zrozumienia dalszej części wiadomości? — Langdon pracował kiedyś nad zbiorem manuskryptów Bacona, zawierających szyfry epigraficzne, w których z kolei pewne wiersze kodowe stanowiły wskazówki, jak odcyfrować inne fragmenty tekstu.

— Przez cały wieczór myślę o tych liczbach. Sumy, różnice, iloczyny. Niczego nie widzę. Z matematycznego punktu widzenia są zupełnie przypadkowe. Kryptograficzny bełkot.

— A jednak stanowią część ciągu Fibonacciego. To nie może być przypadek.

— I nie jest. Dziadek posłużył się liczbami Fibonacciego, żeby pomachać do mnie nimi jak flagą. Podobnie jak tym, że napisał wiadomość po angielsku albo że ułożył ciało na wzór mojego ulubionego dzieła sztuki, albo że narysował na swojej skórze pentagram. To wszystko miało przykuć moją uwagę.

— Pentagram ma dla pani jakieś znaczenie?

— Tak. Nie miałam jeszcze okazji panu tego powiedzieć, ale w dzieciństwie, kiedy dorastałam u boku dziadka, pentagram to był nasz specjalny symbol. Graliśmy dla zabawy w tarota i moja symbolika kart zawsze wskazywała po rozdaniu na pentagramy. Jestem pewna, że odpowiednio przekładał kartę na kupce, ale pentagramy to taki nasz mały prywatny żart.

Langdon poczuł chłód na plecach. Grali w tarota? Średniowieczna włoska gra w karty była tak przepełniona ukrytymi symbolami herezji, że Langdon w swojej nowej pracy poświęcił tarotowi cały rozdział. Dwadzieścia dwie specjalne karty tarota noszą takie nazwy jak na przykład Papież, Cesarz czy Gwiazda. Tarota wymyślono po to, by przekazywać w sekrecie pewne ideologie zakazane przez Kościół. Obecnie mistyczne cechy tarota służą współczesnym wróżbitom i przepowiadaczom przyszłości.

W tarocie boska żeńskość to pentagramy, pomyślał Langdon, zdając sobie sprawę z tego, że jeżeli Saunière układał wnuczce dla zabawy pentagramy z kart to rzeczywiście mógł to być ich prywatny żart odpowiedni do sytuacji.

Dotarli do schodów przeciwpożarowych. Sophie delikatnie otworzyła drzwi. Nie usłyszeli żadnego alarmu. Jedynie drzwi wychodzące na zewnątrz były podłączone do systemu alarmowego. Sophie poprowadziła Langdona wąskimi metalowymi schodami na parter, a idąc w dół, bezwiednie przyspieszyli.

— Czy dziadek, kiedy mówił pani o pentagramie — spytał Langdon, biegnąc za nią — wspominał o kulcie Wielkiej Bogini czy o jakichś przejawach niechęci Kościoła katolickiego?

Sophie zaprzeczyła.

— W tym, co mówił, bardziej interesowała mnie matematyka, złota proporcja, fi, ciąg Fibonacciego i tak dalej.

— Dziadek uczył panią, co to jest liczba fi?

— Oczywiście. Boska proporcja. Kiedyś żartował, że ja też jestem po trosze boska... — dodała zażenowana. — Rozumie pan, chodziło o pisownię mojego imienia.

Zastanowił się chwilę. No tak, s-o-PHI-e.

Ciągle byli w drodze na dół. Langdon skupił się na liczbie fi. Zaczynał zdawać sobie sprawę, że wskazówki Saunière'a są znacznie bardziej spójne, niżby się na pierwszy rzut oka wydawało.

Leonardo da Vinci... liczby Fibonacciego... pentagram.

To nie do wiary, ale wszystkie te trzy elementy połączyła jedna koncepcja, tak podstawowa dla historii sztuki, że Langdon nieraz poświęcał temu tematowi całe zajęcia.

Fi.

121

Nagle poczuł się, jakby wrócił do Harvardu i prowadził zajęcia na temat symboliki w sztuce. Stoi przed studentami i pisze kredą na tablicy swoją ulubioną liczbę.

1.618

Zwrócił się do zaciekawionych studentów:
— Kto może powiedzieć, co to za liczba?
Wysoki student matematyki w tyle sali podniósł rękę.
— To jest fi.
— Bardzo dobrze, Stettner — powiedział Langdon. — Przedstawiam państwu liczbę fi.
— Nie mylić z pi — dodał Stettner, śmiejąc się. — Jak mówimy my, matematycy, fi jest o wiele bardziej odlotowa niż pi!
Langdon roześmiał się, ale chyba nikt inny nie zrozumiał dowcipu.
Stettner usiadł.
— Fi — mówił dalej Langdon — jeden, kropka, sześćset osiemnaście, jest w sztuce liczbą niezwykle ważną. Kto wie dlaczego?
Stettner próbował się zrehabilitować.
— Jest ładna?
W sali rozległy się śmiechy.
— Rzeczywiście — powiedział Langdon. — Stettner znowu ma rację. Uważa się ogólnie, że fi jest najpiękniejszą liczbą we wszechświecie.
Śmiechy nagle umilkły, a Stettner poczerwieniał z dumy.
Langdon wsunął slajd do projektora i wyjaśniał, że liczba fi wywodzi się z ciągu Fibonacciego — jest to ciąg rosnący, słynny nie tylko dlatego, że każdy kolejny wyraz równa się sumie dwóch poprzednich, ale dlatego, że ilorazy wyrazów sąsiadujących mają zadziwiającą cechę, a mianowicie są zbliżone do liczby 1.618 — czyli liczby fi!
Pomimo pozornych mistycznych początków matematycznych liczby fi, wyjaśniał Langdon, prawdziwie zaskakującym aspektem fi jest jej rola jako fundamentalnej jednostki, którą posługuje się natura. Rośliny, zwierzęta, nawet ludzie — ich podstawowe

wymiary z zadziwiającą dokładnością wyrażały się stosunkiem fi do jedności.

— Wszechobecność fi w przyrodzie — mówił Langdon, gasząc światła — z pewnością i bezsprzecznie wychodzi poza ramy przypadku. Starożytni przypuszczali, że liczba musiała być zamierzona przez samego Stwórcę. Pierwsi naukowcy głosili, że jest to boska proporcja.

— Chwileczkę — powiedziała młoda kobieta w pierwszym rzędzie. — Studiowałam biologię i nigdy nie widziałam w przyrodzie tej boskiej proporcji.

— Nie? — uśmiechnął się Langdon. — Badała pani kiedyś związki między pszczołami płci żeńskiej i męskiej w społeczności ula?

— Oczywiście. Pszczół płci żeńskiej jest zawsze więcej niż pszczół płci męskiej.

— A czy wie pani, że jeśli podzielimy liczbę pszczół płci żeńskiej przez liczbę pszczół płci męskiej jakiegokolwiek ula na świecie, zawsze otrzymamy ten sam wynik?

— Naprawdę?

— Tak jest. Otrzymamy fi.

Dziewczyna nie mogła w to uwierzyć.

— Niemożliwe!

— A właśnie że tak! — odparł, uśmiechając się, Langdon. Wsunął w projektor slajd z fotografią ułożonej w spiralę muszli morskiej. — Poznaje ją pani?

— To nautilus — powiedziała studentka biologii. — Głowonóg. Mięczak, który pompuje gaz do swojej podzielonej na komory muszli, żeby utrzymywać się w odpowiedniej pozycji w wodzie.

— Słusznie. Proszę zgadnąć, jaki jest stosunek średnicy jednej spirali do drugiej.

Dziewczyna niepewnie przyglądała się koncentrycznym łukom spirali nautilusa. Langdon skinął głową.

— Tak, fi. Boska proporcja. Jeden, kropka, sześć, jeden, osiem do jednego.

Dziewczyna była zdumiona.

Langdon przeszedł do następnego slajdu — zbliżenia główki kwiatu słonecznika z nasionami.

— Nasiona słonecznika rosną w dwóch przeciwnych sobie spiralach. Czy ktoś potrafi powiedzieć, jaki jest stosunek średnic obrotu kolejnych spirali?

— Fi? — spytali wszyscy chórem.

— Strzał w dziesiątkę. — Langdon szybko zmieniał slajdy. — Spiralnie układające się płatki szyszki sosny, układ liści na łodygach roślin, segmentacja owadów — wszystko to wykazywało zadziwiające posłuszeństwo boskiej proporcji.

— To nie do wiary! — powiedział ktoś głośno.

— Tak — zauważył ktoś inny — ale co to ma wspólnego ze sztuką?

— Właśnie! Dobre pytanie. — Langdon wyświetlił kolejny slajd. Bladożółty pergamin z rysunkiem słynnej nagiej postaci męskiej piórka Leonarda da Vinci. — *Człowiek witruwiański*, nazwany tak na cześć Marka Witruwiusza, genialnego rzymskiego architekta, który sławił boską proporcję w swoim traktacie *O architekturze*.

Nikt nie rozumiał boskiej struktury ludzkiego ciała lepiej niż Leonardo da Vinci. Ekshumował nawet zwłoki, żeby mierzyć dokładne proporcje budowy kostnej człowieka. On pierwszy wykazał, że ludzkie ciało jest dosłownie zbudowane z elementów, których proporcje wymiarów zawsze równają się fi.

Studenci popatrzyli na niego z powątpiewaniem.

— Nie wierzycie mi? — zapytał wyzywająco Langdon. — Następnym razem, gdy pójdziecie pod prysznic, weźcie ze sobą miarkę.

Kilku członków drużyny piłkarskiej zachichotało.

— Nie tylko wy, smutasy — rzucił w ich stronę Langdon. — Wszyscy. Chłopaki. I dziewczyny też. Spróbujcie zmierzyć odległość od czubka głowy do podłogi. Potem podzielcie ją przez odległość od pępka do podłogi. Zgadnijcie, co wam wyjdzie.

— Chyba nie fi?! — powiedział jeden z futbolistów z niedowierzaniem.

— Tak, właśnie fi. Jeszcze jeden przykład? Zmierzcie odległość między ramieniem a czubkiem palców, a potem podzielcie przez odległość między łokciem a czubkiem palców. Znowu fi. Dać wam jeszcze jeden przykład? Od biodra do podłogi podzielone przez odległość od kolana do podłogi. Jeszcze raz fi. Stawy dłoni. Palce u nóg. Odległość między kręgami. Fi, fi, fi. Przyjaciele, każdy z was jest żywym hołdem złożonym boskiej proporcji.

Mimo panujących ciemności Langdon wiedział, że wszyscy są zaskoczeni. Poczuł falę dobrze sobie znanego wewnętrznego ciepła. Właśnie dlatego pracował ze studentami.

— Przyjaciele, jak widzicie, ten chaos w otaczającym nas świecie ma swój wewnętrzny porządek. Kiedy starożytni odkryli fi, byli pewni, że natknęli się na element budulcowy, którym posługiwał się sam Bóg, konstruując świat. I właśnie dlatego czcili Matkę Naturę. Można też zrozumieć dlaczego. Rękę Boga widać wszędzie w przyrodzie, a nawet teraz, do dzisiaj istnieją pogańskie religie oddające cześć Matce Ziemi. Wielu z nas bije pokłony Naturze, tak jak kiedyś czynili to poganie, nawet o tym nie wiedząc. Doskonałym przykładem jest pierwszy maja. Jest to święto wiosny... Ziemia wraca do życia, żeby znów wydać plony. Tajemnica i magia zawarta w boskiej proporcji została w nią wpisana na początku czasu. Człowiek postępuje według praw natury, a ponieważ sztuka jest próbą, którą podejmuje, chcąc naśladować piękno ruchów dłoni Twórcy, obiecuję wam, że podczas naszych zajęć w tym semestrze zobaczymy jeszcze niejeden przykład boskiej proporcji.

Przez następne pół godziny Langdon pokazywał studentom slajdy dzieł Michała Anioła, Albrechta Dürera, Leonarda da Vinci i wielu innych, wykazując zamierzoną i rygorystyczną wierność wszystkich tych artystów pędzla i piórka złotej proporcji w planach kompozycyjnych. Langdon odkrywał przed nimi fi w wymiarach architektury rzymskiego Panteonu, egipskich piramid, a nawet budynku ONZ w Nowym Jorku. Okazało się, że fi jest obecne w strukturach sonat mozartowskich, Piątej Symfonii Beethovena, jak również w kompozycjach Bartoka, Debussy'ego i Schuberta. Na liczbie fi, mówił dalej Langdon, opierał się nawet Stradivarius, aby obliczyć dokładne miejsce i położenie otworów rezonansowych w pudle swoich słynnych skrzypiec.

— Na koniec — powiedział Langdon, podchodząc do tablicy — powrócimy jeszcze na chwilę do symboli. — Nakreślił pięć połączonych ze sobą linii, które utworzyły pięcioramienną gwiazdę. — Jest to symbol jednego z najbardziej imponujących obrazów, jakie ujrzycie w tym semestrze. Zwany jest formalnie pentagramem, a starożytni nazywali go *pentaculum*. Jest to symbol przez wiele kultur uważany za magiczny i boski. Czy ktoś mógłby powiedzieć dlaczego?

Stettner podniósł rękę.

— Ponieważ w pentagramie linie dzielą się na części, które są zgodne z boską proporcją.

Langdon z zadowoleniem pokiwał głową.

— Dobrze. Tak. Stosunki części linii w pentagramie są wszystkie równe fi, a ten symbol jest ostatecznym wyrazem złotej proporcji. I właśnie dlatego pięcioramienna gwiazda była zawsze oznaką piękna i doskonałości, które kojarzono z kultem Wielkiej Bogini i świętością kobiecą.

Obecne na sali studentki uśmiechnęły się i wyprężyły dumnie.

— Jeszcze jedno, moi kochani. Dzisiaj tylko dotknęliśmy tematu Leonarda da Vinci, ale w tym semestrze będziemy go odwiedzali znacznie częściej. Leonardo, co jest dobrze udokumentowane, był gorącym zwolennikiem starożytnego kultu Wielkiej Bogini. Następnym razem pokażę wam jego fresk *Ostatnia Wieczerza*, który jest jednym z najbardziej zdumiewających hołdów oddanych sakralności kobiecej, jakie istnieją w sztuce.

— Pan profesor z nas żartuje, prawda? — powiedział ktoś. — Przecież *Ostatnia Wieczerza* przedstawia Chrystusa wśród apostołów.

Langdon puścił oko.

— Są tam symbole ukryte w takich miejscach, o jakich wam się nawet nie śniło.

— Chodźmy — szepnęła Sophie. — Co się stało? Już prawie jesteśmy. Szybciej!

Langdon spojrzał w górę i czuł, że przestaje myśleć o niebieskich migdałach. Zdał sobie sprawę, że stoi nieruchomo na schodach, sparaliżowany nagłym olśnieniem.

Miano czorta li dolina na video?

Sophie patrzyła na niego z dołu.

To nie może być aż tak proste, pomyślał.

Ale wiedział, że jest.

Gdzieś tam, w podziemiach Luwru... Kiedy obrazy fi i Leonarda da Vinci przesuwały mu się przed oczami, Robert Langdon niespodziewanie rozszyfrował kod Saunière'a.

— Miano czorta — powiedział — li dolina na video to najprostszy kod, jaki można sobie wyobrazić!

Sophie stała kilka stopni poniżej i patrzyła na niego, nic nie rozumiejąc. Kod? Cały wieczór myślała nad tymi słowami i nie dostrzegła w nich żadnego kodu. Zwłaszcza prostego.

— Sama to pani powiedziała — w głosie Langdona słychać było podekscytowanie. — Liczby Fibonacciego mają znaczenie tylko wtedy, kiedy się je odpowiednio ułoży. W przeciwnym razie to matematyczny bełkot.

Sophie nie miała pojęcia, o czym on mówi. Liczby Fibonacciego? Była pewna, że jej dziadek miał jedynie zamiar wciągnąć w śledztwo Wydział Kryptografii. Czy mogłyby służyć jakiemuś innemu celowi?

Wsunęła rękę do kieszeni i wyciągnęła wydruk, a potem jeszcze raz przyjrzała się wiadomości pozostawionej przez dziadka.

1 3 - 3 - 2 - 2 1 - 1 - 1 - 8 - 5
Miano czorta li dolina na video.

Co z tymi liczbami?

— Ułożony losowo ciąg Fibonacciego jest wskazówką — powiedział Langdon, biorąc kartkę do ręki. — To sugestia, jak rozszyfrować resztę wiadomości. Zapisał ciąg liczbowy, nie trzymając się żadnego porządku, żeby nam powiedzieć, że to samo podejście trzeba zastosować do tekstu. *Miano czorta li dolina na video.* Te słowa nic nie znaczą. To po prostu litery wypisane w niewłaściwym porządku.

Sophie wystarczyła chwila, by przyswoić sobie rozumowanie Langdona, i wszystko stało się śmiesznie proste.

— Sądzi pan, że ta wiadomość to... *une anagramme*? Jak litery, z których trzeba ułożyć słowa do krzyżówki?

Langdon widział sceptycyzm na twarzy Sophie i rozumiał jej wątpliwości. Mało kto wie, że anagramy, choć są współczesną rozrywką, mają bogatą historię symboliki sakralnej.

Mistyczne nauki kabały posługiwały się bardzo często anagramami — przestawiano litery ze słów hebrajskich, by uzyskać nowe znaczenia. Francuscy królowie epoki renesansu byli do tego stopnia przekonani, że w anagramach jest moc magiczna, że mianowali na swoim dworze królewskich anagramatyków, by wspomagać się przy podejmowaniu decyzji analizą słów w ważnych dokumentach. Rzymianie powiadali, że badanie anagramów to *ars magna* — „wielka sztuka".

Langdon spojrzał na Sophie, ona na niego, ich oczy się spotkały.

— To, co miał na myśli pani dziadek, mieliśmy cały czas przed oczami, zostawił nam aż nadto wskazówek.

Langdon bez słowa wyciągnął z kieszeni marynarki pióro i poprzestawiał litery w linijce.

Miano czorta li dolina na video

to bezbłędny anagram słów:

To Leonardo da Vinci i Mona Liza.

Rozdział 21

Mona Liza.

Przez króciutką chwilę Sophie, stojąc na stopniu schodów przeciwpożarowych, zupełnie zapomniała o tym, że ma wraz z Langdonem wyjść z Luwru.

Jej szok mógł się równać tylko zawstydzeniu i zażenowaniu, że nie odszyfrowała wiadomości sama. Obszerna wiedza Sophie na temat skomplikowanej analizy szyfrów sprawiła, że pominęła proste gry słowne, a jednak wiedziała, że anagram powinna była zobaczyć. W końcu anagramy to dla niej nic nowego.

Kiedy była dziewczynką, dziadek często posługiwał się grami anagramowymi w ćwiczeniach ortograficznych. Kiedyś napisał angielskie słowo „planets" i powiedział Sophie, że przy użyciu tych liter można stworzyć aż dziewięćdziesiąt dwa słowa angielskie różnej długości. Sophie trzy dni nie rozstawała się ze słownikiem, aż w końcu wszystkie je znalazła.

— Nie potrafię sobie wyobrazić — powiedział Langdon, patrząc na wydruk — jak pani dziadek mógł stworzyć tak skomplikowany anagram kilka minut przed śmiercią.

Sophie znała wyjaśnienie, a kiedy zdała sobie z tego sprawę, poczuła się jeszcze gorzej. Powinnam była to zobaczyć! Teraz przypomniała sobie, jak dziadek — miłośnik gier słownych i sztuki — zabawiał się sam i towarzystwo jako młody człowiek, tworząc anagramy z nazw słynnych dzieł sztuki. Kiedyś nawet jeden z anagramów wpędził go w kłopoty. Udzielając wywiadu amerykańskiemu miesięcznikowi poświęconemu sztuce, dał wyraz swojej niechęci wobec modernistycznego ruchu kubistów, wzmiankując, że dzieło Picassa *Panny z Awinion* to idealny anagram *no i z pana winny*. Zwolennicy Picassa nie bardzo się ubawili.

— Dziadek prawdopodobnie stworzył anagram Mona Lizy bardzo dawno — powiedziała Sophie, spoglądając na Langdona. — A dzisiaj tylko się nim posłużył.

Głos dziadka wołał do niej z daleka, chcąc przekazać coś bardzo konkretnego.

Leonardo da Vinci!

Mona Liza!

Dlaczego jego ostatnie słowa przeznaczone dla niej odnosiły się do słynnego obrazu? Sophie nie miała pojęcia, ale widziała tylko jedną możliwość. Bardzo niepokojącą.

To nie były jego ostatnie słowa...

Czy ma pójść i obejrzeć *Mona Lizę*? Czy dziadek zostawił jej tam wiadomość? Ta myśl wydawała się niepozbawiona podstaw. W końcu słynny obraz wisiał w Salle des Etats — małej salce, do której można było wejść tylko z Wielkiej Galerii. Sophie zdała sobie sprawę, że drzwi otwierające się na tę salkę mieściły się zaledwie dwadzieścia metrów od miejsca, w którym znaleziono zwłoki dziadka.

Mógł dotrzeć do *Mona Lizy*, zanim umarł.

Sophie znów spojrzała w górę na schody przeciwpożarowe i poczuła się rozdarta wewnętrznie. Wiedziała, że powinna jak najszybciej wyprowadzić Langdona z Luwru, a jednak instynkt pchał ją ku czemuś zupełnie innemu. Przypomniała sobie swój pierwszy pobyt w Luwrze i w skrzydle Denona i zrozumiała, że jeżeli dziadek miał jej przekazać jakąś tajemnicę, to nie mógł znaleźć lepszego pośrednika niż *Mona Liza* Leonarda da Vinci.

— Już niedaleko, tylko kilka kroków — szepnął dziadek, ściskając maleńką dłoń Sophie, kiedy prowadził ją przez puste już sale muzealne po zamknięciu Luwru.

Sophie miała sześć lat. Czuła się mała i nic nieznacząca, kiedy patrzyła w górę na olbrzymie przestrzenie wysokich sufitów, w dół na podłogę, od której kręciło jej się w głowie. Przerażało ją to puste muzeum, chociaż nie mówiła o tym dziadkowi. Zacisnęła mocno usta i puściła jego rękę.

— Tędy, w tamtą stronę, Salle des Etats — powiedział dziadek, kiedy zbliżali się do najsłynniejszej części Luwru. Dziadek był podekscytowany tą wizytą, ale Sophie chciała już iść do domu. Widziała zdjęcia *Mona Lizy* w książkach i wcale się jej nie podobała. Nie mogła zrozumieć, dlaczego wszyscy tak bardzo się nią zachwycają.

— *C'est ennuyeux* — narzekała Sophie.

— To nudne — poprawił ją po angielsku. — Francuski w szkole. Angielski w domu.

— *Le Louvre, c'est pas chez moi* — upierała się.

Zaśmiał się, a w jego głosie słychać było zmęczenie.

— No cóż, porozmawiajmy po angielsku, może to cię rozbawi.

Sophie wydęła usta i szła dalej. Kiedy weszli do Salle des Etats, powiodła oczami po ścianach wąskiego pokoju i skierowała wzrok w najbardziej oczywiste honorowe miejsce — na ścianie po prawej stronie, na samym środku, za przezroczystą taflą pleksiglasu, wisiał tylko jeden portret. Dziadek zatrzymał się w drzwiach do salki i wskazał dłonią obraz.

— Patrz, Sophie. Mało kto ma okazję być z nią sam na sam.

Tłumiąc strach, Sophie przeszła powoli przez małą salę. Wiele już słyszała o *Mona Lizie* i teraz czuła się tak, jakby podchodziła do jakiejś królowej. Stanęła przed osłoną z pleksiglasu, wzięła głęboki oddech, wstrzymała go i spojrzała w górę, ogarniając wzrokiem cały obraz.

Nie była pewna, co miała czuć, ale na pewno nie to. Nie zdziwienie, które przyszło wraz z pierwszym spojrzeniem. Słynna twarz wyglądała tak samo jak w książkach. Sophie stała w milczeniu przed płótnem przez całe wieki, czekając, żeby coś się wydarzyło.

— No i, co sądzisz? — szepnął jej do ucha dziadek, podchodząc z tyłu. — Piękna, prawda?

— Jest za mała.

Saunière uśmiechnął się.

— Ty też jesteś mała, a jesteś piękna.

Nie jestem piękna, pomyślała Sophie. Nie mogła patrzeć na swoje rude włosy i piegi i nie mogła znieść myśli, że jest wyższa od chłopców w klasie. Spojrzała raz jeszcze na *Mona Lizę* i pokręciła głową.

— Jest jeszcze gorsza niż w książkach. Jej twarz jest... *brumeux*.

Dziadek znów ją poprawił, przechodząc na angielski, a Sophie poddała się, wiedząc, że nie będą mogli dalej rozmawiać, dopóki nie nauczy się, jak powiedzieć po angielsku, że twarz *Mona Lizy* jest zamglona.

— Ten styl malowania nazywa się *sfumato* — wyjaśnił. — Bardzo trudno tak malować. Leonardo da Vinci był w tym najlepszy.

Ale Sophie obraz się nie podobał.

— Wygląda, jakby coś wiedziała... Jak dzieciaki w szkole, kiedy mają jakąś tajemnicę.

Dziadek zaśmiał się głośno.

— Trochę dlatego jest taka sławna. Ludzie lubią się domyślać, dlaczego się uśmiecha.

— A ty wiesz dlaczego?

— Może. — Dziadek puścił do niej oko. — Kiedyś ci o tym opowiem.

Sophie tupnęła nóżką.

— Mówiłam ci, że nie lubię sekretów i tajemnic.

— Księżniczko — uśmiechnął się — życie jest pełne sekretów. Nie można wszystkiego wiedzieć od razu.

— Wracam na górę — oświadczyła Sophie zdecydowanie, stojąc wciąż na stopniu.

— Do *Mona Lizy*? — Langdon zrobił krok do tyłu. — Teraz?

Sophie raz jeszcze rozważyła ryzyko.

— Ja nie jestem podejrzana o morderstwo. Zaryzykuję. Muszę zrozumieć, co dziadek chciał mi powiedzieć.

— A co z ambasadą?

Sophie czuła się winna, że zrobiła z Langdona uciekiniera, a teraz chce go opuścić, ale wiedziała, że nie ma wyboru. Wskazała dłonią drzwi i prowadzące do nich metalowe schody.

— Trzeba iść przez te drzwi, potem za podświetlonymi znakami do wyjścia. Dziadek kiedyś mnie tędy sprowadzał. Po znakach dojdzie się do wyjścia awaryjnego. Otwiera się tylko w jedną stronę — na zewnątrz. — Dała Langdonowi kluczyki do samochodu. — Mój samochód to czerwony smart. Stoi na parkingu dla pracowników. Tuż za filarem. Wie pan, jak dojechać do ambasady?

Langdon skinął głową, wpatrując się w kluczyki.

— Proszę posłuchać — mówiła Sophie teraz już cichszym i łagodniejszym głosem. — Sądzę, że dziadek mógł mi zostawić wiadomość gdzieś obok *Mona Lizy*, jakąś wskazówkę, kto go zabił. Albo dlaczego jestem w niebezpieczeństwie. Albo co się stało z moją rodziną. Muszę tam iść i sprawdzić.

— Jeżeli chciał powiedzieć, dlaczego jest pani w niebezpieczeństwie, mógł przecież napisać to na podłodze, tam gdzie umarł. Po co te skomplikowane kalambury?

— Myślę, że dziadek nie chciał, żeby ktokolwiek się dowiedział. Nawet policja.

Bezsprzecznie, dziadek Sophie zrobił wszystko, co było w jego mocy, żeby tajna wiadomość dotarła wprost do niej. Zapisał ją za pomocą kodu, umieścił w niej tajne inicjały Sophie i kazał jej znaleźć Roberta Langdona. To było mądre posunięcie, zważywszy na to, że Amerykanin, specjalista od symboli, rozszyfrował jego kod.

— Może brzmi to dziwnie — powiedziała Sophie — ale uważam, że dziadek chce, żebym dotarła do *Mona Lizy*, zanim zrobi to ktokolwiek inny.

— Ja też wracam.

— Nie! Nie wiemy, jak długo Wielka Galeria będzie pusta. Pan musi uciekać.

Langdon wahał się przez chwilę, jakby jego akademicka ciekawość walczyła o lepsze ze zdrowym rozsądkiem i pchała go z powrotem w łapy Fache'a.

— Proszę iść. Teraz. — Sophie uśmiechnęła się do niego z wdzięcznością. — Zobaczymy się w ambasadzie, panie Langdon.

Langdon wyglądał na rozczarowanego.

— Dobrze, ale pod jednym warunkiem — odparł poważnie.

Zatrzymała się w miejscu zdziwiona.

— Co to za warunek?

— Że przestaniesz mówić do mnie pan.

Sophie zobaczyła ślad uśmiechu na jego twarzy i poczuła, że sama też się uśmiecha.

— Powodzenia, Robercie.

Kiedy Langdon zszedł na dół, uderzył go wyraźny zapach pokostu lnianego i pyłu gipsowego. Tuż przed nim oświetlony znak SORTIE/EXIT i strzałka wskazywały drogę wyjścia na końcu długiego korytarza.

Langdon wszedł do holu.

Po prawej stronie otwierały się pogrążone w półcieniach pracownie konserwatorskie, z których spoglądały na niego grupy rzeźb w różnych stadiach renowacji. Po lewej zobaczył kilka pracowni malarskich, przypominających mu wnętrza sal uniwersyteckich, gdzie uczono grafiki i malarstwa — szeregi palet, obrazy, sztalugi, narzędzia do produkcji ram do obrazów — linia produkcyjna sztuk graficznych.

Idąc korytarzem, Langdon zastanawiał się, czy to sen i czy za chwilę obudzi się zdziwiony w swoim łóżku w Cambridge. Cały ten wieczór robił wrażenie dziwnego snu. Za chwilę wyjdę z Luwru na ulicę... jako uciekinier.

Sprytny anagram i wiadomość od Saunière'a wciąż kołatały mu się w głowie i Langdon zastanawiał się, co Sophie znajdzie przy *Mona Lizie*... Czy w ogóle coś znajdzie. Wydawała się taka pewna, że dziadek chciał, żeby podeszła do słynnego obrazu jeszcze raz. To była przekonująca interpretacja, ale Langdon nie mógł pozbyć się wrażenia, że ma do czynienia z jakimś paradoksem.

PS. Znajdź Roberta Langdona.

Saunière napisał nazwisko Langdona na podłodze, polecając Sophie, by go odnalazła. Ale dlaczego? Czy tylko po to, żeby pomógł jej rozszyfrować anagram?

To mało prawdopodobne.

Saunière nie miał żadnych podstaw przypuszczać, że Langdon jest jakoś szczególnie biegły w anagramach. Przecież się nie znaliśmy. A co ważniejsze, Sophie powiedziała bez wahania, że to ona powinna była rozszyfrować ten anagram bez niczyjej pomocy. To Sophie zobaczyła ciąg Fibonacciego i niewątpliwie Sophie, gdyby dać jej trochę więcej czasu, rozszyfrowałaby wiadomość. Bez pomocy Langdona.

Sophie miała złamać i rozszyfrować anagram bez niczyjej pomocy. Langdon coraz mocniej utwierdzał się w tym mniemaniu, ale ta konkluzja otwierała ogromną lukę w zrozumieniu logiki myślenia i działania Saunière'a.

Dlaczego ja?, zastanawiał się, idąc dalej korytarzem. Dlaczego ostatnim życzeniem Saunière'a było, żeby jego wnuczka, z którą nie widział się tyle lat, znalazła właśnie mnie? Cóż jest takiego, co ja wiem, a Saunière podejrzewał, że wiem?

Langdon zatrzymał się nagle w pół kroku. Z rozszerzonymi oczami macał ręką w kieszeni i w końcu wydobył z niej wydruk komputerowy. Wpatrywał się w ostatnią linijkę wiadomości Saunière'a.

PS. Znajdź Roberta Langdona.

Zatrzymał wzrok na pierwszych dwóch literach.

PS.

W jednej chwili zadziwiająca mieszanka symboli zaczęła nabierać sensu. Uderzyło to w niego jak piorun; wszystkie jego dokonania w dziedzinie symboliki i historii nagle wydały mu się niczym. To, co Jacques Saunière zrobił dziś wieczór, w jednej chwili stało się zupełnie jasne.

Myśli kłębiły mu się pod czaszką, kiedy próbował złożyć w całość następstwa tego odkrycia. Odwrócił się gwałtownie i spojrzał w tył, tam skąd przyszedł.

Mam czas?

Wiedział, że to nie gra roli.

Bez chwili wahania puścił się biegiem z powrotem w kierunku schodów.

Rozdział 22

Sylas, klęcząc w pierwszej ławce, udawał, że się modli, a tak naprawdę wodził oczami dookoła, próbując zorientować się w układzie architektonicznym świątyni. Saint-Sulpice, podobnie jak większość kościołów, zbudowano na planie olbrzymiego krzyża. Dłuższa, centralna część kościoła — nawa główna — prowadziła bezpośrednio do ołtarza i była przecięta nawą poprzeczną, zwaną transeptem. Miejsce, gdzie krzyżowały się nawa i transept, znajdowało się wprost pod główną kopułą kościoła i uważano je za serce świątyni... Punkt najbardziej uświęcony i mistyczny, najważniejszy.

Nie dzisiaj — pomyślał Sylas. Saint-Sulpice kryje swoje sekrety gdzie indziej.

Obrócił głowę w prawo, spojrzał na południowe ramię transeptu, w kierunku otwartej przestrzeni podłogi — tam gdzie kończyły się ławki, w kierunku miejsca, które opisywały jego ofiary.

To tam.

Zatopiony w szarej granitowej podłodze, błyszczał pośród kamieni cienki, wypolerowany pasek mosiądzu... Złota linia przecinająca kościół w poprzek. Na linii zaznaczone były kreski, takie jak na linijce. Był to gnomon, jak powiedziano Sylasowi, przedchrześcijańskie urządzenie astronomiczne podobne do zegara słonecznego. Turyści, naukowcy i historycy z całego świata przyjeżdżali do Saint-Sulpice, żeby przyjrzeć się tej słynnej linii.

Linia róży.

Sylas powoli wiódł wzrokiem po ścieżce z mosiądzu, która prowadziła go przez całą przestrzeń posadzki od lewej strony do prawej, potem uginała się przed nim pod dziwnym kątem, niezgodnie z symetrią kościoła. Biegła przez główny ołtarz i Sylasowi wydała się jak rana cięta pięknej twarzy. Mosiężny pasek dzielił na pół barierkę, do której wierni podchodzą podczas komunii, a potem szedł przez całą szerokość kościoła, w końcu docierając do narożnika w północnym ramieniu transeptu, do podnóża bryły najmniej oczekiwanej we wnętrzu chrześcijańskiej świątyni.

Do kolosalnego egipskiego obelisku.

Tutaj błyszcząca linia róży załamywała się pod kątem dziewięćdziesięciu stopni i biegła dalej, po fasadzie obelisku, wznosząc się dziesięć metrów w górę, ku samemu szczytowi piramidy, i tam się kończyła.

Linia róży, pomyślał Sylas. Bractwo ukryło klucz sklepienia na linii róży.

Kiedy tego wieczoru powiedział Nauczycielowi, że klucz znajduje się w kościele Saint-Sulpice, Nauczyciel przyjął to z niedowierzaniem. Ale kiedy dodał, że wszyscy bracia opisali mu dokładnie to samo miejsce w kościele, odnosząc je do mosiężnej linii przebiegającej przez Saint-Sulpice, Nauczyciel zamilkł na chwilę ze zdziwienia, ponieważ nagle wszystko zrozumiał.

— Mówisz o linii róży!

Szybko opowiedział Sylasowi o dziwactwie architektonicznym kościoła — pasku z mosiądzu, który dzieli świątynię wzdłuż idealnie wyznaczonej osi północ–południe. Był to jakiś starożytny zegar słoneczny, pamiątka po pogańskiej świątyni, która kiedyś tu stała. Promienie słońca wpadające przez oculus — małe okrągłe okno umieszczone w szczycie kopuły — codziennie przesuwają się trochę dalej po tej linii, odmierzając upływ czasu od przesilenia zimowego do przesilenia letniego.

Ten pasek, biegnący z północy na południe, zwany był linią róży. Od wieków symbol róży wiązał się z mapami, z prowadzeniem wędrowców we właściwym kierunku. Róża kompaso-

137

wa — umieszczana dawniej prawie na wszystkich mapach — wskazuje północ, wschód, południe i zachód. Róża wiatrów oznaczająca kierunki trzydziestu dwóch wiatrów — ośmiu wiatrów głównych, ośmiu półwiatrów oraz szesnastu wiatrów ćwiartkowych. Kiedy się ją wpisze w okrąg, trzydzieści dwa punkty kompasu przypominają do złudzenia klasyczny trzydziestodwupłatkowy kwiat róży. Róża kompasowa po dziś dzień jest najważniejszym przyrządem nawigacyjnym — strzałka wskazująca w niej kierunek północny ma symboliczny kształt *fleur-de-lis*.

Na globusie linia róży, czyli południk, linia wyznaczająca długość geograficzną, oznacza każdą wyobrażoną linię przeprowadzoną między biegunem północnym i południowym. Istnieje rzecz jasna nieskończenie wiele linii róży, ponieważ każdy punkt na ziemskim globie ma swoją długość geograficzną, czyli linię przeprowadzoną przez ten punkt, łączącą biegun północny i południowy. Pierwsi nawigatorzy stanęli przed dylematem, którą z tych linii nazwać linią róży, gdzie jest długość geograficzna zero, czyli linia, od której będzie się odmierzało wszystkie inne długości geograficzne na ziemi.

Dzisiaj ta linia przechodzi przez Greenwich pod Londynem. Jednak nie zawsze tak było. Długo przedtem, nim ustalono, że pierwszy południk przejdzie przez Greenwich, linia wyznaczająca długość geograficzną zero na całym świecie przechodziła przez Paryż, właśnie przez kościół Saint-Sulpice. Mosiężna smużka w kościele Saint-Sulpice jest pamiątką po tym pierwszym południku świata i chociaż Greenwich odebrało Paryżowi ten honor w 1884 roku, pierwotna linia róży jest tu widoczna do dziś.

— Legenda mówi więc prawdę — stwierdził Nauczyciel. — Według niej klucz sklepienia zakonu ma leżeć „pod znakiem róży".

Teraz, wciąż klęcząc w ławce, Sylas rozglądał się ostrożnie po kościele i nasłuchiwał uważnie, żeby mieć pewność, że jest sam. Przez ułamek sekundy wydawało mu się, że słyszy jakiś szelest na balkonie chóru. Odwrócił się i patrzył w tym kierunku przez kilka sekund. Nic.

Nikogo nie ma.

Wstał, spojrzał w kierunku ołtarza i przeżegnał się trzy razy, odwrócił się w lewo i ruszył wzdłuż linii róży w kierunku obelisku.

W tej samej chwili na międzynarodowym lotnisku imienia Leonarda da Vinci w Rzymie uderzenie opon o płytę pasa startowego obudziło biskupa Aringarosę, który drzemał w fotelu. Przysnąłem, pomyślał i zdziwił się, że jest na tyle spokojny, by móc zasnąć.

— *Benvenuto a Roma* — usłyszał przez interkom.

Aringarosa wyprostował się, poprawił czarną sutannę i pozwolił sobie na rzadki ostatnio uśmiech. Rad był z tej podróży. Zbyt długo wyczekiwałem na pozycjach obronnych. Ale reguły się zmieniły. Zaledwie pięć miesięcy temu Aringarosa bał się o przyszłość wiary. Teraz, jakby z woli Bożej, rozwiązanie przyszło samo.

Boska interwencja.

Jeżeli dzisiaj w nocy w Paryżu wszystko pójdzie zgodnie z planem, Aringarosa wkrótce będzie w posiadaniu czegoś, co uczyni go najpotężniejszym człowiekiem chrześcijaństwa.

Rozdział 23

Sophie bez tchu dobiegła do ogromnych drewnianych drzwi prowadzących do Salle des Etats — salki, w której wisiała *Mona Liza*.

Zanim weszła, spojrzała odruchowo w głąb korytarza, gdzie dwadzieścia metrów dalej, w kręgu ostrego światła reflektora, leżało nieruchome ciało dziadka.

Poczuła wyrzuty sumienia — dojmujące i niespodziewane. Głęboki smutek splatający się z poczuciem winy. Przez te dziesięć lat tyle razy wyciągał do niej rękę, a ona trwała niewzruszona — nie otwierała przesyłek, udawała, że nie widzi jego wysiłków, że nie wie, jak bardzo chce się z nią spotkać. Kłamał! Ukrywał przerażające rzeczy! Co miałam robić?

I tak wyrzuciła go z pamięci. Całkowicie i na zawsze.

Teraz dziadek nie żyje, przemawia do niej zza grobu.

Mona Liza.

Sięgnęła ku ogromnym drewnianym drzwiom i pchnęła je delikatnie. Wejście odsłoniło się jakby z ziewnięciem. Sophie stała chwilę w progu, wodząc wzrokiem po sporej prostokątnej sali. Tu też świeciły miękkie czerwone, pełgające światła. Sala zwana Salle des Etats była jednym z rzadkich w Muzeum Luwru *culs-de-sac* — ślepych uliczek, jedyną salą odchodzącą w bok od Wielkiej Galerii. Miała tylko jedne drzwi, a naprzeciw nich, dominując nad całą ścianą, wisiało pięciometrowe płótno Botticellego. Na środku stała olbrzymia ośmiorożna kanapa, na której można było usiąść i odpocząć, podziwiając najsłynniejsze dzieła Muzeum Luwru.

Jeszcze zanim weszła, wiedziała, że czegoś jej brakuje. Czarnego światła — latarki z ultrafioletowym światłem. Spojrzała do pawilonu na ciało dziadka oświetlone jaskrawą lampą gdzieś w oddali, otoczone policyjną elektroniką. Jeżeli coś tam napisał, z pewnością posłużył się pisakiem.

Odetchnęła głęboko i pobiegła w kierunku jasno oświetlonego miejsca zbrodni. Nie była w stanie patrzeć na dziadka. Skupiła się wyłącznie na sprzęcie. Znalazła maleńką latarkę ultrafioletową, wsunęła ją do kieszeni swetra i pospiesznie pobiegła z powrotem w kierunku otwartych drzwi do Salle des Etats.

Skręciła i przeszła przez próg. Wtedy usłyszała niespodziewany odgłos stłumionych kroków, ktoś szedł w jej kierunku z wnętrza sali. Ktoś tam jest! Z czerwonawego światła nagle wyłoniła się jakaś zjawa. Sophie odskoczyła w tył.

— Tutaj jesteś! — usłyszała teatralny szept Langdona, a jego postać nagle zmaterializowała się tuż przed nią.

Ulżyło jej, ale nie na długo.

— Robercie, mówiłam, żebyś się stąd wynosił! Jeżeli Fache...

— Gdzie byłaś?

— Musiałam iść po latarkę ultrafioletową — szepnęła. — Jeżeli dziadek zostawił mi wiadomość...

— Sophie, posłuchaj, proszę. — Langdon urwał na moment, wpatrując się uważnie w jej twarz. — Litery P. S. Czy one znaczą dla ciebie coś jeszcze? Cokolwiek?

W obawie, że głosy mogą się odbijać echem od ścian pawilonu, Sophie pociągnęła go w głąb Salle des Etats i zamknęła cicho ogromne podwójne drzwi, odcinając ich od reszty Luwru.

— Mówiłam ci już, że te inicjały oznaczają Princesse Sophie.

— Wiem, ale czy kiedykolwiek gdzieś je widziałaś? Czy dziadek kiedykolwiek posłużył się tymi literami w jakiś inny sposób? Może widziałaś monogram, może w rogu papeterii albo na czymś, co nosił przy sobie.

To pytanie ją zaskoczyło. Skąd Robert mógłby o tym wiedzieć? Sophie rzeczywiście już kiedyś widziała inicjały P. S.

Było to coś w rodzaju monogramu. Dzień przed swoimi dziewiątymi urodzinami. W tajemnicy przed dziadkiem przeczesywała dom, szukając ukrytych prezentów urodzinowych. Nie potrafiła znieść, że ktoś ma przed nią jakieś tajemnice. Co mi dziadek kupił w tym roku? Szperała po szafach i szufladach. Kupił mi lalkę, o którą go prosiłam? Gdzie mógłby ją schować?

Nic nie znalazła w całym domu i zdobyła się na odwagę, żeby wślizgnąć się do sypialni dziadka. Ten pokój był dla niej niedostępny, ale teraz dziadek spał na kanapie na dole. Popatrzę tylko raz!

Przeszła na paluszkach przez skrzypiącą drewnianą podłogę do jego szafy na ubrania, obejrzała półki na bieliznę. Nic. Potem spojrzała pod łóżko. Także nic. Przeszła do biurka i jedną po drugiej otwierała szuflady, a potem ostrożnie przeglądała ich zawartość. Musi być tu coś dla mnie! Doszła do dolnej szuflady, lalki ani śladu. Rozczarowana, otworzyła ostatnią szufladę i odsunęła na bok jakieś czarne ubranie, w którym nigdy dziadka nie widziała. Już miała zamknąć szufladę, kiedy kątem oka dostrzegła złoty błysk gdzieś z tyłu. To coś wyglądało jak kieszonkowy zegarek na łańcuszku, ale wiedziała, że dziadek takiego nie nosił. Serce jej zabiło, kiedy zdała sobie sprawę, co to może być.

Naszyjnik!

Sophie ostrożnie wyciągnęła łańcuszek z szuflady. Ku jej zdziwieniu, na końcu wisiał błyszczący złoty klucz. Ciężki i połyskujący. Wpatrywała się w niego jak zauroczona. Wyglądał, jak klucz, ale był zupełnie inny niż wszystkie klucze, które kiedykolwiek w życiu widziała. Klucze zazwyczaj były płaskie i miały postrzępione zęby, a ten miał trójkątny trzpień pokryty małymi otworkami. Duża złota główka miała kształt krzyża, ale nie normalnego krzyża. Ten krzyż miał ramiona równej długości, wyglądał jak znak plus. W środku krzyża widniał wygrawerowany dziwny symbol — dwie litery wplecione w jakiś kwiecisty wzór.

— P. S. — szepnęła, czytając złote litery. Co by to mogło być?

— Sophie? — W drzwiach stał dziadek.

Zaskoczona, drgnęła, a klucz z brzękiem upadł na podłogę. Stała ze spuszczoną głową, bojąc się spojrzeć dziadkowi w oczy.

— Ja... szukałam mojego prezentu urodzinowego — powiedziała, zdając sobie sprawę, że nadużyła jego zaufania.

Przez chwilę, która wydawała się wiecznością, dziadek stał w drzwiach, milcząc. W końcu westchnął ciężko.

— Podnieś ten klucz, Sophie.

Sophie pochyliła się i wzięła klucz do ręki.

Dziadek wszedł do sypialni.

— Sophie, musisz się nauczyć szanować prywatność innych. — Ukląkł obok niej i wziął klucz. — Ten klucz jest bardzo szczególny. Gdybyś go zgubiła...

Cichy głos dziadka sprawił, że poczuła się jeszcze gorzej.

— Przepraszam, dziadku. Naprawdę przepraszam. — Zamilkła. — Myślałam, że to jest naszyjnik na moje urodziny.

Patrzył na nią przez kilka sekund.

— Powiem to jeszcze raz, Sophie, ponieważ to ważne. Musisz się nauczyć szanować prywatność innych.

— Tak, *Grand-père*.

— Porozmawiamy jeszcze kiedyś o tym, innym razem. Teraz trzeba iść do ogrodu i powyrywać chwasty.

Sophie pospiesznie wybiegła z domu i zajęła się swoimi sprawami.

Następnego dnia rano nie dostała prezentu od dziadka. Nie spodziewała się tego po tym, co zrobiła. Dziadek przez cały dzień nawet nie złożył jej życzeń urodzinowych. Zasmucona, położyła się wieczorem do łóżka. Kiedy już była pod kołdrą, znalazła pod poduszką kartkę. Na kartce była prosta zagadka. Uśmiechnęła się. Wiem, co to jest! Dziadek już raz to zrobił, w zeszłym roku na Boże Narodzenie.

Poszukiwanie skarbu!

Mozoliła się chwilę nad zagadką, ale była pełna zapału i wreszcie ją rozwiązała. Rozwiązanie popchnęło ją do innej części domu, gdzie znalazła inną kartkę i kolejną zagadkę. Tę także rozwiązała i pobiegła po następną kartkę. Biegała jak szalona od znaku do znaku, od wskazówki do wskazówki, aż znalazła w końcu taką, która skierowała ją z powrotem do jej własnej sypialni. Sophie wbiegła po schodach, wpadła do pokoju i zatrzymała się w pół kroku. Na środku sypialni stał błyszczący czerwony rower z kolorową wstążeczką przywiązaną do kierownicy. Sophie wydała okrzyk radości.

— Wiem, że prosiłaś o lalkę — powiedział dziadek z uśmiechem — pomyślałem jednak, że to ci się jeszcze bardziej spodoba.

Następnego dnia dziadek nauczył ją jeździć na rowerze, biegnąc obok niej po chodniku. Kiedy Sophie skręciła niefortunnie i wjechała w gęstą trawę, a potem straciła równowagę, oboje upadli, turlając się i śmiejąc.

— Grand-père — powiedziała Sophie, przytulając się do niego. — Naprawdę bardzo cię przepraszam za ten klucz.

— Wiem, kochanie. Już ci wybaczyłem. Nie mogę przecież cały czas się na ciebie gniewać. Dziadkowie i wnuczki zawsze przecież sobie wybaczają.

Sophie wiedziała, że nie powinna pytać, ale nie mogła się powstrzymać.

— A co on otwiera? Nigdy nie widziałam takiego klucza. Jest taki śliczny.

Dziadek przez dłuższą chwilę milczał, a Sophie widziała, że nie jest pewien, co odpowiedzieć. *Grand-père* nigdy nie kłamie.

— Otwiera skrzynię — powiedział w końcu — w której chowam wiele tajemnic.

Sophie wykrzywiła usteczka.

— Nie znoszę tajemnic!

— Wiem, ale to są bardzo ważne tajemnice. Kiedyś nauczysz się je cenić tak samo, jak ja je cenię.

— Widziałam na kluczu litery i kwiatek.

— Tak, to moje ulubione kwiaty. *Fleur-de-lis*. Mamy je w ogrodzie. To te białe.

— Znam te kwiatki! Ja też najbardziej je lubię!

— W takim razie zawrzyjmy umowę. — Dziadek uniósł brwi, jak zawsze, kiedy miał przed nią postawić jakieś zadanie. — Jeżeli potrafisz dotrzymać mojej tajemnicy i nigdy więcej nie wspomnisz o tym ani mnie, ani nikomu innemu, obiecuję, że kiedyś dam ci ten klucz.

Sophie nie mogła uwierzyć własnym uszom.

— Naprawdę?

— Przyrzekam. Kiedy nadejdzie czas, klucz będzie twój. Jest tam przecież wypisane twoje imię.

— Nie, nieprawda — skrzywiła się Sophie. — Tam jest napisane P. S. A ja nie nazywam się P. S.

Dziadek ściszył trochę głos i rozejrzał się dookoła tak, jakby chciał się upewnić, że nikt nie słucha.

— Dobrze, Sophie. Jeżeli już musisz wiedzieć, P. S. to tajny kod. To są twoje sekretne inicjały.

— To ja mam jakieś sekretne inicjały? — Otworzyła szeroko oczy ze zdumienia.

— Oczywiście. Wnuczki zawsze mają jakieś sekretne inicjały, które znają tylko ich dziadkowie.

— P. S.?

— Princesse Sophie. — Połaskotał ją.

Zachichotała.

— Wcale nie jestem żadną księżniczką!

— Dla mnie jesteś. — Mrugnął.

Od tego dnia już nigdy, ani razu, nie wspomnieli o kluczu. A ona została Princesse Sophie.

Sophie stała w milczeniu w Salle des Etats, starając się przeczekać falę smutku.

— Te inicjały — szeptał Langdon, patrząc na nią dziwnie. — Widziałaś je kiedyś?

Słyszała cichy głos dziadka, dobiegający do niej z muzealnych korytarzy. Nigdy nie mów o tym kluczu, Sophie. Ani mnie, ani nikomu. Raz go już zawiodła, nie wybaczając mu. Zastanawiała się, czy ma teraz złamać dane słowo. P. S. Znajdź Roberta Langdona. Dziadek chciał, żeby Langdon jej pomógł. Skinęła głową.

— Tak, raz widziałam inicjały P. S. Kiedy byłam mała.

— Gdzie?

Sophie zawahała się.

— Na czymś, co było dla niego bardzo ważne.

Langdon spojrzał jej prosto w oczy.

— Sophie, to, co teraz powiesz, ma wielką wagę. Czy inicjałom towarzyszył jakiś symbol? Fleur-de-lis?

Zdumiona Sophie cofnęła się o krok.

— Ale... skąd ty miałbyś o tym wiedzieć?!

Langdon wypuścił z płuc powietrze i jeszcze bardziej ściszył głos.

— Jestem prawie pewien, że twój dziadek był członkiem pewnego tajnego stowarzyszenia. Bardzo starego i bardzo głęboko zakonspirowanego bractwa.

Sophie poczuła ściskanie w żołądku. Ona też była tego pewna. Przez dziesięć lat próbowała zapomnieć o incydencie, który potwierdził ten przerażający dla niej fakt. Była świadkiem czegoś, co było w ogóle nie do pomyślenia. Nie do wybaczenia.

— *Fleur-de-lis* — mówił Langdon — stylizowana lilia wraz z inicjałami P. S. to godło bractwa. Ich herb. Ich znak rozpoznawczy.

— A ty skąd o tym wiesz? — Sophie modliła się, żeby Langdon nie powiedział, że on też jest członkiem stowarzyszenia.

— Pisałem o nich — powiedział głosem drżącym z emocji. — Badanie symboli tajnych stowarzyszeń to moja specjalność naukowa. To stowarzyszenie nazywa się Prieuré de Sion — Zakon Syjonu. Mają główną siedzibę tutaj, we Francji, a ich członkami są bardzo wpływowi ludzie z różnych krajów Europy. Jest to jedno z najstarszych istniejących tajnych stowarzyszeń na świecie.

Sophie nigdy o nim nie słyszała.

Langdon mówił teraz urywanymi zdaniami, jakby strzelał krótkimi seriami z karabinu maszynowego.

— W szeregach członków zakonu byli wybitni ludzie kultury, tacy jak Botticelli, Isaac Newton, Victor Hugo. — Przerwał, lecz widać było, że porywa go akademicka pasja. — I oczywiście Leonardo da Vinci.

Sophie wpatrywała się w niego zdumiona.

— Leonardo da Vinci był członkiem tajnego stowarzyszenia?

— Tak. Przewodniczył zakonowi między rokiem tysiąc pięćset dziesiątym a tysiąc pięćset dziewiętnastym jako jego wielki mistrz. To może ułatwić zrozumienie pełnego emocji stosunku

146

twojego dziadka do prac Leonarda. Łączą ich więzy braterstwa ponad wiekami historii. A wszystko to doskonale współgra z ich fascynacją ikonologią Wielkiej Bogini, pogaństwem, bóstwami żeńskimi i z niechęcią do Kościoła. Zakon ma w swojej historii dobrze udokumentowaną kartę szacunku dla sakralności kobiecej.

— Mówisz, że ta grupa wyznaje pogański kult Wielkiej Bogini?

— Nie tylko. Może ważniejsze jest to, że podobno zakon strzeże pewnej bardzo starej tajemnicy. Tajemnicy, która daje mu niewyobrażalną wręcz władzę.

Pomimo przekonania, dającego się zauważyć w słowach i oczach Langdona, Sophie zareagowała instynktownie gwałtowną niechęcią i niewiarą. Tajny kult pogański? Któremu przewodził Leonardo da Vinci? To brzmiało absurdalnie. Jeżeli nawet odrzucić te rewelacje, to przecież jeszcze dziś kręci się jej w głowie na myśl o tym, co zdarzyło się pewnej nocy dziesięć lat temu, kiedy niefortunnie postanowiła zrobić dziadkowi niespodziankę i była świadkiem czegoś, czego do tej pory nie potrafi zaakceptować. Może zdoła to chociaż wyjaśnić?

— Tożsamość żyjących członków zakonu utrzymuje się w ścisłej tajemnicy — ciągnął Langdon — ale P.S. i *fleur-de-lis*, które widziałaś w dzieciństwie, stanowią dowód. Można je odnieść tylko do zakonu.

Sophie zdała sobie sprawę, że Langdon wie znacznie więcej o jej dziadku, niż sobie wyobrażała. Amerykanin ma z pewnością dużo do opowiedzenia, ale nie tu i nie teraz.

— Robercie, nie mogę sobie pozwolić na to, żeby cię złapali. Mamy do omówienia jeszcze tyle spraw. Musisz iść!

Langdon słyszał tylko łagodny pomruk jej głosu. Nie miał zamiaru nigdzie iść. Teraz znów był zagubiony, ale w innym miejscu. W miejscu, gdzie dawne tajemnice wydostają się na powierzchnię. W miejscu, gdzie zapomniane historie wyłaniają się z cieni.

Powoli, jakby poruszał się pod wodą, odwrócił głowę i przez czerwoną poświatę spojrzał na *Mona Lizę*.

147

Fleur-de-lis... Kwiat Lizy... *Mona Liza.*
To wszystko było ze sobą splecione, jak frazy niemej symfonii, odbijające echem najgłębsze sekrety Zakonu Syjonu i Leonarda da Vinci.

Kilka kilometrów dalej, na brzegu Sekwany, za placem Inwalidów, zaskoczony kierowca osiemnastokołowej ciężarówki stał obok swojego tira, otoczony wianuszkiem policjantów mierzących do niego z broni automatycznej. Nagle kapitan DCPJ wydał gardłowy ryk wściekłości i jednym ruchem ręki cisnął kostkę mydła w mętne nurty rzeki.

Rozdział 24

Sylas patrzył w górę, na egipski obelisk w kościele Saint-
-Sulpice, zdumiewając się masywnością tego bloku marmuru.
Przepełniała go radość i podniecenie. Rozejrzał się jeszcze raz
po kościele, aby zyskać pewność, że jest sam. Potem ukłąkł
przy podstawie piramidy, nie z czci, lecz z konieczności.
Klucz sklepienia jest ukryty pod linią róży.
U podstawy obelisku w Saint-Sulpice.
Wszyscy bracia zakonu byli co do tego zgodni.
Sylas, teraz na kolanach, sprawdzał dłońmi kamienną pod-
łogę. Nie widział żadnych pęknięć ani oznaczeń, które mogłyby
wskazywać na luźną lub ruszającą się kamienną płytę, więc
zaczął cichutko stukać kostkami palców po podłodze. Podążając
za mosiężną linią w kierunku obelisku, obstukiwał każdą płytę.
W końcu jedna z nich odezwała się dziwnie pusto.
Pod podłogą jest skrytka!
Sylas uśmiechnął się do siebie. Jego ofiary mówiły prawdę.
Wstał i rozejrzał się po świątyni za czymś, co mogłoby
posłużyć do rozbicia kamiennej płyty.

Wysoko nad głową Sylasa, na balkonie dla chóru, siostra
Sandrine stłumiła westchnienie zdumienia. Jej najciemniejsze
i najstraszniejsze lęki właśnie się potwierdziły. Jej gość nie był
tym, za kogo się podawał. Tajemniczy mnich Opus Dei przyszedł do kościoła Saint-Sulpice w innym celu.

Po tajemnicę.

Ale nie tylko ty masz sekrety, pomyślała.

Siostra Sandrine Bieil była kimś więcej niż opiekunką kościoła. Była strażniczką. Dziś w nocy tryby starodawnego mechanizmu poszły w ruch. Przybycie tego nieznajomego i to, że szukał czegoś u podstaw obelisku, było sygnałem od bractwa.

Było niemym wezwaniem i zdławionym okrzykiem smutku.

Rozdział 25

Ambasada amerykańska w Paryżu to zwarta budowla przy avenue Gabriel, na północ od Champs-Elysées. Otoczone murem budynki, stojące na trzyakrowej działce, uważane są za ziemię amerykańską, co oznacza, że wszyscy ci, którzy na niej staną, podlegają takim prawom i takiej ochronie, jakby znajdowali się na ziemi amerykańskiej.

Telefonistka, która miała tej nocy dyżur w centrali ambasady, czytała magazyn *Time*, kiedy lekturę przerwał jej dźwięk telefonu.

— Ambasada Stanów Zjednoczonych — powiedziała do słuchawki.

— Dobry wieczór. — Rozmówca mówił po angielsku z wyraźnym francuskim akcentem. — Potrzebuję pani pomocy. — Pomimo uprzejmych słów, jakich używał, ton jego głosu był niechętny i oficjalny. — Powiedziano mi, że ma pani dla mnie wiadomość telefoniczną zarejestrowaną w waszym automatycznym systemie. Nazywam się Langdon. Niestety, zapomniałem trzycyfrowego kodu dostępu. Byłbym bardzo wdzięczny, gdyby mogła mi pani pomóc.

Telefonistka milczała zakłopotana.

— Bardzo mi przykro, proszę pana. Pańska wiadomość musi być chyba stara. Ten system wycofano z użycia dwa lata temu ze względów bezpieczeństwa. Poza tym wszystkie kody dostępu są pięciocyfrowe. Kto panu powiedział, że jest dla pana jakaś wiadomość?

— Nie macie żadnego automatycznego systemu odsłuchiwania wiadomości telefonicznych?

— Nie, proszę pana. Wiadomość dla pana zapisano by odręcznie w naszym wydziale obsługi obywateli. Może pan powtórzyć swoje nazwisko?

Ale mężczyzna już odłożył słuchawkę.

Idąc brzegiem Sekwany, Bezu Fache czuł się, jakby ktoś przywalił mu czymś ciężkim w głowę. Był pewny, że Langdon wystukuje numer paryski, wprowadza trzycyfrowy kod, a potem słucha jakiejś wiadomości. Jeżeli jednak Langdon nie zadzwonił do ambasady, to do kogo, u diabła, zadzwonił?

Właśnie w tym momencie, spoglądając na swój telefon komórkowy, Fache zdał sobie sprawę, że wszystkie odpowiedzi ma jak na dłoni. Langdon dzwonił przecież z mojej komórki.

Wszedł do menu, odnalazł listę ostatnio wybieranych numerów i zlokalizował rozmowę, którą odbył Langdon.

Numer paryski, a potem cyfrowy kod, 454.

Fache wybrał raz jeszcze ten numer telefonu i poczekał na dzwonek po drugiej stronie.

W końcu odezwał się głos kobiety.

— *Bonjour, vous êtes bien chez Sophie Neveu* — oznajmiła taśma. — *Je suis absente pour le moment, mais...*

Fache czuł, że krew gotuje mu się w żyłach, kiedy wystukiwał cyfry 4... 5... 4.

Rozdział 26

Mimo swojej monumentalnej reputacji *Mona Liza* mieści się w ramach o wymiarach siedemdziesiąt osiem na pięćdziesiąt cztery centymetry — jest nawet mniejsza niż plakaty z jej reprodukcją, które można kupić w sklepie z pamiątkami w Luwrze. Wisi na północno-zachodniej ścianie Salle des Etats za taflą z pleksiglasu sześciocentymetrowej grubości. Namalowana jest na desce z topolowego drewna, a jej eteryczność i mglistość spojrzenia przypisuje się mistrzostwu Leonarda da Vinci w stylu malowania zwanym *sfumato*, w którym to formy i kształty wydają się przenikać.

Od czasu, kiedy zamieszkała w Luwrze, *Mona Liza* lub inaczej *La Joconde*, jak nazywają ją Francuzi, była już dwa razy łupem złodziei, ostatnio w 1911 roku, kiedy znikła z tak zwanej *salle inpénétrable* Muzeum Luwru — Le Salon Carré. Paryżanie płakali na ulicach i pisali do gazet, błagając złodziei o zwrot obrazu. Dwa lata później *Mona Lizę* odkryto w schowku w skrzyni o podwójnym dnie w pewnym pokoju w hotelu we Florencji.

Langdon, wyjaśniwszy już Sophie, że nie ma zamiaru nigdzie iść, ruszył za nią przez Salle des Etats. *Mona Liza* była jeszcze dwadzieścia metrów przed nimi, kiedy Sophie włączyła ultrafioletową latarkę, a błękitny promień światła omiatał podłogę pod ich stopami. Wodziła promieniem latarki tam i z powrotem po całej podłodze, jak gdyby szukała miny, choć w istocie szukała śladów odblaskowego atramentu.

Langdon, który szedł obok niej, już czuł, że krew szybciej krąży mu w żyłach. Cieszył się na bezpośrednie spotkanie z wielkim dziełem sztuki. Wysilał oczy, żeby coś zobaczyć za kokonem purpurowego światła emanującego z latarki w dłoni Sophie. Po lewej widział ośmiokątną kanapę, która wyłoniła się jak ciemna wyspa na pustej przestrzeni oceanu parkietu.

Langdon widział już teraz panel ciemnej szyby na ścianie. Widział najcenniejszy i najbardziej podziwiany obraz świata wiszący za szkłem swojej celi.

Status *Mona Lizy* jako najsłynniejszego dzieła sztuki świata miał niewiele wspólnego z jej enigmatycznym uśmiechem. Ani też z tajemniczymi interpretacjami, które przydaje jej wielu historyków sztuki i wielbicieli konspiracji i spisków. Całkiem po prostu *Mona Liza* była słynna, ponieważ Leonardo da Vinci twierdził, że to jego największe dokonanie. Zabierał obraz wszędzie tam, dokąd jechał w podróż, a gdy ktoś pytał dlaczego, odpowiadał, że trudno mu się rozstać z tą najbardziej wysublimowaną formą ekspresji kobiecego piękna.

Mimo to wielu historyków sztuki podejrzewało, że uwielbienie Leonarda dla *Mona Lizy* nie odnosi się do maestrii artysty. W rzeczy samej obraz był zadziwiająco zwyczajnym portretem namalowanym w stylu *sfumato*. Wielu twierdziło, że oddanie i cześć Leonarda dla tego dzieła bierze się z czegoś ukrytego znacznie głębiej — była to cześć dla przekazu wpisanego między warstwy farby. *Mona Liza* w gruncie rzeczy była jednym z najlepiej udokumentowanych dowcipów malarza na własny temat, stanowiła *collage* podwójnych znaczeń i aluzji, którymi artysta sam się bawił. Odkryto to i opisano w większości tomów historii sztuki, niemniej, co dziwne, publiczność wciąż uważała jej uśmiech za przejaw wielkiej tajemnicy.

Nie ma w tym żadnej tajemnicy, pomyślał Langdon, prąc do przodu i patrząc, jak przed jego oczami zaczyna wyłaniać się słaby zarys obrazu. Nie ma w tym żadnej tajemnicy.

Langdon całkiem niedawno dzielił się sekretami *Mona Lizy* z dosyć nietypową grupą — z kryminalistami z Essex County. Seminarium więzienne było częścią programu uniwersyteckiego Harvardu, który wychodził poza mury uczelni i podejmował próby edukacyjne w środowisku więziennym — kultura dla skazańców, jak nazywali to koledzy Langdona z uczelni.

Stojąc przy rzutniku slajdów w przyciemnionej bibliotece zakładu karnego, Langdon dzielił się sekretem *Mona Lizy* z tymi więźniami, którym chciało się zjawić na zajęciach i którzy, jak się po chwili okazało, byli bardzo zainteresowani tym, co słyszą — nie przebierający w słowach, ale inteligentni.

— Możecie zauważyć — mówił do nich Langdon, podchodząc do ekranu, na którym wyświetlił zdjęcie *Mona Lizy* — że tło za jej twarzą jest nierówne. — Langdon wskazał te różnice, które było widać gołym okiem. — Malarz namalował linię horyzontu po lewej znacznie niżej niż po prawej.

— Coś mu się popieprzyło? — spytał jeden z więźniów.

Langdon się zaśmiał.

— Nie. Czasem zdarzało mu się robić takie rzeczy. To jest sztuczka Leonarda. Obniżając linię pejzażu po lewej stronie, sprawił, że *Mona Liza* wygląda na znacznie większą, kiedy patrzymy na nią z lewej strony, niż kiedy patrzymy z prawej. To taki mały żarcik artysty. Historycznie koncepcje mężczyzny i kobiety mają przypisane im strony — kobiety po lewej, mężczyźni po prawej. Ponieważ Leonardo był wielkim zwolennikiem zasad kobiecych, namalował *Mona Lizę* tak, by z lewej strony wyglądała bardziej majestatycznie niż z prawej.

— Słyszałem, że to był pedzio — powiedział niewysoki mężczyzna z kozią bródką.

Langdon zmrużył oczy.

— Historycy może by tego tak nie ujęli, ale owszem, był homoseksualistą.

— To właśnie dlatego interesował się babami?

— Tak naprawdę da Vinci starał się odnaleźć sposób, by wyrazić harmonię i równowagę pomiędzy tym, co męskie, i tym, co kobiece. Był przekonany, że oświecenie duszy ludzkiej jest niemożliwe, jeśli nie będzie w niej zarówno pierwiastka męskiego, jak i kobiecego.

— To znaczy, chodziło mu o laski z kutasami? — zawołał ktoś z tylnego rzędu.

Ta uwaga wzbudziła głośny śmiech. Langdon zastanawiał się, czy nie skomentować etymologicznie słowa hermafrodyta i jego powiązań i z Hermesem, i Afrodytą, lecz coś mu mówiło, że przed tą publicznością będzie to strata czasu.

— Panie Langford — odezwał się jakiś umięśniony więzień — czy to prawda, że *Mona Liza* to portret samego malarza w babskich ciuszkach? Słyszałem, że tak właśnie jest.

— Całkiem możliwe — odpowiedział Langdon. — Leonardo da Vinci to urodzony żartowniś, a analiza komputerowa *Mona Lizy* i jego autoportretów potwierdza zadziwiającą zbieżność niektórych punktów na ich twarzach. Tak czy owak — ciągnął — jego *Mona Liza* nie jest ani mężczyzną, ani kobietą. Niesie subtelny przekaz androgeniczności. Jest połączeniem obu elementów.

— Czy aby na pewno nie mówi pan tym swoim uczonym harwardzkim językiem, że *Mona Liza* to po prostu szpetna laska?

Teraz Langdon też się zaśmiał.

— Może i racja. Ale tak naprawdę da Vinci zostawił na tym obrazie wyraźną wskazówkę, że postać jest androgeniczna. Czy ktoś z was kiedyś słyszał o egipskim bogu Amonie?

— No jasne! — powiedział mięśniak. — Bóg płodności męskiej!

Langdon był bezgranicznie zdumiony.

— Tak jest napisane na każdym pudełku kondomów Amon. — Umięśniony uśmiechnął się od ucha do ucha. — Tam jest narysowany facet z głową barana i napisane, że to egipski bóg płodności.

Langdon nie znał akurat tej nazwy firmowej, ale rad był, że producenci prezerwatyw wykazują znajomość rzeczy.

— Świetnie. Amona rzeczywiście przedstawia się jako człowieka z głową barana, a jego postać w potocznych wyobrażeniach stała się symbolem wybujałej seksualności.

— Bajerujesz pan!

— To nie żaden bajer. A czy wiecie, jaki jest żeński odpowiednik boga Amona? Egipska bogini płodności?

Po tym pytaniu zapadła kilkusekundowa cisza.

— To Izyda, inaczej Izis. — Langdon wziął do ręki pisak.

— Mamy tu zatem męskiego boga Amona. — Napisał jego imię. — A starożytny piktogram przedstawiający boga rodzaju żeńskiego, boginię Izis, nazywano kiedyś L'IZA.

Langdon skończył pisać i odsunął się od projektora.

AMON L'IZA

— Czy to wam coś przypomina? — zapytał.

— Mona Liza... O, w mordę jeża — zdziwił się ktoś.

Langdon skinął głową.

— Tak więc, panowie, to nie wszystko, że twarz Mona Lizy ma cechy androgeniczne, jej imię jest anagramem boskiej jedności między tym, co męskie, i tym, co kobiece. I to właśnie, przyjaciele, jest tajemnicą Leonarda da Vinci, zawartą we wszechwiedzącym uśmiechu Mona Lizy.

— Dziadek tu był — powiedziała Sophie, przyklękając nagle zaledwie trzy metry od *Mona Lizy*. Oświetliła latarką ultra-fioletową miejsce na parkiecie.

Początkowo Langdon niczego nie zauważył. Kiedy jednak ukląkł przy niej, zobaczył maleńką kropelkę wyschniętego płynu, która świeciła w ciemności. Atrament?

Nagle przypomniał sobie, do czego tak naprawdę używano czarnego światła. Krew. Poczuł, że ostrzej widzi i lepiej słyszy. Sophie miała rację. Jacques Saunière rzeczywiście odwiedził *Mona Lizę*, zanim umarł.

— Nie przychodziłby tu bez powodu — szepnęła Sophie, wstając. — Wiem, że zostawił gdzieś dla mnie wiadomość. — Zrobiła szybko kilka kroków w kierunku *Mona Lizy* i oświetliła podłogę tuż przed obrazem. Przeczesywała ultrafioletowym światłem pusty parkiet tam i z powrotem.

— Niczego tu nie ma!

W tej samej chwili Langdon zobaczył słaby purpurowy odblask na szybie ochronnej przed *Mona Lizą*. Ujął nadgarstek Sophie i powoli przesunął latarkę tak, żeby świeciła na obraz.

Oboje zamarli.

Na szybie lśniły purpurą cztery słowa napisane wprost na twarzy *Mona Lizy*.

Rozdział 27

Porucznik Collet, siedzący przy biurku Saunière'a, przycisnął do ucha słuchawkę telefonu, bo nie mógł uwierzyć w to, co usłyszał. Czy na pewno dobrze zrozumiał Fache'a?

— Kostka mydła? Ale skąd Langdon mógł wiedzieć, że ma pluskwę GPS w kieszeni?

— Sophie Neveu — odparł Fache. — Ona mu powiedziała.

— Co?! Dlaczego?

— To dobre pytanie. Właśnie wysłuchałem nagrania, które potwierdza, że to ona dała mu cynk.

Collet nie wiedział, co odpowiedzieć. Co ta Neveu sobie myśli? Fache miał dowody, Sophie włączyła się w operację specjalną DCPJ? Sophie Neveu nie tylko wyleją z pracy — pójdzie siedzieć.

— Ale panie kapitanie... W takim razie gdzie jest teraz Langdon?

— Słyszeliście jakiś alarm przeciwpożarowy?

— Nie, panie kapitanie.

— I nikt nie wychodził przez kratę z Wielkiej Galerii?

— Nie. Postawiliśmy tam strażnika ochrony Luwru. Zgodnie z pana rozkazem.

— Dobrze. W takim razie Langdon musi wciąż być gdzieś w Wielkiej Galerii.

— W środku? Ale co on tam robi?

— Czy ten strażnik jest uzbrojony?

— Tak jest, panie kapitanie. To jeden z szefów ochrony.

— Poślijcie go do środka — rozkazał Fache. — Może upłynąć kilka minut, zanim sprowadzę ludzi z powrotem do muzeum, a nie chcę, żeby Langdon wyrwał się stamtąd niespodziewanie. — Fache przerwał. — I powiedzcie temu strażnikowi, że agentka Neveu jest prawdopodobnie z Langdonem w środku.

— Myślałem, że Neveu już wyszła.

— Czy ktoś z was widział, jak wychodziła?

— Nie, panie kapitanie, ale...

— No więc nikt nie widział, jak wychodziła. Widziano ją tylko, jak wchodziła.

Collet był zdruzgotany brawurą Sophie Neveu. Ona wciąż jest w Luwrze?

— Niech się pan tym zajmie — rozkazał Fache. — Chcę, żeby Langdon i Neveu byli na muszce, gdy się tam zjawię.

Kiedy ogromna ciężarówka odjechała, kapitan Fache zebrał swoich ludzi. Robert Langdon pokazał, jaka z niego chytra sztuka, a teraz, kiedy pomaga mu agentka Neveu, zapędzenie go do narożnika może być trudniejsze, niż się wydawało.

Fache postanowił nie ryzykować.

Obstawi pół na pół. Polecił części swoich ludzi wrócić do Luwru, a pozostałych wysłał, żeby pilnowali jedynego miejsca w Paryżu, gdzie Robert Langdon może znaleźć bezpieczną przystań.

Rozdział 28

W głębi Salle des Etats Langdon przyglądał się w zdumieniu słowom jaśniejącym na powierzchni pleksiglasu. Wydawało się, że słowa te unoszą się w przestrzeni, rzucając postrzępione cienie na tajemniczy uśmiech *Mona Lizy*.

— Zakon Syjonu — szepnął Langdon. — To chyba dowodzi, że twój dziadek był w jego szeregach!

Sophie patrzyła na niego, nic nie rozumiejąc.

— Wiesz co to znaczy?

— Widzę w tym nawiązanie do przekonań, które stanowią podstawę filozofii zakonu.

Sophie spojrzała zdumiona na płonącą czerwienią wiadomość wypisaną wprost na twarzy *Mona Lizy*.

SEN — ON ZADA KŁAM!

— Sophie — powiedział Langdon — tradycja zakonu, która każe oddawać cześć Wielkiej Bogini, wypływa z potrzeby zaprzeczenia oszustwu, które dokonało się u początków Kościoła rzymskiego, kiedy to zdewaluowano kobiecość, a wyniesiono na piedestał męskość.

Sophie milczała, wpatrując się w napis.

— Zakon uważa, że Konstantynowi i jego męskim następcom udało się nawrócić świat z pogańskiego matriarchatu na chrześcijański patriarchat dzięki kampanii propagandowej, która demonizowała sakralność kobiecą, i usuwała na zawsze Wielką Boginię ze współczesnych religii.

Sophie nie wyglądała na przekonaną.

— Dziadek przysłał mnie tu, żebym się tego dowiedziała. Na pewno chciał mi powiedzieć coś więcej.

Langdon rozumiał, o co jej chodzi. Sophie uważa, że to kolejny kod, ale on jeszcze nie był pewien, czy w przekazie Saunière'a jest jakaś ukryta wiadomość, czy nie. Na razie jego umysł zmagał się z interpretacją tego, co było w nim czytelne, w nadziei, że to poprowadzi go dalej.

Nie sposób zaprzeczyć, że współczesny Kościół czyni wiele dobra dla skołatanego dzisiejszego świata, ale w historii Kościoła jest niejedna karta kłamstwa i przemocy. Krucjata „reedukacji" pogan i niszczenia kultu kobiecości trwała trzy wieki i posługiwano się zarówno metodami misyjnymi, jak i okrucieństwem.

Inkwizycja katolicka opublikowała księgę, którą bez wątpienia można by nazwać najkrwawszą publikacją w historii ludzkości — *Malleus maleficarum*, czyli *Młot na czarownice*, która ostrzegała świat przed „groźbą wolnomyślicielstwa kobiet" i pouczała księży, jak odnajdować takie kobiety, torturować je i eliminować. „Czarownicami" były dla Kościoła kobiety zajmujące się nauką, religią, mistycyzmem, Cyganki, kobiety kochające przyrodę, zielarki i wszelkie kategorie kobiet „podejrzanie przynależne do świata natury". Zabijano również położne za ich heretyckie praktyki wykorzystywania wiedzy medycznej, by zmniejszyć bóle rodzących — cierpienie, które w przekonaniu Kościoła jest stosowną karą Bożą za to, że Ewa zerwała jabłko w raju i dała początek grzechowi pierworodnemu. Podczas trzystu lat polowań na czarownice Kościół spalił na stosie porażającą liczbę pięciu milionów kobiet.

Propaganda i przelew krwi zrobiły swoje, czego widomym dowodem jest dzisiejszy świat.

Kobiety, które kiedyś czczono jako istotną połowę świata duchowego i objawionego, teraz nie mają wstępu do świątyń. Nie ma kobiet rabinów ani kobiet księży katolickich, ani kobiet mułłów islamu. Uświęcany niegdyś akt *hieros gamos* — naturalne cielesne połączenie mężczyzny i kobiety, dzięki któremu każde z nich stawało się duchową pełnią — przekształcono w akt wstydliwy. Święci mężowie, którzy kiedyś odczuwali potrzebę jedności cielesnej z ich kobiecymi odpowiednikami, zbliżającej ich do Boga, teraz obawiają się swoich naturalnych popędów seksualnych, uważając je za dzieło szatana, działającego ręka w rękę ze swoim najlepszym wspólnikiem... z kobietą.

Kościół zdołał nawet zdyskredytować lewą stronę jako kojarzoną z kobiecością. We Włoszech i we Francji słowa oznaczające „lewy" — *gauche* oraz *sinistra* — z czasem zyskały bardzo negatywne konotacje, podczas gdy „prawy" ma w podtekście prawość, zręczność i poprawność. Do dziś dnia ideologie radykalne uważa się za lewicowe, wszystko co nieracjonalne, nieusankcjonowane, dziwaczne, określa się jako lewe, a dla Włochów wszystko, co kojarzy się ze złem, jest *sinistro*.

Dni chwały Wielkiej Bogini są za nami. Wahadło pędzi w przeciwną stronę. Matka Ziemia stała się światem mężczyzny, a bogowie zniszczenia i wojny zbierają żniwo. Przez dwa tysiąclecia męskie ego szalało bez żadnej przeciwwagi pierwiastka kobiecego. Zakon Syjonu chce się przeciwstawić wyrugowaniu sakralności kobiecej ze współczesnego życia, w przekonaniu, że skutkuje ono zjawiskiem, które amerykańscy Indianie Hopi nazywają *koyanisquatsi* — „życie pozbawione harmonii" — sytuacja nierównowagi, której wyrazem są wojny z nadmiaru testosteronu, rozrost społeczeństw mizoginicznych i rosnący brak szacunku dla Matki Ziemi.

— Robercie! — powiedziała Sophie teatralnym szeptem, który przywrócił go do rzeczywistości. — Ktoś tu idzie!

Z korytarza dobiegał odgłos zbliżających się kroków.

— Tutaj! — Sophie wyłączyła ultrafioletową latarkę i rozpłynęła się w ciemności przed oczami Langdona.

Przez krótką chwilę nie widział nic. Dokąd?

Kiedy jego oczy przyzwyczaiły się do ciemności, zobaczył sylwetkę Sophie biegnącą w kierunku środka sali i chowającą się za ośmiokątną kanapę. Już miał się zerwać i pobiec za nią, kiedy mocny męski głos zatrzymał go w miejscu.

— *Arrêtez!* — rozkazał mężczyzna stojący w drzwiach.

Pracownik ochrony Luwru wchodził teraz do Salle des Etats

z pistoletem w dłoni, mierząc wprost w klatkę piersiową Langdona.

Langdon poczuł, że instynktownie podnosi ręce.

— *Couchez-vous!* — zawołał strażnik. — Na ziemię!

Po paru sekundach Langdon leżał na podłodze twarzą do ziemi. Strażnik podbiegł do niego i stopą rozrzucił mu nogi na boki.

— *Mauvaise idée, monsieur Langdon* — powiedział, przyciskając pistolet do pleców Langdona. — *Mauvaise idée.*

Leżąc na brzuchu, przyciśnięty do parkietu Muzeum Luwru, z rozpostartymi rękami i nogami, Langdon nie dostrzegał niczego zabawnego w swojej parodystycznej pozycji. Człowiek witruwiański. Twarzą do ziemi.

Rozdział 29

W kościele Saint-Sulpice Sylas niósł ciężki żelazny świecznik wotywny z ołtarza do miejsca, gdzie stał obelisk. Świecznik posłuży jako łom. Spojrzał na płytę z szarego marmuru, pod którą prawdopodobnie krył się schowek, i zdał sobie sprawę, że nie zdoła go rozbić, nie robiąc hałasu.

Żelazo i marmur. Będzie pogłos. Odbije się od ścian i sklepień kościoła.

Czy zakonnica go usłyszy? Już powinna spać. Nawet gdyby, Sylas wolał nie ryzykować. Rozejrzał się w poszukiwaniu materiału, którym mógłby owinąć żelazny świecznik, i nic nie rzuciło mu się w oczy oprócz lnianego obrusa leżącego na ołtarzu; nie chciał go jednak wziąć, uważając to za świętokradztwo. Habit, pomyślał. Wiedząc, że jest sam w ogromnym kościele, Sylas rozwiązał sznur przytrzymujący szatę i ściągnął ją. Rozbierając się, czuł, jak surowa wełna ociera się o świeże rany na plecach.

Nagi, bo miał na sobie tylko przepaskę biodrową, owinął szatą jeden koniec żelaznego świecznika. Potem, mierząc w sam środek marmurowego panelu, uderzył z całej siły. Rozległ się głuchy odgłos. Marmur nie ustąpił. Znów uderzył. Kolejny głuchy odgłos i tym razem coś pękło. Po trzecim uderzeniu płyta była rozbita, a kawałki marmuru spadły na dół, do schowka pod podłogą.

Jest przegroda!

Sylas szybko wyciągnął fragmenty kamienia spod podłogi.

Serce waliło mu jak młotem, kiedy przy nim klęczał. Włożył rękę do schowka.

Najpierw niczego nie poczuł. Dolna część skrytki była pusta, wyczuwał tylko gładką powierzchnię kamienia. Potem sięgnął głębiej, zanurzając pod linią róży prawie całe ramię, i na coś natrafił! Gruba kamienna tabliczka. Chwycił jej krawędź, ścisnął i delikatnie wyciągnął na zewnątrz. Wstał i przyjrzał się dokładnie temu, co znalazł. Zdał sobie sprawę, że trzyma w rękach prymitywnie wyciosaną kamienną tabliczkę, na której ktoś wyrył jakieś słowa. Przez chwilę poczuł się jak współczesny Mojżesz.

Sylas zdumiał się, kiedy przeczytał słowa na tabliczce. Spodziewał się, że klucz sklepienia będzie mapą lub zbiorem skomplikowanych wskazówek, być może nawet zakodowanych. Tymczasem na kamieniu znalazł tylko prostą inskrypcję.

Hiob 38,11.

Cytat z Biblii? Sylas wrósł w ziemię — to było tak diabelnie proste. Tajemnicę ukrycia tego, czego szukają, ma objawić cytat z Biblii? Zakon nie waha się przed niczym, żeby szydzić z wiernych.

Księga Hioba. Rozdział trzydziesty ósmy, werset jedenasty.

Sylas nie przypominał sobie dokładnie, co mówi ten werset, ponieważ nie znał tej części Biblii na pamięć, ale wiedział, że Księga Hioba opowiada historię o człowieku, którego wiara w Boga wytrzymała kolejne próby. Nie od rzeczy, pomyślał i czuł, że nie może się doczekać tego, co tam znajdzie.

Obejrzał się przez ramię i spojrzał w dół, na podłogę, na błyszczącą linię róży. Nie mógł powstrzymać uśmiechu. Na końcu linii, pośrodku głównego ołtarza, na zdobionej złotem podstawce stała otwarta olbrzymia, oprawiona w skórę Biblia.

Na górze, na balkonie dla chóru, siostra Sandrine drżała na całym ciele. Kilka chwil temu już miała wymknąć się stamtąd i wypełnić dane jej polecenie, lecz stojący przy ołtarzu mężczyzna nagle zdjął habit. Kiedy zobaczyła jego ciało w kolorze alabastru, zdumiała się i przeraziła. Szerokie, blade jak marmur plecy poprzecinane były czerwonymi krwawymi pręgami. Nawet stąd widziała, że rany są świeże.

Ten człowiek został bezlitośnie wychłostany!

Zobaczyła również zakrwawione *cilice* wokół jego uda — rana, w którą wpijał się pasek z kolcami, krwawiła. Jakiż to Bóg chciałby, żeby ludzkie ciało karać w ten sposób? Siostra Sandrine wiedziała, że rytuały Opus Dei mają w sobie coś, czego ona nigdy nie zrozumie. Ale teraz przecież nie o to chodziło. Opus Dei szuka klucza sklepienia. Skąd ten mnich o tym wie, tego siostra Sandrine nie potrafiła sobie wyobrazić, chociaż zdawała sobie sprawę, że nie ma czasu na myślenie.

Zakrwawiony mnich włożył w milczeniu habit, po czym, ściskając w rękach nagrodę, skierował się do ołtarza, do Pisma Świętego.

Wstrzymując oddech, w ciszy, siostra Sandrine wyszła z balkonu i pobiegła korytarzem do swojego mieszkania. Osunąwszy się na kolana, sięgnęła pod drewniane łóżko i wyciągnęła zaklejoną kopertę, którą ukryła tam trzy lata temu.

Rozerwała papier i znalazła cztery paryskie numery telefonów.

Drżąc, zaczęła dzwonić.

Na dole, w kościele, Sylas położył kamienną tabliczkę na ołtarzu i skierował niecierpliwe dłonie ku oprawnej w skórę Biblii. Mokrymi od potu palcami odwracał kartki. Przerzucając Stary Testament, odnalazł Księgę Hioba, a w niej rozdział trzydziesty ósmy. Kiedy przebiegał palcem po linijkach tekstu, zastanawiał się, co dane mu będzie przeczytać.

Znalazł werset jedenasty i w milczeniu przeczytał tekst. Po chwili, zdezorientowany, przeczytał go jeszcze raz, czując, że coś się fatalnie nie udało. Werset brzmiał:

I RZEKŁEM: „AŻ DOTĄD, NIE DALEJ!
TU ZAPORA DLA TWOICH NADĘTYCH FAL".

Rozdział 30

Pracownik ochrony Luwru, Claude Grouard, aż się gotował z wściekłości, stojąc nad rozciągniętym na podłodze jeńcem tuż przed *Mona Lizą*. Ten skurwiel zabił Jacques'a Saunière'a. Saunière dla Grouarda i podległych mu pracowników ochrony był jak ojciec.

Grouard niczego nie pragnął bardziej, niż pociągnąć za spust i strzelić Robertowi Langdonowi w plecy. Jako jeden z dowódców ochrony, Grouard miał przy sobie naładowaną broń. Ale przecież zabicie Langdona byłoby aktem litości — oszczędziłoby mu cierpień, jakie czekają go z rąk Bezu Fache'a i francuskiego systemu penitencjarnego.

Grouard wyciągnął z futerału na pasku krótkofalówkę i próbował wezwać pomoc. Krótkofalówka milczała. Dodatkowy system zabezpieczeń elektronicznych w tym pomieszczeniu doprowadzał pracowników ochrony do szału, ponieważ nie mogli się z sobą porozumieć. Muszę podejść do drzwi. Nie przestając mierzyć do Langdona, Grouard zaczął cofać się powoli w kierunku wyjścia. Kiedy zrobił trzeci krok do tyłu, kątem oka zobaczył coś, co sprawiło, że stanął jak wryty.

Cóż to jest, do cholery?

W środku pomieszczenia materializował się jakiś miraż. Sylwetka, która wyłaniała się nie wiadomo skąd. Jest tu ktoś jeszcze? Przez czerwonawo migoczącą ciemność przemieszczała się kobieta, szła szybkim krokiem w kierunku ściany po

167

lewej stronie. Tuż przed nią purpurowy promień światła przeczesywał podłogę, przesuwając się raz w tył, raz w przód, jakby szukała czegoś, posługując się kolorową latarką.

— *Qui est-là?* — zapytał Grouard, czując, jak adrenalina uderza mu do krwi po raz drugi w ciągu ostatnich trzydziestu sekund. Teraz już nie wiedział, do kogo mierzyć ani w jakim kierunku iść.

— PTS — odparła spokojnie kobieta, wciąż przesuwając promieniem latarki po podłodze.

Police Technique et Scientifique. Grouard aż się spocił. Myślał, że wszyscy agenci już poszli. Rozpoznał teraz purpurowe światło ultrafioletowe, którym posługiwali się członkowie ekipy technicznej, ale nie mógł zrozumieć, dlaczego DCPJ szuka jakichś dowodów i śladów tutaj.

— *Votre nom!* — wrzasnął, ponieważ instynkt podpowiadał mu, że coś tu jest nie w porządku. — *Répondez!*

— *C'est moi* — odpowiedział spokojny głos po francusku. — Sophie Neveu.

Gdzieś w zakamarkach pamięci Grouarda zapaliło się światełko i rozpoznał nazwisko. Sophie Neveu? Tak się chyba nazywała wnuczka Saunière'a? Przychodziła tu, kiedy była małą dziewczynką, wiele lat temu. To na pewno nie jest ona!

A nawet gdyby to była Sophie Neveu, to przecież nie ma powodu, żeby jej zaufać; Grouard słyszał pogłoski o bolesnym rozstaniu i sporze między Saunière'em i jego wnuczką.

— Pan mnie zna! — zawołała kobieta. — A Robert Langdon nie zabił mojego dziadka. Proszę mi wierzyć.

Grouard, stary wyga ochrony, nie miał zamiaru brać czegokolwiek na wiarę. Potrzebuję kogoś do pomocy! Znów włączył krótkofalówkę, ale raz jeszcze usłyszał tylko szum. Wyjście z sali było jakieś dwadzieścia metrów za nim i Grouard zaczął powoli cofać się w jego kierunku, postanowiwszy celować wciąż w człowieka na podłodze. Kiedy posuwał się do tyłu, widział, że kobieta po drugiej stronie pomieszczenia podnosi latarkę ultrafioletową i bada dokładnie obraz wiszący po przeciwnej stronie Salle des Etats, na wprost *Mona Lizy*.

Grouard wstrzymał oddech, zdając sobie sprawę, co to za obraz. Cóż, na Boga, ona robi?

Stojąca z drugiej strony pomieszczenia Sophie Neveu poczuła na czole zimny pot. Langdon wciąż leżał rozpłaszczony na podłodze. Jeszcze trochę, Robercie. Już niedługo. Wiedząc, że strażnik nie strzeli ani do niej, ani do niego, Sophie teraz skupiła całą uwagę na tym, co musiała zrobić natychmiast, badając cały obszar wokół jednego szczególnego dzieła sztuki — kolejnego obrazu Leonarda da Vinci. Lecz latarka ultrafioletowa nie ujawniła niczego dziwnego. Ani na ścianach, ani na podłodze, ani nawet na samym płótnie.

Tu musi coś być!

Sophie czuła niezachwianą pewność, że właściwie odczytała intencje dziadka. O cóż innego mogłoby mu chodzić?

Dzieło mistrza, które badała, było płótnem o wysokości ponad metr pięćdziesiąt. Scena przedstawiała dziwnie upozowaną Marię siedzącą z Dzieciątkiem Jezus, Jana Chrzciciela i anioła Ariela na stromej skale. Kiedy Sophie była małą dziewczynką i przychodziła tu do *Mona Lizy*, zawsze musiała też obejrzeć i ten obraz.

Grand-père, tutaj jestem! Ale jeszcze niczego nie widzę!

Gdzieś za sobą, z tyłu, Sophie usłyszała, że strażnik próbuje raz jeszcze wezwać pomoc przez radio.

Myśl! Myśl!

Wyobraziła sobie wiadomość napisaną na szybie ochronnej osłaniającej *Mona Lizę. Sen — on zada kłam!* Obraz rozciągający się przed nią nie miał żadnej szyby ochronnej, na której można by cokolwiek napisać, a Sophie wiedziała, że dziadek nigdy nie zbezcześciłby arcydzieła, pisząc na samym obrazie. Zamarła. Przynajmniej nie od frontu. Jej wzrok powędrował w górę po długich kablach, które zwisały z sufitu, podtrzymując płótno.

Czy to możliwe? Chwyciła rzeźbioną drewnianą ramę obrazu z lewej strony i pociągnęła ją do siebie. Płótno było spore, a drewniana poprzeczka usztywniająca z tyłu ramy naprężyła się, kiedy Sophie odciągała je od ściany. Wsunęła głowę i ramiona za obraz i podniosła latarkę ultrafioletową, żeby dokładnie wszystko obejrzeć.

169

Już po kilku sekundach zdała sobie sprawę, że instynkt źle jej podszeptywał. Tył obrazu był gładki i pusty. Nie było tam żadnego napisu, tylko brązy tylnej części starzejącego się płótna i...

Chwileczkę.

Wzrok Sophie skupił się na ledwo dostrzegalnym metalicznym przebłysku tuż obok dolnej krawędzi ramy obrazu. Między płótnem a ramą tkwił jakiś mały metalowy przedmiot, z którego zwisał błyszczący złoty łańcuszek.

Ku swemu niepomiernemu zdziwieniu Sophie stwierdziła, że łańcuszek jest przytwierdzony do znanego jej złotego klucza. Szeroka rzeźbiona główka klucza miała kształt krzyża i wygrawerowany symbol, który widziała, mając dziewięć lat. *Fleur-de-lis* z literami P. S. Sophie wydało się, że duch dziadka szepcze jej coś do ucha. „Kiedy nadejdzie czas, klucz będzie twój". Poczuła dławienie w gardle, gdy zdała sobie sprawę, że dziadek w chwili śmierci dotrzymał obietnicy. „Ten klucz otwiera skrzynię — mówił znów jego głos — w której chowam wiele tajemnic".

Dla Sophie stało się jasne, że ten klucz stanowił uwieńczenie gier słownych dzisiejszej nocy. Dziadek miał go przy sobie, kiedy do niego strzelano. Nie chcąc, żeby wpadł w ręce policji, ukrył go za obrazem. Potem wykoncypował przemyślne poszukiwania skarbu, pragnąc się upewnić, że tylko Sophie go znajdzie.

— *Au secours!* — wrzeszczał tymczasem strażnik do mikrofonu krótkofalówki, która jednak milczała.

Wyciągnęła klucz i wsunęła go głęboko do kieszeni wraz z latarką ultrafioletową. Wyjrzała zza ramy obrazu i zobaczyła, że strażnik wciąż desperacko próbuje kogoś wywołać. Przemieszczał się w kierunku wejścia, celując pistoletem wprost w Langdona.

— *Au secours!* — zawołał jeszcze raz, trzymając krótkofalówkę tuż przy ustach.

Nic tylko szum.

Nie może nadawać, zrozumiała Sophie, przypominając sobie, że turyści z telefonami komórkowymi często irytowali się w tej sali, gdy próbowali gdzieś zadzwonić, by się pochwalić, że właśnie oglądają *Mona Lizę*. Dodatkowe obwody elektroniczne w ścianach uniemożliwiały przekazywanie sygnałów radiowych i telefonicznych z tego pomieszczenia. Strażnik był coraz bliżej wyjścia i Sophie wiedziała, że teraz musi działać bez wahania.

Spojrzała w górę, na wielki obraz, za którym była częściowo ukryta. Leonardo da Vinci po raz drugi tego wieczoru przyjdzie jej w sukurs.

Jeszcze parę metrów — mówił sobie Grouard, trzymając broń w wyciągniętej ręce.

— *Arrêtez! Ou je la détruis!* — głos kobiety odbił się echem od ścian pomieszczenia.

Grouard spojrzał w jej stronę i zatrzymał się w pół kroku.

— *Mon Dieu, non!*

Przez czerwonawą poświatę zobaczył, że kobieta zdjęła obraz i postawiła go na podłodze przed sobą. Płótno miało ponad metr pięćdziesiąt wysokości i prawie w całości zasłaniało jej sylwetkę. Grouard najpierw zastanawiał się, dlaczego system alarmowy nie zadziałał po zdjęciu obrazu, ale przecież sensory w kablach, na których wisiały dzieła sztuki, jeszcze nie zostały dzisiaj zresetowane. Co ona robi?!

Kiedy to zrozumiał, krew odpłynęła mu z twarzy.

Płótno zaczęło się wybrzuszać w samym środku, a delikatne kontury Marii, Dzieciątka Jezus i Jana Chrzciciela zaczęły się zniekształcać.

— *Non!* — Grouard nie mógł się poruszyć ze strachu, patrząc, jak bezcenne płótno naciąga się coraz bardziej. Kobieta wpychała kolano w sam środek obrazu! — *Non!*

Grouard odwrócił się i wymierzył broń prosto w nią, ale natychmiast zdał sobie sprawę, że to pusta groźba. Wprawdzie obraz to tylko płótno, ale absolutnie nieprzepuszczalne — kamizelka kuloodporna warta sześć milionów dolarów.

Przecież nie mogę strzelać do płótna Leonarda!

— Odłóż broń i radio — powiedziała kobieta spokojnie po francusku. — Albo przebiję to płótno kolanem. Chyba wiesz, co powiedziałby na to mój dziadek!

171

Grouard poczuł, że kręci mu się w głowie.

— Bardzo panią proszę... Nie. To jest *Madonna ze skał*! — Rzucił broń i radio i uniósł ręce nad głowę.

— Dziękuję — powiedziała kobieta. — Teraz rób dokładnie to, co ci powiem, a wszystko będzie dobrze.

Kilka chwil później Langdon, czując, że serce wciąż mu wali jak młot, biegł tuż obok Sophie w dół po schodach przeciwpożarowych na parter. Od chwili gdy zostawili roztrzęsionego strażnika na podłodze Salle des Etats, żadne nie wypowiedziało ani słowa. Langdon ściskał teraz mocno w dłoniach jego pistolet, ale nie mógł się doczekać, kiedy pozbędzie się broni. Była ciężka i niebezpiecznie obca.

Zbiegając w dół po dwa stopnie naraz, Langdon zastanawiał się, czy Sophie ma pojęcie, jak cenne jest płótno, którego omal nie zniszczyła. Jej wybór dzieł sztuki dziwacznie współgrał z przygodami dzisiejszej nocy. Ten obraz, podobnie jak *Mona Liza*, cieszył się szczególnym zainteresowaniem historyków sztuki z powodu ukrytej symboliki pogańskiej.

— Wybrałaś cennego zakładnika — powiedział, kiedy biegli w dół.

— *Madonna ze skał* — odparła. — Ale to nie ja go wybrałam, to dziadek. Zostawił mi mały prezencik za obrazem.

Langdon posłał jej zdziwione spojrzenie.

— Co!? Ale skąd wiedziałaś, który to obraz? Dlaczego *Madonna ze skał*?

— *Sen — on zada kłam!* — uśmiechnęła się triumfalnie. — Jednego anagramu wprawdzie nie zdołałam odczytać, Robercie, ale z drugim poszło mi łatwiej.

Rozdział 31

— Oni nie żyją! — mówiła siostra Sandrine niemal bezgłośnie do telefonu w swoim mieszkanku w Saint-Sulpice. Zostawiła
wiadomość na automatycznej sekretarce. — Proszę odebrać
telefon! Oni wszyscy nie żyją!

Pierwsze telefony z listy numerów, które wykręciła, dały
przerażające rezultaty — usłyszała rozhisteryzowaną wdowę,
policjanta pracującego do późna na miejscu zbrodni i księdza
pocieszającego rodzinę pogrążoną w bólu. Wszystkie te trzy
kontakty były martwe. A teraz, kiedy wykręcała czwarty i ostatni numer, numer, który miała wykręcić tylko w razie, gdyby
trzy pierwsze osoby były nieosiągalne, dodzwoniła się do
automatycznej sekretarki. Komunikat na sekretarce był bez
imienia, proszono tylko rozmówcę o zostawienie wiadomości.

— Marmurowa płyta została rozbita! — mówiła błagalnym
tonem do telefonu. — Pozostała trójka nie żyje.

Siostra Sandrine nie znała tożsamości czterech mężczyzn,
których ochraniała, te prywatne numery telefonów ukryte pod
łóżkiem mogła wykręcić tylko pod jednym warunkiem.

„Jeżeli ktoś kiedyś rozbije marmurową płytę — mówił posłaniec bez twarzy — będzie to oznaczać, że któryś wyższy
szczebel został wyłamany. Jeden z nas w obliczu śmierci musiał
skłamać. Zadzwoń pod te numery telefonów. Ostrzeż innych.
Nie zawiedź nas".

Był to cichy alarm. W pełni bezpieczny w swojej prostocie.

Plan ją zadziwił, kiedy po raz pierwszy o nim usłyszała. Jeżeli dojdzie do ujawnienia tożsamości jednego z braci, będzie on mógł skłamać, a to puści w ruch mechanizm ostrzegający pozostałych. Dziś jednak doszło chyba do ujawnienia niejednego nazwiska.

— Proszę podnieść słuchawkę — szeptała w przerażeniu. — Gdzie jesteście?

— Niech siostra odłoży — powiedział niski głos od drzwi. Odwróciła się i zobaczyła ogromnego mnicha. Ściskał w ręku ciężki żelazny świecznik. Drżąc, odłożyła słuchawkę.

— Oni nie żyją — powiedział mnich. — Wszyscy czterej. I zrobili ze mnie głupca. Powiedz, gdzie jest klucz sklepienia.

— Nie wiem! — powiedziała siostra Sandrine zgodnie z prawdą. — Tej tajemnicy strzegą inni. Inni, którzy już nie żyją.

Mężczyzna zrobił krok do przodu, trzymając oburącz żelazny świecznik.

— Jesteś siostrą w Chrystusie, a jednak im służysz?

— Jezus zostawił nam jedno prawdziwe przesłanie — powiedziała siostra Sandrine, podnosząc dumnie głowę. — A tego przesłania nie widzę w Opus Dei.

W oczach mnicha nagle wybuchła wściekłość. Zamachnął się i uderzył świecznikiem jak pałką. Kiedy siostra Sandrine padała na podłogę, jej ostatnim uczuciem był wszechogarniający strach przed nieuchronną katastrofą.

Wszyscy czterej nie żyją.

Bezcenna prawda zaginęła na zawsze.

Rozdział 32

Dźwięk alarmu w zachodnim krańcu skrzydła Denona poderwał do góry gołębie w ogrodach Tuileries, kiedy Langdon i Sophie wypadli z budynku prosto w objęcia paryskiej nocy. Biegnąc przez plac do samochodu Sophie, Langdon usłyszał syreny policyjne wyjące gdzieś w oddali.

— To ten! — zawołała Sophie, wskazując na dwuosobowy samochodzik o ściętej masce, zaparkowany przed muzeum.

Ona chyba żartuje. Pojazd był najmniejszym samochodem, jaki Langdon widział w swoim życiu.

— Smart — powiedziała. — Litr na sto.

Langdon ledwo zdążył wskoczyć na siedzenie pasażera, a Sophie już naciskała na gaz i maleńki smart przeskoczył przez krawężnik na wstęgę białego żwiru oddzielającą pasy ruchu. Chwycił mocno deskę rozdzielczą, kiedy samochód przemknął do następnego krawężnika i spadł wszystkimi czterema kołami na malutkie rondo Carrousel du Louvre.

Przez chwilę Sophie jakby się zastanawiała, czy nie pojechać skrótem na wprost przez środek ronda, a potem, nie zważając na nic, ruszyć przed siebie, staranować żywopłot i przeciąć krąg szkła w samym środku.

— Nie! — krzyknął Langdon, wiedząc, że żywopłot rosnący wokół Carrousel du Louvre jest tam po to, żeby ukryć niebezpieczną głębię w samym środku trawnika. *La pyramide inversée* — świetlik w dachu podziemi Luwru w kształcie odwróconej piramidy, który Langdon widział wcześniej ze środka pomieszczenia muzeum. Był dostatecznie duży, by połknąć w całości ich autko. Na szczęście Sophie postanowiła pojechać bardziej konwencjonalną drogą, pchnęła kierownicę ostro w prawo i objechała rondo dookoła, zgodnie z przepisami, aż do wyjazdu, potem skręciła w lewo i włączyła się w pas ruchu prowadzący na północ, a po chwili już przyspieszała w kierunku rue de Rivoli.

Policyjne syreny wyjące na przemian raz wysoko, raz nisko słychać było gdzieś z tyłu coraz wyraźniej i Langdon we wstecznym lusterku widział teraz fioletowoczerwone koguty wozów patrolowych. Silnik ich autka zawył w proteście, kiedy Sophie przycisnęła pedał gazu, żeby jak najszybciej wyrwać się z okolicy Luwru. Pięćdziesiąt metrów przed nimi światła uliczne przy Rivoli właśnie się zmieniały i teraz było czerwone. Sophie zaklęła pod nosem i nie zdjęła nogi z gazu. Langdon poczuł, że tężeją mu wszystkie mięśnie.

— Sophie!

Zwalniając tylko nieznacznie, kiedy dojeżdżali do skrzyżowania, Sophie mrugnęła długimi światłami i spojrzała szybko raz w lewo, raz w prawo, a potem wcisnęła pedał gazu do samej podłogi i wycięła ostry zakręt w lewo przez puste skrzyżowanie w kierunku Rivoli. Przez kolejne trzysta metrów znowu przyspieszała, a potem przykleiła się do prawego pasa szerokiego ronda. Już po chwili wyjeżdżali pełnym gazem po drugiej stronie ronda na szeroką kilkupasmową aleję Pól Elizejskich.

Jechali już prosto i Langdon odwrócił się w fotelu, wyciągając szyję, żeby wyjrzeć przez tylne okno na Luwr. Wyglądało na to, że policja ich nie ściga. Morze błękitnych świateł gromadziło się tuż przy muzeum.

Czując, że jego serce powoli się uspokaja, Langdon odwrócił się znów do Sophie.

— To było dość interesujące.

Wydawało się, że Sophie go nie słyszy. Wzrok miała przykuty do jezdni, była skupiona na ciągnącym się daleko odcinku Pól Elizejskich, trzykilometrowej przestrzeni eleganckich sklepów i domów mody — z ich powodu Pola Elizejskie nazywano często Piątą Aleją Paryża. Ambasada była tylko o półtora kilometra stąd i Langdon rozsiadł się wygodnie w fotelu.

Sen — on zada kłam!

Sophie była naprawdę szybka. Na Langdonie zrobiło to wrażenie.

Madonna ze skał.

Sophie powiedziała, że dziadek zostawił jej coś za obrazem. Ostatnią wiadomość? Langdon wciąż nie mógł wyjść z podziwu, że Saunière ukrył to, co miał do przekazania Sophie, tak błyskotliwie. *Madonna ze skał* to kolejne pasujące do całości ogniwo w łańcuchu połączonych ze sobą symboli, na które natykali się tej nocy. Wydawało się, że Saunière za każdym razem wyraźniej obwieszcza światu swoje uwielbienie dla ciemnej i przewrotnej strony Leonarda da Vinci.

Madonnę ze skał zamówiło u artysty stowarzyszenie zwane Bractwem Niepokalanego Poczęcia Najświętszej Marii Panny, a obraz miał zająć honorowe miejsce w tryptyku na ołtarzu w kościele bractwa pod wezwaniem świętego Franciszka w Mediolanie. Zakonnicy podali bardzo konkretne wymiary i pożądany temat obrazu — Marię, Jana Chrzciciela, Ariela oraz Dzieciątko Jezus chroniących się w grocie. Malarz wykonał zamówienie, ale gdy dostarczył pracę, Bractwo Niepokalanego Poczęcia przeraziło się. Obraz był pełen niepokojących szczegółów.

Płótno przedstawiało Marię w błękitnej szacie, siedzącą i otaczającą ramieniem niemowlę, prawdopodobnie Dzieciątko Jezus. Na wprost Marii siedzi Ariel, również z niemowlęciem, najprawdopodobniej Janem Chrzcicielem. Rzecz dziwna, odwrotnie niż zazwyczaj, nie Jezus błogosławi Jana, lecz mały Jan błogosławi Jezusa... A Jezus poddaje się jego woli! Co dziwniejsze, Maria wyciąga rękę i trzyma dłoń nad głową małego Jana Chrzciciela w zdecydowanie groźnym geście, jej palce przypominają rozpostarte szpony orła, trzymające jakąś niewidzialną głowę. A w końcu najbardziej rzucający się w oczy i przerażający element — tuż pod wygiętymi palcami dłoni Marii Ariel swoją dłonią robi gest, jakby coś przecinał, jakby podcinał gardło niewidzialnej głowie tkwiącej w szponiastej dłoni Marii.

Studentów Langdona zawsze bawiło to, że Leonardo w końcu ugłaskał bractwo, malując drugą, ugrzecznioną wersję *Madonny ze skał*, na której wszystko jest ułożone bardziej po bożemu. Ta druga wersja, również zatytułowana *Madonna ze skał*, zdobi teraz londyńskie Muzeum Narodowe; Langdonowi znacznie bardziej podobał się intrygujący oryginał z Luwru.

Kiedy Sophie znów nacisnęła na gaz i autko wystrzeliło przez Pola Elizejskie, Langdon znów się odezwał:

— Co z tym obrazem? Co za nim było?

Nie spuszczała oczu z ulicy.

— Pokażę ci, kiedy już będziemy bezpieczni w ambasadzie.

— Pokażesz mi? — Langdon był zdziwiony. — Dziadek zostawił ci jakiś przedmiot?

Sophie skinęła głową.

— Tak, z wygrawerowanym znakiem lilii i literami P. S.

Langdon nie wierzył własnym uszom.

Uda nam się, pomyślała Sophie, kiedy skręcała ostro w prawo obok luksusowego Hôtel de Crillon w kierunku wysadzanej drzewami dzielnicy ambasad i konsulatów. Ambasada amerykańska była o kilometr stąd. Sophie w końcu poczuła, że może zacząć normalnie oddychać.

Przez cały czas, kiedy prowadziła samochód, jej myśli krążyły wokół klucza tkwiącego teraz w kieszeni; nawiedzały ją wspomnienia dnia, kiedy wiele lat temu zobaczyła go pierwszy raz, widziała oczami wyobraźni złotą główkę klucza w kształcie krzyża maltańskiego, jego trójkątny trzpień, wypustki, wygrawerowany znak lilii i litery P. S.

Chociaż przez te wszystkie lata Sophie właściwie w ogóle nie myślała o tym kluczu, to jej zawód i praca związana z wykrywaniem tajemnic i zbieraniem danych nauczyła ją sporo na temat różnych aspektów bezpieczeństwa, tak że teraz szczególny sposób wykonania klucza nie był już tak tajemniczy. Zmienna matryca. Obróbka laserowa. Nie ma możliwości stworzenia drugiego takiego egzemplarza. Tutaj nie było ząbków, które przesuwały zapadki, w tym kluczu skomplikowany zestaw wyżłobionych laserem dziurek był poddawany badaniu elektronicznego oka skanera. Jeżeli oko stwierdzi, że sześciokątne otwory są właściwie rozmieszczone na trzpieniu, w odpowiednich względem siebie pozycjach i w prawidłowych odległościach, wtedy zamek się otworzy.

Sophie nawet nie próbowała sobie wyobrażać, co ten klucz otwiera, ale czuła, że Robert mógłby jej to powiedzieć. W końcu to on opisał znak wygrawerowany na kluczu, nigdy w życiu nie widząc go na oczy. Krzyż maltański u góry klucza sugerował, że należy on do jakiejś organizacji chrześcijańskiej, choć Sophie nie widziała jeszcze kościoła, który posługiwałby się kluczem o niepodrabialnym wzorcu z obróbki laserowej.

Poza tym mój dziadek nie był wcale chrześcijaninem...

Sophie przekonała się o tym niezbicie dziesięć lat temu. Wtedy, jak na ironię, zupełnie inny klucz — znacznie bardziej zwyczajny — odsłonił przed nią jego prawdziwe oblicze.

Było to ciepłe, przyjemne popołudnie. Sophie wylądowała na lotnisku de Gaulle'a w Paryżu i złapała taksówkę do domu. *Grand-père* będzie miał niespodziankę, kiedy mnie zobaczy, mówiła sobie w duchu.

Wróciła właśnie z uczelni w Wielkiej Brytanii na przerwę międzysemestralną kilka dni wcześniej, niż planowała, i nie mogła się doczekać, kiedy się z nim spotka i opowie mu o nowych metodach kodowania, które poznawała w Oksfordzie.

Przyjechała do ich paryskiego mieszkania, tam jednak dziadka nie było. Była rozczarowana, ale wiedziała, że przez parę dni jeszcze jej się nie spodziewał, więc prawdopodobnie pracuje w Luwrze. To przecież sobotnie popołudnie, zdała sobie nagle sprawę. Rzadko pracował w weekendy. Przecież w weekendy zazwyczaj...

Sophie uśmiechnęła się i pobiegła do garażu. Oczywiście, jego samochodu nie było. Był przecież weekend. Jacques Saunière nie znosił jazdy po ulicach miasta, a samochód miał tylko po to, żeby jeździć w jedno miejsce — do wakacyjnego *château* w Normandii, na północ od Paryża. Sophie, po tylu miesiącach pobytu w Anglii, w murach miasta, nie mogła się doczekać, kiedy odetchnie zdrowym powietrzem Normandii. Chciała zacząć wakacje już teraz, już dzisiaj.

Było jeszcze wcześnie, więc postanowiła pojechać natychmiast i zrobić mu niespodziankę. Pożyczyła samochód od koleżanki i ruszyła na północ, serpentynami przez opuszczone, oświetlone światłem księżyca wzgórza niedaleko Creully. Tuż po dziesiątej wieczorem znalazła się na miejscu i skręciła w długi podjazd do domu dziadka. Droga dojazdowa miała ponad półtora kilometra; kiedy była w połowie, zobaczyła dom między drzewami — stary wiejski kamienny pałacyk otoczony drzewami, stojący na zboczu wzgórza.

Sophie spodziewała się, że dziadek o tej porze będzie już spał, i ucieszyła się, kiedy zobaczyła, że dom jest cały rozświetlony. Jej radość zmieniła się jednak w zdziwienie, kiedy przyjechała i okazało się, że na podjeździe parkuje pełno samochodów — mercedesów, bmw, audi i rolls-royce'ów.

Przyglądała się temu zgromadzeniu przez chwilę, a potem wybuchła szczerym śmiechem. Mój dziadek, słynny odludek! Jacques Saunière, jak widać, znacznie mniej stronił od ludzi, niż dawał to po sobie poznać. Chyba dzisiaj, jeszcze pod nieobecność Sophie, wydaje jakieś przyjęcie, a sądząc po markach samochodów, zaprosił najbardziej wpływowych paryżan.

Ciesząc się na niespodziankę, jaką mu zrobi, pobiegła do frontowych drzwi. Okazało się jednak, że są zamknięte. Zapukała. Nikt nie odpowiedział. Zaskoczona i zdumiona, obeszła dom i spróbowała wejść tylnymi drzwiami. One również były zamknięte. Nikt się nie odzywał. Zbita z tropu, stała chwilę w ciszy i nasłuchiwała. Słyszała tylko, jak chłodny wiatr Normandii, wiejąc przez dolinę, szumi niskimi tonami wśród drzew.

Nie było słychać muzyki ani żadnych głosów, nic.

W ciszy pośród wysokich drzew Sophie pospiesznie podeszła do bocznej ściany domu i wdrapała się na stos drewna do kominka, a potem przylgnęła policzkiem do okna salonu. To, co zobaczyła, nie miało żadnego sensu. Nikogo tam nie było! Wyglądało na to, że całe pierwsze piętro jest puste. Gdzie są ci wszyscy ludzie?

Z bijącym sercem Sophie pobiegła do drewutni i znalazła zapasowy klucz, który dziadek trzymał pod pojemnikiem na chrust i szczapy. Pobiegła do drzwi frontowych, otworzyła je

180

i przekroczyła próg. Kiedy weszła do pustego holu, na tablicy kontrolnej systemu alarmowego zaczęło migać czerwone światełko — ostrzeżenie, że osoba, która weszła, ma tylko dziesięć sekund na wstukanie poprawnego kodu, zanim zawyją alarmy. Ma włączony alarm podczas przyjęcia?

Sophie szybko nacisnęła właściwe klawisze kodu i wyłączyła system. Weszła głębiej i okazało się, że cały dom jest pusty. Na górze też nie było nikogo. Zeszła znów do pokoju frontowego i stała przez chwilę w ciszy, zastanawiając się, co się mogło wydarzyć.

Właśnie wtedy do uszu Sophie dobiegł jakiś dźwięk. Przytłumione głosy. Wydało jej się, że dochodzą skądś spod jej stóp. Nie potrafiła sobie wyobrazić skąd. Uklękła i przyłożyła ucho do podłogi. Tak. Wyraźnie słychać było dźwięk gdzieś z dołu. Odgłosy śpiewu czy modlitwy...

Była przerażona. Nie wiedziała, że w tym domu jest piwnica — i to przeraziło ją najbardziej.

Odwróciła się i powiodła oczami po ścianach pokoju frontowego. Jej oczy spoczęły na jedynym przedmiocie, który wydawał się teraz nie na swoim miejscu — ulubiony antyk dziadka, olbrzymi arras z Aubusson, zwykle wisiał na wschodniej ścianie, tuż obok kominka, ale dziś ktoś go przesunął w bok na mosiężnej listwie, na której wisiał, odsłaniając pustą powierzchnię ściany. Podeszła bliżej i wydało jej się, że zaśpiew staje się głośniejszy. Z wahaniem przyłożyła ucho do drewnianej płyty. Głosy były teraz wyraźniejsze. Tak, to na pewno śpiew — słów nie dało się rozróżnić.

Przestrzeń za tą ścianą jest pusta!

Przebiegła palcami po brzegu płyty i znalazła wgłębienie, akurat na palec. Było dyskretnie wyżłobione. Przesuwne drzwi. Z bijącym sercem włożyła palec w puste miejsce i pociągnęła. Bezgłośnie, z precyzją dobrze naoliwionego mechanizmu, ciężka ściana przesunęła się na bok. Gdzieś z ciemności dobiegło echo głosów.

Sophie przeszła przez ukryte drzwi i znalazła się na grubo ciosanych kręconych kamiennych schodach, wiodących w dół. Przyjeżdżała do tego domu od dziecka i nie miała zielonego pojęcia, że takie wejście w ogóle istnieje!

Schodząc, poczuła, że robi się coraz chłodniej. Głosy były wyraźniejsze. Męskie i kobiece. Jej pole widzenia było ograniczone do spirali schodów, ale kiedy zrobiła następny krok, otworzyła się przed nią szersza przestrzeń. Zobaczyła kawałek piwnicznej podłogi — kamiennej, oświetlonej pełgającym pomarańczowym blaskiem żywego ognia.

Wstrzymując oddech, ostrożnie zrobiła jeszcze parę kroków, a potem przykucnęła, żeby popatrzeć. Dopiero po kilku sekundach dotarło do niej, co widzi.

Pomieszczenie przypominało grotę — piwnica o surowych ścianach, chyba wykutych w granicie wzgórza, na którym stał dom. Jedyne światło pochodziło z pochodni płonących na ścianach. W blasku płomieni zobaczyła około trzydziestu osób stojących w kręgu w samym środku pomieszczenia.

Ja chyba śnię, powiedziała sobie Sophie. Na pewno. Bo cóż innego mogłoby to być?

Wszyscy obecni w pomieszczeniu mieli na sobie maski. Kobiety były w białych, zwiewnych szatach i złotych butach. Miały maski białe, a w dłoniach trzymały złote kule. Mężczyźni byli ubrani w luźne czarne tuniki i maski mieli czarne. Wyglądali jak ogromne figury szachowe. Wszyscy stojący w kręgu kiwali się rytmicznie w tył i w przód i śpiewali jakby w hołdzie czemuś, co mieli przed sobą na podłodze. Sophie nie mogła dostrzec, co to było.

Zaśpiew miał teraz równiejsze tempo. Potem przyspieszył, a po chwili zabrzmiał jak grzmot pioruna. Coraz szybciej. Uczestnicy ceremonii zrobili krok w przód i uklękli. I w tym momencie Sophie udało się zobaczyć, co mieli przed sobą. Mimo że, przerażona, cofnęła się natychmiast, poczuła, że ten obraz zapisuje się w jej pamięci na zawsze.

Czując ogarniającą ją falę mdłości, Sophie odwróciła się i trzymając się kamiennej ściany, żeby nie upaść, weszła na schody. Zamknęła drewniane drzwi w ścianie, uciekła z opuszczonego domu i przerażona, zapłakana dojechała jakoś do Paryża.

Tej nocy, kiedy jej życie legło w gruzach pod ciężarem rozczarowania i zdrady, spakowała rzeczy i wyprowadziła się. Na stole w jadalni zostawiła informację:

BYŁAM TAM. NIE PRÓBUJ MNIE SZUKAĆ.

Obok kartki położyła stary zapasowy klucz od domu w Normandii, przechowywany w drewutni.

— Sophie! — Głos Langdona przywołał ją do rzeczywistości. — Zatrzymaj się! Stań!

Sophie otrząsnęła się ze wspomnień i natychmiast nacisnęła mocno na hamulec, zatrzymując się z piskiem opon.

— Co takiego? Co się stało?

Langdon pokazał palcem na ciągnącą się przed nimi długą ulicę.

Kiedy Sophie zobaczyła to, co on widział, poczuła nagły chłód. Około stu metrów przed nimi skrzyżowanie blokowało kilka samochodów policyjnych DCPJ, zaparkowanych na ukos — intencje były jasne. Odcięli avenue Gabriel!

Langdon westchnął ponuro.

— Rozumiem, że do ambasady dzisiaj wieczorem nie mamy wstępu?

Dwaj policjanci DCPJ, którzy stali obok samochodów, patrzyli teraz w ich kierunku i na pewno byli ciekawi, dlaczego światła samochodu, które widzieli przed chwilą, nagle zatrzymały się w miejscu.

Dobrze, Sophie, zawróć, bardzo powoli.

Wrzuciła wsteczny bieg, trzema spokojnymi ruchami odwróciła samochód i po tym manewrze pojechała w drugą stronę. Gdy odjeżdżali, usłyszeli za sobą pisk opon. Potem dźwięk policyjnych syren. Klnąc pod nosem, Sophie przycisnęła pedał gazu.

Rozdział 33

Smart Sophie rwał przez dzielnicę dyplomatyczną, pruł między ambasadami i konsulatami, aż w końcu wypadł z bocznej uliczki, skręcił w prawo i włączył się w gęsty ruch na Polach Elizejskich.

Langdon siedział na miejscu pasażera, zaciskając dłonie w pięści, aż zbielały mu kostki — wykręcony do tyłu, wpatrując się w tylną szybę, żeby się przekonać, czy wozy policyjne siedzą im na ogonie. Nagle zaczął żałować, że zdecydował się na ucieczkę. Ale to przecież nie była jego decyzja, przypomniał sobie. Sophie podjęła ją za niego, kiedy wyrzuciła pluskwę GPS z okna toalety w Luwrze. Teraz, kiedy uciekali spod ambasady, klucząc w ruchu ulicznym między samochodami na Polach Elizejskich, Langdon widział przed sobą coraz mniej możliwości. Chociaż wydawało się, że Sophie zgubiła policję, przynajmniej w tej chwili, wątpił, czy jeszcze długo szczęście będzie im sprzyjać.

Siedząca za kierownicą Sophie szukała czegoś jedną ręką w kieszeni swetra. Wyciągnęła maleńki metalowy przedmiot i podała go Robertowi.

— Przyjrzyj się temu, Robercie. To zostawił mi dziadek za *Madonną ze skał*.

Langdon, czując dreszcz emocji, wziął w rękę przedmiot i zaczął mu się uważnie przyglądać. Był dość ciężki i miał kształt krzyża. W pierwszej chwili wydało mu się, że trzyma w ręku pogrzebowe *pieu* — miniaturową wersję ozdoby nagrobnej, którą umieszcza się w ziemi przy grobie, aby oddać hołd zmarłemu. Spostrzegł jednak, że trzpień wychodzący z krzyża maltańskiego ma kształt graniastosłupa trójkątnego. Jego powierzchnia była pokryta miniaturowymi sześciokątnymi wgłębieniami, które wyglądały na precyzyjnie wyżłobione, lecz przypadkowo rozsiane po powierzchni trzpienia.

— To klucz obrabiany laserowo — powiedziała mu Sophie. — Ten wzorzec odczytuje skaner.

Klucz? — Langdon nigdy nie widział niczego takiego.

— Popatrz na drugą stronę — powiedziała, zmieniając pas ruchu i prześlizgując się przez skrzyżowanie.

Kiedy Langdon obrócił klucz, otworzył usta ze zdumienia. Na drugiej stronie delikatnie wygrawerowany na samym środku krzyża widniał *fleur-de-lis* z literami P.S.

— Sophie — powiedział — to jest właśnie znak, o którym ci mówiłem! Oficjalny znak Zakonu Syjonu.

Skinęła głową.

— Mówiłam ci, że widziałam ten klucz bardzo dawno temu. Dziadek przykazał mi nigdy więcej o nim nie wspominać.

Wzrok Langdona wciąż spoczywał na grawerowanym kluczu. Najnowocześniejsza technologia laserowa, której użyto do jego wykonania, i starożytna symbolika stanowiły niezwykłe połączenie dawnych i nowych światów.

— Dziadek mówił, że klucz otwiera skrzynię, w której chowa swoje tajemnice.

Langdon poczuł dreszcz na plecach, kiedy wyobraził sobie, jakie to sekrety mógł trzymać pod kluczem Jacques Saunière. Co istniejące kilkaset lat bractwo zamykało tym ultranowoczesnym kluczem, tego nie wiedział. Zakon istniał z jednego jedynego powodu — aby chronić pewną tajemnicę. Tajemnicę, która miała niezwykłą moc. Czy ten niewielki klucz może mieć z nią jakiś związek? Ta myśl nie dawała mu spokoju.

— Wiesz, co się nim otwiera?

Sophie wyglądała na rozczarowaną.

— Miałam nadzieję, że ty to wiesz.

Langdon w milczeniu obracał krzyżyk w ręku i przyglądał mu się z bliska.

— Wygląda na chrześcijański? — spytała Sophie.

Langdon nie był pewien. Główka klucza miała kształt nie tradycyjnego chrześcijańskiego krzyża o dłuższym pionowym drzewcu, lecz krzyża w planie kwadratu — o wszystkich ramionach tej samej długości — który datował się na dobre tysiąc pięćset lat przed Chrystusem. Taki krzyż nie miał żadnych związków z chrześcijańskim ukrzyżowaniem, które symbolizuje dłuższy krzyż łaciński, wymyślony przez Rzymian jako narzędzie tortur. Langdona zawsze dziwiło, że tak niewielu chrześcijan, patrząc na krucyfiks, zdaje sobie sprawę, że symbol ich religii jest jednocześnie symbolem historii pełnej przemocy, którą odzwierciedla jego nazwa, bowiem i krzyż, i krucyfiks pochodzą od łacińskiego czasownika *cruciare* — torturować.

— Sophie — odezwał się. — Mogę ci tylko powiedzieć, że krzyże takie jak ten, których ramiona mają tę samą długość, uważa się za krzyże pokoju. Ich budowa w planie kwadratu sprawia, że nie nadają się do ukrzyżowania, a równowaga między elementem pionowym a poziomym przekazuje informację o naturalnej jedności pierwiastka męskiego i kobiecego, co w zakresie symboliki jest zgodne z filozofią zakonu.

Spojrzała na niego zmęczonym wzrokiem.

— Nie masz pojęcia, o co tu chodzi, prawda?

Langdon zmarszczył czoło.

— Najmniejszego.

— Trudno. Musimy zjechać z drogi. — Sophie spojrzała we wsteczne lusterko. — Powinniśmy znaleźć jakieś bezpieczne miejsce i wykoncypować, co ten klucz otwiera.

Langdon pomyślał z tęsknotą o swoim wygodnym pokoju w hotelu Ritz. To oczywiście nie wchodziło w rachubę.

— A może moi gospodarze na uniwersytecie?

— To zbyt oczywiste. Fache na pewno ich sprawdzi.

— Ty chyba kogoś znasz. Przecież tu mieszkasz.

— Fache przejrzy moje spisy telefonów, sprawdzi pocztę w komputerze i porozmawia z moimi współpracownikami. Wszystkie kontakty są spalone, a hotel nie wchodzi w grę, ponieważ tam żądają dokumentów.

Langdon znów zaczął się zastanawiać, czy nie byłoby dla niego lepiej, gdyby Fache aresztował go od razu w Luwrze.

— Zadzwonię do ambasady i wyjaśnię sytuację, a potem poproszę, żeby ktoś przyjechał i gdzieś się z nami spotkał.

— Przyjechał i spotkał się? — Sophie odwróciła się i patrzyła na Langdona, jakby oszalał. — Robercie, ty chyba śnisz. Jurysdykcja waszej ambasady nie rozciąga się nawet na centymetr poza jej mury. Gdyby wysłali kogoś, żeby się z nami spotkał, francuski rząd uznałby takie działanie za pomoc poszukiwanym przestępcom. O tym zapomnij. Wejść do ambasady i poprosić o chwilowy azyl to zupełnie co innego niż poprosić pracowników ambasady, żeby wystąpili przeciwko policji francuskiej w terenie! — Pokręciła głową. — Zadzwoń teraz do ambasady, to ci powiedzą, że aby uniknąć dalszych kłopotów, masz się oddać w ręce Fache'a. Potem przyrzekną ci, że zaczną działać kanałami dyplomatycznymi i będziesz miał uczciwy proces. — Spojrzała na rząd eleganckich sklepów przy Polach Elizejskich. — Ile masz przy sobie gotówki?

Langdon sprawdził w portfelu.

— Sto dolarów. Kilka euro. Dlaczego?

— Masz karty kredytowe?

— Oczywiście.

Kiedy Sophie znów nacisnęła pedał gazu, Langdon miał wrażenie, że obmyśla jakiś plan. Przed nimi, na końcu Pól Elizejskich wznosił się Łuk Triumfalny — pięćdziesięciometrowej wysokości hołd Napoleona dla własnej potęgi militarnej — a otaczało go największe rondo we Francji, dziewięć pasów ruchu.

Kiedy do niego dojeżdżali, Sophie nie spuszczała oczu ze wstecznego lusterka.

— Na chwilę ich zgubiliśmy, ale jeżeli zostaniemy w tym samochodzie, nie mamy szans przetrwać nawet pięciu minut.

Więc ukradnij inny samochód, fantazjował w myślach Langdon, bo przecież teraz jesteśmy przestępcami.

— No więc co robimy?

Sophie nacisnęła na gaz i maleńki smart włączył się do ruchu na rondzie.

— Zaufaj mi.

Langdon nie odpowiedział. Dzisiejszej nocy zaufanie nie zaprowadziło go zbyt daleko. Podciągnął rękaw marynarki i odsłonił zegarek, sprawdzając, która godzina — nosił specjalny zabytkowy zegarek z Myszką Miki, który dostał od rodziców, kiedy miał dziesięć lat. I chociaż jego dziecięcy czasomierz często narażał go na dziwne spojrzenia, nigdy w życiu nie miał innego zegarka; film rysunkowy Disneya to jego pierwszy krok do magii formy i koloru, a Myszka Miki służyła jako codzienne przypomnienie, że należy być młodym duchem. W tej chwili ręce Myszki Miki były ustawione pod dziwnym kątem, wskazując równie dziwną godzinę.

— Druga pięćdziesiąt jeden.

— Interesujący zegarek — zauważyła Sophie, patrząc kątem oka na jego nadgarstek i manewrując małym autkiem wokół szerokiego ronda, po którym samochody poruszały się ruchem odwrotnym do wskazówek zegara.

— To długa historia — mruknął, zasłaniając go rękawem.

— Jakżeby inaczej.

Uśmiechnęła się i zjechała z ronda, kierując się na północ, dalej od centrum miasta. Przejechała dwa zielone światła i przy trzecim skrzyżowaniu skręciła ostro w prawo, na Boulevard Malesherbes. Zostawili za sobą zamożne, obsadzone drzewami ulice dzielnicy dyplomatów i zanurzyli się w ciemniejsze rejony Paryża. Sophie skręciła w lewo i po chwili Langdon zdał sobie sprawę, gdzie są.

Dworzec Saint-Lazare.

Przykryty szklanym dachem dworzec kolejowy przypominał dziwaczną hybrydę hangaru dla samolotów i szklarni. W Europie dworce kolejowe nigdy nie zasypiają. Nawet o tej porze niedaleko głównego wyjścia czekało na klientów kilka taksówek. Sprzedawcy stali przy swoich straganach na kółkach, oferując kanapki i wodę mineralną, a zaspani młodzi chłopcy i dziewczyny z plecakami wyłaniali się ze stacji, przecierając oczy i rozglądając się dookoła, jak gdyby próbowali uzmysłowić sobie, w jakim mieście są dzisiaj. Trochę dalej kilku policjantów z komisariatu dworcowego stało na chodniku, tłumacząc coś zagubionym w wielkim mieście turystom.

Sophie ustawiła samochodzik tuż za linią taksówek i zaparkowała w czerwonej strefie, mimo że po drugiej stronie ulicy było mnóstwo pustych, całkowicie legalnych miejsc parkingowych. Zanim Langdon zdążył zapytać, co się dzieje, już jej nie było w samochodzie. Podeszła pospiesznie do okna taksówki, która stała przed nimi, i zaczęła rozmawiać z kierowcą. Langdon wysiadł, żeby rozprostować nogi, i zobaczył, że Sophie wręcza taksówkarzowi spory plik banknotów. Taksówkarz kiwnął głową, a potem, ku zdziwieniu Langdona, ruszył i zniknął gdzieś, zostawiając ich na dworcu.

— Co się stało? — spytał Langdon, podchodząc do Sophie, która stała przy krawężniku, kiedy taksówka znikała w głębi ulicy.

Sophie już kierowała się do wyjścia na perony.

— Chodź. Kupujemy dwa bilety na najbliższy pociąg wyjeżdżający z Paryża.

Langdon szedł tuż obok niej szybkimi krokami. Podróż, która zaczęła się jako ucieczka do pobliskiej ambasady amerykańskiej, zamieniła się w ewakuację z Paryża. Coraz mniej mu się to podobało.

Rozdział 34

Kierowca, który odbierał biskupa Aringarosę z międzynarodowego lotniska Leonarda da Vinci, podjechał po niego niewielkim, nierzucającym się w oczy czarnym fiatem sedanem. Aringarosa przypomniał sobie czasy, kiedy baza samochodowa Watykanu składała się z wielkich limuzyn błyszczących chromowanymi maskami chłodnic i powiewających flagami z herbem Stolicy Piotrowej. To już przeszłość. Samochody watykańskie były teraz mniej ostentacyjne, niemal z reguły nieoznakowane. Podobno miało to na celu redukcję kosztów, żeby lepiej służyć diecezjom, ale Aringarosa podejrzewał, że bardziej zaważyły względy bezpieczeństwa. Świat oszalał, w wielu częściach Europy demonstrowanie miłości do Jezusa Chrystusa było jak malowanie tarczy strzelniczej na dachu swojego auta.

Zawinąwszy sutannę wokół kolan, Aringarosa wsiadł na tylne siedzenie i przygotowywał się na długą jazdę do Castel Gandolfo. Odbędzie tę samą drogę co pięć miesięcy temu.

Zeszłoroczna podróż do Rzymu, westchnął w duchu. Najdłuższa noc jego życia.

Pięć miesięcy temu telefon z Watykanu wezwał Aringarosę w trybie natychmiastowym do Rzymu. Nie było żadnego wyjaśnienia. Bilety czekają na lotnisku. Stolica Piotrowa napracowała się, żeby nie odsłonić ani rąbka tajemnicy, nawet wobec swoich najwyższych dostojników.

Aringarosa podejrzewał, że za tym tajemniczym wezwaniem kryło się życzenie papieża lub oficjeli Watykanu, by podłączyć się do ostatniego publicznego sukcesu Opus Dei — ukończenia budowy światowej siedziby Opus Dei w Nowym Jorku. Magazyn *Architectural Digest* nazwał budynek Opus Dei „świecącą latarnią katolicyzmu, delikatnie wtopioną w nowoczesny pejzaż miasta", a Watykan przyciągało teraz wszystko, co określano słowem „nowoczesny".

Aringarosa nie miał wyboru i — acz niechętnie — musiał przyjąć zaproszenie. Nie był zwolennikiem obecnej administracji papieskiej i podobnie jak większość konserwatywnych księży z wielkim niepokojem przypatrywał się nowemu papieżowi, który rozpoczynał pierwszy rok swojej posługi. Jego Świątobliwość, niezwykły liberał, zapewnił sobie tron Piotrowy podczas jednego z najbardziej kontrowersyjnych i niezwykłych konklawe w historii Watykanu. Teraz, bynajmniej nieonieśmielony tym nieoczekiwanym wyniesieniem, Ojciec Święty postanowił odciąć się od splendorów zwykle kojarzonych z najwyższym urzędem rzymskim w chrześcijaństwie. Przy bardzo niepokojącym poparciu liberałów w kolegium kardynalskim papież deklarował, że jego misją będzie „odnowa doktryny watykańskiej i wprowadzenie katolicyzmu w trzecie tysiąclecie".

Aringarosa obawiał się, że przekład tego hasła na praktykę może oznaczać, iż papież, tak pewny tego, co robi, chcąc zdobyć serca tych wiernych, w których mniemaniu wymogi prawdziwego katolicyzmu odstają od współczesnego świata, będzie próbował na nowo spisać prawa boskie.

Aringarosa wykorzystywał wszelkie dostępne sobie wpływy polityczne — które były niemałe, zważywszy na poparcie i członkostwo Opus Dei oraz konto bankowe organizacji — by przekonywać papieża i jego doradców, że liberalizacja praw kościelnych nie tylko nie jest świadectwem wiary i odwagi, ale ponadto jest politycznym samobójstwem. Przypominał im, że poprzednia próba złagodzenia praw kościelnych — II sobór watykański, który skończył się fiaskiem — zostawiła po sobie niszczącą spuściznę: coraz mniej ludzi chodzi do kościoła, coraz mniej daje na tacę, nie ma nawet dość księży, żeby obejmować parafie.

Ludzie potrzebują silnej władzy i przewodnictwa Kościoła,

nalegał Aringarosa, a nie przyzwolenia na wszystko i przymykania oczu!

Tamtej nocy, kilka miesięcy temu, kiedy fiat wyjeżdżał z lotniska, Aringarosa był zdziwiony, że nie jadą w kierunku Watykanu, ale na wschód, serpentyną wijącej się w górę drogi.

— Dokąd jedziemy? — spytał kierowcę.

— Na Wzgórza Albańskie. Spotkanie jest w Castel Gandolfo.

W letniej rezydencji papieża? Aringarosa nigdy tam nie był ani nigdy nie pragnął tam pojechać. Oprócz tego, że Castel Gandolfo służyło jako letnia rezydencja papieża, gdzie spędzał wakacje, ta szesnastowieczna cytadela była siedzibą Specula Vaticana — Obserwatorium Watykańskiego, jednego z najbardziej technologicznie zaawansowanych obserwatoriów astronomicznych w Europie. Zawsze, kiedy Kościół próbował bawić się w naukę, Aringarosa czuł się trochę nieswojo. Jakie racje przemawiają za łączeniem nauki i wiary? Nikt, kto ma silną wiarę w Boga, nie może prowadzić w pełni niezależnych badań naukowych. Ani też wiara nie potrzebuje dla siebie żadnego materialnego potwierdzenia.

Niemniej obserwatorium jest tam, gdzie jest, pomyślał, kiedy ujrzał Castel Gandolfo na tle wygwieżdżonego listopadowego nieba. Widziany z drogi dojazdowej zamek przypominał ogromnego kamiennego potwora, który rozważa samobójczy skok w przepaść. Przycupnięty na skraju skały, pochylał się nad kołyską cywilizacji włoskiej — doliną, gdzie klany Curiazi i Orazi walczyły między sobą na długo przed założeniem Rzymu.

Nawet jako sylwetka na tle nieba Castel Gandolfo robił imponujące wrażenie — był przykładem wielokondygnacyjnej architektury obronnej, odzwierciedlającej potęgę płynącą z tego dramatycznego usadowienia na szczycie skały. Aringarosa stwierdził teraz z żalem, że Watykan całkowicie zepsuł budowlę, umieszczając na niej dwie ogromne kopuły z aluminium, w których kryły się teleskopy — kopuły wyrastały ponad poziom dachu, skutkiem czego kiedyś pełna godności budowla wyglądała teraz jak dumny rycerz, któremu założono na głowę dwa śmieszne urodzinowe kapelusiki.

Kiedy Aringarosa wysiadł z samochodu, podbiegł młody jezuita, by go przywitać.

— Witamy, księże biskupie. Jestem ojciec Mangano, tutejszy astronom.

No i dobrze. Aringarosa mruknął coś w odpowiedzi i ruszył za swoim gospodarzem w kierunku westybulu zamkowego — otwartej przestrzeni na parterze, której ozdobą była mieszanina niezdarnego malarstwa renesansowego i astronomicznych fotografii nieboskłonu. Aringarosa kroczył za jezuitą szerokimi marmurowymi schodami, mijając z lewej i z prawej oznaczenia ośrodków konferencyjnych, sal wykładowych i punktów informacji turystycznej. Zdumiewało go, że Watykan, który nie radził sobie z dostarczaniem wiernym niezbędnych wskazówek duchowych, znajduje czas i energię na organizowanie wykładów z astrofizyki dla turystów.

— Proszę mi powiedzieć — zwrócił się Aringarosa do młodego księdza — odkąd to ogon macha psem?

Jezuita spojrzał na niego dziwnie.

— Co proszę, księże biskupie?

Aringarosa machnął ręką, nie chcąc wszczynać dzisiejszego wieczoru tej debaty. Watykan oszalał. Jak leniwy rodzic, któremu łatwiej przychylić się do kaprysów zepsutego dziecka, niż okazać zdecydowanie i wdrażać je do wartości, Kościół wykazuje coraz większy brak zdecydowania, próbując wszelkimi sposobami określić się na nowo, przystosować do kultury, która schodzi na manowce.

Korytarz na najwyższym piętrze był szeroki, wygodnie urządzony i prowadził ku ogromnym dębowym drzwiom, na których umieszczono mosiężną tabliczkę z napisem:

BIBLIOTECA ASTRONOMICA

Aringarosa słyszał już o Bibliotece Astronomicznej Watykanu, w której, jak mówiono, jest ponad dwadzieścia pięć tysięcy tomów, a między innymi takie białe kruki, jak rękopisy Kopernika, Galileusza, Keplera, Newtona i Secchiego. Podobno było to również miejsce spotkań wyższych urzędników papieskich... spotkań, które nie powinny odbywać się w murach Stolicy Piotrowej.

Podchodząc do drzwi, biskup Aringarosa nie miał pojęcia,

jakie szokujące wiadomości zostaną mu przekazane w murach biblioteki i jaką lawinę groźnych wydarzeń uruchomi to spotkanie.

Dopiero godzinę później, kiedy na chwiejnych nogach wychodził na korytarz, zrozumiał w pełni jego potencjalnie niszczące skutki. Za sześć miesięcy!, myślał wtedy. Panie, zmiłuj się nad nami!

Teraz, siedząc we wnętrzu fiata, biskup Aringarosa zdał sobie sprawę, że pięści same mu się zaciskają na myśl o tym pierwszym spotkaniu. Rozluźnił dłonie, odetchnął głęboko i rozprężył mięśnie.

Wszystko będzie dobrze — powiedział sobie, kiedy fiat serpentynami wjeżdżał wyżej, w góry. Żałował, że jego telefon nie dzwoni. Dlaczego Nauczyciel nie zadzwonił? Sylas powinien już mieć klucz sklepienia.

Próbując uspokoić nerwy, biskup medytował i modlił się, wpatrzony w purpurowy ametyst swojego pierścienia. Przebiegł opuszką palca po wygrawerowanym na nim emblemacie i po krawędziach diamentów i uzmysłowił sobie, że władza, którą wkrótce będzie dysponował, jest większa niż ta, którą symbolizuje ten pierścień.

Rozdział 35

Wnętrze dworca Saint-Lazare wyglądało jak setki podobnych stacji kolejowych w Europie — jak olbrzymia jaskinia w środku miasta, zbiorowisko podejrzanych typów — byli tam bezdomni, trzymający przed sobą tekturki z prośbami, byli studenci o mętnych oczach, śpiący na plecakach, z uszami zaklejonymi słuchawkami walkmanów, oraz grupki ubranych na granatowo bagażowych, palących po kątach papierosy.

Sophie podniosła głowę i spojrzała na ogromną tablicę odjazdów i przyjazdów wiszącą pod sufitem. Biało-czarne klapki spadały jak fale, leciały w dół jedna po drugiej, a na tablicy pojawiały się coraz to nowe informacje. Kiedy tablica wreszcie się uspokoiła i ukazały się aktualne czasy odjazdu pociągów, Langdon spojrzał na to, co było do wyboru. Na samym szczycie listy widniało: LILLE — POSPIESZNY — 3.06.

— Szkoda, że nic nie odjeżdża wcześniej — stwierdziła Sophie. — Ten do Lille musi wystarczyć.

Jak to wcześniej? Langdon spojrzał na zegarek i zobaczył, że jest druga pięćdziesiąt dziewięć. Pociąg odjeżdża za siedem minut, a oni jeszcze nie mają biletów.

Sophie podprowadziła Langdona do kasy biletowej i powiedziała:

— Kup dwa bilety i zapłać kartą kredytową.

— Sądziłem, że karty kredytowe można łatwo namierzyć.

— Właśnie.

Langdon postanowił, że już nie będzie próbował wybiegać przed Sophie Neveu. Podał kasjerce kartę Visa, kupił dwa bilety na pospieszny do Lille i wręczył je Sophie.

Sophie wyprowadziła go przed perony, gdzie usłyszeli przez megafony gong zapowiedzi komunikatów dworcowych, a głos dyspozytora oznajmił, że pociąg do Lille jest już gotowy do odjazdu. Przed nimi rozchodziło się na różne strony szesnaście torów. Na prawym torze przy peronie trzecim pociąg do Lille posapywał i pogwizdywał, przygotowując się do odjazdu, ale Sophie już wsunęła Langdonowi rękę pod ramię i prowadziła go w zupełnie innym kierunku. Przeszli szybko przez boczną halę dworcową, obok otwartej całą noc kafejki, a w końcu przez boczne drzwi na cichą uliczkę po zachodniej stronie stacji.

Tuż przy drzwiach stała taksówka, której silnik pracował. Kierowca zobaczył Sophie i mrugnął światłami.

Sophie wskoczyła na tylne siedzenie. Langdon usiadł przy niej i zatrzasnął drzwi.

Kiedy samochód ruszył, Sophie wyciągnęła z kieszeni bilety, które właśnie kupili, i podarła je na strzępy.

Langdon westchnął. Dobrze zainwestowane siedemdziesiąt dolarów. Dopiero kiedy taksówka włączyła się w sznur samochodów jadących na północ, na rue de Clichy, Langdon poczuł, że naprawdę uciekli. Przez okno z prawej strony widział Montmartre i przepiękną kopułę kościoła Sacré-Coeur. Ten obraz zakłócały migoczące niebiesko światła wozów policyjnych, które płynęły obok nich w przeciwnym kierunku.

Langdon i Sophie schylali się, kiedy samochody policyjne przejeżdżały koło ich taksówki.

Sophie powiedziała taksówkarzowi, żeby możliwie szybko wyjechał z miasta; jej zaciśnięte szczęki i nieruchome spojrzenie mówiło Langdonowi, że próbuje zaplanować następny ruch. Raz jeszcze wzięła w rękę klucz w kształcie krzyża i podniósł go do okna, a potem przysunął przed oczy, próbując znaleźć jakieś ślady, które by wskazywały, gdzie ten klucz został wykonany. Kiedy mijali latarnie, przyglądał mu się intensywnie w lepszym świetle, lecz nie zauważył żadnych oznaczeń oprócz symboli lilii.

— To nie ma sensu — powiedział w końcu.

— Co?

— To, że twój dziadek zadał sobie tyle trudu, by dać ci klucz, z którym nie wiesz, co robić.

— Zgadzam się.

— Jesteś pewna, że nie napisał nic więcej z tyłu obrazu?

— Przeszukałam cały teren. Było tam tylko to. Ten klucz wciśnięty za ramę. Zobaczyłam znak zakonu, włożyłam klucz do kieszeni, a potem wyszliśmy.

Langdon zmarszczył brwi, wpatrując się w tępy koniec trójkątnego trzpienia. Nic. Zmrużył oczy, przybliżył klucz do oczu i przyjrzał się dokładnie jego krawędzi. Tam również nic nie było.

— Ten klucz chyba ktoś niedawno czyścił.

— Skąd wiesz?

— Czuć go przemysłowym alkoholem.

Odwróciła się do niego.

— To znaczy?

— Pachnie tak, jakby go ktoś wypolerował jakimś środkiem czyszczącym. — Langdon przysunął klucz do nosa i powąchał. — Po drugiej stronie mocniej. — Odwrócił klucz. — Tak, to na pewno środek na alkoholu, pachnie, jakby go ktoś przecierał środkiem czyszczącym albo... — Langdon urwał w pół słowa.

— Albo co?

Przekręcił klucz i przyjrzał się gładkiej powierzchni na szerokim ramieniu krzyża. Wyglądało na to, że miejscami pobłyskuje... jakby była mokra.

— Przyjrzałaś się dokładnie temu kluczowi z tyłu, zanim włożyłaś go do kieszeni?

— Co takiego? Nie, niezbyt dokładnie. Bardzo się spieszyłam.

— Masz jeszcze przy sobie tę latareczkę?

Sophie sięgnęła do kieszeni i wyciągnęła latarkę na promienie ultrafioletowe. Langdon wziął ją w rękę i zapalił, a potem skierował promień na tylną stronę klucza.

Powierzchnia klucza natychmiast zaświeciła. Było tam coś napisane. Odręcznie, pospiesznie, ale słowa były czytelne.

— No cóż — powiedział Langdon, uśmiechając się. — Chyba już wiemy, skąd pochodził zapach alkoholu.

Sophie przyglądała się zdziwiona purpurowym literom na tylnej części klucza.

24 rue Haxo

— To adres! Dziadek zapisał mi adres!
— Gdzie to jest? — spytał Langdon.
Sophie nie miała pojęcia. Podniecona, pochyliła się ku kierowcy.
— *Connaissez-vous la rue Haxo?*
Kierowca pomyślał chwilę, a potem kiwnął głową. Powiedział, że to niedaleko stadionu tenisowego w zachodniej części miasta, już na obrzeżach Paryża. Poprosiła, żeby ich tam natychmiast zawiózł.
— Najszybciej się dojedzie przez Lasek Buloński — powiedział kierowca. — Może być?
Sophie zmarszczyła się. Przyszło jej do głowy kilka przyzwoitych tras, ale postanowiła, że dziś w nocy nie będzie wybredna.
— *Oui.*
A niech tam, zaszokujemy naszego gościa z Ameryki. Sophie raz jeszcze spojrzała na tył klucza — co takiego znajdą na rue Haxo pod numerem dwadzieścia cztery? Kościół? Jakąś główną siedzibę zakonu?
Znowu przypomniała sobie obrazy tajnego rytuału, którego była świadkiem w grocie pod podłogą domu dziadka dziesięć lat temu, i westchnęła ciężko.
— Tyle muszę ci jeszcze opowiedzieć, Robercie. — Zamilkła, patrząc mu w oczy, kiedy taksówka ruszyła na zachód. — Ale najpierw chciałabym, żebyś ty opowiedział mi wszystko, co wiesz o Zakonie Syjonu.

Rozdział 36

Bezu Fache stał przed Salle des Etats i patrzył z wściekłością na pracownika ochrony Luwru, który tłumaczył, jak Sophie i Langdon go rozbroili. Dlaczego nie strzelał w ten cholerny obraz!

— Panie kapitanie? — od strony stanowiska dowodzenia zmierzał ku nim porucznik Collet. — Panie kapitanie, właśnie się dowiedziałem. Znaleziono samochód agentki Neveu.

— Udało jej się dotrzeć do ambasady?

— Nie. Na stację kolejową. Kupili dwa bilety. Pociąg właśnie odjechał.

Fache oddalił gestem dłoni strażnika Luwru Grouarda i zaprowadził Colleta do pobliskiej niszy sali muzealnej.

— Dokąd pojechali? — spytał przyciszonym głosem.

— Do Lille.

— Sophie prawdopodobnie robi nas w konia. — Fache wypuścił powietrze z płuc, formułując nowy plan. — Dobrze. Zawiadomcie najbliższą stację, niech zatrzymają i przeszukają pociąg, dla pewności. Zostawcie ich samochód na miejscu, niech go pilnują funkcjonariusze w cywilu, na wypadek, gdyby przyszło jej do głowy po niego wrócić. Wyślijcie agentów, żeby przeszukali ulice wokół stacji, a nuż nasi uciekinierzy ruszyli piechotą. Czy ze stacji jeżdżą jakieś autobusy?

— Nie o tej porze, panie kapitanie. Są tylko taksówki.

— Dobrze. Wypytajcie kierowców. Spytajcie, czy coś wi-

dzieli. Potem skontaktujcie się z dyspozytorem firmy taksów-
kowej i przekażcie mu opisy. Ja dzwonię do Interpolu.

Collet był zdumiony.

— Będzie ich pan szukał otwartymi kanałami?

Fache ubolewał, że musi się narażać na tłumaczenie i zakłopotanie, ale uważał, że nie ma innego wyjścia.

Należy zacisnąć sieć szybko i szczelnie.

Najważniejsza jest pierwsza godzina. W ciągu pierwszej
godziny po ucieczce ruchy wszystkich uciekinierów da się
przewidzieć. Potrzebują zawsze tego samego. Środka loko-
mocji. Schronienia. Pieniędzy. Święta trójca. A żeby błyskawicznie odebrać im wszystkie trzy narzędzia, potrzebna
jest pomoc Interpolu. Faksując fotografie Langdona i Sophie
do odpowiednich instancji nadzorujących podróże, hotele
i banki, Interpol nie da im żadnych możliwości — nie będą
mogli wyjechać z miasta, nie będą mieli gdzie się ukryć
ani pobrać gotówki, nie narażając się na ryzyko rozpoznania.
Uciekinierzy zazwyczaj panikują i robią jakieś niemądre posunięcie. Kradną samochód. Napadają na sklep. W desperacji
idą do bankomatu. Każdym takim krokiem zdradzają miejsce
swojego pobytu.

— Ale tylko Langdona? — upewniał się Collet. — Nie każe
pan chyba szukać Sophie Neveu. Jest naszą agentką.

— Oczywiście, że każę szukać i jej! — odparł Fache. —
Cóż nam przyjdzie z tego, że namierzymy Langdona, jeśli ona
będzie mogła za niego zrobić całą brudną robotę? Mam zamiar
sprawdzić wszystkie akta Neveu — jej znajomych, rodzinę,
kontakty osobiste — wszystkich, do których mogłaby się zwrócić o pomoc. Nie wiem, co jej strzeliło do głowy i jakie ma
zamiary, ale to będzie ją kosztować znacznie więcej niż tylko
posadę!

— Chce pan, żebym pracował tu czy w terenie?

— W terenie. Niech pan jedzie na stację kolejową i ko-
ordynuje pracę ekipy. Ma pan w rękach wszystkie sznurki,
ale niech pan nie robi żadnych ruchów beż porozumienia
ze mną.

— Tak jest, panie kapitanie. — Colleta już nie było.

Fache czuł, że cały zesztywniał, stojąc w niszy galerii. Za

oknem świeciła szklana piramida, a jej odblaski falowały w kałużach, w które dmuchał wiatr. Prześliznęli mi się między palcami. Powiedział sobie, że musi się odprężyć.

Nawet dobrze wyszkolony agent może mówić o szczęściu, jeśli uda mu się przetrwać napór wszechstronnych działań Interpolu. A kobieta kryptolog i nauczyciel akademicki?

Wpadną, nim nadejdzie świt.

Rozdział 37

Zalesiony teren parkowy znany jako Lasek Buloński paryżanie nazywali różnie, ale ci, którzy dobrze znają miasto, mówili, że to „ogród ziemskich rozkoszy". To określenie nie zawiera jednak szczególnie pochlebnych treści. Każdy, kto widział kiedyś płótna Boscha ilustrujące ziemskie rozkosze, zrozumie aluzję — jego obraz o tym samym tytule, podobnie jak Lasek Buloński, ukazuje świat ciemny i zwyrodniały, jak czyściec dla świrusów i fetyszystów. Wijące się alejki Lasku Bulońskiego roją się nocą od setek błyszczących ciał do wynajęcia, kłębią się od „ziemskich rozkoszy", które zaspokoją najgłębsze niewypowiedziane pragnienia — mężczyzn, kobiet i wszystkiego, co pomiędzy.

Kiedy Langdon zbierał myśli i zastanawiał się, w jaki sposób opowie Sophie o Zakonie Syjonu, taksówka wjechała przez okolony drzewami wjazd na teren lasku i ruszyła na zachód alejką z kocich łbów. Langdon miał problemy z koncentracją, jako że grupka nocnych rezydentów parku już wyłaniała się z cieni i eksponowała swój towar w ostrym świetle reflektorów samochodu. Przed nimi dwie półnagie nastolatki rzucały płomienne spojrzenia do wnętrza taksówki. Dalej, dobrze naoliwiony czarnoskóry mężczyzna w sznurkowych majteczkach obrócił się do nich tyłem i napinał pośladki. Tuż za nim wspaniała blondyna podnosiła minispódniczkę, by pokazać, że w gruncie rzeczy nie jest kobietą.

O nieba, ratunku! Langdon odwrócił wzrok, nie chcąc już na to patrzeć, i wziął głęboki oddech.

— Opowiedz mi o Zakonie Syjonu — poprosiła Sophie.

Langdon skinął głową i pomyślał, że dość trudno wyobrazić sobie mniej stosowne tło dla legendy, którą miał opowiedzieć. Zastanawiał się, od czego zacząć. Historia bractwa obejmowała przecież tysiąc lat... Była to zadziwiająca kronika tajemnic, szantażu, zdrady, a nawet brutalnych tortur z rozkazu rozsierdzonego papieża.

— Zakon Syjonu — zaczął — został założony w Jerozolimie w tysiąc dziewięćdziesiątym dziewiątym roku przez późniejszego francuskiego króla Jerozolimy, Godfryda z Bouillon, po zdobyciu miasta.

Sophie skinęła głową i patrzyła na niego uważnie.

— Król Godfryd był podobno w posiadaniu wielkiej tajemnicy, którą przechowywano w jego rodzie od czasów Chrystusa. Obawiając się, by tajemnica nie zeszła do grobu wraz z nim, założył tajne bractwo — Zakon Syjonu — i powierzył mu zadanie ochrony tej tajemnicy, która miała być przekazywana z pokolenia na pokolenie. Kiedy zakon rezydował w Jerozolimie, członkowie bractwa dowiedzieli się, że w ruinach Świątyni Heroda zakopane są pewne dokumenty. Świątynię Heroda zbudowano na ruinach fundamentów Świątyni Salomona. Bracia byli przekonani, że dokumenty te poświadczają wielką tajemnicę Godfryda i są tak doniosłe, że Kościół nie zawaha się przed niczym, by je przejąć.

Sophie patrzyła na niego niepewnie.

— Zakon poprzysiągł, że wcześniej czy później — czas nie ma znaczenia — dokumenty te zostaną wydobyte spod gruzów Świątyni i zabezpieczone, tak aby zawarta w nich prawda nigdy nie umarła. W tym celu powołał do życia ramię zbrojne — grupę dziewięciu rycerzy zwanych Zakonem Ubogich Rycerzy Chrystusa i Świątyni Salomona, szerzej znanych w historii pod nazwą templariuszy.

Sophie spojrzała ze zrozumieniem.

Langdon wielokrotnie wykładał historię templariuszy i wiedział, że prawie każdy o nich słyszał, a co najmniej znał nazwę. Naukowcom historia templariuszy jawiła się jako grząski grunt, na którym fakty, legendy i dezinformacje tak się ze sobą splotły, że wyłuskanie prawdy było prawie niemożliwe. Ostatnio coraz rzadziej mówił o templariuszach, ponieważ każda wzmianka prowadziła do pytań i dociekań rodem ze spiskowej teorii dziejów.

— Powiadasz — odezwała się Sophie nieco stropiona — że templariusze to odnoga Zakonu Syjonu utworzona dla odzyskania zbioru tajnych dokumentów? Ja sądziłam, że templariuszy powołano do życia po to, żeby chronili Ziemię Świętą.

— To dość powszechne mniemanie. Ale fałszywe. Hasła ochrony pielgrzymów to tylko kamuflaż właściwej misji templariuszy. Ich prawdziwym celem w Ziemi Świętej było odzyskanie dokumentów spod ruin Świątyni.

— I znaleźli te dokumenty?

— Nikt nie wie tego na pewno, ale wszyscy badacze zgadzają się co do jednego — templariusze coś odkryli w ruinach... Coś, co dało im bogactwo i władzę, którą trudno sobie wyobrazić.

Langdon naszkicował jej krótko ogólnie przyjętą wersję historii templariuszy. Znaleźli się oni w Ziemi Świętej podczas drugiej wyprawy krzyżowej i zwrócili się do króla Baldwina II, by zezwolił im na czuwanie nad bezpieczeństwem pielgrzymów na drogach. Ponieważ zaprzysięgli ubóstwo i nie pobierali opłat za swoje usługi, zwrócili się do króla z prośbą o schronienie i uzyskali zgodę na zamieszkanie w budynkach stajni pod ruinami Świątyni. Król Baldwin przystał na prośbę rycerzy zakonnych i templariusze rozgościli się we wnętrzu zrujnowanej Świątyni.

Ten dziwny wybór kwater, wyjaśnił Langdon, nie był przypadkowy. Rycerze byli przekonani, że dokumenty, których szuka zakon, są zakopane głęboko pod ruinami — poniżej Świętego Świętych, miejsca, gdzie, jak wierzyli Żydzi, mieszkał sam Bóg. Przez niemal dziesięć lat dziewięciu rycerzy żyło w ruinach, prowadząc wykopaliska i przekopując się w tajemnicy przez litą skałę.

— I mówisz, że coś odkryli?

— Z pewnością — odparł Langdon i wyjaśnił, że wprawdzie zabrało im to dziesięć lat, ale rycerze w końcu znaleźli to, czego szukali. Wydobyli skarb ze Świątyni i pojechali do

Europy, gdzie ich wpływy w bardzo krótkim czasie stały się niezwykle silne.

Nikt nie wie, czy rycerze dopuścili się szantażu na Rzymie, czy też Kościół po prostu podjął próbę kupienia ich milczenia, ale papież Innocenty II wydał bezprecedensową bullę, która dawała im całkowitą niezależność, stwierdzała, że stanowią „prawo sami dla siebie", są niezależną od nikogo armią, niepodlegającą ani królom, ani prałatom, żadnej władzy kościelnej, papieskiej ani świeckiej.

Mając teraz *carte blanche* z Rzymu, templariusze zaczęli się rozprzestrzeniać w zadziwiającym tempie, zarówno jeśli chodzi o liczbę braci zakonnych, jak i ich siłę polityczną, przejmując i wykupując ogromne latyfundia w wielu krajach. Zaczęli pożyczać pieniądze podupadłym rodom królewskim, żądając, rzecz jasna, procentów. W ten sposób założyli nowoczesny system bankowy i nadal rozszerzali swoje wpływy.

Około roku tysiąctrzechsetnego, dzięki wspomnianej bulli Innocentego II, templariusze zgromadzili w swoich rękach taką władzę, że papież Klemens V postanowił coś z tym zrobić. W porozumieniu z królem Francji Filipem IV Pięknym papież nakreślił przemyślny plan operacji, która miała doprowadzić do zniszczenia templariuszy i przejęcia ich skarbu, a tym samym zawładnięcia tajemnicami zakonu. Podczas manewru wojskowego, którego nie powstydziłaby się CIA, papież Klemens V wydał tajne rozkazy, na których pieczęć miano złamać jednocześnie w całej Europie w piątek, trzynastego października tysiąc trzysta siódmego roku.

Rankiem w wyznaczonym dniu dokumenty rozpieczętowano i odczytano ich przerażającą treść. W liście papież Klemens oznajmiał, że miał widzenie — nawiedził go sam Bóg i ostrzegł, że templariusze to heretycy winni oddawania czci diabłu, homoseksualizmu, świętokradztwa wobec Krzyża, sodomii i innych grzesznych czynów. Bóg poprosił papieża Klemensa, by ten oczyścił ziemię z szumowin i pojmał templariuszy, a potem torturował ich tak długo, aż wyznają wszystkie winy wobec Chrystusa. Makiaweliczna operacja papieża Klemensa udała się doskonale. Wszystko poszło jak w zegarku. Tego dnia pojmano rzesze templariuszy, torturowano ich bezlitośnie, a potem palono na stosach jako heretyków. Echa tej tragedii obecne są do dziś w naszej kulturze, a piątek trzynastego jest uznawany za dzień przynoszący pecha.

— I templariusze zostali wyniszczeni? — Sophie była zbita z tropu. — Mnie się wydawało, że bractwa templariuszy istnieją do dzisiaj.

— Istnieją, ale pod innymi nazwami. Mimo fałszywych oskarżeń papieża Klemensa i mimo że robił, co w jego mocy, by zatrzeć po nich wszelki ślad, nie udało się to do końca, bo templariusze mieli potężnych sprzymierzeńców, a niektórzy wymknęli się czystkom watykańskim. Prawdziwym celem działań Klemensa były dokumenty, które templariuszom udało się w końcu odnaleźć, a które podobno stanowiły źródło ich władzy, ale prześliznęły mu się między palcami. Te dokumenty od dawien dawna są zawierzone Zakonowi Syjonu, z którego inspiracji powstali templariusze, a który zasłona tajemnicy chroni przed kolejnymi atakami Watykanu. Kiedy Watykan był blisko celu, zakonowi udało się wywieźć dokumenty z Paryża pod osłoną nocy i ukryć na galerach templariuszy w porcie La Rochelle.

— I dokąd popłynęły?

Langdon wzruszył ramionami.

— Odpowiedź na tę zagadkę zna tylko Zakon Syjonu. Ich losy są dziś źródłem nieustannych dociekań i spekulacji; prawdopodobnie były wielokrotnie przenoszone i ukrywane w różnych miejscach. Ostatnio mówi się, że są ukryte gdzieś w Wielkiej Brytanii.

Przez tysiąc lat przekazywano sobie z ust do ust i z pokolenia na pokolenie legendy o tej tajemnicy. Cały zbiór dokumentów, jego moc i tajemnica, którą ujawnią, otrzymały wspólną nazwę — Sangreal. Napisano o nim setki książek, jest jedną z nielicznych tajemnic ludzkości, która wciąż i nieodmiennie intryguje historyków.

— Sangreal? Czy to słowo ma coś wspólnego z francuskim *sang* albo z hiszpańskim *sangre*, co znaczy krew?

Langdon skinął głową. Koncepcja krwi leży u podstaw Sangreala, ale nie w ten sposób, jak Sophie sobie to wyobrażała.

— Legenda jest skomplikowana, ale najważniejszą rzeczą, o której trzeba pamiętać, jest to, że zakon pilnie strzeże dowodu, rozmyślnie czeka na właściwy moment w historii, żeby ujawnić prawdę.

— Jaką prawdę? Jaka tajemnica mogłaby być aż tak potężna?

Langdon wziął głęboki oddech i wyjrzał przez okno na wnętrzności Paryża ukryte w ciemności.

— Sangreal to bardzo stare słowo, Sophie. Ewoluowało przez lata i teraz ma inną, bardziej nowoczesną formę. — Przerwał. — Zaraz się przekonasz, że znasz to pojęcie i sporo o nim wiesz. W gruncie rzeczy chyba każdy kiedyś słyszał o Sangrealu.

— Ja nie słyszałam — zauważyła sceptycznie Sophie.

— Na pewno słyszałaś. — Langdon uśmiechnął się. — Tylko pod inną nazwą, słyszałaś przecież o Świętym Graalu.

Rozdział 38

On chyba żartuje — pomyślała Sophie.

— Święty Graal?

Langdon skinął głową.

— Święty Graal to to samo co Sangreal. Pochodzi od francuskiego *Sangraal*, które potem zmieniło się w Sangreal, a w końcu rozdzieliło na dwa słowa San Greal.

Święty Graal. Sophie była zdziwiona, że sama nie zauważyła związków etymologicznych. Mimo to jeszcze nie widziała sensu w wywodach Langdona.

— Zawsze uważałam, że Święty Graal to kielich. A ty mówisz, że Sangreal to jakieś dokumenty, które zawierają mroczne tajemnice.

— Tak, ale dokumenty Sangreala to tylko połowa skarbu Świętego Graala. Są ukryte razem z samym Graalem... i w nich zapisana jest jego istota. Dokumenty te dały templariuszom wielką władzę, ponieważ na ich stronicach znajduje się prawda o samym Graalu.

Prawda o Graalu? Sophie czuła się teraz jeszcze bardziej zagubiona. Sądziła, że Święty Graal to kielich, z którego Jezus pił podczas ostatniej wieczerzy i do którego potem Józef z Arymatei zebrał krew z jego przebitego boku.

— Święty Graal to kielich Chrystusa — powiedziała. — Przecież to zupełnie proste.

— Sophie — szepnął Langdon, pochylając się w jej stronę — zgodnie z tym, co mówi historia Zakonu Syjonu, Święty Graal to nie jest kielich. Legenda o Graalu... legenda o kielichu... to zmyślnie ułożona alegoria, kielich służy jako metafora czegoś innego, co ma o wiele większe znaczenie. — Zamilkł. — Czegoś, co doskonale współgra z tym, o czym dzisiejszej nocy chciał nam powiedzieć twój dziadek, wraz ze wszystkimi symbolicznymi odniesieniami do sakralności kobiecej.

Sophie, widząc cierpliwy uśmiech Langdona, niepewna, co ma myśleć, wiedziała, że Robert rozumie jej zagubienie.

— Czym więc jest Święty Graal, jeśli nie kielichem?

Langdon spodziewał się, że to pytanie padnie, ale wciąż nie był zdecydowany, co odpowiedzieć. Gdyby udzielił teraz odpowiedzi, nie rysując najpierw właściwego tła historycznego, Sophie byłaby tylko niepomiernie zdziwiona — tak jak jego wydawca kilka miesięcy temu, kiedy wręczył mu niezupełnie jeszcze gotowy maszynopis swojej najnowszej książki.

— Że co? Stwierdzasz tu, że... — wydawca zakrztusił się, odstawił kieliszek z winem i spojrzał pustym wzrokiem na swój napoczęty lunch. — Chyba nie mówisz poważnie.

— Całkiem poważnie. Pracowałem nad tym rok. Zbierałem materiały.

Słynny nowojorski wydawca Jonas Faukman szarpał nerwowo swoją kozią bródkę. W długiej karierze zawodowej słyszał o najrozmaitszych szalonych pomysłach na książki, ale ten zdumiał go jak żaden.

— Robercie — powiedział w końcu — nie zrozum mnie źle. Uwielbiam twój styl. Dużo razem przeszliśmy. Ale jeżeli opublikuję coś takiego, będę miał przed swoim biurem pikiety. Poza tym to zniszczy twoją reputację. Jesteś historykiem z Harvardu, na Boga, a nie efemerydą kultury pop. Nie gwiazdą jednego programu, która kombinuje, jak by tu zarobić szybko parę groszy. Gdzie znajdziesz wystarczająco wiarygodne dowody na poparcie tej teorii?

Langdon uśmiechnął się spokojnie, wyciągnął z kieszeni tweedowej marynarki kartkę i wręczył ją Faukmanowi. Była to bibliografia — ponad pięćdziesiąt tytułów, książek dobrze znanych historyków, zarówno współczesnych, jak i starych, jeszcze sprzed kilkuset lat, z których wiele to bestsellery naukowe. Wszystkie pozycje oscylowały wokół tej samej tezy, którą postawił Langdon. Faukman przeczytał listę, a na jego twarzy pojawił się taki wyraz, jakby właśnie odkrył, że ziemia jest płaska.

— Znam tych autorów. To są... prawdziwi historycy!

— Jak widzisz, Jonasie, to nie tylko moja teoria. Tłucze się po świecie już jakiś czas. Ja tylko na niej buduję. Nie ma jeszcze książki, która by zanalizowała legendy o Świętym Graalu z punktu widzenia symboliki. Dowody ikonograficzne, które znajduję na poparcie swojej teorii, są, jak by to powiedzieć, zadziwiająco mocne.

— Boże — Faukman nie odrywał wzroku od listy — wśród autorów jest nawet sir Leigh Teabing, historyk brytyjskiej rodziny królewskiej.

— Teabing większość życia poświęcił na studiowanie i badanie dokumentów związanych ze Świętym Graalem. Miałem okazję go poznać. To on mnie zainspirował do napisania tej książki. Jest to człowiek, który wierzy w to, co mówi, podobnie jak wierzą wszyscy pozostali na tej liście.

— Chcesz powiedzieć, że wszyscy ci historycy są naprawdę przekonani... — Faukman przełknął ślinę, bo nie mógł głośno wypowiedzieć tych słów.

— Święty Graal jest z pewnością najpilniej poszukiwanym skarbem w historii ludzkości. Graal zrodził wiele legend, był u źródeł wojen i stanowił obiekt poszukiwań trwających nieraz całe życie. Czy to naprawdę mógłby być tylko kielich? Gdyby tak, to zapewne także inne relikwie powinny wywoływać podobne albo jeszcze większe zainteresowanie — korona cierniowa, krzyż, na którym ukrzyżowano Chrystusa, fragment inskrypcji z krzyża — a jednak tak nie jest. Przez wieki Święty Graal był w historii czymś szczególnym. Teraz wiesz dlaczego.

— Ale jeżeli napisano o tym tyle książek — kręcił głową Faukman — to dlaczego ta teoria nie jest szerzej znana?

— Te książki nie mogą skutecznie współzawodniczyć z wielowiekową historią, zwłaszcza kiedy tę historię opowiada niekwestionowany bestseller wszech czasów.

Faukman wytrzeszczył oczy.

— Chyba nie powiesz, że *Harry Potter* też jest o Świętym Graalu.

— Miałem na myśli Biblię.

— Przecież wiem — skrzywił się Faukman.

— *Laissez-le!* — Ostre słowa Sophie rozerwały ciszę panującą w taksówce jak wystrzał z pistoletu. — Odłóż to!

Langdon aż podskoczył, kiedy Sophie pochyliła się do przodu i zaczęła wrzeszczeć na taksówkarza. Langdon zobaczył, że kierowca trzyma w ręku mikrofon swojej krótkofalówki i coś do niego mówi.

Sophie odwróciła się i włożyła rękę do kieszeni tweedowej marynarki Langdona. Zanim zdążył się zorientować, o co chodzi, wyciągnęła stamtąd pistolet i wcisnęła lufę w tył głowy kierowcy. Taksówkarz natychmiast opuścił mikrofon i podniósł wolną rękę.

— Sophie! Co, do cholery... — jąkał się Langdon.

— *Arrêtez!* — rozkazała Sophie taksówkarzowi.

Roztrzęsiony kierowca posłuchał, zatrzymał samochód i zaciągnął hamulec.

Wtedy dopiero Langdon usłyszał metaliczny głos dyspozytora wydobywający się z głośnika krótkofalówki.

— *...qui s'apelle agent Sophie Neveu* — trzeszczało radio. — *Et un Américain, Robert Langdon...*

Langdon poczuł, że tężeją mu mięśnie. Już nas znaleźli?

— *Descendez* — poleciła Sophie.

Kierowca wysiadł z rękami nad głową, a potem zrobił kilka kroków w tył.

Sophie opuściła szybę po swojej stronie i mierzyła z pistoletu do zdezorientowanego taksówkarza, stojącego kilka metrów od swojego auta.

— Robercie — powiedziała cicho. — Siadaj za kierownicą. Ty prowadzisz.

Langdon nie zamierzał się kłócić z kobietą wymachującą bronią. Wysiadł z samochodu i wskoczył na siedzenie kierowcy. Taksówkarz, wciąż z rękami w górze, klął na czym świat stoi.

— Mój drogi — powiedziała Sophie z tylnego siedzenia — chyba już dość się napatrzyłeś na nasz cudowny lasek?

Skinął głową.

— To dobrze. W takim razie zmywamy się stąd.

Langdon spojrzał na deskę rozdzielczą i zawahał się. Cholera. Pomacał ręką, potem nogą, szukając sprzęgła i dźwigni zmiany biegów.

— Sophie? Może byś ty...

— Jedź! — zawołała.

Tymczasem kilka dziwek już podchodziło, żeby zobaczyć, co się dzieje. Jakaś kobieta naciskała guziczki telefonu komórkowego. Langdon wcisnął sprzęgło i pchnął drążek biegów tam, gdzie spodziewał się znaleźć jedynkę. Dotknął nogą pedału gazu, sprawdzając, jak to działa. Puścił sprzęgło. Samochód wyrwał do przodu z piskiem opon, niemal taranując zbierający się tłumek, gapie w popłochu odskakiwali na boki. Kobieta z telefonem komórkowym przewróciła się, niewiele brakowało, a Langdon byłby ją przejechał.

— *Doucement!* — powiedziała Sophie, kiedy samochód pędził drogą. — Co ty wyrabiasz?

— Próbowałem cię ostrzec — odpowiedział, przekrzykując rzężenie skrzyni biegów — ja jeżdżę samochodami z automatyczną skrzynią biegów!

Rozdział 39

Chociaż spartańskie wnętrze pokoju w budynku z piaskowca przy rue la Bruyère było już świadkiem wielu cierpień, chyba nic nie mogło się równać z bólem i cierpieniem, które teraz targały ciałem Sylasa. Zostałem oszukany. Wszystko stracone. Sylas dał się zwieść. Bracia kłamali, woleli umrzeć, niż ujawnić tajemnicę. Sylas nie miał siły, żeby zadzwonić do Nauczyciela. Nie tylko zabił cztery osoby, które naprawdę wiedziały, gdzie jest schowany klucz sklepienia, ale zabił też zakonnicę w kościele Saint-Sulpice. Ona chciała zmieniać plan Boży! Szydziła z Opus Dei!

Była to zbrodnia w afekcie, ale śmierć tej kobiety bardzo wszystko skomplikowała. Sylas dostał się do Saint-Sulpice dzięki telefonowi biskupa Aringarosy — co teraz pomyśli opat, kiedy odkryje, że zakonnica nie żyje? Chociaż Sylas położył ją z powrotem do łóżka, rany na głowie nie da się ukryć. Próbował też poskładać w całość płytę podłogową, ale i tu ślady były zbyt oczywiste. Będą wiedzieli, że ktoś tam był.

Sylas miał zamiar ukryć się w Opus Dei, kiedy jego misja dobiegnie końca. Biskup Aringarosa mnie ochroni. Trudno mu sobie wyobrazić szczęśliwszą egzystencję niż życie poświęcone medytacji, modlitwie gdzieś za murami kwatery głównej Opus Dei w Nowym Jorku. Przyrzekł sobie, że nigdy już nie wyjdzie na ulicę. Wszystko, czego potrzebował, było w murach sanktuarium. Nikt nie odczuje tego jako straty. Niestety, człowiekowi tak znanemu jak biskup Aringarosa trudno będzie zniknąć.

Naraziłem biskupa. Sylas wpatrywał się tępo w podłogę i zastanawiał, czy nie odebrać sobie życia. W końcu to właśnie Aringarosa podarował mu życie... W tej niewielkiej parafii w Hiszpanii, gdzie nauczył go wszystkiego, dał mu cel istnienia.

— Mój przyjacielu — mówił mu Aringarosa — urodziłeś się jako albinos. Nie pozwól, żeby inni cię za to obwiniali. Czy rozumiesz, że dzięki temu jesteś kimś bardzo szczególnym? Wiesz, że sam Noe był albinosem?

— Noe z arki? — Sylas nigdy o tym nie słyszał.

— Tak, ten Noe z arki — uśmiechnął się Aringarosa. — Był albinosem. Tak jak ty miał skórę białą jak anioł. Pomyśl o tym. Noe zbawił i uratował życie na naszej planecie. Jesteś przeznaczony do wielkich czynów, Sylasie. Pan nasz nie uwolnił cię z kajdan bez powodu. Masz powołanie. Pan potrzebuje cię, byś wykonywał Jego dzieło.

Z czasem Sylas nauczył się widzieć siebie samego w innym świetle. Jestem czysty. Biały. Nieskazitelny. Jak anioł. Na razie jednak w tym surowym pomieszczeniu w murach Opus Dei słyszał tylko głos swego ojca, rozczarowany głos szepczący mu na ucho gdzieś z głębin przeszłości.

Tu es un désastre. Un spectre.

Sylas ukląkł na drewnianej podłodze i modlił się o przebaczenie. Potem zrzucił z siebie habit i znowu sięgnął po dyscyplinę.

Rozdział 40

Walcząc z drążkiem skrzyni biegów, Langdon z trudem wyprowadził porwaną taksówkę na drugi koniec Lasku Bulońskiego, przy czym tylko dwa razy zgasł mu silnik. Nie cieszył ich, niestety, humorystyczny aspekt tej sytuacji, ponieważ dyspozytor przedsiębiorstwa taksówkowego wciąż wywoływał ich przez radio.

— *Voiture cinq-six-trois. Où êtes-vous? Répondez!*

Przy wyjeździe z parku Langdon przełknął męską dumę i nacisnął hamulec.

— Lepiej ty prowadź.

Sophie spadł kamień z serca, kiedy siadała za kierownicą. Parę sekund później samochód z cichym pomrukiem silnika gładko sunął na zachód. Jechali teraz Allée de Longchamp, zostawiwszy za sobą „ogród ziemskich rozkoszy".

— W którą stronę do rue Haxo? — spytał Langdon, widząc, że Sophie pruje ponad sto kilometrów na godzinę.

— Taksówkarz mówił, że to niedaleko kortów tenisowych Rolanda Garrosa. Znam tę okolicę.

Langdon znowu wyciągnął ciężki klucz z kieszeni i ważył go w dłoni. Intuicja mówiła mu, że jest to przedmiot niezwykły. Być może nawet klucz do jego wolności.

Wcześniej, opowiadając Sophie o templariuszach, Langdon zdał sobie sprawę, że ten klucz, oprócz tego, że ma wygrawerowany symbol Prieuré de Sion, ma również i inne, bardziej

215

subtelne powiązania z zakonem. Krzyż o równych ramionach symbolizuje równowagę i harmonię, ale jest również oznaką templariuszy. Każdy widział kiedyś obrazy przedstawiające templariuszy w białych tunikach ozdobionych czerwonym krzyżem o równych ramionach. To prawda, że krzyż templariuszy, podobnie jak krzyż maltański, był lekko rozszerzony na końcach, ale ramiona miał równe.

Krzyż w planie kwadratu. Taki jak ten tutaj.

Langdon poczuł, że wyobraźnia zaczyna pracować, i zaczął fantazjować, co takiego mogą znaleźć. Święty Graal. Zaśmiał się prawie w głos na tę absurdalną myśl. Panowało przekonanie, że Święty Graal znajduje się gdzieś w Anglii, w jakimś schowku w komnacie pod podłogą jednego z wielu kościołów templariuszy, tam gdzie go ukryto w czternastym wieku.

W epoce wielkiego mistrza Leonarda da Vinci.

By dokumenty były bezpieczne, zakon musiał je na przestrzeni wieków kilkakrotnie przenosić. Historycy podejrzewają, że Graal, odkąd przybył z Jerozolimy do Europy, zmienił miejsce pobytu co najmniej sześciokrotnie. Ostatni raz „widziano go" w roku 1447, kiedy to opisywany przez wielu naocznych świadków pożar omal nie zniszczył wszystkich dokumentów zakonu — w ostatniej chwili przeniesiono je w bezpieczne miejsce w czterech ogromnych skrzyniach, które musiało dźwigać po sześciu ludzi. Od tamtej pory nikt już nie utrzymywał, że kiedykolwiek widział Graala. Tu i ówdzie szeptano tylko, że jest ukryty gdzieś w Wielkiej Brytanii, w krainie króla Artura i rycerzy Okrągłego Stołu.

Gdziekolwiek był, ważne są dwa fakty:

Leonardo wiedział, gdzie jest Graal.

Miejsce ukrycia relikwii prawdopodobnie do dziś dnia pozostaje niezmienione.

W związku z tym entuzjaści i poszukiwacze Świętego Graala studiują obrazy i dzienniki Leonarda da Vinci w nadziei, że odkryją jakieś tajne wskazówki dotyczące miejsca ukrycia skarbu. Niektórzy twierdzą, że górskie zbocze przedstawione jako tło na obrazie *Madonna ze skał* odzwierciedla dokładnie topografię łańcucha górskiego w Szkocji, w którym jest mnóstwo jaskiń i pieczar. Inni znów upierają się, że dziwne rozstawienie postaci apostołów w *Ostatniej Wieczerzy* stanowi jakiś kod. Jeszcze inni utrzymują, że po prześwietleniu *Mona Lizy* promieniami Roentgena okazało się, że na pierwotnym obrazie ma ona na szyi wisior z wizerunkiem Izydy, który mistrz później postanowił zamalować. Langdon nigdy nie widział dowodu na istnienie takiego wisiora ani też nie mógł sobie wyobrazić, że ta okoliczność mogłaby zawierać wskazówkę prowadzącą ku Świętemu Graalowi, a jednak współcześni fanatycy Graala dyskutują nad tym do upadłego w Internecie.

Wszyscy kochamy spiski i tajemnice.

A tajemnice i spiski ciągle, rzecz jasna, istnieją. Ostatnio ogłoszono kolejne wstrząsające odkrycie. Obraz Leonarda zatytułowany *Hołd Trzech Króli* kryje podobno pod warstwami farby jakieś mroczne sekrety. Maurizio Seracini, włoski historyk sztuki, dokonał odkrycia, które *New York Times Magazine* opisał na czołowej kolumnie w artykule zatytułowanym „Leonardo pod przykrywką". Seracini wykazał ponad wszelką wątpliwość, że tylko utrzymany w szarości i zieleni szkic do *Hołdu Trzech Króli*, znajdujący się pod warstwą farby, jest dziełem Leonarda. Już po śmierci mistrza jakiś anonimowy malarz wypełnił kolorami ten szkic, jak wypełnia się kolorowankę. Prawdziwy problem kryje się jednak pod warstwami farby uzurpatora. Zdjęcia wykonane techniką reflektografii w podczerwieni i zdjęcia rentgenowskie pokazują, że malarz pirat, nakładając farby, odszedł od intencji mistrza, jakby chciał zatrzeć jego prawdziwy zamiar. Nie pokazano jeszcze autentycznego kształtu szkicu Leonarda, lecz zakłopotani urzędnicy Galerii Uffizi we Florencji natychmiast kazali przenieść obraz do magazynów po drugiej stronie ulicy. Zwiedzający salę Leonarda znajdują w miejscu, gdzie kiedyś wisiał *Hołd Trzech Króli*, niczego niewyjaśniający komunikat:

OBRAZ W KONSERWACJI
PRZECHODZI TESTY DIAGNOSTYCZNE

W dziwacznym półświatku współczesnych poszukiwaczy Świętego Graala Leonardo da Vinci jest największą zagadką. Jego dzieła zdają się wołać wielkim głosem, że jest w nich

217

jakaś tajemnica, która jednak pozostaje nieznana, może ukryta pod warstwą farby, może zaszyfrowana w szczegółach obrazu, a może wcale nie istnieje. Być może mnogość kuszących wskazówek była tylko pustą obietnicą, którą twórca zostawił po sobie, by irytować ciekawskich, jak tajemniczy uśmieszek na twarzy wszechwiedzącej Mona Lizy.

— Czy to możliwe — spytała Sophie, przywołując Langdona do rzeczywistości — że ten klucz otwiera skarbiec, w którym ukryty jest Święty Graal?

— Nie potrafię sobie tego wyobrazić. — Śmiech Langdona zabrzmiał sztucznie, nawet dla niego samego. — Poza tym mówi się, że Święty Graal jest ukryty gdzieś w Wielkiej Brytanii, nie we Francji.

— A jednak wydaje się, że to jedyny racjonalny wniosek — upierała się Sophie. — Mamy klucz wyposażony w niezwykłe zabezpieczenia, opatrzony znakiem Zakonu Syjonu, przekazany przez członka zakonu, bractwa, które, jak mówisz, strzeże Świętego Graala.

Langdon wiedział, że jej wywód jest logiczny, ale instynkt nie pozwolił mu go przyjąć. Mówiono wprawdzie, że zakon zaprzysiągł, iż kiedyś sprowadzi Graala z powrotem do Francji i złoży w miejscu ostatniego pochówku, lecz nie było z pewnością żadnych historycznych dowodów, które mogłyby wskazywać, że to już się stało. Jeżeli nawet zakonowi udało się sprowadzić Graala do Francji, to adres, pod który jadą, rue Haxo 24, niedaleko kortów tenisowych, nie wyglądał na adres jakiegoś szlachetnego miejsca spoczynku.

— Naprawdę, Sophie, nie mam pojęcia, w jaki sposób ten klucz mógłby się wiązać z Graalem.

— Dlatego że Graal podobno jest przechowywany w Anglii?

— Nie tylko dlatego. Miejsce, w którym schowany jest Święty Graal, jest jednym z najpilniej strzeżonych sekretów w historii ludzkości. Członkowie zakonu latami czekają, by dowieść, że są godni zaufania, zanim zostaną wyniesieni na najwyższe szczeble bractwa i dowiedzą się, gdzie znajduje się Graal. Jego tajemnicy strzeże przemyślny system informacji podzielonych na małe fragmenty i chociaż bractwo zakonne jest bardzo duże, tylko czterech jego członków wie na pewno, gdzie jest Graal — wielki mistrz i jego trzej seneszale. Prawdopodobieństwo, że twój dziadek był jednym z nich, jest bardzo nikłe.

Mój dziadek był jednym z nich, pomyślała Sophie, wciskając pedał gazu. W jej pamięci tkwił pewien obraz, który bez wątpienia potwierdzał status dziadka w bractwie.

— A nawet jeżeli twój dziadek byłby na wyższych szczeblach bractwa, nigdy nie ujawniłby niczego nikomu spoza ścisłego kręgu wtajemniczonych. Jest nie do pomyślenia, że mógłby wprowadzić ciebie w wewnętrzny krąg zakonu.

Ja już tam byłam, pomyślała Sophie, przypominając sobie rytuały w podziemiach domu w Normandii. Zastanawiała się, czy to dobry moment, żeby opowiedzieć o tym Langdonowi. Od dziesięciu lat zwykły wstyd powstrzymywał ją od podzielenia się tym z kimkolwiek. Na samą myśl o tym czuła dreszcz niechęci. Gdzieś w oddali wyły syreny, a ją ogarniało coraz większe zmęczenie.

— Tam! — powiedział głośno Langdon, zobaczywszy widoczny w pobliżu wielki kompleks kortów tenisowych Rolanda Garrosa.

Sophie, manewrując po wąskich uliczkach, powoli zmierzała w kierunku stadionu. Minąwszy kilka większych skrzyżowań, w końcu znaleźli rue Haxo, skręcili i ruszyli w kierunku zmniejszającej się numeracji. Miał tu swoje siedziby drobny przemysł i biznes.

Numer dwadzieścia cztery — mówił do siebie Langdon i złapał się na tym, że wodzi oczami po horyzoncie linii dachów, szukając wieży kościelnej. Nie bądź śmieszny. Zapomniany kościół templariuszy tutaj, w tej dzielnicy?

— To tam! — powiedziała Sophie, wskazując palcem.

Langdon powiódł wzrokiem po budynku. Co to, na Boga?

Budynek był nowoczesny. Przypominał przysadzistą cytadelę. Na szczycie fasady widniał ogromny neonowy krzyż o równych ramionach. Pod spodem był napis:

BANK DEPOZYTOWY ZURYCHU

Langdon był rad, że nie podzielił się z Sophie swoimi nadziejami, że znajdą tu kościół templariuszy. Skłonność do doszukiwania się ukrytych znaczeń nawet tam, gdzie ich nie ma, to obciążenie zawodowe specjalistów od symboli. Langdon uzmysłowił sobie teraz, że przecież krzyż pokoju o równych ramionach został przyjęty jako — jakże adekwatny — emblemat neutralnej Szwajcarii.

W końcu tajemnica została rozwiązana. Sophie i Langdon mieli w rękach klucz do skrytki depozytowej w banku szwajcarskim.

Rozdział 41

Za murami Castel Gandolfo powiew górskiego wiatru bijący do góry wzdłuż skały przepłynął nad szczytem, a potem przemknął równo z wysokim wzgórzem, przyprawiając biskupa Aringarosę, wysiadającego właśnie z fiata, o chłodny dreszcz. Powinienem był włożyć na siebie coś jeszcze, pomyślał, próbując zwalczyć gęsią skórkę. Dzisiaj absolutnie nie może wyglądać na człowieka przestraszonego lub słabego.

Zamek Gandolfo był teraz całkiem ciemny, jedynie na najwyższym piętrze budynku paliły się światła i rzucały niesamowity blask na mury. To biblioteka, pomyślał Aringarosa, nie śpią i czekają. Skulił się przed kolejnym podmuchem wiatru i szedł ku wejściu, nie patrząc już w górę, na kopuły obserwatorium.

Ksiądz, który go przywitał przy drzwiach, wyglądał na zaspanego. Był to ten sam ksiądz, który otwierał Aringarosie pięć miesięcy temu — dziś bez ciepłych, gościnnych gestów.

— Martwiliśmy się o Waszą Świątobliwość, księże biskupie — powiedział, spoglądając na zegarek. Wyglądał jednak bardziej na wytrąconego z równowagi niż zmartwionego.

— Przepraszam. Tak trudno dzisiaj polegać na liniach lotniczych.

Ksiądz wymamrotał coś niezrozumiałego, a potem powiedział:

— Jest ksiądz biskup oczekiwany na górze. Proszę ze mną.

Biblioteka była obszernym kwadratowym pomieszczeniem, wyłożonym od podłogi do sufitu ciemnym drewnem. Na wszystkich ścianach wznosiły się ku górze półki, na których stały stare woluminy. Marmurowa podłoga miała kolor bursztynu, przy ścianie biegł pasek z czarnego bazaltu, miłe wspomnienie tego, że ta budowla kiedyś była pałacem.

— Witamy, księże biskupie — powiedział męski głos z końca biblioteki.

Aringarosa próbował zorientować się, kto to mówi, ale światła były przyciemnione — znacznie bardziej, niż kiedy był tu pierwszy raz; wtedy wszystko skrzyło się i jaśniało. Noc nagłego przebudzenia. Dzisiaj wszyscy siedzieli w szarościach i półcieniach, jakby wstydząc się tego, co ma za chwilę nastąpić.

Aringarosa szedł powoli, godnie. Rozróżnił trzy sylwetki mężczyzn siedzących przy długim stole przy końcu biblioteki. Kontury sylwetki siedzącego w środku rozpoznał natychmiast — był to tłusty sekretarz watykański, który pilnował spraw prawnych Stolicy Piotrowej. Pozostali dwaj byli wysoko postawionymi włoskimi kardynałami.

Aringarosa przemierzył odległość od drzwi do stołu, przy którym siedzieli.

— Uprzejmie przepraszam za tę godzinę i za zmęczenie, jakie zapewne jej towarzyszy — powiedział. — Żyjemy w różnych strefach czasowych.

— Nic nie szkodzi — odpowiedział sekretarz z dłońmi splecionymi na potężnym brzuchu. — Jesteśmy wdzięczni, że ksiądz biskup fatygował się z tak daleka. Z naszej strony to drobiazg, że posiedzieliśmy tu, czekając na Waszą Eminencję. Czy możemy zaproponować kawę albo coś innego do picia?

— Wolałbym, żebyśmy nie udawali, że to wizyta towarzyska. Muszę jeszcze złapać samolot. Możemy więc przystąpić do rzeczy?

— Oczywiście — zgodził się sekretarz. — Ksiądz biskup działa szybciej, niż się spodziewaliśmy.

— Naprawdę?

— Mamy jeszcze miesiąc.

— Niepokoje watykańskie dobiegły moich uszu pięć miesięcy temu — powiedział Aringarosa. — Na co miałem czekać?

— Rzeczywiście. Jesteśmy bardzo radzi, że wszystko tak szybko idzie.

Wzrok Aringarosy powędrował wzdłuż stołu ku ogromnej czarnej teczce.

— Czy jest to, o co prosiłem?

— Tak. — W głosie sekretarza wyczuwał niepewność. — Chociaż muszę przyznać, że jesteśmy trochę zaniepokojeni tą prośbą. To wydaje nam się dosyć...

— Ryzykowne — dokończył za niego jeden z kardynałów. — Czy jest ksiądz biskup pewien, że nie możemy tej sumy przelać do jakiegoś banku? Jest to suma ogromna, przechodząca wszelkie wyobrażenia.

Wolność kosztuje.

— Nie obawiam się o swoje bezpieczeństwo. Bóg jest ze mną. — Kardynałowie nie wyglądali na przekonanych. — Ale kwota jest w takiej postaci, o jaką prosiłem? — upewniał się Aringarosa.

Sekretarz skinął głową.

— Obligacje na okaziciela o dużych nominałach wydane przez Bank Watykański. Wymienialne na gotówkę na całym świecie.

Aringarosa podszedł do końca stołu i otworzył teczkę. Wewnątrz były dwa stosy obligacji, na każdej z nich herb Watykanu i w nagłówku słowo *PORTATORE*, co znaczyło, że każdy, kto okazał taką obligację, mógł ją zamienić na gotówkę.

— Muszę powiedzieć, księże biskupie, że wszyscy czulibyśmy się zręczniej i pewniej, gdyby ksiądz poprosił o gotówkę.

Nie uniósłbym takiej ilości gotówki, pomyślał Aringarosa, zamykając teczkę.

— Obligacje można wymienić na gotówkę. Przecież sam ksiądz to powiedział.

Kardynałowie spojrzeli po sobie niepewnie i w końcu jeden z nich się odezwał:

— Tak, ale bardzo łatwo prześledzić, skąd te obligacje pochodzą. Z Banku Watykańskiego.

Aringarosa uśmiechnął się do siebie. Właśnie to był powód, dla którego Nauczyciel zasugerował, żeby Aringarosa pobrał całą kwotę w obligacjach watykańskich. Było to swojego rodzaju zabezpieczenie. Teraz wszyscy tkwimy w tym po uszy.

— Jest to całkowicie legalna transakcja — bronił się Aringarosa. — Opus Dei jest papieską prałaturą personalną, a Jego Świątobliwość może rozporządzać pieniędzmi tak, jak mu się podoba. Nie złamaliśmy tu żadnego prawa.

— To prawda, jednak... — Sekretarz pochylił się do przodu, a krzesło, na którym siedział, zatrzeszczało pod jego ciężarem. — Nie wiemy, co ksiądz biskup zamierza zrobić z tymi pieniędzmi i czy to jest całkowicie legalne...

Nastąpiła dłuższa chwila milczenia. Wiedzą, że mam rację, pomyślał Aringarosa.

— Rozumiem, że powinienem teraz coś podpisać?

Wszyscy trzej zerwali się, podtykając mu jakiś papier, jakby chcieli, żeby jak najprędzej wyszedł.

Aringarosa przyjrzał się leżącemu na stole dokumentowi. Na pierwszej stronie widniała pieczęć papieska.

— Czy to identyczne z kopią, którą otrzymałem?

— Najzupełniej.

Sam był zdziwiony chłodem emocjonalnym, który czuł, podpisując dokument. A pozostali świadkowie tego aktu chyba odetchnęli z ulgą.

— Dziękujemy, księże biskupie — powiedział sekretarz watykański. — Kościół nie zapomni waszych zasług.

Aringarosa chwycił teczkę, uniósł ją i poczuł, że w tym ciężarze kryje się obietnica władzy. Przez chwilę wszyscy czterej spoglądali na siebie w milczeniu, jakby oczekując, że ktoś jeszcze coś powie, ale słowa okazały się zbędne. Aringarosa odwrócił się i ruszył ku drzwiom.

— Wasza Eminencjo? — zawołał za nim jeden z kardynałów, zatrzymując go w drzwiach.

— Słucham? — biskup zawahał się i odwrócił.

— Dokąd dalej, jeśli wolno spytać?

Aringarosa zrozumiał, że ciekawość watykańskiego urzędnika jest bardziej natury duchowej niż geograficznej. Nie miał jednak zamiaru o tej porze omawiać kwestii etycznych.

— Do Paryża — powiedział i wyszedł.

Rozdział 42

Bank Depozytowy Zurychu to bank *Geldschrank*, czynny całą dobę, oferujący pełny zakres anonimowych usług, zgodnie z najlepszą tradycją szwajcarskich kont z dostępem wyłącznie przez numer rachunku — z oddziałami w Zurychu, Kuala Lumpur, w Nowym Jorku i Paryżu. Bank niedawno rozszerzył zakres usług i teraz oferuje skrytki depozytowe sterowane generowanym komputerowo kodem źródłowym z anonimowym zabezpieczeniem w formie cyfrowej.

Fundamentem całej operacji jest jedna z najstarszych i najprostszych ofert, *anonyme Lager*, przechowywanie cennych depozytów tak, by o tym, co zawiera anonimowa skrytka depozytowa, wiedział jedynie klient, który może w skrytce przechowywać wszystko — od papierów wartościowych, akcji do bezcennych dzieł sztuki — może ją też anonimowo opróżniać i wypełniać dzięki najnowszej technologii elektronicznej, która gwarantuje absolutną dyskrecję.

Kiedy Sophie parkowała taksówkę przed frontem banku, Langdon przyglądał się budynkowi przywodzącemu na myśl zły sen architekta i miał wrażenie, że poczucie humoru nie jest zjawiskiem, które w Depozytowym Banku Zurychu ceni się najwyżej. Był to prostopadłościan bez okien, który na pierwszy rzut oka wyglądał na w całości wykonany ze stali. Przypominał ogromną metalową cegłę. Stał nieco oddalony od ulicy, a nad jego frontonem świecił na czerwono trzymetrowej wysokości neon w kształcie równoramiennego krzyża.

Banki szwajcarskie słyną z dyskrecji, dzięki czemu usługi bankowe stały się jednym z najbardziej lukratywnych produktów eksportowych tego kraju. Placówki takie jak ta są dosyć kontrowersyjne z punktu widzenia świata sztuki, ponieważ mogą stanowić doskonałe miejsce przechowywania skradzionych przedmiotów nawet przez lata, aż głośne kradzieże pójdą w zapomnienie. Z uwagi na to, że złożone w banku depozyty są chronione przed zakusami policji przez przepisy prawa cywilnego, a skrytki depozytowe są komputerowo przypisane numerom rachunków, a nie osobom, złodzieje mogą spać spokojnie, wiedząc, że nikt nie skojarzy skradzionego przedmiotu z właścicielem skrytki.

Sophie zatrzymała taksówkę przy imponującej bramie zagradzającej podjazd do banku, cementową alejką, która wiodła w dół i znikała gdzieś w głębi budynku. Kamera wideo była wycelowana wprost w nich, a Langdon miał nieodparte wrażenie, że — w odróżnieniu od Luwru — ta jest prawdziwa.

Opuściła okno po stronie pasażera i przyjrzała się konsoli stojącej przed podjazdem od strony kierowcy. Polecenia, które można było wybrać na ciekłokrystalicznym ekranie, były w siedmiu językach. Na samej górze listy widniało zdanie instrukcji po angielsku:

WŁÓŻ KLUCZ

Sophie wzięła usiany otworami złoty klucz i jeszcze raz spojrzała na ekran. Poniżej ekranu widniał trójkątny otwór.

— Coś mi mówi, że będzie pasować — powiedział Langdon.

Sophie przytknęła trójkątny trzpień klucza do otworu i wsunęła go do środka. Klucz wszedł do końca, aż do podstawy uchwytu. Chyba nie trzeba go obracać. Brama natychmiast zaczęła się otwierać. Sophie zdjęła nogę z hamulca i podjechała do drugiej bramy i drugiego ekranu komputerowego. Pierwsza brama zamykała się za nią, odcinając ich, jak odcina się okręt w doku.

Langdonowi nie spodobało się uczucie zamknięcia. Miejmy nadzieję, że druga brama również się otworzy.

Na drugim ekranie były takie same wskazówki.

WŁÓŻ KLUCZ

Kiedy Sophie włożyła klucz, druga brama otworzyła się natychmiast. W chwilę później jechali w dół rampą, wjeżdżając do wnętrza budynku jak do brzucha wieloryba.

Na zadaszonym parkingu, małym i przyciemnionym, były miejsca dla około dwunastu samochodów. Na samym końcu Langdon ujrzał główne wejście do budynku. Przez cementową podłogę prowadził czerwony dywan, zapraszając gości, by przeszli do ogromnych drzwi, które na pierwszy rzut oka wydawały się wykonane z grubej stali.

Przekazują mieszane komunikaty — pomyślał Langdon. Witamy i nie wchodzić.

Sophie zaparkowała taksówkę na wolnym miejscu parkingowym tuż przy wejściu i wyłączyła silnik.

— Lepiej zostaw broń w środku.

Z przyjemnością, pomyślał Langdon, wsuwając pistolet pod siedzenie.

Sophie i Langdon wysiedli z samochodu i szli po czerwonym dywanie w kierunku stalowych drzwi. Nie było w nich klamki, ale na ścianie obok drzwi zobaczyli kolejny trójkątny otwór. Tym razem nie było już żadnych wskazówek.

— System eliminuje tych, którzy się wolno uczą — powiedział Langdon.

Sophie zaśmiała się nerwowo.

— No, to idziemy.

Włożyła klucz w otwór, a drzwi, cicho mrucząc, otworzyły się powoli do wewnątrz. Wymieniwszy spojrzenia, Sophie i Langdon weszli do środka. Drzwi zamknęły się za nimi z głuchym jęknięciem.

W holu Depozytowego Banku Zurychu wystrój był imponujący, Langdon nigdy jeszcze nie widział czegoś takiego. Podczas gdy większość banków zadowalała się polerowanym marmurem i granitem, tu królował metal i nity.

Kto im to zaprojektował?, pomyślał Langdon. Potentat przemysłu stalowego?

Sophie wyglądała na przestraszoną, niepewnie wodziła oczami po holu.

Szary metal był wszędzie — na podłodze, na ścianach, drzwiach, kontuarach, nawet fotele wyglądały na wykonane według nowoczesnych koncepcji — z profilowanej stali. Tak czy owak, efekt był imponujący, a przekaz bardzo czysty i jasny. Wchodzisz do wnętrza sejfu.

Kiedy weszli, potężnie zbudowany mężczyzna siedzący za kontuarem podniósł na nich wzrok. Wyłączył mały telewizorek i przywitał ich sympatycznym uśmiechem. Pomimo ogromnych muskułów i dobrze widocznej krótkiej broni pod marynarką w jego dykcji i wymowie wyczuwało się manierę szwajcarskiego boja hotelowego.

— Bonsoir — powiedział. — Czym mogę służyć?

Powitanie w dwóch językach było najnowszym trikiem gościnności Europejczyków. Niczego nie przesądzało i otwierało drzwi wszystkim gościom na tyle szeroko, że mogli odpowiedzieć w tym języku, w którym czuli się swobodniej.

Sophie nie odezwała się, tylko położyła na kontuarze przed mężczyzną złoty klucz.

Ten spojrzał na klucz i natychmiast się wyprostował.

— Oczywiście. Winda czeka na końcu holu. Zawiadomię kogoś, że państwo jedziecie.

Sophie kiwnęła głową i wzięła klucz.

— Które piętro?

Mężczyzna spojrzał na nią dziwnie.

— Pani klucz przekazuje stosowne instrukcje windzie.

— A rzeczywiście. — Uśmiechnęła się.

Pracownik ochrony patrzył, jak dwoje nowo przybyłych udaje się w kierunku windy, kobieta wkłada klucz do otworu, wchodzą do środka i znikają. Kiedy tylko drzwi za nimi się zamknęły, złapał za telefon. Nie dzwonił, żeby zawiadamiać kogoś o ich przybyciu; nie było takiej potrzeby. System wywoławczy sejfu już został automatycznie wzbudzony, kiedy klucz klienta znalazł się w otworze zewnętrznej bramy wjazdowej.

Ochroniarz dzwonił do kierownika nocnej zmiany pracowników banku. Słuchał sygnału w telefonie, a jednocześnie znów włączył telewizor i patrzył na ekran. Dziennik telewizyjny, który właśnie oglądał, już się kończył. To jednak nie miało żadnego znaczenia. Przyjrzał się jeszcze raz dwóm twarzom w telewizorze.

— Oui? — odezwał się w telefonie głos kierownika.

— Mamy tu pewną delikatną sytuację.

— Co się dzieje?

— Policja francuska ściga dzisiaj dwoje uciekinierów.

— No i?

— Oboje właśnie weszli do naszego banku.

Kierownik zaklął pod nosem.

— Dobrze. Skontaktuję się natychmiast z panem Vernetem.

Pracownik ochrony ponownie wykręcił numer. Tym razem był to numer Interpolu.

Langdon zdziwił się, że winda jedzie w dół, a nie w górę. Nie miał pojęcia, ile pięter już zjechali pod poziom ulicy, przy której stał Bank Depozytowy Zurychu, zanim drzwi windy znowu się otworzyły. Za bardzo go to jednak nie obchodziło. Był szczęśliwy, że może już wyjść z ciasnego pomieszczenia.

Ożywiony i uprzejmy pracownik banku, który stał przy windzie, żeby ich przywitać, uśmiechał się do nich życzliwie. Starszy człowiek o wytwornych manierach, w porządnie odprasowanym flanelowym garniturze, robił wrażenie kogoś dziwnie nie na miejscu — bankier ze starego świata, otoczony najnowszą techniką i elektronicznymi gadżetami.

— Bonsoir — powiedział mężczyzna. — Dobry wieczór. Bardzo proszę za mną, s'il vous plaît. — Nie czekając na odpowiedź, odwrócił się i żwawym krokiem ruszył wąskim metalowym korytarzem.

Langdon i Sophie przechodzili różnymi korytarzami, mijając wielkie sale wypełnione światełkami komputerów.

— Voici. — Przewodnik podszedł do stalowych drzwi i otworzył je przed nimi. — Proszę bardzo.

Langdon i Sophie znaleźli się w zupełnie innym świecie. Niewielki pokój, który rozpościerał się przed nimi, wyglądał jak komfortowo urządzony salon w staromodnym hotelu. Nie było już metalowych ścian ani nitów, były za to orientalne dywany, meble z ciemnego dębu i miękkie fotele. Na ogromnym biurku na środku pokoju, obok otwartej butelki wody mineralnej Perrier, w której wciąż było widać bąbelki idące od dna, stały dwie szklanki z rżniętego kryształu. Tuż obok dzbanek parującej, aromatycznej kawy.

Jak w zegarku, pomyślał Langdon. Zaufajcie Szwajcarom.

Mężczyzna uśmiechnął się do nich, jakby się czegoś domyślał.

— Czuję, że to państwa pierwsza wizyta w naszym banku.

Sophie zawahała się, a potem skinęła głową.

— Rozumiem. Klucze często przekazywane są w spadku, a goście, którzy przychodzą do nas po raz pierwszy, nie wiedzą, jak wygląda procedura. — Zrobił ręką gest w kierunku stolika z wodą i kawą. — To pomieszczenie jest do państwa dyspozycji tak długo, jak będą państwo mieli ochotę z niego korzystać.

— Mówi pan, że klucze często są dziedziczone? — spytała Sophie.

— Tak jest rzeczywiście. Państwa klucz jest jak numerowane konto w szwajcarskim banku, a takie konta przekazywane są często z pokolenia na pokolenie. Najkrótszy czas wynajmu sejfu dla naszych złotych rachunków wynosi pięćdziesiąt lat. Płatne z góry. Więc oglądamy tutaj całe pokolenia.

— Pięćdziesiąt lat? — Langdon nie krył zdziwienia.

— To jest minimum — odpowiedział gospodarz. — Można oczywiście zapłacić za znacznie dłuższe okresy wynajmu, ale jeżeli nie ma innych instrukcji, to zawartość takiego sejfu po pięćdziesięciu latach jest automatycznie niszczona. Czy mogę państwa przeprowadzić przez kroki procedury dostępu do waszego sejfu?

— Bardzo proszę. — Sophie skinęła głową.

Gospodarz wskazał gestem dłoni luksusowy salon.

— To pomieszczenie służy do tego, byście mogli państwo spokojnie i w atmosferze prywatności przejrzeć zawartość skrytki depozytowej. Kiedy wyjdę, możecie tutaj spędzić tyle czasu, ile wam trzeba, aby się przyjrzeć i ewentualnie zmienić zawartość skrytki, która zjawi się... tam. — Zaprowadził ich do ściany przy końcu pomieszczenia, gdzie zobaczyli przenośnik taśmowy łagodnym łukiem wcinający się w architekturę salonu, trochę przypominający podajniki bagażu na lotniskach. — Trzeba włożyć klucz tu, w ten otwór... — Mężczyzna wskazał spory panel elektroniczny ustawiony na wprost przenośnika. Na panelu zobaczyli dobrze znany trójkątny otwór. — Kiedy nasz komputer potwierdzi oznaczenia na kluczu, trzeba wprowadzić numer konta, a państwa skrytka depozytowa zostanie w całości i automatycznie wyjęta przez specjalnego robota z sejfu znajdującego się pod poziomem podłogi tak, byście państwo mogli ją obejrzeć. Kiedy skończycie, trzeba ją umieścić z powrotem na taśmie, znów włożyć klucz i cały proces powtórzy się w odwrotnej kolejności. Z uwagi na to, że wszystko jest zautomatyzowane, macie państwo zagwarantowaną absolutną prywatność, nawet pracownicy banku nie mogą wiedzieć, co znajduje się w skrytce. Gdybyście państwo czegokolwiek potrzebowali, trzeba tylko nacisnąć guzik na biurku na środku pomieszczenia.

Sophie właśnie miała zadać pytanie, kiedy zadzwonił telefon. Mężczyzna był nieco stropiony i zmieszany.

— Bardzo przepraszam. — Podszedł do telefonu stojącego na stoliku tuż obok kawy i wody mineralnej. — *Oui?* — powiedział do słuchawki. Słuchał i marszczył czoło. — *Oui... oui... d'accord.* — Odłożył słuchawkę i uśmiechnął się do nich niepewnie. — Przepraszam, ale muszę już iść. Rozgośćcie się państwo i czujcie się jak u siebie w domu. — Ruszył szybko w kierunku drzwi.

— Bardzo przepraszam — zawołała za nim Sophie. — Czy mógłby nam pan jeszcze coś wyjaśnić? Wspomniał pan, że musimy wprowadzić numer rachunku.

Mężczyzna zatrzymał się przy drzwiach, twarz miał bladą.

— Ależ oczywiście. Tak jak w większości banków szwajcarskich każda skrytka depozytowa ma swój numer, i właśnie on ją wywołuje, a nie nazwisko. Macie państwo klucz, a wasz osobisty numer rachunku znacie tylko wy. Klucz jest zaledwie połową identyfikacji skrytki. Osobisty numer rachunku jest drugą połową. Bo gdybyście na przykład zgubili klucz, każdy mógłby tu wejść i z niego skorzystać.

— A jeżeli osoba, od której otrzymałam klucz... — Sophie zawahała się — nie dała mi numeru rachunku?

231

Serce bankiera zabiło mocniej. Wtedy oczywiście nie macie tu nic do roboty! Uśmiechnął się do nich spokojnie.

— Poproszę, żeby przysłano państwu kogoś do pomocy. Ta osoba wkrótce tu się zjawi.

Wychodząc, bankier zamknął za sobą drzwi i przekręcił klucz w masywnym zamku, odcinając ich od świata.

Po drugiej stronie miasta Collet stał przy stacji kolejowej Gare du Nord, kiedy zadzwonił telefon. To był Fache.

— Interpol dostał cynk — powiedział. — Niech pan się już nie zajmuje pociągami, Collet. Langdon i Neveu właśnie weszli do paryskiego oddziału Banku Depozytowego Zurychu. Chcę, żeby nasi ludzie pojawili się tam natychmiast.

— Mamy jakieś nowe wątki na temat tego, co Saunière chciał przekazać agentce Neveu i Robertowi Langdonowi?

— Jeśli pan ich aresztuje, poruczniku Collet — odpowiedział chłodno Fache — będzie pan mógł zapytać ich osobiście.

Collet zrozumiał przytyk.

— Rue Haxo dwadzieścia cztery. Już jadę, panie kapitanie. — Wyłączył telefon i włączył krótkofalówkę, żeby powiadomić swoich ludzi.

Rozdział 43

André Vernet — prezes paryskiego oddziału Banku Depozytowego Zurychu — mieszkał w komfortowo urządzonym mieszkaniu na piętrze, tuż nad bankiem. Pomimo przepychu i wygodnego umeblowania zawsze marzył o tym, by kupić sobie mieszkanie nad brzegiem rzeki, mieszkać nad l'Ile Saint-Louis, gdzie mógłby spotykać się z prawdziwymi *cognoscenti*, a nie tutaj, gdzie codziennie miał do czynienia tylko z ludźmi obrzydliwie bogatymi.

Kiedy pójdę na emeryturę, mówił sobie Vernet, wypełnię piwniczkę rzadkimi rocznikami bordeaux, ozdobię salon płótnami Fragonarda, a może Bouchera, i będę spędzał całe dnie, polując na stare meble i rzadkie książki w Dzielnicy Łacińskiej.

Dziś w nocy Vernet został obudzony przed sześcioma i pół minutami. Mimo to, kiedy szybkim krokiem szedł przez podziemny korytarz banku, wyglądał, jakby jego osobisty krawiec i fryzjer przed chwilą wypuścili go z rąk. W nieskazitelnym jedwabnym garniturze, Vernet prysnął odświeżaczem w usta i poprawił krawat, nie zwalniając kroku. Budzono go o różnych porach, by zajął się klientami z zagranicy, którzy przyjeżdżali z różnych stref czasowych, więc budzenie w środku nocy nie było dla niego niczym nowym. Vernet w swoich zwyczajach odpoczynku nocnego naśladował wojowników z plemienia Masajów — afrykańskiego szczepu słynącego z tego, że potrafią obudzić się z najgłębszego snu i w ciągu kilku sekund być w stanie pełnej gotowości do bitwy.

Gotowość wojenna, pomyślał Vernet, obawiając się, że dziś w nocy to określenie może być nieoczekiwanie stosowne. Przybycie klienta ze złotym kluczem zawsze wymagało od niego specjalnej uwagi, ale pojawienie się klienta ze złotym kluczem, którego poszukuje policja kryminalna, to sytuacja niezwykle delikatna. Bank już miał dosyć potyczek z policją na temat prawa klientów do prywatności, kiedy nie było dowodu, że któryś z nich jest przestępcą.

Pięć minut, powiedział sobie Vernet. Muszę wyprowadzić tych ludzi z banku, zanim przyjedzie policja.

Gdyby działał szybko, to katastrofę, która nadchodziła jak tajfun, można byłoby zręcznie zażegnać. Vernet mógłby powiedzieć, że uciekinierzy rzeczywiście weszli do banku tak, jak doniesiono o tym policji, ale z uwagi na to, że nie byli klientami banku i nie mieli numeru rachunku, zawrócono ich. Szkoda, że ten cholerny ochroniarz zadzwonił do Interpolu. Dyskrecja — tego słowa najwyraźniej nie było w słowniku strażnika, któremu płacono piętnaście euro za godzinę.

Przystanął w drzwiach, wziął głęboki oddech i rozluźnił mięśnie. Zmuszając się do uprzejmego uśmiechu, otworzył drzwi i wtargnął do pokoju jak ciepła bryza od morza.

— Dobry wieczór — powiedział, odszukując wzrokiem klientów. — Nazywam się André Vernet. Czym mogę państwu słu... — Reszta słowa utknęła mu gdzieś pod jabłkiem Adama. Kobieta stojąca przed nim była najbardziej nieoczekiwanym gościem, z jakim miał kiedykolwiek do czynienia.

— Przepraszam, czy my się znamy? — zapytała Sophie. Nie rozpoznawała bankiera, ale przez chwilę wyglądał, jakby zobaczył ducha.

— Nie... — wymamrotał bankier. — Chyba... nie. Nasze usługi są anonimowe. — Wypuścił z płuc powietrze i zmusił się do spokojnego uśmiechu. — Mój asystent powiedział mi, że macie państwo złoty klucz, ale nie macie numeru rachunku. Czy mógłbym zapytać, jak weszliście w jego posiadanie?

— Dał mi go mój dziadek — odparła Sophie, przyglądając się uważnie dyrektorowi banku. Był wyraźnie zdenerwowany.

— Naprawdę? Pani dziadek dał pani klucz, ale nie dał numeru rachunku?

— Chyba nie miał czasu — powiedziała Sophie. — Zamordowano go dziś wieczorem.

— Jacques Saunière nie żyje? — Mężczyzna zrobił krok do tyłu, jakby uderzył go impet słów Sophie. — Ale... jak?! — zapytał z lękiem w oczach.

— Znał pan mojego dziadka? — zdumiała się Sophie.

Dyrektor banku, André Vernet, wyglądał na równie zaskoczonego, opierał się o krawędź stołu, jakby bał się, że upadnie.

— Byliśmy starymi przyjaciółmi. Kiedy to się stało?

— Dziś wieczorem. W Muzeum Luwru.

Vernet podszedł do przepastnego skórzanego fotela i opadł bezwładnie na poduszki.

— Muszę państwu zadać bardzo ważne pytanie. — Spojrzał na Langdona, a potem na Sophie. — Czy któreś z państwa miało cokolwiek wspólnego z jego śmiercią?

— Nie! — odparła Sophie. — Absolutnie nie.

Vernet miał ponury wyraz twarzy i przez chwilę milczał, nad czymś się zastanawiając.

— Interpol wszędzie porozsyłał wasze zdjęcia. Dlatego was rozpoznałem. Jesteście poszukiwani za morderstwo.

Ta informacja poraziła Sophie. Fache już zdążył powiadomić Interpol? Okazało się, że kapitan ma silniejszą motywację, niż sądziła. Wyjaśniła naprędce Vernetowi, kim jest Langdon i co się stało tego wieczoru w Luwrze.

— I pani dziadek, umierając, zostawił pani wiadomość, żeby odszukała pani pana Langdona? — zdumiewał się Vernet.

— Tak. I ten klucz. — Sophie położyła złoty klucz na stoliku do kawy przed Vernetem w ten sposób, że znak zakonu był niewidoczny.

— Zostawił pani tylko ten klucz? — Vernet spojrzał na klucz, ale nie sięgnął po niego. — Nic więcej? Nawet kawałka papieru?

Będąc w Luwrze, Sophie bardzo się spieszyła, ale była absolutnie pewna, że za płótnem Leonarda nie było niczego więcej. Tylko klucz.

— Nic. Tylko klucz.

— Niestety — westchnął ciężko Vernet. — Ten klucz jest sparowany elektronicznie z dziesięciocyfrowym numerem rachunku, który funkcjonuje jak hasło dostępu. Bez tego numeru pani klucz nie ma żadnej wartości.

Dziesięć cyfr. Sophie niechętnie obliczyła szanse kryptograficzne. Dziesięć miliardów możliwych kombinacji. Nawet gdyby mogła wykorzystać najsilniejsze komputery DCPJ i sprzęgnąć je razem, to na tego typu obliczenia potrzebowałaby tygodnia.

— Ale zważywszy na okoliczności, na pewno może nam pan jakoś pomóc — powiedziała.

— Przykro mi bardzo. Naprawdę nic nie mogę zrobić. Klienci wybierają swoje numery rachunków przez bezpieczne terminale, to znaczy, że numer rachunku jest znany wyłącznie klientowi i komputerowi. Tak zapewniamy sobie anonimowość. I bezpieczeństwo naszych pracowników.

Sophie doskonale to rozumiała. Duże sklepy postępowały tak samo. PRACOWNICY NIE MAJĄ KLUCZA DO SEJFU. Bank, co zrozumiałe, nie chciał narażać się na ryzyko, że ktoś ukradnie klucz, a potem, trzymając pracownika pod lufą pistoletu, wydobędzie od niego numer rachunku.

Siadła obok Langdona, popatrzyła na klucz, a potem na Verneta.

— Czy wie pan może, co mój dziadek przechowywał w pańskim banku?

— Absolutnie nie. Tego nie może wiedzieć nikt oprócz niego, bo taka jest istota banku *Geldschrank*.

— Panie Vernet — drążyła dalej — mamy dzisiaj bardzo mało czasu. Będę z panem szczera i powiem wprost. — Sięgnęła po złoty klucz i obróciła go, patrząc Vernetowi w oczy, kiedy odsłaniała emblemat Zakonu Syjonu. — Czy ten symbol na kluczu coś panu mówi?

Vernet spojrzał na wygrawerowany symbol lilii i nie zareagował.

— Nie, ale wielu naszych klientów każe grawerować na kluczach logo swoich firm lub inicjały.

Sophie westchnęła, nie spuszczając z niego wzroku.

— Ten emblemat jest symbolem tajnego stowarzyszenia znanego pod nazwą Zakon Syjonu.

— Nie mam o tym pojęcia. Pani dziadek był moim przyjacielem, ale rozmawialiśmy głównie o interesach. — Bankier poprawił krawat i widać było, że zaczyna się denerwować.

— Panie Vernet — naciskała Sophie stanowczym tonem. — Dziadek zadzwonił dzisiaj do mnie i powiedział, że jesteśmy w wielkim niebezpieczeństwie. Powiedział, że musi mi coś dać. Dał mi klucz do pana banku. Teraz dziadek nie żyje. Wszystko, co może nam pan powiedzieć, będzie bardzo pomocne.

Na czole Verneta pojawiły się krople potu.

— Musimy wydostać się z budynku. Boję się, że wkrótce będzie tu policja. Mój strażnik poczuł się w obowiązku powiadomić Interpol.

Sophie właśnie tego się obawiała. Spróbowała ostatni raz:

— Mój dziadek powiedział, że musi mi powiedzieć prawdę o rodzinie. Czy to coś panu mówi?

— *Mademoiselle*, pani rodzina zginęła w wypadku samochodowym, kiedy była pani dzieckiem. Bardzo mi przykro. Wiem, że dziadek bardzo panią kochał. Wspominał kilkakrotnie, iż bardzo go boli to, że straciliście ze sobą kontakt.

Sophie milczała.

— Czy zawartość skrytki depozytowej ma coś wspólnego z Sangrealem? — zapytał Langdon.

— Nie mam pojęcia, o czym pan mówi. — Vernet rzucił Langdonowi dziwne spojrzenie.

W tej chwili zadzwonił telefon komórkowy i bankier wyciągnął go z etui przy pasku.

— *Oui?* — Przez chwilę słuchał zdziwiony, a potem zaniepokojony. — *La police? Si rapidement?* — Zaklął, wydał kilka szybkich poleceń po francusku, a potem powiedział, że będzie za chwilę w holu. Wyłączył telefon i zwrócił się do Sophie: — Policja zareagowała znacznie szybciej niż zwykle. Już podjeżdżają pod drzwi banku.

Sophie nie miała jednak zamiaru wyjść z pustymi rękami.

— Niech pan im powie, że przyjechaliśmy, ale już nas nie ma. Jeżeli chcą przeszukać bank, proszę zażądać nakazu przeszukania. To im zajmie jakiś czas.

— Proszę posłuchać — powiedział Vernet — Jacques był moim przyjacielem, a mój bank nie potrzebuje tego rodzaju

237

reklamy; z tych dwóch powodów nie mam zamiaru dopuścić do aresztowania na terenie banku. Proszę dać mi kilka minut, zobaczę, co się da zrobić, żebyście mogli wyjechać z banku niepostrzeżenie. To mogę dla was zrobić, ale nic więcej. — Wstał i podszedł do drzwi. — Proszę tutaj zostać. Wszystko przygotuję i zaraz wracam.

— Ale skrytka depozytowa... — zaczęła Sophie. — Nie możemy tak po prostu wyjść.

— Nie mogę państwu pomóc. — Vernet pospiesznie zamknął za sobą drzwi. — Bardzo mi przykro.

Sophie patrzyła na niego jeszcze przez chwilę, zastanawiając się, czy numer konta dałoby się odnaleźć w niezliczonych listach i paczkach, które jej dziadek wysyłał przez te wszystkie lata i których ona nie otwierała.

Langdon nagle wstał, a Sophie zobaczyła w jego oczach niespodziewany błysk zadowolenia.

— Śmiejesz się, Robercie?

— Twój dziadek był geniuszem.

— Co takiego?

— Dziesięć cyfr?

Sophie jeszcze nie chwytała.

— Numer rachunku — powiedział z charakterystycznym uśmieszkiem na twarzy. — Jestem prawie pewny, że zostawił nam jednak numer rachunku.

— Gdzie?

Langdon wyciągnął wydruk fotografii z miejsca zbrodni i rozłożył go na stoliku. Sophie rzuciła tylko okiem na pierwszą linijkę i zrozumiała.

1 3 - 3 - 2 - 2 1 - 1 - 1 - 8 - 5
M i a n o   c z o r t a   l i   d o l i n a   n a   v i d e o.
PS. Z n a j d ź   R o b e r t a   L a n g d o n a.

Rozdział 44

— Dziesięć cyfr — powiedziała Sophie, a jej dusza kryptologa zadrżała z radości.

13-3-2-21-1-1-8-5

Grand-père zapisał numer rachunku na podłodze w Muzeum
Luwru!

Kiedy Sophie po raz pierwszy zobaczyła ciąg Fibonacciego zapisany na podłodze tak, że na pierwszy rzut oka nie
można było go odczytać, uznała, że jedynym powodem, dla
którego dziadek go tam zostawił, było sprowokowanie DCPJ
do wezwania kryptologów i zaangażowania w całą sprawę
Sophie. Potem zdała sobie sprawę, że te cyfry są również
wskazówką, jak rozszyfrować pozostałe linijki — ciąg roz-
rzucony... anagram liczbowy. Teraz, zdumiona, zrozumiała,
że te cyfry mają kolejne ważne znaczenie. Niemal na pewno
są ostatnim kluczem otwierającym tajemniczą skrytkę depo-
zytową dziadka.

— Był mistrzem dwuznaczności — powiedziała Sophie do
Langdona. — Uwielbiał wszystko, co ma wiele warstw znaczeń.
Kody wplecione w kody.

Langdon ruszył w kierunku ciekłokrystalicznego ekranu
ustawionego obok przenośnika taśmowego. Sophie wzięła w rękę wydruk komputerowy i poszła za nim. Pod ekranem była

klawiatura podobna do tych, jakie spotyka się w bankomatach. Na ekranie widniało logo banku w kształcie krzyża. Obok klawiatury był trójkątny otwór. Sophie, nie tracąc czasu, włożyła trzpień klucza do otworu. Ekran natychmiast ożył.

```
NUMER RACHUNKU:
_ _ _ _ _ _ _ _ _ _
```

Kursor zapalał się i gasł. Czekał.
Dziesięć cyfr. Sophie odczytywała cyfry z wydruku, a Langdon je wprowadzał.

```
NUMER RACHUNKU:
1332211185
```

Kiedy wprowadził ostatnią cyfrę, ekran znów ożył. Pojawił się komunikat w kilku językach. Na samej górze po angielsku.

```
OSTRZEŻENIE
Przed naciśnięciem przycisku
potwierdzającego numer rachunku
proszę sprawdzić jego zgodność.
Ze względów bezpieczeństwa,
jeśli komputer nie rozpozna numeru rachunku,
nastąpi automatyczne zamknięcie systemu.
```

— *Fonction terminer* — mruknęła Sophie, marszcząc czoło. — Wygląda na to, że mamy tylko jedno podejście. Zazwyczaj bankomaty pozwalają użytkownikowi na trzy podejścia i dopiero kiedy za trzecim razem PIN jest błędny, bankomat konfiskuje kartę. Ale to oczywiście nie jest zwykła maszyna do wypłacania pieniędzy.

— Numer jest właściwy — potwierdził Langdon, sprawdzając dokładnie cyfra po cyfrze to, co wprowadzili na ekran i porównując z wydrukiem. Wskazał ruchem dłoni na klawisz ENTER. — Wal, Sophie!

Sophie wyciągnęła palec wskazujący w kierunku klawiatury i zawahała się, bo teraz zaczęła nękać ją inna dziwna myśl.

— Śmiało — zachęcał Langdon. — Vernet za chwilę tu będzie.

— Nie — cofnęła dłoń. — To nie jest właściwy numer rachunku.

— Ależ jest! Dziesięć cyfr. A cóż innego?

— Cyfry są zbyt przypadkowe.

— Zbyt przypadkowe? Każdy bank radzi klientom, aby wybierali numer PIN przypadkowo, wówczas nikt nie zdoła go odgadnąć. Klienci w tym banku na pewno otrzymywali podobne rady i numery rachunku wybierali jak najbardziej przypadkowo.

Sophie skasowała wszystko, co właśnie wprowadzili na ekran, i spojrzała na Langdona z całkowitą pewnością siebie.

— Wydaje mi się to dziwnym zbiegiem okoliczności, żeby te na pozór przypadkowe cyfry, składające się na numer rachunku, można było znów przekształcić w ciąg Fibonacciego.

Langdon zrozumiał, o co jej chodzi. Sophie wcześniej ustawiła ten numer rachunku w ciąg Fibonacciego. To znaczy, że można to zrobić.

Sophie znów była przy klawiaturze i wprowadzała inny numer.

— Kiedy przypominam sobie, że dziadek tak bardzo kochał kody i symbole, wydaje mi się logiczne, że wybrałby taki numer rachunku, który coś dla niego znaczy, coś, co mógłby łatwo zapamiętać. — Skończyła wpisywać cyfry i uśmiechnęła się nieśmiało. — Coś, co wyglądałoby na przypadkowe... A jednak przypadkowe by nie było.

Langdon spojrzał na ekran.

NUMER RACHUNKU
1123581321

Jeden rzut oka i wiedział, że Sophie ma rację.

Ciąg Fibonacciego.

1-1-2-3-5-8-13-21

Kiedy ciąg Fibonacciego wtopi się w dziesięciocyfrową liczbę, staje się w zasadzie nierozpoznawalny. Łatwo go zapamiętać, lecz wydaje się zupełnie przypadkowy. Genialny dziesięciocyfrowy kod, którego Saunière nigdy by nie zapomniał. Poza tym wyjaśniałoby to doskonale, dlaczego poprzestawiane cyfry zapisane na podłodze muzeum Luwru dały się ułożyć w ten słynny ciąg.

Sophie sięgnęła ręką i nacisnęła klawisz ENTER.

Nic.

Przynajmniej nic, co mogliby zobaczyć.

W tej samej chwili pod ich nogami, w ogromnym podziemnym skarbcu banku, ożyło ramię robota na linii przypominającej linię produkcji samochodów. Zakończone chwytakiem ruszyło na podwójnej szynie podwieszonej u sufitu w poszukiwaniu właściwych współrzędnych. Na betonowej podłodze pod systemem transportowym leżały setki identycznych plastikowych pojemników ułożonych na potężnej siatce... Jak rzędy małych trumien w podziemnej krypcie.

Chwytak zatrzymał się z cichym poszumem na właściwym miejscu ponad podłogą i zjechał w dół, a elektroniczne oko skanera odczytało kod kreskowy na plastikowym pojemniku. Następnie, z komputerową precyzją, chwytak zamknął się na solidnym uchwycie plastikowej skrzyni i podciągnął ją prosto w górę. Do działania włączyły się nowe przekładnie, a chwytak przeniósł skrzynię na przeciwległą stronę pomieszczenia i zatrzymał się nad nieruchomym pasem przenośnika taśmowego.

Teraz ramię opuściło się delikatnie nad taśmą, oddało pojemnik i podjechało w górę. Przenośnik ożył i z cichym poszumem ruszył wraz z pojemnikiem...

Sophie i Langdon odetchnęli z ulgą, kiedy zobaczyli, że taśma ruszyła. Stojąc tuż przy gumowym pasie, czuli się jak zmęczeni podróżni w punkcie odbioru bagażu, oczekujący na tajemniczą walizkę o nieznanej zawartości.

Taśma wchodziła do pokoju przez wąskie wycięcie poniżej klapy. Klapa uniosła się i z czeluści banku wyłonił się wielki plastikowy pojemnik, wykonany z czarnego, grubego, wytłaczanego plastiku, znacznie większy, niż go sobie wyobrażali. Wyglądał jak skrzynia transportowa używana do przewozów lotniczych, lecz bez żadnych otworów wentylacyjnych.

Pojemnik podjechał i zatrzymał się tuż przed nimi.

Langdon i Sophie stali, przyglądając mu się w milczeniu.

Tak jak wszystko w tym banku, skrzynia była przemysłowa — miała metalowe zapięcia, kod kreskowy przyklejony na wieku i wytłaczany ciężki uchwyt. Sophie przypominała wielką skrzynkę na narzędzia.

Nie tracąc czasu, Sophie odpięła dwa metalowe zapięcia z przodu skrzyni. Potem rzuciła spojrzenie Langdonowi. Wspólnie podnieśli ciężkie wieko i opuścili je w tył.

Zrobili krok do przodu i zajrzeli do wnętrza skrzyni.

Na pierwszy rzut oka Sophie wydawało się, że jest pusta. Potem coś zobaczyła. W głębi skrzyni. Pojedynczy przedmiot.

Wypolerowana drewniana szkatułka miała wymiary pudełka po butach i bogato zdobione zawiasy. Drewno było błyszczące, koloru głębokiej purpury, z wyraźnie odznaczającymi się słojami. Drewno różane — przypomniała sobie Sophie. Ulubione drewno jej dziadka. Wieko szkatułki zdobiła pięknie intarsjowana róża. Sophie i Langdon spojrzeli na siebie zdziwieni. Sophie pochyliła się i chwyciła szkatułkę, a potem wyciągnęła ją na zewnątrz.

Boże, jakie to ciężkie!

Postawiła ją ostrożnie na dużym stole na środku pokoju. Langdon stanął tuż przy niej i oboje spoglądali na szkatułkę ze skarbem, po którą dziadek ich tam wysłał.

Langdon przyglądał się ze zdumieniem ręcznie rzeźbionej cudownej intarsji z drewna różanego — róży o pięciu płatkach. Widział tego rodzaju różę wielokrotnie.

— Róża o pięciu płatkach — szepnął — jest symbolem zakonu oznaczającym Świętego Graala.

Sophie odwróciła się i spojrzała na niego. Langdon zgadywał, co ona myśli, on myślał o tym samym. Rozmiary szkatułki, waga tego, co zawiera, i symbol zakonu oznaczający Graala wskazywały na jedną niewiarygodną konkluzję. W tej drewnianej szkatułce znajduje się kielich Chrystusa. Langdon raz jeszcze powiedział sobie, że to niemożliwe.

— Ma idealne wymiary... — szepnęła Sophie — na... kielich.

To nie może być kielich.

Sophie przyciągnęła do siebie szkatułkę, zamierzając ją

243

otworzyć. Kiedy ją jednak przesunęła, wydarzyło się coś nie-spodziewanego. Z wnętrza dobiegł dziwny chlupot.

Langdon aż podskoczył. Czy tam jest jakiś płyn?

— Ty też to słyszałeś...? — Sophie była równie zdumiona.

Langdon skinął głową, zupełnie zagubiony.

— Jakiś płyn...

Sophie powoli odemknęła maleńki zatrzask, a potem pod-niosła wieko.

Przedmiot znajdujący się w szkatułce nie przypominał Lang-donowi niczego, co kiedykolwiek w życiu widział. Jednego tylko mogli być pewni ponad wszelką wątpliwość: to z pew-nością nie był kielich Chrystusa.

Rozdział 45

— Policja blokuje całą ulicę — powiedział André Vernet, wchodząc do pomieszczenia dla klientów banku. — Wyciągnięcie was stąd będzie trudne.

Kiedy zamknął za sobą drzwi, zobaczył na transporterze taśmowym ciężką plastikową skrzynię i zatrzymał się w pół kroku. Mój Boże! Udało im się dostać do depozytu Saunière'a?

Sophie i Langdon stali przy stole pochyleni nad czymś, co wyglądało jak spora szkatułka na biżuterię. Sophie natychmiast zamknęła wieko i spojrzała na Verneta.

— Okazało się, że jednak mieliśmy numer rachunku — powiedziała.

Vernet nie mógł wydobyć słowa. To diametralnie zmieniało sytuację. Z szacunkiem odwrócił oczy od szkatułki i spróbował wyobrazić sobie następny ruch. Muszę ich wyciągnąć z banku! Jednak policja już ustawiła blokadę i w związku z tym Vernet widział tylko jeden sposób.

— *Mademoiselle* Neveu, czy gdybym mógł wyprowadzić państwa bezpiecznie z banku, będziecie chcieli zabrać ze sobą ten przedmiot, czy też będziecie chcieli umieścić go z powrotem w sejfie?

Sophie spojrzała na Langdona, i znów na Verneta.

— Musimy to zabrać.

— Doskonale. — Vernet skinął głową. — A zatem, niezależnie od tego, co to jest, proponuję, panie Langdon, żeby pan to owinął w marynarkę i nie afiszował się z tym, kiedy będziemy przechodzili przez hol. Wolałbym, żeby nikt tego przy was nie widział.

Kiedy Langdon zdejmował marynarkę, Vernet podszedł pospiesznie do transportera, zamknął teraz już pustą plastikową skrzynię i wstukał kilka prostych komend. Przenośnik taśmowy znów ożył i plastikowy pojemnik ruszył w kierunku sejfu. Vernet wyciągnął złoty klucz z trójkątnego otworu i wręczył go Sophie.

— Tędy, proszę. Szybko.

Kiedy dotarli na tyły banku, do pomieszczeń, gdzie ładowano ciężarówki, Vernet zobaczył czerwonofioletowy poblask policyjnych świateł przezierających przez drzwi podziemnego garażu. Zmarszczył czoło. Policja prawdopodobnie blokuje wyjazd na ulicę. Czy uda mi się wykręcić taki numer? Dyrektor banku był cały spocony.

Pokazał gestem ręki jedną z mniejszych opancerzonych furgonetek zaparkowanych w rzędzie. *Transport sûr* był kolejną usługą oferowaną przez Bank Depozytowy Zurychu.

— Proszę wejść do środka, na pakę — powiedział, otwierając masywne tylne drzwi furgonetki i wskazując ręką jej błyszczące stalowe wnętrze. — Ja zaraz przyjdę.

Kiedy Sophie i Langdon wdrapywali się do furgonetki, Vernet przeszedł pospiesznie przez cały garaż do biura kierownika odpowiedzialnego za wyjazdy, otworzył drzwi, wziął klucze do furgonetki i znalazł kurtkę od munduru i czapkę kierowcy. Zdjął marynarkę i krawat i zaczął wkładać kurtkę kierowcy. Po chwili zastanowienia zapiął pod mundurem skórzaną kaburę. Wychodząc, wziął z półki pistolet służbowy kierowcy, włożył magazynek i wsadził broń do kabury, a potem zapiął guziki kurtki. Kiedy wrócił do furgonetki, wcisnął głęboko na czoło czapkę kierowcy i spojrzał na Sophie i Langdona, którzy stali wewnątrz pustej stalowej skrzyni.

— Pewnie będzie wam raźniej z tym. — Sięgnął do środka, do włącznika na ścianie, zapalając jedną jedyną żarówkę umieszczoną na suficie ładowni furgonetki. — Lepiej usiądźcie. Postarajcie się zachowywać bardzo cicho, kiedy będziemy wyjeżdżali przez bramę.

Sophie i Langdon usiedli na metalowej podłodze. Langdon trzymał w dłoniach ich skarb owinięty w tweedową marynarkę. Vernet zamknął dwuczęściowe masywne drzwi i przekręcił klucz, odcinając ich od świata. Potem wsiadł do szoferki i zapalił silnik.

Kiedy furgonetka pięła się w górę, w kierunku rampy wyjazdowej, Vernet czuł pod czapką krople potu. Zobaczył, że na zewnątrz jest znacznie więcej świateł samochodów policyjnych, niż się spodziewał. Furgonetka wjechała na rampę, a wtedy brama wewnętrzna otworzyła się do wewnątrz, by go przepuścić. Vernet podjechał jeszcze parę metrów i odczekał, aż brama zamknie się za nim i zadziała następny czujnik. Otworzyła się kolejna brama, a za nią znak do wyjazdu.

Niestety, samochody policyjne blokowały sam szczyt rampy. Vernet otarł czoło i ruszył do przodu.

Szczupły oficer policji zrobił krok w jego kierunku i gestem ręki kazał mu zatrzymać się kilka metrów od blokady. Przed frontem banku stały cztery patrolowe wozy policyjne.

Vernet zatrzymał furgonetkę. Naciągnął głębiej czapkę i starał się zachowywać tak prostacko, jak tylko pozwalało mu jego wykwintne wychowanie. Nie ruszył się zza kółka, otworzył drzwi i popatrzył z góry na agenta policji o ziemistej cerze i poważnym wyrazie twarzy.

— *Qu'est-ce qui se passe?* — spytał Vernet, naśladując paryski akcent.

— *Je suis Jérôme Collet* — odpowiedział agent. — *Lieutenant Police Judiciaire.* — Wskazał na pakę furgonetki. — *Qu'est-ce qu'il y a là dedans?*

— Niech mnie szlag trafi, jeżeli wiem — odpowiedział Vernet robociarską francuszczyzną. — Jestem tylko kierowcą.

Na Collecie nie zrobiło to żadnego wrażenia.

— Szukamy dwojga przestępców.

Vernet zaśmiał się głośno.

— No to dobrze trafiliście. Te gnoje, dla których jeżdżę, mają tyle kasy, że na pewno coś przeskrobali.

Agent podetknął mu przed oczy zdjęcie paszportowe Roberta Langdona.

— Czy ten mężczyzna był dzisiaj wieczorem u was w banku?

— Nie mam pojęcia — wzruszył ramionami Vernet. — Ja siedzę tylko w garażu dla furgonetek. Nas nie dopuszczają do klientów. Musi pan iść i zapytać w recepcji.

— Wasz bank żąda nakazu przeszukania. Inaczej nie chcą nas wpuścić.

— No tak, biurokraci. — Twarz Verneta wyrażała niesmak. — Szkoda gadać.

— Niech pan otworzy tył. — Collet wskazał na stalowe drzwi furgonetki.

Vernet popatrzył na agenta i zaśmiał się nieprzyjemnie.

— Otworzyć furgonetkę? Myśli pan, że mam klucze? Myśli pan, że mają do nas zaufanie? Powinien pan zobaczyć pasek mojej wypłaty.

Agent przechylił głowę na bok i popatrzył na niego sceptycznie.

— Mówi pan, że nie ma pan kluczy do własnej ciężarówki?

— Do paki nie. — Vernet pokręcił głową. — Tylko do stacyjki. Zanim furgonetka wyjedzie, opieczętowuje ją kierownik, który odpowiada za transport. Potem samochód czeka w garażu, a ktoś zawozi klucze tam, dokąd mamy jechać. Dostajemy telefon, że klucze ma już klient odbierający i wtedy wolno mi wyjechać. Ale ani o sekundę wcześniej. Ja nigdy nie wiem, jakie gówno wiozę.

— A tę ciężarówkę kiedy opieczętowano?

— Pewnie kilka godzin temu. Jadę aż do St. Thurial. Klucze do paki już tam są.

Agent nie odpowiedział, przewiercając go wzrokiem, jakby próbował odczytać myśli Verneta.

Za chwilę na czubek nosa Verneta spłynie kropla potu.

— Mogę? — spytał, ocierając nos rękawem i pokazując ręką na samochód policyjny blokujący wyjazd. — Muszę zdążyć na czas.

— Czy wszyscy kierowcy u was noszą rolexy? — spytał agent, pokazując palcem na nadgarstek Verneta.

Vernet spojrzał i zobaczył błyszczący pasek jego absurdalnie drogiego zegarka wystający spod mankietu koszuli. *Merde.*

— Ten chłam? Dałem za niego dwadzieścia euro u jakiegoś

Tajwańczyka przy St. Germain des Prés. Możesz go pan ode mnie odkupić za czterdzieści.

Agent nic nie powiedział i w końcu zrobił krok w tył.

— Nie, dziękuję. Szerokiej drogi.

Vernet wziął głęboki oddech i długo nie wypuszczał powietrza z płuc. Odetchnął pełną piersią dopiero wtedy, kiedy ciężarówka była dobre pięćdziesiąt metrów od banku. Teraz miał kolejny problem. Ładunek. Dokąd mam ich zawieźć?

Rozdział 46

Sylas leżał wyprostowany na materacu w swojej celi, twarzą do dołu, i czekał, aż rany od bicza na plecach zasklepią się i wyschną. Dzisiejsza druga sesja z dyscypliną skończyła się tak, że teraz czuł się słaby i kręciło mu się w głowie. Nie zdjął jeszcze opaski *cilice* i czuł, jak krew zaczyna mu ściekać po wewnętrznej stronie uda. Postanowił, że jej nie zdejmie.

Zawiodłem Kościół.

A co gorsza, zawiodłem biskupa.

Dzisiejszy wieczór miał być zbawieniem dla biskupa Aringarosy. Pięć miesięcy temu biskup wrócił ze spotkania w Obserwatorium Watykańskim, gdzie dowiedział się czegoś, co nim głęboko wstrząsnęło. Już nie był tym samym człowiekiem. Popadł w depresję i dopiero po paru tygodniach podzielił się tymi wiadomościami z Sylasem.

— Ależ to niemożliwe! — krzyknął głośno Sylas. — Nie mogę się z tym pogodzić!

— To prawda — powiedział Aringarosa. — Niewyobrażalna prawda. I to już za sześć miesięcy.

Słowa biskupa przeraziły Sylasa. Modlił się o wybawienie, ale nawet w tych ciemnych dniach i godzinach jego wiara w Boga i Drogę nigdy ani na chwilę się nie zachwiała. Miesiąc później cudem rozeszły się chmury i zaświeciło światło nowych możliwości. Boska interwencja — tak to nazwał Aringarosa.

Biskup po raz pierwszy wydawał się mieć jakąś nadzieję.

— Sylasie — szeptał. — Bóg zesłał nam wskazówkę i możliwość obrony Drogi. Nasza bitwa, tak jak wszystkie bitwy, będzie wymagała poświęceń. Czy zechcesz zostać żołnierzem Chrystusa?

Sylas upadł na kolana przez biskupem Aringarosą — człowiekiem, który dał mu nowe życie — i powiedział:

— Ja jestem barankiem w ręku Boga. A ty prowadź mnie jak pasterz, tam gdzie dyktuje ci serce.

Kiedy Aringarosa opisał mu możliwości, które się przed nimi otworzyły, Sylas wiedział, że będzie tylko ręką Boga i jego ramieniem. Cud przeznaczenia! Aringarosa skontaktował Sylasa z człowiekiem, który zaproponował plan — z człowiekiem, który nazywał siebie Nauczycielem. Chociaż Nauczyciel i Sylas nigdy się nie spotkali, zawsze kiedy rozmawiali przez telefon, Sylas odczuwał lęk, zarówno przed głębią wiary Nauczyciela, jak i przed zasięgiem jego władzy. Wydawało się, że Nauczyciel to człowiek, który zna wszystkich, który ma oczy i uszy wszędzie. Jak Nauczyciel zbierał informacje, tego Sylas nie wiedział, ale Aringarosa wierzył mu niemal bezgranicznie i kazał Sylasowi również mu wierzyć.

— Rób tak, jak ci rozkazuje Nauczyciel — powiedział biskup Sylasowi — a zwycięstwo będzie nasze.

Zwycięstwo.

Sylas patrzył teraz na gołe deski podłogi i zaczynał się naprawdę bać, że zwycięstwo im umknęło. Nauczyciela wystawiono do wiatru. Klucz sklepienia okazał się ślepą uliczką. A to oszustwo położyło kres wszelkiej nadziei.

Żałował, że nie może zadzwonić do biskupa Aringarosy i ostrzec go, ale Nauczyciel na dziś wieczór odciął wszelkie linie bezpośredniej komunikacji. Dla naszego bezpieczeństwa.

W końcu przemógł potężne zniechęcenie, wstał z trudem i znalazł habit leżący na podłodze. Wyciągnął z kieszeni telefon komórkowy. Ze zwieszoną głową wystukał numer.

— Nauczycielu — szepnął. — Wszystko stracone.

Sylas opowiedział, jak zostali oszukani.

— Za szybko tracisz wiarę — odparł Nauczyciel. — Właśnie otrzymałem wiadomość. Niespodziewaną i upragnioną. Sekret żyje. Jacques Saunière przekazał informację przed śmiercią. Wkrótce do ciebie zadzwonię. Nasza praca na dziś jeszcze nie jest skończona.

Rozdział 47

Jazda w słabo oświetlonym pomieszczeniu ładunkowym opancerzonej furgonetki przypominała jazdę policyjną suką. Langdon walczył z dobrze sobie znanym uczuciem lęku, które nawiedzało go w ciasnych pomieszczeniach. Vernet powiedział, że wywiezie nas na bezpieczną odległość poza miasto. Dokąd? Jak daleko?

Od siedzenia w kucki na metalowej podłodze zesztywniały mu nogi i zmienił pozycję, krzywiąc się, kiedy poczuł, że krew znowu zaczyna płynąć w udach i podudziach. W ramionach wciąż trzymał dziwaczny skarb, który wydobyli z banku.

— Chyba jesteśmy już na autostradzie — szepnęła Sophie.

Langdon wyczuwał to samo. Ciężarówka po denerwującej przerwie w podróży na szczycie rampy ruszyła dalej, skręcając przez kilka minut raz w lewo, raz w prawo, a teraz chyba przyspieszała. Pod nimi kuloodporne opony szumiały na gładkiej nawierzchni. Langdon zmusił się do skupienia uwagi na szkatułce z różanego drewna, którą trzymał w rękach. Postawił drogocenne zawiniątko na podłodze, odchylił poły marynarki i wyciągnął szkatułkę, a potem przysunął ją do siebie. Sophie zmieniła miejsce i przybliżyła się do niego, tak że teraz siedzieli obok siebie. Langdon nagle poczuł się tak, jak gdyby byli dwójką małych dzieci, które z roziskrzonymi oczami otwierają prezent gwiazdkowy.

W przeciwieństwie do ciepłych kolorów szkatułki z drewna różanego intarsjowana róża została wyrzeźbiona z drewna o bledszym kolorze, prawdopodobnie jesionowego, o widocznie jaśniejszym konturze, lepiej widocznego w stłumionym świetle wnętrza furgonetki. Róża. Całe armie i religie budowano na fundamencie tego symbolu. Budowano na nim tajne stowarzyszenia. Różokrzyżowcy. Rycerze Różanego Krzyża.

— Śmiało — powiedziała Sophie. — Otwórz.

Langdon odetchnął głęboko, lecz zanim otworzył szkatułkę, raz jeszcze spojrzał z podziwem na delikatną robotę snycerską, a potem odsunął zasuwkę i podniósł wieczko.

Miał różne wyobrażenia na temat tego, co mogą znaleźć w środku, ale najwyraźniej żadne nie było trafne. Wewnątrz szkatułki, wyłożonej karmazynowym jedwabiem, jak w ptasim gnieździe leżał przedmiot, którego znaczenia nawet nie starał się zrozumieć.

Zobaczył wyrzeźbiony z polerowanego białego marmuru kamienny cylinder, rozmiarami zbliżony do pojemnika na piłki tenisowe. Cylinder wydawał się jednak bardziej skomplikowany, było to coś więcej niż tylko kamienny walec, bo wyglądał na złożony z wielu części. Pięć marmurowych dysków ustawionych jeden na drugim i połączonych delikatną mosiężną ramką. Wyglądało to jak wieloczęściowy, walcowaty kalejdoskop. Na obu końcach cylinder miał marmurowe czapeczki, zatyczki przykrywające go tak, żeby nie można było zajrzeć do środka. Kiedy usłyszał bulgotanie płynu wewnątrz cylindra, stwierdził, że musi być pusty w środku.

Równie tajemnicza jak konstrukcja cylindra była rzeźba wokół jego obwodu, to właśnie ona przyciągnęła przede wszystkim uwagę Langdona. Na każdym z pięciu dysków wyrzeźbiono starannie ten sam nieukładający się w słowa zestaw liter — cały alfabet. Cylinder z literami przypominał Langdonowi jedną z jego zabawek z dzieciństwa — na gruby pręt nakładało się beczułki z różnymi literami, które można było ustawić tak, aby składać z nich słowa.

— Zdumiewające, prawda? — szepnęła Sophie.

— Nie wiem. Cóż to jest?

W oczach Sophie pojawił się błysk rozbawienia.

— Te niezwykłe przedmioty robił mój dziadek, to było jego hobby. A wymyślił je Leonardo da Vinci.

Nawet w stłumionym świetle Sophie dostrzegła zdziwienie Langdona.

— Leonardo da Vinci? — wymamrotał, przyglądając się pojemnikowi.

— Tak. To się nazywa krypteks. Dziadek mówił, że plany krypteksu pochodzą z sekretnych dzienników Leonarda da Vinci.

— Do czego to służy?

Zważywszy na wydarzenia dzisiejszego wieczoru, Sophie wiedziała, że jej odpowiedź może przynieść pewne interesujące implikacje.

— Jest to swego rodzaju skarbonka — wyjaśniła. — Przechowuje się w niej tajne informacje.

Langdon jeszcze szerzej otworzył oczy.

Sophie wyjaśniła mu, że tworzenie modeli wynalazków Leonarda da Vinci było jednym z ulubionych zajęć jej dziadka. Był utalentowanym rzemieślnikiem — całymi godzinami przesiadywał w swoim warsztacie stolarskim i snycerskim. Uwielbiał imitować mistrzów rzemiosła — Fabergégo, jubilerów biegłych w sztuce tworzenia przedmiotów techniką *cloisonné*, czyli emalii komórkowej, oraz przedmiotów mniej artystycznych, ale bardziej praktycznych, takich jak te wykonane według projektów Leonarda da Vinci.

Nawet przelotny wgląd w dzienniki Leonarda da Vinci pokazuje, że genialny luminarz sztuk rzadko kiedy finalizował swoje zamierzenia. Wykonał on setki projektów wynalazków, których nigdy nie wdrożył. Jednym z ulubionych zajęć Saunière'a było ożywianie co bardziej tajemniczych i dziwnych przebłysków geniuszu Leonarda da Vinci — zegarów, pomp wodnych, krypteksów; zbudował nawet figurkę średniowiecznego rycerza francuskiego o ruchomych kończynach, który stał teraz dumnie na biurku jego gabinetu. Leonardo zaprojektował rycerza w 1495 roku — był to rezultat jego wcześniejszych studiów anatomicznych i kinetostatycznych — wewnętrzny mechanizm robota miał bardzo dokładnie wymodelowane stawy i ścięgna, został zaprojektowany tak, że mógł wstawać, poruszać rękami i kręcić głową w różne strony dzięki ruchomej szyi, jednocześnie otwierając i zamykając anatomicznie prawidłową szczękę. Ten rycerz odziany w zbroję — takie było najgłębsze przekonanie Sophie — jest najpiękniejszym przedmiotem, jaki jej dziadek kiedykolwiek stworzył... To znaczy zanim zobaczyła krypteks w szkatułce z różanego drewna.

— Dla mnie też zrobił taki krypteks, kiedy byłam małą dziewczynką — powiedziała Sophie. — Ale nie widziałam tak dużego i ozdobnego jak ten.

Langdon nie spuszczał oczu ze szkatułki.

— Nigdy nie słyszałem o krypteksach.

Sophie wcale się temu nie dziwiła. Większości projektów Leonarda nigdy nie badano ani nie nazwano. Określenie krypteks, prawdopodobnie oryginalny pomysł dziadka, trafnie opisuje to urządzenie, wykorzystujące wiedzę kryptologiczną, by chronić informacje zapisane na papirusie znajdującym się w środku, który nazywa się kodeks.

Sophie wiedziała, że Leonardo da Vinci był pionierem kryptologii, chociaż rzadko mu to przyznawano. Nauczyciele akademiccy Sophie, kiedy przedstawiali metody szyfrowania komputerowego, służące zabezpieczaniu danych, chwalili współczesnych kryptologów takich jak Zimmerman i Schneider, ale nie wspominali, że to właśnie Leonardo przed wiekami wymyślał pierwociny kluczy do szyfrowania. Sophie dowiedziała się o tym oczywiście od dziadka.

Kiedy opancerzona furgonetka pruła autostradą, Sophie wyjaśniała Langdonowi, że krypteks stanowił rozwiązanie dylematu, jak wysyłać bezpiecznie komunikaty i wiadomości na dalekie odległości. W epoce bez telefonów i e-maila każdy, kto chciał przekazać zastrzeżoną informację komuś gdzieś daleko, musiał ją spisać, a potem zawierzyć posłańcowi, który zawiezie list. Niestety, jeżeli posłaniec podejrzewał, że list może zawierać cenne informacje, bardziej opłacało mu się sprzedać je wrogom, niż dostarczyć list do adresata.

Wiele potężnych umysłów w historii ludzkości pracowało i dochodziło do rozwiązań kryptologicznych, które w jakiś sposób chroniły dane: Juliusz Cezar wypracował schemat pisania kodem zwany skrzynką Cezara; Maria królowa Szkocji stworzyła szyfr polegający na podstawianiu liter i wysyłała tajne wiadomości z więzienia, a genialny naukowiec arabski, Abu al-Kindi, chronił swoje tajemnice za pomocą przemyślnego szyfru podstawiania liter z różnych alfabetów.

Leonardo wprzągł w swoje dzieło matematykę i kryptologię, by wypracować rozwiązanie mechaniczne. Krypteks. Przenośny pojemnik chroniący listy, mapy, diagramy i rysunki, w zasadzie wszystko. Informację raz zamkniętą wewnątrz krypteksu wyciągnąć mógł tylko ktoś, kto znał właściwe hasło dostępu.

— Potrzebne nam hasło — powiedziała Sophie, pokazując na dyski z literami alfabetu. — Krypteks działa na podobnej zasadzie jak zamek rowerowy na kombinację cyfr. Jeśli ustawi się cyfry we właściwym układzie, zamek się otwiera. Ten krypteks ma pięć dysków z literami alfabetu. Kiedy się je przekręci tak, żeby utworzyły właściwą sekwencję, to wewnętrzne tuleje krypteksu ułożą się w linii prostej i będzie można otworzyć cylinder, pociągając za górną i dolną zatyczkę.

— A co jest w środku?

— Kiedy cylinder się już otworzy, będziesz miał dostęp do środkowej części, gdzie może być ukryty zwój papieru z informacjami, które chcesz utajnić.

— I mówisz, że twój dziadek budował ci takie krypteksy, kiedy byłaś dzieckiem? — Langdon nie dowierzał.

— Tak, tyle że mniejsze. Kilka razy na urodziny dał mi krypteks i do tego zagadkę. Odpowiedź na zagadkę była słowem, które otwierało krypteks i kiedy udało mi się je wymyślić, otwierałam krypteks i znajdowałam kartkę urodzinową.

— Musiałaś się napracować dla tej kartki.

— To nie wszystko. Na kartce była zawsze jeszcze jakaś zagadka albo wskazówka. Dziadek uwielbiał wymyślać złożone i zabawne poszukiwania skarbu. Chodziłam po całym domu od wskazówki do wskazówki i w końcu znajdowałam prawdziwy prezent. Każde takie poszukiwanie skarbu było *preuve de mérite* — próbą charakteru i potwierdzeniem, że zasługuję na nagrodę, ponieważ rozwiązałam zadanie. A zadania nigdy nie były łatwe.

Langdon znów spojrzał na urządzenie, które trzymał w rękach, wciąż sceptyczny.

— Ale dlaczego po prostu tego nie oderwać? Albo nie rozbić? Metal wygląda na delikatny, a marmur jest przecież miękkim materiałem.

— Leonardo był na to za sprytny — uśmiechnęła się Sophie. — Tak zaprojektował krypteks, że gdyby ktoś próbował go otworzyć siłą, informacja uległaby samozniszczeniu. Patrz. — Sophie sięgnęła do szkatułki i ostrożnie wyjęła cylinder. — Informację zapisywało się na zwoju papirusu.

— Nie na pergaminie?

Sophie pokręciła głową.

— Na papirusie. Wiem, że zwoje pergaminowe robione na bazie jagnięcej skóry są bardziej trwałe i częściej w tamtych czasach ich używano, ale to musiał być papirus. Im cieńszy, tym lepszy.

— W porządku.

— Przed włożeniem do pustej przestrzeni w krypteksie papirus owijano wokół delikatnej szklanej fiolki — potrząsnęła krypteksem i w środku usłyszeli bulgotanie jakiejś cieczy. — Fiolki z płynem.

— Z jakim płynem?

— Z octem.

Langdon myślał chwilę, a potem kiwnął głową.

— Genialne.

Ocet i papirus, myślała Sophie. Gdyby ktoś próbował siłą otworzyć krypteks, szklana fiolka zbiłaby się, a ocet rozpuściłby papirus. Zanim ktokolwiek zdołałby odczytać utajnioną wiadomość, papirus byłby niekształtną kulą roślinnej miazgi.

— Jak widzisz — powiedziała Sophie — znajomość właściwego hasła dostępu jest jedynym sposobem na dotarcie do informacji wewnątrz krypteksu. A przy pięciu dyskach, przy czym każdy ma dwadzieścia sześć liter, mamy dwadzieścia sześć do piątej potęgi. — Szybko oszacowała permutację. — Mniej więcej dwanaście milionów możliwości.

— No, skoro tak mówisz — Langdon przez chwilę wyglądał tak, jakby przez jego głowę przelatywało dwanaście milionów pytań naraz. — Jak sądzisz, co znajdziemy w środku?

— Niezależnie od tego, co znajdziemy, najwidoczniej mój dziadek bardzo chciał, żeby tę informację utrzymać w tajemnicy.

Zamilkła i zamknęła wieko szkatułki, przyglądając się róży z pięcioma płatkami, intarsjowanej delikatnie jasnym drewnem. Coś nie dawało jej spokoju.

— Mówiłeś, że róża jest symbolem Świętego Graala?

— Właśnie. W symbolice zakonu róża i Graal to właściwie synonimy.

— To dziwne, ponieważ mój dziadek zawsze mi mówił, że róża oznacza tajemniczość. Wieszał różę na drzwiach swojego gabinetu zawsze wtedy, kiedy miał jakiś telefon czy rozmowę, której miałam nie słyszeć, i nie chciał, żebym mu przeszkadzała. Zachęcał mnie, żebym robiła to samo.

„Kochanie — mawiał dziadek — zamiast się zamykać w pokojach, moglibyśmy wieszać róże — *la fleur des secrets* — na swoich drzwiach, kiedy chcemy być sami. W ten sposób nauczymy się szacunku dla siebie i zaufania. Wieszanie róży to starożytny rzymski zwyczaj".

— *Sub rosa* — powiedział Langdon. — Rzymianie wieszali różę na drzwiach, jeśli chcieli zaznaczyć, że odbywające się za nimi spotkanie jest tajne. A jego uczestnicy doskonale wiedzieli, że wszystko, co się mówiło pod różą — *sub rosa* — jest tajemnicą.

Langdon wyjaśnił Sophie, że atmosfera tajemniczości wokół róży to nie jedyny powód, dla którego zakon posługiwał się nią jako symbolem Graala. *Rosa rugosa*, jeden z najstarszych gatunków róży, ma pięć płatków i pięciokątną symetrię, jak Wenus prowadząca żeglarzy po morzach i oceanach, a to daje róży ikonograficzne powiązania z kobiecością. Ponadto róża jest ściśle związana z pojęciem „właściwego kierunku" w nawigacji — również życiowej. Róża wiatrów pomaga żeglarzom ustalić właściwy kierunek żeglugi, podobnie jak linie róży, czyli południki na mapach. Z tego właśnie powodu róża jest symbolem, który opowiada o Świętym Graalu na wielu poziomach — na poziomie tajemniczości, kobiecości i przewodnictwa — jest kielichem, w którym kryje się element kobiecy, i gwiazdą prowadzącą ku prawdzie.

Kiedy Langdon skończył, nagle na jego twarzy pojawiło się napięcie.

— Co jest, Robercie?

— *Sub... rosa* — Landgon z trudem wymawiał słowa, wzrok utkwił w szkatułce, a na jego twarzy widać było mieszaninę strachu i niedowierzania. — To niemożliwe.

— Co?

— Pod znakiem róży — wyszeptał. — W tym krypteksie... Chyba wiem, co w nim jest.

Rozdział 48

Langdon sam sobie nie mógł uwierzyć, a jednak zważywszy na to, kto dał im ten marmurowy cylinder, w jaki sposób im go przekazał, wraz z różą na szkatułce, przychodziła mu do głowy jedynie ta myśl.

Mam w rękach klucz sklepienia.

Legenda mówiła wyraźnie: klucz jest zaszyfrowanym kamieniem, który leży pod znakiem róży.

— Co się dzieje, Robercie? — Sophie przyglądała mu się uważnie.

— Czy twój dziadek wspominał ci kiedyś o czymś, co nazywa się *la clef de voûte*? — spytał Langdon, zebrawszy myśli.

— Klucz do sejfu? — przetłumaczyła Sophie.

— Nie, to jest przekład dosłowny. *Clef de voûte* jest pospolitym pojęciem z dziedziny architektury. Słowo *voûte* nie oznacza tutaj sejfu bankowego, ale zwornik w konstrukcji łuku półkolistego. Na przykład w sklepieniach.

— Ale sklepienia nie mają zworników.

— Mają. Każdy półkolisty kamienny łuk musi być u szczytu spięty środkowym kamieniem w kształcie klina, kamieniem, który zamyka konstrukcję łuku i przenosi wszystkie obciążenia. Taki kamień nazywa się w terminologii architektonicznej zwornikiem sklepienia, mówi się też o nim klucz sklepienia. — Langdon przyglądał się Sophie uważnie, próbując dostrzec w jej oczach iskierkę zrozumienia.

Sophie wzruszyła ramionami i spojrzała na krypteks.

— Ale to oczywiście nie jest żaden klucz sklepienia.

Langdon nie wiedział, od czego zacząć. Zworniki jako element techniki kamieniarskiej, stosowane w konstruowaniu kamiennych łuków półkolistych, to jeden z najpilniej strzeżonych sekretów pierwszych bractw mularskich. Wtajemniczenie królewskiego łuku. Architektura. Kamienne zworniki. To wszystko było ze sobą powiązane. Sztuka stosowania kamiennego klinu do budowy sklepionych, nakrytych łukiem przejść należy do arsenału wiedzy wolnomularzy, która uczyniła z nich zamożnych rzemieślników, i była pilnie strzeżoną tajemnicą. Kluczowi sklepienia towarzyszy otoczka tajemnicy. Ale kamienny cylinder w szkatułce z różanego drewna to coś zupełnie innego. Klucz sklepienia zakonu, jeżeli rzeczywiście to mieli w rękach, był więc czymś, czego Langdon w ogóle nie mógł sobie wyobrazić.

— Klucz zakonu nie jest moją specjalnością — przyznał Langdon. — Zajmuję się Świętym Graalem przede wszystkim z punktu widzenia symboliki, więc raczej nie przywiązywałem wagi do tego, co mówią rozliczne legendy na temat poszukiwań.

— Poszukiwań Świętego Graala?

— Według legendy zakonu — Langdon starannie dobierał słowa — klucz sklepienia zakonu jest zakodowaną mapą... Mapą, która wskazuje miejsce ukrycia Świętego Graala.

— I sądzisz, że to właśnie jest to? — Oczy Sophie nie wyrażały teraz żadnych uczuć.

Langdon nie wiedział, co powiedzieć. Nawet dla niego brzmiało to niewiarygodnie, a jednak był to jedyny logiczny wniosek, jaki się narzucał. Zaszyfrowany kamień ukryty pod znakiem róży.

Fakt, że projekt krypteksu jest dziełem Leonarda da Vinci — kiedyś wielkiego mistrza Zakonu Syjonu — to kolejna znacząca przesłanka przemawiająca za tym wnioskiem. Projekt byłego wielkiego mistrza... Ożywiony kilka wieków później przez innego członka zakonu. Związek był zbyt oczywisty, żeby go odrzucić.

Przez ostatnie dziesięć lat historycy szukali klucza sklepienia w kościołach Francji. Poszukiwacze Świętego Graala, obeznani z tym, co w historii zakonu utajnione i wieloznaczne, doszli do wniosku, że *la clef de voûte* oznacza konkretny zwornik — klin konstrukcyjny — grawerowany szyfrem kamień osadzony u szczytu sklepionej łukowatej konstrukcji w jakimś kościele. Pod znakiem róży. W architekturze nie brak róż. Okna okolone różami. Różane reliefy. I oczywiście mnogość *cinquefoils* — pięciopłatkowych reliefów kwiatowych, które często znajdują się u szczytu łuków na wprost zwornika. Miejsce ukrycia wydawało się przewrotnie proste. Mapa prowadząca do Świętego Graala tkwi wysoko, wtopiona w łuk nakrywający przejście w jakimś zapomnianym kościele, szydząc ze ślepoty wszystkich, którzy odwiedzając kościół, przemieszczają się pod nią.

— Ten krypteks nie może więc być kluczem sklepienia — rozmyślała głośno Sophie — nie jest dostatecznie stary. Jestem pewna, że wykonał go mój dziadek. Nie jest cząstką starej legendy o Świętym Graalu.

— Prawdę mówiąc — odparł Langdon, czując dreszcz ekscytacji — uważa się, że klucz sklepienia stworzono w zakonie stosunkowo niedawno, w ciągu ostatnich kilku dziesięcioleci.

— Ale jeżeli ten krypteks wskazuje miejsce ukrycia Świętego Graala, dlaczego dziadek dawałby go mnie? — Spojrzenie Sophie wyrażało niedowierzanie. — Nie mam pojęcia, jak go otworzyć ani co z nim zrobić. Nie wiem nawet, czym jest Święty Graal!

Langdon stwierdził ze zdziwieniem, że ona ma rację. Nie miał jeszcze okazji wyjaśnić Sophie, czym naprawdę jest Święty Graal. Ta opowieść będzie musiała poczekać. Na razie całą uwagę skupili na kluczu sklepienia.

Jeżeli to rzeczywiście jest to...

Mając w tle poszum kuloodpornych opon furgonetki pędzącej po autostradzie, Langdon szybko opowiedział Sophie wszystko, co słyszał na temat klucza sklepienia. Podobno przez całe wieki największy sekret zakonu — miejsce ukrycia Świętego Graala — nie został nigdy nigdzie zapisany. Ze względu na bezpieczeństwo tajemnicy przekazywano ją ustnie każdemu nowemu przychodzącemu seneszalowi podczas sekretnej ceremonii. Jednak w pewnym momencie zakon zmienił strategię; może z uwagi na nowe możliwości podsłuchu elektronicznego postanowiono nigdy więcej nie mówić o miejscu ukrycia uświęconego skarbu.

— Jak więc przekazywano sobie tę tajemnicę? — spytała Sophie.

— I tu właśnie zaczyna się rola klucza sklepienia — wyjaśniał Langdon. — Kiedy umiera jeden z czterech najważniejszych członków zakonu, trzej pozostali wybierają z niższych kręgów kandydata do godności seneszala. Nie mówią nowemu seneszalowi, gdzie jest ukryty Graal, lecz poddają go próbie, w której będzie mógł udowodnić, że jest godny dostąpić tajemnicy.

Widząc reakcję Sophie, Langdon przypomniał sobie, co mu mówiła — że dziadek urządzał jej poszukiwania skarbu dla udowodnienia, że zasługuje na nagrodę. Trzeba przyznać, że idea klucza sklepienia jest podobna. Ale tego typu próby były bardzo powszechne w tajnych stowarzyszeniach. Słynęli z tych praktyk zwłaszcza wolnomularze — członkowie tego stowarzyszenia pną się na coraz wyższe szczeble, dowodząc, że potrafią dotrzymać tajemnicy, i latami uczestnicząc w rytuałach i w różnorodnych sprawdzianach cnót. Zadania są coraz trudniejsze, aż do kulminacji, kiedy kandydat godny tego zaszczytu jest wprowadzany w trzydziesty drugi krąg masoński.

— A więc klucz sklepienia jest *preuve de mérite* — powiedziała Sophie. — Kandydat do godności seneszala zakonu otrzyma informację, jeśli dowiedzie, że jest godzien tego, by ją przechowywać.

— Zapomniałem — przyznał Langdon — że masz spore doświadczenie w tego rodzaju próbach.

— Nie chodzi tylko o dziadka. W kryptologii znamy to pod nazwą „języka samoautoryzacji". Innymi słowy, jeżeli jesteś na tyle bystry, żeby odczytać informację, masz prawo wiedzieć, co ona zawiera.

— Sophie — podjął znów Langdon z wahaniem. — Zdajesz sobie sprawę, co z tego wynika? Jeżeli to jest klucz sklepienia i twój dziadek miał do niego dostęp, to znaczy, że był w Zakonie Syjonu kimś bardzo znaczącym. Musiał być jednym z czterech najważniejszych członków.

Sophie westchnęła.

— Był kimś bardzo znaczącym w jakimś tajnym stowarzyszeniu. Tego jestem pewna. Mogę przypuszczać, że chodzi o Zakon Syjonu.

— Wiedziałaś, że jest członkiem tajnego stowarzyszenia?

— Dziesięć lat temu widziałam coś, co nie było przeznaczone dla moich oczu. Od tamtej pory nigdy z dziadkiem nie rozmawiałam. — Zamilkła. — Dziadek był w tym kręgu nie tylko kimś wysoko postawionym... Jestem przekonana, że był na szczycie.

Langdon nie mógł uwierzyć własnym uszom.

— Wielkim mistrzem? Ale... jak to możliwe, żebyś o tym nie wiedziała?

— Wolałabym o tym nie rozmawiać. — Sophie odwróciła spojrzenie pełne determinacji i bólu.

Langdon siedział i milczał jak ogłuszony. Jacques Saunière? Wielkim mistrzem? Pomimo wszelkich zadziwiających reperkusji, jeżeli to prawda, Langdon miał niesamowite wrażenie, że wszystko to układa się w niemal doskonałą całość. Przecież poprzedni wielcy mistrzowie zakonu również byli wybitnymi postaciami ze świata sztuki. Dowód na to znaleziono wiele lat temu w paryskiej Bibliotece Narodowej w zbiorze dokumentów znanych jako *Dossiers secrets* — Tajne akta.

Każdy kto interesuje się historią zakonu i każdy maniak poszukiwania Świętego Graala czytał te akta. Autentyczność dokumentów skatalogowanych pod sygnaturą 4° lm¹ 249 została zweryfikowana przez wielu specjalistów. Potwierdzają one jednoznacznie to, co historycy podejrzewali już od dłuższego czasu, a mianowicie, że wielkimi mistrzami zakonu byli między innymi Leonardo da Vinci, Botticelli, sir Isaac Newton, Victor Hugo, a ostatnio Jean Cocteau, słynny pisarz i malarz francuski.

Dlaczego by więc nie Jacques Saunière?

Langdon gubił się w domysłach, zwłaszcza gdy sobie uprzytomnił, że dziś wieczór miał się spotkać z Saunière'em. Wielki mistrz zakonu umówił się ze mną. Po co? Na pogawędkę o sztuce? Wydało mu się to zupełnie nieprawdopodobne. Poza tym, jeżeli instynkt go nie myli, wielki mistrz Zakonu Syjonu właśnie przekazał legendarny klucz sklepienia, należący od wieków do bractwa, swojej wnuczce, polecając jej równocześnie odnaleźć Roberta Langdona.

Niewyobrażalne!

Langdon daremnie szukał okoliczności, które tłumaczyłyby zachowanie Saunière'a. Jeżeli Saunière obawiał się, że może stracić życie, było przecież trzech seneszali, którzy też znali tajemnicę, a więc gwarantowali bezpieczeństwo zakonu. Dlaczego Saunière podejmowałby tak ogromne ryzyko przekazywania klucza sklepienia swojej wnuczce, zwłaszcza w sytuacji, kiedy od dziesięciu lat z nią nie rozmawiał? Dlaczego miałby wciągać w całą sprawę Langdona... Człowieka całkowicie obcego?

W tej układance ciągle czegoś brak, pomyślał Langdon.

Wyglądało na to, że na odpowiedzi na piętrzące się pytania trzeba będzie jeszcze poczekać. Usłyszeli odgłos coraz wolniej pracującego silnika i oboje podnieśli głowy. Spod opon dochodził dźwięk miażdżonego żwiru. Dlaczego Vernet zjeżdża z autostrady?, zastanawiał się Langdon. Obiecał, że wywiezie ich za miasto w bezpieczne miejsce. Ciężarówka zwolniła i jechała teraz w ślimaczym tempie po wybojach i wertepach.

Sophie rzuciła Langdonowi niepewne spojrzenie i szybko zamknęła i zabezpieczyła wieko szkatułki. Langdon włożył marynarkę.

Furgonetka zatrzymała się; wciąż słyszeli odgłos pracującego silnika, a zamki w tylnych drzwiach zaczęły się otwierać. Kiedy drzwi stanęły otworem, Langdon ze zdziwieniem stwierdził, że Vernet zaparkował gdzieś w zalesionej okolicy, z dala od drogi. Nagle go zobaczyli. Na jego twarzy malowało się napięcie. W dłoni trzymał pistolet.

— Bardzo mi przykro — powiedział. — Naprawdę, nie miałem wyboru.

Rozdział 49

André Vernet wyglądał dziwnie z pistoletem, ale w oczach miał determinację i Langdon wiedział, że niemądrze byłoby poddawać go jakimkolwiek próbom.

— Obawiam się, że muszę nalegać — powiedział Vernet, mierząc do nich z broni, kiedy stali oboje na stalowej podłodze furgonetki. — Niech pani postawi to pudełko.

Sophie trzymała mocno szkatułkę, przyciskając ją do piersi.

— Powiedział pan, że dziadek i pan byliście przyjaciółmi.

— Moim obowiązkiem jest ochraniać majątek pani dziadka — odparł Vernet. — I właśnie to czynię. Proszę postawić pudełko na podłodze.

— Mój dziadek powierzył je mnie! — zaprotestowała Sophie.

— Nie będę więcej dyskutował — rzucił stanowczo Vernet, podnosząc pistolet.

Sophie położyła szkatułkę przy swoich stopach.

Langdon widział teraz, że lufa pistoletu kieruje się w jego stronę.

— Panie Langdon — powiedział Vernet — proszę przynieść pudełko tutaj, do mnie. I proszę pamiętać, że każę to zrobić panu, ponieważ do pana nie zawaham się strzelić.

Langdon przyglądał się bankierowi, nie wierząc w to, co się dzieje.

— Dlaczego pan to robi?

— A jak pan myśli? — odparł nerwowo Vernet, a w jego angielszczyźnie słychać było coraz silniejszy obcy akcent. — Bronię powierzonego mi majątku klienta.

— My teraz jesteśmy pana klientami — zauważyła Sophie.

Twarz Verneta była teraz jak maska, uległa niesamowitej przemianie.

— *Mademoiselle* Neveu, nie wiem, jak zdobyła pani klucz i numer rachunku, ale nie ma wątpliwości, że nie postępowała pani uczciwie. Gdybym wiedział, jakie zbrodnie na was ciążą, nigdy bym wam nie pomógł opuścić banku.

— Mówiłam już — powiedziała Sophie — że nie mieliśmy nic wspólnego ze śmiercią dziadka!

Vernet spojrzał na Langdona.

— A jednak w radiu mówią, że jesteście poszukiwani nie tylko za zabójstwo Jacques'a Saunière'a, ale również za zabójstwo trzech innych osób.

— Co takiego? — Langdon był jak rażony piorunem. Trzy inne morderstwa? Ta liczba zrobiła na nim większe wrażenie niż fakt, że to on jest głównym podejrzanym. Wydawało się nieprawdopodobne, że to może być przypadek. Trzej seneszale? Langdon spojrzał na szkatułkę. Jeżeli seneszale zostali zamordowani, Saunière nie miał wyboru. Musiał komuś przekazać klucz sklepienia.

— Oddam was w ręce policji i już oni się wami zajmą — powiedział Vernet. — Mój bank i tak jest w to za bardzo zamieszany.

Sophie patrzyła z wściekłością na Verneta.

— Panie Vernet, gdyby miał pan zamiar oddać nas w ręce policji, zawiózłby nas pan z powrotem do banku. Tymczasem trzyma nas pan na muszce gdzieś w lesie za miastem.

— Pani dziadek korzystał z moich usług z jednego powodu; chciał, by jego własność była bezpieczna i by nikt się o niej nie dowiedział. Niezależnie od tego, co zawiera to pudełko, nie mam zamiaru pozwolić, żeby ktoś umieścił je na liście dowodów związanych z morderstwem. Panie Langdon, proszę mi je przynieść.

Sophie pokręciła głową.

— Nie rób tego.

Nagle huknął strzał i w ścianę furgonetki nad ich głowami uderzyła kula. Dudniący odgłos niemal zatrząsł wozem, łuska spadła na podłogę i uderzyła o metal.

Cholera! Langdon zamarł w miejscu.

Vernet odezwał się teraz tonem, w którym było więcej pewności siebie.

— Panie Langdon, niech pan podniesie to pudełko.

Langdon posłuchał.

— Teraz proszę mi je przynieść. — Vernet mierzył z broni w ten sposób, że nie mógłby nie trafić. Stał tuż za tylnym zderzakiem, a broń miał wymierzoną prosto w Langdona i Sophie stojących w tyle furgonetki.

Trzymając szkatułkę, Langdon szedł powoli przez pakę furgonetki w kierunku otwartych tylnych drzwi.

Muszę coś zrobić!, myślał. Za chwilę oddam mu klucz sklepienia zakonu.

Kiedy Langdon szedł w kierunku drzwi furgonetki, zdał sobie sprawę, że jest trochę wyżej od Verneta, i zaczął się zastanawiać, czy może w jakiś sposób wykorzystać tę przewagę. Lufa pistoletu Verneta znajdowała się na poziomie kolan Langdona. Może by go tak solidnie kopnąć? Niestety, kiedy Langdon się zbliżał, Vernet chyba wyczuł zmianę w jego postawie i zrobił kilka kroków do tyłu, ustawiając się jakieś półtora metra dalej, poza zasięgiem rąk i nóg swojej ofiary.

— Proszę położyć pudełko przy drzwiach — odezwał się Vernet rozkazującym tonem.

Nie widząc żadnych innych możliwości, Langdon ukląkł i położył szkatułkę na podłodze przy samej krawędzi, dokładnie na wprost otwartych drzwi.

— Teraz proszę wstać.

Langdon zaczął wstawać, ale kątem oka zobaczył maleńką łuskę po naboju na podłodze tuż obok stalowej futryny drzwi furgonetki.

— Proszę wstać i odsunąć się od pudełka.

Langdon zwlekał przez chwilę, wodząc wzrokiem wzdłuż stalowego progu. Wstał, niepostrzeżenie przesunął łuskę, tak żeby wpadła do wąskiego otworu ramy drzwi furgonetki. W końcu wyprostował się i zrobił krok do tyłu.

— Cofnąć się do tylnej ściany i odwrócić plecami do mnie.
Langdon posłuchał.

Vernet czuł, że serce wali mu jak młotem. Celując z pistoletu,
który trzymał w prawej ręce, lewą sięgnął po szkatułkę. Okazało
się, że jest za ciężka. Musi wziąć ją w obie ręce. Rzucił okiem
na swoich więźniów i skalkulował ryzyko. Stali dobre trzy
metry od niego, z tyłu furgonetki, twarzami do ściany. Podjął
decyzję. Szybko położył pistolet na zderzaku, uniósł pudełko
obiema rękami i położył je na ziemi, a potem natychmiast
chwycił pistolet i znów wymierzył go w furgonetkę. Ani Langdon, ani Sophie nie poruszyli się.

Świetnie. Teraz trzeba tylko zamknąć drzwi i przekręcić
klucz. Sięgnął do metalowych drzwi i zaczął je zamykać po
łuku. Kiedy były już prawie domknięte, Vernet wyciągnął dłoń,
żeby przesunąć zasuwę, która musiała się wpasować w odpowiedni otwór. Drzwi zamknęły się z hukiem, a Vernet szybko
pchnął zasuwę w lewo. Trzpień przesunął się kilka centymetrów,
a potem ze zgrzytem zatrzymał w miejscu, nie dochodząc do
tulei, w której miał się schować. Co jest? Vernet jeszcze raz
pociągnął zasuwę i popchnął, ale nie chciała wejść w tuleję.
Mechanizm nie był ustawiony osiowo. Drzwi nie są szczelnie
zamknięte! Czując falę paniki, uderzył mocno ramieniem
w drzwi, ale to nic nie dało. Coś je blokuje! Vernet odsunął się
o krok, żeby z większym impetem uderzyć w drzwi, ale w tej
chwili skrzydło drzwi odskoczyło i zdzieliło go w twarz, miażdżąc boleśnie nos i odrzucając go do tyłu. Pistolet wyleciał
łukiem w powietrze, a Vernet obejmował dłońmi twarz i czuł
na palcach ciepłą krew płynącą z nosa.

Robert Langdon zeskoczył gdzieś niedaleko. Vernet próbował
wstać, ale nic nie widział. Kręciło mu się w głowie i mieniło
w oczach, znów upadł na plecy. Sophie Neveu coś krzyczała.
Po kilku chwilach Vernet poczuł, że unosi się nad nim chmura
kurzu i spalin. Usłyszał chrzęst opon wyrzucających w powietrze żwir i kiedy udało mu się usiąść, zobaczył, że szeroka
furgonetka nie wyrobiła się na zakręcie. Przedni zderzak huknął
w drzewo. Silnik zawył, a drzewo trochę się ugięło. Słabszy

okazał się zderzak, który puścił i częściowo oderwał się od nadwozia. Opancerzona furgonetka ze zwisającym przednim zderzakiem wyprysnęła do przodu. Kiedy dotarła do drogi, ciemność nocy oświetliła tryskająca fontanna iskier, znacząc szlak znikającego w oddali pojazdu.

Vernet odwrócił głowę i spojrzał na ziemię, tam gdzie przed chwilą stała jego furgonetka. Nawet w słabej poświacie księżyca widział, że niczego tam nie ma. Szkatułka zniknęła.

Rozdział 50

Nieoznakowany fiat sedan wyjechał za bramę Castel Gandolfo, a potem, serpentynami wcinającymi się w zbocza Wzgórz Albańskich, ruszył w dół, ku dolinie. Siedzący z tyłu biskup Aringarosa uśmiechał się do siebie, czując w aktówce spoczywającej na kolanach ciężar obligacji na okaziciela, i zastanawiał się, ile czasu upłynie, zanim wspólnie z Nauczycielem przystąpią do wymiany.

Dwadzieścia milionów euro.

Za tę sumę Aringarosa kupi sobie władzę, która znaczy więcej niż pieniądze.

Kiedy samochód sunął w kierunku Rzymu, Aringarosa złapał się na tym, że znów zadaje sobie pytanie, czemu Nauczyciel jeszcze się z nim nie skontaktował. Wyciągnął telefon komórkowy z kieszeni sutanny i sprawdził zasięg. Ledwo jedna kreska — bardzo słaby.

— Tutaj nie wszędzie jest zasięg — powiedział szofer, spoglądając we wsteczne lusterko. — Za jakieś pięć minut wyjedziemy zza gór i sygnał się poprawi.

— Świetnie, dziękuję. — Aringarosa poczuł nagły przypływ niepokoju. W górach nie ma sygnału. Może Nauczyciel próbuje się z nim skontaktować? A nuż wydarzyło się coś złego.

Aringarosa pospiesznie sprawdził pocztę głosową. Nic. Pomyślał, że przecież Nauczyciel nigdy by nie zostawił nagranej wiadomości, zachowywał wielką ostrożność w kwestiach komunikacji. Nikt lepiej niż on nie rozumiał zagrożeń związanych z posługiwaniem się otwartym tekstem. Podsłuch elektroniczny odegrał znaczącą rolę w gromadzeniu tajnych informacji, których tak niezwykły zbiór miał Nauczyciel.

Dlatego stosuje dodatkowe środki ostrożności.

Niestety, środki ostrożności narzucone przez Nauczyciela zabraniały Aringarosie jakiegokolwiek kontaktu telefonicznego. „Sam się zgłoszę — poinformował go Nauczyciel. Więc proszę się nie oddalać od telefonu". Kiedy Aringarosa się zorientował, że komórka mogła nie działać, ogarnął go lęk na myśl, co Nauczyciel mógł sobie pomyśleć, jeżeli wydzwaniał do niego na próżno.

Będzie przekonany, że coś jest nie tak. Albo że nie udało mi się zdobyć obligacji. Biskup poczuł na czole kroplę potu. Albo jeszcze gorzej... że wziąłem pieniądze i zwiałem!

Rozdział 51

Nawet przy prędkości zaledwie sześćdziesięciu kilometrów na godzinę zwisający przedni zderzak furgonetki ocierał raz po raz o nawierzchnię pustej podmiejskiej drogi i potwornie zgrzytał, sypiąc pióropuszami iskier na maskę samochodu.

Musimy zjechać z drogi, pomyślał Langdon. Nie miał pojęcia, dokąd zmierzają. Jedyny działający reflektor furgonetki rzucał karykaturalnie przekrzywiony promień światła w bok, na lasy otaczające drogę poza miastem. Widać opancerzenie tej „opancerzonej furgonetki" obejmuje tylko tę część wozu, w której przewozi się ładunek.

Sophie siedziała na siedzeniu pasażera, wpatrując się nieruchomym wzrokiem w szkatułkę z drewna różanego, którą trzymała na kolanach.

— Jak się czujesz? — spytał Langdon, widząc, jak jest wstrząśnięta.

— Wierzysz mu?

— Chodzi ci o te trzy morderstwa? Oczywiście. Daje nam to odpowiedź na wiele pytań, na przykład dlaczego twojemu dziadkowi tak ogromnie zależało na tym, żeby przekazać dalej klucz sklepienia, wyjaśnia to również, dlaczego Fache z taką zawziętością na mnie poluje.

— Nie, chodzi mi o to, czy Vernet rzeczywiście chce chronić swój bank.

Langdon spojrzał na nią zza kierownicy.

— A czegóż innego miałby chcieć?

— No, na przykład zdobyć klucz sklepienia.

Langdonowi nie przyszło to do głowy.

— Skąd wiedziałby, co jest w szkatułce?

— Przecież była przechowywana w jego banku. Znał mojego dziadka. Może coś wiedział. I postanowił zatrzymać Graala.

Langdon pokręcił głową. Vernet to nie jest ten typ.

— Z moich doświadczeń wynika, że są dwa powody, dla których ludzie poszukują Graala. Albo są naiwni i wierzą, że szukają zaginionego kielicha Chrystusa...

— Albo?

— Albo znają prawdę i czują się zagrożeni. Było wielu ludzi, którzy chcieli zniszczyć Graala.

W ciszy, która zapadła, słychać było, jak zderzak szoruje o nawierzchnię drogi. Odjechali już parę kilometrów, a Langdon, obserwując pióropusze iskier wydobywające się spod błotnika, zastanawiał się, czy to jest bezpieczne. Gdyby natknęli się na jakiś samochód, z pewnością przyciągnęliby uwagę kierowcy. Powziął więc decyzję.

— Zobaczę, czy uda mi się trochę przygiąć ten zderzak.

Zjechał na pobocze i zatrzymał furgonetkę.

Nareszcie cisza.

Kiedy szedł w kierunku maski samochodu, złapał się na tym, że nerwy ma napięte jak struny. Widok otworu kolejnej lufy pistoletu tego wieczoru mocno na niego podziałał. Wciągnął głęboko w płuca rześkie powietrze nocy i spróbował się skoncentrować. Z jednej strony przytłaczała go świadomość, że jest zwierzyną łowną, z drugiej czuł ciężar odpowiedzialności, bo być może Sophie trzyma oto w rękach zaszyfrowane wskazówki wiodące do jednej z najpilniej strzeżonych tajemnic wszech czasów.

Jakby tego było mało, Langdon zdał sobie sprawę, że nie ma żadnej możliwości zwrotu klucza sklepienia zakonowi. Informacja o trzech innych morderstwach prowadziła do nieodpartych wniosków. Ktoś przeniknął do zakonu. Bractwo zostało zdemaskowane. Albo było pilnie śledzone, albo w jego szeregach znajdował się zdrajca. To by wyjaśniało, dlaczego Saunière zechciał złożyć klucz sklepienia w ręce Sophie i Langdona — ludzi spoza bractwa, niezdekonspirowanych. Nie możemy ot, tak sobie oddać go z powrotem bractwu. Nawet gdyby Langdon miał jakiś pomysł na to, jak odszukać któregoś z członków, istniało spore prawdopodobieństwo, że ktoś, kto by się zgłosił po klucz sklepienia, byłby wrogiem zakonu. Na razie jednak wydawało się, że klucz sklepienia jest w rękach Sophie i Langdona, czy tego chcą, czy nie.

Przód furgonetki wyglądał gorzej, niż można się było spodziewać. Lewy reflektor odpadł, a prawy wyglądał jak gałka oczna zwisająca z oczodołu. Langdon spróbował osadzić reflektor, ale metalowa oprawka od razu wypadła. Dobre było jedynie to, że przedni zderzak był niemal zupełnie urwany. Langdon kopnął z całej siły w metal i poczuł, że zderzak da się wyłamać.

Kopiąc i szarpiąc pogiętą blachę, przypomniał sobie wcześniejszą rozmowę z Sophie. Dziadek zostawił wiadomość telefoniczną, że musi powiedzieć jej całą prawdę o rodzinie. Wtedy ta informacja nic dla niego nie znaczyła, ale teraz, kiedy za całą historią zaczął dostrzegać Zakon Syjonu, zrozumiał, że wyłaniają się nowe, niezwykłe możliwości.

Zderzak złamał się nagle z głośnym zgrzytem. Langdon przerwał na chwilę, żeby złapać oddech. Furgonetka nie będzie teraz przynajmniej działała jak wyrzutnia świątecznych fajerwerków. Chwycił zderzak i pociągnął, by ukryć go w lesie, zastanawiając się, dokąd powinni się teraz udać. Nie mieli pojęcia, jak otworzyć krypteks ani dlaczego Saunière im go dał. Tymczasem od odpowiedzi na te pytania zależało, czy przeżyją tę noc.

Potrzebujemy pomocy, orzekł w myśli Langdon. Pomocy profesjonalisty.

W świecie specjalistów od Świętego Graala i Prieuré de Sion była tylko jedna osoba, do której mogli się zwrócić. Jego zadanie polegało teraz na tym, by przekonać do tego pomysłu Sophie.

Sophie czekała w kabinie opancerzonej furgonetki. Szkatułka z różanego drewna, którą trzymała na kolanach, coraz bardziej jej ciążyła. Po co dziadek mi to dał? Nie miała zielonego pojęcia, co z tym zrobić.

Pomyśl, Sophie! Pogłówkuj. Dziadek chce ci coś powiedzieć.

Otworzyła pudełko i rzuciła okiem na tarcze krypteksu.

Sprawdzian kompetencji. Czuła w tym rękę dziadka. *Klucz sklepienia jest mapą, która poprowadzi tylko tych, którzy na to zasługują.* To brzmiało zupełnie jak słowa dziadka.

Sophie wyciągnęła krypteks z pudełka i przesunęła palcami po dyskach. Pięć liter. Przekręciła dyski jeden po drugim. Mechanizm działał gładko. Ustawiła je w ten sposób, że wybrane przez nią litery ułożyły się między dwiema mosiężnymi strzałkami, umieszczonymi po obu stronach cylindra, tworząc pięcioliterowe słowo, które Sophie uważała za absurdalnie oczywiste.

G-R-A-A-L

Delikatnie ujęła w dłonie oba końce cylindra i pociągnęła, powoli zwiększając siłę. Krypteks ani drgnął. Słyszała, jak w środku bulgocze ocet, i przestała ciągnąć. Spróbowała jeszcze raz.

V-I-N-C-I

Znów nic. Krypteks był zamknięty na głucho.

Marszcząc brwi, włożyła go z powrotem do szkatułki i zamknęła wieczko. Spojrzała przez szybę na Langdona i poczuła wdzięczność za to, że jest z nią tej nocy. *PS. Znajdź Roberta Langdona.* Logika polecenia, które wydał jej dziadek, była teraz nie do obalenia. Sophie za mało wiedziała, żeby zrozumieć intencje dziadka, dostała więc Roberta Langdona za przewodnika. Nauczyciela, który zadba o jej wykształcenie. Pechowo, zamiast być nauczycielem, Langdon stał się celem polowania Bezu Fache'a... i jakiejś niewidzialnej siły, która chce przejąć Świętego Graala.

Bez względu na to, czym okaże się Święty Graal.

Zaczęła się zastanawiać, czy wyjaśnienie tej kwestii jest warte jej życia.

Kiedy furgonetka znów przyspieszyła, Langdon poczuł przypływ zadowolenia na myśl o tym, jak gładko auto prze do przodu.

— Wiesz, jak dojechać do Wersalu?

Sophie spojrzała na niego kątem oka.

— Chcesz pozwiedzać?

— Nie, ale mam plan. Znam pewnego historyka religii, który mieszka niedaleko Wersalu. Nie pamiętam dokładnie gdzie, ale znajdziemy to miejsce. Byłem kilka razy w jego posiadłości. Nazywa się Leigh Teabing. Kiedyś był oficjalnym historykiem brytyjskiej rodziny królewskiej.

— I mieszka w Paryżu?

— Pasją życiową Teabinga jest Święty Graal. Kiedy piętnaście lat temu zaczęto szeptać o kluczu sklepienia, Teabing przeniósł się do Francji, żeby szukać go po kościołach i katedrach. Napisał kilka książek o kluczu i o Świętym Graalu. Może pomoże nam to otworzyć i będzie wiedział, co dalej zrobić.

W oczach Sophie ukazał się wyraz niezadowolenia.

— Można mu zaufać?

— W jakiej sprawie? Chodzi o to, czy nie ukradnie informacji?

— I czy nas nie wyda.

— Nie zamierzam mówić mu, że szuka nas policja. Mam nadzieję, że weźmie nas pod swoje skrzydła, dopóki nie uda się wszystkiego rozwikłać.

— Czy nie przyszło ci do głowy, Robercie, że każda stacja telewizyjna we Francji prawdopodobnie właśnie szykuje się do tego, żeby pokazać nasze zdjęcia? Dzięki mediom Bezu Fache zyskuje przewagę nad ściganym. Nie będziemy mogli ruszyć się na krok, bo wszyscy nas rozpoznają.

Fantastycznie, pomyślał Langdon. Zadebiutuję w telewizji francuskiej. W programie „Najgroźniejsi przestępcy Paryża". Jonas Faukman będzie zadowolony, bo ilekroć Langdon wystąpił w telewizji albo pisano o nim w prasie, sprzedaż jego książek rosła.

— Czy to naprawdę twój dobry przyjaciel? — spytała Sophie.

Langdon wątpił, by Teabing w ogóle oglądał telewizję, a zwłaszcza o tej porze, ale nad odpowiedzią na to pytanie warto się było zastanowić. Instynkt mówił mu, że Teabingowi można zaufać bez zastrzeżeń i że jego dom stanie się dla nich bezpieczną przystanią. W zaistniałej sytuacji Teabing prawdopodobnie zrobi wszystko, by im pomóc, nie tylko dlatego, że jest winien Langdonowi przysługę, ale też dlatego, że jest badaczem Świętego Graala, a Sophie twierdziła, że dziadek naprawdę był wielkim mistrzem Prieuré de Sion. Gdyby Teabing się o tym dowiedział, wychodziłby ze skóry, by pomóc im rozwikłać zagadkę.

— Teabing może być poważnym sprzymierzeńcem — orzekł Langdon. — Zależnie od tego, co zechcemy mu powiedzieć.
— Fache prawdopodobnie wyznaczy za nas nagrodę pieniężną.

Langdon zaśmiał się głośno.

— Wierz mi, pieniądze to ostatnia rzecz, jakiej ten facet potrzebuje. Leigh Teabing to człowiek tak zamożny, jak zamożne bywają niewielkie państewka. Potomek pierwszego księcia Lancasteru doszedł do pieniędzy na sposób tradycyjny — odziedziczył je po przodkach. Jego posiadłość na przedmieściach Paryża to siedemnastowieczny pałac z dwoma należącymi do niego prywatnymi jeziorami.

Langdon poznał Teabinga przed kilkoma laty przez sieć telewizyjną BBC. Teabing zwrócił się do BBC z propozycją nakręcenia historycznego filmu dokumentalnego, który ukazałby szerokiej publiczności telewizyjnej niezwykłą historię Świętego Graala. Producenci byli pod wrażeniem wstępnych założeń Teabinga, jego badań i kompetencji, ale obawiali się, że idea, którą prezentował, była tak szokująca i trudna do zaakceptowania, że w rezultacie mogłaby rzucić cień na reputację rzetelnego dziennikarstwa, jaką cieszyła się BBC. W końcu problem wiarygodności został rozwiązany dzięki propozycji Teabinga, by poprosić trzech uznanych w świecie historyków, aby wystąpili w filmie, potwierdzając niezwykłość tajemnicy Świętego Graala wynikami własnych badań naukowych.

Jednym z nich był Langdon.

Sieć BBC opłaciła przelot i koszty związane z pobytem Langdona w paryskiej posiadłości Teabinga. Langdon siedział we wspaniale urządzonym salonie i patrząc wprost w kamerę, dzielił się z widzami swoją opowieścią — przyznał, że na początku sam był sceptyczny wobec prezentowanej tu historii Świętego Graala, lecz potem lata badań naukowych przekonały go do niej. W końcu Langdon przedstawił niektóre wnioski ze swych własnych badań — różne skojarzenia w sferze symboliki wspierające tę pozornie kontrowersyjną tezę.

Kiedy materiał wyemitowano w Wielkiej Brytanii, pomimo wybornej obsady i dobrze udokumentowanych faktów jego założenia tak mocno starły się z powszechnie panującą myślą chrześcijańską, że natychmiast natrafił na mur niechęci. Nigdy nie pokazano go w Stanach Zjednoczonych, ale reperkusje i echa tego programu dotarły na drugą stronę Atlantyku. Wkrótce potem Langdon otrzymał kartkę pocztową od starego przyjaciela, katolickiego biskupa Filadelfii. Na kartce widniały tylko trzy słowa: *Et tu, Robert?*

— Czy jesteś pewien, Robercie, że możemy mu zaufać? — spytała powtórnie Sophie.

— Absolutnie. Poznaliśmy się na niwie naukowej. On nie potrzebuje pieniędzy, a ja z kolei wiem, że nienawidzi francuskich władz. Rząd francuski nakłada na niego absurdalne podatki, ponieważ kupił zabytek historyczny, a wraz z nim część dziedzictwa Francji. Nie będzie mu się spieszyło do współpracy z Fache'em.

Sophie wyjrzała przez okno na ciemniejącą szosę.

— Jeżeli do niego pojedziemy, co zechcesz mu powiedzieć?

— Wierz mi — rzucił lekko Langdon — Leigh Teabing wie więcej o Zakonie Syjonu i o Świętym Graalu niż ktokolwiek inny na świecie.

Sophie spojrzała na niego kątem oka.

— Więcej niż mój dziadek?

— Miałem na myśli to, że wie więcej niż ktokolwiek spoza bractwa.

— Skąd wiesz, że Teabing nie jest członkiem bractwa?

— Całe życie starał się głosić światu prawdę o Świętym Graalu. A członków bractwa przysięga zobowiązuje do utrzymywania prawdy w tajemnicy.

— Tu mi się szykuje poważny konflikt interesów.

Langdon rozumiał jej niepokój. Saunière przekazał krypteks bezpośrednio Sophie i chociaż nie wiedziała, co zawiera ani co ma z nim zrobić, wahała się, czy wciągać w sprawę kogoś zupełnie obcego. Zważywszy na informację, która mogła być umieszczona w krypteksie, intuicja Sophie prawdopodobnie słusznie ją ostrzegała.

— Nie musimy od razu mówić Teabingowi o kluczu. W ogóle nie musimy mu o tym mówić. W jego domu będziemy mogli się ukryć i spokojnie się nad wszystkim zastanowić. Może rozmowa z nim o Graalu pomoże ci zrozumieć, dlaczego dziadek ci to dał.

— Dlaczego *nam* to dał — sprostowała Sophie.

Langdon poczuł przypływ dumy i znów zaczął się zastanawiać, dlaczego Saunière go we wszystko wmieszał.

— Wiesz mniej więcej, gdzie mieszka pan Teabing? — spytała Sophie.

— Jego posiadłość nazywa się Château Villette.

Sophie odwróciła się do niego z wyrazem niedowierzania na twarzy.

— Château Villette?

— Tak.

— Fajnych masz przyjaciół.

— Znasz tę posiadłość?

— Przejeżdżałam obok niej. Ten pałac leży w krainie wielkich zamków nad Loarą. Dwadzieścia minut drogi stąd.

Langdon zmarszczył brwi.

— Tak daleko?

— Tak, będziesz miał dość czasu, żeby mi powiedzieć, czym naprawdę jest Święty Graal.

— Powiem ci, kiedy już będziemy u Teabinga. Specjalizujemy się w odrębnych obszarach tej legendy, będziesz więc miała pełną historię, naświetloną z różnych stron. — Langdon uśmiechnął się do siebie. — Poza tym Graal to całe życie Teabinga, usłyszeć historię Świętego Graala z jego ust to tak jak usłyszeć wykład o teorii względności z ust Einsteina.

— Miejmy nadzieję, że pan Leigh zechce nas przyjąć o tak późnej porze.

— Tylko dla formalności powiem ci, że to sir Leigh. — Langdon popełnił błąd zapomnienia tylko raz. — Teabing to niezwykle barwna postać. Królowa angielska nadała mu tytuł szlachecki parę lat temu, gdy skończył pisać historię książęcego domu Yorków.

— Żartujesz. Odwiedzimy prawdziwego rycerza, pasowanego przez królową?

— Jesteśmy wszak na tropie Świętego Graala — uśmiechnął się Langdon. — Któż mógłby się nam przydać bardziej niż najprawdziwszy rycerz?

Rozdział 52

Olbrzymia posiadłość Château Villette znajdowała się w obrębie Wersalu, dwadzieścia pięć minut drogi na południowy zachód od Paryża. Zaprojektowana przez François Mansarta w 1668 roku na zamówienie księcia Aufflay, mieściła jeden z najznamienitszych zabytkowych pałaców Paryża. Wraz z dwoma prostokątnymi jeziorami i ogrodami, zaprojektowanymi przez Le Nôtre'a, Château Villette był właściwie skromnym zamkiem. Nazywano go pieszczotliwie *le Petite Versailles* — Małym Wersalem.

Langdon nacisnął na hamulec i opancerzona furgonetka zatrzymała się z łoskotem na końcu ponadkilometrowego podjazdu. Za imponującą bramą, będącą elementem zabezpieczenia terenu, rezydencja sir Leigha Teabinga wyłaniała się w pewnej odległości przed nimi pośrodku łąki. Tabliczka na bramie oznajmiała po angielsku: WŁASNOŚĆ PRYWATNA. WSTĘP WZBRONIONY.

Jak gdyby chcąc ogłosić swoje domostwo niezależną brytyjską wyspą, Teabing nie tylko umieścił angielskie napisy, ale i domofon przy bramie kazał zainstalować po prawej stronie, która wszędzie w Europie poza Anglią była stroną pasażera.

Sophie spojrzała ze zdumieniem na domofon umieszczony po niewłaściwej stronie bramy.

— A jeśli ktoś przyjeżdża sam, bez towarzystwa?

— Nie pytaj. — Langdon omawiał to kiedyś z Teabingiem. — On woli, żeby wszystko było tak jak w domu.

Sophie opuściła szybę.

— Lepiej ty rozmawiaj, Robercie.

Chcąc nacisnąć guzik domofonu, Langdon przechylił się, opierając się o kolana Sophie. Poczuł tajemniczy, zmysłowy zapach jej perfum i zdał sobie nagle sprawę, jak blisko siebie się znaleźli. Czekał skręcony w dziwacznej pozycji na pierwszy sygnał z domofonu, podczas gdy z głośnika dochodził dźwięk dzwonka.

W końcu w domofonie coś trzasnęło i ktoś odezwał się zirytowanym głosem po angielsku z wyraźnym francuskim akcentem.

— Château Villette. Kto tam?

— Mówi Robert Langdon — odpowiedział Langdon, leżąc na kolanach Sophie. — Jestem przyjacielem sir Leigha Teabinga. Potrzebuję jego pomocy.

— Mój pan już śpi. Ja też spałem. O co chodzi?

— To sprawa osobista. Coś, co go bardzo zainteresuje.

— Jestem pewien, że z przyjemnością przyjmie pana rano.

Langdon przysunął się bliżej mikrofonu.

— To dosyć ważne.

— Podobnie jak zdrowy sen mojego pana. Jeśli jest pan jego przyjacielem, zdaje pan sobie sprawę z jego słabego zdrowia.

Sir Leigh Teabing jako dziecko chorował, a teraz nosił aparat wzmacniający nogi i chodził o kulach, ale podczas ostatniego spotkania z nim Langdon stwierdził, że sir Leigh ma w sobie tyle życia i jest postacią tak barwną i pełną wigoru, że jego choroba jest prawie niezauważalna.

— Bardzo bym prosił, by powiedział mu pan, że odkryłem nowe informacje na temat Graala. Informacje, które nie mogą czekać do rana.

Nastąpiła długa chwila ciszy.

Langdon i Sophie czekali, a silnik furgonetki pracował hałaśliwie.

Minęła cała minuta.

W końcu ktoś się odezwał:

— Mój dobry człowieku, śmiem twierdzić, że wasz zegarek chodzi według standardowego czasu Harvardu. — Głos był czysty, a ton spokojny.

282

Langdon uśmiechnął się szeroko, rozpoznając klarowny brytyjski akcent.

— Przepraszam cię, Leigh, że pojawiam się o tak nieprzyzwoitej porze.

— Mój służący poinformował mnie, że nie tylko jesteś w Paryżu, ale że mówisz coś o Graalu.

— Pomyślałem, że to cię wyciągnie z łóżka.

— I nie myliłeś się.

— Mamy jakieś szanse, żebyś otworzył bramę staremu przyjacielowi?

— Ci, którzy szukają prawdy, są więcej niż przyjaciółmi. Są braćmi.

Langdon wzniósł oczy do góry i spojrzał na Sophie — znał skłonność Teabinga do wygłaszania wzniosłych kwestii.

— W rzeczy samej, otworzę przed tobą tę bramę, wędrowcze — oznajmił Teabing. — Lecz najpierw muszę się przekonać, czy serce i zamiary masz czyste. Będzie to próba twojego honoru. Odpowiesz na trzy pytania.

Langdon jęknął, szepcząc Sophie na ucho:

— Wytrzymaj. Mówiłem ci, że ten facet to prawdziwe dziwadło.

— Pierwsze pytanie — obwieścił Teabing z patosem. — Mam ci podać herbatę czy kawę?

Langdon znał opinię Teabinga na temat tego, co Amerykanie nazywają kawą.

— Herbatę — odparł. — Earl Grey.

— Doskonale. Teraz drugie pytanie. Mleko czy cukier?

Langdon zawahał się.

— Mleko — szepnęła mu Sophie do ucha. — Anglicy chyba piją z mlekiem.

— Mleko — odparł Langdon.

Cisza.

— Cukier?

Teabing nie reagował.

— Chwileczkę! — Langdon przypomniał sobie teraz gorzki napój, który zaserwowano mu podczas ostatniej bytności w Château Villette, i zdał sobie sprawę, że pytanie jest podchwytliwe. — Cytryna! — stwierdził. — Earl Grey z cytryną.

— W rzeczy samej. — W głosie Teabinga słychać było teraz nieskrywane rozbawienie. — W końcu muszę ci zadać najtrudniejsze pytanie. — Przerwał i po chwili przemówił uroczystym tonem: — W którym roku wioślarz z Harvardu ostatni raz pokonał oksfordczyka podczas regat w Henley?

Langdon nie miał zielonego pojęcia, ale wyobrażał sobie tylko jeden powód, dla którego to pytanie zostało zadane.

— Jestem pewien, że taka farsa nigdy jeszcze nie miała miejsca.

Usłyszeli szczęk zamka i po chwili brama stała przed nimi otworem.

— Szczere masz zamiary i czyste serce, przyjacielu. Możesz wjeżdżać.

Rozdział 53

— *Monsieur* Vernet! — W głosie kierownika nocnej zmiany Banku Depozytowego Zurychu zabrzmiała ulga, kiedy usłyszał w słuchawce głos przełożonego. — Dokąd pan wyjechał, panie dyrektorze? Tu się roi od policji, wszyscy na pana czekają!

— Miałem mały problem — powiedział prezes banku, a w jego głosie słychać było zmęczenie. — Potrzebuję pilnie pańskiej pomocy.

Ma pan chyba raczej niemały problem, pomyślał kierownik. Policja otoczyła bank szczelnym kordonem i groziła, że kapitan DCPJ we własnej osobie zjawi się zaraz na progu z nakazem przeszukania, którego żąda bank.

— Jak mogę panu pomóc?

— Furgonetka opancerzona numer trzy. Muszę ją odnaleźć.

Zaskoczony i jednocześnie zdziwiony kierownik sprawdził plan wysyłek.

— Jest na miejscu. Na dole, w pomieszczeniu, w którym ładuje się depozyty do ciężarówek.

— Myli się pan. Furgonetkę ukradły dwie osoby ścigane przez policję.

— Co takiego? W jaki sposób stąd wyjechali?

— Nie mogę się wdawać w szczegóły, to nie jest rozmowa na telefon, ale mamy sytuację, która może okazać się niezwykle niekorzystna dla banku.

— Co mam robić, panie prezesie?

— Chciałbym, żeby pan uruchomił transponder alarmowy ciężarówki.

Wzrok kierownika nocnej zmiany przesunął się wzdłuż ścian pomieszczenia i zatrzymał na tablicy kontrolnej LoJack po drugiej stronie. Podobnie jak wiele innych samochodów opancerzonych, każda furgonetka banku była wyposażona w sterowane radiowo urządzenie namierzające, które można było uruchomić zdalnie z siedziby banku. W długiej historii banku kierownik włączył ten system bezpieczeństwa tylko raz, po porwaniu furgonetki. Zadziałał bez zarzutu — namierzył ją i automatycznie przekazał współrzędne władzom. Dziś jednak kierownik miał wrażenie, że prezes chce działać trochę ostrożniej.

— Wie pan, panie dyrektorze, że jeśli uruchomię system LoJack, transponder jednocześnie poinformuje władze o tym, że mamy problem.

Vernet milczał przez kilka sekund.

— Tak, wiem o tym. Proszę jednak wykonać moje polecenie. Furgonetka numer trzy. Zaczekam przy telefonie. Proszę podać mi dokładne namiary, jak tylko je pan otrzyma.

— W tej chwili, panie dyrektorze.

Trzydzieści sekund później, czterdzieści kilometrów dalej, mały transponder ukryty w podwoziu opancerzonej furgonetki ożył z pierwszym mrugnięciem czerwonego światełka.

Rozdział 54

Kiedy kluczyli między wysokimi topolami, drogą prowadzącą do głównego budynku rezydencji, Sophie poczuła, że opada z niej napięcie. Znaleźć się poza główną drogą — to była prawdziwa ulga i nie przychodziło jej do głowy żadne bezpieczniejsze schronienie niż otoczona wysokim murem prywatna posiadłość należąca do dobrodusznego obcokrajowca.

Skręcili w prowadzący łukiem podjazd i z prawej strony ukazało się Château Villette. Budynek był trzypiętrowy, długości co najmniej sześćdziesięciu metrów, miał fasadę z szarego kamienia, oświetloną punktowymi reflektorami. Surowa fasada kontrastowała z nieskazitelnie utrzymanymi ogrodami i stawem pobłyskującym szklistą powierzchnią wody.

W kilku oknach właśnie zapalały się światła.

Zamiast podjechać do drzwi frontowych, Langdon postawił samochód na parkingu otoczonym gęstą roślinnością.

— Nie ma potrzeby ryzykować, że ktoś zauważy nas od strony drogi — powiedział. — Albo że Leigh będzie się zastanawiał, dlaczego przyjechaliśmy rozbitą furgonetką.

Sophie skinęła głową.

— Co robimy z krypteksem? Chyba nie powinniśmy go tu zostawiać, ale jeżeli Leigh go zobaczy, pewnie będzie chciał wiedzieć, co to jest.

— Nie martw się. — Langdon wysiadł z samochodu i zdjął marynarkę. Owinął w nią szkatułkę i niósł zawiniątko na rękach jak niemowlę.

Na twarzy Sophie pojawił się wyraz powątpiewania.

— Subtelne.

— Teabing nigdy sam nie otwiera drzwi, lubi efektowne wejścia. Nim do nas wyjdzie, znajdę jakieś miejsce, żeby to upchnąć. — Langdon przerwał. — Właściwie powinienem cię przed nim ostrzec, zanim ci go przedstawię. Sir Leigh ma poczucie humoru, które ludzie często uważają za... dziwne.

Sophie wątpiła, czy tej nocy jeszcze coś mogłoby ją zadziwić.

Ścieżka do drzwi frontowych była wyłożona kocimi łbami. Wijąc się i kręcąc, doprowadziła ich do solidnych drzwi z rzeźbionego dębowego i wiśniowego drewna, na których zauważyli mosiężną kołatkę z kulką wielkości grejpfruta. Zanim Sophie zdążyła wyciągnąć rękę, drzwi się otworzyły.

Przed nimi pojawił się nagle nieskazitelnie elegancki lokaj, poprawiając biały krawat i smoking, który chyba właśnie na siebie włożył. Miał około pięćdziesięciu lat, szlachetne rysy i surowy wyraz twarzy, z którego wynikało niedwuznacznie, że nie bawi go ich obecność.

— Sir Leigh już schodzi — oznajmił uroczyście po angielsku, z mocnym francuskim akcentem. — Ubiera się. Nie chciałby przyjmować gości w nocnej koszuli. Czy mogę wziąć pańską marynarkę? — Z nieskrywaną niechęcią popatrzył na zwinięty w kłębek tweed w rękach Langdona.

— Dziękuję, poradzę sobie.

— Rozumiem, nie wątpię. Proszę tędy.

Lokaj prowadził ich przestronnym korytarzem wyłożonym marmurem do przepięknie umeblowanego gabinetu, oświetlonego miękkim światłem wiktoriańskich lamp z frędzelkami. W pokoju wyczuwało się jakiś antyczny zapach, jakby królewski, były w nim akcenty fajkowego tytoniu, zapach listków herbaty, aromat sherry i bijący od kamiennych murów chłodny oddech ziemi. Na przeciwległej ścianie, otoczony z obu stron lśniącymi kolczugami, znajdował się kominek z surowo ciosanych kamieni, tak duży, że mógłby się w nim upiec cały wół. Lokaj podszedł do paleniska, ukląkł i przyłożył zapałkę do wcześniej ułożonego stosu z dębowych szczap i bali. Chwilę później w kominku zaczęły strzelać czerwone płomyki ognia.

Mężczyzna wstał i poprawił marynarkę.

— Mój pan pragnie, żebyście czuli się państwo jak u siebie. — Wypowiedziawszy to zdanie, wyszedł z godnością, zostawiając Langdona i Sophie samych.

Sophie zastanawiała się, na którym z antyków ustawionych przy kominku ma usiąść — czy na obitej jedwabiem renesansowej sofie, czy na bujanym fotelu, którego poręcze zakończone były rzeźbionymi głowami orłów, czy na jednej z kamiennych ław, które wyglądały tak, jakby ktoś przeniósł je wprost z bizantyjskiej świątyni.

Langdon odwinął krypteks z marynarki, podszedł do sofy i wsunął drewniane pudełko głęboko pod spód, tak że w ogóle nie było go widać. Potem strzepnął marynarkę i włożył ją, wygładziwszy klapy, uśmiechnął się do Sophie i usadowił wprost nad ukrytym skarbem.

A więc na sofie, pomyślała Sophie, siadając tuż obok niego.

Wpatrując się w potężniejące płomienie ognia, ciesząc się ciepłem bijącym z kominka, Sophie pomyślała, że w tym pomieszczeniu dziadek czułby się doskonale. Na ścianach pokrytych ciemnym drewnem wisiały obrazy starych mistrzów, jednego z nich Sophie rozpoznała — był to Poussin, drugi ulubiony malarz dziadka. Na półce nad kominkiem stało alabastrowe popiersie Izydy strzegące tego pomieszczenia.

Tuż pod egipską boginią widać było podtrzymujące kominek dwa kamienne gargulce z wyciągniętymi głowami i szeroko otwartymi paszczami, które ziały groźnymi, czarnymi, pustymi gardzielami. Kiedy Sophie była dzieckiem, gargulce ją przerażały, ale dziadek wyleczył ją z tego strachu, zaprowadziwszy na sam szczyt katedry Notre Dame podczas ulewy.

— Spójrz, księżniczko, na te głupie stworzenia — powiedział, wskazując palcem na końcówki rynien w kształcie gargulców, z których paszcz wypływały strumienie wody. — Słyszysz śmieszne dźwięki w ich gardłach? — Sophie skinęła głową i rozśmieszył ją ten bulgoczący dźwięk wody, która z chlupotem przelewała się przez ich pyski. — One gulgoczą *Gargariser!* Stąd pochodzi ich śmieszna nazwa gargulce.

Sophie nigdy potem już się ich nie lękała.

To wspomnienie wywołało falę bólu, która zalała ją, kiedy zdała sobie sprawę z realności i potworności zabójstwa. Dziadka już nie ma. Wyobraziła sobie krypteks pod sofą i zastanawiała się, czy Leigh Teabing będzie miał jakiś pomysł, jak go otworzyć. Czy w ogóle powinniśmy go o to pytać? Ostatnie słowa dziadka Sophie stanowiły wyraźną instrukcję, żeby odnaleźć Roberta Langdona. Nic nie mówił, żeby wciągnąć w tę sprawę kogokolwiek innego. Ale musimy się gdzieś ukryć, powiedziała sobie Sophie, postanawiając zaufać ocenie Roberta.

— Sir Robert! — rozległ się gdzieś z tyłu donośny głos. — Widzę, że waszmość podróżujesz z niewiastą.

Langdon wstał. Sophie również zerwała się na równe nogi. Głos dochodził ze szczytu kręconych schodów, które znikały w półcieniach podestu. Ujrzeli zbliżającą się ku nim postać, choć na razie widzieli jedynie niejasne zarysy sylwetki.

— Dobry wieczór! — zawołał Langdon. — Sir Leigh, chciałbym przedstawić panu Sophie Neveu.

— Jestem zaszczycony. — Teabing wszedł w krąg światła.

— Dziękujemy za gościnę — powiedziała Sophie, widząc teraz, że mężczyzna ma na nogach metalowe obejmy i szyny i że chodzi, podpierając się kulami. Schodził, zatrzymując się na każdym stopniu. — Zdaję sobie sprawę, że jest dość późno.

— Jest tak późno, moja droga, że już wcześnie — zaśmiał się. — *Vous n'êtes pas Américaine?*

— *Parisienne* — odparła Sophie, kręcąc głową.

— Świetnie mówi pani po angielsku.

— Dziękuję za komplement. Studiowałam w Royal Holloway.

— Tak, to wszystko wyjaśnia. — Teabing schodził ostrożnie poprzez półcienie. — Być może Robert mówił pani, że ja pobierałem nauki w pobliskim Oksfordzie. — Spojrzał na Langdona z szelmowskim uśmieszkiem. — Złożyłem, rzecz jasna, papiery również w Harvardzie, na wypadek, gdybym nie dostał się do Oksfordu.

Gospodarz ukazał się wreszcie u stóp schodów. Podobnie jak sir Elton John, wyglądem nie przypominał rycerza. Otyły, z zarumienionymi policzkami, sir Leigh Teabing miał szopę ogniście rudych włosów i jowialne, migdałowe oczy, które iskrzyły się, kiedy mówił. Ubrany był w nienagannie wyprasowane spodnie i obszerną jedwabną koszulę pod elegancką wzorzystą kamizelką. Pomimo aluminiowych obręczy okalających nogi trzymał się dumnie i prosto jak trzcina, a jego godna, nieugięta postawa była owocem szlachetnego pochodzenia, a nie świadomego wysiłku woli.

Teabing podszedł i wyciągnął rękę do Langdona.

— Straciłeś na wadze, Robercie.

— A ty wręcz przeciwnie — uśmiechnął się szeroko Langdon.

Teabing zaśmiał się serdecznie i poklepał się po okrągłym brzuchu.

— *Touché*. Moje przyjemności cielesne ostatnimi czasy ograniczają się do kuchni.

Odwrócił się do Sophie, ujął delikatnie jej dłoń, lekko się skłonił i odwracając oczy, musnął oddechem palce dziewczyny.

— Pani.

Sophie spojrzała na Langdona, niepewna, czy cofnęła się w czasie, czy znalazła się w domu wariatów.

Lokaj, który otworzył im drzwi, wszedł z zastawą do herbaty i ustawił ją na stole przed kominkiem.

— To jest Rémy Legaludec — powiedział Teabing. — Mój służący.

Szczupły lokaj sztywno skłonił głowę i znów zniknął.

— Rémy to *Lyonnais* — szepnął Teabing, jakby to była jakaś wstydliwa choroba. — Ale sosy wychodzą mu całkiem, całkiem.

— Sądziłem, że będziesz chciał importować służbę z Anglii. — Langdon był rozbawiony.

— Dobry Boże, tylko nie to! Nie życzyłbym angielskiego szefa kuchni nikomu oprócz francuskich urzędników skarbowych. — Spojrzał teraz na Sophie. — *Pardonnez-moi, mademoiselle* Neveu. Może pani być pewna, że moja niechęć do Francuzów ogranicza się wyłącznie do polityków i piłkarzy. Wasz rząd kradnie mi pieniądze, a wasza drużyna futbolistów ostatnio potwornie nas upokorzyła.

Sophie uśmiechnęła się lekko.

Teabing przyglądał się jej przez chwilę, a potem spojrzał na Langdona.

— Co się stało? Oboje wyglądacie na zdenerwowanych.

— Mieliśmy bardzo interesujący wieczór, Leigh.

— Nie wątpię. Zjawiacie się na moim progu bez zapowiedzi w środku nocy i mówicie o Graalu. Przyznaj się, czy naprawdę chodzi o Graala, czy powiedziałeś to tylko dlatego, że wiesz, że jest to jedyny sposób, żeby mnie wyciągnąć z łóżka o tak nieludzkiej porze?

I jedno, i drugie, pomyślała Sophie, mając w oczach krypteks ukryty pod sofą.

— Leigh — powiedział Langdon — chcielibyśmy, żebyś nam opowiedział o Zakonie Syjonu.

Krzaczaste brwi Teabinga uniosły się z zaciekawieniem.

— Strażnicy? A więc naprawdę chodzi o Graala. Mówisz, że przychodzisz do mnie z jakąś informacją. Czy jest coś nowego, Robercie?

— Niewykluczone. Nie jesteśmy jeszcze całkiem pewni. Może nam się rozjaśni w głowach, kiedy dowiemy się czegoś od ciebie.

— Sprytny Amerykanin — pogroził mu palcem Teabing. — Zabawa w ciuciubabkę. Ale dobrze, niech i tak będzie. Jestem do waszych usług. Co chcecie wiedzieć?

— Miałem nadzieję — westchnął Langdon — że zechcesz wyjaśnić pannie Neveu, jaka jest istota Świętego Graala.

— To ona nie wie? — zdumiał się Teabing.

Langdon pokręcił głową.

Na twarzy Teabinga pojawił się prawie nieprzyzwoity uśmiech.

— Przyprowadziłeś mi dziewicę, Robercie?

Langdon puścił oko do Sophie.

— Dziewica to pojęcie, którym posługują się entuzjaści Świętego Graala, by opisać kogoś, kto nigdy nie słyszał jego prawdziwej historii.

Teabing, zachęcony, zwrócił się teraz do Sophie:

— Co pani wie, moja droga?

Sophie szybko streściła wszystko, co wyłożył jej wcześniej Langdon — kilka faktów o Zakonie Syjonu, o templariuszach, o dokumentach Sangreala i o Świętym Graalu, który, jak twierdzi wielu, nie jest wcale kielichem... lecz czymś o wiele bardziej znaczącym.

— To wszystko? — Teabing rzucił Langdonowi zgorszone spojrzenie. — Sądziłem, Robercie, że jesteś dżentelmenem. Ograbiłeś ją ze wszystkiego, co najważniejsze!

— Wiem, ale myślałem, że może ty i ja moglibyśmy wspólnie... — Langdon urwał, stwierdziwszy chyba, że ta nieprecyzyjna figura stylistyczna prowadzi go za daleko.

— Jest pani dziewicą Graala, moja droga. — Teabing patrzył w oczy Sophie roziskrzonym wzrokiem. — I proszę mi wierzyć, że nigdy nie zapomni pani swojego pierwszego razu.

Rozdział 55

Sophie siedziała na sofie obok Langdona, popijała herbatę i pogryzała bułeczkę drożdżową, czując zbawienne działanie kofeiny i posiłku. Sir Leigh Teabing promieniał, przechadzając się niezgrabnie przed olbrzymim kominkiem, a metalowe usztywniacze nóg stukały o podłogę przed kamiennym paleniskiem.

— A więc, Święty Graal — zaczął Teabing kaznodziejskim tonem. — Większość pyta mnie, gdzie on jest. Obawiam się, że jest to pytanie, na które nigdy nie będę mógł odpowiedzieć. — Odwrócił się i spojrzał wprost na Sophie. — A przecież... o wiele właściwsze byłoby pytanie, czym jest Święty Graal?

Sophie wyczuwała u obu jej towarzyszy gęstniejący nastrój radosnego, akademickiego oczekiwania na to, co się za chwilę wydarzy.

— Aby w pełni zrozumieć Graala — kontynuował Teabing — musimy najpierw zrozumieć Biblię. Czy zna pani dobrze Nowy Testament?

Sophie wzruszyła ramionami.

— Właściwie wcale. Wychowywał mnie ktoś, kto uwielbiał Leonarda da Vinci.

Teabing wyglądał na zaskoczonego i zadowolonego zarazem.

— Aha! Oświecona dusza. Doskonale! A zatem pewnie wie pani, że Leonardo był jednym ze strażników tajemnicy Świętego Graala. I że ukrył pewne wskazówki na jego temat w swoich obrazach.

— Tak, mówił mi o tym Robert.

— A poglądy Leonarda na Nowy Testament?

— O tym nie mam zielonego pojęcia.

Oczy Teabinga lśniły, kiedy wskazał półkę po drugiej stronie pokoju.

— Robercie, czy byłbyś łaskaw? Na samym dole. *La storia di Leonardo.*

Langdon przeszedł przez pokój, odnalazł sporego formatu album z malarstwem, przyniósł go i położył na stole między nimi. Teabing odwrócił książkę w kierunku Sophie i wskazał parę cytatów na okładce.

— To z notatnika Leonarda w związku z jego polemikami i spekulacjami. Sądzę, że ten będzie miał odniesienie do naszej dyskusji.

Sophie odczytała słowa:

Wielu kupowało i sprzedawało omamy i fałszywe cuda,
oszukując głupią tłuszczę.
LEONARDO DA VINCI

— I ten. — Teabing wskazał na inny cytat.

Zaślepia nas ignorancja i wiedzie na manowce.
O! Przeklęci śmiertelnicy, otwórzcie wreszcie oczy!
LEONARDO DA VINCI

Sophie poczuła na plecach chłodny dreszcz.

— Czy Leonardo mówi to o Biblii?

Teabing skinął głową.

— Stosunek Leonarda do Biblii ma bezpośredni związek ze Świętym Graalem. Leonardo namalował prawdziwego Graala, co pokażę pani za chwilę, ale najpierw musimy porozmawiać o Biblii. — Teabing uśmiechnął się. — Właściwie wszystko, co powinna pani wiedzieć o Biblii, można podsumować słowami wielkiego znawcy kanonów doktora Martyna Percy'ego: „Biblia nie przyszła do nas faksem z niebios".

— Nie rozumiem.

— Biblia jest wytworem człowieka, moja droga. Nie Boga.

Biblia nie spadła cudem boskim z nieba. Jest dziełem człowieka, historycznym zapisem burzliwych czasów, który podlegał zmianom przez niezliczone przekłady, dodatki i redakcje. Nigdy w historii ludzkości nie było ostatecznej wersji tej księgi.

— Rozumiem.

— Jezus był postacią historyczną o ogromnych wpływach, może najbardziej zagadkowym i inspirującym przywódcą, jakiego kiedykolwiek widział świat. Tak jak Mesjasz, o którego nadejściu mówiły przepowiednie, Jezus detronizował władców, inspirował i był natchnieniem dla milionów, tworzył fundamenty nowych filozofii. Jako potomek królewskich rodów króla Salomona i króla Dawida, ma udokumentowane prawo do tronu króla żydowskiego. Zrozumiałe więc, że dzieje jego życia zapisywały tysiące zwolenników w całym kraju. — Teabing zrobił przerwę, łyknął herbaty i odstawił filiżankę na półkę nad kominkiem. — Rozważano włączenie do Nowego Testamentu ponad osiemdziesięciu ewangelii, lecz ostatecznie wybrano i włączono w jego skład stosunkowo niewiele... między innymi ewangelie według świętego Mateusza, Marka, Łukasza i Jana.

— Kto wybierał ewangelie do Nowego Testamentu? — spytała Sophie.

— Otóż właśnie! — Teabing kipiał entuzjazmem. — To podstawowy paradoks chrześcijaństwa! Biblia, w takim kształcie, w jakim znamy ją dzisiaj, powstała za sprawą pogańskiego cesarza rzymskiego Konstantyna Wielkiego.

— Sądziłam, że Konstantyn był chrześcijaninem — powiedziała Sophie.

— Skądże — prychnął Teabing. — Całe życie był poganinem, został ochrzczony na łożu śmierci, kiedy był zbyt słaby, by zaprotestować. W czasach Konstantyna oficjalną religią Rzymu był kult słońca — czczono *sol invictus*, innymi słowy, niezwyciężone słońce, a Konstantyn był jego naczelnym kapłanem. Na jego nieszczęście Rzym ogarniał rosnący zamęt religijny. Trzy wieki po ukrzyżowaniu Jezusa Chrystusa liczba jego wyznawców wciąż wzrastała. Chrześcijanie i poganie wszczynali wojny, a konflikt urósł do takich rozmiarów, że groził rozpadem Rzymu. Konstantyn uznał, że trzeba coś z tym zrobić. W trzysta dwudziestym piątym roku zjednoczył Rzym pod sztandarem jednej religii. Chrześcijaństwa.

— Dlaczego pogański cesarz wybrał na oficjalną religię państwową chrześcijaństwo? — spytała zdumiona Sophie.

— Konstantyn był człowiekiem interesu — zachichotał Teabing. — Widział, że chrześcijaństwo to wielka, potężniejąca siła, i po prostu postawił na faworyta. Historyków do dziś zdumiewa mądrość, z jaką przemienił wielbiących słońce pogan w chrześcijan. Włączając symbole, daty i rytuały pogańskie do budującej się tradycji chrześcijaństwa, stworzył coś w rodzaju religijnej hybrydy, która była do przyjęcia dla obu stron.

— Transmogryfikacja — wtrącił się Langdon. — Ślady i pozostałości religii pogańskiej w symbolice chrześcijańskiej są niezaprzeczalne. Egipskie kręgi słońca stały się aureolami katolickich świętych. Piktogramy bogini Izydy trzymającej w ramionach swojego cudownie poczętego syna Horusa to pierwsze wzorce naszych obrazów Maryi Dziewicy trzymającej w ramionach Dzieciątko Jezus. A w zasadzie wszystkie elementy rytuału katolickiego — biskupie nakrycia głowy, ołtarz, Trójca Święta oraz komunia, akt „spożywania Ciała Bożego" — wszystkie te symbole wzięto wprost z wcześniejszych pogańskich obrzędów religijnych.

Teabing jęknął.

— Nie próbuj zaczynać rozmowy ze specjalistą od symboli na temat ikonografii chrześcijańskiej. W chrześcijaństwie nie ma niczego oryginalnego. Wschodni bóg Mitra, zwany Synem Bożym i Światłością Świata, urodził się dwudziestego piątego grudnia, zmarł i został pochowany w skalnym grobowcu, a potem zmartwychwstał po trzech dniach. A propos, dwudziesty piąty grudnia to również dzień urodzin Ozyrysa, Adonisa i Dionizosa. Kiedy urodził się bóg Kryszna, złożono mu dary z mirry, kadzidła i złota. Nawet dzień święty chrześcijaństwa przejęto od pogan.

— Jak to?

— Początkowo — powiedział Langdon — chrześcijanie czcili żydowski szabat — sobotę, lecz Konstantyn przesunął dzień święty tak, by pokrywał się z pogańskim dniem czczenia słońca. — Przerwał i uśmiechnął się szeroko. — Do dziś większość wiernych chodzi na mszę w niedzielę rano, nie mając pojęcia, że czynią tak, bo kiedyś właśnie w ten dzień poganie oddawali cześć bogu słońca.

Sophie poczuła zawrót głowy.

— A jaki to wszystko ma związek z Graalem?

— Właśnie — podjął Teabing. — Teraz proszę uważać! Podczas tego łączenia religii Konstantyn wiedział, że musi umocnić tę nową tradycję chrześcijańską, i zwołał słynny sobór powszechny zwany soborem nicejskim pierwszym.

Sophie ta nazwa kojarzyła się tylko z miejscem powstania nicejskiego wyznania wiary.

— Podczas tego soboru debatowano i rozstrzygano w drodze głosowania wiele elementów chrześcijaństwa — datę obchodzenia świąt Wielkiej Nocy, rolę biskupów, udzielanie sakramentów, no i boskość Jezusa Chrystusa.

— Tego nie rozumiem. Boskość Jezusa?

— Moja droga, aż do tamtej chwili Jezus był postrzegany przez wyznawców jako śmiertelny prorok... Wielki i potężny człowiek, lecz mimo wszystko człowiek. Śmiertelnik.

— A nie Syn Boży?

— Właśnie! — wykrzyknął Teabing. — Ustanowienie Jezusa „Synem Bożym" oficjalnie zaproponowano i przegłosowano podczas soboru nicejskiego.

— Chwileczkę. Mówi pan, że świętość Jezusa była wynikiem głosowania?

— I o mało nie przepadł. Niemniej ustanowienie boskości Chrystusa było kluczowym w świetle dalszego zjednoczenia imperium rzymskiego i niezbędnym elementem ustanowienia nowej władzy Watykanu. Ogłaszając Jezusa oficjalnie Synem Bożym, Konstantyn wyniósł go na piedestał i odtąd Jezus istniał poza obszarem świata ludzkiego, był bytem, którego władzy i mocy nikt nie będzie w stanie podważyć. Ten akt nie tylko uciął wszelkie zakusy pogan w stosunku do chrześcijaństwa, ale teraz wyznawcy Chrystusa mogli uzyskać zbawienie jedynie przez oficjalnie ustanowiony, uświęcony kanał — Kościół rzymski.

Sophie spojrzała na Langdona, który powoli skinął głową na znak, że się z tym wszystkim zgadza.

— Chodziło wyłącznie o władzę — kontynuował Teabing. — Jezus jako Mesjasz był niezbędnym elementem funkcjonowania Kościoła i państwa. Wielu badaczy twierdzi, że na wczesnym etapie rozwoju Kościół dosłownie ukradł Jezusa jego pierwotnym wyznawcom, zawłaszczył sobie jego ludzkie przesłanie, okrywając je nieprzeniknioną szatą boskości i wykorzystując do rozszerzenia zakresu swojej władzy. Napisałem na ten temat parę książek.

— I przypuszczam, że głęboko wierzący chrześcijanie przesyłają panu pełne nienawiści e-maile?

— Dlaczego mieliby to robić? — zdziwił się Teabing. — Ogromna większość wykształconych chrześcijan zna historię swojej wiary. Jezus naprawdę był wspaniałym, wielkim i potężnym człowiekiem. Polityczne manewry Konstantyna nie umniejszają jego wielkości. Nikt nie mówi, że Chrystus to jakiś oszust, ani nie zaprzecza, że wędrując po ziemi i nauczając, natchnął miliony do lepszego życia. Mówimy tylko, że Konstantyn wykorzystał wpływy Chrystusa i jego znaczenie. Postępując w ten sposób, ukształtował obraz chrześcijaństwa taki, jaki znamy dzisiaj.

Sophie rzuciła okiem na leżący przed nią album, pragnąc jak najszybciej zobaczyć, jak Leonardo da Vinci namalował Świętego Graala.

— Na czym polega manipulacja? — Teabing mówił teraz szybciej. — Konstantyn podniósł status postaci Jezusa prawie cztery wieki po jego śmierci, kiedy istniały już tysiące dokumentów składających się na kronikę jego życia jako śmiertelnika. Konstantyn wiedział, że aby na nowo napisać historię, będzie potrzebował odważnego i silnego uderzenia. Z tego przekonania wywodzi się przełomowy krok w historii chrześcijaństwa. — Przerwał i spojrzał na Sophie. — Konstantyn zamówił i sfinansował nową Biblię, która pomija te ewangelie, które mówią o ludzkich cechach Chrystusa, i wysuwa na pierwszy plan te, które przedstawiały go jako Boga. Wcześniejsze ewangelie zostały zdyskredytowane, a potem zebrane i spalone.

— Interesujące — dodał Langdon — że wszyscy, którzy wybrali zakazane ewangelie i odwrócili się od wersji Konstantyna, zostali nazwani heretykami. Wtedy właśnie powstało

299

słowo „heretyk". Greckie *heresia* oznacza „wybór". Ci, którzy „wybrali" pierwotną historię Chrystusa, byli pierwszymi na świecie „heretykami".

— Na szczęście dla historyków — mówił Teabing — niektóre ewangelie, których Konstantyn usiłował się pozbyć, jakoś przetrwały. Zwoje znad Morza Martwego odnaleziono w latach pięćdziesiątych dwudziestego wieku w jaskini niedaleko Qumran, a Zwoje Koptyjskie w roku tysiąc dziewięćset czterdziestym piątym w Nag Hammadi. Dokumenty te, poza tym, że opowiadają prawdziwą historię Graala, mówią o posłudze Chrystusa w bardzo ludzkich kategoriach. Oczywiście Watykan, pozostając w zgodzie ze swoją tradycją dezinformacji, próbował robić wszystko, by powstrzymać ujawnienie zawartości tych zwojów. Nic dziwnego. Ich treść wydobywa na światło dzienne zadziwiające rozbieżności historyczne i fałsze, potwierdzając jednoznacznie, że obowiązującą w naszych czasach Biblię złożyli i zredagowali ludzie, którymi kierowały względy polityczne — chcieli wypromować boskość człowieka o imieniu Jezus Chrystus i wykorzystać jego wpływy, by umocnić fundamenty swojej władzy.

— A jednak — wtrącił Langdon — nie należy zapominać, że dążenie współczesnego Kościoła do deprecjacji tych dokumentów bierze się ze szczerej wiary, że ustalony wizerunek Chrystusa jest prawdziwy. W Watykanie znajdziemy osoby głęboko religijne, które wierzą, że te dokumenty są fałszywym świadectwem.

Teabing, chichocząc, przysiadł ostrożnie na fotelu na wprost Sophie.

— Jak pani widzi, nasz pan profesor ma znacznie większe serce i więcej wyrozumiałości dla Rzymu niż ja. Niemniej ma rację. Dzisiejszy kler wierzy, że te zaprzeczające współczesnym przekonaniom dokumenty są fałszywym świadectwem. To zupełnie zrozumiałe. Biblia Konstantyna była ich prawdą przez wieki. Nikt nie jest głębiej indoktrynowany niż sam indoktrynujący.

— Leigh ma na myśli to — powiedział Langdon — że wierzymy w bogów naszych ojców.

— Mam na myśli to — odparował Teabing — że niemal

wszystko, czego nasi ojcowie nauczyli nas o Chrystusie, to nieprawda. Podobnie jak opowieści o Świętym Graalu.

Sophie raz jeszcze spojrzała na cytat z Leonarda da Vinci. *O! Przeklęci śmiertelnicy, otwórzcie wreszcie oczy!*

Teabing sięgnął po książkę i kartkując ją, powiedział:

— Zanim pokażę pani obrazy Leonarda przedstawiające Świętego Graala, chciałbym, żeby rzuciła pani okiem na to. — Otworzył album na kolorowej grafice zajmującej pełne dwie strony. — Przypuszczam, że rozpoznaje pani ten fresk?

Cóż to za żarty? Sophie patrzyła na najsłynniejszy fresk wszech czasów — na *Ostatnią Wieczerzę* — legendarne malowidło Leonarda na ścianie kościoła Santa Maria delle Grazie w pobliżu Mediolanu. Blaknący fresk przedstawiał Jezusa i jego uczniów w chwili, w której Jezus oznajmiał, że jeden z nich go zdradzi.

— Tak, znam ten fresk.

— A więc może zagra pani ze mną w taką niewinną grę? Proszę zamknąć oczy.

Sophie, niepewna, przymknęła powieki.

— W którym miejscu siedzi Jezus?

— Pośrodku.

— Dobrze, a czym się przełamuje z uczniami i co jedzą?

— Chleb. To jasne.

— Doskonale. A co piją?

— Wino. Piją wino.

— Świetnie. Jeszcze jedno, ostatnie pytanie. Ile kieliszków do wina stoi na stole?

Sophie zawahała się, zdając sobie sprawę, że jest to pytanie podchwytliwe. *A po wieczerzy Jezus wziął kielich wina i dzielił się z nimi wszystkimi.*

— Jeden — powiedziała. — Jeden kielich. — Naczynie Chrystusa. Święty Graal. — Jezus puścił w obieg jedno naczynie z winem, tak jak to robią współcześni chrześcijanie podczas komunii.

Teabing westchnął.

— Proszę otworzyć oczy.

Podniosła powieki. Teabing uśmiechał się przewrotnie. Sophie spojrzała na obraz i spostrzegła ze zdumieniem, że wszyscy przy stole mają przed sobą swój kieliszek wina, łącznie z Chrystusem. Trzynaście naczyń. Poza tym naczynia były małe, bez nóżki, szklane. Na obrazie nie było kielicha. Nie było Świętego Graala.

W oczach Teabinga pojawiły się iskierki.

— Trochę dziwne, nie sądzi pani? Zważywszy na to, że zarówno Biblia, jak i powszechnie znana legenda o Graalu wysławiają ten moment jako pojawienie się Świętego Graala. Rzecz dziwna, Leonardo, jak się okazuje, zapomniał namalować kielich Chrystusa.

— Zapewne znawcy sztuki to zauważyli.

— Dozna pani szoku, kiedy się dowie, że Leonardo umieścił tu anomalie, których większość ekspertów od malarstwa albo nie widzi, albo po prostu nie chce zauważyć. Ten fresk jest w zasadzie pełnym kluczem do tajemnicy Świętego Graala. Leonardo w *Ostatniej Wieczerzy* ujawnia wszystko bez osłonek.

Sophie niecierpliwie przebiegła oczami całe płótno.

— Czy fresk mówi, czym naprawdę jest Graal?

— Nie czym — szepnął Teabing. — Kim. Święty Graal nie jest rzeczą. W rzeczywistości jest... osobą.

Rozdział 56

Sophie przyglądała się dłuższą chwilę Teabingowi, a potem zwróciła się do Langdona:

— Święty Graal jest osobą?

Langdon przytaknął.

— A dokładniej kobietą. — Wzrok Sophie znieruchomiał i Langdon wiedział, że się zagubiła. Przypomniał sobie własną, bardzo podobną reakcję, kiedy pierwszy raz to usłyszał. Dopiero kiedy zrozumiał symbolikę Świętego Graala, wyjaśniły się wszystkie kwestie związane z kobiecością tego znaku.

Teabing chyba myślał podobnie.

— Może teraz jest odpowiednia chwila, by włączył się specjalista od symboli, Robercie? — Podszedł do stojącego nieopodal stolika, sięgnął po kartkę i położył ją przed Langdonem.

Langdon wyciągnął pióro z kieszeni marynarki.

— Sophie, znasz współczesne znaki symbolizujące męskość i żeńskość? — Narysował powszechnie znany symbol męski ♂ i symbol żeński ♀.

— Oczywiście — przytaknęła.

— To — powiedział cicho — nie są oryginalne symbole pierwiastka męskiego i kobiecego. Wiele osób uważa błędnie, że symbol elementu męskiego wywodzi się z obrazu tarczy i włóczni, podczas gdy symbol żeński przedstawia lustro odzwierciedlające kobiece piękno. Tymczasem są to starożytne symbole astronomiczne planety boga Marsa i planety bogini Wenus. Pierwotne symbole są znacznie prostsze. — Langdon narysował na kartce inny znak.

— To jest pierwotny znak pierwiastka męskiego — powiedział. — Szczątkowy fallus.

— W rzeczy samej — potwierdziła Sophie.

— Właśnie — dodał Teabing.

Langdon mówił dalej:

— Ten znak nosi nazwę ostrza i reprezentuje agresję, męskość. Do dziś taki symbol fallusa naszywa się na pagony mundurów jako oznaczenie stopni wojskowych.

— Rzeczywiście. — Twarz Teabinga rozciągnęła się w uśmiechu. — Im więcej penisów, tym wyższa ranga. Ci chłopcy nigdy nie dorosną.

Langdon puścił oko.

— Idąc dalej, symbol żeński, jak można się domyślać, jest jego odwrotnością. — Narysował kolejny symbol. — Ten znak nosi nazwę kielicha.

Sophie podniosła oczy i spojrzała na niego zdziwiona. Widział, że zaczyna kojarzyć.

— Kielich — ciągnął — przedstawia naczynie lub puchar, a co ważniejsze, przypomina kształtem kobiece łono. Ten symbol niesie przesłanie kobiecości, żeńskości i płodności. — Langdon patrzył jej teraz prosto w oczy. — Legenda mówi, że Święty Graal jest kielichem, jest pucharem. Ale opisywanie Graala jako kielicha to tylko alegoria mająca na celu ukrycie prawdziwej natury Świętego Graala. Innymi słowy, legenda posługuje się kielichem jako metaforą czegoś znacznie ważniejszego.

— Kobiety — powiedziała Sophie.

— Właśnie. — Langdon się uśmiechnął. — Tak więc Graal jest starożytnym symbolem kobiecości, a Święty Graal jest obrazem świętości kobiecej i Wielkiej Bogini, choć to znaczenie oczywiście teraz się rozmyło, a właściwie unicestwił je Kościół. Siła tkwiąca w kobiecie, jej naturalna zdolność dawania życia były kiedyś uważane za świętość, ale stanowiły zagrożenie dla rosnącej dominacji mężczyzn w Kościele, wobec czego sakralność kobieca została zdemonizowana i nazwana nieczystą. To człowiek, a nie Bóg, stworzył ideę grzechu pierworodnego, zgodnie z którą Ewa zjadła zakazany owoc i spowodowała upadek rodzaju ludzkiego. Kobieta, kiedyś czczona dawczyni życia, stała się wrogiem.

— Powinienem dodać — włączył się Teabing — że koncepcja kobiety dawczyni życia leżała u podstaw starożytnych religii. Narodziny to potężny akt mistyczny. Niestety, filozofia chrześcijańska sprzeniewierzyła się stwórczej mocy kobiety, ignorując biologiczną prawdę i ustanawiając Stwórcą mężczyznę. Księga Rodzaju mówi, że Ewę stworzono z żebra Adama. Kobieta stała się odpryskiem mężczyzny. A zarazem czymś grzesznym. Księga Rodzaju zapoczątkowała kres Wielkiej Bogini.

— Graal — podjął Langdon — jest symbolem zatraconej Wielkiej Bogini. Kiedy nadeszło chrześcijaństwo, stare religie pogańskie nie umarły z dnia na dzień. Legendy rycerskich wypraw w poszukiwaniu utraconego Graala były w istocie historiami zabronionych wypraw w poszukiwaniu zatraconej sakralności kobiecej. Rycerze, którzy twierdzili, że „szukają kielicha", rozmawiali zakodowanym językiem, by uchronić się przed restrykcjami Kościoła, który już podporządkował sobie kobiety, wygnał Wielką Boginię, palił innowierców i zabronił pogańskiego kultu świętości żeńskiej.

— Daruj — przerwała Sophie, kręcąc głową — ale kiedy powiedziałeś, że Święty Graal jest osobą, myślałam, że jest kimś konkretnym.

— Bo jest — powiedział Langdon.

— I to nie byle kim — wyrzucił z siebie Teabing w podnieceniu. — Kobietą, która nosiła w sobie tajemnicę tak potężną, że — ujawniona — groziła zniszczeniem fundamentów chrześcijaństwa!

Sophie ugięła się pod ciężarem tych słów.

— Czy historia zna tę kobietę?

— Jak najbardziej. — Teabing chwycił w dłonie kule i ruszył w kierunku holu. — I jeżeli przejdziemy teraz do mojego gabinetu, drodzy przyjaciele, będę miał zaszczyt pokazać wam obraz Leonarda da Vinci, który ją przedstawia.

Dwa pomieszczenia dalej, w kuchni, lokaj Rémy Legaludec stał w milczeniu przed telewizorem. Właśnie nadawano wiadomości, pokazywano fotografie mężczyzny i kobiety... Tej samej pary, której Rémy podał przed chwilą herbatę.

Rozdział 57

Stojąc przy blokadzie policyjnej ustawionej przez Bankiem Depozytowym Zurychu, porucznik Collet zastanawiał się, dlaczego Fache tak zwleka z wydaniem nakazu przeszukania. Bankierzy ewidentnie coś ukrywają. Twierdzili, że Langdon i Neveu zjawili się dużo wcześniej i zawrócono ich z banku, ponieważ nie mieli właściwych dokumentów identyfikacyjnych potrzebnych do skorzystania z konta.

Dlaczego więc nie chcą nas wpuścić do środka i nie pozwalają się rozejrzeć?

W końcu odezwał się telefon komórkowy Colleta. Dzwoniono z centrum dowodzenia w Luwrze.

— Macie już nakaz przeszukania? — zapytał zniecierpliwiony Collet.

— Niech pan zapomni o banku, panie poruczniku — powiedział agent. — Właśnie dostaliśmy cynk. Mamy dokładne namiary miejsca, w którym ukrywają się Langdon i Neveu.

Collet usiadł ciężko na masce samochodu.

— Chyba żartujesz.

— Mam tu adres na przedmieściach. Gdzieś w okolicach Wersalu.

— Czy kapitan Fache już wie?

— Jeszcze nie. Jest zajęty jakimiś ważnymi telefonami.

— Już jadę. Niech zadzwoni, kiedy tylko będzie miał wolną chwilę. — Collet zapisał adres i wskoczył do samochodu. Kiedy oddalał się od banku, zdał sobie sprawę, że zapomniał spytać, kto dał cynk DCPJ na temat miejsca pobytu Langdona. Nie żeby to było takie ważne. Collet cudem dostał szansę, by nadrobić swój sceptycyzm i błędne myślenie. Właśnie miał dokonać najdonioślejszego zatrzymania w całej swojej karierze. Porozumiał się przez radio z samochodami, które jechały za nim.

— Słuchajcie, panowie, żadnych syren. Langdon nie może wiedzieć, że jedziemy.

Czterdzieści kilometrów dalej czarne audi skręciło w wiejską drogę i zatrzymało się w ciemnościach na skraju pola. Sylas wysiadł z samochodu i zajrzał przez pręty ręcznie kutego ogrodzenia otaczającego olbrzymi teren. Spojrzał w górę na długie, oświetlone światłem księżyca zbocze prowadzące do pałacu stojącego w oddali.

Wszystkie światła na parterze były zapalone. O tej porze? To dziwne, pomyślał Sylas, uśmiechając się do siebie. Informacje, których udzielił mu Nauczyciel, były oczywiście dokładne. Nie opuszczę tego domu bez klucza sklepienia, przyrzekł sobie. Nie zawiodę biskupa ani Nauczyciela.

Sylas sprawdził magazynek z trzynastoma nabojami i wepchnął pistolet między pręty ogrodzenia, tak żeby upadł miękko na porośniętą mchem trawę po drugiej stronie. Potem, chwyciwszy za górną część prętów, podciągnął się, przeskoczył i wylądował po drugiej stronie. Nie zważając na falę bólu w miejscu, gdzie założył *cilice*, Sylas podniósł broń i ruszył w długą drogę w górę trawiastego zbocza.

Rozdział 58

Gabinet Teabinga nie przypominał żadnego z gabinetów, jakie Sophie kiedykolwiek widziała. Sześć lub siedem razy większy niż najbardziej luksusowe biuro w centrum miasta, *cabinet de travail* angielskiego arystokraty stanowił przedziwne połączenie laboratorium naukowego, biblioteki archiwaliów i zadaszonego targu staroci. Oświetlona trzema zwisającymi z sufitu kandelabrami podłoga, która wydawała się nie mieć granic, upstrzona była wyspami stołów zarzuconych książkami, dziełami sztuki, rzeźbami i zadziwiającą mnogością przeróżnej elektroniki — komputerami, projektorami, mikroskopami, kopiarkami i płaskimi skanerami.

— Przerobiłem trochę salę balową — powiedział nieco wstydliwie Teabing, wchodząc. — Mam niewiele okazji do tańca.

Sophie czuła się tak, jakby całą tę noc przebywała w jakiejś strefie mroku, w której nic nie jest tym, czego oczekiwała.

— To wszystko służy do pracy?

— Pogoń za prawdą zawsze była miłością mojego życia. A Sangreal to dama mojego serca, którą przedkładam ponad wszystkie.

Święty Graal jest kobietą — pomyślała Sophie, a w jej umyśle pojawiła się układanka powiązanych ze sobą koncepcji i przypuszczeń, które na pierwszy rzut oka nie miały sensu.

— Mówił pan, że jest tu obraz tej kobiety, która, jak pan twierdzi, jest Świętym Graalem.

— Tak, ale to nie ja twierdzę, że to Graal. Stwierdził to sam Chrystus.

— Który to obraz? — spytała Sophie, wodząc oczami po ścianach.

— Mmm... — Teabing udawał przez chwilę, że zapomniał. — Święty Graal. Sangreal. Kielich. — Odwrócił się nagle i wskazał na odległą ścianę. Wisiała na niej dwumetrowa reprodukcja *Ostatniej Wieczerzy*, ten sam obraz, któremu Sophie jakiś czas temu przyglądała się w albumie. — O jest, tam!

Sophie była pewna, że się pomylił.

— To ten sam obraz, który widziałam przed chwilą.

Teabing puścił do niej oko.

— Wiem, ale w powiększeniu jest znacznie ciekawszy. Prawda?

Sophie spojrzała na Langdona błagalnym wzrokiem.

— Już się w tym wszystkim pogubiłam.

— Okazuje się — uśmiechnął się Langdon — że Święty Graal rzeczywiście pojawia się podczas *Ostatniej Wieczerzy*. Leonardo umieścił ją na poczesnym miejscu.

— Chwileczkę — powiedziała Sophie — mówiliście, że Święty Graal jest kobietą. *Ostatnia Wieczerza* to obraz przedstawiający trzynastu mężczyzn.

— Naprawdę? — Teabing uniósł brwi. — Proszę się przyjrzeć z bliska.

Sophie podchodziła niepewnie do obrazu, wodząc oczami po trzynastu postaciach — Jezusa Chrystusa w środku, sześciu uczniów po jego lewej stronie i sześciu po prawej.

— To wszystko mężczyźni — potwierdziła.

— Tak? — powiedział Teabing. — A co powie pani o osobie, która siedzi na honorowym miejscu, po prawej stronie Pana?

Sophie przyjrzała się bliżej postaci po prawej stronie Jezusa i skupiła na niej całą uwagę. Przyglądając się twarzy i ciału tej osoby, stwierdziła ze zdumieniem, że widzi kogoś o łagodnie pofalowanych rudych włosach, delikatnie splecionych dłoniach, dostrzegła też zarys łona. Była to bezsprzecznie... kobieta.

— To kobieta! — wykrzyknęła.

— Cóż za niespodzianka! — Teabing śmiał się serdecznie. — Proszę mi wierzyć, to żaden błąd. Leonardo był biegły w sztuce malarskiego zróżnicowania płci.

Sophie nie mogła oderwać oczu od kobiety siedzącej obok Chrystusa. Ostatnia wieczerza miała być spotkaniem trzynastu mężczyzn. Kim jest ta kobieta? Wielokrotnie widziała ten klasyczny obraz, ale nigdy nie zauważyła tej rzucającej się w oczy odmienności.

— Nikt tego nie zauważa — pocieszył ją Teabing. — Nasze przeświadczenie o tym, co przedstawia ta scena, jest tak silne, że umysł odrzuca niezgodności i nie dopuszcza do głosu oczu.

— To zjawisko nazywa się *skitoma* — dodał Langdon. — Mózg człowieka reaguje tak czasami, napotykając bardzo silną symbolikę.

— Kolejny powód, dla którego nie zauważamy tej kobiety — wyjaśniał Teabing — jest taki, że wiele fotografii w albumach pochodzi sprzed tysiąc dziewięćset pięćdziesiątego czwartego roku, kiedy szczegóły były ukryte pod warstwami brudu i poprawkami malarzy, którzy dość niezręcznie restaurowali obraz w osiemnastym wieku. Dopiero teraz całość odczyszczono i ujawniła się pierwotna warstwa farby nałożonej ręką Leonarda da Vinci. — Wskazał dłonią na fotografię. — *Et voilà!*

Sophie przysunęła się bliżej do obrazu. Kobieta po prawej stronie Jezusa była młoda, miała na twarzy wyraz świętości i powagi, przepiękne, płomiennie rude włosy i ręce złożone w geście spokoju. To jest kobieta, która mogłaby jednym ruchem ręki obalić Kościół?

— Kim ona jest? — spytała Sophie.

— To, moja droga — odparł Teabing — jest Maria Magdalena.

— Ta ladacznica?

Teabing sapnął, jak gdyby to słowo stanowiło dla niego osobistą zniewagę.

— Magdalena nie była żadną ladacznicą. To nieszczęsne przekłamanie jest pozostałością kampanii oszczerstw, którą wytoczył jej wczesny Kościół. Kościół musiał zhańbić Marię Magdalenę, aby ukryć jej niebezpieczny sekret — jej rolę jako Świętego Graala.

311

— Jej rolę?

— Jak już wspominałem, wczesny Kościół musiał przekonać świat, że śmiertelny prorok — Jezus jest bytem boskim. A zatem wszelkie ewangelie, które opisują ziemskie aspekty życia Jezusa, musiały być wyłączone z Biblii. Na nieszczęście dla pierwszych jej redaktorów w różnych ewangeliach powracał szczególnie niepokojący ziemski temat. Maria Magdalena. — Przerwał. — A mówiąc dokładniej, jej małżeństwo z Jezusem Chrystusem.

— Co takiego? — Spojrzenie Sophie powędrowało do Langdona, a potem znów do Teabinga.

— Tak mówi zapis historyczny — powiedział Teabing. — I Leonardo był niewątpliwie tego świadom. *Ostatnia Wieczerza* obwieszcza wszystkim, którzy ją oglądają, że Jezus i Magdalena są parą.

Sophie ponownie spojrzała na fresk.

— Proszę zauważyć, w jakie szaty są ubrani Jezus i Magdalena. — Teabing wskazał na dwie postacie w samym środku fresku.

Sophie patrzyła jak zahipnotyzowana. Rzeczywiście, ich ubrania miały powtarzające się w odwrotnym układzie kolory. Jezus miał na sobie czerwoną szatę i błękitny płaszcz, a Maria Magdalena miała błękitną szatę i czerwony płaszcz. *Yin* i *yang*.

— Zapuszczając się głębiej w poszukiwaniu dziwności, zauważymy, że Jezus i jego oblubienica dotykają się biodrami i odchylają od siebie, jakby chcieli stworzyć między sobą jasno zarysowaną negatywną przestrzeń.

Sophie zobaczyła ten kontur, nim Teabing zdążył go zarysować — wyrazisty znak \/ w środkowej części obrazu. Był to ten sam symbol, który Langdon narysował wcześniej na oznaczenie Graala, kielicha i kobiecego łona.

— A wreszcie — ciągnął Teabing — jeśli spojrzy pani na Jezusa i Magdalenę jako na elementy kompozycji, a nie na postacie ludzkie, zobaczy pani wyraźnie inny dość oczywisty kształt. — Przerwał. — Literę alfabetu.

Sophie zobaczyła ją od razu. To oczywiste, jej kształt sam ustawia się przed oczami. Sophie widziała teraz tylko tę literę, nic więcej. Pośrodku obrazu jarzył się zarys ogromnego, idealnie uformowanego M.

— Trochę zbyt doskonałe, żeby mogło być przypadkowe, prawda? — stwierdził Teabing.

— Dlaczego została tam umieszczona? — spytała zdumiona Sophie.

Teabing wzruszył ramionami.

— Wyznawcy teorii spiskowej powiedzą, że litera ta oznacza *Matrimonio* albo Marię Magdalenę. Szczerze mówiąc, nikt nie wie na pewno. Z pewnością można powiedzieć tylko tyle, że ukryta litera M to nie żadna pomyłka. Niezliczone prace dotyczące Graala zawierają ukrytą literę M — czasem występuje jako znaki wodne, czasem jako warstwa farby pod zewnętrzną farbą obrazu lub aluzja kompozycyjna. Najbardziej rzucające się w oczy M to oczywiście M umieszczone w malowidle Jeana Cocteau, byłego wielkiego mistrza Prieuré de Sion, w kościele Notre Dame w Londynie.

Sophie rozważała tę informację.

— Przyznaję, że ukryte litery M są intrygujące, ale nikt nie twierdzi, iż są dowodem małżeństwa Jezusa i Magdaleny.

— Nie, oczywiście, że nie. — Teabing podszedł do stojącego obok stołu z książkami. — Jak już mówiłem, małżeństwo Jezusa i Marii Magdaleny jest odnotowane w zapisach historycznych. — Zaczął przerzucać kolejne książki. — Poza tym obraz Jezusa jako człowieka żonatego ma o wiele więcej sensu niż nasz standardowy biblijny ogląd Jezusa kawalera.

— Dlaczego?

— Ponieważ Jezus był Żydem — wyjaśnił Langdon, podejmując wątek, podczas gdy Teabing szukał książki — a zasady współżycia społecznego w tamtych czasach praktycznie zabraniały dorosłemu mężczyźnie pochodzenia żydowskiego pozostawania w stanie bezżennym. Według żydowskich reguł celibat był potępiony, a obowiązkiem ojca było znalezienie odpowiedniej żony dla syna. Gdyby Jezus nie był żonaty, przynajmniej jedna z ewangelii biblijnych musiałaby o tym wspomnieć, uzyskalibyśmy jakieś wyjaśnienie tej nienaturalnej sytuacji.

Teabing odnalazł książkę, której szukał. Była to olbrzymia księga oprawna w skórę, miała wielkość plakatu i wyglądała jak ogromny atlas. Na okładce widniał tytuł: *Ewangelie gnos-*

tyckie. Teabing otworzył ją z trudem, a Langdon i Sophie podeszli do stołu. Sophie zobaczyła, że księga zawiera fotografie czegoś, co wygląda na fragmenty starożytnych dokumentów w powiększeniu — fragmenty podniszczonego papirusu z odręcznie zapisanym tekstem. Nie rozpoznawała starożytnego języka, ale na przeciwległych stronach widniały ich tłumaczenia.

— Są to fotokopie zwojów z Nag Hammadi i zwojów znad Morza Martwego, o których mówiłem — powiedział Teabing. — Najwcześniejsze pisma chrześcijaństwa. Niestety, niezupełnie zgodne z ewangeliami znajdującymi się w Biblii. — Otworzył księgę gdzieś w środku i wskazał palcem na jakiś fragment. — Na początek zawsze dobra jest Ewangelia Filipa.

Sophie przeczytała:

A towarzyszką Zbawiciela jest Maria Magdalena. A Chrystus miłował ją bardziej niż innych uczniów i często całował ją w usta. Pozostali byli tym zgorszeni i okazywali niezadowolenie. Mówili doń: „Dlaczego miłujesz ją bardziej niż nas?".

Te słowa zadziwiły Sophie, jednak nie stanowiły dla niej ostatecznego dowodu.

— Tu nie ma nic o małżeństwie.

— *Au contraire*. — Teabing uśmiechnął się, wskazując raz jeszcze pierwszy wers. — Powie ci to każdy lingwista zajmujący się językiem aramejskim. Słowo „towarzyszka" w tamtych czasach znaczyło „małżonka".

Langdon przytaknął.

Sophie przeczytała raz jeszcze pierwszy wers: *A towarzyszką Zbawiciela jest Maria Magdalena.*

Teabing przerzucał kartki książki i wskazywał na szereg innych fragmentów, które, ku zdumieniu Sophie, jasno mówiły o tym, że Maria Magdalena i Jezus żyli w związku pełnym miłości. W miarę czytania tych fragmentów Sophie przypomniała sobie postać rozzłoszczonego księdza, który kiedyś, jeszcze w jej czasach szkolnych, zastukał głośno do drzwi domu dziadka.

— Czy to dom Jacques'a Saunière'a? — spytał ksiądz, spoglądając gniewnie na małą Sophie, kiedy otworzyła drzwi. —

Chcę z nim porozmawiać o tym artykule. — Ksiądz trzymał w ręku gazetę.

Sophie zawołała dziadka i obaj mężczyźni zniknęli w gabinecie i zamknęli za sobą drzwi. Mój dziadek napisał coś do gazety? Sophie natychmiast pobiegła do kuchni i zaczęła przerzucać poranny dziennik. Na drugiej stronie znalazła nazwisko dziadka i artykuł. Przeczytała go od deski do deski. Nie wszystko zrozumiała, ale wyglądało na to, że rząd francuski pod presją księży zgodził się na zakaz rozpowszechniania amerykańskiego filmu zatytułowanego *Ostatnie kuszenie Chrystusa*, w którym było coś o Jezusie kochającym kobietę o imieniu Maria Magdalena. W artykule dziadka przeczytała, że Kościół jest arogancki i że ten zakaz jest zły.

Trudno się dziwić, że ksiądz się wścieka, pomyślała.

— To pornografia! Świętokradztwo! — wrzeszczał ksiądz, wypadając z gabinetu i sunąc jak burza gradowa w kierunku drzwi wejściowych. — Jak może pan pisać takie rzeczy! Ten Amerykanin, cały ten Scorsese to świętokradca, a Kościół nie pozwoli mu przemawiać do Francuzów! — Wychodząc, ksiądz trzasnął drzwiami.

Kiedy dziadek wszedł do kuchni, zobaczył Sophie z gazetą i zmarszczył brwi.

— Szybka jesteś.

— Myślisz, że Jezus Chrystus miał dziewczynę? — spytała Sophie.

— Nie, kochanie, napisałem tylko, że nie wolno Kościołowi dyktować nam, nad czym możemy się zastanawiać, a nad czym nie.

— Czy Jezus miał dziewczynę?

— A czy to byłoby złe, gdyby miał? — odpowiedział dziadek pytaniem po chwili milczenia.

Sophie zastanowiła się przez moment i wzruszyła ramionami.

— Mnie by to nie przeszkadzało.

— Nie będę pani zanudzał niezliczonymi odniesieniami do związku Jezusa i Magdaleny — mówił sir Leigh Teabing. — Współcześni historycy drążyli ten temat aż do bólu. Chciałbym

315

jednak wskazać na rzecz następującą. — Przeszedł do kolejnego fragmentu. — Jest to urywek z Ewangelii Marii Magdaleny. Sophie nie wiedziała, że istniała ewangelia spisana przez Magdalenę. Teraz czytała:

A Piotr zapytał: „Czy [Zbawiciel] zaiste mówił na osobności z kobietą, a nie otwarcie z nami? Czy mamy się do niej zwrócić i słuchać jej wszyscy? Czy wolał ją od nas?".

A Lewi odparł: „Piotrze, zawsze łatwo się unosiłeś. Teraz widzę, że walczysz z tą niewiastą, jakbyś był jej wrogiem. Jeżeli Zbawiciel ją wyniósł, kimże zaiste jesteś, abyś miał ją odrzucać? Zapewne Zbawiciel zna ją bardzo dobrze. Dlatego miłował ją bardziej niż nas".

— Kobieta, o której mówią — wyjaśnił Teabing — to Maria Magdalena. Piotr jest o nią zazdrosny.

— Bo Jezus wolał Magdalenę?

— Nie tylko o to chodzi. Gra idzie o coś znacznie ważniejszego niż uczucia. W tej części ewangelii Jezus już podejrzewa, że wkrótce zostanie ujęty i ukrzyżowany. Daje więc Marii Magdalenie wskazówki, jak dalej prowadzić jego Kościół, kiedy jego już nie będzie. A Piotr wyraża niezadowolenie z tego, że musi grać drugie skrzypce i że kobieta jest od niego ważniejsza. Śmiem twierdzić, że przez Piotra przemawia seksizm.

— Mówimy o świętym Piotrze. Opoce, na której Jezus zbudował swój Kościół? — upewniła się Sophie.

— Tak, właśnie, ale z jednym zastrzeżeniem. Według gnostyckich ewangelii to nie Piotrowi Chrystus dał wskazówki odnośnie do ustanowienia Kościoła chrześcijańskiego. Dał je Marii Magdalenie.

— Czy to znaczy, że Kościołowi chrześcijańskiemu miała przewodzić kobieta?

— Taki był plan. Jezus był pierwszym feministą. Chciał, by przyszłość jego Kościoła pozostawała w rękach Marii Magdaleny.

— A dla Piotra to był problem. — Langdon wskazał na *Ostatnią Wieczerzę*. — Tam widzisz Piotra. Widać, że Leonardo jest również świadom tego, co Piotr czuje do Marii Magdaleny.

Sophie zaniemówiła. Na obrazie Piotr pochylał się złowieszczo ku Marii Magdalenie i dłonią jak ostrzem noża mierzył w jej szyję. Ten sam groźny gest co na obrazie *Madonna ze skał*!

— I jeszcze to — powiedział Langdon, wskazując na grupkę uczniów skupionych przy Piotrze. — Trochę złowieszcze, prawda?

Sophie zmrużyła oczy i zobaczyła dłoń wyłaniającą się spoza gromadki uczniów.

— Czy w jego dłoni widać sztylet?

— Tak, a co dziwniejsze, jeśli policzysz ręce, przekonasz się, że ta dłoń... nie należy do nikogo. Jest bezcielesna. Anonimowa.

— Darujcie, ale wciąż nie rozumiem, jak w tym wszystkim Maria Magdalena miałaby być Świętym Graalem. — Sophie czuła się przytłoczona coraz to nowymi wątkami.

— Otóż właśnie! — wykrzyknął Teabing. — Tu mamy sedno sprawy! — Znów odwrócił się do stołu, wyciągnął sporych rozmiarów mapę i rozwinął ją przed Sophie. Było to bardzo rozbudowane drzewo genealogiczne. — Mało kto zdaje sobie sprawę, że Maria Magdalena, oprócz tego, że była prawą ręką Chrystusa, była kobietą wielkiego znaczenia.

Sophie spojrzała na nagłówek drzewa genealogicznego.

RÓD BENIAMINA

— Maria Magdalena jest tutaj. — Teabing wskazał punkt w pobliżu wierzchołka drzewa.

— Pochodziła z domu Beniamina? — zdziwiła się Sophie.

— Istotnie — potwierdził Teabing. — Maria Magdalena pochodziła z królewskiego rodu.

— Zawsze sądziłam, że była biedna.

Teabing pokręcił głową.

— Właśnie po to, by zatrzeć wszelkie świadectwa jej potężnych związków rodowych, uczyniono z Magdaleny ladacznicę.

— Co jednak wczesnemu Kościołowi mogło szkodzić, że w jej żyłach płynie królewska krew?

— Nie chodziło o królewską krew Marii Magdaleny, drogie dziecko, Kościół był zaniepokojony tym, że wiąże się z Chrys-

317

tusem, w którego żyłach również płynęła królewska krew. Jak wiesz, Ewangelia według Mateusza mówi, że Jezus pochodził z domu Dawida. Był potomkiem Salomona, króla Żydów. Wchodząc w potężny dom Beniamina, Jezus złączyłby dwie linie królewskie, tworząc potężną unię polityczną, która miałaby prawo ubiegać się o tron i odnowić dynastię królów, tak jak za czasów Salomona.

Sophie wyczuła, że Teabing zmierza do puenty. Był wyraźnie podekscytowany.

— Legenda o Świętym Graalu jest legendą o krwi królewskiej. Kiedy legenda Graala mówi o „kielichu, w którym jest krew Chrystusa", mówi tak naprawdę o Marii Magdalenie, noszącej w łonie królewską dynastię Jezusa.

Wydawało się, że jego słowa odbijają się echem od ścian sali balowej, po czym wracają pełne treści i zapisują się w umyśle Sophie: Maria Magdalena nosiła w swoim łonie królewską dynastię Jezusa.

— Ale jak można mówić o dynastii...? Chyba że... — Urwała w pół słowa i spojrzała na Langdona.

Langdon uśmiechnął się nieznacznie.

— Chyba że mieli dziecko.

Sophie stała jak zamurowana.

— Otóż właśnie — powiedział donośnie Teabing. — To największy kamuflaż w historii ludzkości. Jezus nie tylko był żonaty, ale był również ojcem. Maria Magdalena była Świętym Naczyniem, kielichem, który nosił królewską krew Jezusa Chrystusa. Była łonem, które wydało dynastię, winoroślą, która zrodziła uświęcony owoc!

Sophie poczuła dreszcz na plecach.

— Ale jak można było tak ważną sprawę utrzymać w tajemnicy tyle lat?

— Ależ na Boga! — wykrzyknął Teabing. — Nie zdołano utrzymać jej w tajemnicy! Królewska dynastia Jezusa Chrystusa stała się źródłem legendy, która przetrwała przez wieki, legendy o Świętym Graalu. Historia Magdaleny żyje od stuleci w najróżnorodniejszych metaforach, we wszystkich językach świata. Jej historię można znaleźć wszędzie, jeżeli tylko otworzy pani oczy i zechce ją zobaczyć i usłyszeć.

— A dokumenty Sangreala? — chciała wiedzieć Sophie. — Podobno one zawierają dowody na istnienie dynastii Jezusa.

— Tak jest w istocie.

— A więc cała legenda o Świętym Graalu jest legendą o królewskiej krwi?

— I to najzupełniej dosłownie. Słowo Sangreal jest inną formą San Greal, czyli Święty Graal. W swojej starszej formie słowo Sangreal dzieliło się w innym miejscu. — Teabing napisał coś na skrawku papieru i podał go Sophie, a ona przeczytała to, co napisał:

Sang Real

Natychmiast skojarzyła. *Sang Real* to królewska krew.

Rozdział 59

Recepcjonista w głównej siedzibie Opus Dei przy Lexington Avenue w Nowym Jorku zdziwił się, słysząc w słuchawce głos biskupa Aringarosy.

— Dobry wieczór, Wasza Eminencjo.

— Są dla mnie jakieś wiadomości? — spytał biskup głosem, w którym dało się wyczuć niezwykłe jak na niego poruszenie.

— Tak, Wasza Eminencjo. Bardzo się cieszę, że ksiądz biskup zadzwonił. Mój telefon nie zastał księdza w domu. Około pół godziny temu ktoś zostawił dla księdza pilną wiadomość.

— Tak? — Słychać było, że biskup przyjął to z ulgą. — Czy ten, kto dzwonił, zostawił nazwisko?

— Nie, tylko numer telefonu. — Operator przekazał numer.

— Kierunkowy trzydzieści trzy? To Francja, prawda?

— Tak, Wasza Eminencjo, to Paryż. Osoba, która dzwoniła, prosiła o natychmiastowy kontakt.

— Dziękuję. Czekałem na tę rozmowę. — Aringarosa pospiesznie odłożył słuchawkę.

Recepcjonista zastanawiał się, dlaczego w telefonie tak trzeszczało. Z planu codziennych zajęć biskupa wynikało, że w ten weekend będzie w Nowym Jorku, a jemu wydało się, jakby był na antypodach. Wzruszył ramionami i szybko o tym zapomniał. Biskup Aringarosa przez ostatnie kilka miesięcy zachowywał się bardzo dziwnie.

Moja komórka widocznie nie działała, pomyślał Aringarosa, kiedy fiat zbliżał się do zjazdu z autostrady prowadzącego na rzymskie lotnisko Ciampino, obsługujące loty czarterowe. Nauczyciel usiłował się ze mną skontaktować. Pomimo niepokoju spowodowanego tym, że nie mógł odebrać telefonu, biskup czuł się raźniej — Nauczyciel miał tyle pewności siebie, żeby zadzwonić bezpośrednio do głównej siedziby Opus Dei.

Widocznie w Paryżu wszystko poszło dobrze.

Kiedy Aringarosa zaczął wybierać numer telefonu, czuł przyjemny dreszczyk podniecenia, wiedząc, że niedługo będzie w Paryżu. Wylądujemy przed świtem. Aringarosa wyczarterował mały samolot odrzutowy, który czekał na lotnisku i miał go zabrać w krótką podróż do Francji. O tej porze regularni przewoźnicy nie wchodzili w grę, zwłaszcza zważywszy na zawartość walizki.

Usłyszał, że po drugiej stronie aparat zaczyna dzwonić.

Telefon odebrała kobieta.

— *Direction Centrale Police Judiciaire.*

Aringarosa zawahał się. Tego się nie spodziewał.

— Aa, tak... Oddzwaniam, ponieważ poproszono mnie, żebym zadzwonił pod ten numer.

— *Qui êtes-vous?* — Kobieta chciała znać nazwisko.

Aringarosa przez chwilę zastanawiał się, czy może je ujawnić. Francuskie Centralne Biuro Śledcze?

— Poproszę o nazwisko, *monsieur* — nalegała kobieta.

— Biskup Manuel Aringarosa.

— *Un moment* — usłyszał w słuchawce szczęknięcie, jakby ktoś przełączał rozmowę na inną linię.

Po dłuższej chwili oczekiwania odezwał się mężczyzna, w jego głosie słychać było ton zatroskania i niepokoju.

— Wasza Eminencjo, cieszę się, że w końcu udało mi się do księdza dotrzeć. Mamy wiele do omówienia.

Rozdział 60

Sangreal... Sang Real... San Greal... królewska krew... Święty Graal.

Wszystko to było ze sobą dziwnie powiązane i poplątane. Święty Graal to Maria Magdalena... matka założycielka królewskiej dynastii Jezusa Chrystusa. Stojąc w ciszy pośrodku sali balowej i wpatrując się w Roberta Langdona, Sophie czuła, że ma mętlik w głowie. Im więcej elementów Langdon i Teabing układali tej nocy na stole, tym bardziej nieprzewidywalna stawała się układanka.

— Jak pani widzi, moja droga — powiedział Teabing, krocząc w kierunku półek z książkami — Leonardo nie jest jedyną osobą, która próbowała powiedzieć światu prawdę na temat Świętego Graala. Królewską dynastię Jezusa Chrystusa szczegółowo opisywali najróżnorodniejsi historycy. — Przejechał palcem po rzędzie kilkunastu książek.

Sophie przechyliła głowę i przesunęła wzrokiem po tytułach:

TEMPLARIUSZE
Sekretni strażnicy tożsamości Chrystusa

MARIA MAGDALENA I ŚWIĘTY GRAAL
Kobieta z alabastrowym flakonem

WIELKA BOGINI W EWANGELIACH
Powrót do sakralności kobiecej

— A oto prawdopodobnie najlepiej znane dzieło. — Teabing wyciągnął książkę w podniszczonej twardej okładce i podał ją Sophie.

Tytuł brzmiał:

ŚWIĘTY GRAAL, ŚWIĘTA KREW

„Międzynarodowy bestseller" — zachęcał na obwolucie wydawca.

— Międzynarodowy bestseller? Nigdy nie słyszałam o tej książce.

— Była pani za młoda. To dzieło wywołało spore zamieszanie w latach osiemdziesiątych. Według mojej oceny autorzy, prowadząc analizę, poszli na trochę wątpliwe skróty, ale podstawowe założenie jest trudne do obalenia — trzeba przyznać, że to w końcu dzięki nim myśl o królewskiej linii dynastycznej Chrystusa ujrzała światło dzienne.

— Jak Kościół zareagował na tę książkę?

— Oczywiście świętym oburzeniem. Tego jednak należało oczekiwać. W końcu był to sekret, który Rzym próbował pogrzebać już w czwartym wieku naszej ery. Prawdziwym celem krucjat było zbieranie i niszczenie informacji. Groźba, jaką Maria Magdalena stanowiła dla rządzących wczesnym Kościołem, mogła zrujnować Stolicę Piotrową. Maria Magdalena nie tylko była kobietą, której Jezus pozostawił zadanie ustanowienia Kościoła, ale miała również fizyczny dowód, że nowo ogłoszony bóstwem Chrystus zapoczątkował linię dynastyczną śmiertelników. Kościół, aby bronić się przed potęgą władzy Magdaleny, upowszechnił jej obraz jako ladacznicy i zniszczył dowody jej małżeństwa z Chrystusem, pozbawiając argumentów tych, którzy twierdzili, że był śmiertelnikiem i pozostawił rodzinę.

— Dowody historyczne przemawiające za tą tezą są silne, Sophie — potwierdził Langdon.

— Przyznaję — ciągnął Teabing — że są to śmiałe stwierdzenia, ale trzeba zrozumieć, że Kościół miał ważne powody, aby rzecz całą trzymać w tajemnicy. Nie przetrwałby, gdyby wiadomość o linii dynastycznej się upowszechniła. Istnienie potomków Jezusa podważyłoby fundamentalne pojęcie jego świętości oraz istotę Kościoła katolickiego, który głosił, że jedynie za jego pośrednictwem rodzaj ludzki może dostąpić zbawienia.

— Róże o pięciu płatkach. — Sophie wskazała nagle na grzbiet jednej z książek Teabinga. Ten sam motyw zdobi szkatułkę z drewna różanego.

— Ma dobre oko. — Teabing uśmiechnął się, patrząc na Langdona. — Jest to symbol zakonu oznaczający Graala, Marię Magdalenę. — Zwrócił się do Sophie: — Ponieważ imię Marii Magdaleny znalazło się na indeksie kościelnym, występowała ona pod różnymi symbolami — jako kielich, Święty Graal i róża. — Przerwał na chwilę. — Róża ma związek z pięcioramienną gwiazdą Wenus i różą wiatrów, która prowadzi podróżników. A propos, słowo „róża" ma identyczne brzmienie po angielsku, francusku, niemiecku i w wielu innych językach.

— W tej postaci — dodał Langdon — jest również anagramem słowa Eros, greckiego boga miłości cielesnej.

— Róża zawsze była podstawowym symbolem seksualności kobiety. W archaicznych kultach Wielkiej Bogini pięć płatków przedstawiało pięć etapów życia kobiety — narodziny, pokwitanie, macierzyństwo, menopauzę i śmierć. A w dzisiejszych czasach analogie między kwitnącą różą a kobiecością uważa się za bardziej wizualne. — Spojrzał na Roberta. — Może specjalista od symboliki mógłby to szerzej objaśnić?

Robert się zawahał. Chwilę za długo.

— Na nieba! — ofuknął go Teabing. — Wy, Amerykanie, jesteście tacy pruderyjni. — Spojrzał raz jeszcze na Sophie. — Robertowi nie może przejść przez gardło, że rozkwitająca róża przypomina kobiece narządy płciowe, najsubtelniejszy kwiat, przez który przychodzi na świat cała ludzkość. Gdyby pani widziała obrazy pędzla Georgii O'Keeffe, wiedziałaby dobrze, o czym mówię.

— Tak czy owak — powiedział Langdon, wskazując znów ręką na półkę z książkami — wszystkie te książki zawierają dowody na tę samą tezę historyczną.

— Że Jezus był ojcem — upewniła się Sophie.

— Tak — potwierdził Teabing. — A Maria Magdalena

łonem, które nosiło w sobie jego królewską linię. Zakon Syjonu do dziś czci Marię Magdalenę jako Wielką Boginię, Świętego Graala, różę i Boską Matkę.

Sophie znów przebiegło błyskawicą przez myśl wspomnienie podziemnego obrzędu.

— Zakon wierzy — kontynuował Teabing — że gdy Jezus został ukrzyżowany, Maria Magdalena była przy nadziei. Dla bezpieczeństwa nienarodzonego dziecka Chrystusa musiała uciekać z Ziemi Świętej. Z pomocą zaufanego krewnego Jezusa, Józefa z Arymatei, Maria Magdalena w tajemnicy wyjechała do Francji, zwanej wtedy Galią. Tam znalazła bezpieczne schronienie w gminie żydowskiej. To tutaj, we Francji, urodziła córkę i dała jej na imię Sara.

— Znane jest nawet imię dziewczynki? — zdziwiła się Sophie.

— Nie tylko imię. Życie Magdaleny i Sary zostało skrupulatnie opisane przez ich żydowskich opiekunów. Pamiętaj, że dziecko Magdaleny należało do rodu królów żydowskich — Dawida i Salomona. Dlatego Żydzi francuscy uważali Magdalenę za uświęconą przedstawicielkę rodu królewskiego i czcili ją jako tę, która dała początek królewskiej dynastii. Wielu badaczy tej epoki dokumentowało dzieje Marii Magdaleny we Francji, opisywali również narodziny Sary i sporządzili drzewo rodowe.

— Istnieje drzewo rodowe Jezusa Chrystusa? — Sophie była zdumiona.

— Oczywiście. Jest ono bez wątpienia jednym z fundamentalnych dokumentów Sangreala. Drzewo rodowe potomków Chrystusa.

— Ale cóż z tego, że istnieje drzewo rodowe — rzekła z powątpiewaniem Sophie. — Przecież to nie jest żaden dowód. Historycy nie mogą dowieść jego autentyczności.

— Tak samo jak nie da się dowieść autentyczności Biblii — zachichotał Teabing.

— To znaczy?

— To znaczy, że historię zawsze piszą zdobywcy. Kiedy zderzą się ze sobą dwie kultury, przegranego usuwa się w cień, a zwycięzca pisze historię, gloryfikując własne dokonania i umniejszając znaczenie podbitego wroga. Jak kiedyś powiedział Napoleon: „Czymże jest historia jak nie uzgodnioną bajką?". — Uśmiechnął się. — Taka jest jej natura, historia przeważnie bywa opowieścią jednostronną.

Sophie nigdy w ten sposób o tym nie myślała.

— Dokumenty Sangreala opowiadają o życiu Chrystusa jakby z przeciwnej strony. W końcu to, czy uwierzymy tej, czy tamtej stronie, jest kwestią naszego osobistego wyboru i dociekań każdego z nas, ale dobrze, że przetrwała informacja. Dokumenty Sangreala zawierają dziesiątki tysięcy stron informacji. Naoczni świadkowie piszą, że skarby Sangreala przenoszono w czterech olbrzymich skrzyniach. W tych skrzyniach złożone są tak zwane dokumenty purystów — tysiące stron niepoddanych żadnym opracowaniom świadectw z czasów przed Konstantynem, spisanych przez pierwszych wyznawców Jezusa, którzy wielbili go jako nauczyciela i proroka — jako człowieka. Mówi się również, że częścią skarbu jest legendarny dokument Q — rękopis, którego istnieniu podobno nie przeczy nawet Watykan. Mówi się, że jest to księga nauk Jezusa, pisana prawdopodobnie jego własną ręką.

— Zapiski samego Jezusa Chrystusa?

— Tak. Dlaczego Jezus miałby nie pozostawić świadectwa swojej posługi? W tamtych czasach większość ludzi dokumentowała swoją działalność. Podobno skarb zawiera też dokument niezwykłej wagi zwany *Dziennikiem Magdaleny*. Jest to jej własna relacja opisująca związek z Chrystusem, jego ukrzyżowanie i jej życie we Francji.

— Czy te cztery skrzynie z dokumentami to skarb, który templariusze odnaleźli pod Świątynią Salomona? — spytała Sophie po dłuższym milczeniu.

— Właśnie. Te dokumenty dały zakonowi olbrzymią władzę. Te dokumenty to cel nieustająco podejmowanych niezliczonych wypraw w poszukiwaniu Graala.

— Ale powiedział pan, że Święty Graal to Maria Magdalena. Jeżeli ludzie szukają dokumentów, dlaczego miałoby się to nazywać poszukiwaniem Świętego Graala?

— Ponieważ w miejscu, w którym ukryto Świętego Graala, znajduje się również sarkofag — wyjaśnił łagodnie Teabing.

Na zewnątrz w koronach drzew wył wiatr.

— Poszukiwanie Świętego Graala — mówił dalej cichym głosem — to w dosłownym znaczeniu poszukiwanie szczątków Marii Magdaleny, by móc przed nimi uklęknąć. To podróż, którą podejmujemy, by pomodlić się u stóp wygnanej, oddać hołd zatraconej sakralności kobiecej.

— Miejsce, w którym ukryty jest Święty Graal, jest więc... grobowcem?

— Tak. — Migdałowe oczy Teabinga zasnuła mgła. — Grobowcem, w którym spoczywa ciało Marii Magdaleny wraz z dokumentami opisującymi prawdziwą historię jej życia. Poszukiwanie Świętego Graala w gruncie rzeczy było zawsze poszukiwaniem Magdaleny, skrzywdzonej królowej, którą złożono w grobowcu wraz z dowodami praw jej rodziny do tronu.

Sophie dała Teabingowi chwilę wytchnienia. W historii dziadka było jeszcze tyle rzeczy, których nie udało jej się połączyć w całość.

— Czy członkowie zakonu — powiedziała w końcu — przez wszystkie te lata dźwigali na barkach brzemię ochrony dokumentów Sangreala i grobowca Marii Magdaleny?

— Tak, ale bractwo miało jeszcze jeden ważny obowiązek — ochrony dynastii jako takiej. Potomkowie Chrystusa byli w ciągłym niebezpieczeństwie. Wczesny Kościół obawiał się, że jeżeli ród się rozrośnie, tajemnica Jezusa i Magdaleny w końcu wyjdzie na jaw i podważy fundamentalną doktrynę katolicką, doktrynę o boskim Mesjaszu, który nigdy nie miał żadnych związków z kobietą. — Przerwał. — Tymczasem jednak dynastia Chrystusa rosła po cichu pod niebem Francji, aż w piątym wieku zdecydowano się na śmiały krok i małżeństwo, które złączyło ją z francuską dynastią królewską, dało początek dynastii Merowingów.

Ta wiadomość zaskoczyła Sophie. Merowingowie to nazwisko rodowe, które zna każdy francuski uczeń.

— Merowingowie byli założycielami Paryża.

— Tak. Dlatego, między innymi, legenda o Graalu jest we Francji tak żywa. Wiele wypraw w poszukiwaniu Świętego Graala organizowanych w Watykanie to w istocie misje skrytobójcze, które miały zetrzeć z powierzchni ziemi tę linię. Słyszałaś o królu Dagobercie Drugim?

Sophie przypominała sobie to imię jak przez mgłę z jakiejś mrocznej opowieści z lekcji historii.

— Dagobert Drugi był królem z linii Merowingów. Ktoś wbił mu kopię w oko podczas snu?

— Właśnie. Został zamordowany na zlecenie Pepina Grubego, działającego w zmowie z Rzymem. Było to pod koniec siódmego wieku. Po zamordowaniu Dagoberta linia Merowingów została prawie bezpotomna. Na szczęście syn Dagoberta, Sigibert, zdołał uciec i przedłużył ród, którego kolejnym potomkiem wiele lat później był Godfryd z Bouillon, założyciel Prieuré de Sion.

— Ten sam — podjął Langdon — który nakazał templariuszom odzyskanie dokumentów Sangreala ukrytych pod Świątynią Salomona i w ten sposób dał Merowingom dowody ich dziedzicznej więzi z Jezusem Chrystusem.

Teabing skinął głową i zamyśliwszy się, westchnął.

— Współczesny Zakon Syjonu ma bardzo ciężkie obowiązki. Spoczywają na ich barkach trzy zadania. Bractwo musi chronić dokumenty Sangreala. Musi chronić grób Marii Magdaleny. I oczywiście musi żywić i chronić linię królewską Chrystusa — tych nielicznych członków dynastii Merowingów, którzy przetrwali do dzisiejszych czasów.

Jego słowa zawisły w wielkiej sali, a Sophie odczuła dziwne drżenie, jak gdyby jej kości i mięśnie zawibrowały jakąś nową prawdą. Potomków Jezusa, którzy przetrwali do naszych czasów. Znów usłyszała głos dziadka szepczący jej do ucha: „Księżniczko, muszę powiedzieć ci prawdę o twojej rodzinie". Poczuła chłód na plecach. Królewska krew. Niewyobrażalne. Księżniczka Sophie.

— Sir Leigh? — Sophie drgnęła na dźwięk słów służącego, które zabrzmiały nagle w domofonie na ścianie. — Czy zechciałby pan pofatygować się na chwilę tu do mnie do kuchni?

Teabing niemal zawył, kiedy usłyszał, że lokaj włącza się w tak niefortunnym momencie. Podszedł do domofonu i nacisnął guzik.

— Rémy, jak wiesz, mam gości i jestem zajęty. Jeżeli będziemy potrzebowali coś z kuchni, sami się obsłużymy. Dziękuję ci bardzo i dobranoc.

— Chciałbym tylko zamienić z panem słowo, zanim pójdę spać. Jeśli pan pozwoli.

Teabing stęknął niechętnie i nacisnął guzik.

— Ale proszę szybko, Rémy.

— To sprawa poufna, proszę pana, nieprzeznaczona dla pańskich gości.

— Nie może zaczekać do rana? — spytał Teabing z niedowierzaniem.

— Nie, proszę pana. Ta sprawa zajmie panu minutę.

— Czasem zastanawiam się, kto tu komu służy? — Teabing wzniósł oczy do góry i jeszcze raz nacisnął guzik. — Zaraz tam będę, Rémy. Może przynieść ci coś po drodze?

— Tylko wolność od ucisku, sir.

— Zdajesz sobie sprawę, Rémy, że jedynym powodem, dla którego wciąż dla mnie pracujesz, jest twój *steak au poivre*?

— Podobno, sir. Podobno.

Rozdział 61

Księżniczka Sophie.

Słysząc coraz cichsze, niknące w głębi korytarza postukiwanie metalowych kul Teabinga, Sophie odczuwała wewnętrzną pustkę. Zmartwiała, odwróciła się i spojrzała na Langdona stojącego pośrodku sali balowej. Kręcił głową, jakby czytał w jej myślach.

— Nie, Sophie — szepnął pocieszająco. — Mnie też przyszła do głowy ta myśl, kiedy zdałem sobie sprawę, że twój dziadek był członkiem zakonu, a ty powiedziałaś, że chciał zdradzić ci sekret rodziny. Ale to absolutnie niemożliwe. — Langdon zamilkł. — Saunière to nie jest merowińskie nazwisko.

Sophie nie była pewna, czy ma czuć ulgę, czy rozczarowanie. Nieco wcześniej Langdon zadał jej dość niespodziewane pytanie, jakby w przelocie — o nazwisko rodowe jej matki. Chauvel. To pytanie teraz nagle nabrało sensu.

— A Chauvel? — spytała zalękniona.

— Przykro mi — pokręcił głową. — Wiem, że to dałoby odpowiedź na kilka pytań. Pozostały tylko dwie linie dynastyczne Merowingów. Ich nazwiska rodowe to Plantard i Saint-Clair. Obie rodziny żyją w ukryciu, prawdopodobnie pod opieką zakonu.

Sophie powtórzyła bezgłośnie oba nazwiska i pokręciła głową. W jej rodzinie nie było nikogo o nazwisku Plantard lub Saint-Clair. Nagle poczuła falę zmęczenia. Zdała sobie sprawę, że nie przybliżyła się nawet o krok do zrozumienia prawdy, którą dziadek chciał jej ujawnić, nie była bliżej niej niż w Luwrze. Żałowała, że tamtego popołudnia dziadek w ogóle wspominał o rodzinie. Niepotrzebnie otworzył stare, zabliźnione rany, które teraz bolały jeszcze bardziej. Oni nie żyją, Sophie. Oni już nie wrócą. Pomyślała o mamie, która śpiewała jej przed snem, o tacie, który nosił ją na rękach, o babci i młodszym bracie uśmiechającym się do niej roziskrzonymi zielonymi oczami. Wszystko to jej skradziono. Został jej tylko dziadek. Teraz i on odszedł. Jestem sama.

Sophie odwróciła się cicho ku *Ostatniej Wieczerzy* i patrzyła na długie, płomiennorude włosy Marii Magdaleny i na jej spokojne oczy. W wyrazie twarzy tej kobiety było echo utraty kogoś ukochanego. Sophie też to czuła.

— Robercie? — powiedziała cicho.

Podszedł bliżej.

— Wiem, że Leigh twierdzi, że historia o Graalu jest wszędzie wokół nas, ale ja dziś wieczorem usłyszałam o tym po raz pierwszy.

Langdon sprawiał wrażenie, jakby chciał położyć dłoń na ramieniu Sophie w uspokajającym geście, ale w ostatniej chwili się powstrzymał.

— Na pewno słyszałaś kiedyś tę historię, Sophie. Każdy z nas słyszał. Po prostu nie zdajemy sobie z tego sprawy.

— Nie rozumiem.

— Historia o Graalu jest wszędzie, ale jest ukryta. Kiedy Kościół zabronił mówić głośno o odsuniętej na drugi plan Marii Magdalenie, trzeba było przekazywać dalej jej historię i jej znaczenie bardziej dyskretnymi kanałami... Przez metaforę i symbol.

— Oczywiście. Językiem sztuki.

— To doskonały przykład. — Langdon wskazał *Ostatnią Wieczerzę*. — To, co do dziś przetrwało i co jest największe w literaturze, sztuce i muzyce, opowiada między wierszami historię Marii Magdaleny i Jezusa.

Langdon opowiedział jej pokrótce o pracach Leonarda da Vinci, Botticellego, Poussina, Berniniego, Mozarta i Victora Hugo, bo wszyscy oni mówili szeptem o wyprawie, której celem jest przywrócenie wartości zniweczonemu pierwiastkowi świętości żeńskiej. Legendy, które przetrwały, takie jak opowieść o sir Gawainie i Zielonym Rycerzu, o królu Arturze, Śpiącej Królewnie, to wszystko alegorie Świętego Graala. *Dzwonnik z Notre Dame* Victora Hugo oraz *Zaczarowany flet* Mozarta są wypełnione symboliką masońską i wibrują tajemnicą Graala.

— Kiedy otworzysz oczy na Świętego Graala — mówił Langdon — zobaczysz Marię Magdalenę wszędzie wokół siebie. W obrazach. W muzyce. W książkach. Nawet w kreskówkach, wesołych miasteczkach i w kinie.

Podniósł w górę rękę i pokazał jej zegarek z Myszką Miki, a potem opowiedział, jak Walt Disney, nie czyniąc wokół tego wielkiego szumu, poświęcił całe życie na opowiadanie historii Graala przyszłym pokoleniom. Okrzyknięto go „Leonardem da Vinci współczesności". Obaj wyprzedzali swoje czasy, byli wyjątkowo utalentowanymi artystami, członkami tajnych stowarzyszeń, a zwłaszcza zaprzysiężonymi kawalarzami. Podobnie jak Leonardo Walt Disney z upodobaniem wplatał w swoje dzieła ukryte przekazy i symbole. Kiedy znawca symboliki ogląda wczesne filmy Disneya, czuje się, jakby zasypywała go lawina aluzji i metafor.

Większość ukrytych przekazów Disneya dotyczyła religii, mitu pogańskiego i historii zdegradowanej Wielkiej Bogini. To nie przypadek, że Disney filmował *Kopciuszka, Śpiącą Królewnę* i *Królewnę Śnieżkę*, bo wszystkie te historie mówią o uciemiężeniu sakralności kobiecej. Nie trzeba być biegłym w symbolice, by zrozumieć, że Królewna Śnieżka — księżniczka, która zapadła w sen po tym, jak ugryzła zatrute jabłko, jest wyraźną aluzją do upadku Ewy w raju. Albo że księżniczka Aurora z *Królewny Śnieżki*, którą pod imieniem Różyczki ukrywano w głębi puszczy, by nie mogła jej dopaść zła czarownica, to dziecięca wersja historii Świętego Graala.

Wbrew pozorom w imperium Disneya wśród pracowników zawsze panowało zrozumienie dla potrzeby zabawy i żartu, a graficy zatrudnieni u Disneya do dziś zabawiają się umieszczaniem ukrytych symboli w filmach i kreskówkach. Langdon pamięta dzień, kiedy jeden z jego studentów przyniósł na zajęcia *Króla Lwa* na płycie DVD i zatrzymał film, a na stop-klatce ukazało się wyraźnie widoczne słowo SEKS, w które układały się płynące w powietrzu pyłki kurzu nad głową Simby. Chociaż Langdon podejrzewał, że jest to raczej sztubacki żart rysownika niż jakaś światła aluzja do pogańskiej seksualności człowieka, zrozumiał, że nie należy lekceważyć siły symboliki w wydaniu Disneya. *Mała Syrenka* to zapierająca dech w piersiach panorama symboli duchowych, mających tak specyficzne odniesienie do Wielkiej Bogini, że nie mogły się tam znaleźć przypadkiem.

Kiedy Langdon pierwszy raz zobaczył *Małą Syrenkę*, zaniemówił, zauważywszy, że wiszący na ścianie w podwodnym domu Ariel obraz to dzieło siedemnastowiecznego malarza Georges'a de la Tour, zatytułowane *Pokutująca Magdalena* — słynący jako hołd wygnanej Marii Magdalenie — bardzo wymowne malowidło, zważywszy, że cały film to dziewięćdziesięciominutowy kolaż jaskrawych odniesień symbolicznych do utraconej boskości Izydy, Ewy, bogini podmorskiej, którą symbolizują zodiakalne Ryby, no i oczywiście Marii Magdaleny. Imię małej syrenki, Ariel, ma silne powiązania z sakralnością kobiecą, a w Księdze Izajasza jest nazwą świętego oblężonego miasta. Rzecz jasna, faliste rude włosy małej syrenki też nie są dziełem przypadku.

Usłyszeli szczęk aluminiowych kul Teabinga, którego kroki były niezwykle żwawe. Kiedy gospodarz wszedł do gabinetu, miał surowy wyraz twarzy.

— Dobrze byś zrobił, Robercie, gdybyś wyjaśnił mi, o co w tym wszystkim chodzi — powiedział chłodno. — Nie jesteś wobec mnie uczciwy.

Rozdział 62

— Chcą mnie wrobić, Leigh. — Langdon starał się zachować spokój. — Znasz mnie. Przecież nie mógłbym nikogo zabić.

— Na miłość boską, Robercie, jesteś w telewizji! Wiesz, że szuka cię policja? — Teabing nie dawał za wygraną.

— Tak.

— A więc nadużyłeś mojego zaufania. Jestem zdumiony, że chciałeś narazić mnie na ryzyko, przyjeżdżając tutaj i prosząc, abym bajdurzył o Graalu, gdy ty będziesz ukrywał się w moim domu.

— Nikogo nie zabiłem.

— Jacques Saunière nie żyje, a policja twierdzi, że to twoja robota. — Teabing wyraźnie posmutniał. — Saunière tyle robił dla rozwoju sztuki...

— Sir? — Służący stanął za Teabingiem w drzwiach do gabinetu z rękami splecionymi na piersiach. — Mam ich wyprowadzić?

— Pozwól, że sam to zrobię. — Teabing pokuśtykał przez gabinet, przekręcił klucz w dużych szklanych drzwiach i otworzył je szeroko na ogród. — A teraz do samochodu i żegnam.

Sophie stała w miejscu.

— Mamy informacje o *clef de voûte*. Wiemy coś o kluczu sklepienia zakonu.

Teabing przyglądał się jej przez kilka sekund, a potem prychnął poirytowany:

— To desperacki wykręt. Robert wie, ile się go naszukałem.

— Ona mówi prawdę — powiedział Langdon. — Dlatego przyjechaliśmy do ciebie. Żeby porozmawiać o kluczu sklepienia.

— Wyjdą państwo, czy mam wezwać policję? — zapytał służący.

— Leigh — szepnął Langdon — wiemy, gdzie on jest.

Zaciekłość Teabinga jakby trochę przygasła.

Rémy maszerował teraz sztywnym krokiem przez pokój.

— Proszę natychmiast wyjść! Albo wyprowadzę was siłą...

— Rémy! — Teabing obrócił się, jednym ostrym słowem przyhamowując zapędy służącego. — Mógłbyś zostawić nas na chwilę samych?

— Sir? — Służący otworzył usta ze zdumienia. — Muszę zaprotestować. Ci ludzie to...

— Sam się tym zajmę. — Teabing wskazał na hol.

Po chwili pełnej zdumienia i ciszy Rémy wyszedł pokornie, jak pies z podwiniętym ogonem.

W powiewach chłodnej bryzy, przedostających się przez drzwi wychodzące na ogromny ogród, Teabing odwrócił się do Sophie i Langdona z niepewnym wyrazem twarzy.

— Lepiej, żeby coś w tym było. Co wiecie o kluczu sklepienia?

W gęstych zaroślach w ogrodzie przed gabinetem Teabinga Sylas ściskał mocno pistolet i zaglądał do środka przez szklane drzwi balkonowe. Przed chwilą obszedł dom dookoła i widział, że Langdon i kobieta rozmawiają w przestronnym gabinecie. Zanim zdołał ruszyć i dostać się do wewnątrz, zobaczył wchodzącego do pomieszczenia mężczyznę o kulach, który otworzył drzwi na oścież i zażądał, żeby goście natychmiast wyszli. Potem kobieta powiedziała coś o kluczu i wszystko się zmieniło. Podniesione głosy przeszły w szepty. Nastrój złagodniał. A szklane drzwi szybko zamknięto.

Teraz, skulony w ciemnościach, Sylas ostrożnie zaglądał do gabinetu. Klucz sklepienia jest gdzieś we wnętrzu tego domu. Mówiła mu to intuicja.

Nie przekraczając granicy cienia, Sylas ostrożnie przesuwał się bliżej i bliżej szklanych drzwi, ponieważ bardzo chciał usłyszeć, o czym rozmawiają. Da im pięć minut. Jeżeli nie powiedzą, gdzie jest klucz, Sylas będzie musiał wejść i dowiedzieć się tego od nich.

— Wielki mistrz? — Teabing omal nie udławił się tymi słowami i spojrzał na Sophie. — Jacques Saunière?

Sophie przytaknęła i zobaczyła w jego oczach bezgraniczne zdumienie.

— Ale przecież pani nie mogła o tym wiedzieć!

— Jacques Saunière był moim dziadkiem.

Teabing zachwiał się, zrobił krok w tył i wsparł się na kulach. Spojrzał na Langdona, a ten kiwnął głową.

— Panno Neveu — zwrócił się Teabing do Sophie — brak mi słów. Jeżeli to prawda, ogromnie pani współczuję. Przyznaję, że na własne potrzeby sporządziłem listę paryżan mogących spełniać warunki kandydata na członka zakonu. Jacques Saunière był na tej liście obok wielu innych. Ale wielki mistrz, powiada pani? Trudno to sobie wyobrazić. — Teabing przez chwilę milczał, a potem pokręcił głową. — To jednak wciąż nie ma sensu. Nawet jeżeli pani dziadek był wielkim mistrzem zakonu i wiedział, gdzie jest klucz sklepienia, nigdy by pani tego nie powiedział. Klucz sklepienia to drogowskaz do największego skarbu bractwa. Nawet będąc wnuczką wielkiego mistrza, nie ma pani podstaw, by posiąść taką wiedzę.

— Monsieur Saunière umierał, kiedy przekazywał tę informację — wyjaśnił Langdon. — Nie miał wielkiego wyboru.

— On nie musiał dokonywać wyborów — upierał się Teabing. — Istnieje trzech seneszali, którzy również znają ten sekret. Na tym polega całe piękno ich systemu. Jeden z nich stanie się wielkim mistrzem i wspólnie wprowadzą nowego seneszala, który także pozna tajemnicę klucza.

— Widzę, że nie słyszał pan wszystkich wiadomości w telewizji — powiedziała Sophie. — Oprócz mojego dziadka zamordowano wczoraj trzech innych znanych paryżan. Wszyscy zginęli w podobny sposób. Wygląda na to, że przed śmiercią ktoś ich przesłuchiwał.

336

— Myślicie, że to byli... — Teabing otworzył usta ze zdumienia.

— Seneszale — dopowiedział Langdon.

— Jak to możliwe? Morderca nie mógł przecież znać tożsamości wszystkich czterech najwyższych rangą członków Prieuré de Sion. Przecież ja... ja... próbowałem się tego dowiedzieć przez całe dziesięciolecia i nie udało mi się poznać nazwiska nawet jednego członka zakonu. Wydaje się niepojęte, by ktoś mógł zidentyfikować wszystkich trzech seneszali i wielkiego mistrza i zabić ich jednego dnia.

— Informacji zapewne nie zebrano jednego dnia — powiedziała Sophie. — Wygląda mi to na dobrze zaplanowaną akcję *décapiter*. Jest to technika, której używamy w walce ze zorganizowaną przestępczością. Jeżeli DCPJ chce unieszkodliwić jakąś grupę, zakłada podsłuch i śledzi ich miesiącami, identyfikuje głównych graczy, a potem wchodzi do akcji i zgarnia ich w tym samym momencie. Dekapitacja, czyli odgłowienie. Bez kierownictwa grupę ogarnia chaos i wszyscy zaczynają sypać. Być może ktoś cierpliwie śledził poczynania zakonu, a potem zaatakował, mając nadzieję, że czterej wtajemniczeni ujawnią miejsce przechowywania klucza sklepienia.

Teabing nie był przekonany.

— Bracia przecież nigdy nie zdradziliby tajemnicy. Zaprzysięgli jej dotrzymać. Nawet w obliczu śmierci.

— Właśnie — powiedział Langdon. — A to znaczy, że gdyby nikt nikomu nie przekazał informacji i wszyscy zostali zabici...

Teabing podjął jednym tchem:

— Wtedy informacja o miejscu przechowywania klucza sklepienia byłaby utracona na zawsze!

— A wraz z nią informacja o Świętym Graalu — dodał Langdon.

Teabing zachwiał się, jakby słowa Langdona go przytłoczyły, po czym usiadł ciężko na fotelu i popatrzył w okno.

Sophie podeszła do niego i powiedziała cichym głosem:

— Zważywszy na szczególne okoliczności, w jakich znalazł się mój dziadek, wydaje się całkiem możliwe, że w skrajnej rozpaczy próbował przekazać tajemnicę komuś spoza bractwa. Komuś, komu zaufał. Komuś z rodziny.

— Ale kto zdołał zorganizować taki atak... Kto zdołał odkryć aż tyle tajemnic bractwa... — Teabing był blady i przerażony. — To może być tylko jedna siła. Tego rodzaju infiltracja może być dziełem tylko najstarszego wroga zakonu.

— Kościoła. — Langdon podniósł wzrok.

— Oczywiście. Rzym od wieków szuka śladów Graala.

— Uważa pan, że to Kościół zlecił zabicie mojego dziadka? — spytała Sophie nieufnie.

— Nie pierwszy raz w historii Kościół zabijałby, żeby się chronić — odparł Teabing. — Dokumenty towarzyszące Świętemu Graalowi są dla Kościoła bombą, którą od lat chce rozbroić.

Langdonowi trudno było przyjąć tezę Teabinga, że Kościół może mordować na prawo i lewo, żeby wejść w posiadanie dokumentów. Po spotkaniu z papieżem i wieloma kardynałami miał przekonanie, że są to ludzie głęboko uduchowieni, którzy nigdy nie dopuściliby się zabójstwa. Bez względu na cel.

Sophie myślała bardzo podobnie.

— Czy nie jest to możliwe, że ci członkowie zakonu zginęli z ręki kogoś spoza Kościoła? Kogoś, kto nie rozumie, czym naprawdę jest Święty Graal. Kielich Chrystusa to w końcu skarb, który pobudza wyobraźnię. Z pewnością poszukiwaczom skarbów niewiele trzeba.

— Według mnie — powiedział Teabing — człowiek może się posunąć o wiele dalej, by uniknąć tego, czego się boi, niżby zyskać to, czego pragnie. Wyczuwam w tym ataku jakieś szaleństwo i desperację.

— W twojej argumentacji, Leigh — odpowiedział Langdon — jest pewien paradoks. Dlaczego Kościół katolicki miałby kazać mordować członków zakonu po to, by znaleźć i zniszczyć dokumenty, które i tak uważane są za fałszywe świadectwo?

— Harwardzkie wieże z kości słoniowej zmiękczyły ci serce, Robercie — zachichotał Teabing. — Tak, oczywiście, księża w Rzymie mają błogosławieństwo silnej wiary, dlatego też ich poglądy wytrzymują najcięższe próby, takie jak próba świadectwa dokumentów, których treść przeczy wszystkiemu, co jest im drogie. Ale co z resztą świata? Co z tymi, którzy nie otrzymali błogosławieństwa niewzruszonej pewności? Co z tymi, którzy przyglądają się okrucieństwu naszego świata i pytają, gdzie jest Bóg? Z tymi, którzy są świadkami skandali w Kościele i pytają, kim są ci ludzie, którzy twierdzą, że mówią prawdę o Chrystusie, ale kłamią, by ukryć molestowanie seksualne dzieci przez księży? Co się stanie z tymi ludźmi, Robercie, jeżeli przekonywające dowody naukowe ujawnią, że wersja historii Chrystusa, którą przedstawia nam Kościół, jest nieprecyzyjna i że najwspanialsza opowieść jest najwspanialszym fałszerstwem?

Langdon milczał.

— Powiem ci, co się stanie — ciągnął Teabing. — Watykan stanie w obliczu bezprecedensowego kryzysu wiary.

Po dłuższej chwili milczenia Sophie powiedziała:

— A jeżeli rzeczywiście jest to sprawa Kościoła, dlaczego atak nastąpił właśnie teraz? Po tylu latach? Zakon utrzymuje dokumenty w tajemnicy. Nie stanowią one bezpośredniego zagrożenia dla Kościoła.

Teabing westchnął znacząco i spojrzał na Langdona.

— Rozumiem, Robercie, że wiesz, jakie jest zagrożenie?

Langdon poczuł, że brakuje mu powietrza, kiedy o tym pomyślał.

— Tak.

— Panno Neveu, przez wiele lat Kościół i zakon przestrzegały pewnego porozumienia. To znaczy, że Kościół nie będzie atakował zakonu, a zakon będzie trzymał dokumenty Sangreala w ukryciu. Ale w historię zakonu niejako wpisane jest ujawnienie tajemnicy. Kiedy nadejdzie pewna konkretna data historyczna, bractwo złamie milczenie i ostatecznie zatriumfuje — ujawni dokumenty Sangreala i wykrzyczy na cały świat prawdziwą historię Jezusa Chrystusa.

Sophie patrzyła chwilę w milczeniu na Teabinga. W końcu i ona usiadła.

— I sądzi pan, że ten dzień nadchodzi? I że Kościół o tym wie?

— To tylko spekulacje, ale z pewnością byłaby to motywacja dla Kościoła, aby zaatakować frontalnie i przejąć dokumenty, zanim będzie za późno.

Langdon miał nieprzyjemne uczucie, że słowa Teabinga brzmią rozsądnie.

— Sądzisz, że Kościół mógłby zdobyć dowody świadczące, że ta chwila się zbliża?

— Dlaczego nie, jeżeli zakładamy, że Kościół potrafił dotrzeć do członków zakonu, to z pewnością poznał również ich plany. A nawet jeżeli nie ma jeszcze konkretnej daty, to przesądy z pewnością zrobią swoje.

— Przesądy? — spytała Sophie.

— W kategoriach proroctwa — powiedział Teabing — jesteśmy obecnie w epoce ogromnej zmiany. Niedawno zaczęło się nowe tysiąclecie, a z nim kończy się trwająca dwa tysiące lat astronomiczna era Ryb — które są również znakiem Jezusa. Każdy znawca symboliki astrologicznej powie, że według koncepcji Ryb wyższa od człowieka władza musi mu nakazywać, co ma robić, ponieważ człowiek nie jest w stanie myśleć niezależnie. Był to więc czas gwałtownie rozwijających się ruchów religijnych. Teraz jednak wchodzimy w erę Wodnika — a jego ideały to samodzielne poznawanie prawdy i myślenie niezależne. Ogromne przesunięcie akcentów ideologicznych, które da się odczuć właśnie teraz.

Langdon poczuł dreszcze. Proroctwa astrologiczne nigdy go ani nie interesowały, ani nie uważał ich za wiarygodne, ale wiedział, że są tacy w łonie Kościoła, którzy śledzą je bardzo dokładnie.

— Kościół nazywa ten okres przejściowy końcem dni.

— Tak jak mówiło się o końcu świata? O apokalipsie? — zauważyła Sophie.

— Nie — odparł Langdon. — To powszechny błąd w myśleniu. Wiele religii mówi o końcu dni. Odnosi się to nie do końca świata, ale raczej do końca obecnej ery — ery Ryb, która rozpoczęła się w czasach narodzin Chrystusa, trwała dwa tysiące lat i zakończyła się wraz z początkiem nowego milenium. Teraz, kiedy wchodzimy w erę Wodnika, nadchodzi koniec dni.

— Wielu historyków Graala — dodał Teabing — wierzy, że jeżeli zakon rzeczywiście planuje ujawnienie prawdy, to ten moment historii byłby symbolicznie najwłaściwszy. Większość naukowców i nauczycieli akademickich badających dzieje zakonu, nie wyłączając mnie, przewidywało, że bractwo otworzy bramy prawdy tak, by ten gest zbiegł się z początkiem nowego tysiąclecia. Tak się oczywiście nie stało. Trzeba jednak pamiętać, że kalendarz rzymski nie zbiega się dokładnie z wyznacznikami astrologicznymi, a zatem w sferze przewidywań jesteśmy w obszarze szarości i półcienia. Nie wiem, czy Kościół ma informacje od kogoś w zakonie, że data zbliża się nieuchronnie, czy też staje się nerwowy z uwagi na przepowiednię astrologiczną. To i tak teraz nie ma znaczenia. I jeden, i drugi scenariusz pokazuje, jakie Kościół mógłby mieć motywy, by przypuścić atak prewencyjny na zakon. — Teabing zmarszczył brwi. — Wierzcie mi, jeżeli Kościół znajdzie Świętego Graala, zniszczy go. Dokumenty i szczątki błogosławionej Marii Magdaleny również. — Rzucił na nich ciężkie spojrzenie. — Wtedy, moja droga, wraz ze zniknięciem z powierzchni ziemi dokumentów Sangreala, utracimy wszystkie dowody. Kościół wygra wielowiekową wojnę o inny kształt historii. Przeszłość zostanie ostatecznie wymazana.

Sophie powoli wyciągnęła z kieszeni swetra klucz w kształcie krzyża i podała go Teabingowi. A on wziął go i przyjrzał mu się dokładnie.

— Mój Boże. Pieczęć zakonu. Skąd pani to ma?

— Dziadek dał mi to, zanim umarł.

Teabing przebiegł palcami po krucyfiksie. Klucz do kościoła? Sophie wzięła głęboki oddech.

— To daje dostęp do klucza sklepienia.

— To niemożliwe! — Pokręcił energicznie głową, na twarzy miał wyraz niedowierzania. — Który kościół przeoczyłem? Szukałem we wszystkich kościołach Francji!

— Nie jest schowany w kościele — powiedziała Sophie. — W szwajcarskim banku depozytowym.

— Klucz sklepienia jest w banku? — Z twarzy Teabinga zniknął wyraz ekscytacji.

— W sejfie bankowym — podsunął Langdon.

— W sejfie bankowym? — Teabing potrząsał energicznie głową. — To niemożliwe. Klucz ma być ukryty pod znakiem róży.

— Jest — powiedział Langdon. — Umieszczono go w szkatułce z drewna różanego inkrustowanego różą o pięciu płatkach.

Teabing wyglądał, jakby uderzył w niego piorun.

— Widzieliście klucz sklepienia?

— Byliśmy w banku. — Sophie skinęła głową.

Teabing podszedł do nich, a w jego oczach płonął strach.

— Przyjaciele, musimy coś zrobić. Klucz sklepienia jest w niebezpieczeństwie! Mamy obowiązek go chronić. A jeżeli są jakieś inne klucze? Może ukradziono je zamordowanym seneszalom? Jeżeli Kościół zdoła dotrzeć do banku tak jak wy...

— Będzie za późno, nikt nic nie wskóra — powiedziała Sophie. — Zabraliśmy klucz sklepienia.

— Co! Zabraliście klucz sklepienia z miejsca, w którym go ukryto?

— Nie bój się — powiedział Langdon. — Jest dobrze schowany.

— Mam nadzieję, że naprawdę dobrze!

— No — powiedział Langdon, nie mogąc powstrzymać się od śmiechu — to zależy od tego, jak często sprzątasz pod kanapą.

Wiatr się wzmagał, a szata Sylasa łopotała w podmuchach, kiedy siedział skulony przy oknie. Chociaż niewiele usłyszał z toczącej się rozmowy, słowo klucz przeniknęło przez szkło już kilka razy.

Jest w domu.

W uszach brzmiały mu jeszcze słowa Nauczyciela: „Wejdź do Château Villette. Weź klucz sklepienia. Nikomu nie rób krzywdy".

Teraz Langdon i pozostali przeszli nagle do pokoju obok, gasząc światła w gabinecie. Jak gepard, który podkrada się do swojej ofiary, Sylas podczołgał się do szklanych drzwi. Okazało się, że są tylko przymknięte. Wśliznął się do środka i cicho zamknął je za sobą. Słyszał stłumione głosy z sąsiedniego pokoju. Wyciągnął z kieszeni pistolet, odbezpieczył go i powoli, krok za krokiem, ruszył korytarzem.

Rozdział 63

Porucznik Collet stał sam na skraju podjazdu wiodącego do posiadłości Leigha Teabinga i spoglądał w górę na masywną budowlę. Dom stoi na uboczu. Ciemno. Ogród daje dobrą osłonę. Collet przyglądał się, jak kilku agentów w milczeniu rozchodzi się wzdłuż ogrodzenia. W niespełna kilka minut mogliby być po drugiej stronie i otoczyć dom. Langdon nie mógł wybrać lepszego miejsca na niespodziewany atak dla ludzi Colleta.

Collet właśnie miał zadzwonić do Fache'a, kiedy jego telefon sam się odezwał. Fache nie wydawał się tak zadowolony z rozwoju wydarzeń, jak Collet sobie to wyobrażał.

— Dlaczego nikt mi nie powiedział, że macie namiar na Langdona?

— Był pan zajęty rozmową telefoniczną i...

— Gdzie pan jest, poruczniku Collet?

Collet podał mu adres.

— Posiadłość należy do Brytyjczyka nazwiskiem Teabing. Langdon dość długo jechał, żeby się tu dostać, a pojazd jest po drugiej stronie chronionej systemem bezpieczeństwa bramy, nie ma oznak włamania, więc prawdopodobnie Langdon zna właściciela domu.

— Już tam jadę — rzucił Fache. — Żadnych ruchów. Zajmę się tym osobiście.

Collet otworzył usta ze zdumienia.

— Ale, panie kapitanie, ma pan dwadzieścia minut drogi!

Powinniśmy przystąpić do akcji natychmiast. Mamy go na widelcu. Jest nas tu ośmiu. Czterech ma karabiny snajperskie, a pozostali broń krótką.

— Czekajcie na mnie.

— Kapitanie, a jeżeli Langdon ma tam zakładnika? Jeżeli nas zobaczy i postanowi uciekać na piechotę? Musimy wchodzić natychmiast! Moi ludzie są na stanowiskach i gotowi ruszyć w każdej chwili.

— Poruczniku Collet, proszę poczekać z akcją na mnie. To jest rozkaz. — Fache się wyłączył.

Bezgranicznie zaskoczony porucznik Collet też wyłączył swój telefon. Dlaczego, do cholery, Fache każe mi czekać? Collet znał odpowiedź. Fache, chociaż znany był z instynktu i nosa policyjnego, był również chorobliwie ambitny. Fache chce dostać punkty za to aresztowanie. Fotografie Amerykanina pokazały wszystkie stacje telewizyjne, a teraz Fache chce, żeby i jego twarz stała się równie popularna. Zadanie Colleta polegało po prostu na utrzymaniu pozycji, aż pojawi się szef i — jak kawaleria amerykańska — wszystkich uratuje.

Stojącego przy ogrodzeniu Colleta naszła inna myśl, która mogłaby wyjaśniać tę zwłokę. Kontrola wyrządzonych szkód. W pracy policyjnej wahanie, czy aresztować zbiega, czy nie, pojawia się tylko wtedy, gdy zachodzi wątpliwość co do winy podejrzanego. Czy Fache ma wątpliwości, że Langdon jest winny? Ta myśl przeraziła Colleta. Kapitan Fache niemal wychodził dzisiaj ze skóry, żeby aresztować Roberta Langdona — podsłuch i nagrywanie rozmów, Interpol, a teraz telewizja. Nawet wielki Bezu Fache nie przeżyłby konsekwencji politycznych, gdyby się okazało, że omyłkowo rzucił znanego Amerykanina na pożarcie francuskim stacjom telewizyjnym, twierdząc, że to morderca. Jeżeli teraz zdał sobie sprawę, że popełnił błąd, rozkaz, by nie ruszać się z miejsca, bezsprzecznie miałby sens. Wzięcie szturmem prywatnej posiadłości niewinnego Brytyjczyka i wyprowadzenie Langdona pod lufami to ostatnia rzecz, której Fache teraz potrzebował.

Ponadto Collet zdał sobie sprawę, że jeżeli Langdon jest niewinny, to wyjaśni się jeden z najdziwniejszych paradoksów tej sprawy, a mianowicie, dlaczego Sophie Neveu, wnuczka ofiary, pomagała domniemanemu zabójcy w ucieczce. Sophie musiała wiedzieć, że Langdon jest niesłusznie oskarżony. Fache miał wiele koncepcji wyjaśniających dziwne zachowanie Sophie, nie wyłączając takiej, że Sophie, jako jedyna spadkobierczyni Saunière'a, przekonała swojego sekretnego kochanka, Roberta Langdona, żeby wykończył Saunière'a dla pieniędzy, które ona odziedziczy. Saunière, jeżeli to podejrzewał, mógł zostawić policji wiadomość *PS. Znajdź Roberta Langdona.* Collet był prawie pewien, że w tym rozumowaniu coś nie gra. Sophie Neveu była osobą zbyt uczciwą, żeby mieszać się w coś tak odrażającego.

— Panie poruczniku? — W jego kierunku biegł jeden z agentów. — Znaleźliśmy samochód.

Collet pokonał jakieś pięćdziesiąt metrów, oddalając się od podjazdu. Agent wskazał na szerokie pobocze po drugiej stronie drogi. Stało tam zaparkowane w krzakach, niemal niewidoczne, czarne audi. Miało tablice rejestracyjne wypożyczalni samochodów. Collet dotknął maski. Silnik był jeszcze ciepły. A nawet gorący.

— Pewnie w ten sposób Langdon się tutaj dostał — powiedział Collet. — Zadzwońcie do firmy wynajmującej samochody. Dowiedzcie się, czy samochód nie jest kradziony.

— Tak jest, panie poruczniku.

Inny agent przywołał Colleta z powrotem i pokazał w kierunku ogrodzenia.

— Proszę spojrzeć, panie poruczniku. — Podał Colletowi noktowizor. — W kępce drzew przy samym końcu podjazdu.

Collet skierował noktowizor na wzgórze i wyostrzył obraz. Zielonkawe kształty stawały się coraz bardziej wyraziste. Umiejscowił zakręt podjazdu i powoli prowadził soczewki noktowizora w górę, aż dotarł do kępki drzew. Potem mógł już tylko patrzeć. Tam właśnie, otoczona zielenią i krzewami, stała opancerzona furgonetka. Furgonetka, identyczna jak ta, której minionego wieczoru Collet pozwolił wyjechać z Banku Depozytowego Zurychu. Modlił się, żeby to był jakiś dziwaczny zbieg okoliczności, ale wiedział, że to niemożliwe.

— To chyba oczywiste — powiedział agent — że to właśnie tą furgonetką Langdon i Neveu uciekli z banku.

Colletowi odebrało mowę. Pomyślał o kierowcy furgonetki, którą zatrzymał przy linii blokady. Ten rolex. Ten pośpiech. Przecież nie sprawdziłem, co wiózł.

Nie mogąc uwierzyć w to, co widzi, Collet uświadomił sobie właśnie, że ktoś w banku wyraźnie okłamywał funkcjonariusza DCPJ na temat miejsca pobytu Sophie i Langdona, a potem pomógł im uciec. Ale kto? I dlaczego?

Collet zastanawiał się, czy właśnie nie to jest powodem powściągliwości Fache'a i rozkazu, by nie podejmować na razie żadnych działań. Może Fache zdał sobie sprawę, że w tę całą historię wmieszani są jeszcze inni ludzie, nie tylko Langdon i Sophie. A jeżeli Langdon i Neveu przyjechali furgonetką, kto w takim razie prowadził audi?

Setki kilometrów na południe wyczarterowany samolot typu Beechcraft Baron 58 leciał z dużą prędkością na północ, w kierunku Morza Tyrreńskiego. Pomimo bezchmurnego nieba biskup Aringarosa trzymał kurczowo w rękach papierowy woreczek, pewien, że za chwilę zrobi mu się niedobrze. Rozmowa, którą odbył z Paryżem, nie była taka, jakiej oczekiwał.

Sam w niewielkiej kabinie, Aringarosa przekręcał złoty pierścień na palcu i próbował zapanować nad nieopuszczającym go poczuciem strachu i rozpaczy. Wszystko w Paryżu poszło bardzo źle. Zamykając oczy, Aringarosa zaczął się modlić, żeby Bezu Fache znalazł sposób, jak to naprawić.

Rozdział 64

Teabing siedział na sofie, kołysząc drewnianą szkatułkę na kolanach i patrząc z nieukrywanym podziwem na skomplikowany wzór róży na wieku. To najdziwniejsza i najbardziej magiczna noc ze wszystkich dni i nocy mojego życia.

— Proszę unieść wieko — szepnęła Sophie, stając nad nim tuż obok Langdona.

Teabing uśmiechnął się. Nie poganiaj mnie. Spędziwszy ponad dziesięć lat w poszukiwaniu klucza sklepienia, chciał się nacieszyć każdą milisekundą tej chwili. Powiódł dłonią po powierzchni drewnianego wieka, wyczuwając koniuszkami palców strukturę intarsjowanego kwiatu.

— Róża — szepnął.

Róża to Magdalena, to Święty Graal. Róża to kompas, który prowadzi wędrowców. Teabing poczuł się jak idiota. Przez lata podróżował między katedrami i kościołami całej Francji, płacił za specjalny dostęp, przyglądał się usilnie setkom łuków ozdobionych kamiennymi różami, szukając zaszyfrowanego klucza sklepienia. *La clef de voûte* — klucz sklepienia pod znakiem róży.

Odsunął zasuwkę i powoli uchylił wieko.

Kiedy jego oczy w końcu spoczęły na zawartości pudełka, wiedział od razu, że to może być tylko klucz, którego szukał. Patrzył na kamienny cylinder złożony z łączących się ze sobą tarcz, na których widniały litery. To urządzenie wydało mu się nagle zadziwiająco dobrze znane.

— Dziadek zaczerpnął pomysł tej konstrukcji z dzienników Leonarda da Vinci — wyjaśniła Sophie. — To było jego hobby.

Oczywiście, zdał sobie sprawę Teabing. Widział szkice i plany. Klucz do odnalezienia Świętego Graala leży wewnątrz tego kamienia. Podniósł ciężki krypteks, wyjął go ze szkatułki i trzymał delikatnie w dłoniach. Chociaż nie miał pojęcia, jak otworzyć cylinder, czuł, że w jego wnętrzu złożone jest jego przeznaczenie. W momentach porażek Teabing pytał sam siebie z niewiarą, czy jego życiowa misja kiedykolwiek zakończy się sukcesem lub choćby jakąś nagrodą. Teraz te wątpliwości znikły jak ręką odjął. Słyszał i widział oczyma duszy starożytne słowa... fundament legendy o Świętym Graalu:

Vous ne trouvez pas le Saint-Graal, c'est le Saint-Graal qui vous trouve.

Nie znajdziesz Graala, to Graal znajdzie ciebie.

Dziś w nocy, całkiem niewiarygodnym zrządzeniem losu, klucz do odnalezienia Świętego Graala przeszedł w czyjejś kieszeni wprost przez jego frontowe drzwi.

Kiedy Sophie i Teabing siedzieli nad krypteksem i rozmawiali o occie, dyskach i wskazówkach i o tym, jakie może być hasło, Langdon zaniósł pudełko na dobrze oświetlony stół, żeby mu się lepiej przyjrzeć. Coś, co Teabing właśnie powiedział, nie dawało mu spokoju. Klucz do Graala jest ukryty pod znakiem róży.

Langdon podniósł drewniane pudełko do światła i przyjrzał się dokładnie symbolowi róży. Chociaż jego znajomość sztuki nie obejmowała stolarstwa ani intarsji, przypomniał sobie właśnie słynny sufit w hiszpańskim klasztorze na skraju Madrytu, cały w kafelkach, gdzie trzy wieki potem, jak go zbudowano, kafelki z sufitu zaczęły odpadać, ujawniając święte teksty wypisane przez mnichów na warstwie tynku.

Langdon jeszcze raz przyjrzał się róży.

Pod różą.

Sub rosa.

Tajemnica.

Langdon usłyszał w holu jakieś stuknięcie i odwrócił się. Nie zauważył niczego oprócz cieni. Prawdopodobnie przechodził służący Teabinga. Wrócił więc do oglądania pudełka. Przesunął palcem po gładkiej krawędzi intarsji, zastanawiając się, czy da się wypchnąć różę w górę, ale robota rzemieślnicza była perfekcyjna. Między różę a precyzyjnie wyrzeźbione wgłębienie, w którym ją osadzono, nie weszłoby nawet ostrze żyletki.

Otworzył szkatułkę i przyjrzał się wewnętrznej stronie wieka. Było gładkie. Kiedy jednak ustawił je w innym położeniu, światło wydobyło wyraźnie coś, co było jakby maleńkim otworem od spodu wieczka, umieszczonym dokładnie w jego środku. Langdon zamknął wieko i przyjrzał się intarsji od góry. Nie było żadnego otworu.

Nie przechodzi na zewnątrz.

Postawił szkatułkę na stole, rozejrzał się po pokoju i zobaczył stos papierów, a na nich spinacz do papieru. Wziął spinacz, wrócił do szkatułki, otworzył ją i jeszcze raz przyjrzał się dziurce. Ostrożnie rozgiął spinacz i włożył koniec do otworka. Pchnął delikatnie. To, co zrobił, nie wymagało niemal żadnego wysiłku. Usłyszał, że coś prawie bezgłośnie stuknęło i spadło na stół. Langdon zamknął wieczko, żeby się dokładniej przyjrzeć. Był to mały kawałek drewna jak z układanki. Drewniana róża wyskoczyła z wieczka i spadła na biurko.

W zdumieniu przyglądał się pustemu miejscu na wieczku, gdzie przedtem była róża. Zobaczył wyrzeźbione w drewnie przepięknym ręcznym krojem pisma cztery linie tekstu w języku, z którym nigdy przedtem się nie zetknął.

Litery wydają się na pierwszy rzut oka jakby semickie, pomyślał, a jednak nie rozpoznaję tego języka!

Jego uwagę zwróciło nagłe poruszenie tuż za nim. Potężny cios w głowę, jakby znikąd, powalił go na kolana. Upadając, pomyślał przez chwilę, że widzi białego ducha, który unosi się nad nim z bronią w ręku. Potem wszystko zamarło i zapadła ciemność.

Rozdział 65

Sophie Neveu, mimo że była pracownikiem organów ścigania, jeszcze nigdy, aż do dzisiejszej nocy, nie była na celowniku niczyjego pistoletu. Nie wiedziała, jak do tego doszło, ale broń, na którą teraz patrzyła, trzymał olbrzymi albinos z długimi białymi włosami. Patrzył na nią czerwonymi oczami, a z całej jego postaci biło coś przerażającego i bezcielesnego. Ubrany był w wełnianą szatę przewiązaną w pasie sznurem. Przypominał jej średniowiecznego kleryka. Sophie nie miała pojęcia, kim jest, odczuła jednak nagły szacunek dla podejrzeń Teabinga, że za tym wszystkim stoi Kościół.

— Wiecie, po co przychodzę — powiedział mnich pustym, dudniącym głosem.

Sophie i Teabing siedzieli na sofie z rękami uniesionymi w górę, tak jak rozkazał napastnik. Langdon leżał, jęcząc, na podłodze. Wzrok mnicha natychmiast przykuł klucz sklepienia spoczywający na kolanach Teabinga.

W tonie głosu Anglika słychać było obojętność.

— Nie będziesz umiał tego otworzyć.

— Mój Nauczyciel jest bardzo mądry — odparł mnich, zbliżając się krok za krokiem w ich kierunku, mierząc z pistoletu raz w Teabinga, raz w Sophie.

Sophie zastanawiała się, gdzie jest lokaj. Nie słyszał, jak Robert upada?

— Kim jest twój Nauczyciel? — spytał Teabing. — Może dojdziemy do jakiegoś porozumienia finansowego?

— Graal jest bezcenny. — Mnich był coraz bliżej.

— Krwawisz — zauważył Teabing chłodno, wskazując gestem głowy na prawą kostkę mnicha, miejsce, gdzie po jego nodze spływał strumyczek krwi. — I utykasz.

— Tak jak ty — odparł mnich, wskazując pistoletem na aluminiowe kule oparte obok Teabinga. — Teraz daj mi klucz sklepienia.

— Wiesz, że to jest klucz sklepienia? — zapytał Teabing zdumiony.

— Nieważne, co ja wiem. Wstań powoli i podaj mi go.

— Trudno mi wstać.

— Właśnie. Wolałbym, żeby nikt nie próbował jakichś nerwowych ruchów.

Teabing oparł prawą dłoń na kuli, wziął cylinder w lewą i wstał z impetem.

Mnich zbliżył się już na odległość niecałych dwóch metrów, mierząc z pistoletu prosto w głowę Teabinga. Sophie przyglądała się bezradnie, jak mnich sięga po cylinder.

— Nie uda ci się — powiedział Teabing. — Tylko ten, kto jest tego godny, potrafi to otworzyć.

Bóg osądzi, kto jest godny, pomyślał Sylas.

— To jest dość ciężkie — powiedział mężczyzna o kulach; ręka mu drżała. — Boję się, że upuszczę, jeśli szybko nie odbierzesz. — Zachwiał się niebezpiecznie.

Sylas zrobił kilka pospiesznych kroków w przód, chcąc odebrać cylinder, a kiedy się zbliżał, mężczyzna stracił równowagę. Kula wyślizgnęła mu się spod ręki i zaczął padać na bok, na prawą stronę. Nie! Sylas rzucił się, żeby ratować cylinder — jednocześnie obniżając broń — ale ten oddalał się teraz od niego. Kiedy mężczyzna upadał, lewą dłonią machnął do tyłu, a cylinder wypadł mu z ręki na kanapę. W tej samej chwili aluminiowa kula skierowała się szerokim łukiem w powietrze, ku nodze Sylasa.

Iskry bólu rozdarły ciało Sylasa, kiedy kula uderzyła dokładnie w punkt i dotknęła jego *cilice*, wgniatając ostre kolce w bolącą już skórę i mięśnie. Składając się wpół, Sylas runął na kolana, a pas na jego nodze jeszcze głębiej wpił się w ciało. Kiedy padał, pistolet wypalił z ogłuszającym hukiem, a kula utkwiła bezpiecznie w deskach podłogi. Zanim miał szansę podnieść broń i wystrzelić po raz drugi, stopa kobiety trafiła go dokładnie w szczękę.

Stojący u szczytu podjazdu Collet usłyszał wystrzał i wpadł w panikę. Fache był już w drodze, a Collet zdążył pożegnać się z nadzieją na to, że ktoś pochwali go za odnalezienie Langdona. Co gorsza, gdyby Fache zechciał postawić go przed ministerialną komisją śledczą za nieprzestrzeganie procedur, Collet byłby skończony.

Ktoś strzelał w prywatnym domu! A ty czekałeś na podjeździe?

Collet wiedział, że okazja, by niepostrzeżenie podejść pod okna posiadłości, już dawno przepadła. Wiedział też, że jeżeli jeszcze sekundę postoi bezczynnie, następnego dnia cała jego kariera będzie już historią. Spoglądając na żelazną bramę prowadzącą do posiadłości, podjął szybką decyzję.

— Przywiązać linę i pociągnąć.

Do odległego zakątka zmąconego umysłu Roberta Langdona dotarł wystrzał. Usłyszał również okrzyk bólu. Jego własny? Młot pneumatyczny wiercił mu dziurę w czaszce. Gdzieś niedaleko odezwały się jakieś głosy.

— Gdzieś, do cholery, był?! — wrzeszczał na całe gardło Teabing.

Lokaj wpadł do pokoju.

— Co się stało? O mój Boże! Kto to jest? Dzwonię na policję!

— Nie dzwoń na żadną policję, do jasnej cholery! Postaraj się na coś przydać, przynieś nam coś, żeby związać tego potwora.

— I trochę lodu! — krzyknęła za nim Sophie.

Langdon znów odpłynął. Jeszcze jakieś głosy. Ruch. Ktoś położył go na sofie. Sophie przykłada mu do głowy woreczek z lodem. Boli go czaszka. Kiedy w końcu wzrok zaczął mu się rozjaśniać, okazało się, że patrzy na czyjeś ciało leżące na podłodze. Mam halucynacje? Potężny mnich albinos leżał związany, z ustami zaklejonymi taśmą. Miał przeciętą skórę na policzku, a habit powyżej prawego uda był przesiąknięty krwią. Wydawało się, że i on zaczyna dochodzić do siebie.

— Kto to jest? Co... się stało? — zwrócił się Langdon do Sophie.

Przykuśtykał do nich Teabing.

— Uratował cię rycerz z Ekskaliburem w dłoni, wykonanym przez firmę Acme Orthopedic.

Co takiego?

Langdon próbował usiąść.

Dotknięcie dłoni Sophie było trochę nerwowe, lecz łagodne.

— Poleż jeszcze chwilę, Robercie.

— Obawiam się — powiedział Teabing — że właśnie zademonstrowałem twojej pani jakąś korzyść z mego opłakanego stanu zdrowia. Jak się zdaje, nikt tego nie docenił.

Oparłszy głowę o sofę, Langdon patrzył na mnicha i próbował wyobrazić sobie, co się stało.

— Miał na sobie *cilice* — wyjaśnił Teabing.

— Co takiego?

Teabing wskazał na zakrwawiony skórzany pasek nabity kolcami, który leżał na podłodze.

— Pas dyscypliny. Nosił go na udzie. Celowałem dokładnie.

Langdon potarł dłonią głowę. Wiedział, że istnieją takie pasy.

— Ale skąd... wiedziałeś?

Teabing uśmiechnął się szeroko.

— Chrześcijaństwo jest domeną moich badań, Robercie, a istnieją pewne sekty, których członkowie niczego nie ukrywają. — Wskazał kulą na krew sączącą się przez szatę mnicha. — Tak jak ten tutaj.

— Opus Dei — szepnął Langdon, przypominając sobie niedawny reportaż w telewizji na temat kilku prominentnych biznesmenów bostońskich, którzy należeli do Opus Dei. Wystraszeni współpracownicy rzucili na nich fałszywe publiczne oskarżenie o to, że pod eleganckimi garniturami noszą pasy *cilice*. Okazało się to nieprawdą. Podobnie jak wielu członków Opus Dei nie oddawali się praktykom umartwiania ciała. Byli żarliwymi katolikami, oddanymi ojcami rodzin i głęboko zaangażowanymi członkami społeczności miejskiej. Nic dziwnego, że media prześliznęły się nad ich duchowym zaangażowaniem, by przejść do bardziej szokujących relacji, opowiadając o przestrzegających surowszych reguł braciach zakonnych... takich jak mnich leżący teraz na podłodze przed Langdonem.

Teabing przyglądał się uważnie zakrwawionemu kawałkowi skórzanego paska.

— Ale dlaczego Opus Dei chciało odnaleźć Świętego Graala?

Langdon miał jeszcze w głowie zbyt wielki zamęt, żeby się nad tym zastanawiać.

— Co to jest, Robercie? — spytała Sophie, podchodząc do drewnianej szkatułki.

Trzymała w ręku maleńką różę, którą Langdon wypchnął z wieczka.

— Ten element przykrywał napis wyrzeźbiony na pudełku. Sądzę, że tekst może dać nam wskazówkę, jak otworzyć klucz sklepienia.

Zanim Sophie i Teabing mieli szansę coś odpowiedzieć, u podnóża wzniesienia wybuchło morze kolorów błękitnych i czerwonych kogutów policyjnych i ocean syren, i wąż samochodów zaczął wspinać się po prawie kilometrowym podjeździe.

Teabing zmarszczył brwi.

— Przyjaciele, chyba musimy podjąć jakąś decyzję. I lepiej zróbmy to jak najszybciej.

Rozdział 66

Collet i jego agenci z pistoletami w dłoniach wpadli z impetem przez frontowe drzwi posiadłości sir Leigha Teabinga. Rozpierzchli się i zaczęli przeszukiwać wszystkie pokoje na parterze. Znaleźli otwór po kuli w podłodze gabinetu, oznaki walki, plamy krwi, dziwny skórzany pas z kolcami i napoczętą rolkę taśmy klejącej. Wydawało się, że cały parter jest opuszczony. W chwili kiedy Collet miał podzielić swoich ludzi i zlecić im przeszukanie przyziemia i terenu wokół domu, usłyszał głosy na piętrze.

— Są na górze!

Pobiegli szerokimi schodami, przeskakując po dwa stopnie, a potem Collet i jego agenci przeszukiwali górę pokój po pokoju, zabezpieczając zaciemnione sypialnie i korytarze i zbliżając się do źródła ludzkich głosów. Wydawało się, że dźwięki dochodzą z ostatniej sypialni na końcu długiego korytarza. Agenci posuwali się krok za krokiem, zamykając ewentualne drogi ucieczki.

Kiedy podeszli już do ostatniej sypialni, Collet zobaczył, że drzwi są szeroko otwarte. Głosy nagle ucichły i usłyszeli dziwne dudnienie, jakby pracę silnika.

Z pistoletem uniesionym w górę Collet dał sygnał. Dopadli w ciszy framugi drzwi, porucznik znalazł włącznik światła i w pokoju zrobiło się jasno. Wpadając do środka i mając za sobą swoich ludzi, Collet krzyczał i celował pistoletem w... pustkę.

Pusty pokój gościnny. Nienagannie wysprzątany.

Dudniące dźwięki silnika samochodu wydobywały się z czarnej, elektrycznej płytki wmontowanej w ścianę przy łóżku. Collet widział takie płytki w innych miejscach w domu. Jakiś domofon, system wewnętrznej telefonii? Podbiegł. Na płytce widniało kilka przycisków, każdy opisany:

GABINET... KUCHNIA... PRALNIA... PIWNICA...

Więc skąd, do cholery, słyszę samochód?

SYPIALNIA... SOLARIUM... STAJNIE... BIBLIOTEKA...

Stajnie! Collet był na dole w kilka sekund, biegł w kierunku tylnego wyjścia, zgarniając po drodze jednego ze swoich agentów. Obaj pędem przebiegli przez trawnik na tyłach domu i bez tchu stanęli przed zniszczoną wiatrem i deszczem starą stajnią. Nim weszli, Collet usłyszał oddalający się warkot silnika samochodowego. Z bronią w ręku wpadł do środka i zapalił światła.

Po prawej stronie stajni znajdowało się coś w rodzaju warsztatu i składziku — kosiarki do trawy, narzędzia samochodowe, nawozy i nasiona. Na przeciwległej ścianie domofonu widniała znajoma płytka. Jeden z guzików był wciśnięty i przekazywał sygnał.

POKÓJ GOŚCINNY 2

Collet aż gotował się ze złości. Zwabili nas na górę domofonem! Przeszukał drugą stronę stajni i znalazł długi szereg boksów dla koni. Ale bez koni. Wydawało się, że właściciel domu wolał inny rodzaj transportu; stajnie przerobiono na imponujący garaż. Kolekcja samochodów była zadziwiająca — czarne ferrari, nienagannie utrzymany rolls-royce, zabytkowy sportowy aston martin, kolekcjonerski egzemplarz porsche 356. Ostatni boks był pusty. Collet podbiegł tam i zobaczył plamy oleju na podłodze. Nie uda im się wyjechać poza teren posiadłości. Podjazd i bramę blokowały dwa policyjne samochody patrolowe, aby zapobiec właśnie takiej próbie.

— Panie poruczniku! — Agent wskazał dłonią w kierunku końca boksów.

Tylne, przesuwne drzwi stajni były szeroko otwarte wprost na czarne, błotniste zbocze, strome i nierówne, ciągnące się daleko w noc. Collet podbiegł do drzwi, próbując wyjrzeć w ciemność. Widział tylko nikły zarys lasu gdzieś w oddali. Żadnych świateł. Zalesioną dolinę prawdopodobnie przecinały nieoznaczone na mapie drogi pożarowe i szlaki myśliwskie, ale Collet był pewny, że jego łup nie dojedzie nawet do granicy lasu.

— Niech ludzie wyjdą i zaczną przeszukiwać. Pewnie utknęli gdzieś niedaleko stąd. Te modne samochody sportowe nie zachowują się zbyt dobrze w otwartym terenie.

— Przepraszam pana, poruczniku? — Agent wskazał na deskę, na której wisiało kilka kompletów kluczyków do samochodów. Oznaczenia nad kluczami były znajome.

DAIMLER... ROLLS-ROYCE... ASTON MARTIN...
PORSCHE...

Ostatnia pozycja była pusta. Kiedy Collet odczytał wypisaną nad nią nazwę, wiedział, że będzie miał kłopoty.

Rozdział 67

Range rover model java black pearl miał napęd na cztery koła, standardowy mechanizm przekładni, odporne na wstrząsy i uderzenia lampy z polipropylenu, solidne osłony tylnych świateł i kierownicę po prawej stronie.

Langdon był rad, że to nie on prowadzi.

Lokaj Teabinga, Rémy, na polecenie swojego chlebodawcy dokonywał niemal cudów, manewrując pojazdem przez oświetlone światłem księżyca pola na tyłach Château Villette. Bez świateł przejechał na ukos otwartą przestrzeń i posuwał się teraz w dół długim zboczem pagórka, coraz dalej i dalej od posiadłości. Wydawało się, że jedzie w kierunku poszarpanej linii lasu gdzieś w oddali.

Langdon, trzymając mocno w dłoniach klucz sklepienia, odwrócił się na fotelu pasażera i spojrzał na Teabinga i Sophie siedzących z tyłu.

— Jak tam twoja głowa, Robercie? — spytała Sophie z troską w głosie.

Langdon zmusił się do uśmiechu przez łzy.

— Dziękuję, lepiej. — Głowa dosłownie pękała mu z bólu.

Teabing, siedzący obok Sophie, spoglądał przez ramię na związanego i zakneblowanego mnicha leżącego w ciasnej przestrzeni na bagaż za tylnymi siedzeniami. Teabing miał na kolanach pistolet należący do mnicha i wyglądał jak postać ze starej fotografii. Brytyjczyk na safari pozujący do fotografii nad swoją zdobyczą.

— Cieszę się, że postanowiłeś wpaść do mnie dzisiaj wieczorem, Robercie — powiedział Teabing, uśmiechając się radośnie, jakby nie bawił się tak dobrze od lat.

— Wybacz, że cię w to wciągnąłem, Leigh.

— Co też ty mówisz?! Całe życie czekałem, żeby mnie ktoś wciągnął w coś takiego. — Teabing spojrzał ponad głową Langdona przez przednią szybę na cień wysokiego żywopłotu. Postukał Rémy'ego po ramieniu. — Pamiętaj, żadnych świateł. Jeżeli musisz hamować, hamuj ręcznym. Musimy wjechać głębiej w las. Nie możemy ryzykować, że zobaczą nas z domu.

Rémy zwolnił trochę i poprowadził range rovera wprost przez wyrwę w żywopłocie. Kiedy samochód wpadł na porośniętą trawą i pełną korzeni ścieżkę leśną, drzewa, które wyrosły nad ich głowami, niemal natychmiast odcięły światło księżyca.

Nic nie widzę. Langdon wytężał wzrok, by rozróżnić jakieś kształty przed nimi. Było ciemno choć oko wykol. Gałęzie uderzały w lewą stronę samochodu, a Rémy odbił w przeciwnym kierunku. Trzymając kierownicę teraz mniej więcej prosto, przejechał może jeszcze z dziesięć metrów.

— Świetnie ci idzie, Rémy — powiedział Teabing. — Teraz już powinno być bezpiecznie. Robercie, mógłbyś nacisnąć ten mały błękitny guzik tuż pod nawiewem. Widzisz?

Langdon odnalazł guzik i nacisnął go.

Przytłumione żółte światło padło na ścieżkę tuż przed nimi. Z ciemności wyłoniły się gęste zarośla po obu stronach ścieżki. Reflektory przeciwmgielne, domyślił się Langdon. Dawały na tyle światła, żeby utrzymać samochód na ścieżce, ale nie wcinały się głęboko w las, by zdradzić ich obecność.

— Cóż, Rémy — powiedział wesoło Teabing. — Zapaliliśmy światła. Nasze życie jest w twoich rękach.

— Dokąd jedziemy? — zapytała Sophie.

— Ta ścieżka jakieś trzy kilometry prowadzi przez las. Biegnie przez teren posiadłości, a potem skręca łukiem na północ. Jeżeli nie natkniemy się na żadne bajoro ani na powalone drzewa, powinniśmy dotrzeć bez szwanku do autostrady numer pięć.

Bez szwanku. Głowa Langdona mówiła co innego. Skierował oczy na kolana, gdzie klucz sklepienia leżał bezpiecznie w drewnianej szkatułce. Intarsjowana róża na wieczku była znów na swoim miejscu i chociaż wciąż szumiało mu w głowie, nie mógł się powstrzymać, żeby nie spróbować raz jeszcze wyjąć intarsji i dokładnie przyjrzeć się wyrzeźbionym pod nią literom. Odsunął zasuwkę na wieczku i zaczął je uchylać, kiedy poczuł na ramieniu rękę Teabinga.

— Cierpliwości, Robercie — powiedział Teabing. — Tu jest pełno wybojów i ciemno. Niech Bóg broni, żebyśmy coś stłukli. Jeżeli nie zrozumiałeś tego języka przy świetle, w ciemności nie pójdzie ci lepiej. Na razie lepiej trzymać wszystko w całości. Już niedługo.

Langdon wiedział, że Teabing ma rację. Kiwnął głową i zamknął szkatułkę.

Rzucony na tył samochodu mnich jęczał i walczył ze swoimi więzami. Nagle zaczął dziko kopać.

Teabing odwrócił się i wymierzył pistolet nad siedzenie.

— Nie wyobrażam sobie, na co pan się może skarżyć, sir. Zjawił się pan nieproszony w moim domu i nabił pan okropnego guza mojemu przyjacielowi. Miałbym absolutne prawo teraz pana zastrzelić i zostawić własnemu losowi, żeby gnił pan w tych lasach.

Mnich ucichł.

— Jesteś pewien, że powinniśmy zabrać go ze sobą? — spytał Langdon.

— Diablo pewien! — wykrzyknął Teabing. — Jesteś poszukiwany za morderstwo, Robercie. Ten łotr jest twoim biletem do wolności. Policji chyba tak bardzo na tobie zależy, że śledziła cię aż do mojego domu.

— To mój błąd — powiedziała Sophie. — Furgonetka prawdopodobnie miała nadajnik.

— Nie o to chodzi — powiedział Teabing. — Nie dziwi mnie, że policja was znalazła, ale naprawdę jestem zdziwiony, że ten oprych z Opus Dei was namierzył. Z tego, co powiedzieliście, trudno mi sobie wyobrazić, jak mógł was śledzić aż do mojego domu, chyba że miał kontakt albo z francuską policją, albo z Bankiem Depozytowym Zurychu.

Langdon zaczął się nad tym zastanawiać. Miał wrażenie, że Bezu Fache za wszelką cenę chce znaleźć kozła ofiarnego i oskarżyć kogoś o te morderstwa. A Vernet zaatakował ich dość nagle, chociaż biorąc pod uwagę, że Langdona oskarżono o cztery morderstwa, ta niespodziewana zmiana postawy bankiera wydawała się zrozumiała.

— Mnich nie działa na własną rękę, Robercie — powiedział Teabing. — I dopóki nie dowiemy się, kto za tym wszystkim stoi, oboje będziecie w niebezpieczeństwie. Jest i dobra wiadomość, a mianowicie taka, że teraz to wy macie nad wszystkim kontrolę. Ten potwór za moimi plecami już o tym wie, a ten, kto pociąga za sznurki, zaczyna się teraz denerwować.

Rémy jechał coraz szybciej, czując się z minuty na minutę pewniej na leśnym dukcie. Przejeżdżali przez kałuże wody, wdrapywali się na wzniesienia, a potem znowu zjeżdżali w dół.

— Bądź tak miły, Robercie, i podaj mi ten telefon. — Teabing wskazał na telefon samochodowy, którego słuchawka tkwiła w desce rozdzielczej. Langdon podał mu ją, a Teabing wybrał numer. Czekał bardzo długo, zanim ktoś odebrał. — Richard? Obudziłem cię? Jasne, że cię obudziłem. Głupie pytanie. Wybacz mi. Mam mały problem. Nie najlepiej się czuję. Musimy obaj z Rémym wyskoczyć na wyspy na kurację. Cóż, po prawdzie, to już zaraz. Przepraszam, że daję ci tak mało czasu. Czy mógłbyś przygotować Elizabeth w jakieś dwadzieścia minut? Wiem, wiem, zrób, co możesz. Do zobaczenia niebawem. — Rozłączył się.

— Elizabeth? — spytał Langdon.

— Mój samolot. Jej Królewska Mość kosztowała mnie bajońskie sumy.

Langdon odwrócił się i spojrzał na niego pytająco.

— O co chodzi? Nie sądzicie chyba, że będziecie mogli zostać we Francji, kiedy całe Centralne Biuro Śledcze siedzi wam na karku. Londyn będzie znacznie bezpieczniejszy.

Sophie też odwróciła się do Teabinga.

— Myśli pan, że powinniśmy wyjechać z kraju?

— Przyjaciele, mam znacznie więcej wpływów w cywilizowanym świecie niż tutaj, we Francji. Ponadto panuje powszechne przekonanie, że Graal jest gdzieś w Wielkiej Brytanii. Jeżeli uda nam się otworzyć klucz sklepienia, jestem pewien, że odkryjemy mapę, która potwierdzi, że ruszyliśmy we właściwym kierunku.

— Wiele pan ryzykuje, pomagając nam — zauważyła Sophie. — Nie przysporzy to panu przyjaciół we francuskiej policji.

Teabing zdegustowany machnął ręką.

— Skończyłem już z Francją. Przeniosłem się tutaj, żeby znaleźć klucz sklepienia. Ten etap jest już za mną. Nie obchodzi mnie, czy jeszcze kiedyś zobaczę Château Villette.

— Jak przejdziemy przez system ochrony lotniska? — spytała Sophie.

Teabing zachichotał.

— Ja latam z Le Bourget, ekskluzywnego lotniska położonego niedaleko stąd, zarezerwowanego dla ludzi biznesu. Francuscy lekarze mnie denerwują, więc co dwa tygodnie udaję się na północ, na kurację do Anglii. Płacę za specjalne przywileje na jednym i na drugim końcu. Kiedy już będziemy w powietrzu, możecie podjąć decyzję, czy zawiadomić kogoś z ambasady amerykańskiej, żeby nam zgotowali powitanie w Anglii, czy nie.

Langdon nie miał już ochoty na kontakty z ambasadą. Jego myśli krążyły wyłącznie wokół klucza sklepienia, napisu i pytania, czy doprowadzi ich do Graala. Zastanawiał się, czy Teabing miał rację co do Wielkiej Brytanii. Trzeba przyznać, że większość współczesnych legend umiejscawiała Graala gdzieś w granicach Zjednoczonego Królestwa. Teraz uważa się nawet, że mityczna wyspa króla Artura, bogaty w opowieści o Graalu Avalon, to nic innego jak Glastonbury w Anglii. Niezależnie od tego, gdzie spoczywa Graal, Langdon nawet w najśmielszych snach nie przypuszczał, że będzie go szukał. Dokumenty Sangreala. Prawdziwa historia Jezusa Chrystusa. Grobowiec Marii Magdaleny. Nagle poczuł, jakby znalazł się w jakimś śnie... W rzeczywistości, do której realny świat nie ma dostępu.

— Sir? — powiedział Rémy. — Czy naprawdę myśli pan o powrocie do Anglii na dobre?

— Nie martw się, Rémy — pocieszył go Teabing. — Tylko dlatego, że wracam pod panowanie naszej dobrej królowej, nie zamierzam torturować swojego podniebienia parówkami i tłuczonymi ziemniakami przez resztę moich dni. Spodziewam się, że zostaniesz ze mną na stałe. Planuję kupno wspaniałej willi w hrabstwie Devonshire i natychmiast każemy przysłać tam wszystkie twoje rzeczy. Przygoda, Rémy. Powiadam ci, przygoda!

Langdon nie mógł powstrzymać uśmiechu. Kiedy Teabing perorował na temat triumfalnego powrotu do Wielkiej Brytanii. Nagle poczuł się jakby zarażony jego entuzjazmem.

Patrząc nieobecnym wzrokiem za okno, obserwował, jak obok nich przesuwają się drzewa, białe niczym duchy w żółtym świetle lamp przeciwmgielnych. Boczne lusterko było zgięte do środka, widocznie uderzyło o jakąś gałąź, i Langdon widział w nim odbicie Sophie siedzącej spokojnie na tylnym siedzeniu. Przyglądał się jej przez dłuższą chwilę i poczuł niespodziewany przypływ satysfakcji. Pomimo wszystkich kłopotów i przygód tej nocy to szczęście, że dane mu było przebywać w tak dobrym towarzystwie.

Po kilku minutach, jakby wyczuwając, że spoczywa na niej czyjś wzrok, Sophie pochyliła się, położyła dłonie na jego ramionach i kilka razy zacisnęła palce.

— Wszystko w porządku?

— Tak — powiedział Langdon. — Jakby.

Sophie oparła się na tylnym siedzeniu i Langdon zobaczył, że przez jej usta przebiega cień uśmiechu. Zdał sobie sprawę, że on też się uśmiecha.

Zaklinowany w bagażniku range rovera Sylas z trudem oddychał. Ręce miał wykręcone do tyłu i mocno przywiązane do kostek sznurem do bielizny i taśmą klejącą. Każdy wstrząs przeszywał bólem jego wygięte ramiona. Dobrze, że prześladowcy przynajmniej zdjęli mu *cilice*. Nie mogąc oddychać przez taśmę zaklejającą usta, wciągał powietrze nosem, który powolutku się zatykał, bo część bagażowa terenowego samochodu, w którą był wciśnięty, była zakurzona. Zaczął kaszleć.

— Chyba się dławi — powiedział francuski kierowca z niepokojem w głosie.

Brytyjczyk, który uderzył Sylasa aluminiową kulą, teraz odwrócił się i ponad siedzeniem spojrzał na niego chłodno i surowo.

— Masz szczęście, że my, Brytyjczycy, oceniamy szlachetność człowieka nie przez pryzmat jego współczucia dla przyjaciół, ale przez pryzmat jego współczucia dla wrogów. — Sięgnął dłonią w dół, chwycił taśmę zaklejającą usta Sylasa i zerwał ją jednym zdecydowanym ruchem.

Sylas miał uczucie, że ktoś nagle podpalił mu usta, ale powietrze wpływające do jego płuc było istnym darem bożym.

— Dla kogo pracujesz? — spytał ostro Brytyjczyk.

— Wykonuję Dzieło Boże — warknął Sylas przez falę bólu w szczęce, w którą kopnęła go kobieta.

— Należysz do Opus Dei — powiedział mężczyzna. To nie było pytanie.

— Nie wiesz nic o tym, kim jestem.

— Dlaczego Opus Dei chce przejąć klucz sklepienia?

Sylas nie zamierzał odpowiadać. Klucz sklepienia był łącznikiem, ogniwem wiodącym do Świętego Graala, a Święty Graal był kluczem do obrony wiary. Wykonuję Dzieło Boże. Jego Droga jest w niebezpieczeństwie.

Teraz, leżąc na podłodze range rovera i walcząc z więzami, Sylas obawiał się, że na dobre zawiódł Nauczyciela i biskupa. Nie miał nawet jak się z nimi skontaktować i opowiedzieć, jak niekorzystnie potoczyły się wydarzenia. Ci, którzy mnie pojmali, są w posiadaniu klucza! Dotrą do Graala, zanim nam się to uda! W duszących ciemnościach zaczął się modlić. Niech ból w jego ciele będzie napędem próśb, które wznosił.

Cud, o Panie. Potrzebny mi cud. Sylas nie mógł wiedzieć, że minie kilka godzin i cud się wydarzy.

— Robercie? — Sophie wciąż go obserwowała. — Widzę na twojej twarzy jakiś dziwny wyraz.

Langdon spojrzał na nią, zdając sobie sprawę, że szczęki ma zaciśnięte, a serce wali mu jak młotem. Do głowy przyszło mu coś zupełnie niewiarygodnego. Czy rzeczywiście wyjaśnienie może być tak proste?

— Muszę zadzwonić z twojego telefonu komórkowego, Sophie.

— Teraz?

364

— Chyba na coś wpadłem.

— Na co?

— Powiem ci za chwilę. Potrzebny mi twój telefon.

Sophie była zaniepokojona.

— Wątpię, czy Fache go namierza, ale na wszelki wypadek postaraj się nie rozmawiać dłużej niż minutę.

— Jak zadzwonić do Stanów?

— Możesz rozmawiać tylko na koszt abonenta. Mój serwis nie obejmuje rozmów przez Atlantyk.

Langdon nacisnął zero, wiedząc, że następna minuta może dać mu odpowiedź na pytanie, które dręczyło go przez cały wieczór.

Rozdział 68

Nowojorski wydawca Jonas Faukman właśnie położył się spać. Zadzwonił telefon. Trochę późno na rozmowy, mruknął niechętnie, podnosząc słuchawkę.

Odezwał się głos telefonistki:

— Czy mam połączyć rozmowę na pański koszt z panem Robertem Langdonem?

Zaskoczony Jonas zapalił światło.

— Aa... Oczywiście, proszę połączyć.

Coś szczęknęło na linii.

— Jonas?

— Robert? Budzisz mnie i jeszcze chcesz, żebym ja za to płacił?

— Wybacz, Jonas — powiedział Langdon. — Postaram się mówić krótko, ale naprawdę muszę znać odpowiedź. Ta praca, którą ci dałem. Czy ty...

— Przepraszam cię, Robercie, wiem, że obiecałem posłać ci poprawioną wersję w tym tygodniu, ale jestem zawalony robotą. W przyszły poniedziałek. Na pewno.

— Nie chodzi mi o korektę. Muszę wiedzieć, czy wysłałeś jakieś odbitki, by uzyskać notki reklamowe, nie informując mnie o tym.

Faukman zawahał się. Najnowsza praca Langdona, badanie historii kultu Wielkiej Bogini, zawierała wiele rozdziałów poświęconych Marii Magdalenie, które wprawią w zdumienie kilka osób. Chociaż cały materiał był dobrze udokumentowany i miał pokrycie w innych publikacjach, Faukman nie zamierzał drukować promocyjnych egzemplarzy książki Langdona bez przynajmniej kilku wyrazów uznania poważnych historyków i luminarzy sztuki. Jonas wybrał dziesięć najważniejszych nazwisk ze świata sztuki i wysłał wszystkim po kilka rozdziałów pracy wraz z uprzejmą prośbą o krótką wypowiedź na obwolutę książki. Faukman wiedział z doświadczenia, że takie osoby zazwyczaj chętnie korzystają z okazji, żeby zobaczyć swoje nazwisko w druku.

— Jonas? — naciskał Langdon. — Rozsyłałeś moją pracę, prawda?

Faukman zmarszczył brwi, wyczuwając, że Langdon nie jest zadowolony.

— Praca była bez zarzutu, Robercie, chciałem ci zrobić niespodziankę, zamieszczając na obwolucie kilka pochlebnych opinii.

Chwila milczenia.

— Czy wysłałeś też jakieś fragmenty kustoszowi paryskiego Luwru?

— A jak myślisz? W twojej pracy są liczne odniesienia do zbiorów Luwru, zamieszczasz jego pozycje w bibliografii, a ten gość ma niezłe przełożenie na sprzedaż za granicą. Saunière bardzo by nam się przydał.

Cisza po drugiej stronie słuchawki trwała dosyć długo.

— Kiedy mu to wysłałeś?

— Jakiś miesiąc temu. Wspominałem również w liście, że będziesz wkrótce w Paryżu, i zaproponowałem, żebyście sobie pogadali. Zadzwonił do ciebie, żeby się z tobą umówić? — Faukman przerwał, przecierając oczy. — Chwileczkę, czy to nie właśnie w tym tygodniu miałeś być w Paryżu?

— Jestem w Paryżu.

Faukman usiadł na łóżku wyprostowany jak trzcina.

— Dzwonisz do mnie na mój koszt z Paryża?

— Odlicz to sobie od mojego honorarium, Jonas. Czy Saunière się do ciebie odezwał? Podobała mu się moja praca?

— Nie wiem. Jeszcze z nim nie rozmawiałem.

— Cóż, chyba nieprędko porozmawiasz. Muszę się rozłączyć, ale dużo mi wyjaśniłeś. Dziękuję.

— Robercie... — Ale Langdon już się rozłączył.

Faukman odłożył słuchawkę i pokręcił z niedowierzaniem głową. Autorzy, pomyślał. Nawet ci normalni to świry.

— Powiadasz, Robercie — parsknął Leigh Teabing — że napisałeś pracę, która porusza sprawy tajnego stowarzyszenia, a twój wydawca wysłał egzemplarz do tego właśnie tajnego stowarzyszenia?

— Na to wygląda. — Langdon opadł na siedzenie.

— Przypadek bywa okrutny, przyjacielu.

Przypadek nie ma tu nic do rzeczy — to Langdon wiedział na pewno. Poprosić Jacques'a Saunière'a, by napisał komentarz do książki na temat kultu Wielkiej Bogini, to był ruch tak oczywisty, jak poprosić Tigera Woodsa, żeby napisał parę zdań o książce na temat golfa. Poza tym z góry było wiadomo, że każda książka traktująca o kulcie Wielkiej Bogini będzie musiała nawiązać do Prieuré de Sion.

— A oto pytanie za milion dolarów — powiedział Teabing, wciąż chichocząc. — Czy wyrażałeś się o zakonie życzliwie czy nieżyczliwie?

Langdon zrozumiał podtekst pytania Teabinga. Wielu historyków miało zakonowi za złe, że wciąż trzyma dokumenty Sangreala pod kluczem. Niektórzy uważali, że już dawno powinien był podzielić się tymi informacjami z cywilizowanym światem.

— Nie wyrażałem żadnych opinii o działaniach zakonu.

— To znaczy o braku działań.

Langdon wzruszył ramionami. Teabing był najwidoczniej po stronie tych, którzy chcieli upublicznić dokumenty.

— Przedstawiłem historię bractwa i opisałem zakon jako czcicieli bogini, strażników Graala oraz opiekunów starożytnych dokumentów.

— Wspominałeś o kluczu sklepienia? — spytała Sophie.

Langdon zamrugał gwałtownie. Owszem. Wielokrotnie.

— Pisałem o hipotetycznym kluczu sklepienia jako o przykładzie szczególnych środków ochrony dokumentów Sangreala.

— To chyba wyjaśnia *PS. Znajdź Roberta Langdona.*

Langdon wyczuwał, że w jego pracy było coś innego, co wzbudziło zainteresowanie Saunière'a, ale ten temat chciałby omówić z Sophie, kiedy będą sami.

— A więc — powiedziała Sophie po chwili — skłamałeś kapitanowi Fache'owi.

— Dlaczego?

— Powiedziałeś mu, że nigdy nie korespondowałeś z moim dziadkiem.

— Bo to prawda! To wydawca posłał mu fragmenty mojej pracy.

— Pomyśl, Robercie. Jeżeli kapitan Fache nie znajdzie koperty, w której twój wydawca wysłał rękopis, będzie musiał dojść do wniosku, że to ty go wysłałeś. — Przerwała. — Albo, co gorsza, że dostarczyłeś mu materiał osobiście i nie powiedziałeś prawdy.

Dotarłszy na lotnisko Le Bourget, Rémy wjechał do niewielkiego hangaru na końcu pasa startowego. Kiedy podjeżdżali, wąsaty mężczyzna w pogniecionym lotniczym kombinezonie wybiegł z hangaru, pomachał do nich i pchnął w bok olbrzymie metalowe drzwi na rolkach, a ich oczom ukazał się elegancki, wysmukły, biały odrzutowiec.

Langdon wpatrywał się w błyszczące wykończenia silników odrzutowych.

— To jest Elizabeth?

— Lepsza niż przeprawa przez ten cholerny kanał — zaśmiał się Teabing.

Mężczyzna w kombinezonie szedł do nich pospiesznie, mrużąc oczy w świetle reflektorów samochodu.

— Jestem prawie gotowy, sir! — zawołał z wyraźnym brytyjskim akcentem. — Przepraszam za opóźnienie, ale trochę mnie pan zaskoczył i... — urwał w pół słowa, kiedy cała grupa wyładowywała się z samochodu. Popatrzył na Sophie i Langdona, a potem na Teabinga.

— Moi współpracownicy i ja mamy bardzo pilne sprawy do załatwienia w Londynie — powiedział Teabing. — Nie mamy czasu do stracenia. Proszę przygotować maszynę do odlotu. —

Mówiąc to, wyciągnął z samochodu pistolet i podał go Lang-donowi.

Pilot wytrzeszczył oczy na widok broni. Podszedł do Teabinga i szepnął:

— Proszę mi wybaczyć, sir, ale dokumenty lotu wystawione na przelot dyplomatyczny opiewają tylko na pana i pańskiego służącego. Nie mogę zabrać pańskich gości.

— Richardzie — Teabing uśmiechnął się ciepło. — Dwa tysiące funtów szterlingów i ten naładowany pistolet mówią wyraźnie, że możesz wziąć moich gości. — Wskazał głową range rovera. — I tego biedaka tam, z tyłu, również.

Rozdział 69

Dwa silniki odrzutowe hawkera 731 zagrzmiały, a samolot wystrzelił w niebo jak z procy z siłą, która wcisnęła pasażerów w fotele. Lotnisko Le Bourget znikało w ciemnościach z zadziwiającą prędkością.

Uciekam z kraju, pomyślała Sophie, kiedy przyspieszenie wciskało jej ramiona w skórzany fotel. Do tej chwili wierzyła, że zdoła jakoś wytłumaczyć w Ministerstwie Obrony grę w kotka i myszkę z Fache'em. Próbowałam ochronić niewinnego człowieka. Próbowałam spełnić przedśmiertne życzenie mojego dziadka. Teraz ta ścieżka była dla Sophie zamknięta. Wyjeżdżała z kraju bez dokumentów, w towarzystwie człowieka poszukiwanego przez policję, a ponadto przewożąc związanego w kij zakładnika. Jeżeli kiedykolwiek istniała jakaś „granica zdrowego rozsądku", to Sophie właśnie ją przekroczyła. Z prędkością dźwięku.

Siedziała wraz z Langdonem i Teabingiem w przedniej części kabiny w odrzutowcu „specjalnie zaprojektowanym dla ludzi biznesu", jak można było wyczytać na mosiężnej plakietce na drzwiach. Pluszowe obrotowe fotele były przyśrubowane do szyn w podłodze — można je było przestawić i umocować wokół prostokątnego drewnianego stołu. Minisala konferencyjna. Ale to dostojne otoczenie z trudem przysłaniało znacznie mniej dostojną sytuację w tyle samolotu, gdzie w odrębnej części kabiny, tuż obok toalety, Rémy, lokaj Teabinga, z pistoletem w dłoni i z wyraźną niechęcią, na polecenie swojego chlebodawcy, pilnował zakrwawionego mnicha, który leżał związany u jego stóp.

— Zanim zajmiemy się kluczem sklepienia — zaczął Teabing — chciałbym, jeśli pozwolicie, powiedzieć kilka słów. — W jego głosie brzmiała niepewność i lęk, jakby był ojcem, który ma wygłosić wykład o motylkach i pszczółkach przed gromadką swoich dzieci. — Przyjaciele, zdaję sobie sprawę, że jestem jedynie gościem w tej podróży, i poczytuję sobie to za wielki zaszczyt. Niemniej jednak jako ktoś, kto strawił życie na poszukiwaniu Świętego Graala, czuję, że mam obowiązek ostrzec was, że wstępujecie na ścieżkę, z której nie ma odwrotu, niezależnie od tego, jakie czyhają na niej niebezpieczeństwa. — Zwrócił się do Sophie: — Panno Neveu, pani dziadek dał pani krypteks, mając nadzieję, że będzie pani kultywować tajemnicę Świętego Graala.

— Tak.

— I oczywiście czuje się pani w obowiązku podążać tym śladem, dokądkolwiek miałby panią zaprowadzić.

Sophie przytaknęła, chociaż czerpała motywację z innego źródła, a to wciąż w niej biło. Prawda o mojej rodzinie. Pomimo zapewnień Langdona, że klucz sklepienia nie ma nic wspólnego z jej przeszłością, wciąż czuła, że w tę tajemnicę wpleciony jest jakiś element głęboko osobisty, jak gdyby krypteks, który jej dziadek stworzył własnymi rękami, próbował do niej przemówić i podsunąć jakieś rozwiązanie, wypełnić pustkę, która dręczyła ją przez te wszystkie lata.

— Pani dziadek, jak i trzech pozostałych oddało życie dlatego — mówił dalej Teabing — że chcieli ustrzec klucz sklepienia przed zakusami Kościoła. Mnich z Opus Dei był dziś o mały krok od przejęcia tej tajemnicy. Rozumiecie, mam nadzieję, że to nas stawia w położeniu niezwykłym. Dano wam ogień, który macie nieść dalej. Płomień, który świeci od dwóch tysięcy lat, który trzeba chronić i nie dopuścić, by zgasł. Łuczywo nie może wpaść w niepowołane ręce. — Przerwał i popatrzył na szkatułkę z drewna różanego. — Zdaję sobie sprawę, panno Neveu, że nie pozostawiono pani żadnego wyboru, ale zważywszy na stawkę, którą ryzykujemy, musi pani albo tę odpowiedzialność podjąć w pełni, albo... przekazać ją komuś innemu.

— Dziadek dał mi krypteks. Jestem pewna, że wierzył, iż podejmę tę odpowiedzialność.

Teabing przyjął jej wypowiedź jako zachęcającą, lecz niezupełnie przekonującą.

— Dobrze. Ważna jest i potrzebna silna wola. Niemniej ciekaw jestem, czy rozumie pani, że jeżeli uda nam się otworzyć wrota, do których pasuje ten klucz, będziemy wystawieni na jeszcze większe próby.

— Jak to?

— Moja droga, proszę sobie wyobrazić, że nagle trzyma pani w ręku mapę, która wskazuje miejsce, gdzie spoczywa Święty Graal. Będzie pani w posiadaniu prawdy, która może zmienić bieg historii. Będzie pani strażnikiem prawdy, której człowiek szukał od wieków. Na pani będzie spoczywała odpowiedzialność za ujawnienie tej prawdy światu. Osoba, która to uczyni, będzie się cieszyć uznaniem wielu, lecz wielu będzie nią pogardzało. Pytanie brzmi, czy ma pani w sobie dość siły, aby to zadanie podjąć.

— Nie wiem, czy do mnie należy decyzja — powiedziała Sophie po chwili milczenia.

— Nie do pani? — Teabing uniósł brwi. — W takim razie do kogo, jeśli nie do osoby, która jest w posiadaniu klucza sklepienia?

— Do bractwa, któremu przez tyle lat udawało się utrzymać tajemnicę.

— Mówi pani o zakonie? Jak to możliwe? Bractwo zostało rozbite. Odgłowione, jak to pani zgrabnie wyraziła. Nieważne, czy przeniknął do niego ktoś, kto podsłuchiwał, czy w jego szeregach od dawna krył się jakiś szpieg. Tego się nigdy nie dowiemy. Faktem jest, że ktoś do nich dotarł i odkrył tożsamość czterech najważniejszych osób. Ja nie ufałbym osobie, która teraz wyłoni się z bractwa i zbliży do pani.

— Co więc proponujesz? — spytał Langdon.

— Robercie, wiesz równie dobrze jak ja, że zakon chronił prawdę przez te wszystkie lata nie po to, aby po wsze czasy osiadał na niej kurz. Zakon czekał na właściwą chwilę, żeby się podzielić tajemnicą. Na chwilę, kiedy świat będzie gotów ją przyjąć.

— I uważasz, że ta chwila właśnie nadeszła? — spytał Langdon.

— Absolutnie tak. To jest bardziej niż oczywiste. Wszystkie znaki historyczne są już tam, gdzie powinny być, a jeżeli zakon nie zamierzał ujawnić wkrótce swojej tajemnicy, dlaczego Kościół zaatakował właśnie teraz?

— Mnich nie zdradził nam jeszcze swojego celu — przypomniała Sophie.

— Cel mnicha jest zbieżny z celem Kościoła — przekonywał Teabing. — Zniszczenie dokumentów, które ujawniają ogromne oszustwo. Kościół dzisiaj zbliżył się do nich bardziej niż kiedykolwiek w swojej historii, a Zakon zaufał właśnie pani, panno Neveu. Częścią zadania, które polega na ratowaniu Świętego Graala, jest bezpieczne wykonanie ostatnich poleceń zakonu dotyczących podzielenia się tą prawdą z całym światem.

— Chwileczkę, Leigh — włączył się Langdon. — Prosić Sophie, żeby podjęła taką decyzję, to zrzucić spory ciężar na ramiona kogoś, kto zaledwie przed godziną dowiedział się, że istnieją gdzieś dokumenty Sangreala.

— Przepraszam, panno Neveu, że naciskam — westchnął Teabing. — Ja na pewno mogę powiedzieć o sobie, że zawsze wierzyłem, iż te dokumenty należy upublicznić, ale koniec końców ta decyzja należy do pani, a ja po prostu czuję, jak ważne jest to, żeby pani zaczęła myśleć, co się stanie, jeżeli uda nam się trafić tam, dokąd poprowadzi nas klucz.

— Panowie — powiedziała Sophie mocnym i pewnym głosem — zacytuję teraz wasze słowa: „Nie znajdziesz Graala, to Graal znajdzie ciebie". Zamierzam oprzeć się na tych słowach i zawierzyć, że Graal odnalazł mnie z jakiegoś powodu i jeżeli przyjdzie czas, będę wiedziała, co robić.

Obaj wyglądali na zdumionych.

— A zatem — wskazała na szkatułkę z różanego drewna — do dzieła!

Rozdział 70

Stojąc w pokoju frontowym Château Villette, porucznik Collet patrzył na ostatnie pełgające płomyki gasnącego ognia w kominku i czuł się rozczarowany i nieszczęśliwy. Przed kilkoma chwilami zjawił się kapitan Fache i był teraz w pokoju obok, wrzeszcząc coś do telefonu i próbując skoordynować nieudane próby odnalezienia range rovera.

Może być teraz wszędzie, pomyślał Collet.

Nie posłuchawszy bezpośrednich rozkazów Fache'a i zgubiwszy Langdona po raz drugi, Collet był wdzięczny, że policyjna ekipa techniczna znalazła w podłodze dziurę po pocisku, co przynajmniej potwierdziło słowa Colleta, że ktoś wystrzelił z broni palnej. Fache wciąż był jednak w podłym nastroju, a Collet wyczuwał, że kiedy kurz opadnie, reperkusje będą dla niego straszne.

Ślady, które odkrywali, nie rzucały niestety żadnego światła na to, co się działo ani kto w tym uczestniczył. Czarne audi, które znaleźli za ogrodzeniem, okazało się wynajęte na fałszywe nazwisko i opłacone fałszywą kartą kredytową, a odciski palców w samochodzie nie pasowały do żadnych w bazie danych Interpolu.

Do pokoju wbiegł kolejny agent i po jego oczach było widać, że ma do powiedzenia coś pilnego.

— Gdzie jest kapitan Fache?

Collet ledwie oderwał wzrok od żarzących się węgielków na kominku.

— Telefonuje.

— Już nie telefonuje — rzucił krótko Fache, wchodząc sztywno do pokoju. — Co masz?

— Panie kapitanie — powiedział agent — André Vernet z Banku Depozytowego Zurychu właśnie skontaktował się z centralą. Chce z panem rozmawiać w cztery oczy. Wciąż zmienia swoją wersję.

— Tak? — mruknął Fache.

Collet podniósł głowę.

— Vernet przyznaje, że Langdon i Neveu dzisiaj w nocy byli przez jakiś czas w banku.

— Domyślaliśmy się tego. Dlaczego Vernet skłamał?

— Powiedział, że będzie rozmawiał tylko z panem, ale zgodził się na pełną współpracę.

— W zamian za co?

— Za to, że nie będziemy wymieniali nazwy banku w prasie i w telewizji i że pomożemy mu odzyskać coś, co z banku ukradziono. Wygląda na to, że Langdon i Neveu zabrali coś ze skrytki depozytowej Saunière'a.

— Co? — rzucił Collet. — Jak?

Fache zachował pokerową twarz, a oczy zwrócił na drugiego agenta.

— Co ukradli?

— Vernet nie mówił dokładnie, ale wygląda na to, że jest gotów zrobić wszystko, żeby to odzyskać.

Collet próbował wyobrazić sobie teraz, jak się to mogło stać. Może Langdon i Neveu przystawili pracownikowi banku pistolet do głowy? Może zmusili Verneta, żeby otworzył i udostępnił konto Saunière'a i pomógł im uciec w opancerzonej furgonetce? Wprawdzie to wszystko było możliwe, ale Colletowi trudno było wyobrazić sobie Sophie Neveu wplątaną w tego typu aferę.

Z kuchni inny agent wrzeszczał do Fache'a:

— Panie kapitanie! Przeglądam wszystkie numery szybkiego wybierania w telefonie pana Teabinga i właśnie dodzwoniłem się na lotnisko Le Bourget. Mam złe wiadomości.

Trzydzieści sekund później Fache już się pakował i przygotowywał do wyjazdu z Château Villette. Właśnie się dowiedział, że niedaleko stąd, na lotnisku Le Bourget, Teabing ma do dyspozycji prywatny odrzutowiec i że ten samolot wystartował jakieś pół godziny temu.

Przedstawiciel Le Bourget, który z nim rozmawiał, twierdził, że nie wie, kto jest w samolocie ani dokąd samolot odleciał. Start był niezapowiedziany i nie było raportu o planie lotu. Wysoce nielegalne, nawet jak na małe lotnisko. Fache był pewny, że jeżeli go odpowiednio przyciśnie, otrzyma odpowiedzi, których szuka.

— Poruczniku Collet — warknął Fache, maszerując w kierunku drzwi — nie mam wyboru, muszę pana zostawić tutaj i zlecić panu nadzór nad pracą ekipy technicznej. Niech pan raz dla odmiany spróbuje zrobić coś dobrze.

Rozdział 71

Kiedy hawker wyrównał lot i skierował nos na Anglię, Langdon ostrożnie podniósł szkatułkę z kolan, gdzie trzymał ją przez cały czas, by chronić skarb podczas startu. Teraz, stawiając ją na stole, wyczuł, że Sophie i Teabing pochylają się do przodu z niecierpliwością. Otworzył zasuwkę i podniósł wieczko pudełka, a potem skupił uwagę nie na pokrytych literami dyskach krypteksu, lecz na maleńkiej dziurce od wewnętrznej strony wieczka. Za pomocą końcówki wkładu długopisu ostrożnie wypchnął i wyciągnął intarsjowaną różę i odsłonił kryjący się pod nią tekst. *Sub rosa*, powiedział w duchu, z nadzieją, że świeże spojrzenie na tekst wkrótce pozwoli mu odkryć jego znaczenie. Skupiając całą energię na stojącym przed nim zadaniu, Langdon przyglądał się dokładnie dziwacznemu tekstowi.

Po kilku sekundach znów poczuł tę samą frustrację co przedtem, kiedy pierwszy raz zobaczył tajemnicze litery.

— Nie mam pojęcia, do czego to przypiąć, Leigh.

Z miejsca, na którym siedziała, Sophie nie mogła dostrzec tekstu, ale fakt, że Langdon nie potrafił od razu nazwać tego języka, mocno ją zaskoczył. Mój dziadek mówił językiem tak starym i dziwnym, że nawet specjalista od symboli nie potrafi go rozpoznać? Szybko zdała sobie sprawę, że nie powinno jej to dziwić. Nie był to pierwszy sekret, który Jacques Saunière trzymał dla siebie i nie dzielił się nim z wnuczką.

Leighowi Teabingowi, siedzącemu po przeciwnej stronie stołu, puszczały nerwy. Trząsł się, nie mogąc się doczekać na swoją kolej, i raz po raz próbował spojrzeć nad ramieniem Langdona pochylonego nad szkatułką.

— Nie wiem — powiedział Langdon z rezygnacją. — Pierwszą myśl miałem taką, że to jest jakiś język semicki, ale teraz nie jestem pewien. Większość podstawowych języków semickich zawiera *nekkudot*. Tu ich nie ma.

— Prawdopodobnie to bardzo stary język — podsunął Teabing.

— *Nekkudot?* — spytała zdziwiona Sophie.

Teabing nie odrywał oczu od szkatułki.

— Większość współczesnych alfabetów semickich nie ma samogłosek i posługuje się *nekkudot* — kropkami i kreskami stawianymi pod albo w obrębie spółgłoski — by wskazać, jaka samogłoska ma towarzyszyć danej spółgłosce. Z punktu widzenia historii języków *nekkudot* to stosunkowo nowoczesne dodatki do języka.

Langdon wciąż nie mógł oderwać oczu od tajemniczych liter.

— Może to jakaś sefardyjska transliteracja...?

Teabing nie wytrzymał.

— Może gdybym ja... — Odsunął szkatułkę od Langdona, przyciągając ją do siebie.

Langdon niewątpliwie dobrze znał popularne języki starożytne — grekę, łacinę i języki romańskie, ale Teabingowi na pierwszy rzut oka wydało się, że to coś bardziej specjalistycznego, myślał, że to może być pismo raszi albo STA'M z koronami.

379

Wziąwszy głęboki oddech, patrzył teraz zachłannie na rzeźbione litery. Przez dłuższy czas nic nie mówił. Z każdą mijającą sekundą czuł jednak, że jego wiara w siebie maleje.

— Jestem zdumiony — rzekł w końcu. — Ten język nie przypomina niczego, co kiedykolwiek widziałem.

Langdon opuścił bezradnie ręce.

— Mogę to zobaczyć? — spytała Sophie.

Teabing udał, że jej nie słyszy.

— Mówiłeś przedtem, Robercie, że wydawało ci się, że coś takiego już kiedyś widziałeś.

— Takie miałem wrażenie. — Langdon był poirytowany. — Ale teraz już wiem. To pismo wydaje mi się jakby znajome.

— Panie Leigh? — powtórzyła Sophie, niezadowolona, że zostawiają ją poza nawiasem dyskusji. — Czy mogłabym rzucić okiem na szkatułkę, którą wykonał mój dziadek?

— Oczywiście, moja droga Sophie. — Teabing popchnął szkatułkę w jej stronę. Nie chciał, żeby zabrzmiało to protekcjonalnie, ale mimo swojej wiedzy Sophie Neveu była całe lata świetlne za nimi. W zupełnie innej lidze. Jeżeli nadworny historyk panującego domu Anglii i wykładowca z Harvardu nie potrafili nawet w przybliżeniu określić, co to za język...

— Aha — powiedziała Sophie po kilku sekundach przyglądania się pudełku. — Mogłam się od razu domyślić.

Teabing i Langdon jednocześnie podnieśli głowy i przyglądali się dziewczynie w milczeniu.

— Czego się domyślić? — spytał Teabing.

Sophie wzruszyła ramionami.

— Mogłam się domyślić, że właśnie tym językiem posłuży się dziadek.

— Mówisz, że potrafisz przeczytać ten tekst?! — wykrzyknął Teabing.

— Z łatwością — odparła radośnie Sophie, bawiąc się teraz doskonale. — Dziadek nauczył mnie tego języka, kiedy miałam sześć lat. Władam nim biegle. — Pochyliła się nad stołem i utkwiła w Teabingu karcące spojrzenie. — I szczerze mówiąc, sir, zważywszy na pańskie związki z Koroną, jestem trochę zdziwiona, że pan go nie poznaje.

W ułamku sekundy Langdon doznał olśnienia.

Nic dziwnego, że to pismo wydawało mi się tak cholernie do czegoś podobne!

Kilka lat temu uczestniczył w imprezie zorganizowanej przez muzeum Fogga w Harvardzie. Bill Gates, który wyleciał kiedyś z tej uczelni, wrócił do swojej *alma mater* i wypożyczył muzeum jeden ze swoich bezcennych nabytków — osiemnaście kartek, które niedawno nabył na aukcji, kiedy wyprzedawano majątek Armand Hammer Estate.

Żeby wygrać, postawił prawie czterdzieści milionów dolarów. Autorem tych stron był... Leonardo da Vinci.

Osiemnaście stron *in folio*, znanych teraz jako *Codex Leicester* Leonarda da Vinci, na cześć ich słynnego właściciela, hrabiego Leicester, to wszystko, co zostało z jednego z najbardziej fascynujących notatników Leonarda — esejów i rysunków przedstawiających jego odkrywcze teorie z dziedziny astronomii, geologii, archeologii i hydrologii.

Langdon nigdy nie zapomni swojej reakcji, kiedy już odczekał w kolejce i w końcu zobaczył na własne oczy bezcenny manuskrypt. Kompletne rozczarowanie. Litery były zupełnie nieczytelne. Mimo że dokumenty były w nienagannym stanie i spisane starannie pięknym charakterem pisma — karmazynowym atramentem na kremowym papierze — kodeks wyglądał jak bełkot szaleńca. Początkowo Langdon pomyślał, że nie może tego odczytać, ponieważ Leonardo pisał swoje notatki jakąś archaiczną włoszczyzną. Kiedy przyjrzał im się dokładniej, zdał sobie sprawę, że nie potrafi rozpoznać ani jednego włoskiego słowa, ani jednej litery.

— Niech pan spróbuje tak, proszę pana — szepnęła pracownica biblioteki, stojąca przy przeszklonej gablocie. Wskazała ręczne lusterko przymocowane na łańcuszku do gabloty. Langdon podniósł je i przyjrzał się tekstowi w lustrze. W jednej chwili wszystko było jasne.

Langdon tak bardzo nie mógł się doczekać zetknięcia z koncepcjami i pomysłami wielkiego myśliciela, że zapomniał o jednym z licznych talentów Leonarda, a mianowicie umiejętności pisania odwróconymi literami, które były praktycznie nieczytelne dla każdego oprócz niego samego. Historycy wciąż nie mogą się zgodzić, czy Leonardo pisał w ten sposób po prostu dla zabawy, czy też by nikt nie zaglądał mu przez ramię i nie kradł pomysłów. Tak czy inaczej rozstrzygnięcie tej kwestii nie miało większego znaczenia. Leonardo robił to, co mu się podobało.

Sophie uśmiechnęła się do siebie, widząc, że Robert rozumie, co ma na myśli.

— Potrafię przeczytać kilka pierwszych słów — powiedziała. — To jest po angielsku.

Teabing wciąż nie mógł zrozumieć.

— O co tu chodzi?

— Tekst pisany wspak — wyjaśnił Langdon. — Potrzebujemy lusterka.

— Nie, wcale nie potrzebujemy — powiedziała Sophie. — Założę się, że lakier jest dostatecznie cienki. — Wzięła szkatułkę i ustawiła wieko pod światło, a potem przyjrzała się dokładnie wewnętrznej stronie wieczka. Jej dziadek nie potrafił pisać wspak, więc zawsze oszukiwał i pisał normalnie, a potem odwracał papier i odwzorowywał odwrócone litery. Sophie zgadywała, że wypalił normalny tekst w drewnianej desce, a potem obrabiał tylną część deski szlifierką tak długo, aż drewno stało się cienkie jak papier i litery można było zobaczyć przez warstwę drewna. Potem po prostu odwrócił obrobiony kawałek i wkomponował w pudełko.

Kiedy Sophie przybliżyła wieczko pudełka do światła, przekonała się, że ma rację. Jasny promień przenikał przez cienką warstwę drewna, a pismo pojawiało się jako lustrzane odbicie na wewnętrznej stronie wieczka. Można je było bez trudu odczytać.

— Po angielsku — jęknął Teabing zawstydzony. — W moim ojczystym języku.

Siedzący z tyłu samolotu Rémy Legaludec nadstawiał uszu, żeby podsłuchać rozmowę przez dudnienie silników, ale nie było słychać ani słowa z tego, co się dzieje z przodu. Nie podobał mu się rozwój wypadków. Spojrzał na mnicha związanego u jego stóp. Leżał bez ruchu, jakby w niemej akceptacji tego, co się dzieje, albo jak ktoś pogrążony w cichej modlitwie o wybawienie.

Rozdział 72

Trzy tysiące metrów nad poziomem morza Robert Langdon czuł, że świat fizyczny znika zupełnie z jego myśli, które teraz skupiły się na napisanym przez Saunière'a wspak wierszu, który przeświecał przez wieczko pudełka.

Mądrości słowo stare zdradzi zwój
I zbierze rozproszony gdzieś ród twój
Ten kamień czcili bracia – oto klucz
A atbasz będzie 'światłem dla twych ócz

Sophie szybko znalazła kartkę i przepisała wiersz normalnym krojem pisma. Kiedy skończyła, wszyscy po kolei odczytali tekst. Było to coś w rodzaju archeologicznej krzyżówki... Zagadka, której rozwiązanie miało pokazać, jak otwiera się krypteks. Langdon czytał powoli linijka po linijce: *Mądrości słowo stare zdradzi zwój... I zbierze rozproszony gdzieś ród twój... Ten kamień czcili bracia — oto klucz... A atbasz będzie światłem dla twych ócz.*

Zanim Langdon zaczął się w ogóle zastanawiać, jakie stare

słowo, mające służyć za hasło dostępu, podpowiada wiersz, poczuł, że w jego duszy wibruje coś o wiele bardziej znaczącego — metrum tego wiersza, pentametr jambiczny.

Langdon spotykał się z tym metrum przez lata swojej pracy, kiedy badał działalność tajnych stowarzyszeń w Europie, między innymi przed rokiem, w tajnych archiwach Watykanu. W ciągu wielu wieków pentametr jambiczny był ulubionym metrum poetyckim literacko wykształconych twórców na całym świecie, począwszy od greckiego poety Archilocha po Szekspira, Miltona, Chaucera i Voltaire'a — ludzi odważnych, którzy decydowali się pisać komentarze na tematy społeczne, posługując się metrum, które przez wielu w tamtych czasach uważane było za posiadające własności mistyczne. Korzenie pentametru jambicznego są bowiem głęboko pogańskie.

Jamby. Dwie sylaby — akcentowana i nieakcentowana. *Yin* i *yang*. Zrównoważona para. Ułożone w szeregi po pięć. Pentametr. Pięć jak w pięcioramiennej gwieździe Wenus, symbolu świętości żeńskiej.

— To pentametr! — wykrzyknął Teabing, zwracając się do Langdona. — Po angielsku w *lingua pura*!

Langdon przytaknął.

Zakon Syjonu, tak jak wiele innych tajnych stowarzyszeń w Europie, które były w niezgodzie z Kościołem, przez całe wieki uważał angielski za jedyny czysty język. W odróżnieniu od francuskiego, hiszpańskiego i włoskiego, które były zakorzenione w łacinie — języku Watykanu — angielski był językowo odległy od machiny propagandowej Rzymu, a więc stał się uświęconym, sekretnym językiem dla tych członków bractw, którzy byli na tyle wykształceni, by nim władać.

— Ten czterowiersz — mówił Teabing z ożywieniem — ma odniesienie nie tylko do Graala, ale również do templariuszy i do rozproszonej rodziny Marii Magdaleny! Czegóż więcej moglibyśmy żądać?

— Słowa dostępu — powiedziała Sophie, patrząc znów na tekst. — Wygląda na to, że potrzebne nam jakieś starożytne słowo mądrości.

— Abrakadabra? — zaproponował żartobliwie Teabing.

Słowo złożone z pięciu liter, myślał Langdon, zastanawiając

384

się nad tym, jak ogromna jest liczba starych słów, które można byłoby uznać za słowa mądrości — wzięte z mistycznych inwokacji, przepowiedni astrologicznych, rytuałów wprowadzania do tajnych stowarzyszeń, z inkantacji Wicca, z egipskich zaklęć magicznych, z pogańskich mantr — ich lista była nieskończona.

— Wydaje mi się — powiedziała Sophie — że słowo dostępu ma coś wspólnego z templariuszami. — Przeczytała tekst na głos. — *Ten kamień czcili bracia — oto klucz.*

— Leigh — powiedział Langdon — ty jesteś specjalistą od templariuszy. Masz jakiś pomysł?

Teabing przez kilka sekund myślał, a potem westchnął.

— Cóż, z pewnością chodzi tu o jakiś kamień grobowy. Być może słowa poematu odnoszą się do templariuszy, którzy czczą grób Magdaleny, ale to nam niewiele daje, ponieważ nie mamy pojęcia, gdzie on jest.

— Ostatni wers powiada — rozważała Sophie — że prawdę pomoże nam znaleźć atbasz. Znam to słowo. Atbasz.

— Nie dziwi mnie to — odparł Langdon. — Prawdopodobnie poznałaś je na studiach. Atbasz jest jednym z najstarszych kodów szyfrowych, jakie zna ludzkość.

Rzeczywiście! Słynny system kodowania Hebrajczyków.

Szyfr atbasz stanowił przecież część wyszkolenia Sophie w dziedzinie kryptologii. Szyfr stworzono pięćset lat przed Chrystusem, a obecnie używano go na zajęciach jako przykładu podstawowego systemu podstawiania rotacyjnego. Szyfr atbasz to powszechna forma kryptografii żydowskiej — prosty kod podstawiania posługujący się dwudziestoma dwiema literami alfabetu hebrajskiego. W tym systemie pierwszą literę zastępowano literą ostatnią, drugą w kolejności literą drugą od końca i tak dalej.

— Atbasz jest tutaj jak najbardziej odpowiedni — stwierdził Teabing. — Teksty zakodowane w atbaszu znajdziemy w całej Kabale, w zwojach znad Morza Martwego, a nawet w Starym Testamencie. Żydowscy mistycy i nauczyciele do dziś odnajdują ukryte znaczenia, posługując się atbaszem. Zakon z pewnością w ramach edukacji swoich członków nauczał posługiwania się tym szyfrem.

— Problem w tym — powiedział Langdon — że nie mamy do czego zastosować tego szyfru.

Teabing westchnął.

— Słowo kodowe powinno być na grobowcu. Musimy znaleźć grób, który czcili templariusze.

Sophie wyczuła w ponurym spojrzeniu Langdona, że odnalezienie grobowca templariuszy to nie będzie bułka z masłem. Atbasz jest kluczem, pomyślała. Ale nie mamy drzwi.

Trzy minuty później Teabing westchnął zniechęcony i pokręcił głową.

— Przyjaciele, utknąłem w miejscu. Pozwólcie, że zastanowię się nad tym wszystkim, a tymczasem przyniosę wam coś do zjedzenia i sprawdzę, jak się mają Rémy i nasz gość. — Wstał i ruszył na tył samolotu.

Sophie poczuła się zmęczona, kiedy na niego popatrzyła.

Za oknem panowała atramentowa ciemność przedświtu. Sophie wydało się, jakby jakaś siła rzuciła ją bez celu w przestrzeń i nie miała pojęcia, gdzie wyląduje. Dorastała, rozwiązując zagadki dziadka, i miała dziwne wrażenie, że ten wiersz, leżący właśnie przed ich oczami, zawiera informację, której jeszcze nie dostrzegli.

Tu jest coś więcej, powiedziała do siebie. Sprytnie ukryte... Ale jednak tam jest.

Dręczył ją również strach, że kiedy w końcu znajdą coś wewnątrz krypteksu, to nie będzie to po prostu „mapa, jak dotrzeć do Świętego Graala". Pomimo poczucia pewności, którym emanowali Teabing i Langdon, że prawda leży w środku tego marmurowego cylindra, Sophie wiedziała, bo rozwiązała dość sporo zagadek dziadka prowadzących do skarbu, że Jacques Saunière łatwo nie ujawnia i nie oddaje ot, tak sobie, swoich sekretów.

Rozdział 73

Pracownik nocnej zmiany kontroli lotów na lotnisku Le Bourget przysypiał przed pustym ekranem radaru, kiedy kapitan Centralnego Biura Śledczego dosłownie wyłamał drzwi, wdzierając się do środka.

— Odrzutowiec Teabinga! — ryknął Bezu Fache, wparowując do niewielkiego pomieszczenia wieży kontroli lotów. — Dokąd poleciał?

Pierwszą reakcją kontrolera była nieudolna próba ochrony prywatności Brytyjczyka — jednego z najbardziej szanowanych klientów lotniska. Próba skończyła się kompletnym fiaskiem.

— W porządku — powiedział Fache. — Aresztuję pana za zezwolenie na wylot prywatnego samolotu bez wpisania w rejestr planu lotów. — Fache kiwnął na funkcjonariusza policji, który podszedł z kajdankami, a kontroler poczuł falę porażającego strachu. Przypomniał sobie artykuły w prasie poświęcone rozważaniom, czy kapitan policji znany przez wszystkich w kraju jest bohaterem, czy łotrem. On miał już odpowiedź na to pytanie.

— Czekajcie! — jęknął kontroler na widok kajdanek. — To mogę wam powiedzieć. Sir Leigh Teabing często lata do Londynu na zabiegi medyczne. Ma hangar na lotnisku dla dyrektorów firm w Biggin Hill w hrabstwie Kent. Niedaleko Londynu.

Fache gestem dłoni kazał odejść policjantowi z kajdankami.

— Czy dzisiaj wieczorem też polecieli do Biggin Hill?

— Nie wiem — powiedział zgodnie z prawdą kontroler

lotów. — Samolot wyleciał w tym kierunku co zwykle, a ostatni kontakt radarowy wskazywałby na Wielką Brytanię. Stawiałbym z dużym prawdopodobieństwem właśnie na Biggin Hill.

— Miał kogoś jeszcze na pokładzie?

— Daję słowo, kapitanie, że tego nie mógłbym wiedzieć. Nasi klienci wjeżdżają samochodami wprost do hangarów i ładują na pokład, co chcą. To, kto jest na pokładzie, jest już w gestii służby celnej na lotnisku, gdzie samolot ląduje.

Fache spojrzał na zegarek i popatrzył na rozrzucone z przodu terminala samoloty odrzutowe.

— Jeżeli lecą do Biggin Hill, ile czasu zostało im jeszcze do lądowania?

Kontroler przeglądał swoje zapiski.

— To krótki lot. Jego samolot powinien być na miejscu około... szóstej trzydzieści. Za piętnaście minut.

Fache zmarszczył brwi i zwrócił się do jednego ze swoich ludzi.

— Załatwcie mi tu jakiś transport. Lecę do Londynu. I połączcie mnie z lokalną policją w hrabstwie Kent. Nie z brytyjskim MI5. Nie chcę rozgłosu. Z lokalną policją w hrabstwie Kent. Powiedzcie im, żeby zezwolili na lądowanie samolotu Teabinga. Potem chcę, żeby otoczyli samolot na płycie. I żeby nikt nie zszedł z pokładu, dopóki ja się tam nie pojawię.

Rozdział 74

— Nic nie mówisz — powiedział Langdon, patrząc na Sophie, siedzącą po drugiej stronie kabiny hawkera.

— Jestem zmęczona — odparła. — I ten wiersz. Sama nie wiem.

Langdon czuł się podobnie. Wciąż bolała go głowa po uderzeniu, a monotonny dźwięk silników i łagodne kołysanie samolotu sprawiały, że czuł się senny. Teabing był jeszcze w tyle maszyny, Langdon postanowił więc skorzystać z tego, że jest z Sophie sam na sam, i powiedzieć jej coś, o czym myślał od dłuższego czasu.

— Sądzę, że po części wiem, dlaczego twój dziadek nakłonił nas do współpracy. Chyba chciałby, żebym ci coś wyjaśnił.

— Historia Świętego Graala i Marii Magdaleny to nie dość?

Langdon nie wiedział, jak mówić o tym dalej.

— Ten rozdźwięk między wami. Powód, dla którego od lat z nim nie rozmawiałaś. Sądzę, że miał nadzieję, że ja jakoś będę mógł to wyprostować, wyjaśniając to, co was rozdzieliło.

Sophie poruszyła się w fotelu.

— Powiedziałam ci, co nas rozdzieliło?

Langdon przyglądał się jej dłuższy czas.

— Byłaś świadkiem rytuału seksualnego. Prawda?

— Skąd wiesz? — Sophie skuliła się.

— Powiedziałaś mi, Sophie, że byłaś świadkiem czegoś, co cię przekonało, że twój dziadek należał do tajnego stowarzyszenia. A to, co zobaczyłaś, tak cię poruszyło, że od tamtego dnia się do niego nie odzywałaś. Wiem dość sporo o tajnych stowarzyszeniach. Nie trzeba być Leonardem da Vinci, żeby zgadnąć, co zobaczyłaś.

Sophie patrzyła przed siebie nieruchomym wzrokiem.

— Czy to było wiosną? — spytał Langdon. — W okolicach przesilenia wiosennego? W połowie marca?

Sophie wyjrzała przez okno.

— Miałam przerwę wiosenną w zajęciach na uczelni. Przyjechałam do domu kilka dni wcześniej.

— Chcesz mi o tym opowiedzieć?

— Wolałabym nie. — Nagle odwróciła się do Langdona, w oczach miała łzy. — Nie wiem, co zobaczyłam.

— Byli tam i mężczyźni, i kobiety?

Po chwili milczenia skinęła głową.

— Ubrani na biało i na czarno?

Wytarła oczy i znów przytaknęła. Wydawało się, że trochę się otwiera.

— Kobiety były w białych, zwiewnych szatach... miały na sobie złote buty. Trzymały w dłoniach złote kule. Mężczyźni mieli czarne tuniki i czarne buty.

Langdon z wysiłkiem utrzymywał emocje na wodzy, a jednak nie mógł uwierzyć w to, co słyszy. Sophie Neveu niechcący była świadkiem ceremonii sakralnej, która dokonuje się od dwóch tysięcy lat.

— Mieli maski? — spytał, usiłując nadać głosowi spokojne brzmienie. — Maski w kształcie ludzkich twarzy?

— Tak. Każdy miał maskę. Identyczną. Białe maski na twarzach kobiet. Czarne na twarzach mężczyzn.

Langdon czytał kiedyś opisy tej ceremonii i rozumiał jej mistycznie korzenie.

— Ceremonia ta nazywa się *hieros gamos* — powiedział cicho. — Ma ponad dwa tysiące lat. Kapłani i kapłanki egipskie odprawiali ją regularnie, by uczcić kobiecą moc rozrodu, zdolność dawania życia. — Przerwał i pochylił się do Sophie. — Ale jeżeli byłaś świadkiem *hieros gamos* bez przygotowania i zrozumienia jej znaczenia, domyślam się, że to, co zobaczyłaś, musiało być szokujące.

Sophie nic nie odpowiedziała.

— *Hieros gamos* to nazwa grecka — mówił dalej. — Oznacza święte małżeństwo.

— Rytuał, który widziałam, to nie było małżeństwo.

— Małżeństwo to zjednoczenie, Sophie.

— Seksualne.

— Nie.

— Nie? — Patrzyła na niego pytająco swoimi oliwkowymi oczami.

— No cóż... Tak — gimnastykował się Langdon. — W pewnym sensie. Ale nie w takim, jak my to rozumiemy dzisiaj.

Wyjaśnił, że chociaż to, co widziała, wyglądało jak rytuał seksualny, *hieros gamos* nie jest aktem erotycznym. To akt duchowy. Historycznie rzecz biorąc, stosunek jest aktem, przez który mężczyzna i kobieta doświadczają Boga. Starożytni wierzyli, że mężczyzna jest duchowo niekompletny, dopóki nie zjednoczy się w akcie płciowym z sakralnością kobiecą. Fizyczne zjednoczenie z kobietą było jedynym środkiem, dzięki któremu mężczyzna mógł się duchowo spełnić i ostatecznie uzyskać *gnosis* — poznać boskość. Od czasów Izydy uważano, że rytuały seksualne są dla mężczyzny jedynym pomostem z ziemi do nieba.

— Jednocząc się z kobietą — mówił Langdon — mężczyzna podczas szczytowania osiąga taki punkt, kiedy jego umysł staje się całkowicie pusty i wtedy może zobaczyć Boga.

— Orgazm jako modlitwa? — rzuciła cierpko Sophie.

Langdon wzruszył ramionami, chociaż Sophie w zasadzie miała rację. Z punktu widzenia fizjologii męskiemu szczytowaniu towarzyszy ułamek sekundy całkowitego wyzucia z myśli. Krótkotrwała umysłowa próżnia. Moment jasności, w którym można doznać Boga. Rozmaici guru medytacji osiągają podobne stany oczyszczenia umysłu z myśli inną, nieseksualną drogą i często opisują nirwanę jako niekończący się orgazm duchowy.

— Sophie — powiedział Langdon cicho — nie możemy zapominać, że u starożytnych poglądy na seks były całkowicie odmienne od naszych. Seks był poczęciem nowego życia, był ostatecznym i największym cudem, a cudów dokonywali tylko bogowie. Kobieca zdolność dawania życia z łona uświęca ją. Ubóstwia. Stosunek uważano za zjednoczenie dwóch duchowych połówek człowieka — męskiej i kobiecej — dzięki któremu mężczyzna mógł dostąpić duchowego spełnienia i zjednoczenia z Bogiem. To, co zobaczyłaś, nie było aktem seksualnym, lecz aktem duchowym. Rytuał *hieros gamos* to nie perwersja. Jest to ceremonia głęboko sakralna.

Jego słowa chyba trafiły w jakiś czuły punkt. Sophie była całą noc wyjątkowo zrównoważona, a teraz Langdon zauważył, że jej równowaga zaczyna się załamywać. W oczach znów pokazały się łzy, a ona otarła je rękawem.

Dał jej jeszcze chwilę. Rzecz jasna, koncepcja seksu jako drogi do Boga może się początkowo wydawać odstręczająca. Żydowscy studenci Langdona byli oszołomieni, kiedy mówił podczas wykładu, że we wczesnej tradycji żydowskiej uprawiano seks rytualny. I na dodatek w Świątyni. Dawni wyznawcy judaizmu wierzyli, że Święte Świętych w Świątyni Salomona zamieszkuje nie tylko Bóg, ale również Jego żeńska połowa Szechina. Mężczyźni pragnący spełnienia duchowego odwiedzali kapłanki w Świątyni, *hierodule*, z którymi jednoczyli się w akcie fizycznym i w ten sposób doświadczali boskości. Tetragram żydowski — YHWH — święte imię Boga — oznacza Jehowę, który stanowi androgeniczne połączenie fizyczne męskiego Yah i przedhebrajskiej Ewy, Hawa.

— Ojcowie Kościoła uważali — wyjaśniał Langdon cichym głosem — że seks jako droga do bezpośredniego doświadczania Boga to poważne zagrożenie dla katolickiego fundamentu władzy. Było to sprzeczne z koncepcją Kościoła jako jedynej drogi do Boga. Z oczywistych przyczyn Kościół pracował nad tym, by zdemonizować seks i przedstawić akt seksualny jako odstręczający i grzeszny. Inne wielkie religie uczyniły to samo.

Sophie milczała, ale Langdon wyczuwał, że zaczyna coraz lepiej rozumieć dziadka. Rzecz dziwna, Langdonowi zdarzyło się w tym semestrze wygłosić podobną uwagę podczas wykładu dla studentów.

— Czy to nie dziwne — powiedział — że kiedy myślimy o seksie, czujemy wewnętrzny konflikt? Nasza starożytna spuścizna i nasza fizjologia mówią nam, że seks to coś naturalnego — droga do duchowego spełnienia — a jednak współczesna religia postrzega seks jako coś wstydliwego i uczy, że powinniśmy obawiać się pragnień seksualnych, ponieważ są narzędziem szatana.

Langdon postanowił nie szokować studentów faktem, że na świecie istnieje wiele tajnych stowarzyszeń, również bardzo wpływowych, wciąż praktykujących rytuały seksualne i podtrzymujących starożytne tradycje. Bohater w filmie *Oczy szeroko zamknięte*, grany przez Toma Cruise'a, odkrywa to dość nieoczekiwanie, kiedy wkrada się do domu, w którym odbywa się zebranie ultraelitarnej sekty manhattanitów, i jest świadkiem obrzędu *hieros gamos*. Niestety, twórcy filmu popełnili wiele błędów rzeczowych w szczegółach przedstawienia głównego wątku — tajnego stowarzyszenia wspólnie przeżywającego magię związku seksualnego.

— Czy chce pan powiedzieć, panie profesorze — jakiś student z tylnych rzędów podniósł rękę, a w jego głosie brzmiała nieśmiała nuta nadziei — że zamiast chodzić do kościoła powinniśmy częściej uprawiać seks?

Langdon zaśmiał się krótko, ale nie zamierzał chwytać tej przynęty. Z tego, co słyszał o imprezach studenckich na Harvardzie, dzieciaki nie cierpiały tam na niedobór seksu.

— Panowie — powiedział, zdając sobie sprawę, że stąpa po grząskim gruncie — mam dla was pewną propozycję. Nie ośmielając się propagować seksu przedmałżeńskiego ani nie będąc tak naiwnym, by sądzić, że jesteście niewinni jak anioły, dam wam skromną radę na temat życia seksualnego.

Wszyscy studenci płci męskiej pochylili się do przodu, słuchając skwapliwie.

— Kiedy następnym razem znajdziecie się sam na sam z kobietą, wejrzyjcie w swoje serce i zastanówcie się, czy nie moglibyście podejść do seksu jako aktu mistycznego i duchowego. Postawcie przed sobą wyzwanie — odnaleźć tę iskierkę boskości, której mężczyzna może doświadczyć przez związek z sakralnością kobiecą.

Studentki uśmiechnęły się ze zrozumieniem, przytakując jego słowom.

Studenci, patrząc po sobie, chichotali i wymieniali jakieś stare dowcipy. Langdon westchnął. To jeszcze tylko duzi chłopcy.

Sophie poczuła chłód na czole, kiedy przycisnęła głowę do okna samolotu, i popatrzyła niewidzącym wzrokiem w pustkę i ciemność, próbując przetrawić to, co Langdon jej powiedział. Czuła w duszy powiew smutku. Dziesięć lat. Przypomniała sobie stosy nieotwartych listów od dziadka. Opowiem wszystko Robertowi. Nie odwracając się od okna, zaczęła mówić. Cicho. Niepewnie.

Kiedy zaczęła opisywać to, się wydarzyło tamtej nocy, poczuła, że cofa się w przeszłość... Wysiada na skraju lasu gdzieś na obrzeżach małego dworku w Normandii... Przeszukuje pusty dom zdezorientowana... Słyszy gdzieś w dole głosy... A potem znajduje ukryte drzwi...

Zeszła po kamiennych schodach krok po kroku, powoli, do groty pod poziomem piwnicy. Czuła zapach ziemi. Chłód i światło. Był marzec. Z cienia swojej kryjówki na schodach przyglądała się jakimś zupełnie obcym ludziom kołyszącym się w lewo i w prawo, w przód i w tył, śpiewającym inwokacje przy pełgającym świetle pomarańczowych świec.

Ja śnię — powiedziała do siebie Sophie. To jest sen. Cóż innego mogłoby to być?

Kobiety i mężczyźni stanowili przejmujący widok — na przemian postać czarna, biała, czarna, biała. Piękne, zwiewne szaty kobiet unosiły się w górę i płynęły, kiedy kobiety podnosiły w prawych dłoniach złote kule i wymawiały wszystkie razem to samo zdanie. „Byłam z tobą na początku, o poranku wszystkiego, co święte, wydałam cię ze swojego łona, nim zaczął się dzień".

Kobiety opuściły trzymane w dłoniach kule. Wszyscy kiwali się w tył i w przód jak w transie. Składali hołd czemuś, co znajdowało się w środku kręgu. Co to jest?

Tempo wypowiadanych słów było teraz szybsze. Słowa głośniejsze. Następujące jedno po drugim.

„Kobieta, którą pojmujesz, to miłość!" — zawołały znów kobiety, podnosząc w górę złote kule.

Mężczyźni powiedzieli: „Zamieszkuje w kręgu wieczności!".

Zaśpiew znów stał się bardziej monotonny. Potem przyspieszył. Potem zabrzmiał jak grom burzy. Był coraz szybszy. Uczestnicy uroczystości zrobili krok do środka kręgu i uklękli.

Wtedy Sophie w końcu zobaczyła, na czym wszyscy koncentrują uwagę. Na niskim, bogato zdobionym ołtarzu w środku kręgu, leżał mężczyzna. Był nagi, leżał na plecach, na twarzy miał czarną maskę. Sophie natychmiast rozpoznała jego ciało i znamię na ramieniu. Już wyrywało jej się z ust: *Grand-père!* Taki obraz wystarczyłby, żeby zaszokować Sophie, która stała jak zaczarowana, nie mogąc uwierzyć, że to prawda, ale to nie było wszystko.

Na dziadku siedziała naga kobieta w białej masce. Spod maski spływały na jej ramiona piękne, srebrne włosy. Była przysadzista, daleka od doskonałości, unosiła się w górę i w dół w rytm zaśpiewu — kochała się z dziadkiem Sophie.

Sophie chciała się odwrócić i uciekać, ale nie mogła. Kamienne ściany groty uwięziły ją tak, jak uwięziła ją śpiewna deklamacja gorączkowo przyspieszająca tempo. Wydawało się, że zebrani w kręgu uczestnicy ceremonii za chwilę zaczną krzyczeć, ich głosy rosły i potężniały w szalonym crescendo. Nagle, w chwili szczytowania, całe pomieszczenie wybuchło jednym głosem. Sophie straciła oddech. Zdała sobie sprawę z tego, że cichutko pochlipuje. Odwróciła się i chwiejnym krokiem weszła po schodach, wyszła z domu i zapłakana i rozedrgana ruszyła z powrotem do Paryża.

Rozdział 75

Wynajęty turbośmigłowiec właśnie przelatywał nad migającymi i pełzającymi światełkami Monako, kiedy Aringarosa rozłączył się z Fache'em. Sięgnął po papierowy woreczek w oparciu fotela, ale był wyzuty ze wszystkiego, nie miał nawet siły wymiotować.

Niech to się już raz wreszcie skończy!

Najnowsze wieści, które dotarły od Fache'a, były trudne do pojęcia. Tej nocy prawie nic już nie miało sensu. Co się tu dzieje? Wszystko wymknęło mu się z rąk i krążyło jak jakiś gigantyczny cyklon. W co ja wplątałem Sylasa? W co wplątałem sam siebie!

Na drżących nogach Aringarosa przeszedł do kokpitu.

— Muszę zmienić kierunek lotu.

Pilot spojrzał na niego przez ramię i zaśmiał się.

— Rozumiem, że to żart, prawda?

— Nie. Muszę natychmiast udać się do Londynu.

— Ojcze, to jest lot czarterowy, a nie taksówka.

— Zapłacę panu oczywiście ekstra. Ile? Londyn to tylko godzina dalej na północ i nie wymaga zmiany kierunku, a więc...

— To nie kwestia pieniędzy, proszę księdza, są inne przeszkody.

— Dziesięć tysięcy euro. Już, natychmiast.

Pilot odwrócił się do niego, oczy miał szeroko otwarte.

— Ile? Jaki to ksiądz nosi przy sobie taką gotówkę?

Aringarosa poszedł na tył samolotu do swojej teczki, otworzył ją i wyciągnął jedną obligację na okaziciela. Podał ją pilotowi.

— Co to jest? — spytał pilot.

— Obligacja na okaziciela na dziesięć tysięcy euro, wydana przez Bank Watykański.

Pilot nie był przekonany.

— To jest to samo co gotówka.

— Tylko gotówka to gotówka — stwierdził pilot, oddając Aringarosie blankiet obligacji.

Aringarosa poczuł się słabo i musiał się chwycić drzwi kokpitu.

— To kwestia życia i śmierci. Musi mi pan pomóc. Koniecznie muszę się dostać do Londynu.

Pilot spojrzał na złoty pierścień biskupa.

— To są prawdziwe diamenty?

— Z tym naprawdę nie mogę się rozstać.

Pilot wzruszył ramionami, odwrócił się w fotelu i skupił uwagę na przyrządach.

Aringarosa poczuł smutek. Spojrzał na pierścień. Wszystko, co reprezentował pierścień, biskup i tak miał utracić. Po dłuższej chwili zsunął pierścień z palca i położył delikatnie przed pilotem. Potem wyślizgnął się z kokpitu i wrócił na swoje miejsce. Po piętnastu sekundach poczuł, że pilot obraca maszynę o kilka stopni bardziej na północ.

Udało się, lecz Aringarosa wiedział, że krótki moment chwały ma już za sobą, a wszystko, co chciał zbudować, jest teraz jedną wielką ruiną.

Zaczęło się jak święta krucjata. Pięknie ułożony plan. Teraz wszystkie elementy przemyślnie skomponowanego planu walą się jak domek z kart... I nie widać końca.

Rozdział 76

Langdon widział wyraźnie, że Sophie wciąż nie może wrócić do równowagi po przywołaniu wspomnienia *hieros gamos*. Zdumiało go to, co usłyszał. Sophie nie tylko była świadkiem całego rytuału, ale jej dziadek był mistrzem ceremonii... Wielkim mistrzem Prieuré de Sion. Towarzystwo, w którym się znalazł, przyprawiało o zawrót głowy. Leonardo da Vinci, Botticelli, Isaac Newton, Victor Hugo, Jean Cocteau, Jacques Saunière.

— Nie wiem, co mógłbym ci jeszcze powiedzieć — rzekł łagodnie.

Oczy Sophie były teraz intensywnie zielone, pełne łez.

— Wychowywał mnie jak własną córkę.

Langdon zrozumiał, jakie emocje w niej narastają i wyciskają łzy z oczu. To były wyrzuty sumienia. Odległe i tkwiące głęboko w duszy. Sophie Neveu odsunęła się od dziadka, a teraz zobaczyła go w zupełnie innym świetle.

Za oknem świt był coraz jaśniejszy — po prawej stronie zbierała się i rosła karmazynowa aura poranka. Ziemia pod nimi była wciąż czarna.

— Przekąska, moi drodzy? — Teabing przysiadł się do nich i wdzięcząc się, zaproponował im dwie puszki coli i paczkę starych krakersów. Prosił o wybaczenie, że asortyment jest tak ograniczony, ale częstuje tym, co ma. — Nasz przyjaciel mnich jeszcze nie zdecydował się mówić — ciągnął — ale dajmy mu trochę czasu. — Ugryzł krakersa i rzucił okiem na wiersz. — A więc, moja droga, są jakieś postępy? — spojrzał na Sophie. — Co pani dziadek chce nam tym razem powiedzieć? Gdzie, u diabła, jest ten grobowiec? Grobowiec, który czcili bracia, czyli templariusze.

Sophie potrząsnęła przecząco głową i milczała.

Kiedy Teabing raz jeszcze wczytywał się w poetyckie wersy, Langdon otworzył puszkę coli i wyjrzał za okno; przed oczami ukazywały mu się coraz to nowe obrazy tajemnych rytuałów i nierozwiązywalnych kodów. *Ten kamień czcili bracia — oto klucz.* Cola była ciepła.

Rozmywająca wszystko czernią zasłona nocy szybko unosiła się w górę i kiedy Langdon przyglądał się temu spektaklowi przemiany natury, zobaczył rozciągającą się pod nimi i połyskującą drobnymi falami wodę. Kanał La Manche. To już niedługo.

Langdon pragnął, by światło dnia przyniosło mu inną iluminację, ale im jaśniej robiło się za oknami, tym dalszy był od prawdy. Słyszał w uszach rytm pentametru jambicznego, zaśpiewy *hieros gamos* i świętych obrzędów, towarzyszące odgłosom silnika odrzutowego.

Ten kamień czcili bracia.

Samolot był znów nad lądem, kiedy Langdona uderzyła pewna myśl. Zdecydowanym ruchem postawił puszkę po coli na stoliku.

— Nie uwierzycie — powiedział, zwracając się do towarzyszy podróży — ale wiem, jaki kamień czcili templariusze.

Teabing miał oczy jak spodki.

— Wiesz, gdzie on jest?

Langdon uśmiechnął się.

— Nie, gdzie jest. Wiem, czym jest.

Sophie pochyliła się, żeby lepiej słyszeć.

— Uważam, że to słowo oznacza kamienną postać — wyjaśnił Langdon, rozkoszując się uczuciem radości z rozwiązania problemu. — Ale nie nagrobną.

— Kamienna postać, mówisz? — zastanawiał się Teabing.

Sophie też jeszcze nie wiedziała, co Langdon ma na myśli.

— Posłuchaj, Leigh, w czasach inkwizycji Kościół oskarżał templariuszy o najprzeróżniejsze herezje, prawda?

— Oczywiście. Fabrykowano różne oskarżenia. O sodomię, bezczeszczenie krzyża moczem, kult diabła, lista była długa.

— Na tej liście było również oddawanie czci fałszywym

bożkom, prawda? A konkretnie Kościół oskarżał templariuszy o odprawianie tajemnych rytuałów, podczas których modlili się do wyrzeźbionej w kamieniu głowy pogańskiego bożka.

— Tak, do Bafometa! — wykrzyknął Teabing. — Mój Boże, Robercie, masz rację! Templariusze czcili kamienną głowę Bafometa.

Langdon pospiesznie wyjaśnił Sophie, że Bafomet to pogański bóg płodności, kojarzony z twórczą mocą reprodukcji. Przedstawiano go jako postać z głową barana lub kozła, powszechnie uznawanego za symbol prokreacji i płodności. Templariusze oddawali hołd Bafometowi, krążąc w koło kamiennej repliki jego głowy i intonując modlitwy.

— Bafomet — cieszył się Teabing. — Ceremonia ku czci twórczej magii związku seksualnego. Papież Klemens uznał, że głowa Bafometa to w istocie głowa diabła, i w jego rękach stała się ona gwoździem do trumny templariuszy.

Langdon zgodził się z nim. Współczesne wierzenia i obrazy diabła z rogami zwanego szatanem można wywieść od Bafometa i od starań Kościoła przekształcenia rogatego bożka płodności w symbol zła. To się rzecz jasna udało, lecz nie do końca. Na tradycyjnym amerykańskim stole w Święto Dziękczynienia wciąż można znaleźć pogańskie symbole płodności z rogami. „Róg obfitości" jest pochwałą płodności Bafometa — wywodzi się od kozła, który ubódł Zeusa i odłamał sobie róg, a ten cudownym sposobem napełnił się owocami. Bafomet pojawia się również w fotografiach grupowych, kiedy jakiś żartowniś unosi dwa palce za głową kolegi i przyprawia mu rogi; z pewnością niewielu zdaje sobie sprawę, że ten szyderczy gest jest w istocie pochwałą wigoru męskiego ofiary.

— Tak, tak — mówił Teabing podekscytowany. — Z pewnością chodzi o Bafometa. Jego kamienny wizerunek, który czcili templariusze.

— W porządku — powiedziała Sophie — ale jeżeli kamień, który czcili templariusze, to Bafomet, wówczas mamy nowy dylemat; Bafomet ma przecież więcej liter niż pięć.

— Tu właśnie, moja droga, do gry wkracza szyfr atbasz. — Teabing uśmiechnął się szeroko.

Rozdział 77

Langdon był pod wrażeniem. Teabing właśnie skończył wypisywać cały dwudziestodwuliterowy alfabet hebrajski — *alef-bet* — z pamięci. Prawda, że nie pisał literami hebrajskimi, tylko ich odpowiednikami w alfabecie łacińskim, ale czytał alfabet na głos z nienaganną wymową.

A B G D H V Z Ch T Y K L M N S O P C Q R Sz Th

— *Alef, Bet, Gimmel, Dalet, He, Waw, Zain, Het, Tet, Jod, Kaf, Lamed, Mem, Nun, Samech, Ajin, Pe, Cade, Qof, Resz, Szin i Taw.* — Teabing dramatycznym gestem otarł czoło i brnął dalej. — W formalnym zapisie hebrajskim nie umieszcza się dźwięków oznaczających samogłoski. A zatem, jeżeli zapiszemy słowo Bafomet alfabetem hebrajskim, utracimy trzy samogłoski i zostanie nam...

— Pięć liter * — wtrąciła Sophie.

Teabing skinął głową i znów zaczął pisać.

— Dobrze, tutaj mamy nasz kamień zapisany właściwymi literami alfabetu hebrajskiego. Dla jasności wpisuję między nimi zbędne samogłoski.

B̲ a P̲ V̲ o M̲ e T̲h̲

---

* Bafomet — pisownia ang. *Baphomet*. (Pięć spółgłosek).

— Pamiętajmy oczywiście — dodał — że po hebrajsku zazwyczaj piszemy od lewa do prawa, ale możemy i atbaszem posługiwać się w ten sposób. Teraz musimy tylko stworzyć schemat podstawiania liter, przepisując cały alfabet w odwrotnym porządku pod literami ustawionymi we właściwym porządku.

— Jest prostszy sposób — powiedziała Sophie, biorąc od Teabinga długopis. — To daje się zastosować do wszystkich szyfrów opartych na podstawianiu i odzwierciedlaniu znaków, do atbasza też. Taki trik, którego się nauczyłam w Royal Holloway. — Sophie wypisała pierwszą połowę alfabetu od lewej do prawej, a potem pod spodem drugą część, od prawej do lewej. — Kryptolodzy nazywają to zawinięciem. Może trochę skomplikowane, ale działa bez zarzutu.

A	B	G	D	H	V	Z	Ch	T	Y	K
Th	Sz	R	Q	C	P	O	S	N	M	L

Teabing przyjrzał się temu, co Sophie wypisała, i zachichotał.

— Rzeczywiście. Widzę, że chłopcy w Holloway robią dobrą robotę.

Patrząc na wzorzec podstawiania, który stworzyła Sophie, Langdon czuł rosnący dreszcz oczekiwania, zapewne podobny temu, który towarzyszył odkryciu słynnej tajemnicy Szeszak. Badaczy tekstów religijnych od lat intrygowały biblijne wzmianki o mieście Szeszak. Miasto to nie występuje na żadnej mapie ani w żadnych innych dokumentach, tylko kilkakrotnie wspomina się o nim w Księdze Jeremiasza — mówi się tam o królu Szeszak, o mieście Szeszak, o ludziach z Szeszak. W końcu jakiś badacz zastosował do odcyfrowania tego słowa szyfr atbasz, a wyniki tego eksperymentu były zdumiewające. Dzięki szyfrowi odkryto, że Szeszak to w istocie słowo zakodowane, oznaczające inne bardzo znane miasto. Proces odszyfrowywania był prosty. Szeszak po hebrajsku zapisywano SZ-SZ-K.

SZ-SZ-K, podstawione pod odpowiednie litery tabeli podstawień, daje B-B-L.

B-B-L po hebrajsku to po prostu Babel. Tajemnicze miasto Szeszak okazało się miastem Babel. Wtedy zaczęło się szaleństwo przeglądania tekstów biblijnych. Wkrótce w Starym Testamencie odkryto wiele innych słów zakodowanych w atbaszu, ujawniając całą gamę ukrytych znaczeń, o których badacze tekstów biblijnych nie mieli pojęcia.

— Jesteśmy już blisko — szepnął Langdon, nie mogąc opanować podniecenia.

— O milimetry, Robercie. — Teabing spojrzał nad stołem na Sophie i uśmiechnął się. — Gotowa?

Przytaknęła.

— Dobrze więc. Bafomet zapisany po hebrajsku, bez samogłosek, daje B-P-V-M-Th. Teraz zastosujemy pani schemat podstawienia kodu atbasz, aby przełożyć te litery na nasze pięcioliterowe hasło.

Serce Langdona biło jak młotem. B-P-V-M-Th. Przez okno wlewało się teraz światło słoneczne. Spojrzał na tabelę podstawień, którą wypisała Sophie, i zaczął powoli dokonywać zamiany. B to jest Sz... P to V...

Teabing uśmiechał się jak dziecko, które ma dostać prezent pod choinkę.

— I po tym zabiegu otrzymujemy... — przerwał. — Dobry Boże. — Twarz mu zbielała.

Langdon podniósł głowę.

— Coś nie tak? — spytała Sophie.

— Nie uwierzycie. — Teabing spojrzał na Sophie. — A zwłaszcza pani.

— Co to ma znaczyć? — spytała.

— To jest... genialne — szepnął. — Wprost genialne! — Raz jeszcze napisał litery na papierze. — Poproszę krypteks. Oto nasze hasło. — Pokazał im to, co napisał.

Sz-V-P-Y-A

— Co to jest?! — zawołała Sophie.

Langdon też nie zrozumiał tego słowa.

Kiedy Teabing się odezwał, głos mu drżał.

— To, przyjacielu, w istocie jest stare słowo mądrości.

Langdon jeszcze raz odczytał litery. *Mądrości słowo stare zdradzi zwój.* Nagle go olśniło. Nigdy by nie pomyślał!

— Stare słowo mądrości.

— Najzupełniej dosłownie! — śmiał się Teabing.

Sophie spojrzała na słowo, a potem na krypteks. Langdon i Teabing nie zauważyli przecież poważnej przeszkody.

— Poczekajcie! To nie może być hasło. Tu nie występuje litera Sz. To jest tradycyjny alfabet łaciński.

— Przeczytaj to słowo — zachęcił ją Langdon. — Musisz pamiętać o dwóch rzeczach. W hebrajskim znak oznaczający dźwięk Sz można również rozumieć jako S, w zależności od akcentu. Tak jak litera P bywa w wymowie podobna do F.

SVFYA? Myślała, jeszcze nie rozumiejąc.

— Genialne! — zachwycał się Teabing. — Litera Waw jest często nośnikiem dźwięku samogłoskowego O!

Sophie znów spojrzała na litery i spróbowała odczytać je głośno.

— S... o... f... y... a.

Usłyszała dźwięk własnego głosu i nie mogła uwierzyć w to, co powiedziała.

— Sophia? Te litery układają się w słowo Sophia?

Langdon kiwał entuzjastycznie głową.

— Tak. Sophia to po grecku dosłownie mądrość. U podstaw twojego imienia, Sophie, leży najdosłowniej „słowo mądrości".

Sophie nagle poczuła, jak bardzo brak jej dziadka. Zakodował klucz sklepienia zakonu moim imieniem. Poczuła w gardle dławienie. Wszystko teraz gra idealnie. Kiedy jednak odwróciła wzrok i popatrzyła na pięć dysków krypteksu, zdała sobie sprawę, że wciąż jest problem.

— Ale czekajcie... Słowo Sophia ma przecież sześć liter.

Teabing nie przestawał się uśmiechać.

— Niech pani spojrzy jeszcze raz na wiersz. Dziadek napisał: „mądrości słowo stare".

— No więc?

Teabing mrugnął okiem.

— W klasycznej grece mądrość brzmi S-O-F-I-A.

Rozdział 78

Sophie czuła, że ręce jej się trzęsą, kiedy trzymając krypteks, dotknęła pierwszego dysku, by ułożyć litery we właściwej kolejności. *Mądrości słowo stare zdradzi zwój.* Wydawało się, że Langdon i Teabing przestali oddychać, patrząc na jej dłonie.

S... O... F...

— Ostrożnie — szepnął błagalnie Teabing. — Proszę, bardzo ostrożnie.

I... A.

Sophie ustawiła ostatnią literę.

— Dobrze — sapnęła, patrząc na swoich towarzyszy. — Teraz pociągnę i otworzę go.

— Pamiętaj o occie — przypomniał Langdon, jednocześnie rozbawiony i lekko przestraszony. — Bądź ostrożna.

Sophie wiedziała, że jeżeli ten krypteks jest taki sam jak te, które otwierała w młodości, musi tylko uchwycić obie zatyczki cylindra tuż za dyskami, pociągnąć i równomiernie przykładając siłę, ciągnąć powoli w przeciwnych kierunkach. Jeżeli dyski są odpowiednio ułożone, według właściwego słowa dostępu, wtedy jedna zatyczka krypteksu puści i ześlizgnie się — jak nasadka z obiektywu aparatu fotograficznego — a ona będzie mogła sięgnąć do środka i wyciągnąć papirus owinięty wokół fiolki z octem. Gdyby jednak słowo dostępu, które ułożyli, było niewłaściwe, wówczas siła, z jaką Sophie będzie rozciągała zatyczki krypteksu, przeniesie się poprzez zawias na specjalny drążek, który okręci się wokół własnej osi ku pustej przestrzeni wewnątrz krypteksu i — jeśli Sophie pociągnie zbyt mocno — napierając na szklaną fiolkę, w końcu ją skruszy.

Ostrożnie, delikatnie, mówiła sobie.

Teabing i Langdon pochylili się, kiedy Sophie ujęła w dłonie zatyczki cylindra. W całym zamęcie i ekscytacji rozszyfrowywania zakodowanego słowa Sophie prawie zapomniała, co mają znaleźć w środku. To jest klucz sklepienia zakonu. Ma zawierać mapę prowadzącą do Świętego Graala, wskazującą miejsce pochówku Marii Magdaleny i skarb Sangreala... To poszukiwanie skarbu i krucjata prowadząca do ostatecznej prawdy.

Teraz, trzymając w rękach kamienny cylinder, Sophie raz jeszcze sprawdziła, że wszystkie litery są właściwie ułożone w linii, którą wyznaczał malutki wskaźnik. Potem powoli pociągnęła. Nic. Pociągnęła z większą siłą. Nagle cylinder rozsunął się jak precyzyjnie działający teleskop. Ciężka końcówka została jej w ręku. Langdon i Teabing niemal skoczyli na równe nogi. Sophie poczuła, że serce wali jej jeszcze szybciej, kiedy odkładała kamienną zatyczkę krypteksu na stół i przechylała cylinder, by zajrzeć do środka.

Zwój!

Patrząc w otwór, Sophie zauważyła, że papier jest owinięty wokół jakiegoś cylindrycznego przedmiotu — jak przypuszczała fiolki z octem. Jednak papier wokół naczynia z octem nie wyglądał, jak to zazwyczaj bywało, na delikatny papirus, lecz raczej na mocny pergamin. To dziwne — pomyślała, ocet nie rozpuszcza takiego pergaminu. Spojrzała raz jeszcze w otwór i zdała sobie sprawę, że przedmiot w środku zwoju to nie jest naczynie z octem. To było coś zupełnie innego.

— Co się stało? — zapytał Teabing. — Wyciągnij zwój.

Marszcząc czoło, Sophie złapała pergamin i przedmiot, wokół którego był owinięty, i wyciągnęła wszystko z kamiennego pojemnika.

— To nie papirus — orzekł Teabing. — Za grube.

— Wiem. To wyściółka.

— Dla czego? Dla fiolki z octem?

— Nie. — Sophie rozwinęła zwój i pokazała im, co jest w środku. — Dla tego.

Kiedy Langdon zobaczył przedmiot kryjący się w rolce pergaminu, poczuł, że serce przestaje mu bić.

— Boże, ratuj — jęknął Teabing, opadając na fotel. — Twój dziadek był architektem bez cienia litości.

Langdon patrzył zadziwiony. Saunière nie miał zamiaru niczego nam ułatwiać.

Na stole leżał drugi krypteks. Mniejszy. Zrobiony z czarnego onyksu. Był wewnątrz pierwszego. Pasja Saunière'a dla dualizmu. Dwa krypteksy. Wszystko w parach. Słowa o podwójnych znaczeniach. Męski i kobiecy. Czarny wewnątrz białego. Langdon czuł, że oplata go sieć symboli. Białe rodzi czarne.

Każdy człowiek wychodzi z łona kobiety.

Białe — to, co żeńskie.

Czarne — to, co męskie.

Langdon podniósł mniejszy krypteks. Wyglądał tak samo jak pierwszy, tyle że był czarny i o połowę mniejszy. Usłyszał odgłos przelewającego się płynu. Chlupotanie octu, które przedtem słyszeli, pochodziło z mniejszego krypteksu.

— Cóż, Robercie — powiedział Teabing, przesuwając w jego stronę pergamin. — Będziesz rad, bo lecimy we właściwym kierunku.

Langdon przyjrzał się pergaminowej kartce. Wykaligrafowany ozdobnym odręcznym pismem, widniał na niej kolejny czterowiersz. Również pentametr jambiczny. Znaczenie wiersza było zaszyfrowane, ale wystarczyło przeczytać pierwszą linijkę, by zdać sobie sprawę, że zaaranżowana przez Teabinga podróż do Wielkiej Brytanii to dobry pomysł.

W Londynie leży rycerz dzielny chwat.

Dalszy ciąg wiersza wskazywał jasno, że słowo klucz do drugiego krypteksu można znaleźć, udając się na grób jakiegoś rycerza, gdzieś w stolicy Anglii.

Langdon podekscytowany zwrócił się do Teabinga:

— Czy masz pojęcie, o jakiego rycerza może chodzić w tym wierszu?

Teabing uśmiechnął się szeroko.

— Nie mam zielonego pojęcia. Ale wiem dokładnie, w której krypcie powinniśmy go szukać.

W tej samej chwili dwadzieścia kilometrów przed nimi sześć samochodów policyjnych hrabstwa Kent ruszyło mokrymi od deszczu ulicami w kierunku lotniska Biggin Hill.

Rozdział 79

Porucznik Collet poczęstował się perrierem z lodówki Teabinga i wracał przez pokój frontowy na swój posterunek. Nie pojechał z Fache'em do Londynu, tam gdzie się wszystko działo — teraz nadzorował ekipę techniczną rozproszoną po całym Château Villette.

Dowody, które odkryli do tej pory, były bez wartości: jedna kula tkwiąca w podłodze, kartka papieru z jakimiś symbolami i ze słowami „ostrze" i „kielich", zakrwawiony pasek ze skóry nabity kolcami, który, jak mu powiedział ktoś z ekipy, przypisuje się konserwatywnej grupie katolickiej Opus Dei, która ostatnio strasznie namieszała, kiedy program telewizyjny ujawnił jej agresywne metody rekrutacji w Paryżu.

Collet westchnął. Życzę szczęścia komuś, kto będzie chciał złożyć ten melanż do kupy.

Przemierzywszy imponujący korytarz, wszedł do wielkiej sali balowej, w której szef ekipy pędzelkował sprzęty i próbował znaleźć jakieś odciski palców.

Był to korpulentny mężczyzna w spodniach na szelkach.

— Jest coś? — spytał.

Funkcjonariusz pokręcił głową.

— Nic nowego. Sporo odcisków, które pasują do reszty w całym domu.

— Są jakieś odciski na pasie *cilice*?

— Interpol wciąż nad tym pracuje. Przesłałem im wszystko, co dotąd znaleźliśmy.

Collet wskazał na dwie szczelnie zamknięte plastikowe torebeczki na biurku.

— A to?

— Siła przyzwyczajenia. Wkładam do torebek wszystko, co mi się wydaje dziwne.

Collet podszedł bliżej. Dziwne?

— Ten Angol jest dziwny — stwierdził funkcjonariusz. — Niech pan spojrzy na to. — Poszperał między torebkami, wybrał jedną i podał ją Colletowi.

Na zdjęciu było widać wejście do gotyckiej katedry — tradycyjne, zmniejszające się łuki, zwężające się przez szereg ożebrowanych warstw ku niewielkiemu wejściu.

Collet przyjrzał się fotografiom i popatrzył na funkcjonariusza.

— To jest dziwne?

— Niech pan to odwróci na drugą stronę.

Z tyłu Collet znalazł notatki napisane pospiesznie po angielsku, opisujące długą, wąską nawę katedry jako sekretny hołd pogański oddawany kobiecemu łonu. To było trochę dziwne. Lecz naprawdę zdumiał go opis wejścia do katedry.

— Chwileczkę! — wykrzyknął. — On myśli, że wejście do katedry jest odzwierciedleniem kobiecej...

Funkcjonariusz kiwnął głową.

— Tak, mamy pełny opis wraz z rozchylającymi się krawędziami warg i małym płatkiem clitoris nad samym wejściem. — Westchnął. — Po czymś takim człowiekowi od razu chce się pójść do kościoła.

Collet wziął następną torebkę na dowody. Przez przezroczysty plastik zobaczył błyszczącą fotografię czegoś, co wyglądało na stary dokument. Nagłówek głosił: *Les Dossiers Secrets* — numer 4° lm^1 249.

— Co to jest? — spytał Collet.

— Nie mam pojęcia. Znalazłem tu wiele odbitek tego zestawienia, więc włożyłem jedną do torebki.

Collet przyjrzał się bliżej dokumentowi.

PRIEURE DE SION — LES NAUTIONIERS/ WIELCY MISTRZOWIE

JEAN DE GISORS	1188—1220
MARIE DE SAINT-CLAIR	1220—1266
GUILLAUME DE GISORS	1266—1307
EDOUARD DE BAR	1307—1336
JEANNE DE BAR	1336—1351
JEAN DE SAINT-CLAIR	1351—1366
BLANCE D'EVREUX	1366—1398
NICOLAS FLAMEL	1398—1418
RENE D'ANJOU	1418—1480
IOLANDE DE BAR	1480—1483
SANDRO BOTTICELLI	1483—1510
LEONARDO DA VINCI	1510—1519
CONNETABLE DE BOURBON	1519—1527
FERDINAND DE GONZAQUE	1527—1575
LOUIS DE NEVERS	1575—1595
ROBERT FLUDD	1595—1637
J. VALENTIN ANDREA	1637—1654
ROBERT BOYLE	1654—1691
ISAAC NEWTON	1691—1727
CHARLES RADCLYFFE	1727—1746
CHARLES DE LORRAINE	1746—1780
MAXIMILIAN DE LORRAINE	1780—1801
CHARLES NODIER	1801—1844
VICTOR HUGO	1844—1885
CLAUDE DEBUSSY	1885—1918
JEAN COCTEAU	1918—1963

— Prieuré de Sion? — zastanawiał się Collet.

— Panie poruczniku? — Inny agent zajrzał przez drzwi. — Centrala telefoniczna ma pilny telefon do kapitana Fache'a, ale nie mogą go złapać. Odbierze pan?

Collet wrócił do kuchni i podniósł słuchawkę. To był André Vernet.

Staranna wymowa bankiera na nic się nie zdała — w jego głosie bez trudu wyczuć można było zdenerwowanie i napięcie.

411

— Zrozumiałem, że kapitan Fache powiedział, że do mnie zadzwoni, ale jeszcze się nie odezwał.

— Kapitan jest zajęty — odparł Collet. — Może ja będę mógł panu pomóc?

— Zapewniono mnie, że będę informowany o postępach śledztwa.

Colletowi przez chwilę się wydawało, że zna tembr głosu tego mężczyzny, ale nie potrafił go z nikim połączyć.

— *Monsieur* Vernet, ja teraz prowadzę dochodzenie w Paryżu. Jestem porucznik Collet.

W telefonie przez dłuższą chwilę panowała cisza.

— Poruczniku, mam tu drugi telefon. Przepraszam bardzo. Zadzwonię do pana później.

Collet jeszcze przez kilka sekund trzymał słuchawkę przy uchu. Wtedy go olśniło. Wiedziałem, że znam ten głos! To odkrycie zwaliło go z nóg.

Kierowca opancerzonej furgonetki.

Z podróbką rolexa.

Zrozumiał, dlaczego bankier tak szybko odłożył słuchawkę. Vernet przypomniał sobie nazwisko porucznika — oficera policji, którego tak bezczelnie okłamał wczoraj wieczór.

Collet zastanawiał się nad skutkami tego dziwacznego wydarzenia. We wszystko zamieszany jest Vernet. Instynkt podpowiadał mu, że powinien zadzwonić do Fache'a. Rozsądek, że ta nagła zmiana miejsc może być dla niego szansą, żeby w końcu zabłysnąć.

Natychmiast zadzwonił do Interpolu i zażądał wszelkich informacji z bazy danych na temat Banku Depozytowego Zurychu i prezesa jego rady nadzorczej, André Verneta.

Rozdział 80

— Proszę zapiąć pasy — powiedział pilot, kiedy hawker 731 schodził do lądowania przez ponurą poranną mżawkę. — Lądujemy za pięć minut.

Patrząc na zamglone wzgórza hrabstwa Kent, rozciągające się szeroko pod podchodzącym do lądowania samolotem, Teabing czuł radość z powrotu do domu. Anglię dzieliła od Paryża niepełna godzina lotu, ale był to całkiem inny świat. Tego ranka wydawało mu się, że wilgotna wiosenna zieleń jego ojczystego kraju wita go szczególnie radośnie. Moje życie we Francji się skończyło. Wracam do Anglii z tarczą. Klucz sklepienia został odnaleziony. Pozostawało oczywiście pytanie, dokąd klucz ich w końcu poprowadzi. Graal jest gdzieś w Wielkiej Brytanii. A gdzie dokładnie, Teabing nie miał zielonego pojęcia, ale już czuł smak zwycięstwa.

Langdon i Sophie wyglądali przez okno, a Teabing wstał i poszedł w kierunku oddalonej części kabiny, potem odsunął płytę w ścianie i odsłonił dyskretnie schowany sejf. Wystukał kombinację cyfr, otworzył sejf i wyciągnął dwa paszporty.

— Dokumentacja dla mnie i dla Rémy'ego. — Potem wyciągnął gruby plik banknotów pięćdziesięciofuntowych. — Dokumentacja dla was dwojga.

Sophie spojrzała na niego niepewnie.

— Łapówka?

— Kreatywna dyplomacja. Lotniska przyjmujące prywatne samoloty idą na pewne ustępstwa. W moim hangarze przywita

413

nas angielski celnik i poprosi o pozwolenie wejścia na pokład samolotu. Będę się starał wyperswadować mu to, powiem, że podróżuję ze znaną osobistością z Francji, która woli, żeby nikt się nie dowiedział, że jest w Anglii... prasa, wie pan... i zaproponuję sowity napiwek jako dowód wdzięczności za dyskrecję.

Langdon był zdumiony.

— I celnik to przyjmie?

— Nie od każdego, ale mnie tam znają. Nie jestem handlarzem bronią, na Boga! Otrzymałem tytuł szlachecki. — Teabing uśmiechnął się. — Członkostwo w klubie daje pewne przywileje.

Podszedł do nich Rémy i stanął w przejściu między fotelami z pistoletem marki Heckler Koch w ręku.

— A moje zadanie, sir?

Teabing spojrzał na służącego.

— Poproszę cię, żebyś został na pokładzie z naszym gościem. Nie możemy go ciągnąć ze sobą po całym Londynie.

— Leigh, mówiłam poważnie, że zanim wylądujemy, francuska policja znajdzie samolot — powiedziała Sophie niespokojnie.

Teabing zaśmiał się głośno.

— Tak, proszę sobie wyobrazić ich zaskoczenie, kiedy wejdą na pokład i znajdą tam Rémy'ego.

Sophie zdziwiła jego ułańska fantazja.

— Panie Teabing, przewiózł pan związanego zakładnika przez granicę. To nie żarty.

— Moi adwokaci też nie są skłonni do żartów. — Podnosząc głos, odwrócił się w stronę mnicha. — To zwierzę włamało się do mojego domu i omal mnie nie zabiło. To fakt, a Rémy to potwierdzi.

— Ale go związałeś i przewiozłeś samolotem do Londynu! — zauważył Langdon.

Teabing podniósł prawą dłoń, jakby chciał złożyć przysięgę.

— Wysoki Sądzie, proszę wybaczyć ekscentrycznemu staremu szlachcicowi jego głupie przywiązanie do brytyjskiego systemu sądownictwa. Zdaję sobie sprawę, że powinienem był wezwać francuską policję, ale jestem snobem i nie wierzę, że

414

Francuzi z ich *laissez-faire* zdołają właściwie go osądzić. Ten człowiek o mało mnie nie zamordował. Tak, rzeczywiście, poniosło mnie, kiedy zmusiłem służącego, by pomógł mi przywieźć go do Anglii, ale działałem w stanie silnego stresu. *Mea culpa. Mea culpa.*

— W twoich ustach, Leigh, brzmi to dość przekonująco — stwierdził Langdon zdziwiony.

— Sir?! — zawołał z kokpitu pilot. — Właśnie dostałem wiadomość z wieży. Mają jakiś problem techniczny, coś się stało w pobliżu pańskiego hangaru i proszą, żebym posadził samolot bezpośrednio na terminalu.

Teabing lądował na lotnisku Biggin Hill od prawie dziesięciu lat i coś takiego nigdy się nie zdarzyło.

— Wspominali może, na czym polega ten problem?

— Kontroler nie wypowiadał się jasno. Jakiś wyciek benzyny przy stacji pomp? Prosili mnie, żebym zaparkował na wprost terminalu i żeby nikt nie wysiadał z samolotu, dopóki nie otrzymamy dalszych instrukcji. Względy bezpieczeństwa. Mamy nie schodzić na płytę, dopóki nie otrzymamy pozwolenia od władz lotniska.

Teabing był nieufny. To musiałby być naprawdę niezły wyciek. Stacja pomp była ponad sześćset metrów od hangaru.

— Sir, to mi wygląda wysoce podejrzanie — zaniepokoił się Rémy.

— Przyjaciele, mam wrażenie, że będziemy mieli powitanie — zwrócił się Teabing do Sophie i Langdona.

— Fache chyba wciąż uważa, że to mnie należy zamknąć — westchnął ciężko Langdon.

— Albo — powiedziała Sophie — za głęboko w to zabrnął, żeby się przyznać do błędu.

Teabing nie słuchał. Niezależnie od nastawienia Fache'a, trzeba było szybko podjąć jakieś decyzje. Nie trać z oczu ostatecznego celu. Graal. Jesteśmy tak blisko. Gdzieś pod sobą usłyszał odgłos otwierających się klap i szczęk kół samolotu ustawiających się we właściwej pozycji.

— Leigh — powiedział Langdon w poczuciu winy — powinienem oddać się w ich ręce i wyjaśnić to wszystko *lege artis*. Nie powinienem cię w to wszystko mieszać.

— Dobry Boże, Robercie! — Teabing machnął niecierpliwie ręką, jakby chciał odpędzić tę sugestię. — Naprawdę uważasz, że wszystkich poza tobą wypuszczą? To ja cię tutaj nielegalnie sprowadziłem. Panna Neveu pomagała ci w ucieczce z Luwru, a z tyłu samolotu mamy tego związanego mnicha. Daj spokój! Wszyscy tkwimy w tym po uszy.

— Może jakieś inne lotnisko? — podsunęła Sophie.

Teabing pokręcił głową.

— Jeżeli teraz poderwiemy maszynę, to wszędzie, gdzie dostaniemy pozwolenie na lądowanie, w naszym komitecie powitalnym będą czołgi.

Sophie opadła ciężko na fotel.

Teabing czuł, że jeśli w ogóle istnieje jakaś szansa odsunięcia chwili konfrontacji z przedstawicielami władz brytyjskich o tyle, ile potrzebują, by znaleźć Graala, polega ona na śmiałym działaniu.

— Dajcie mi chwilę — poprosił, kuśtykając w kierunku kokpitu.

— Co chcesz zrobić? — spytał Langdon.

— Pogadać o interesach — powiedział Teabing, zastanawiając się, ile go będzie kosztowało przekonanie pilota, by wykonać pewien bardzo nieregulaminowy manewr.

Rozdział 81

Hawker nareszcie podchodził do lądowania.

Simon Edwards, kierownik obsługi ruchu pasażerskiego na lotnisku Biggin Hill, spacerował nerwowo po wieży kontrolnej, niecierpliwie mrużąc oczy i starając się wypatrzyć coś na zalanym deszczem pasie startowym. Nie lubił być budzony wcześnie w sobotni ranek, ale dziś szczególnie było mu to nie w smak, kiedy dowiedział się, że wzywają go, by nadzorował aresztowanie jednego z najlepszych klientów lotniska. Sir Leigh Teabing płacił lotnisku Biggin Hill nie tylko za utrzymywanie prywatnego hangaru, ale uiszczał opłatę za każde lądowanie, a latał często. Lotnisko było zazwyczaj zawiadamiane z wyprzedzeniem o zmianie planów i podczas jego wizyt można było zastosować się do ściśle ustalonego protokołu. Teabing miał taki styl i tak lubił załatwiać sprawy. Skonstruowany specjalnie dla niego jaguar o wydłużonym profilu, którego trzymał w hangarze, miał być zatankowany do pełna, wypolerowany, a aktualny *London Times* miał leżeć na tylnym siedzeniu. Oficer służby celnej miał czekać na samolot w hangarze i przeprowadzić niezbędną kontrolę dokumentów i bagażu. Niekiedy celnicy przyjmowali spore napiwki od Teabinga za to, że przymykali oczy na przewożenie nieszkodliwych produktów organicznych — głównie luksusowych produktów spożywczych — francuskich ślimaków, dojrzałych serów typu roquefort prosto z farmy i świeżych owoców. Istniało przecież wiele absurdalnych przepisów celnych i gdyby zarząd Biggin Hill nie wsłuchiwał się w prośby swoich klientów, z pewnością chętnie wysłuchałyby ich konkurencyjne lotniska dla prywatnie czarterowanych i prywatnych samolotów. W Biggin Hill Teabingowi dawano to, czego chciał, a pracownicy lotniska spijali śmietankę.

Edwards, patrząc, jak odrzutowiec nadlatuje, czuł, że ma nerwy napięte jak struny. Zastanawiał się, czy skłonność Teabinga do rozdawnictwa nie wpędziła go przypadkiem w jakieś kłopoty, skoro władze francuskie tak bardzo chciały go zatrzymać. Edwards nie wiedział, jakie stawiają mu zarzuty, ale oczywiście musiały być poważne. Na prośbę władz francuskich policja hrabstwa Kent poleciła kontrolerowi lotów w Biggin Hill skontaktować się przez radio z pilotem hawkera i nakazać mu, by lądował bezpośrednio na terminalu i nie kierował samolotu wprost do hangaru klienta. Pilot wyraził zgodę i chyba uwierzył w raczej mało wiarygodną historię o wycieku paliwa.

Chociaż brytyjska policja w zasadzie nie nosi broni, sytuacja była widać na tyle poważna, że zjawił się również uzbrojony oddział szybkiego reagowania. Teraz ośmiu policjantów wyposażonych w broń ręczną stało w budynku terminalu, czekając na chwilę, kiedy przestaną pracować silniki samolotu. Wtedy pracownik obsługi technicznej lotniska umieści pod oponami kliny zabezpieczające i samolot będzie unieruchomiony. Policja zatrzyma pasażerów, dopóki nie zjawi się policja francuska i przejmie kontrolę nad sytuacją.

Hawker był teraz nisko nad ziemią, wydawało się, że dotyka podwoziem wierzchołków drzew. Simon Edwards zszedł na dół, żeby z poziomu asfaltu popatrzeć, jak ląduje. Policjanci zajęli swoje stanowiska, choć nie było ich widać, a mechanik czekał, gotowy do podstawienia klinów pod koła. Lądując na pasie startowym, hawker podniósł lekko nos, koła dotknęły powierzchni pasa i utworzyły dwie małe chmurki dymu. Samolot przygotowywał się do zmniejszenia prędkości, przechylając się to w lewo, to w prawo i wytracając szybkość na wprost terminalu, a jego biały kadłub błyszczał kroplami deszczu. Jednak zamiast zahamować i zawrócić do terminalu, odrzutowiec spokojnie przejechał przez linię dostępu i sunął w kierunku hangaru Teabinga na skraju lotniska.

— Powiedział pan przecież, że pilot zgodził się podjechać do terminalu! — Policjanci rzucili się na Edwardsa.

Edwards nie mógł wyjść ze zdumienia.

— Bo tak było!

Kilka sekund później Edwards, wtłoczony w fotel, znalazł się w policyjnym wozie patrolowym, a kierowca pruł przez nawierzchnię lotniska w kierunku odległego hangaru. Konwój samochodów policyjnych był jeszcze dobre pięćset metrów od hangaru, kiedy hawker Teabinga spokojnie wjechał do jego wnętrza i zniknął. Kiedy samochody w końcu tam dotarły i zahamowały z piskiem opon na wprost otwartych drzwi do hangaru, wysypali się z nich policjanci z bronią gotową do strzału.

Edwards także wyskoczył.

Hałas był ogłuszający.

Silniki hawkera ryczały, kiedy odrzutowiec kończył obrót wewnątrz hangaru i ustawiał się nosem na wprost drzwi, w gotowości do startu. Kiedy samolot skończył obrót o sto osiemdziesiąt stopni i podkołował w kierunku przedniej części hangaru, Edwards zobaczył twarz pilota, który wyglądał — co nie dziwiło — na zaskoczonego i przestraszonego, widząc barykadę z samochodów policyjnych.

Pilot zatrzymał w końcu samolot i wyłączył silniki. Policjanci wpadli do hangaru i otoczyli maszynę. Edwards szedł tuż obok nadkomisarza policji hrabstwa Kent, który niepewnie kierował się ku drzwiom samolotu. Po kilku sekundach drzwi się otworzyły. Gdy elektronicznie sterowane schody samolotu dotknęły ziemi, pojawił się Leigh Teabing. Spojrzał na morze broni skierowanej wprost na niego, wsparł się na kulach i podrapał w głowę.

— Simon, czy wygrałem w jakiejś loterii policyjnej, kiedy mnie nie było? — W jego głosie brzmiała raczej nuta zdziwienia niż niepokoju.

Simon Edwards zrobił krok do przodu, starając się przełknąć gulę, którą czuł w gardle.

— Dzień dobry panu. Przepraszam za to zamieszanie. Mieliśmy wyciek paliwa i pański pilot powiedział, że podkołuje do terminalu.

— Tak, tak, ale ja mu kazałem przyprowadzić samolot tutaj. Już jestem spóźniony na spotkanie. Płacę za ten hangar i wszystkie te bzdury, że mamy uważać na wyciek paliwa, to dla mnie strata czasu.

— Pańskie przybycie trochę wytrąciło nas z równowagi, sir.

— Wiem. Tym razem jestem tu bez zapowiedzi. Między nami mówiąc, to nowe lekarstwo w ogóle mi nie służy. Pomyślałem sobie, że przyjadę na lekkie podszlifowanie formy.

Policjanci spojrzeli po sobie niepewnie. Edwards zamrugał zdezorientowany.

— Rozumiem. Doskonale, sir.

— Sir — powiedział nadkomisarz policji, zbliżając się o krok. — Muszę pana poprosić, żeby został pan na pokładzie jeszcze jakieś pół godziny.

Teabing wyglądał na poirytowanego całą tą sytuacją, kiedy opierając się o kule, schodził po schodach.

— Obawiam się, że to niemożliwe. Mam umówioną wizytę u lekarza. — Doszedł na poziom płyty lotniska. — Nie mogę sobie pozwolić na to, by ją stracić.

Inspektor policji ustawił się tak, żeby zablokować Teabingowi drogę.

— Jestem tutaj na rozkaz francuskiego Centralnego Biura Śledczego. Francuzi twierdzą, że przewozi pan uciekinierów poszukiwanych przez policję.

Teabing przyglądał się nadkomisarzowi przez dłuższą chwilę, a potem wybuchnął śmiechem.

— Czy to jakiś program telewizyjny z ukrytą kamerą? To bardzo zabawne!

Inspektor ani drgnął.

— Mówię całkiem poważnie, sir. Francuzi twierdzą, że może pan również mieć na pokładzie zakładnika.

W drzwiach samolotu pojawił się Rémy, służący Teabinga.

— Czasami czuję się jak zakładnik, pracując u sir Leigha, ale mój chlebodawca zapewniał mnie, że mogę odejść w każdej chwili. — Rémy spojrzał na zegarek. — Sir Leigh, naprawdę jesteśmy spóźnieni. — Skinął głową w kierunku jaguara, stojącego w rogu hangaru. Olbrzymia limuzyna koloru hebanu miała

przydymione szyby i białe opony. — Przyprowadzę samochód.
— Rémy zaczął schodzić po schodach.

— Przykro mi, ale nie mogę pozwolić panom stąd odjechać — powiedział nadkomisarz. — Proszę wrócić do samolotu. Obaj. Za chwilę będą tu przedstawiciele francuskiej policji.

Teabing spojrzał teraz na Simona Edwardsa.

— Simonie, na Boga, to przestaje być śmieszne! Nie ma nikogo innego na pokładzie. Jesteśmy jak zwykle — Rémy, nasz pilot i ja. Może zechciałbyś wystąpić w roli mediatora? Idź, rozejrzyj się po pokładzie samolotu i potwierdź, że jest pusty.

Edwards wiedział, że jest w pułapce.

— Tak jest, sir. Mogę pójść zobaczyć.

— Do jasnej cholery! — wrzasnął nadkomisarz, który z pewnością wiedział dość o małych, zacisznych lotniskach przyjmujących prywatne samoloty, by podejrzewać, że Simon Edwards może nie powiedzieć prawdy, aby utrzymać takiego dobrego klienta jak Teabing na lotnisku Biggin Hill. — Sam zobaczę.

Teabing pokręcił głową.

— Nie, nie zobaczy pan, komisarzu. To jest prywatna własność i dopóki nie pokaże pan nakazu przeszukania, pańska noga nie przestąpi progu mojego samolotu. Proponuję panu rozsądne rozwiązanie. Pan Edwards może dokonać inspekcji.

— Nie idę na taki układ.

Od Teabinga nagle powiało chłodem.

— Obawiam się, inspektorze, że nie mam czasu na pańskie gierki. Jest późno, a ja wyjeżdżam. Jeżeli to dla pana takie ważne, żeby mnie zatrzymać, będzie pan musiał mnie po prostu zastrzelić. — Teabing i Rémy obeszli nadkomisarza dookoła i udali się na ukos przez hangar w kierunku zaparkowanej limuzyny.

Nadkomisarz policji hrabstwa Kent czuł niesmak, kiedy Leigh Teabing niezręcznie opierając się o kule, obchodził go łukiem, nic sobie nie robiąc z jego słów. Uprzywilejowani tego świata zawsze mają poczucie, że są ponad prawem.

Ale nie są. Nadkomisarz policji odwrócił się i wymierzył pistolet w plecy Teabinga.

— Stać! Będę strzelał!

— Uprzejmie proszę — powiedział Teabing, nie zatrzymując się ani nie odwracając głowy. — Moi prawnicy zjedzą pańskie nerki na śniadanie. A jeżeli ośmieli się pan wejść na pokład mojego samolotu bez nakazu, usmażą jeszcze pańską wątrobę.

Inspektor nie pierwszy raz stykał się z taką demonstracją arogancji i władzy i nie zrobiło to na nim żadnego wrażenia. Formalnie Teabing miał słuszność i bez nakazu policja nie mogła wejść na pokład samolotu, ale z uwagi na to, że lot zaczął się we Francji, i dlatego, że potężny Bezu Fache ręczył za to głową, nadkomisarz policji z hrabstwa Kent był pewien, że znacznie lepiej posłuży jego karierze, jeżeli przekona się, co jest w tym samolocie, a co Teabing tak bardzo chciał ukryć.

— Zatrzymać ich! — rozkazał komisarz. — Przeszukuję samolot.

Jego podwładni przebiegli parę metrów z wycelowaną bronią i fizycznie zablokowali Teabinga i jego służącego, tak że ci nie mogli dojść do limuzyny.

Teraz Teabing się odwrócił.

— Inspektorze, to moje ostatnie ostrzeżenie. Niech panu nawet przez myśl nie przejdzie, że może pan wejść na pokład samolotu. Będzie pan tego srodze żałował.

Nie zważając na ostrzeżenie, nadkomisarz wyciągnął pistolet i pomaszerował po schodkach samolotu. Doszedł do drzwi i zajrzał do środka. Po chwili wszedł do kabiny. Co, u diabła?

Z wyjątkiem przestraszonego pilota w kokpicie w odrzutowcu nie było nikogo. Był pozbawiony śladów życia. Sprawdziwszy szybko łazienkę, fotele, miejsce na bagaż, nadkomisarz nie znalazł nikogo, kto by się tam ukrywał... A już zwłaszcza kilku osób.

Co, u diabła, Bezu Fache sobie myśli? Wydaje się, że Leigh Teabing mówił prawdę.

Nadkomisarz policji hrabstwa Kent stał samotnie w opuszczonej kabinie i przełykał ślinę. Cholera jasna. Czuł, że twarz mu czerwienieje, ale wyszedł z powrotem na schody samolotu i popatrzył przez hangar na Leigha Teabinga i jego służącego, do których mierzyli z broni umundurowani policjanci.

— Puścić ich — powiedział. — Dostaliśmy zły cynk.

Z oczu Teabinga biło chłodem przez cały hangar.

— Może pan oczekiwać telefonu od moich prawników. A na przyszłość, niech pan sobie zapamięta, że francuskiej policji nie można ufać.

Mówiąc to, wsiadł od samochodu, a służący przytrzymywał tylne drzwi długiej limuzyny i pomagał swojemu niepełnosprawnemu panu usadowić się na siedzeniu. Potem służący przeszedł wzdłuż samochodu, usiadł za kierownicą i przekręcił kluczyk w stacyjce. Silnik zagrał cicho, a policjanci rozstąpili się, kiedy jaguar wytaczał się z hangaru.

— Świetnie zagrane, mój dobry człowieku — odezwał się radośnie Teabing z tylnego siedzenia, kiedy limuzyna przyspieszała, wyjeżdżając z lotniska. Teraz odwrócił wzrok w kierunku słabo oświetlonej przedniej części przestronnego wnętrza jaguara. — Wszystkim wygodnie?

Langdon słabo skinął głową. On i Sophie wciąż siedzieli skuleni na podłodze obok związanego i zakneblowanego albinosa.

Kilka chwil przedtem, gdy hawker kołował w pustym hangarze i zatrzymał się nagle w połowie obrotu, Rémy otworzył drzwi samolotu. Policja była już blisko, ale Langdon i Sophie zdołali wyciągnąć mnicha na płytę hangaru po schodach samolotu i schować się wraz z nim za limuzyną. Wtedy silniki odrzutowca znów ryknęły i samolot dokończył obrotu, a samochody policyjne wpadały z poślizgiem do hangaru.

Teraz, kiedy limuzyna pędziła w kierunku Kentu, Langdon i Sophie wytaszczyli się na siedzenia w długim wnętrzu jaguara, zostawiając mnicha związanego na podłodze. Usadowili się na długim siedzisku na wprost Teabinga. Anglik, z chytrym wyrazem twarzy, otworzył drzwiczki barku.

— Czy można państwa poczęstować drinkiem? Jakieś przekąski? Chipsy, orzeszki, aspiryna?

Sophie i Langdon pokręcili głowami.

Teabing uśmiechnął się szeroko i zamknął barek.

— A więc, wracając do grobowca rycerza...

Rozdział 82

— Fleet Street? — zapytał Langdon, spoglądając uważnie na Teabinga. — Na Fleet Street jest jakaś krypta?

Jak dotąd Leigh był nieco tajemniczy i nie zdradził, gdzie znajdą grobowiec rycerza, który zgodnie z treścią poematu ma im dać wskazówkę, jak odnaleźć słowo dostępu do mniejszego krypteksu.

Teabing uśmiechnął się szeroko i zwrócił się do Sophie:

— Panno Neveu, proszę jeszcze raz pokazać temu chłopcu z Harvardu wierszyk, dobrze?

Sophie pogrzebała w kieszeni i wyciągnęła czarny krypteks owinięty w pergamin. Wspólną decyzją postanowili zostawić szkatułkę i większy krypteks w sejfie samolotu, a wziąć ze sobą tylko to, czego potrzebowali — tekst wiersza i łatwiejszy do ukrycia mniejszy czarny krypteks. Sophie rozwinęła pergamin i podała go Langdonowi.

Chociaż Langdon już na pokładzie samolotu przeczytał wiersz kilkakrotnie, nie potrafił na podstawie jego treści wyobrazić sobie żadnej konkretnej lokalizacji. Teraz czytał te słowa jeszcze raz, powoli i z największą uwagą, w nadziei, że na ziemi pentametr łatwiej odsłoni przed nim swoje znaczenie.

W Londynie leży rycerz, dzielny chwat,
A Papież go pogrzebał, w ziemię kładł,
Owocem jego pracy Święty gniew,
Brzemienna ma być kula, Róży krzew.

424

Treść wiersza wydawała się dość prosta. Jakiś rycerz jest pogrzebany w Londynie. Rycerz, który pracował nad czymś, co rozgniewało Kościół. Z jego grobem kojarzy się jakaś kula — i róży krzew — to oczywista aluzja do Marii Magdaleny.

Kto jednak miałby być tym rycerzem i gdzie został pochowany? Ponadto, kiedy już zlokalizują grób, co z kulą, która „ma być brzemienna"?

— Coś świta? — Teabing niby był rozczarowany, ale Langdon miał wrażenie, że historyk rodziny królewskiej jest rad z tego, że teraz wie coś więcej. — Panno Neveu?

Pokręciła głową.

— Co byście beze mnie zrobili? — westchnął Teabing. — Dobrze, przeprowadzę was na drugą stronę. To jest w gruncie rzeczy proste. Kluczem są dwa pierwsze wersy. Mógłbyś je przeczytać?

Langdon przeczytał głośno:

— *W Londynie leży rycerz, dzielny chwat, A Papież go pogrzebał, w ziemię kładł.*

— No właśnie. Rycerz, którego w ziemię kładł papież. Co to dla ciebie znaczy?

Langdon wzruszył ramionami.

— Jakiś rycerz, którego pogrzebał papież? A może jakiś rycerz, którego ceremonię pogrzebową prowadził papież?

Teabing zaśmiał się w głos.

— Tak, to mi się podoba. Robert wieczny optymista. Spójrz na kolejną linijkę. Ten rycerz z pewnością zrobił coś, co wzbudziło święty gniew Kościoła. Pomyśl jeszcze raz o stosunkach między Kościołem a templariuszami. Rycerz, którego papież pogrzebał.

— Rycerz, którego papież zabił, zniszczył? — spytała Sophie.

Teabing uśmiechnął się i klepnął ją w kolano.

— Bardzo dobrze, moja droga. Rycerz, którego papież pogrzebał. Inaczej mówiąc, zniszczył.

Langdon pomyślał sobie, że w 1307 roku zginęło wielu templariuszy — w pechowy piątek, trzynastego, papież Klemens zabił i pogrzebał setki rycerzy tego zakonu.

— Zapewne jest mnóstwo grobów rycerzy, którzy zginęli z woli papieży.

— Aha, właśnie że nie! — wykrzyknął Teabing. — Wielu z nich spłonęło na stosach, a ich prochy bezceremonialnie wrzucono do Tybru. Tymczasem ten wiersz mówi, że rycerz został pochowany w Londynie. A w Londynie pogrzebano niewielu rycerzy. — Przerwał, patrząc na Langdona, jakby czekając, że go coś olśni. W końcu fuknął. — Robercie, na Boga! Kościół zbudowany w Londynie przez zbrojne ramię zakonu — samych templariuszy!

— Kościół Temple? — Langdon wziął głęboki oddech. — Ma kryptę?

— I dziesięć najstraszniejszych grobów, jakie kiedykolwiek w życiu widziałeś.

Langdon nigdy nie był w kościele Temple, chociaż spotykał niezliczone wzmianki o tym kościele podczas badań nad historią zakonu templariuszy. Kiedyś kościół ten był głównym ośrodkiem działań templariuszy i zakonu w Wielkiej Brytanii, a nazwano go tak, żeby uczcić Świątynię Salomona, z której templariusze zaczerpnęli swoje własne miano, jak również dokumenty Sangreala, które dały im takie wpływy w Rzymie. Mówiło się wiele o rycerzach wykonujących dziwne, sekretne rytuały w murach tego niezwykłego sanktuarium, jakim jest kościół Temple.

— Kościół Temple jest przy Fleet Street?

— Tuż obok Fleet Street, przy Inner Temple Lane. — Teabing uśmiechał się chytrze. — Chciałem, żebyście się trochę pomęczyli, zanim wam wszystko powiem.

— Dziękuję.

— Żadne z was jeszcze tam nie było?

Sophie i Langdon pokręcili głowami.

— To mnie nie dziwi — powiedział Teabing. — Kościół teraz jest ukryty za znacznie od niego wyższymi budynkami. Niewiele osób w ogóle wie, że tam jest. Dziwaczna, stara budowla. Jego architektura jest pogańska aż po same fundamenty.

— Pogańska? — zdziwiła się Sophie.

— Jak sam Panteon! — wykrzyknął Teabing. — Kościół jest okrągły. Templariusze nic sobie nie robili z tradycyjnego planu krzyża, na jakim budowano tradycyjne kościoły chrześcijańskie, i zbudowali kościół idealnie okrągły, aby oddać cześć słońcu. — Jego brwi tańczyły jak dwa małe diabełki. — Nie byli tak subtelni jak chłopaki w Rzymie. Mogli sobie pozwolić na to, by odtworzyć megalityczny krąg Stonehenge w sercu Londynu.

— No a reszta tego wiersza? — Sophie spojrzała pytająco na Teabinga.

Teraz historykowi zrzedła mina.

— Niestety, to dla mnie zagadka. Musimy dokładnie zbadać każdy z dziesięciu grobów. Jeśli będziemy mieli szczęście, na jednym z nich powinniśmy znaleźć rozwiązanie.

Langdon myślał o tym z nadzieją. Jeżeli grobowiec pozwoli im znaleźć hasło dostępu, będą mogli otworzyć drugi krypteks. Co znajdą w środku? Znów spojrzał na wiersz. Jakież mogłoby być fundamentalne słowo tej krzyżówki? Pięcioliterowe słowo, które mówi o Graalu? W samolocie próbowali różnych rozwiązań — GRAAL, GREAL, WENUS, MARIA — cylinder ani drgnął. To zbyt oczywiste. Widać istniało jakieś inne słowo na pięć liter nawiązujące do brzemiennej kuli i róży. Fakt, że takie słowo nie przychodziło na myśl specjaliście klasy Leigha Teabinga, oznaczało dla Langdona, że nie był to prosty odnośnik do Graala.

— Sir Leigh?! — zawołał Rémy przez ramię. Patrzył na nich we wstecznym lusterku przez otwartą szybę oddzielającą kierowcę od pasażerów. — Powiedział pan, że Fleet Street jest niedaleko mostu Blackfriars?

— Tak. Jedź nad rzeką wzdłuż Victoria Embankment.

— Przepraszam, ale nie jestem pewien, gdzie to jest. Zazwyczaj jeździmy tylko do szpitala.

Teabing wzniósł oczy do góry i zaczął narzekać:

— Mówię wam, czasami to gorsze niż opieka nad dzieckiem. Chwileczkę. Poczęstujcie się napojami i paluszkami. — Zostawił ich i zaczął przesuwać się w kierunku otwartej szyby, za którą siedział Rémy.

Sophie zwróciła się cicho do Langdona:

— Nikt nie wie, że jesteśmy w Anglii, Robercie.

Langdon zdał sobie sprawę z tego, że Sophie ma rację. Policja hrabstwa Kent powiadomi Fache'a, że samolot był pusty, i Fache pomyśli, że są wciąż we Francji. Jesteśmy niewidzialni. Scenka, którą odegrał Leigh, to dla nich bilet do wolności.

— Fache tak łatwo się nie podda — powiedziała Sophie. — Zbyt dużo zależy teraz od naszego aresztowania.

Langdon próbował nie myśleć o Fache'u. Sophie przyrzekła, że zrobi wszystko co w jej mocy, by go oczyścić, kiedy cała ta historia się skończy, lecz on obawiał się, że to może na nic się nie zdać. Fache też może być uczestnikiem tej gry. Chociaż Langdonowi trudno sobie było wyobrazić, jak Francuskie Biuro Śledcze mogłoby się zaplątać w aferę ze Świętym Graalem, wyczuwał, że w całej tej sprawie było zbyt dużo zbiegów okoliczności, aby wyłączać Fache'a z ewentualnego uczestnictwa. Fache jest religijny, ma chęć przypisać mi te morderstwa. Z drugiej strony Sophie argumentowała, że Fache może za wszelką cenę chce kogoś aresztować. A wiele poszlak przemawiało przeciwko Langdonowi. Jego nazwisko poza tym, że było napisane na podłodze w Luwrze, widniało też w kalendarzu Saunière'a, a Langdon, jak się teraz okazuje, skłamał na temat swojej pracy, no i uciekł. Nawiasem mówiąc, za radą Sophie.

— Nie gniewaj się, Robercie, i wiedz, że bardzo mi przykro z powodu skutków, jakie ściągnęła na ciebie ta sprawa — powiedziała Sophie, kładąc dłoń na jego kolanie — ale jestem bardzo rada, że mi towarzyszysz.

Ta uwaga zabrzmiała bardziej pragmatycznie niż romantycznie, a jednak Langdon poczuł niespodziewaną iskrę i coś w rodzaju chemicznego przyciągania między nimi. Jego uśmiech zdradzał zmęczenie.

— Jest ze mną o wiele zabawniej, kiedy się wyśpię.

Sophie przez kilka sekund milczała.

— Dziadek prosił mnie, żebym ci zaufała. Cieszę się, że tym razem go posłuchałam.

— Twój dziadek nawet mnie nie znał.

— Mimo to uważam, że zrobiłeś wszystko, czego on by chciał. Pomogłeś mi odnaleźć klucz sklepienia, wyjaśniłeś wszystko, opowiedziałeś o Sangrealu, o rytuałach zakonu. — Zamilkła. — Jakoś tak... czuję się teraz bliższa dziadkowi, bliższa niż przez te wszystkie lata. Wiem, że to by go ucieszyło.

W oddali, za oknem, w porannym kapuśniaczku, zaczęły się materializować ulice Londynu. Panorama miasta, nad którą kiedyś dominował Big Ben i Tower Bridge, teraz spoglądała w górę, na London Eye — gigantyczne supernowoczesne koło o wysokości stu trzydziestu pięciu metrów, z którego można oglądać zapierające dech w piersiach widoki metropolii, zbudowane dla uświetnienia obchodów nowego tysiąclecia. Kiedyś Langdon próbował na to wsiąść, ale tak zwane kapsuły widokowe przypominały mu zamknięte na głucho sarkofagi, wolał więc stąpać po ziemi i cieszyć się widokami brzegów Tamizy.

Langdon poczuł, że ktoś ściska go za kolano, przywołując do rzeczywistości, i poczuł na sobie wzrok Sophie. Zdał sobie sprawę, że coś do niego mówi.

— A jak ty sądzisz, co powinniśmy zrobić z dokumentami Sangreala, jeżeli kiedyś je znajdziemy? — szepnęła.

— To, co ja sądzę, nie ma żadnego znaczenia — odpowiedział Langdon. — Twój dziadek dał krypteks tobie i ty powinnaś z nim zrobić to, co ci podpowiada intuicja.

— Proszę cię tylko o opinię. Na pewno napisałeś coś w tej swojej pracy i dzięki temu właśnie mój dziadek ci zaufał. Umówił się z tobą na prywatne spotkanie. A to mu się rzadko zdarzało.

— Może chciał mi powiedzieć, że się ze mną w najmniejszym stopniu nie zgadza.

— Jeśli nie podzielał twoich poglądów, dlaczego polecił mi, żebym cię odnalazła? Czy w pracy, którą dziadek dostał do przeczytania, opowiadasz się za tym, by dokumenty Sangreala ujawnić, czy za tym, żeby pozostały w ukryciu?

— Nie opowiadam się za żadnym z tych rozwiązań. Nie oceniam. Piszę o symbolach utraconej świętości żeńskiej, śledzę jej ikonografię przez cały ciąg dziejów ludzkości. Na pewno z moich rozważań nie wynika, że wiem, gdzie znajduje się Graal, ani to, czy powinno się kiedyś ujawnić jego tajemnicę.

— A jednak piszesz o nim książkę, więc widać czujesz, że tymi informacjami trzeba się dzielić.

— Jest ogromna różnica między hipotetyczną dyskusją i omawianiem alternatywnej historii życia Chrystusa a... — urwał.

— A czym?

— A pokazywaniem światu tysięcy starych dokumentów, jako naukowych dowodów, że Nowy Testament to fałszywe świadectwo.

— Przecież sam mówiłeś, że Nowy Testament to materiał w dużej mierze sfabrykowany.

Langdon uśmiechnął się.

— Sophie, każda religia opiera się na fabrykacji. Taka jest istota wiary. Wiara to przyjmowanie za prawdę tego, co sobie wyobrażamy jako prawdę, a czego nie możemy udowodnić. Każda religia opisuje Boga przez metaforę, alegorię i wyolbrzymienie. Tak było od czasów starożytnych Egipcjan aż do dzisiejszych szkółek niedzielnych. Metafora to sposób na wsparcie umysłu, który dzięki niej przetwarza to, co jest nieprzetwarzalne. Problemy pojawiają się wtedy, kiedy zaczynamy brać własne metafory zbyt dosłownie.

— To znaczy, jesteś za tym, żeby dokumenty Sangreala nigdy nie ujrzały światła dziennego?

— Jestem historykiem. Nie akceptuję niszczenia dokumentów i chciałbym, żeby badacze religii mieli więcej informacji i zastanawiali się dzięki nim nad wyjątkowością życia Jezusa Chrystusa.

— Przedstawiasz argumenty na tak i na nie.

— Tak? Pismo Święte jest podstawowym przewodnikiem dla milionów ludzi na ziemi, podobnie jak Koran, Tora i kanon palijski są przewodnikami dla ludzi wyznających inne religie. Gdybyśmy na przykład mogli wyciągnąć skądś na światło dzienne dokumenty, które zaprzeczają świętym opowieściom islamu, judaizmu, buddyzmu lub jakiejś religii pogańskiej, czy powinniśmy to robić? Czy powinniśmy machać do buddystów i opowiadać im, że mamy dowód na to, iż Budda nie urodził się z kwiatu lotosu? A katolikom, że Jezus nie urodził się dosłownie z dziewicy? Ci, którzy naprawdę rozumieją swoją wiarę, rozumieją również jej metafory.

— Moi przyjaciele — ciągnęła Sophie nieprzekonana — którzy są żarliwymi chrześcijanami, z pewnością wierzą, że Chrystus dosłownie chodził po wodzie, dosłownie zamienił wodę w wino i dosłownie narodził się z dziewicy.

— Otóż to — powiedział Langdon. — Alegoria religijna stała się częścią materii rzeczywistości. A życie w takiej rzeczywistości jest dla milionów ludzi łatwiejsze i czyni ich lepszymi.

— Ale z tego wynika, że ich rzeczywistość jest fałszywa.

Langdon zaśmiał się krótko.

— Nie bardziej fałszywa niż rzeczywistość matematyka kryptologa, który wierzy, że istnieje wyobrażona liczba „i", ponieważ dzięki temu skuteczniej łamie kody i szyfry.

— To nie fair. — Sophie ściągnęła brwi.

— Więc o co pytałaś? — podjął Langdon po dłuższej chwili milczenia.

— Nie pamiętam.

— To zawsze działa — uśmiechnął się.

Rozdział 83

Na zegarku Langdona z Myszką Miki było prawie wpół do ósmej, kiedy cała trójka wysiadła z limuzyny przy Inner Temple Lane i zanurzyła się w labiryncie budynków prowadzących do niewielkiego placu przed kościołem Temple. Grubo ciosany kamień, z którego zbudowano kościół, połyskiwał w deszczu, a nad ich głowami słychać było ukryte w zakamarkach gołębie.

Starożytny kościół Temple w Londynie jest zbudowany w całości z kamienia z Caen. Ogromna kolista budowla o przytłaczającej fasadzie, z wieżą pośrodku i wystającą nawą z jednej strony wygląda bardziej jak jakaś fortyfikacja wojskowa niż miejsce kultu religijnego. Konsekrował go dziesiątego lutego 1185 roku Herakliusz, patriarcha Jerozolimy, i od tego czasu przetrwał osiem wieków politycznych burz, wielki pożar Londynu, pierwszą wojnę światową i dopiero w 1940 roku zniszczyły go dość poważnie bomby zapalające Luftwaffe. Po wojnie został odbudowany w pierwotnym kształcie i całej swojej wspaniałości.

Oto prostota okręgu, pomyślał Langdon, podziwiając budowlę po raz pierwszy w życiu. Jego architektura była ciężka i prosta, przypominała raczej surowy rzymski Castel Sant'Angelo niż wytworny Panteon. Pudełkowata dobudówka przyklejona do prawej strony kościoła raziła swoją brzydotą, ale nie zdołała zakłócić oryginalnego pogańskiego kształtu pierwotnej budowli.

— W ten wczesny sobotni ranek — powiedział Teabing, ruszając w stronę wejścia — może nie natkniemy się na nabożeństwo.

Wejście do kościoła miało kształt zmniejszającej się i zwężającej w dół kamiennej niszy, w której osadzono duże drewniane drzwi. Na lewo od drzwi, zupełnie tu niestosowna, wisiała wielka tablica ogłoszeń, a na niej program koncertów i rozkład nabożeństw.

Teabing, spojrzawszy na tablicę ogłoszeń, zasępił się.

— Nie otwierają kościoła dla zwiedzających tak wcześnie rano. — Podszedł do drzwi i spróbował je otworzyć. Ani drgnęły. Przyłożył ucho do drewnianego skrzydła i słuchał. Po chwili odsunął się z figlarnym wyrazem twarzy i wskazał na tablicę ogłoszeń. — Robercie, sprawdź plan mszy, dobrze? Kto w tym tygodniu odprawia nabożeństwa?

Wewnątrz młody kościelny już prawie skończył odkurzanie klęczników, kiedy usłyszał pukanie do drzwi sanktuarium. Nie zwrócił na nie uwagi. Ksiądz Harvey Knowles ma własne klucze i przyjdzie dopiero za parę godzin. To prawdopodobnie jakiś ciekawski turysta albo bezdomny. Kościelny nie przerywał odkurzania, ale pukanie robiło się coraz głośniejsze. Nie umiesz czytać? Tabliczka na drzwiach mówiła wyraźnie, że kościół w sobotę otwierano dopiero o wpół do dziesiątej. Kościelny pracował dalej.

Nagle pukanie zamieniło się w potworne walenie, jak gdyby ktoś uderzał w drzwi metalową sztabą. Chłopak wyłączył odkurzacz i rozzłoszczony pomaszerował do drzwi. Odsunął od wewnątrz zasuwę i otworzył jedno skrzydło. Na progu stały trzy osoby. Turyści.

— Otwieramy o wpół do dziesiątej.

Mocno zbudowany mężczyzna, który wyglądał na ich przywódcę, zrobił krok do przodu, podpierając się metalowymi kulami.

— Jestem sir Leigh Teabing — powiedział z arystokratycznym brytyjskim akcentem. — Jak pan z pewnością wie, towarzyszę pani i panu Christopherowi Wren Czwartemu.

433

Odsunął się na bok, wskazując szerokim gestem ręki na atrakcyjną parę stojącą tuż za nim. Kobieta miała delikatne rysy i burzę włosów koloru burgunda. Mężczyzna był wysoki, ciemnowłosy i miał twarz, którą kościelny skądś jakby znał.

Młody kościelny nie wiedział, co powiedzieć. Sir Christopher Wren był najsłynniejszym sponsorem i dobroczyńcą kościoła Temple, który zmarł na początku osiemnastego wieku.

— Cóż, to dla mnie zaszczyt poznać państwa.

Mężczyzna o kulach zmarszczył czoło.

— Dobrze, że nie pracuje pan w dziale sprzedaży, młody człowieku, ponieważ pana słowa nie brzmią przekonująco. Gdzie jest ksiądz Knowles?

— Dzisiaj sobota. Przychodzi później.

Ton wymówki w głosie mężczyzny o kulach był teraz jeszcze głębszy.

— To mi wdzięczność. Zapewniał nas, że tu będzie, a wygląda na to, że będziemy musieli sobie bez niego poradzić. Ale to nie potrwa długo.

Kościelny wciąż stał w drzwiach, blokując wejście.

— Przepraszam bardzo, ale co nie potrwa długo?

Gość zmrużył oczy i nachylił się do przodu, szepcąc, jakby chciał oszczędzić wszystkim wstydu.

— Młody człowieku, widać, że jest pan tu nowy. Co roku potomkowie sir Christophera Wrena przynoszą szczyptę jego prochów i rozrzucają je w sanktuarium Temple. Tak postanowił w swoim testamencie. Nikomu się za bardzo nie chce tu jeździć, ale cóż?

Kościelny pracował tu już od paru lat, ale nigdy nie słyszał o tym zwyczaju.

— Lepiej by było, byście państwo poczekali do dziewiątej trzydzieści. Kościół nie jest jeszcze otwarty, a ja nie skończyłem odkurzać.

Mężczyzna o kulach spojrzał na niego rozzłoszczony.

— Młody człowieku, może pan tu odkurzać tylko dlatego, że coś z tego budynku zostało, a to za sprawą tego dżentelmena, który jest w kieszeni tej pani.

— Przepraszam, nie rozumiem.

— Pani Wren — powiedział mężczyzna — czy byłaby pani uprzejma pokazać temu młodemu impertynentowi relikwiarz z prochami?

Kobieta zawahała się, po czym, jak gdyby obudzona z jakiegoś transu, sięgnęła do kieszeni swetra i wyciągnęła z niego niewielki cylindryczny pojemnik owinięty w miękki materiał.

— To właśnie to, widzi pan? — ripostował mężczyzna o kulach. — Teraz może pan albo okazać zrozumienie dla zmarłego i pozwolić nam rozsypać jego prochy w sanktuarium, albo powiem księdzu Knowleśowi, jak nas tu potraktowano.

Kościelny wahał się, bo dobrze znał księdza Knowlesa i jego przywiązanie do tradycji... A co ważniejsze, znał jego wybuchowy temperament, który ujawniał się zawsze wtedy, kiedy w tej od wieków czczonej świątyni działo się coś, co przedstawiało ją w złym świetle. Może ksiądz Knowles po prostu zapomniał, że mają tu przybyć członkowie rodziny. Jeśli tak, kościelny bardziej ryzykował, odmawiając im wejścia, niż wpuszczając ich do środka. Powiedzieli, że to nie potrwa długo. Co złego może się stać?

Kiedy odsunął się na bok i wpuścił całą trójkę do środka, mógłby przysiąc, że pan i pani Wren wyglądali na równie zaskoczonych i zdumionych tym wszystkim jak on. Zdezorientowany, wrócił do swoich zajęć, przypatrując się niespodziewanym gościom ukradkiem.

Kiedy cała trójka była już w głębi kościoła, Langdon nie mógł powstrzymać uśmiechu.

— Stanowczo za dobrze kłamiesz, Leigh — szepnął.

Oczy Teabinga rozbłysły.

— Uniwersytecki klub teatralny w Oksfordzie. Do dzisiaj mówi się tam o moim Juliuszu Cezarze. Jestem pewien, że nikt nigdy nie zagrał pierwszej sceny trzeciego aktu z większym poświęceniem.

— Zawsze myślałem, że w tej scenie Cezar jest martwy — zdziwił się Langdon.

— Tak — uśmiechnął się przewrotnie Teabing — ale kiedy upadłem, rozsunęła mi się toga i musiałem leżeć na scenie przez pół godziny z fajfusem na wierzchu. Mimo to nie drgnął mi ani jeden mięsień. Byłem bezkonkurencyjny, mówię ci.

— Szkoda, że nie widziałem — westchnął smętnie Langdon.

Kiedy przeszli przez prostokątną dobudówkę i kamienny łuk wiodący do głównego kościoła, Langdon nie mógł oswoić się z nagością i surowością ścian. Chociaż położenie ołtarza było podobne jak w kaplicach chrześcijańskich, wnętrze kościoła było ascetyczne i chłodne, nie było ani śladu tradycyjnej ornamentacji.

— Ponuro — szepnął.

— Kościół anglikański. Anglikanie piją religię bez żadnych domieszek — zażartował Teabing. — Nic nie może odrywać ich uwagi od poczucia nieszczęścia.

Sophie wskazała na szerokie przejście, które prowadziło do tej części kościoła, której mury były koliste.

— Wygląda to jak jakaś forteca — szepnęła.

Langdon zgodził się. Nawet stąd ściany sprawiały wrażenie niezwykle trwałych.

— Templariusze byli wojownikami — przypomniał Teabing; odgłos aluminiowych kul odbijał się echem od kamienia. — Stowarzyszenie religijno-militarne. Kościoły były jednocześnie fortecami, a nawet bankami.

— Bankami? — zdziwiła się Sophie.

— Ależ tak. Templariusze wymyślili koncepcję nowoczesnej bankowości. Dla europejskiej szlachty podróżowanie ze złotem było niebezpieczne, więc templariusze pozwalali szlachcicom deponować złoto w najbliższym kościele zakonu, a potem pobierać jego odpowiednią ilość z któregokolwiek innego kościoła bractwa templariuszy w Europie. Potrzebna była tylko właściwie dokumentacja. — Mrugnął okiem. — No i niewielka prowizja. Templariusze byli jak pierwsze bankomaty. — Teabing wskazał na witrażowe okno, przez które przeświecało słońce i rozświetlało postać ubranego na biało rycerza, siedzącego na koniu koloru róży. — Alanus Marcel — powiedział. — Mistrz świątyni na początku trzynastego wieku. On i jego następcy zasiadali w fotelu parlamentarnym Primus Baro Angiae.

— Pierwszego Barona na Włościach? — upewniał się Langdon.

— Mistrz świątyni, jak twierdzą niektórzy — wyjaśniał Teabing — miał większe wpływy niż sam król.

Gdy weszli w obręb kolistej nawy, Teabing spojrzał przez ramię na kościelnego, który gdzieś dalej hałasował odkurzaczem.

— Proszę sobie wyobrazić — szepnął Teabing do Sophie — że podobno kiedyś Święty Graal został tu złożony na noc. Było to wtedy, gdy templariusze przenosili go z jednej kryjówki do innej. Cztery skrzynie dokumentów Sangreala tu, na tej podłodze, a wraz z nimi sarkofag Marii Magdaleny! Kiedy o tym myślę, czuję gęsią skórkę.

Langdon również poczuł gęsią skórkę. Powiódł wzrokiem po zakolach murów z jasnego kamienia — wszystkie rzeźby gargulców, demonów, potworów i wizerunki ludzkich twarzy patrzyły do środka. Pod płaskorzeźbami wzdłuż całego obwodu okrągłej nawy biegła pojedyncza kamienna ława.

— Teatr na planie okręgu — szepnął Langdon.

Teabing podniósł kulę i wskazał dalszą część pomieszczenia po lewej, a potem po prawej. Langdon też ich zobaczył.

Dziesięciu kamiennych rycerzy.

Pięciu po lewej. Pięciu po prawej.

Leżąc na plecach na podłodze, wyrzeźbieni z kamienia rycerze naturalnej wielkości odpoczywali w spokojnych pozach. Przedstawiono ich w pełnej zbroi, z tarczami i mieczami. Langdon, patrząc na te postacie, miał nieprzyjemne wrażenie, że ktoś się wkradł i podczas snu oblał rycerzy gipsem. Wszystkie rzeźby były mocno nadgryzione zębem czasu. Postacie różniły się między sobą szczegółami uzbrojenia, ułożeniem kończyn, wyrazem twarzy lub znakami herbowymi na tarczach.

W Londynie leży rycerz, dzielny chwat.
A Papież go pogrzebał, w ziemię kładł.

Langdon czuł, że trzęsą mu się nogi. To musi być tu.

Rozdział 84

W zaśmieconej alejce, tuż obok kościoła Temple, Rémy Legaludec zatrzymał limuzynę marki Jaguar za rzędem wielkich plastikowych kubłów na śmieci. Wyłączył silnik i rozejrzał się. Nikogo. Wysiadł z samochodu, podszedł do tyłu i wsiadł do głównej kabiny limuzyny, w której leżał związany mnich.

Czując obecność Rémy'ego, mnich wynurzył się z modlitewnego transu, a w jego oczach było więcej ciekawości niż lęku. Cały wieczór Rémy podziwiał spokój związanego w kij mężczyzny. Po kilku próbach walki w range roverze mnich chyba pogodził się ze swoim losem i przekazał go w ręce sił wyższych.

Rémy poluzował muszkę, rozpiął wysoki, ciasny, wykrochmalony biały kołnierzyk i poczuł, że po raz pierwszy od dłuższego czasu swobodnie oddycha. Przeszedł do barku alkoholowego wbudowanego w przegrodę limuzyny i nalał sobie kieliszek smirnoffa. Wychylił go jednym haustem, potem nalał sobie drugi.

Wkrótce będę się mógł pogrążyć w słodkim nieróbstwie.

Przeszukał bar i znalazł otwieracz do wina, chwycił go w palce i jednym ruchem wysunął mały ostry nożyk, zazwyczaj używany do przecinania folii na korkach butelek wina, ale tego ranka nożyk miał odegrać bardziej dramatyczną rolę. Rémy odwrócił się i spojrzał na Sylasa, trzymając wysoko lśniące ostrze.

W czerwonych oczach albinosa błysnął strach.

Rémy uśmiechnął się i zrobił krok w kierunku tylnej części limuzyny. Mnich zaczął się szarpać, walcząc z więzami.

— Leż spokojnie — szepnął Rémy, podnosząc w górę ostrze.

Sylas nie mógł uwierzyć, że Bóg go opuścił. Nawet fizyczny ból, który sprawiały mu więzy, zamienił w ćwiczenie duchowe, starając się, by pulsowanie błagających o krew mięśni przypominało mu ból, który cierpiał Chrystus. Całą noc modliłem się o uwolnienie. Teraz, kiedy nóż opuszczał się coraz niżej, Sylas zamknął powieki.

Ostrze bólu jak strzał z bicza rozdarło mu łopatkę. Krzyknął głośno, nie mogąc uwierzyć, że tu właśnie umrze, na tylnym siedzeniu jakiejś limuzyny, pozbawiony możliwości obrony. Pracowałem dla Pana. Nauczyciel powiedział, że mnie będzie chronił.

Poczuł kąsające ciepło, rozchodzące się po plecach i ramionach, i jak żywą wyobraził sobie swoją własną krew spływającą po ciele. Teraz poczuł przeszywający ból w nogach i udach, a potem dobrze mu znane uczucie dezorientacji — mechanizm obronny ciała przeciw bólowi.

Przez wszystkie mięśnie Sylasa płynęła fala gorąca. Jeszcze mocniej zacisnął powieki, pragnąc całym sercem, żeby ostatnim obrazem, jaki zobaczy na tym ziemskim padole, nie była twarz zabójcy. Wyobraził sobie więc biskupa Aringarosę jako młodego człowieka, stojącego przed małym kościółkiem w Hiszpanii... Kościółkiem, który razem zbudowali własnymi rękami. Początek mojego prawdziwego życia.

Sylas poczuł, że całe jego ciało płonie.

— Napij się — szepnął z francuskim akcentem mężczyzna w smokingu. — To pomaga na krążenie.

Zdumienie uniosło mu powieki. Sylas zobaczył pochylającą się nad nim sylwetkę o rozmytych kształtach, sylwetkę mężczyzny, który podawał mu kieliszek jakiegoś płynu. Zwitek poszarpanej taśmy leżał na podłodze obok noża, na którym nie było śladów krwi.

— Wypij to — powtórzył. — Ten ból to krew, która dotarła do twoich mięśni.

Sylas poczuł, że ogniste pulsowanie teraz przekształca się w kłujące igiełki. Wódka miała okropny smak, ale wypił ją z wdzięcznością. Los przydzielił Sylasowi w uczciwej proporcji po równo i pecha, i szczęście, ale Pan Bóg rozwiązał wszystkie splątane nici jednym cudownym ruchem.

439

Pan mnie nie opuścił.

Sylas wiedział, jak nazwałby to biskup Aringarosa.

Boska interwencja.

— Chciałem cię wcześniej uwolnić — usprawiedliwiał się służący — ale nie dało rady. Do Château Villette przyjechała policja, a potem na lotnisku w Biggin Hill też się nie dało, dopiero teraz jest okazja. Rozumiesz to, prawda, Sylasie?

Sylas skulił się zdumiony.

— Wiesz, jak się nazywam?

Służący uśmiechnął się.

Sylas usiadł, masując i rozcierając zesztywniałe mięśnie, a fala emocji, która się przez niego przelewała, była mieszaniną niewiary, wdzięczności i dezorientacji.

— Czy ty jesteś... Nauczycielem?

Rémy pokręcił głową, śmiejąc się z tego przypuszczenia.

— Chciałbym mieć taką władzę. Nie, nie jestem Nauczycielem. Podobnie jak ty tylko mu służę. Ale Nauczyciel bardzo dobrze się o tobie wyraża. Nazywam się Rémy.

Sylas nie mógł wyjść ze zdumienia.

— Nie rozumiem. Jeżeli pracujesz dla Nauczyciela, to dlaczego Langdon przyniósł klucz sklepienia do twojego domu?

— Nie do mojego domu. Do domu znakomitego historyka Graala, sir Leigha Teabinga.

— Ale ty tam mieszkasz. Dlaczego...

Rémy uśmiechnął się i widać było, że nie ma żadnych trudności ze zrozumieniem pozornego zbiegu okoliczności.

— To wszystko było całkowicie przewidywalne. Robert Langdon był w posiadaniu klucza sklepienia i potrzebował pomocy. Czy mógłby znaleźć odpowiedniejsze miejsce schronienia niż dom Leigha Teabinga? A ja tam mieszkam, ponieważ Nauczyciel się do mnie zwrócił. — Przerwał. — Jak sądzisz, skąd Nauczyciel wie tyle o Graalu?

Sylas doznał olśnienia. Nauczyciel zaprzągł do pracy służącego, który miał dostęp do wszystkich wyników badań sir Leigha Teabinga. To był genialny ruch.

— Dużo ci jeszcze muszę opowiedzieć — oznajmił Rémy, podając Sylasowi naładowany pistolet marki Heckler Koch. Potem sięgnął przez otwartą szybę oddzielającą kabinę kierowcy od reszty samochodu i ze schowka na dokumenty wyciągnął mały, mieszczący się w dłoni rewolwer. — Ale najpierw obaj mamy tu coś do zrobienia.

Kapitan Fache zszedł po schodkach samolotu transportowego na płytę lotniska Biggin Hill i teraz słuchał z niedowierzaniem tego, co ma do powiedzenia nadkomisarz policji hrabstwa Kent — opowieści o tym, co wydarzyło się w hangarze Teabinga.

— Osobiście przeszukałem samolot — upierał się nadkomisarz — i w środku nie było nikogo. — Ton jego głosu zdradzał zdenerwowanie. — I muszę dodać, że jeżeli sir Leigh Teabing wystąpi przeciw mnie z jakimś oskarżeniem, to...

— Czy przesłuchał pan pilota?

— Oczywiście, że nie. Jest Francuzem, a nasza jurysdykcja wymaga...

— Niech mnie pan zaprowadzi do samolotu.

Zjawiwszy się w hangarze, Fache w minutę znalazł dziwny ślad krwi na podłodze, gdzie stała zaparkowana limuzyna. Podszedł do samolotu i zastukał głośno w stal kabiny.

— Jestem kapitan Fache z francuskiego Centralnego Biura Śledczego. Otwierać drzwi!

Przerażony pilot otworzył właz i opuścił schody. Fache wszedł na górę. Trzy minuty później, z niewielką pomocą pistoletu służbowego, miał już pełne zeznanie, w tym opis zakneblowanego mnicha albinosa. Oprócz tego dowiedział się, że pilot widział, jak Langdon i Sophie zostawiają coś w sejfie Teabinga, jakieś drewniane pudełko. Chociaż pilot utrzymywał, że nie wie, co było w pudełku, przyznał, że było ono głównym obiektem zainteresowania Langdona podczas całego lotu do Londynu.

— Otwieraj sejf — zażądał Fache.

— Nie znam kombinacji cyfr — bronił się przerażony pilot.

— To niedobrze. Miałem zamiar zostawić panu licencję pilota.

Pilot załamał ręce.

— Znam tu kilku ludzi z obsługi lotniska. Może mogliby przewiercić drzwiczki?

— Ma pan pół godziny.

Pilot skoczył do nadajnika radiowego.

Fache przeszedł na tył samolotu i nalał sobie mocnego drinka. Było wcześnie, ale przecież wcale nie spał, więc to nie było picie przed południem. Usiadł w pluszowym wyściełanym fotelu, zamknął oczy i starał się poukładać wszystko, co się wydarzyło, i jakoś to zrozumieć. Angielska policja dała plamę i to mnie może trochę kosztować. Wszyscy teraz szukali czarnej limuzyny marki Jaguar.

Zadzwonił telefon Fache'a, a on chciał mieć chwilę spokoju.

— *Allo?*

— Jestem w drodze do Londynu. — To był głos biskupa Aringarosy. — Będę za godzinę.

— Sądziłem, że jedzie ksiądz do Paryża. — Fache wyprostował się w fotelu.

— Jestem bardzo zaniepokojony. Zmieniłem plany.

— Nie należało.

— Udało się znaleźć Sylasa?

— Nie. Ci, którzy go złapali, wymknęli się miejscowej policji, zanim wylądowałem.

W słowach Aringarosy słychać było gniew.

— Zapewniał mnie pan, że uda się zatrzymać samolot!

Fache ściszył głos.

— Księże biskupie, zważywszy na sytuację, w jakiej ksiądz się znalazł, prosiłbym, aby ksiądz nie nadużywał dzisiaj mojej cierpliwości. Znajdę Sylasa i pozostałych tak szybko, jak się tylko da. Gdzie ksiądz ląduje?

— Chwileczkę. — Aringarosa zakrył mikrofon słuchawki i po chwili znów dało się słyszeć jego głos. — Pilot próbuje dostać pozwolenie na lądowanie na lotnisku Heathrow. Jestem jedynym pasażerem, ale zmiana kursu była nieplanowana.

— Niech przyleci na lotnisko czarterowe Biggin Hill w hrabstwie Kent. Załatwię mu zezwolenie na lądowanie. Jeżeli mnie nie będzie, kiedy wyląduje, będzie czekał na księdza samochód.

— Dziękuję.

— Ale, jak powiedziałem, księże biskupie, proszę sobie zapamiętać, że nie tylko księdzu grozi utrata wszystkiego, co ma.

Rozdział 85

Brzemienna ma być kula, Róży krzew.

Każdy z wyrzeźbionych w kamieniu rycerzy w murach kościoła Temple leżał na plecach z głową opartą o prostokątną kamienną poduszkę. Sophie poczuła dreszcz. Słowa wiersza mówiące o kuli wywoływały obrazy tamtej nocy w podziemiu domu dziadka. *Hieros gamos.* Kule.

Sophie zastanawiała się, czy ten sam rytuał odbywał się w sanktuarium Temple. Okrągłe wnętrze kościoła wyglądało jakby specjalnie do tego stworzone. Kamienna ława, otaczająca pustą przestrzeń. Teatr w planie okręgu, jak go nazwał Robert. Wyobraziła sobie tę komnatę nocą, wypełnioną postaciami w maskach — śpiewają przy blasku łuczyw i przyglądają się „sakralnemu aktowi zjednoczenia duchowego".

Odpędziwszy tę wizję, szła za Langdonem i Teabingiem w kierunku pierwszej grupy rycerzy. Mimo że Teabing nalegał, by badanie prowadzić powoli i drobiazgowo, Sophie poczuła w sobie nowy zapał i wysunęła się kilka kroków przed nich, a potem przeszła wokół pięciu rycerzy po lewej. Przyglądając się dokładnie pierwszym grobom, Sophie zauważyła podobieństwa i różnice między nimi. Wszyscy rycerze leżeli na plecach, ale trzech miało nogi wyciągnięte, a dwóch pozostałych skrzyżowane. Ten dziwny szczegół, jak się wydawało, nie miał żadnego związku z kulą. Przyglądając się ich ubraniom, Sophie zauważyła, że dwóch rycerzy miało na zbrojach tuniki, podczas gdy pozostali trzej mieli szaty sięgające do kostek. Z tego też

443

nic nie wynikało. Sophie zwróciła uwagę na jedyną naprawdę istotną różnicę — układ rąk. Dwaj rycerze trzymali kurczowo miecze, dwóch się modliło, a jeden miał ręce wyciągnięte wzdłuż ciała. Sophie przyglądała się przez dłuższą chwilę ich dłoniom, potem wzruszyła ramionami, nie zauważając nigdzie żadnej aluzji do kuli.

Czując ciężar krypteksu w kieszeni swetra, spojrzała przez ramię w tył na Langdona i Teabinga. Obaj szli wolno, byli dopiero przy trzecim rycerzu, a ich miny mówiły, że też im się nie najlepiej wiedzie. Nie miała nastroju na czekanie, więc odwróciła się i podeszła do drugiej grupy rycerzy. Przechodząc przez otwartą przestrzeń kościoła, recytowała szeptem wiersz. Czytała go już tyle razy, że umiała cały na pamięć.

W Londynie leży rycerz, dzielny chwat,
A Papież go pogrzebał, w ziemię kładł,
Owocem jego pracy Święty gniew,
Brzemienna ma być kula, Róży krzew.

Druga grupa rycerzy okazała się podobna do pierwszej. Wszyscy leżeli w różnych pozycjach, w zbrojach, z mieczami u boku.

To znaczy wszyscy oprócz dziesiątego.

Podeszła pospiesznie i spojrzała w dół.

Nie ma poduszki. Nie ma zbroi. Nie ma tuniki. Nie ma miecza.

— Robert? Leigh?! — Krzyknęła, a jej głos obiegł echem wokół komnaty. — Tutaj czegoś brakuje.

Obaj podnieśli głowy i natychmiast ruszyli w jej kierunku.

— Kuli?! — zawołał podekscytowany Teabing. Jego kule stukały szybkim staccato po kamieniach, kiedy pospiesznie szedł przez kościół. — Brakuje tam jakiejś kuli?

— Nie — powiedziała Sophie, marszcząc brwi nad dziesiątym grobem. — Chyba brakuje rycerza.

Jej współtowarzysze zjawili się i spojrzeli zdezorientowani na dziesiąty grób. Nie było tam rycerza leżącego jak inni w pustej przestrzeni, ten grób był zamkniętym kamiennym pudłem. Pudło miało kształt trapezu, węższego u podstawy, rozszerzającego się ku górze, z wiekiem w formie daszka.

— Czemu nie ma tu postaci rycerza? — spytał Langdon.

— Fascynujące — powiedział Teabing, gładząc się po policzku. — Zapomniałem o tym dziwnym szczególe. Nie byłem tu od lat.

— Ta trumna — powiedziała Sophie — wygląda, jakby ją wyrzeźbiono w tym samym czasie i tą samą ręką, co pozostałe dziewięć grobów. Więc dlaczego ten rycerz jest wewnątrz trumny?

Teabing potrząsnął głową.

— To jedna z tajemnic tego kościoła. O ile pamiętam, nikt nigdy nie znalazł wyjaśnienia tego faktu.

— Przepraszam? — powiedział kościelny, zjawiając się tuż przy nich zaniepokojony. — Proszę mi wybaczyć, jeżeli to, co powiem, będzie niegrzeczne, ale powiedzieliście mi państwo, że chcecie rozrzucać prochy, a widzę, że zwiedzacie.

Teabing skrzywił się, patrząc na młodego mężczyznę, i zwrócił do Langdona.

— Panie Wren, widać z tego, że działalność filantropijna pana rodziny nie daje panu prawa do dłuższego przebywania w kościele, może wyjmijmy więc prochy i zróbmy, co do nas należy. — Teabing zwrócił się do Sophie. — Pani Wren?

Sophie weszła w rolę i wyciągnęła z kieszeni krypteks owinięty w pergamin.

— A więc — zwrócił się Teabing do kościelnego tonem wyższości — mógłby nas pan na chwilę zostawić samych?

Młody człowiek nie ruszał się z miejsca. Przyglądał się uważnie Langdonowi.

— Ja pana skądś znam.

— Może stąd, że pan Wren przyjeżdża tutaj co roku! — fuknął Teabing.

Albo może stąd, pomyślała wystraszona Sophie, że widział Langdona w telewizji w zeszłym roku po aferze w Watykanie.

— Nigdy nie miałem możliwości poznać pana Wrena — stwierdził kościelny.

— Myli się pan — powiedział Langdon uprzejmie. — Sądzę, że spotkaliśmy się w przelocie w zeszłym roku. Wprawdzie ksiądz Knowles nie przedstawił nas oficjalnie, ale pana twarz wydaje mi się znajoma. Rozumiem, że było to w pewnym

445

sensie wtargnięcie, ale jeżeli mógłby mi pan dać kilka minut, byłbym wdzięczny, bo pokonałem dość sporą odległość, żeby rozsypać prochy między tymi grobami. — Langdon wypowiedział swoją kwestię równie wiarygodnie jak przed chwilą Teabing.

Na twarzy kościelnego pojawił się jeszcze głębszy wyraz sceptycyzmu.

— To nie są groby.

— Przepraszam, nie rozumiem? — powiedział Langdon.

— Oczywiście, że to są groby — powiedział zdecydowanie Teabing. — O czym pan mówi?

Kościelny potrząsnął głową.

— W grobach znajdują się ciała. A to są tylko wyobrażenia postaci. Kamienne rzeźby, które wyobrażają prawdziwych ludzi. Pod tymi figurami nie ma żadnych ciał.

— To przecież jest krypta! — upierał się Teabing.

— Tylko w nieaktualnych książkach historycznych. Kiedyś sądzono, że to krypta, ale podczas renowacji w tysiąc dziewięćset pięćdziesiątym roku to się nie potwierdziło. — Znów zwrócił się do Langdona. — I sądzę, że państwo Wren by o tym wiedzieli. Szczególnie, że to właśnie ich rodzina odkryła ten fakt.

Zapadła pełna konsternacji cisza.

Przerwało ją trzaśnięcie drzwiami w dobudówce kościoła.

— To musi być ksiądz Knowles — powiedział Teabing. — Może pójdzie pan sprawdzić?

Kościelny wciąż miał w oczach wyraz niedowierzania, ale ruszył sztywnymi krokami ku dobudówce, pozostawiając na środku okrągłej nawy Langdona, Sophie i Teabinga, którzy patrzyli teraz na siebie ponuro.

— Leigh — szepnął Langdon. — Nie ma ciał? O czym on mówi?

Teabing był nie mniej poruszony.

— Nie wiem. Zawsze sądziłem... Na pewno, to przecież musi być to miejsce. Chłopak chyba nie wie, co mówi. To nie ma sensu!

— Mogę jeszcze raz spojrzeć na wiersz? — zwrócił się Langdon do Sophie.

Sophie wyjęła krypteks z kieszeni i podała mu go ostrożnie. Langdon odwinął pergamin i trzymając krypteks, po raz kolejny przeczytał wiersz.

— Tak, tu mamy bezsprzecznie odniesienie do grobu. Nie do pomnika czy wyobrażenia.

— Czy w wierszu mógłby być błąd? — rozważał Teabing. — Czy Jacques Saunière mógł popełnić ten sam błąd, który mnie się przytrafił?

Langdon pomyślał przez chwilę i pokręcił głową.

— Nie, Leigh, przecież sam powiedziałeś. Ten kościół zbudowali templariusze, zbrojne ramię zakonu. Coś mi mówi, że wielki mistrz wiedziałby, gdyby tutaj byli pochowani rycerze.

— Ale to idealne miejsce — próbował bronić się oszołomiony Teabing. Znów podszedł do rycerzy. — Może coś przeoczyliśmy.

Kiedy młody człowiek wszedł do dobudówki kościoła, rozejrzał się zdziwiony, bo nikogo tam nie było.

— Proszę księdza? — Przecież słyszałem trzaśnięcie drzwiami, pomyślał, idąc naprzód, aż do wejścia do kościoła.

Obok wejścia stał szczupły mężczyzna w smokingu, drapiąc się po głowie — wyglądał na zagubionego. Kościelny sapnął poirytowany i przypomniał sobie, że przecież nie zamknął drzwi za tą trójką. Teraz jakiś kretyn wszedł tu z ulicy, sądząc po jego stroju, pewnie zgubił się, szukając jakiegoś ślubu.

— Bardzo przepraszam! — zawołał kościelny, przechodząc koło dużego filara. — Jeszcze zamknięte.

Tuż za sobą usłyszał szelest jakiejś tkaniny i zanim zdążył się odwrócić, ktoś mu nagle wygiął głowę do tyłu, a silna dłoń zatkała usta i zdławiła okrzyk. Dłoń na twarzy kościelnego była biała jak śnieg. Poczuł alkohol.

Elegancki mężczyzna w smokingu spokojnie wyciągnął bardzo mały rewolwer i wymierzył wprost w czoło kościelnego.

Młody człowiek poczuł gorąco w kroczu i zdał sobie sprawę, że jego pęcherz nie wytrzymał napięcia.

— Posłuchaj uważnie, chłopcze — szepnął mężczyzna

w smokingu. — Wyjdziesz po cichu z kościoła i ruszysz biegiem przed siebie. Nie będziesz się zatrzymywał. Czy to jasne?

Kościelny kiwnął głową na tyle, na ile pozwalała mu dłoń kneblująca usta.

— Jeżeli zadzwonisz na policję... — Człowiek w eleganckim garniturze przycisnął lufę do jego skroni. — Znajdę cię.

Chłopak pamiętał tylko tyle, że pędził co sił w nogach przez podwórko, a potem dalej i dalej przed siebie i nie miał zamiaru się zatrzymywać, dopóki starczy mu sił.

Rozdział 86

Cicho jak duch Sylas stanął za upatrzonym celem. Sophie Neveu zbyt późno wyczuła jego obecność. Zanim zdołała się odwrócić, Sylas przycisnął jej lufę pistoletu do kręgosłupa, objął potężnym ramieniem na wysokości klatki piersiowej i przyciągnął, a potem przycisnął do swojego masywnego ciała. Krzyknęła zdumiona. Teabing i Langdon odwrócili się, zaskoczeni i przerażeni.

— Co...? — wydusił Teabing. — Co zrobiłeś Rémy'emu?

— Powinieneś się martwić tylko o to — powiedział Sylas spokojnie — żebym wyszedł stąd z kluczem sklepienia. — Jego misja ratunkowa, tak jak to powiedział Rémy, była jasna i prosta: wejdź do kościoła, weź klucz sklepienia i wyjdź; żadnego zabijania, żadnej walki.

Trzymając Sophie w żelaznym uścisku, Sylas przesunął dłoń niżej, w kierunku jej pasa, i przeszukał kieszenie jej swetra. Przez wyziewy alkoholu, który parował z każdym jego oddechem, czuł miękki zapach jej włosów.

— Gdzie to jest? — spytał.

Klucz sklepienia, miała go w kieszeni swetra. Gdzie jest teraz?

— Tutaj. — Z drugiej części komnaty dobiegł głęboki głos Langdona.

Sylas odwrócił się i zobaczył, że Langdon trzyma w ręku czarny krypteks, porusza nim do przodu i do tyłu jak matador przed tępo patrzącym bykiem.

— Połóż go na ziemi — zażądał Sylas.

— Pozwól, żeby Sophie i Leigh wyszli z kościoła — odparł Langdon. — Załatwimy to między sobą.

Sylas odepchnął Sophie i wycelował broń w Langdona, idąc w jego kierunku.

— Ani kroku dalej — powiedział Langdon. — Dopóki nie wyjdą.

— W twojej sytuacji nie możesz mi wydawać rozkazów.

— Mogę. — Langdon uniósł krypteks wysoko nad głowę. — Nie zawaham się rzucić tym o podłogę i zbić fiolkę, która jest w środku.

Chociaż Sylas zrobił taką minę, jakby ta groźba go rozśmieszała, odczuł strach. Tego się nie spodziewał. Wymierzył broń w głowę Langdona i mówił głosem niewzruszonym jak ręka trzymająca pistolet:

— Nigdy nie rozbijesz klucza sklepienia. Pragniesz odnaleźć Graala tak samo jak ja.

— Mylisz się. Ty pragniesz tego bardziej. Udowodniłeś, że potrafisz z tego powodu zabić.

Kilkanaście metrów dalej, wyglądając zza ławek w dobudówce tuż za łukowatym wejściem do kościoła, Rémy Legaludec czuł coraz większy niepokój. Manewr się nie udał, nawet stąd widział, że Sylas nie wie, jak poradzić sobie z tą sytuacją. Na wyraźny rozkaz Nauczyciela Rémy zabronił Sylasowi strzelać.

— Wypuść ich — jeszcze raz zażądał Langdon, trzymając krypteks wysoko nad głową i patrząc prosto w lufę pistoletu Sylasa.

W czerwonych oczach mnicha widać było gniew i frustrację. Rémy aż zamarł ze strachu, że Sylas mógłby strzelić do Langdona, trzymającego w rękach krypteks. Krypteks nie może upaść!

Krypteks był biletem Rémy'ego do wolności i dobrobytu. Nieco ponad rok temu Rémy Legaludec był tylko pięćdziesięciopięcioletnim służącym mieszkającym w murach Château Villette, spełniającym życzenia i zachcianki wybrednego inwalidy, sir Leigha Teabinga. Potem otrzymał niezwykłą propozycję. Stałe towarzyszenie sir Leighowi Teabingowi — najznamienitszemu historykowi Świętego Graala na świecie — miało dać Rémy'emu wszystko, o czymkolwiek w życiu marzył. Od tamtej pory każda chwila spędzona w Château Villette zbliżała go do celu.

Jestem już tak blisko, mówił sobie Rémy, rozglądając się po wnętrzu kościoła i patrząc na klucz sklepienia w ręku Roberta Langdona. Jeżeli Langdon go upuści, będzie po wszystkim.

Czy mam się im pokazać?

To znów było coś, czego Nauczyciel wyraźnie mu zabronił. Rémy był jedyną osobą, która znała jego tożsamość.

— Jest pan pewien, że to właśnie Sylas ma wykonać to zadanie? — pytał Rémy Nauczyciela pół godziny wcześniej, kiedy otrzymał rozkaz wykradzenia klucza. — Sam potrafię to zrobić.

Nauczyciel był nieugięty.

— Sylas oddał nam wielką przysługę, załatwiając sprawę z czterema członkami zakonu. On odzyska klucz. Ty musisz pozostać anonimowy. Jeżeli cię zobaczą, to trzeba będzie ich wyeliminować, a dość już było zabijania. Nie pokazuj twarzy.

Moja twarz się zmieni, pomyślał Rémy. Z tymi pieniędzmi, które mi obiecałeś, będę zupełnie innym człowiekiem. Chirurgia plastyczna mogłaby nawet zmienić jego odciski palców, tak mówił Nauczyciel. Rémy Legaludec niedługo będzie wolny, będzie jeszcze jedną nierozpoznawalną piękną twarzą wystawiającą się do słońca gdzieś na tropikalnej plaży.

— Zrozumiałem — zapewnił Rémy. — Będę przy Sylasie, ale nie wyjdę z cienia.

— Dla twojej wiadomości, Rémy — powiedział Nauczyciel — poszukiwany grób nie znajduje się w kościele Temple. Nie miej więc obaw. Oni patrzą w złą stronę.

— Pan wie, gdzie jest ten grób? — Rémy był zaskoczony.

— Oczywiście. Powiem ci później. Na razie musisz działać szybko i zdecydowanie. Jeżeli oni się zorientują, gdzie naprawdę znajduje się grób, i wyjdą z kościoła, zanim zdołasz odebrać im krypteks, stracimy Graala na zawsze.

Rémy'ego Graal obchodził mniej niż zeszłoroczny śnieg, ale

451

Nauczyciel powiedział, że nie zapłaci, dopóki go nie znajdzie. Rémy czuł zawroty głowy za każdym razem, kiedy myślał o kwocie, która niedługo będzie jego. Jedna trzecia z dwudziestu milionów euro. Aż nadto, żeby zniknąć na zawsze. Rémy widział oczami wyobraźni miasteczka nadmorskie i plaże na Lazurowym Wybrzeżu, gdzie chciał dożywać swoich dni, wystawiając się na promienie słońca i pozwalając dla odmiany innym się obsługiwać.

Teraz jednak tutaj, w kościele Temple, kiedy Langdon groził, że rozbije klucz sklepienia, przyszłość Rémy'ego była pod znakiem zapytania. Niezdolny znieść myśli, że jest tak blisko i może wszystko utracić, podjął decyzję i postanowił wkroczyć do akcji. Zgrabny rewolwer, który trzymał w dłoni, to wprawdzie tylko małokalibrowa meduza typu J, ale z bliskiej odległości i ona zabijała.

Rémy wyszedł z półcienia i pomaszerował do kolistej nawy, a potem wymierzył broń wprost w głowę Teabinga.

— Długo na to czekałem, stary.

Serce sir Leigha Teabinga stanęło na chwilę, kiedy zobaczył, że Rémy mierzy do niego z pistoletu. Co on robi! Teabing rozpoznał maleńką meduzę, którą trzymał dla bezpieczeństwa w limuzynie w schowku na dokumenty.

— Rémy? — Teabing nie mógł wydusić słowa. — Co się dzieje?

Langdon i Sophie wyglądali na równie zaskoczonych.

Rémy okrążył Teabinga i dźgnął go lufą pistoletu w plecy po lewej stronie, tuż za sercem.

Teabing poczuł, że mięśnie tężeją mu ze strachu.

— Rémy, ja nie...

— Powiem jasno — przerwał mu Rémy, patrząc na Langdona ponad ramieniem Teabinga. — Postaw to na podłodze albo pociągnę za spust.

Langdon przez chwilę wyglądał jak sparaliżowany.

— Klucz sklepienia jest dla ciebie bez wartości — powiedział, jąkając się. — Przecież nawet nie potrafisz go otworzyć.

— Aroganccy głupcy — zakpił Rémy. — Nie zauważyliście,

że cały wieczór słuchałem, jak rozmawialiście o tych wierszach? Podzieliłem się z kimś wszystkim, co usłyszałem. Z kimś, kto wie więcej niż wy. Idioci, szukacie w złym miejscu. Grób jest zupełnie gdzie indziej!

Teabing poczuł falę paniki. Co on mówi?!

— Dlaczego tak bardzo chcesz Graala? — spytał Langdon. — Żeby go zniszczyć? Przed końcem dni?

Rémy krzyknął do mnicha.

— Sylas, weź klucz sklepienia od pana Langdona!

Kiedy mnich się do niego zbliżał, Langdon zrobił krok w tył i podniósł kamienny cylinder wysoko, gotów roztrzaskać go o ziemię.

— Wolę go rozbić — powiedział — niż oddać w złe ręce.

Teabing poczuł, że przepływa przez niego fala potwornego strachu. Widział, że wysiłek całego jego życia idzie na marne. Wszystko, o czym marzył, miało się rozpaść w drobny mak.

— Robercie, nie! — krzyknął. — Nie rób tego! Trzymasz w ręku Graala! Rémy nigdy by mnie nie zastrzelił. Znamy się już od dziesięciu...

Rémy wymierzył w sufit i oddał strzał z meduzy. Huk był ogłuszający jak na broń tak małego kalibru, a wystrzał niczym grzmot odbił się echem od kamiennych ścian.

Wszyscy zamarli.

— To nie jest zabawa — powiedział Rémy. — Następna kula utkwi w jego plecach. Oddaj to Sylasowi.

Langdon niechętnie wyciągnął przed siebie krypteks. Sylas zrobił krok i odebrał marmurowy cylinder, a w jego czerwonych oczach zalśniła radość, że teraz on jest górą. Wsunął krypteks do kieszeni habitu, odszedł kilka kroków, ciągle trzymając Langdona i Sophie na muszce.

Teabing poczuł, że ręka Rémy'ego zaciska się mocno na jego szyi, a potem służący zaczął się wycofywać z budynku, ciągnąc Teabinga ze sobą, z bronią wciąż przy jego plecach.

— Puść go — zażądał Langdon.

— Zabieramy pana Teabinga na przejażdżkę — powiedział Rémy, nadal się cofając. — Jeżeli zadzwonicie na policję, zrobię mu dziurę w głowie. Jeżeli zrobicie coś, żeby nam pomieszać szyki, bez namysłu go rozwalę. Czy to jasne?

— Zabierzcie mnie — zażądał Langdon łamiącym się głosem. — Wypuśćcie Leigha.

Rémy zaśmiał się głośno.

— Chyba nie. Wiele razem przeszliśmy. Poza tym może się jeszcze przydać.

Sylas cofał się, trzymając na muszce Langdona i Sophie, podczas gdy Rémy wlókł Teabinga w kierunku wyjścia, a jego kule ciągnęły się za nim po kamiennej podłodze.

— Dla kogo pracujesz? — rzuciła Sophie mocnym głosem.

— Zdziwiłaby się pani, *mademoiselle* Neveu — odparł Rémy z chytrym uśmieszkiem, zbliżając się już do wyjścia.

Rozdział 87

Kominek w gabinecie właściciela Château Villette już wygasł, lecz Collet chodził tam i z powrotem przed zimnym paleniskiem, czytając faksy, które przyszły z Interpolu.

Zupełnie nie to, czego się spodziewał.

André Vernet według służbowej kartoteki był modelowym obywatelem. Nie był notowany przez policję, nie dostał nawet mandatu za złe parkowanie. Wykształcony w prywatnym liceum, a potem na Sorbonie, z wyróżnieniem obronił dyplom z finansów międzynarodowych. Interpol donosił, że nazwisko Verneta pojawiało się od czasu do czasu w gazetach, ale zawsze w pozytywnym świetle. Okazuje się, że interesował się projektowaniem parametrów bezpieczeństwa, dzięki czemu Bank Depozytowy Zurychu stał się liderem w ultranowoczesnym świecie zabezpieczeń elektronicznych. Zapisy z jego kart kredytowych wskazywały na upodobanie do albumów malarstwa, drogiego wina i muzyki klasycznej, głównie Brahmsa, którego słuchał z najnowocześniejszego odtwarzacza stereo nabytego kilka lat temu.

Zero — westchnął Collet.

Jedyne światełko ostrzegawcze to przesłana przez Interpol dokumentacja z odciskami palców służącego Teabinga. Szef ekipy PTS przeglądał raport z Interpolu, siedząc wygodnie w fotelu po drugiej stronie pomieszczenia.

Collet spojrzał na niego.

— Jest coś?

Agent wzruszył ramionami.

— Odciski należą do Rémy'ego Legaludeca. Poszukiwanego za drobne przestępstwa. Wygląda na to, że wylali go z uniwersytetu za podłączanie się do sieci telefonicznej — chciał rozmawiać za friko... Potem były jakieś drobne kradzieże. Włamania na posesje. Nie zapłacił rachunku za zabieg tracheotomii. — Agent podniósł oczy i zachichotał. — Alergia na orzeszki ziemne.

Collet skinął głową, przypominając sobie śledztwo prowadzone w restauracji, której właściciel zapomniał odnotować w karcie dań, że meksykańskie chili zawiera olej z orzeszków ziemnych. Niczego niepodejrzewający klient udusił się na skutek obrzęku krtani po pierwszym kęsie tego dania.

— Legaludec prawdopodobnie zamieszkał tu na stałe, żeby go nikt nie zgarnął. — Policjant miał rozbawioną minę. — To jego szczęśliwy wieczór.

Collet westchnął.

— Dobrze, najlepiej będzie, jak przekażesz te informacje kapitanowi Fache'owi.

Agent wyszedł, a do gabinetu wpadł jak bomba inny technik z ekipy PTS.

— Panie poruczniku! Znaleźliśmy coś w stajniach.

— Jakieś ciało? — podsunęło Colletowi rozgorączkowane spojrzenie agenta.

— Nie, panie poruczniku. Coś bardziej... — zawahał się — nieoczekiwanego.

Collet przetarł zmęczone oczy i poszedł za agentem do stajni. Kiedy weszli do olbrzymiego budynku, w którym czuć było wilgocią i grzybem, agent pokazał na sam środek pomieszczenia, gdzie stała drewniana drabina, wznosząca się w górę ku krokwiom, oparta o belkę włazu do składziku na siano wysoko nad ich głowami.

— Tej drabiny tu wcześniej nie było — zauważył Collet.

— Nie, panie poruczniku. Ja ją tutaj postawiłem. Szukaliśmy śladów i odcisków palców przy rolls-roysie, kiedy zobaczyłem tę drabinę na podłodze. Nie zwróciłbym na nią uwagi, gdyby nie to, że szczeble są wyrobione i zabłocone. Po tej drabinie ktoś musiał często wchodzić. Wydało mi się, że jej wysokość jest odpowiednia, aby wejść na stryszek, więc ją podniosłem i wszedłem na górę, żeby się rozejrzeć.

Collet powiódł wzrokiem po szczeblach drabiny. Ktoś miałby tam regularnie wchodzić? Stąd strych na siano wyglądał na zupełnie pusty, a jednak okazało się, że to, co tam było, z dołu było zupełnie niewidoczne.

Na szczycie drabiny pojawił się teraz inny, starszy stopniem technik z ekipy technicznej i spojrzał w dół.

— Na pewno będzie pan to chciał zobaczyć, panie poruczniku — powiedział, przywołując Colleta dłonią w gumowej rękawiczce.

Znużony Collet kiwnął głową, podszedł do starej drabiny i chwycił najniższy szczebel. Drabina była stara, zwężająca się ku górze. Kiedy Collet był już blisko szczytu, o mało nie ześliznął się z najwyższego stopnia. Stajnia zawirowała pod nim jak w złym śnie. Teraz już rozbudzony i skoncentrowany, wspinał się dalej, a w końcu dotarł do samej góry. Stojący nad nim agent wyciągnął do niego rękę. Collet chwycił go za nadgarstek i stanął na drewnianej podłodze strychu.

— Tam — powiedział agent, wskazując na jakieś miejsce w głębi idealnie wysprzątanego pomieszczenia. — Mamy tu odciski palców tylko jednej osoby. Niedługo będziemy wiedzieli czyje.

Collet, mrużąc oczy w półmroku, spojrzał na odległą ścianę. Co, u diabła? O ścianę stał oparty wysokiej klasy terminal komputerowy — dwie wieże jednostek centralnych, monitor z płaskim ekranem i głośnikami, kilkanaście stacji twardych dysków i wielokanałowa konsola radiowa, która miała chyba własne, niezależne, filtrowane zasilanie.

Dlaczego, u licha, ktoś chciałby pracować tu na samej górze? Collet ruszył w kierunku elektroniki.

— Przyjrzeliście się temu systemowi?

— To jest stacja podsłuchu.

— Ktoś tu prowadził nasłuch?

Agent skinął głową.

— Bardzo nowoczesna technologia. — Wskazał na długi stół zasłany częściami elektronicznymi, instrukcjami, narzędziami, kablami, lutownicami i innym sprzętem elektronicznym. — Ktoś tu na pewno wie, co robi. Sporo z tego sprzętu nie ustępuje naszemu. Miniaturowe mikrofony, fotoelektryczne,

457

samoładujące się baterie, chipy RAM o dużej pojemności. Nawet kilka nowych dysków nano.

Collet był pod wrażeniem.

— To jest kompletny system — dopowiedział agent, wręczając Colletowi zestaw nie większy niż kieszonkowy kalkulator. Zwisał z niego trzydziestocentymetrowy drucik z cienką jak pergamin metalową folią wielkości znaczka pocztowego na końcu. — Podstawą jest system nagrywania oparty na twardym dysku o wysokiej pojemności, z baterią, która ładuje się automatycznie. Kawałek folii na końcu drutu to kombinacja mikrofonu i samoładującej się komórki fotoelektrycznej.

Collet znał dobrze ten system. Te fotokomórkowe mikrofony wyglądające jak aluminiowa folia to był kilka lat temu przełom technologiczny. Teraz urządzenie zapisujące dźwięk na twardym dysku można zamocować na przykład za lampą, a mikrofon foliowy wymodelować w jej kontur i pokryć odpowiednim kolorem, żeby się nie odróżniał od tła. Jeżeli mikrofon jest tak ustawiony, żeby łapał chociaż kilka godzin światła słonecznego dziennie, komórki fotoelektryczne będą ładować cały system. Takie pluskwy mogą działać w nieskończoność.

— A sposób odbioru? — spytał Collet.

Agent wskazał na zaizolowany kabel elektryczny, który wychodził z tyłu komputera i biegł w górze po ścianie do otworu w dachu stodoły.

— Zwykłe fale radiowe. I mała antena na dachu.

Collet wiedział, że takie systemy, umieszczane zazwyczaj w gabinetach, miały funkcję aktywacji głosowej po to, by oszczędzać miejsce na dysku. Zapisywały urywki rozmów w ciągu dnia, a potem przekazywały skompresowane pliki audio nocą, co było nie do wykrycia. Po transmisji twardy dysk sam wymazywał dane i był gotów do kolejnej operacji następnego dnia.

Collet skierował teraz wzrok na półkę. Zobaczył kilkaset kaset audio, ponumerowanych i opatrzonych datami. Ktoś tu nie próżnował. Zwrócił się znów do agenta.

— Wiecie może, kto był celem podsłuchu?

— Coś panu powiem, panie poruczniku — rzekł agent, podchodząc do komputera i włączając jakiś program. — Właśnie to jest najdziwniejsze...

Rozdział 88

Langdon był kompletnie wykończony, kiedy razem z Sophie przechodził przez bramkę w metrze na stacji Temple i zapuszczał się głęboko w gąszcz brudnych tuneli i peronów. Owładnęło nim poczucie winy.

Wciągnąłem w to Leigha, teraz jest w ogromnym niebezpieczeństwie.

Fakt, że Rémy także jest w to wmieszany, był dla niego wielkim szokiem, ale teraz wszystko układało się w jedną całość. Ten, kto podążał tropem Graala, posłużył się człowiekiem z wewnątrz. Znaleźli Teabinga z tego samego powodu co ja. Ludzie, którzy mieli wiedzę o Graalu, zawsze byli jak magnesy — przyciągali zarówno badaczy, jak i złodziei. To, że Teabing tak czy owak był na celowniku, powinno było złagodzić jego wyrzuty sumienia, ale Langdon nie ulegał takiej perswazji. *Musimy odnaleźć Leigha i pomóc mu. Natychmiast.*

Langdon szedł za Sophie na peron, z którego odchodziły pociągi metra linii District i Circle Line. Sophie pobiegła do telefonu, żeby zadzwonić na policję, mimo gróźb i ostrzeżeń Rémy'ego, żeby tego nie robiła. Langdon siedział skruszony na obmalowanej sprayem ławce tuż obok.

— Najlepiej pomożemy Leighowi — mówiła Sophie, wykręcając numer — jeżeli natychmiast zgłosimy sprawę londyńskiej policji. Wierz mi.

Langdon początkowo nie akceptował tego pomysłu, ale w miarę jak wyłaniał się wspólny plan działania, logika argumentacji Sophie nabierała coraz większego sensu. Na razie Teabing był bezpieczny. Nawet jeżeli Rémy i pozostali wiedzą, gdzie znajduje się grób rycerza, będą chcieli zatrzymać Teabinga po to, by odcyfrował wszystkie odniesienia do kuli. Langdona martwiło tylko to, co będzie, kiedy już znajdą Graala. Leigh stanie się dla nich ogromnym ciężarem.

Chcąc mieć jakąkolwiek szansę, by pomóc Leighowi czy też zobaczyć jeszcze klucz sklepienia, Langdon musiał pierwszy odnaleźć grób. Niestety, Rémy wyprzedza nas o kilka kroków.

Spowolnić jego ruchy — to było zadanie Sophie.

Znaleźć właściwy grobowiec — to zadanie przypadło Langdonowi.

Dzięki Sophie Rémy i Sylas będą teraz poszukiwani przez londyńską policję, będą się musieli ukrywać albo jeżeli wszystko pójdzie po jej myśli, zostaną złapani. Plan Langdona był mniej pewny — pojechać metrem do King's College, słynącego z elektronicznej bazy danych w dziedzinie teologii. Nie ma lepszego narzędzia badawczego, usłyszał kiedyś Langdon. Natychmiastowa odpowiedź na każde pytanie z historii religii. Zastanawiał się, co w tej bazie danych znajdą na temat rycerza, którego *Papież... w ziemię kładł.*

Wstał i zaczął się przechadzać po peronie, modląc się w myślach, żeby pociąg się pospieszył.

Stojąca przy telefonie Sophie w końcu dodzwoniła się na policję.

— Komisariat policji w Snow Hill — powiedziała telefonistka. — Gdzie mam przełączyć rozmowę?

— Zgłaszam porwanie — Sophie wiedziała, że musi mówić zwięźle.

— Pani nazwisko?

Sophie na moment umilkła.

— Agentka Sophie Neveu z francuskiego Centralnego Biura Śledczego.

Wypowiedziane na głos funkcja i stopień służbowy Sophie odniosły właściwy skutek.

— Proszę bardzo. Zaraz przełączę panią do oficera śledczego.

Kiedy rozmowa była przełączana, Sophie zaczęła się zastanawiać, czy policja uwierzy w jej opis ludzi, którzy pojmali Teabinga. Mężczyzna w smokingu. Czy można sobie wyobrazić kogoś, kogo łatwiej zidentyfikować? Nawet jeżeli Rémy się przebrał, był w towarzystwie mnicha albinosa. Trudno go nie rozpoznać. Ponadto mieli zakładnika i nie mogli poruszać się ani metrem, ani autobusami. Zastanawiała się, ile jest w Londynie limuzyn marki Jaguar o wydłużonej linii.

Łączenie do oficera śledczego trwało i trwało. Pospieszcie się! Słyszała, jak na linii coś stuka i buczy, jakby rozmowę gdzieś przekierowywano.

Minęło piętnaście sekund.

W końcu usłyszała w słuchawce męski głos.

— Agentka Neveu?

Sophie, zupełnie zbita z pantałyku, natychmiast rozpoznała ten niechętny ton.

— Agentko Neveu — mówił Bezu Fache — gdzie pani, u diabła, jest?

Sophie zamurowało. Widać, że kapitan Fache poprosił policję londyńską, żeby dała mu znać, kiedy zadzwoni.

— Proszę posłuchać — Fache przeszedł teraz na francuski i mówił zwięźle. — Popełniłem straszny błąd. Robert Langdon jest niewinny. Wycofano wszystkie zarzuty przeciwko niemu. Mimo to jednak oboje jesteście w niebezpieczeństwie. Musicie się zgłosić na policję.

Sophie nie miała pojęcia, jak się zachować. Fache nie był człowiekiem, który by kogokolwiek przepraszał.

— Nie powiedziała mi pani — mówił dalej Fache — że Jacques Saunière był pani dziadkiem. Chciałbym zapomnieć o pani niesubordynacji, którą kładę na karb stresu po jego śmierci. Teraz jednak pani i Langdon musicie poszukać schronienia w najbliższej komendzie policji londyńskiej.

Wie, że jestem w Londynie? Co jeszcze wie Fache? Sophie usłyszała coś, co zabrzmiało jak odgłos wiertła czy jakiejś maszyny gdzieś w tle. Usłyszała również dziwne stuknięcia na linii telefonicznej.

— Próbuje nas pan namierzyć, kapitanie?

Głos Fache'a był teraz zdecydowany.

— Musimy współpracować, agentko Neveu. Oboje mamy dużo do stracenia. Musimy powstrzymać dalsze straty. Wczoraj wieczorem popełniłem błędy w ocenie i jeżeli moje błędy spowodują śmierć amerykańskiego naukowca i kryptologa DCPJ, moja kariera będzie skończona. Od kilku godzin staram się was uchronić od śmiertelnego niebezpieczeństwa.

Przez stację przesuwała się teraz fala ciepłego powietrza, a gdzieś w tunelu słychać było coraz głośniejszy stukot nadjeżdżającego pociągu. Sophie miała szczery zamiar wsiąść do tego pociągu. Podobnie Langdon — zbierał się w sobie i szedł w jej kierunku.

— Człowiek, którego szukacie, to Rémy Legaludec — powiedziała Sophie. — Służący Teabinga. Właśnie porwał Teabinga w kościele Temple i...

— Agentko Neveu! — ryczał Fache po drugiej stronie słuchawki, kiedy pociąg metra z hukiem wjeżdżał na peron. — Tego nie możemy omawiać na otwartej linii. Pani i Langdon macie natychmiast zgłosić się na policję. Dla waszego własnego dobra! To jest rozkaz!

Sophie odwiesiła słuchawkę i pobiegła z Langdonem w kierunku otwartych drzwi wagonu.

Rozdział 89

Nieskazitelna kabina odrzutowca Teabinga była teraz zaśmiecona opiłkami metalu i śmierdziała mieszaniną sprężonego powietrza i propanu. Bezu Fache odesłał wszystkich i siedział samotnie z drinkiem w dłoni, trzymając przed sobą na kolanach ciężką drewnianą szkatułkę znalezioną w sejfie.

Przesunął palcami po intarsjowanej róży i podniósł ozdobne wieczko. W środku znalazł kamienny cylinder, a na nim litery wyrzeźbione na dyskach. Pięć dysków ustawiono tak, by można było odczytać z nich słowo SOFIA.

Fache przez dłuższy czas przypatrywał się temu słowu, potem wyjął cylinder z miękkiego wnętrza szkatułki i badał dokładnie każdy cal. W końcu powoli pociągnął za jego nasadki i zdjął jedną. Cylinder był pusty.

Fache odłożył go do pudełka i patrzył nieobecnym wzrokiem przez iluminator odrzutowca na hangar, myśląc raz jeszcze o krótkiej rozmowie z Sophie oraz o informacji, którą otrzymał od ekipy dochodzeniowej z Château Villette.

Z zadumy wyrwał go dźwięk telefonu.

Dzwonił dyżurny DCPJ. Przepraszając, informował go, że prezes Banku Depozytowego Zurychu dzwonił kilkakrotnie, a choć za każdym razem mówiono mu, że kapitan pojechał do Londynu w ważnych sprawach, ten wciąż dzwonił i dzwonił. Fache tonem wymówki kazał dyżurnemu połączyć rozmowę.

— *Monsieur* Vernet — powiedział Fache, zanim bankier otworzył usta — proszę mi wybaczyć, że nie zadzwoniłem wcześniej. Byłem zajęty. Tak jak obiecywałem, nazwa pańskiego banku nie pojawi się w mediach. Czy jest więc jeszcze coś, co pana niepokoi?

W głosie Verneta słychać było irytację, kiedy mówił Fache'owi, jak Langdon i Sophie wyciągnęli z jego banku drewniane pudełko, a potem przekonali Verneta, żeby pomógł im w ucieczce.

— Potem, kiedy usłyszałem w radio, że to przestępcy — mówił Vernet — zatrzymałem samochód i zażądałem od nich zwrotu pudełka, ale zaatakowali mnie i ukradli furgonetkę.

— Martwi się pan o to pudełko — powiedział Fache, patrząc kątem oka na intarsję róży na wieczku i raz jeszcze je otwierając, żeby spojrzeć na biały cylinder. — Czy może mi pan powiedzieć, co jest w tym pudełku?

— Jego zawartość jest bez znaczenia — odparł Vernet. — Martwię się jedynie o reputację naszego banku. Nigdy jeszcze nie mieliśmy żadnego włamania. Nigdy. Będziemy zrujnowani, jeżeli nie uda mi się odzyskać własności zdeponowanej przez mojego klienta.

— Powiedział pan, że agentka Neveu i Robert Langdon mieli hasło dostępu i klucz. Co pana skłania do tego, by podejrzewać, że ukradli to pudełko?

— Minionej nocy zamordowali przecież kogoś. I dziadka Sophie Neveu. Klucz i hasło dostępu na pewno uzyskali podstępem.

— Panie Vernet, moi ludzie pogrzebali trochę w pana przeszłości i w interesach. Jest pan bez wątpienia człowiekiem wielkiej kultury i wrażliwości. Rozumiem, że jest pan również człowiekiem honoru. Podobnie jak ja. A więc powiadam panu, że daję swoje słowo jako szef DCPJ, że pańskie pudełko, jak również reputacja pańskiego banku, są bezpieczne i w dobrych rękach.

Rozdział 90

Wysoko na poddaszu stajni, gdzie kiedyś składowano siano na potrzeby Château Villette, Collet patrzył bezgranicznie zdumiony na ekran komputera.

— Ten system podsłuchuje we wszystkich tych pomieszczeniach?

— Tak — powiedział agent. — Wygląda na to, że dane zbierano tutaj ponad rok.

Kiedy Collet czytał listę nazwisk, niemal odebrało mu mowę.

COLBERT SOSTAQUE — przewodniczący
   Conseil Constitutionnel
JEAN CHAFFEE — kustosz Musée du Jeu
   de Paumme
EDOUARD DESROCHERS — główny
   archiwista w Bibliotece
   im. Mitterranda
JACQUES SAUNIERE — kustosz Muzeum
   Luwru
MICHEL BRETON — szef DAS
   (francuskiego wywiadu wojskowego)

Agent wskazał na ekran.

— Nas najbardziej interesuje numer cztery.

Collet jak w transie kiwnął głową. Dla niego też to było oczywiste. Jacques'a Saunière'a ktoś podsłuchiwał. Przyjrzał

465

się pozostałym nazwiskom na liście. Jak ktoś mógł podsłuchiwać osoby na takich stanowiskach?

— Przesłuchiwał pan jakieś taśmy z nagraniami?

— Kilka. Tu mamy najświeższą. — Agent wystukał coś na klawiaturze komputera. Głośniki z trzaskiem obudziły się do życia. — *Capitaine, un agent du Département de Cryptographie est arrivé.*

Collet nie mógł uwierzyć własnym uszom.

— To ja! To mój głos! — Przypomniał sobie, że siedział przy biurku Saunière'a i zawiadamiał Fache'a przez radio, że przyszła Sophie Neveu.

Agent skinął głową.

— Sporo z naszego dzisiejszego dochodzenia w Luwrze dałoby się usłyszeć na tych taśmach, gdyby ktoś chciał w tym pogrzebać.

— Posłaliście kogoś, żeby sprawdził, gdzie jest pluskwa?

— Nie ma potrzeby. Wiem doskonale, gdzie jest. — Agent podszedł do stosu starych notatek i planów technicznych leżących na stole. Wybrał jakąś kartkę i podał ją Colletowi. — Poznaje pan?

Collet był zdumiony. Trzymał w ręku kserokopię starego schematu technicznego opisującego jakąś maszynerię. Nie potrafił odczytać ręcznie wpisanych włoskich opisów, ale wiedział, co ma przed oczami. Model w pełni ruchomego średniowiecznego rycerza francuskiego.

Rycerza, który stoi na biurku Saunière'a!

Wzrok Colleta powędrował na marginesy, gdzie ktoś nabazgrał na kserokopii notatki czerwonym markerem. Notatki były po francusku i wyglądało, że jest to pomysł, jak najlepiej umieścić urządzenie podsłuchowe wewnątrz rycerza.

Rozdział 91

Sylas siedział na fotelu pasażera w zaparkowanej limuzynie marki Jaguar niedaleko kościoła Temple. Czuł, że pocą mu się ręce, które złożył na kluczu sklepienia. Czekał, aż Rémy w tyle samochodu skończy kneblować i wiązać Teabinga liną, którą znaleźli w bagażniku.

W końcu Rémy wyłonił się z limuzyny, obszedł ją dookoła i wśliznął się na siedzenie kierowcy obok Sylasa.

— Zabezpieczony? — spytał Sylas.

Rémy zachichotał, strząsając z siebie krople deszczu, i spojrzał przez otwartą szklaną szybę oddzielającą kierowcę od reszty samochodu na związanego Leigha Teabinga, którego ledwo było widać w zaciemnionej tylnej części auta.

— Tak. On się już nigdzie nie wybiera.

Sylas słyszał zduszone okrzyki protestu i zorientował się, że Rémy użył też kawałków starej taśmy, którą przedtem był spętany Sylas.

— *Ferme ta gueule!* — wrzasnął Rémy do Teabinga. Sięgnął do rozbudowanej tablicy rozdzielczej jaguara i nacisnął jakiś guzik. Za nimi zaczęła podnosić się ukośna szyba oddzielająca ich od reszty samochodu. Teabing zniknął, a jego głosu nie było już słychać. Rémy spojrzał na Sylasa. — Już dość się nasłuchałem tego jęczenia.

Kilka minut później, kiedy jaguar pędził przez ulice miasta, zadzwonił telefon komórkowy Sylasa. Nauczyciel. Sylas był podekscytowany.

— Halo?

— Sylasie, to ty? — spytał Nauczyciel z francuskim akcentem. — Kamień z serca, że słyszę twój głos. To znaczy, że jesteś bezpieczny.

Sylas również ucieszył się, że słyszy Nauczyciela. Minęło już kilka godzin i w pewnej chwili operacja wymknęła im się spod kontroli. Teraz wydawało się, że znów wszystko jest na dobrej drodze.

— Mam klucz sklepienia.

— To świetna wiadomość — powiedział Nauczyciel. — Jest z tobą Rémy?

Sylas był zaskoczony, że Nauczyciel wymienił imię Rémy'ego.

— Tak. Rémy mnie uwolnił.

— Takie miał ode mnie polecenie. Nie gniewaj się, że musiałeś tak długo wytrzymywać tę niewolę.

— Cierpienie fizyczne nie ma znaczenia. Najważniejsze, że klucz jest nasz.

— Tak, muszę was prosić o dostarczenie mi go natychmiast. Teraz najważniejszy jest czas.

Sylas bardzo chciał spotkać Nauczyciela twarzą w twarz.

— Tak jest, sir. Będę zaszczycony.

— Sylasie, chciałbym, żeby Rémy mi go przyniósł.

— Rémy? — Sylas był zdruzgotany. Po tym wszystkim, co zrobił dla Nauczyciela, sądził, że to on wręczy mu zdobycz. Nauczyciel woli Rémy'ego.

— Wyczuwam w twoim głosie rozczarowanie — powiedział Nauczyciel. — To znaczy, że nie rozumiesz moich intencji. — Zniżył głos do szeptu. — Musisz wiedzieć, że wolałbym oczywiście, żebyś to właśnie ty przekazał mi klucz — człowiek służący Bogu, a nie kryminalista — ale muszę się porachować z Rémym. Nie posłuchał moich rozkazów i popełnił poważny błąd, przez co nasza cała misja stoi pod znakiem zapytania.

Sylas poczuł chłód i spojrzał z ukosa na Rémy'ego. Porwanie Teabinga nie leżało w ich planach, a decyzja, co z nim zrobić, stanowiła nowy problem.

— Ty i ja jesteśmy w służbie Boga — szeptał Nauczyciel. — Nic nie może nas odwieść od wyznaczonego celu. — Zapadła znacząca cisza. — Z tego właśnie powodu poproszę Rémy'ego, żeby dostarczył mi klucz. Rozumiesz?

Sylas wyczuł gniew w głosie Nauczyciela i był zdziwiony, że nie wykazuje on więcej zrozumienia sytuacji. Rémy nie mógł uniknąć ujawnienia się, pomyślał. Zrobił to, co musiał zrobić. Uratował klucz sklepienia.

— Rozumiem — w końcu Sylasowi udało się wypowiedzieć te słowa.

— Dobrze. Dla własnego bezpieczeństwa musisz natychmiast zniknąć z ulic miasta. Policja będzie niedługo szukała limuzyny i nie chcę, żeby cię złapano. Opus Dei ma dom dla braci w Londynie, prawda?

— Oczywiście.

— I chętnie cię tam przyjmą?

— Jak swojego.

— Więc udaj się tam i pilnuj, żeby cię nikt nie widział. Zadzwonię do ciebie, kiedy już będę miał klucz w rękach i rozwiążę ten najbardziej palący problem.

— Jesteś w Londynie?

— Rób to, co mówię, a wszystko będzie dobrze.

— Tak jest, sir.

Nauczyciel westchnął głośno, jakby to, co musiał teraz zrobić, robił z wielkim żalem.

— Teraz muszę porozmawiać z Rémym.

Sylas podał Rémy'emu telefon, czując przez skórę, że to prawdopodobnie ostatnia rozmowa, jaką Rémy Legaludec odbędzie w swoim życiu.

Kiedy Rémy wziął telefon do ręki, wiedział, że ten biedny, pokręcony mnich nie ma pojęcia, jaki los go czeka, kiedy już wykonał swoje zadanie.

Nauczyciel cię wykorzystał, Sylasie.

A twój biskup to pionek w grze.

Rémy wciąż podziwiał zdolność przekonywania Nauczyciela. Biskup Aringarosa uwierzył we wszystko. Zaślepiła go własna desperacja. Aringarosa za wszelką cenę chciał uwierzyć. Chociaż Rémy nie bardzo lubił Nauczyciela, czuł dumę z tego, że zyskał jego zaufanie i tak bardzo mu pomógł. Zasłużyłem na swoją zapłatę.

— Słuchaj uważnie — powiedział Nauczyciel. — Zawieź Sylasa do londyńskiej kwatery Opus Dei, wysadź go kilka ulic wcześniej. Potem jedź do St. James's Park. To niedaleko Parlamentu i Big Bena. Możesz zaparkować limuzynę przy Horse Guards Parade. Tam porozmawiamy.

Na tym rozmowa się skończyła, a połączenie przerwano.

Rozdział 92

Wydział Teologii i Religioznawstwa King's College, uczelni założonej w 1829 roku przez króla Jerzego IV, mieści się w budynkach uniwersyteckich sąsiadujących z Parlamentem, na gruntach oddanych uniwersytetowi w użytkowanie przez Koronę. Wydział ten szczyci się nie tylko stupięćdziesięcioletnim doświadczeniem dydaktycznym i badawczym, ale i tym, że w 1982 roku powołano tam do życia Instytut Badawczy Teologii Systematycznej, który ma najbogatsze i najbardziej nowoczesne zbiory biblioteczne z dziedziny religioznawstwa na świecie.

Langdon był wciąż roztrzęsiony, kiedy razem z Sophie schronili się przed strumieniami deszczu pod dachem biblioteki. Główna sala, poświęcona badaniom źródłowym, wyglądała tak, jak ją opisywał Teabing — ośmiokątna komnata jak ze starego zamczyska, wyposażona w olbrzymi okrągły stół, wokół którego z pewnością czuliby się dobrze król Artur i jego rycerze, gdyby nie to, że stało na nim dwanaście komputerów z płaskimi ekranami. W drugiej części pomieszczenia bibliotekarka nalewała sobie właśnie herbatę z czajniczka, przygotowując się do kolejnego dnia pracy.

— Piękny poranek — powiedziała radośnie z nienagannym brytyjskim akcentem, zostawiając na chwilę herbatę i podchodząc do nich. — Czy mogę państwu pomóc?

— Tak, bardzo byśmy prosili — odparł Langdon. — Nazywam się...

— Robert Langdon — uśmiechnęła się do niego łagodnie. — Wiem, kim pan jest.

Przez chwilę bał się, że Fache pokazuje go też w angielskiej telewizji, ale uśmiech bibliotekarki mówił coś innego. Langdon wciąż jeszcze nie przyzwyczaił się do nieoczekiwanych dowodów swojej popularności. Z drugiej jednak strony któż miałby rozpoznać jego twarz, jeśli nie bibliotekarka w bibliotece wydziału religioznawstwa?

— Nazywam się Pamela Gettum — powiedziała bibliotekarka, wyciągając do niego rękę. Miała sympatyczną, szczerą i mądrą twarz i przyjemnie brzmiący głos. Okulary w rogowej oprawie wiszące na łańcuszku na jej szyi miały bardzo grube szkła.

— Bardzo mi miło — powiedział Langdon. — To jest moja znajoma, pani Sophie Neveu.

Kobiety przywitały się, a Pamela Gettum zwróciła się do Langdona:

— Nie wiedziałam, że państwo się tu wybieracie.

— My też nie wiedzieliśmy. Jeśli nie sprawimy kłopotu, chcielibyśmy poprosić panią o pomoc w wyszukiwaniu pewnych informacji.

Widać było, że Pamela Gettum czuje się trochę niezręcznie, miała niepewny wyraz twarzy.

— Zazwyczaj wykonujemy usługi bibliotekarskie wyłącznie po złożeniu przez osobę zainteresowaną zamówienia i po uprzednim umówieniu się na termin, chyba że jest pan gościem kogoś, kto pracuje tutaj, na naszym wydziale?

Langdon pokręcił głową.

— Niestety, obawiam się, że zjawiamy się tu bez zapowiedzi. Mój przyjaciel bardzo pochlebnie się o pani wyrażał. Zna pani sir Leigha Teabinga. — Langdon poczuł falę bólu, kiedy wymawiał jego nazwisko — historyka rodziny królewskiej?

Twarz Pameli Gettum rozjaśnił uśmiech.

— Ależ tak. Oryginał. Fanatyk! Zawsze kiedy tutaj przychodzi, szuka tego samego. Graal, Graal i Graal. Prędzej umrze, niż zaprzestanie swoich poszukiwań. — Puściła oko do Langdona. — Ma czas i pieniądze i może sobie pozwolić na taki niewinny luksus, prawda? To prawdziwy donkiszot.

— Mogłaby nam pani jakoś pomóc? — spytała Sophie. — To dla nas dość ważne.

Pamela Gettum rozejrzała się po pustej sali bibliotecznej i puściła oko do nich obojga.

— Cóż, nie można powiedzieć, żebym była bardzo zajęta, prawda? Proszę się tylko wpisać do księgi, chyba nikt nie będzie miał nic przeciwko temu. Czegóż to więc szukacie?

— Próbujemy odnaleźć pewien grób w Londynie.

Pamela Gettum popatrzyła na nich powątpiewająco.

— Mamy tu około dwudziestu tysięcy grobów. Można by trochę to uściślić?

— Jest to grób rycerza. Nie znamy niestety jego nazwiska.

— Rycerza. Aha, to zawęża nasze poszukiwania. Grób rycerza to rzecz znacznie mniej powszechna.

— Nie mamy zbyt wielu informacji na temat rycerza, którego szukamy — powiedziała Sophie. — Wiemy tyle. — Podała Pameli Gettum kawałek papieru, na którym napisała tylko pierwsze dwa wersy wiersza.

Obawiając się pokazywać obcej osobie cały wiersz, postanowili podzielić się z bibliotekarką tylko tymi wersami, które mówiły o rycerzu. Kryptografia rozczłonkowana — jak powiedziała Sophie. Kiedy agencja wywiadu przejmuje jakiś kod zawierający bardzo utajnione dane, każdy z kryptologów pracuje nad odrębną częścią kodu. Dzięki temu, kiedy go już złamią, żaden kryptograf nie dysponuje całą rozszyfrowaną wiadomością.

W tej sytuacji podjęte środki ostrożności były prawdopodobnie przesadne, bo nawet gdyby bibliotekarka zobaczyła cały wiersz, zdołała odnaleźć grób rycerza i wiedziała, co to za kula, ta informacja byłaby bez krypteksu bezużyteczna.

Wyraz twarzy amerykańskiego naukowca wskazywał, że sprawa jest pilna, jak gdyby szybkie odnalezienie tego grobu było kwestią życia i śmierci. Kobieta o zielonych oczach, która przyszła wraz z nim, również wydawała się bardzo czymś przejęta.

Pamela Gettum, zaciekawiona, założyła okulary i przyjrzała się kartce, którą jej właśnie wręczono.

W Londynie leży rycerz, dzielny chwat,
A Papież go pogrzebał, w ziemię kładł.

— Co to jest? — Spojrzała na gości. — Jakaś harwardzka zagadka, jakieś poszukiwanie skarbu?

— Tak, coś w tym guście. — Langdon zmusił się do uśmiechu.

Pamela Gettum oderwała się na chwilę od kartki, czując, że nie mówią jej wszystkiego. Niemniej była zaintrygowana i znów dłuższą chwilę przypatrywała się tekstowi.

— Czy to się pani z czymś kojarzy?

Pamela Gettum ruszyła w kierunku jednego z komputerów.

— Nic mi się nie narzuca, ale zobaczmy, co da się wyczytać z bazy danych.

W ciągu ostatnich dwudziestu lat instytut badawczy w King's College używał oprogramowania skanującego znaki i zapisującego je w postaci elektronicznej, by skatalogować ogromne zbiory tekstów — encyklopedii religii, biografii religijnych, Pisma Świętego w dziesiątkach języków, listów watykańskich, dzienników prowadzonych przez kleryków, wszystkiego, co kwalifikowało się jako dokumenty dotyczące duchowości człowieka. Z uwagi na to, że olbrzymia kolekcja miała teraz formę bajtów i kilobajtów, dostęp do wszystkich danych był znacznie łatwiejszy.

Pamela Gettum usiadła przy jednym z komputerów, spojrzała jeszcze raz na kartkę papieru i zaczęła stukać w klawiaturę.

— Zaczniemy od prostego zapytania katalogowego, w które wpiszemy kilka oczywistych słów kluczowych, i zobaczymy, co to da.

— Świetnie.

Pamela Gettum wpisała pierwsze słowa:

LONDYN, RYCERZ, PAPIEŻ*

Nacisnęła „Szukaj" i poczuła, jak jeden z potężnych komputerów piętro niżej zaczyna wibrować i buczeć, skanując dane z prędkością pięciuset megabajtów na sekundę.

— Zleciłam systemowi, aby wyszukał te dokumenty, których

---

* Papież — ang. *pope*.

kompletny tekst zawiera wszystkie te trzy kluczowe słowa. Pokaże się znacznie więcej, niżbyśmy tego chcieli, ale będziemy mieli jakiś punkt wyjścia.

Na ekranie zaczynały się już pokazywać pierwsze wyniki wyszukiwania.

Wizerunki papieża. Zebrane portrety sir Joshuy Reynoldsa. London University Press.

Pamela Gettum pokręciła głową.

— Chyba nie tego szukamy. — Popatrzyła na następne hasło.

Zapiski londyńskie Alexandra Pope'a pióra G. Wilsona Knighta*.

Znów pokręciła głową.

W miarę jak system przerabiał dane, kolejne hasła pojawiały się szybciej niż przedtem. Ich oczom ukazywały się dziesiątki różnych tekstów — wiele z nich dotyczyło osiemnastowiecznego pisarza angielskiego Alexandra Pope'a, którego antyreligijna, szydercza poezja epicka zawierała liczne odniesienia do rycerzy i do Londynu.

Pamela Gettum rzuciła okiem na pole u dołu ekranu, gdzie pojawiały się cyfry. Komputer, obliczając aktualną liczbę odnalezionych haseł i mnożąc przez procent bazy danych, który trzeba jeszcze przeszukać, dawał wstępną informację, ile znajdzie haseł. Te poszukiwania prawdopodobnie dadzą nieprzyzwoicie wielką liczbę danych.

Przewidywana liczba odnalezionych haseł: 2692.

— Musimy jeszcze bardziej uściślić parametry — powiedziała Pamela Gettum, zatrzymując przeszukiwanie. — Czy to wszystkie informacje, jakie macie o tym grobie? Nie ma nic innego, na czym moglibyśmy się oprzeć?

---

* *Knight* (ang.) — rycerz.

Langdon spojrzał niepewnie na Sophie.

To nie jest sztubackie poszukiwanie skarbu, wyczuła Pamela Gettum. Słyszała tu i ówdzie pogłoski o tym, co Robert Langdon przeżył poprzedniego roku w Rzymie. Temu Amerykaninowi udostępniono najściślej strzeżoną bibliotekę na ziemi — tajne archiwa Watykanu. Zastanawiała się, co Langdon mógł tam znaleźć i czy jego obecne desperackie polowanie na tajemniczy grób w Londynie może mieć jakiś związek z informacjami, które uzyskał w murach Watykanu. Pamela Gettum już dość długo była bibliotekarką i wiedziała, dlaczego niektórzy badacze przyjeżdżają do Londynu, szukając rycerzy. Święty Graal.

Uśmiechnęła się i poprawiła okulary.

— Jesteście znajomymi sir Leigha Teabinga, jesteście w Anglii i szukacie rycerza. — Skrzyżowała ręce na piersiach. — Mogę tylko przypuszczać, że chodzi o Świętego Graala.

Langdon i Sophie spojrzeli na siebie zdziwieni.

Pamela Gettum zaśmiała się perliście.

— Przyjaciele, moja biblioteka to mekka poszukiwaczy Graala. Leigh Teabing jest jednym z nich. Chciałabym mieć choć pensa z każdego wyszukiwania w komputerze haseł takich jak róża, Maria Magdalena, Sangreal, Merowingowie, Zakon Syjonu i tak dalej, i tak dalej. Wszyscy kochamy spiski. — Zdjęła okulary i spojrzała na nich. — Potrzebuję więcej danych.

W panującej ciszy Pamela Gettum wyczuła, że chęć zachowania dyskrecji topnieje i jej goście bardzo chcą szybko uzyskać jakiś rezultat.

— W takim razie dobrze — westchnęła Sophie Neveu. — To wszystko, co wiemy. — Wzięła od Langdona długopis, napisała na kawałku papieru jeszcze dwa wersy i podała je bibliotekarce.

Owocem jego pracy Święty gniew,
Brzemienna ma być kula, Róży krzew.

Pamela Gettum uśmiechnęła się do siebie. A więc naprawdę chodzi o Graala, pomyślała, zauważając odniesienia do róży i do brzemiennego łona.

— Chyba mogę wam pomóc — powiedziała, spoglądając znad kawałka papieru. — Mogłabym zapytać, skąd pochodzi ten wiersz? I dlaczego szukacie kuli?

— Mogłaby pani — Langdon uśmiechnął się przyjaźnie — ale to długa historia, a my mamy bardzo mało czasu.

— To brzmi jak uprzejma prośba, żebym pilnowała własnego nosa.

— Będziemy pani wiecznymi dłużnikami, Pamelo, jeżeli uda się pani dowiedzieć, kim jest ten rycerz i gdzie jest pochowany.

— Doskonale — powiedziała bibliotekarka, znów wystukując coś na klawiaturze. — Wchodzę w to. Jeżeli to odnosi się do Graala, powinniśmy zderzyć wasze hasła ze słowami kluczowymi dla Świętego Graala. Dodam parametr bliskości i usunę z zapytania ograniczenia dotyczące tytułów. To zredukuje wyszukiwanie tylko do tych sytuacji, kiedy słowa kluczowe z tekstu pojawią się w pobliżu słowa, które ma związek z Graalem.

Szukaj:

RYCERZ, LONDYN, PAPIEŻ, GRÓB

W odległości stu słów od:

GRAAL, RÓŻA, SANGREAL, KIELICH

— Ile czasu to zajmie? — spytała Sophie.

— Poszukiwanie kilkuset terabajtów z uwzględnieniem wielu indeksowanych pól? — Oczy Pameli Gettum zalśniły, kiedy stuknęła w przycisk SZUKAJ. — Nie więcej niż piętnaście minut.

Langdon i Sophie milczeli, lecz Pamela Gettum zrozumiała, że to dla nich jak wieczność.

— Herbatki? — spytała, wstając i kierując się ku imbryczkowi, do którego wcześniej wlała wrzątek. — Leigh przepada za moją herbatką.

Rozdział 93

Londyńska siedziba Opus Dei to skromny budynek z cegły przy Orme Court numer 5, na wprost North Walk w Kensington Gardens. Sylas nigdy tu nie był, ale zbliżając się do tego przybytku, czuł, że niedługo będzie bezpieczny i otrzyma upragniony azyl. Pomimo padającego deszczu, Rémy wysadził go w pewnej odległości, żeby nie wyjeżdżać limuzyną na główne ulice. Sylas chętnie się przespaceruje. Deszcz oczyszcza.

Zgodnie z sugestią Rémy'ego Sylas starł odciski palców z rewolweru i wyrzucił go do kratki ściekowej. Był zadowolony, że się go pozbył. Czuł się lżejszy. Nogi wciąż go bolały po więzach, ale Sylas znosił już większy ból. Zastanawiał się jednak, co będzie z Teabingiem, którego Rémy zostawił związanego w tyle limuzyny. Anglikowi na pewno teraz jest ciężko.

— Co z nim zrobisz? — spytał Sylas Rémy'ego, kiedy jechali.

Rémy wzruszył ramionami.

— Decyzja należy do Nauczyciela. — Ton jego głosu był dziwnie ponury.

Teraz, kiedy Sylas dochodził już do budynku Opus Dei, deszcz zaczął padać jeszcze mocniej, mocząc jego ciężką szatę, obmywając bolesne rany z poprzedniego dnia. Był gotów zapomnieć o grzechach ostatnich dwudziestu czterech godzin i oczyścić duszę. Jego dzieło było skończone.

Sylas przeszedł przez mały podwórzec do frontowych drzwi i wcale go nie zdziwiło, że nie są zamknięte. Pchnął je i wszedł do maleńkiej recepcji. Kiedy postawił stopę na dywanie, na górze rozległ się stłumiony dźwięk elektrycznego dzwonka. Dzwonek był powszechnym urządzeniem w tych kwaterach dla mnichów, gdzie ich mieszkańcy spędzali większą część dnia w celach na modlitwie. Sylas usłyszał nad głową jakiś ruch i skrzypienie drewnianej podłogi.

Na dół zszedł mężczyzna w habicie.

— W czym mogę pomóc? — Miał łagodne, dobre oczy, które nawet chyba nie odnotowały przedziwnego wyglądu Sylasa.

— Dziękuję. Nazywam się Sylas. Jestem członkiem Opus Dei.

— Amerykanin?

Sylas skinął głową.

— Jestem w mieście tylko przez jeden dzień. Czy mogę tu odpocząć?

— Nie musisz nawet pytać. Na trzecim piętrze są dwa puste pokoje. Przynieść ci herbaty i chleba?

— Tak, bardzo dziękuję. — Sylas był głodny jak wilk.

Poszedł na górę do skromnego pokoiku z oknem, gdzie zdjął mokrą szatę i uklęknął, żeby pomodlić się w samej bieliźnie. Słyszał, jak jego gospodarz wchodzi na górę i kładzie tacę przed drzwiami. Sylas skończył modlitwy, zjadł posiłek i położył się spać.

Trzy piętra niżej zadzwonił telefon. Mnich Opus Dei, który otworzył drzwi Sylasowi, podniósł słuchawkę.

— Tu komenda policji — powiedział rozmówca. — Szukany mnicha albinosa. Dostaliśmy cynk, że może być u was. Widział go pan?

Brat zakonny był zdziwiony.

— Tak, jest tutaj. Coś się stało?

— Jest teraz u was?

— Tak. Jest na górze, modli się. O co chodzi?

— Proszę mu nic nie mówić, niech się dalej modli — polecił ficer policji. — I nikomu ani słowa. Posyłam tam swoich ludzi.

Rozdział 94

St James's Park to morze zieleni w samym środku Londynu, park miejski graniczący z pałacami Westminster, Buckingham i St James's. Kiedyś król Henryk VIII kazał go ogrodzić i wypuścić sarny dla myśliwych. Teraz park jest dostępny dla publiczności. W niedzielne popołudnia londyńczycy urządzają sobie pikniki pod wierzbami i karmią pelikany, które są stałymi rezydentami parkowego stawu — ich przodkowie przybyli tu jako dar ambasadora rosyjskiego dla króla Karola II.

Dzisiaj nauczyciel nie widział pelikanów. Sztormowa pogoda zapędziła tu mewy z oceanu. Trawa była nimi dosłownie usłana — setki białych ptaków, zwrócone w tym samym kierunku próbowały cierpliwie przeczekać podmuchy wilgotnego wiatru. Pomimo porannej mgły widok z parku na Parlament i na Big Bena był wyśmienity. Patrząc przez rozległe przestrzenie traw ników, przez staw z kaczkami i delikatne sylwetki płaczących wierzb, Nauczyciel ujrzał wieżę budowli, która kryła w sobie grób rycerza — bo to był prawdziwy powód, dla którego wyznaczył Rémy'emu spotkanie właśnie w tym miejscu.

Kiedy Nauczyciel podszedł do przednich drzwi limuzyny od strony pasażera, Rémy pochylił się i otworzył je od wewnątrz. Nauczyciel przez chwilę nie wsiadał, pociągnął łyk koniaku z piersiówki, którą miał ze sobą. Potem, wytarłszy usta, wślizną się do samochodu, usiadł koło Rémy'ego i zamknął drzwi.

Rémy podniósł do góry klucz sklepienia jak trofeum.

— Już się nam prawie wyśliznął z rąk.

— Dobrze się spisałeś — pochwalił Nauczyciel.

— Obaj dobrze się spisaliśmy — odparł Rémy, powierzając klucz niecierpliwym dłoniom Nauczyciela.

Nauczyciel podziwiał go przez chwilę, uśmiechając się.

— A broń? Wytarłeś ślady?

— Jest w schowku, tam skąd ją wziąłem.

— Doskonale. — Nauczyciel jeszcze raz pociągnął koniaku z piersiówki i podał ją Rémy'emu. — Koniec jest blisko.

Rémy z wdzięcznością przyjął butelkę. Koniak smakował troszkę słono, ale jemu to nie przeszkadzało. On i Nauczyciel byli teraz prawdziwymi partnerami. Czuł, że życie stoi przed nim otworem. Nigdy już nie będę służącym. Kiedy patrzył na wznoszącą się w górę linię trawy i staw z kaczkami, Château Villette wydawało mu się odległe o całe wieki.

Pociągnął jeszcze raz z piersiówki i poczuł, że koniak rozgrzewa mu krew. Jednak ciepło w jego gardle szybko zmieniło się w nieprzyjemne gorąco. Poluzował muszkę i poczuł dziwne drapanie w gardle.

— Chyba już mam dosyć. — Jego głos zabrzmiał słabo.

Odbierając piersiówkę, Nauczyciel powiedział:

— Wiesz o tym, Rémy, że jesteś jedyną osobą, która zna moją twarz. Ufałem ci bezgranicznie.

— Tak, wiem — odparł Rémy, czując falę gorąca i coraz gwałtowniej starając się poluzować ciasną muszkę. — Twoja tożsamość pójdzie ze mną do grobu.

Nauczyciel milczał dłuższą chwilę.

— Wierzę ci. — Schował klucz sklepienia i piersiówkę do kieszeni, sięgnął do schowka i wyjął maleńki rewolwer Meduza. Rémy poczuł falę strachu, ale Nauczyciel po prostu włożył rewolwer do kieszeni spodni.

Co on robi? Rémy'ego oblała nagle fala potu.

— Wiem, że przyrzekłem ci wolność — powiedział Nauczyciel, a w jego głosie słychać było nutę żalu. — Jednakże zważywszy na okoliczności, to jest jedyne, co mogę zrobić.

Gardło Rémy'ego zaczęło gwałtownie puchnąć, to było jak trzęsienie ziemi. Zwalił się ciężko na kierownicę, trzymając się za szyję i czując, że w coraz ciaśniejszym przełyku zbierają mu się wymiociny. Nie mógł nawet krzyczeć, jęknął tylko, ale na pewno nie było go słychać na zewnątrz. Teraz uzmysłowił sobie, co oznaczał słony smak koniaku.

On mnie morduje!

Nie mogąc uwierzyć w to, co się dzieje, Rémy odwrócił się i zobaczył Nauczyciela, który siedział spokojnie tuż przy nim i patrzył przed siebie przez przednią szybę samochodu. Rémy miał mgłę przed oczami i nie mógł złapać tchu. Wszystko mu ułatwiłem! Jak mógł mi to zrobić! Rémy już nigdy się nie dowie, czy Nauczyciel od początku chciał go zlikwidować, czy też jego działania w kościele Temple sprawiły, że stracił do niego zaufanie. Opanował go strach i wściekłość. Próbował rzucić się na Nauczyciela, ale jego sztywniejące mięśnie nie mogły się już poruszać. Uwierzyłem ci we wszystkim!

Rémy próbował podnieść zaciśnięte pięści, żeby zatrąbić, ale tylko opadł na bok, potoczył się na siedzenie i leżał, trzymając się kurczowo za gardło. Zaczęło mocniej padać. Rémy już niczego nie widział, ale czuł, że jego mózg, któremu nagle zabrakło tlenu, stara się przytrzymać ostatnie blade strzępy światła. Kiedy jego świat powoli znikał, Rémy Legaludec mógłby przysiąc, że słyszy miękki szum fal omywających piasek na francuskiej Riwierze.

Nauczyciel wysiadł z limuzyny zadowolony, że nikt nie patrzy w jego kierunku. Nie miałem wyjścia, powiedział sobie, zdziwiony, że nie czuje wyrzutów sumienia po tym, co właśnie zrobił. Rémy przypieczętował własny los. Nauczyciel cały czas się bał, że trzeba będzie wyeliminować Rémy'ego, kiedy misja się skończy, ale jego samowolne wejście do akcji w kościele Temple przyspieszyło dramatycznie tę konieczność. To, że Robert Langdon niespodziewanie zjawił się w Château Villette, było dla Nauczyciela pomyślnym zrządzeniem losu, lecz jednocześnie stanowiło głęboki dylemat. Langdon rzucił klucz sklepienia wprost w środek operacji, co było przyjemną niespodzianką, ale z drugiej strony sprowadziło mu na kark policję W Château Villette wszędzie były odciski palców Rémy'ego podobnie jak w stacji nasłuchów urządzonej w stajni, gdzie Rémy pilnował podsłuchów. Nauczyciel winszował sobie, że tak dbał, by nie wiązać się w żaden sposób z tym, co robił Rémy. Nikt nie mógł mu nic zarzucić, chyba żeby Rémy zaczął sypać, ale o to już nie ma obawy.

Trzeba doprowadzić do końca jeszcze jedną rzecz, pomyślał Nauczyciel, przechodząc teraz na tył limuzyny. Policja nie będzie miała pojęcia, co się wydarzyło... i nie będzie żadnego żyjącego świadka, który mógłby cokolwiek powiedzieć. Rozejrzał się, upewniając się, czy nikt nie patrzy, otworzył drzwi i wszedł do przestronnego wnętrza samochodu.

Kilka minut później Nauczyciel przechodził przez St James's Park. Zostało tylko dwoje. Langdon i Neveu. Z nimi sprawa była bardziej skomplikowana. Ale coś wymyśli. Teraz jednak musi się zająć sprawą krypteksu.

Patrząc triumfalnie na drugą stronę parku, ujrzał cel swojej wędrówki. *W Londynie leży rycerz, dzielny chwat...* Kiedy tylko Nauczyciel usłyszał wiersz, wiedział, że zna odpowiedź. A to, że oni się nie domyślili, wcale go nie dziwiło. Miałem fory. Przysłuchując się od miesięcy rozmowom Saunière'a, Nauczyciel usłyszał kiedyś, jak wielki mistrz wspomina w rozmowie słynnego rycerza, wyrażając dla niego podziw niemal taki, jaki miał dla Leonarda da Vinci. Odniesienie do rycerza w wierszu było prostackie, ale dopiero wtedy kiedy się je odkryło — trzeba oddać sprawiedliwość inteligencji Saunière'a — wciąż jednak pozostawało tajemnicą, w jaki sposób grobowiec zdradzi ostatnie hasło dostępu.

Brzemienna ma być kula, Róży krzew.

Nauczyciel jak przez mgłę przypominał sobie fotografię słynnego grobu, a w szczególności jego najbardziej charakterystyczną cechę. Wspaniałą kulę. Ogromna kula umieszczona na szczycie grobowca była niemal tak wielka jak grób. Jej obecność wydawała się Nauczycielowi zarówno napawająca otuchą, jak i kłopotliwa. Z jednej strony była zapewne kierunkowskazem, choć z wiersza wynikało, że brakujące ogniwo to kula, która powinna być, a niekoniecznie, która jest. Liczył na to, że kiedy bliżej przyjrzy się grobowcowi, odpowiedź nasunie się sama.

Deszcz padał teraz coraz mocniej i aby osłonić krypteks przed wilgocią, włożył go głębiej do prawej kieszeni. W lewej trzymał maleńką meduzę. Parę minut później przekraczał próg cichego sanktuarium największej, dziewięćsetletniej budowli Londynu.

Kiedy Nauczyciel wychodził poza zasięg deszczu, biskup Aringarosa właśnie w niego wchodził. Wyłonił się z samolotu i zszedł na mokrą płytę lotniska Biggin Hill, trzymając rękami sutannę i podnosząc ją, aby zupełnie nie zamokła. Miał nadzieję, że powita go kapitan Fache, tymczasem zamiast niego pojawił się oficer policji angielskiej z wielkim czarnym parasolem.

— Biskup Aringarosa? Kapitan Fache musiał wyjechać. Poprosił mnie, żebym się panem zajął. Zasugerował, żebym zabrał pana do Scotland Yardu. Myślał, że tam będzie najbezpieczniej.

Najbezpieczniej? Aringarosa spojrzał na ciężką teczkę pełną watykańskich obligacji, którą trzymał w ręku. Niemal o niej zapomniał.

— Tak, dziękuję bardzo.

Wsiadł do samochodu patrolowego, zastanawiając się, gdzie też może być Sylas. Kilka minut później skaner policyjny z trzaskiem zakłóceń dał mu odpowiedź.

Orme Court 5.

Aringarosa natychmiast rozpoznał ten adres.

Siedziba Opus Dei w Londynie.

Obrócił się do kierowcy jak nakręcany pajacyk.

— Proszę natychmiast mnie tam zawieźć!

Rozdział 95

Odkąd bibliotekarka wprowadziła do systemu zapytanie, Langdon nie spuszczał oczu z ekranu komputera.

Pięć minut. Tylko dwie odpowiedzi. Obie bez związku.

Zaczynał się martwić.

Pamela Gettum była w sąsiednim pokoju zajęta parzeniem herbaty i kawy. Zapytali niemądrze, czy jeżeli robi herbatę, mogłaby też zrobić odrobinę kawy, a z odgłosów kuchenki mikrofalowej w pomieszczeniu obok Langdon wnioskował, że ich prośba zaowocuje neską.

W końcu komputer piknął radośnie.

— Wygląda na to, że macie jeszcze jedną odpowiedź! — zawołała Pamela Gettum. — Co się pokazało?

Langdon przyjrzał się dokładnie ekranowi.

Alegoria Świętego Graala w literaturze
średniowiecznej.
Traktat o sir Gawainie i Zielonym Rycerzu.

— Alegoria Zielonego Rycerza — odpowiedział.

— To niedobrze. Nie mamy wielu mitologicznych zielonych gigantów pochowanych w Londynie — odparła Pamela Gettum.

Langdon i Sophie siedzieli cierpliwie przed ekranem i przeczekali dwa kolejne wątpliwe hasła. Kiedy komputer znowu piknął, to, co się pokazało na ekranie, było zupełnie nieoczekiwane.

485

— Opery Wagnera? — spytała Sophie.

Bibliotekarka wyjrzała zza drzwi z paczką rozpuszczalnej kawy w ręku.

— To dziwna odpowiedź. Czy Wagner był rycerzem?

— Nie — powiedział Langdon zaintrygowany. — Ale był znanym masonem. — Podobnie jak Mozart, Beethoven, Shakespeare, Gershwin, Houdini, Disney. Napisano już tysiące stron na temat związków między masonami a templariuszami, Zakonem Syjonu i Świętym Graalem. — Chciałbym się temu przyjrzeć. Jak się ogląda pełny tekst?

— Niepotrzebny nam pełny tekst! — odkrzyknęła Pamela Gettum. — Trzeba kliknąć na hipertekst. Komputer pokaże słowa kluczowe w kontekście jednego lub kilku słów poprzedzających i następujących.

Langdon nie miał pojęcia, o czym ona mówi, ale kliknął. Pokazało się nowe okno.

```
...mitologiczny rycerz zwany Parsifalem, który...
...metaforyczne poszukiwanie Graala, które...
   ...w londyńskiej Filharmonii w 1855...
      ...opera Rebeki Pope Diva...
   ...Wagnera grób w Bayreuth w Niemczech...
```

— Nic z tego — westchnął Langdon rozczarowany.

Niemniej był pod wrażeniem, jak łatwo korzysta się z systemu. Słowa kluczowe wraz z kontekstem przypomniały mu, że opera Wagnera *Parsifal* była hołdem dla Marii Magdaleny i rodu Jezusa Chrystusa wyrażonym za pośrednictwem opowieści o młodym rycerzu, który wyruszył na poszukiwanie prawdy.

— Cierpliwości — powiedziała Pamela Gettum. — To taka gra w numerki, niech maszyna mieli dalej.

Przez kilka następnych minut komputer pokazywał wiele kolejnych odniesień do Graala, między innymi tekst o trubadurach, słynnych wędrownych minstrelach Francji. Langdon wiedział, że podobieństwo fonetyczne słów „minstrel" i „minister" nie jest przypadkowe, że słowa te mają wspólne korzenie.

Trubadurzy byli wędrownymi służącymi, czyli „ministrami" Kościoła Marii Magdaleny i za pomocą muzyki popularyzowali wśród ludu motyw sakralności kobiecej. Dzisiejsi trubadurzy w swoich pieśniach też wychwalają cnoty „naszej Pani" — tajemniczej pięknej kobiety, której na zawsze oddali serca.

Sprawdził pospiesznie hipertekst, ale niczego nie znalazł. Komputer znowu piknął.

RYCERZE, WALECI, PAPIEŻE I GWIAZDY.
HISTORIA ŚWIĘTEGO GRAALA W TAROCIE.

— To mnie nie dziwi — powiedział Langdon do Sophie. — Nasze słowa kluczowe są takie jak nazwy niektórych kart tarota. — Sięgnął po myszkę, żeby kliknąć na odnośnik. — Nie wiem, czy twój dziadek mówił ci o tym, kiedy grałaś z nim w tarota, ale ta gra to „katechizm karciany", historia Zagubionej Panny Młodej i jej podporządkowania przez zły Kościół.

— Nie słyszałam o tym.

— Właśnie. Nauczając przez grę metaforyczną, wyznawcy Graala ukrywali swój przekaz przed ciekawskimi oczami Kościoła. — Langdon nieraz się zastanawiał, ilu współczesnych graczy w karty zdaje sobie sprawę z tego, że cztery kolory — piki, kiery, trefle i kara — są symbolami, które mają odniesienie do Graala, pochodzącymi bezpośrednio z czterech kolorów tarota: mieczy, pucharów, buław i monet.

Piki to miecze — ostrze. Pierwiastek męski.

Kiery to puchary — kielich. Pierwiastek kobiecy.

Trefle to buława — ród królewski. Zakwitająca drewniana laska.

Kara to monety — Wielka Bogini. Świętość żeńska.

Cztery minuty później, kiedy Langdon zaczynał już tracić nadzieję, komputer pokazał im następny fragment informacji.

Prawo ciążenia geniuszu.
Biografia współczesnego rycerza.

487

— *Prawo ciążenia geniuszu?* — zawołał Langdon w kierunku Pameli Gettum. — Biografia współczesnego rycerza?

— Bardzo współczesnego? — Pamela wystawiła głowę. — Proszę mi tylko nie mówić, że to sir Rudy Giuliani. Osobiście uważam za przesadę nadanie tego tytułu burmistrzowi Nowego Jorku.

Langdon miał z kolei obiekcje wobec nowo uszlachconego sir Micka Jaggera, ale nie był to moment na debatę o polityce nadawania szlachectwa w Wielkiej Brytanii.

— Spójrzmy. — Langdon przywołał kluczowe słowo hipertekstu.

```
...Szlachetny rycerz, sir Isaac Newton....
        ...W Londynie w 1727 i...
...jego grób w Opactwie Westminsterskim...
...Alexander Pope, przyjaciel i współpracownik...
```

— Współczesność jest pojęciem względnym — powiedziała Sophie do Pameli Gettum. — To stara książka. O sir Isaacu Newtonie.

Pamela pokręciła głową, wciąż stojąc w drzwiach.

— To nie to. Newtona pochowano w Opactwie Westminsterskim, w samym sercu anglikanizmu. Niepodobna, aby była przy tym obecna głowa Kościoła katolickiego. Śmietanka i cukier?

Sophie skinęła głową.

Pamela Gettum czekała.

— A pan, Robercie?

Serce Langdona waliło jak młotem. Oderwał oczy od ekranu komputera i wstał.

— Sir Isaac Newton to nasz rycerz.

— Co ty mówisz? — Sophie siedziała niewzruszona.

— Newton jest pochowany w Londynie — powiedział Langdon. — Jego odkrywcze prace naukowe wywołały gniew Kościoła. Był wielkim mistrzem Prieuré de Sion. Czego jeszcze możemy chcieć?

— Czego jeszcze? — Sophie wskazała palcem wiersz. — A co z papieżem? Słyszałeś, co powiedziała pani Gettum. W pogrzebie Newtona nie mógł uczestniczyć papież.

Langdon sięgnął po myszkę.

— A kto mówi, że uczestniczył? — Zaczernił słowo „Pope"
i pojawiło się całe kompletne zdanie.

Ceremonii pogrzebowej sir Isaaca Newtona,
którą zaszczycili swoją obecnością królowie
i szlachetnie urodzeni, przewodniczył
Alexander Pope, przyjaciel i współpracownik,
który wygłosił poruszającą serca mowę
pogrzebową, po czym rzucił na trumnę
grudkę ziemi.

Langdon spojrzał na Sophie.

— Mieliśmy odpowiedź już w drugim trafieniu. Nasz papież
to Alexander Pope. A. Pope.

Sophie wstała. Jacques Saunière, mistrz szarady, raz jeszcze
udowodnił, że jest diablo bystrym człowiekiem.

Rozdział 96

Sylas obudził się nagle.

Nie miał pojęcia, co wyrwało go ze snu ani jak długo spał. Coś mi się śniło? Usiadł na sienniku i słuchał spokojnego rytmu oddechu domu, wsłuchiwał się w ciszę, którą zakłócał tylko pomruk modlitwy dobiegający gdzieś z sąsiedniej celi. Te dobrze znane odgłosy powinny go uspokoić. A jednak czuł się nieswojo. Coś go gnębiło.

Wstał i nie ubierając się, podszedł do okna. Czy ktoś mnie śledzi? Podwórzec poniżej był pusty, taki jak go zapamiętał, kiedy wchodził. Słuchał. Cisza. Więc czemu jestem taki zdenerwowany? Już dawno Sylas nauczył się ufać intuicji. Intuicja utrzymywała go przy życiu, kiedy był dzieckiem na ulicach Marsylii, jeszcze długo przed więzieniem... Długo przedtem, zanim narodził się powtórnie w ramionach biskupa Aringarosy. Wyglądając przez okno, dojrzał niejasny kontur samochodu za żywopłotem. Na dachu samochodu był policyjny kogut. W korytarzu zaskrzypiała podłoga. Poruszyła się klamka w drzwiach. Sylas zareagował instynktownie, przebiegł przez pokój i zatrzymał się w poślizgu przed drzwiami, które ktoś wyłamywał od zewnątrz. Do środka wpadł policjant z bronią, którą skierował w lewo, potem w prawo i rozglądał się po pomieszczeniu, które wydawało się puste. Zanim zdał sobie sprawę, gdzie jest Sylas, ten rzucił się w drzwi, miażdżąc w nich drugiego policjanta, który właśnie wchodził. W momencie, gdy pierwszy policjant okręcał się wokół własnej osi, żeby strzelić, Sylas rzucił się do jego nóg. Broń wypaliła, lecz kula przeszła nad głową Sylasa właśnie wtedy, kiedy ten dopadł kostek policjanta, szarpnął i powalił go na ziemię. Policjant uderzył głową o podłogę. Drugi próbował podnieść się w przejściu. Sylas kopnął go kolanem w krocze, a potem przeszedł ponad wijącym się z bólu ciałem na korytarz.

Prawie nagi rzucił się w dół po schodach. Wiedział, że ktoś go zdradził, ale kto? Kiedy dobiegł do recepcji, przez drzwi frontowe wpadali kolejni policjanci. Sylas zawrócił i zapuścił się głębiej w korytarze. Wejście dla kobiet. Każdy budynek Opus Dei ma takie wejście. Schodząc w dół wąskimi korytarzami, Sylas przemknął przez kuchnię obok przerażonych pracowników, którzy pryskali na boki, żeby uniknąć kontaktu z nagim albinosem, przewracającym miski i sztućce na swojej drodze, a potem wpadł do ciemnego korytarza obok kotłowni. Zobaczył teraz drzwi, których szukał, bo na końcu korytarza świeciło światełko oznaczające wyjście.

Wypadając na deszcz, Sylas zeskoczył z niskiego murku i zobaczył policjanta, który pojawił się z przeciwnej strony, ale było już zą późno. Zderzyli się w pędzie, a szerokie, nagie ramię Sylasa uderzyło w mostek mężczyzny z miażdżącą siłą. Przewrócił policjanta na chodnik i wylądował wprost na nim. Broń policjanta wyśliznęła się, stukając po kocich łbach. Sylas słyszał teraz ludzi i krzyki z korytarza. Przetoczył się po ziemi, chwycił pistolet i podniósł go, akurat gdy w drzwiach pojawili się kolejni policjanci. Od strony schodów padł strzał, a Sylas poczuł rozdzierający ból pod żebrami. Z niepohamowaną wściekłością otworzył ogień do trzech ścigających go policjantów — ich krew opryskała ścianę.

Gdzieś z tyłu, nie wiadomo skąd, wyłonił się jakiś cień. Gniewne dłonie chwyciły go za nagie ramiona z taką siłą, jakby miały w sobie moc samego diabła.

— SYLASIE, NIE!

Sylas odwrócił się błyskawicznie i wystrzelił. Oczy tych dwóch nagle się spotkały. Kiedy biskup Aringarosa padał na mokry od deszczu chodnik, Sylas wydał krzyk grozy.

Rozdział 97

W Opactwie Westminsterskim, w grobach lub w relikwia-rzach, leżą prochy trzech tysięcy osób. Gigantyczne wnętrza wypełniają doczesne szczątki królów, polityków, naukowców, poetów i muzyków. Ich groby, upchnięte w każdej najmniejszej niszy i w każdym zakamarku, na skali przepychu sytuują się od prawdziwie królewskich mauzoleów — jak mauzoleum królo-wej Elżbiety I, której sarkofag pod baldachimem mieści się w jej prywatnej kaplicy — do najskromniejszych metalowych płyt, na których wieki i stopy przechodniów zatarły wyrzeźbione napisy i tylko wyobraźnia podpowiada, czyje szczątki mogłyby leżeć w krypcie.

Zaprojektowanego w stylu wielkich katedr Amiens, Chartres i Canterbury Opactwa Westminsterskiego nie uważa się ani za katedrę, ani za kościół parafialny. Nosi ono miano *royal pecu-liar*, miejsca kultu podległego tylko monarsze. Od dnia koronacji Wilhelma Zdobywcy w Boże Narodzenie 1066 roku mury tego przepięknego sanktuarium były świadkiem niezliczonych cere-monii królewskich i uroczystości państwowych — od kanoni-zacji Edwarda Wyznawcy do ślubu księcia Andrzeja i Sary Ferguson, pogrzebów Henryka V, królowej Elżbiety I i lady Diany.

Robert Langdon, mimo że był pod wrażeniem ogromu kated-ry, nie myślał teraz o jej wielowiekowej historii, skupiał się tylko na jednym — na pogrzebie brytyjskiego rycerza, sir Isaaca Newtona.

W Londynie leży rycerz, dzielny chwat...

Langdon i Sophie szli pospiesznie przez wielki portyk północnego ramienia transeptu świątyni. Napotkali służbę ochrony i poproszono ich uprzejmie, żeby przeszli przez olbrzymi wykrywacz metalu — ostatnio zainstalowany w opactwie, podobnie jak w większości historycznych budowli Londynu. Oboje przeszli na drugą stronę, nie wzniecając alarmu, i udali się do głównego wejścia do katedry.

Przechodząc przez próg bazyliki, Langdon poczuł, jakby świat zewnętrzny ulotnił się i nagle zapadła cisza. Nie docierają tu odgłosy ruchu ulicznego. Nie słychać deszczu. Tylko ogłuszająca cisza, która odbijała się od ścian katedry, jakby stare mury szeptały coś do siebie.

Langdon i Sophie, podobnie jak niemal każdy ze zwiedzających, wznieśli oczy w górę, gdzie otchłań katedry zdawała się eksplodować ku niebu. Kolumny z szarego kamienia pięły się w górę jak potężne sekwoje, wyginały wdzięcznie nad oszałamiającymi przestrzeniami, po czym spływały z powrotem w dół do kamiennej podłogi. Przed nimi rozpościerała się szeroka aleja północnego ramienia transeptu jak głęboki kanion otoczony z dwóch stron skałami z witrażowych okien. W słoneczne dni na podłodze katedry można było zobaczyć pryzmatyczną układankę ze światła. Dzisiaj deszcz i ciemność nasycały tę potężną przestrzeń aurą niesamowitości, która i tak, z natury rzeczy, panowała w tej krypcie.

— Właściwie zupełna pustka — szepnęła Sophie.

Langdon był rozczarowany. Miał nadzieję, że będzie tu, jak w miejscu publicznym, więcej zwiedzających. Wcześniejsze doświadczenia z pustego kościoła Temple zniechęcały do powtórki z takich sytuacji. W tak popularnym i chętnie odwiedzanym przez turystów miejscu spodziewał się poczucia bezpieczeństwa, ale jego wspomnienia tłumu ludzi w dobrze oświetlonej katedrze pochodziły ze szczytu sezonu letniego. Dziś zaś był deszczowy kwietniowy poranek. Langdon nie widział ani tłumów, ani pełgających świateł wpadających przez witraże, widział jedynie bezkresne przestrzenie kamiennej podłogi i puste, zanurzone w cieniu boczne ołtarze.

— Musieliśmy przejść przez wykrywacze metalu — przypomniała mu Sophie, wyczuwając jego obawy. — Jeżeli ktoś tu jest, to na pewno nie z bronią.

Langdon skinął głową, ale wciąż był nieufny. Miał ochotę sprowadzić tu londyńską policję, ale obawy Sophie co do tego, kto może być w to wszystko zamieszany, skłoniły go do rezygnacji z tego pomysłu. Musimy odzyskać krypteks, nalegała Sophie. To klucz do wszystkiego.

Rzecz jasna, miała rację.

Klucz do tego, by Leigh wrócił żywy.

Klucz do odnalezienia Świętego Graala.

Klucz do wykrycia, kto za tym wszystkim stoi.

Niestety, ich jedyną szansą odzyskania klucza sklepienia było odnalezienie go tu i teraz... Przy grobie Isaaca Newtona. Ten, kto ma teraz krypteks, musi odwiedzić grób, by odszyfrować ostatnią wskazówkę, i jeżeli już nie przyszedł i nie wyszedł, Sophie i Langdon zamierzali mu to uniemożliwić.

Ruszyli wzdłuż lewej ściany, by nie być na widoku, a potem weszli w zacienioną boczną nawę, ukrytą za rzędem pilastrów. Langdon nie mógł pozbyć się obrazu porwanego Leigha Teabinga, który prawdopodobnie związany jak prosię leży w tyle swojej limuzyny. Ten kto wydał rozkaz wymordowania elity zakonu, nie zawaha się przed wyeliminowaniem wszystkich pozostałych stojących mu na drodze. Cóż za okrutna ironia, że Teabing — współczesny brytyjski rycerz — stał się zakładnikiem w poszukiwaniach swojego pobratymca, sir Isaaca Newtona.

— Gdzie teraz? — zapytała Sophie, rozglądając się dookoła.

Grób. Langdon nie miał pojęcia.

— Powinniśmy znaleźć jakiegoś przewodnika i zapytać.

Langdon wiedział, że to lepsze niż kręcenie się w kółko. Opactwo Westminsterskie to połączone zakamarki mauzoleów, odległych komnat i nisz. Podobnie jak w Wielkiej Galerii Luwru i tu dla zwiedzających było tylko jedno wejście — przez które właśnie przeszli — łatwo wejść, ale prawie niemożliwe znaleźć drogę wyjścia. Prawdziwa pułapka na turystów, jak powiedział jeden z kolegów Langdona. Zgodnie z tradycją architektoniczną bazylikę zbudowano na planie olbrzymiego krzyża. Jednakże w przeciwieństwie do większości kościołów tu wejście było z boku, a nie od frontu, od głównej nawy. Ponadto dobudowano wiele rozległych krużganków. Jeden fałszywy krok nie pod tym łukiem, co trzeba, i już turysta ginie w labiryncie wewnętrznych przejść otoczonych wysokimi ścianami.

— Przewodnicy mają czerwone narzutki — powiedział Langdon, dochodząc do środka świątyni. Wyjrzał przez olbrzymi, górujący nad wszystkim złocony ołtarz, w kierunku południowego ramienia transeptu, i zobaczył kilka osób czołgających się na kolanach i rękach. Taka nabożna pielgrzymka to zwykły widok w Zakątku Poetów, chociaż jej cel nie jest aż tak modlitewny, jak by się wydawało. Turyści kalkujący napisy nagrobne.

— Nie widzę żadnego przewodnika — stwierdziła Sophie. — Może uda nam się na własną rękę znaleźć Newtona?

Langdon poprowadził ją w kierunku środka katedry i wskazał na prawo.

Sophie spojrzała w nawę i teraz dopiero doceniła doskonale stąd widoczny ogrom budowli.

— Ach — powiedziała. — To lepiej poszukajmy przewodnika.

W tej samej chwili w nawie, sto metrów dalej — niewidoczny, bo przysłonięty chórem — imponujący grobowiec sir Isaaca Newtona oglądał jedyny zwiedzający. Nauczyciel badał wzrokiem pomnik od dobrych dziesięciu minut.

Grób składa się z masywnego sarkofagu z czarnego marmuru, na którym sylwetka sir Isaaca Newtona w klasycznym stroju wspiera się dumnie o stos jego dzieł — *Divinity, Chronology, Optics* i *Philosophiae naturalis principia mathematica*. U stóp Newtona stoją dwa uskrzydlone cherubinki, trzymające w rękach zwój pergaminu. Za postacią wspartego o stos książek Newtona wznosi się surowa piramida. Chociaż sama piramida wydaje się dziwna, to najbardziej zaintrygował nauczyciela olbrzymi kształt umieszczony w połowie odległości do szczytu piramidy.

Kula.

Nauczyciel zastanawiał się nad zadziwiającą zagadką Saunière'a. Brzemienna ma być kula. Olbrzymia kula wyłaniająca się z boku piramidy była pokryta płytkimi reliefami wyobrażającymi przeróżne ciała niebieskie — konstelacje, znaki zodiaku, komety, gwiazdy oraz planety. Ponad nią widniał wizerunek Bogini Astronomii pod konstelacją gwiazd.

Nieskończona liczba kul.

Nauczyciel był przekonany, że kiedy już znajdzie grób, łatwo będzie odnaleźć kulę, o którą chodzi. Teraz nie był tego pewien. Spoglądał na skomplikowaną mapę nieba. Czy brakowało tu gdzieś jakiejś planety? Czy jakaś astronomiczna kula została pominięta w jakiejś konstelacji? Nie miał pojęcia. Mimo to podejrzewał, że rozwiązanie będzie genialnie proste i jasne. Jakiej kuli mam szukać? Głęboka wiedza w dziedzinie astronomii z pewnością nie była warunkiem koniecznym, by znaleźć Świętego Graala.

Brzemienna ma być kula, Róży krzew.

Uwagę Nauczyciela rozproszyło kilku nadchodzących turystów. Wsunął krypteks do kieszeni i przyglądał się niechętnie turystom, którzy podeszli do pobliskiego stołu, wrzucili kilka monet do kubeczka na datki i zaopatrzyli się w akcesoria służące do odwzorowywania napisów nagrobnych. Uzbrojeni w węgiel rysunkowy i wielkie kartki grubego papieru, skierowali się prawdopodobnie do popularnego Zakątka Poetów, aby oddać cześć Chaucerowi, Tennysonowi oraz Dickensowi, z zapałem odbijając na kartkach napisy na ich płytach nagrobnych. Nauczyciel znów był sam i teraz podszedł bliżej do grobu, przyglądając mu się dokładnie od góry do dołu. Zaczął od kamiennych, szponiastych nóg sarkofagu, pojechał wzrokiem w górę po sylwetce Newtona, po jego dziełach, obejmując wzrokiem dwóch cherubinów ze zwojami pergaminu wypełnionymi symbolami matematycznymi, po boku piramidy aż do wielkiej kuli z jej konstelacjami, a w końcu doszedł do baldachimu z gwiazd.

Jaka kula powinna tu być? Dotknął krypteksu w kieszeni, jakby miał nadzieję na uzyskanie telepatycznego przekazu z marmurowego arcydzieła Saunière'a. Tylko pięć liter dzieli mnie od Graala.

Podszedł teraz do narożnika balustrady prezbiterium i wziął głęboki oddech, a potem spojrzał w głąb głównej nawy, na ołtarz mieniący się w oddali. Jego wzrok spoczął na złoceniach ołtarza, a potem na jasnoczerwonej narzutce przewodnika, do którego machały dwie bardzo dobrze mu znane postacie.

Langdon i Neveu.

Nauczyciel spokojnie wycofał się za balustradę prezbiterium.

Są szybcy. Przewidywał, że Langdon i Sophie w końcu rozszyfrują znaczenie wiersza i zjawią się przy grobie Newtona, ale stało się to prędzej, niż przypuszczał. Wziął głęboki oddech, a potem rozważył wszystkie możliwości. Już się przyzwyczaił do radzenia sobie z niespodziankami. To ja mam krypteks.

Sięgnął do kieszeni i dotknął drugiego przedmiotu, który wzmagał jego pewność siebie. Meduza. Jak można się było spodziewać, wykrywacz metalu zawył, kiedy Nauczyciel przechodził z ukrytą bronią. I jak się również można było spodziewać, ochroniarze wycofali się natychmiast, kiedy spojrzał na nich niechętnie i z góry, a potem pokazał swoje dokumenty. Oficjalny tytuł zawsze przywołuje ludzi do porządku.

Chociaż początkowo Nauczyciel miał nadzieję, że sam rozwikła zagadkę krypteksu i uniknie dalszych komplikacji, teraz czuł, że pojawienie się Langdona i Neveu było w zasadzie dobrą wiadomością. Na razie nie zdołał odnaleźć odniesień do kuli, więc być może uda się wykorzystać ich wiedzę. W końcu, jeśli Langdon odkrył znaczenie wiersza, które doprowadziło ich do grobowca, była spora szansa, że wie też coś o kuli. A gdyby Langdon znał hasło, byłaby to tylko kwestia zastosowania właściwego nacisku.

Oczywiście nie tutaj.

Gdzieś na osobności.

Nauczyciel przypomniał sobie niewielkie ogłoszenie, które zobaczył w drodze do katedry. Natychmiast go olśniło, że to jest idealne miejsce, w które można ich zwabić.

Pozostawało jednak pytanie... Jakiej użyć przynęty?

Rozdział 98

Langdon i Sophie szli powoli północną stroną nawy głównej, trzymając się w półcieniach za olbrzymimi filarami, które oddzielały ich od otwartej przestrzeni nawy. Wprawdzie byli już w połowie wysokości nawy, ale wciąż nie widzieli w całości grobu Newtona. Sarkofagu umieszczonego w niszy nie było wyraźnie widać z tego miejsca.

— Dobrze, że nikogo tam nie ma — szepnęła Sophie.

Langdon kiwnął głową i poczuł, że trochę mu lżej na duszy. Cała przestrzeń nawy wokół grobu Newtona była pusta.

— Ja podejdę — szepnął. — Zostań w ukryciu na wypadek gdyby ktoś...

Sophie jednak już wyszła z cienia i podążała w kierunku otwartej przestrzeni.

— ...nas obserwował — westchnął Langdon i przyspieszył kroku, żeby się z nią zrównać.

Przeszli po przekątnej nawy w ciszy i wymyślny grobowiec ukazał im się w całym swoim ogromie... Sarkofag z czarnego marmuru... Oparta o stos książek postać Newtona... Dwa uskrzydlone cheruviny... olbrzymia piramida... Ogromna kula.

— Wiedziałeś o tym? — spytała Sophie zdziwiona.

Langdon pokręcił głową równie zdumiony jak ona.

— Patrz na te konstelacje wyrzeźbione na kuli — powiedziała Sophie.

Kiedy podchodzili do niszy, Langdon czuł, że tonie. Grobowiec Newtona był pokryty kulami — gwiazdami, kometami, planetami. *Brzemienna ma być kula, Róży krzew?* Może się okazać, że szukają igły w stogu siana.

— Ciała niebieskie — powiedziała Sophie zmartwiona. — I to całkiem sporo.

Langdon zmarszczył brwi. Jedyny łącznik między planetami a Graalem, który sobie Langdon w tej chwili potrafił wyobrazić, to był pentagram, ale przecież próbowali już związanych z nim haseł po drodze do kościoła Temple.

Sophie podeszła do sarkofagu, jednak Langdon trzymał się z dala od grobowca, uważnie obserwując przestrzeń wokół nich.

— *Divinity* — powiedziała Sophie, przechylając głowę i odczytując tytuły książek, o które wspierała się sylwetka Newtona. — *Chronology, Optics, Philosophiae naturalis principia mathematica.* — Zwróciła się do Langdona. — Coś ci się kojarzy?

Langdon podszedł bliżej, zastanawiając się. *Principia mathematica* to dzieło, które ma coś wspólnego z grawitacją... Planety z pewnością są kulami, ale to chyba zbyt odległe skojarzenie.

— A co powiesz o znakach zodiaku? — spytała Sophie, wskazując na konstelacje na kuli. — Rozmawialiśmy o Rybach i Wodniku, prawda?

Koniec dni, pomyślał Langdon. Koniec ery Ryb i początek ery Wodnika miały jakoby być historycznym kamieniem milowym, chwilą, w której zakon zamierzał ujawnić światu dokumenty Sangreala. Jednak nowe tysiąclecie zaczęło się bez żadnych szczególnych incydentów, a historycy wciąż nie są pewni, kiedy przyjdzie właściwa chwila na słowo prawdy.

— Mówiłeś — ciągnęła Sophie — że wyznaczenie momentu ujawnienia przez zakon prawdy na temat róży i jej płodnego łona ma związek z układem planet, czyli kul.

Langdon skinął głową, dostrzegając w tym rozumowaniu pewne możliwości. Jednak intuicja podpowiadała mu, że astronomia nie jest kluczem. Poprzednie hasła wielkiego mistrza miały wymowne, symboliczne znaczenie — *Mona Liza, Madonna ze skał, Sofia.* Takiej symboliki z pewnością nie było w koncepcji planet o kulistym kształcie i w zodiaku. Na razie Jacques Saunière udowodnił, że jako autor kodów myśli niezwykle precyzyjnie, i Langdon zakładał, że jego ostatnie słowo dostępu — te pięć liter, które otworzą drogę do ostatecznego sekretu zakonu — nie tylko idealnie wpisze się w symbolikę, ale będzie również krystalicznie jasne. Jeżeli to rozwiązanie miałoby być podobne do pozostałych, kiedy się odsłoni, okaże się boleśnie oczywiste.

— Patrz! — Sophie, wstrzymując oddech i przywołując do rzeczywistości, chwyciła go za ramię. Langdon wyczuł w jej geście lęk i sądził, że ktoś się zbliża, ale kiedy się do niej odwrócił, patrzyła blada na róg czarnego marmurowego sarkofagu. — Ktoś tu był — szepnęła, wskazując miejsce na sarkofagu obok wyciągniętej prawej stopy Newtona.

Langdon nie rozumiał jej przejęcia. Jakiś nieuważny turysta zostawił na wieku sarkofagu, koło stopy Newtona, węgiel rysunkowy do odwzorowania napisów przy grobach poetów. Langdon wyciągnął po niego rękę, ale kiedy się pochylił, światło padło pod innym kątem na wypolerowaną marmurową płytę i Langdon zamarł. Nagle zobaczył i zrozumiał, co tak przeraziło Sophie.

Na sarkofagu, tuż przy stopach Newtona, wypisana była czarnym węglem ledwo widoczna wiadomość:

Mam Teabinga.
Idźcie przez KAPITULARZ,
południowym wyjściem do ogrodów.

Langdon przeczytał te słowa dwa razy. Serce waliło mu jak młotem.

Sophie odwróciła się i rozejrzała po nawie.

Langdon zadrżał, kiedy zobaczył te słowa, ale potem powiedział sobie, że to dobra wiadomość. Leigh żyje. Pojawił się i inny wniosek.

— Oni też nie znają hasła — szepnął.

Sophie skinęła głową. Inaczej po co by się ujawniali?

— Może będą chcieli wymienić Leigha za hasło.

— Albo to jest pułapka.

Langdon pokręcił głową.

— Chyba nie. Ogrody są na zewnątrz, poza murami kościoła. To miejsce publiczne.

Langdon był już kiedyś w słynnym ogrodzie opactwa — był to niewielki sad owocowy i grządki z ziołami; ogród przetrwał od czasów, kiedy mnisi hodowali tu zioła do wyrobu naturalnych leków. Sad szczycił się najstarszymi owocującymi drzewami w Wielkiej Brytanii i turyści bardzo lubili tam chodzić.

— Sądzę, że skierowanie nas na zewnątrz jest wyrazem zaufania. Żebyśmy się poczuli bezpiecznie.

— Na zewnątrz, gdzie nie ma wykrywaczy metalu?

Langdon zrozumiał. Miała rację.

Rzucając raz jeszcze okiem na grobowiec, na którym kul było w nadmiarze, Langdon żałował, że nie wpadł mu do głowy żaden pomysł na słowo otwierające krypteks... miałby coś w ręku, jakiś argument przetargowy. Ja wciągnąłem w to Leigha i zrobię wszystko, co będę musiał zrobić, jeżeli jest cień szansy, żeby mu pomóc.

— Napis mówi, że mamy iść przez Kapitularz i południowe wyjście — powiedziała Sophie. — Może właśnie z tego wyjścia będziemy mogli zobaczyć, co się dzieje w ogrodzie? Moglibyśmy wtedy ocenić sytuację, zanim wyjdziemy i narazimy się na jakieś niebezpieczeństwo.

To był dobry pomysł. Langdon przypomniał sobie jak przez mgłę, że Kapitularz to wielka, ośmioboczna komnata, w której obradował kiedyś Parlament brytyjski, zanim zbudowano obecną siedzibę. Był tam przed wielu laty i pamiętał, że idzie się jakoś przez krużganek. Odszedł kilka kroków od grobu, obrzucił wzrokiem balustradę prezbiterium i spojrzał w prawo, na drugą stronę nawy.

W pobliżu zobaczył przejście w grubym kamiennym murze, na którym była tablica informacyjna:

DROGA DO:
KRUŻGANKÓW
DZIEKANATU
BUDYNKÓW KOLEGIUM
MUZEUM
KAPLICY PYXU
KAPLICY ST FAITH'S
KAPITULARZA

Langdon i Sophie puścili się pędem, mijając w biegu tablicę informacyjną, zbyt szybko, by zauważyć niewielkie ogłoszenie mówiące o tym, że pewne rejony są zamknięte z powodu prac renowacyjnych, za co opactwo przeprasza.

Wyłonili się wprost na podwórcu otoczonym wysokimi ścianami, gdzie zacinał poranny deszcz. Ponad nimi wiatr wył między ścianami, nisko, jakby ktoś dmuchał, przystawiwszy usta do butelki. Kiedy Langdon wszedł w wąskie niskie krużganki, które graniczyły z podwórcem, poczuł dobrze znany niepokój, który zawsze opadał go w zamkniętych przestrzeniach. Te krużganki zwane były *cloisters* i Langdon zauważył z niepokojem, że te konkretne *cloisters* wykazują związki leksykalne z łaciną i przypominają swoim brzmieniem słowo „klaustrofobia".

Otrząsnął się i skoncentrował na widniejącym w oddali końcu tunelu krużganka; szli za znakami wskazującymi Kapitularz. Deszcz padał teraz ukośnie, a przejście było zimne i mokre, gdyż wiatr niósł strumienie wody między filarami dziurawej ściany, która stanowiła też jedyne źródło światła w kamiennym krużganku. Jakaś inna para przemknęła obok nich w drugą stronę, spiesząc się, aby jak najszybciej wydostać się spod strumieni deszczu. Krużganki wyglądały na opuszczone i chyba były ostatnim obiektem w opactwie, który przy panującej pogodzie mógłby kogoś skusić.

Kiedy przeszli około czterdziestu metrów wschodnim krużgankiem, po ich lewej stronie ukazał się kamienny łuk prowadzący do kolejnego korytarza. To było przejście, którego właśnie szukali, ale zobaczyli tam barierkę i urzędowy napis:

KAPLICA PYXU
KAPLICA ST FAITH'S
KAPITULARZ
ZAMKNIĘTE NA OKRES RENOWACJI

Długi, pusty korytarz za barierką był zaśmiecony fragmentami rusztowań i szmatami, których używali malarze. Zaraz za barierką Langdon zobaczył wejścia do Kaplicy Pyxu i Kaplicy St Faith's, jedno po prawej, a drugie po lewej stronie. Wejście do Kapitularza było znacznie dalej, na drugim końcu długiego korytarza. Nawet stąd Langdon widział, że ciężkie drewniane drzwi są szeroko otwarte, a przestronne ośmioboczne wnętrze wypełnia naturalne szare światło padające z olbrzymich okien tego pomieszczenia, wychodzących na ogród. *Idźcie przez Kapitularz, południowym wyjściem do ogrodów.*

— Właśnie wyszliśmy ze wschodniego krużganka — powiedział Langdon — a więc południowe wyjście do ogrodów powinno być tu, w prawo.

Sophie już przechodziła nad barierką i szła dalej.

Kiedy pospiesznie przemierzali ciemny korytarz, odgłosy deszczu i wiatru z otwartego kamiennego przejścia stawały się coraz cichsze i znikały gdzieś z tyłu. Kapitularz to budowla doczepiona do opactwa — wolno stojąca, dobudowana na końcu długiego holu, skonstruowana tak, by zapewnić izolację posiedzeniom Parlamentu, gdy się tam kiedyś zbierał.

— Ależ potężna — szepnęła Sophie, kiedy podchodzili bliżej.

Langdon zapomniał już, jak wielka to komnata. Nim wszedł, zobaczył szeroką przestrzeń podłogi, a dalej zapierające dech w piersiach okna po drugiej stronie ośmiobocznego pomieszczenia, które pięły się na wysokość pięciu pięter, aż do małego kamiennego sufitu w szczycie. Stąd na pewno będzie widoczny cały ogród.

Kiedy przeszli przez próg, okazało się, że muszą zmrużyć oczy. Po ciemnych i ponurych kamiennych korytarzach w Kapitularzu czuli się jak w solarium. Weszli na jakieś cztery metry w głąb komnaty, szukając południowej ściany, kiedy zdali sobie sprawę, że wyjście, które tam miało być, nie istnieje.

Stali w ogromnym ślepym zaułku.

Odwrócili się, słysząc skrzypienie zawiasów za sobą, a potem ciężkie drzwi zatrzasnęły się z hałasem, echo odbijało się od ściany do ściany, a zasuwa ze szczękiem zamknęła je na głucho. W postawie człowieka, który stał przed drzwiami, był absolutny spokój. Mierzył do nich z małego rewolweru. Był to postawny mężczyzna wsparty na dwóch aluminiowych kulach.

Przez chwilę Langdon myślał, że to zły sen. To był Leigh Teabing.

Rozdział 99

Sir Leigha Teabinga wypełniało uczucie smutku, kiedy patrzył na Roberta Langdona i Sophie Neveu, mierząc do nich z meduzy.

— Przyjaciele — powiedział — od chwili, kiedy wczoraj wieczorem weszliście do mojego domu, robiłem wszystko, co w mojej mocy, żeby nie narażać was na niebezpieczeństwo. Jednak wasz upór stawia mnie teraz w bardzo trudnej sytuacji.

Widział na twarzach Sophie i Langdona szok i poczucie zdrady, był jednak pewien, że oboje zrozumieją wkrótce, jak układał się łańcuch wydarzeń, które doprowadziły całą trójkę do tego nieprawdopodobnego zderzenia.

Tyle jeszcze muszę wam powiedzieć... Tak wielu rzeczy nie rozumiecie.

— Wierzcie, proszę — mówił Teabing — nie chciałem was w to wplątywać. To wy przyszliście do mojego domu. Wy znaleźliście mnie.

— Leigh? — W końcu Langdonowi udało się wykrztusić jakieś słowo. — Co ty, do cholery, robisz? Myśleliśmy, że jesteś w niebezpieczeństwie. Przyszliśmy cię ratować!

— Wiedziałem, że tak zrobicie — powiedział Teabing. — Mamy wiele do omówienia.

Langdon i Sophie nie mogli oderwać oczu od rewolweru, z którego do nich mierzył.

— To tylko dla skupienia waszej uwagi — powiedział Teabing. — Gdybym was chciał skrzywdzić, już dawno byście nie żyli. Kiedy wczoraj wieczorem weszliście do mojego domu, zaryzykowałem wszystko, co miałem, by uratować wam życie. Jestem człowiekiem honoru i przyrzekłem sobie w swoim sumieniu poświęcać tylko tych, którzy zdradzili Sangreala.

— O czym ty mówisz? — spytał Langdon. — Kto zdradził Sangreala?

— Odkryłem straszliwą prawdę. — Teabing westchnął. — Już wiem, dlaczego nie ujawniono światu dokumentów Sangreala. Dowiedziałem się, że zakon postanowił w końcu, żeby nie ujrzały światła dziennego. Właśnie dlatego przełom tysiącleci minął spokojnie, dlatego nic się nie wydarzyło, kiedy weszliśmy w koniec dni.

Langdon nabrał powietrza w płuca i już miał zaprotestować.

— Zakon — mówił dalej Teabing — miał święty obowiązek podzielić się prawdą. Ujawnić dokumenty Sangreala, kiedy nadejdzie koniec dni. Przez całe wieki ludzie tacy jak Leonardo da Vinci, Botticelli czy Newton ryzykowali wszystko, żeby chronić te dokumenty, a potem wypełnić obowiązek. A teraz, kiedy nadeszła chwila prawdy, Jacques Saunière zmienił zdanie. Człowiek zaszczycony największą odpowiedzialnością w nowożytnej historii zaniedbał swoje obowiązki. Postanowił, że chwila nie nadeszła. — Teabing zwrócił się do Sophie: — Zawiódł Graala. Zawiódł zakon. I zawiódł pamięć wszystkich pokoleń, które pracowały dla tej chwili.

— Ty? — Zielone oczy Sophie wbijały się w niego z wściekłością. — Ty odpowiadasz za śmierć mojego dziadka?

Teabing prychnął.

— Twój dziadek i jego seneszale byli zdrajcami Graala.

Sophie poczuła, że ogarnia ją furia. On kłamie!

— Twój dziadek zaprzedał się Kościołowi — ciągnął Teabing nieubłaganie. — To oczywiste, że naciskali na niego, żeby nie ujawniał prawdy.

Sophie pokręciła głową.

— Kościół nie miał żadnego wpływu na mojego dziadka!

— Moja droga — zaśmiał się Teabing zimno. — Kościół ma dwa tysiące lat doświadczenia w wywieraniu presji na tych, ze strony których groziło mu ujawnienie jego kłamstw. Od czasów Konstantyna skutecznie ukrywa prawdę o Marii Magdalenie i Jezusie. Nie powinno nas dziwić, że teraz jeszcze raz znalazł sposób, by utrzymywać świat w niewiedzy. Kościół nie zatrudnia już krzyżowców, którzy mordują niewiernych, ale jego wpływ jest nie mniej silny. I nie mniej podstępny. — Przerwał, jakby chciał podkreślić wagę tego, co zaraz powie. — Panno Neveu, od jakiegoś czasu pani dziadek chciał powiedzieć pani prawdę o rodzinie.

— Skąd pan wie?

— To nie ma znaczenia. Ważne, żeby pani to zrozumiała raz na zawsze. — Wziął głęboki oddech. — Śmierć pani matki, ojca, babci, dziadka nie była przypadkowa.

Te słowa uwolniły emocje. Sophie otworzyła usta, żeby coś powiedzieć, ale nie mogła wykrztusić słowa.

— Co ty opowiadasz?! — zawołał Langdon, kręcąc głową.

— Wszystko jest jasne, Robercie. Układanka złożona. Historia się powtarza. Kościołowi zdarzało się mordować, kiedy trzeba było uciszyć Sangreala. Kiedy się zbliża koniec dni, zabicie najbliższych wielkiego mistrza to jasny przekaz. Bądź cicho, bo ty i Sophie będziecie następni.

— To był wypadek samochodowy — wyjąkała Sophie, czując, że ból, który chowa w sobie od dzieciństwa, nagle z niej wypływa. — Wypadek!

— Bajki na dobranoc, żeby panią chronić — powiedział Teabing. — Proszę zważyć, że nie tknięto tylko dwóch członków rodziny — wielkiego mistrza zakonu i jego jedynej wnuczki — to idealna para, dzięki której Kościół może kontrolować bractwo. Mogę sobie wyobrazić terror Kościoła wobec dziadka w ostatnich latach, groźby, że zabiją panią, jeśli ośmieli się ujawnić tajemnicę Sangreala, że rozpoczęte dzieło zostanie dokończone, chyba że Saunière wpłynie na zakon, by jeszcze raz przemyślał swoją odwieczną przysięgę.

— Nie powiesz przecież, Leigh — odezwał się Langdon poruszony — że masz jakiś dowód, że Kościół miał coś wspólnego ze śmiercią tych ludzi albo że wpłynął na decyzję zakonu.

— Dowód? Chcesz dowodu, że decyzja zakonu była wymuszona? Nowe tysiąclecie nadeszło, a świat pozostaje w niewiedzy. Czy to nie jest dowód?

Jak echo słów Teabinga w pamięci Sophie odezwał się inny głos. „Sophie, muszę ci powiedzieć prawdę o twojej rodzinie.

Zdała sobie sprawę, że drży. Czy to mogła być prawda, którą chciał jej powiedzieć dziadek? Że jej rodzina została zamordowana? Co właściwie wiedziała o wypadku, który odebrał jej rodzinę?". Znała tylko kilka niejasnych szczegółów. Relacje w gazetach też były niejasne. Wypadek? Bajki na dobranoc? Sophie nagle przypomniały się przejawy nadopiekuńczości dziadka, nigdy nie zostawiał jej samej, kiedy była mała. Nawet kiedy Sophie już była dorosła i studiowała, miała poczucie, że dziadek jakoś ma na nią baczenie. Zastanawiała się, czy przez całe jej życie nie było gdzieś w cieniu członków zakonu, którzy nad nią czuwali.

— Podejrzewałeś, że ktoś nim manipulował — powiedział Langdon, patrząc na Teabinga z niedowierzaniem — więc go zamordowałeś?

— Nie ja pociągnąłem za spust. Saunière był martwy od lat, od chwili gdy Kościół ukradł mu rodzinę. Był skłonny do ustępstw. Teraz jest wolny od bólu, wolny od wstydu, niemożności udźwignięcia świętego obowiązku. Rozważ wszystkie możliwości. Coś trzeba było zrobić. Czy świat ma na zawsze pozostać w niewiedzy? Czy mamy pozwolić, żeby Kościół po wsze czasy utrwalał swoje kłamstwa w naszych książkach historycznych? Czy mamy pozwolić Kościołowi bez końca wymuszać decyzje morderstwami? Nie, coś trzeba było zrobić! A teraz my jesteśmy naznaczeni, by przejąć spadek po Saunièrze i naprawić zło. — Zamilkł. — My troje. Razem.

Sophie nie mogła uwierzyć w to, co słyszy.

— Jak możesz przypuszczać, że zechcemy ci pomóc?

— Mogę, ponieważ, moja droga, to pani jest powodem, dla którego zakon nie ujawnił dokumentów. Miłość dziadka do pani nie pozwoliła mu rzucić wyzwania Kościołowi. Strach przed konsekwencjami i przed zemstą nad jedyną osobą z rodziny, która mu pozostała, okaleczyły go. Nie miał okazji, by wyjaśnić prawdę, ponieważ pani go odrzuciła, a to związało mu ręce i kazało czekać. Teraz pani jest winna światu prawdę. Winna jest to pani przez pamięć swojego dziadka.

Langdon porzucił już próby uporządkowania obrazu sytuacji. Pomimo atakującej go lawiny pytań myślał teraz tylko o jednym — wydostać stąd Sophie żywą. Poczucie winy wobec Teabinga — jak się okazało bezzasadne — przeniosło się na Sophie. To ja ją zawiozłem do Château Villette. Ja jestem odpowiedzialny.

Nie mógł sobie wyobrazić, że Leigh Teabing byłby zdolny zabić ich z zimną krwią tutaj, w Kapitularzu, chociaż z pewnością był zamieszany w inne morderstwa podczas swoich obłędnych poszukiwań. Langdon miał przykre przeczucie, że wystrzały z broni w tym otoczonym ze wszystkich stron grubymi ścianami pomieszczeniu, zwłaszcza w tym deszczu, byłyby niesłyszalne. A Leigh właśnie przyznał się przed nami do winy.

Langdon spojrzał ukradkiem na Sophie, która nie mogła się otrząsnąć. Kościół wymordował rodzinę Sophie, żeby wymóc na zakonie milczenie? Langdon wiedział z całą pewnością, że dzisiejszy Kościół nie morduje ludzi. Musi być jakieś inne wyjaśnienie tej sprawy.

— Pozwól Sophie odejść — powiedział, patrząc śmiało na Leigha. — Omówmy to sami.

Teabing zaśmiał się nienaturalnie.

— Obawiam się, że to byłby wyraz zaufania, na który mnie w tej chwili nie stać. Ale mogę ci zaproponować coś innego. — Oparł się teraz całym ciężarem na kulach, wciąż trzymając Sophie na muszce, i wyjął z kieszeni klucz sklepienia. Pochylił się trochę, wyciągając go do Langdona. — To jest wyraz zaufania, Robercie.

Robert, niepewny, stał w miejscu. Leigh oddaje nam klucz?

— Weź go — powiedział Teabing, ponownie wyciągając do niego rękę.

Langdonowi przychodził do głowy tylko jeden powód, dla którego Teabing mógłby oddać klucz sklepienia.

— Już otworzyłeś krypteks, tak? Wyciągnąłeś mapę.

Teabing potrząsnął głową.

— Gdybym rozwiązał zagadkę klucza, Robercie, zniknąłbym, aby znaleźć Graala bez ciebie. Nie, nie znam odpowiedzi. Przyznaję to szczerze. Prawdziwy rycerz uczy się pokory w obliczu Graala. Uczy się rozpoznawać i postępować zgodnie ze znakami, które mu są dane. Kiedy zobaczyłem, jak wchodzicie do opactwa, zrozumiałem. Przyszliście tam z jakiegoś powodu.

Aby pomóc. Nie szukam chwały dla siebie. Służę znacznie potężniejszej sile niż moja duma. Prawdzie. Ludzkość zasługuje na to, żeby znać prawdę. Graal wszystkich nas tu odnalazł i teraz prosi, błaga, żeby go ujawnić. Musimy pracować razem.

Pomimo próśb Teabinga o współpracę i zaufanie jego broń wciąż była wycelowana w Sophie, kiedy Langdon zrobił krok i wziął w rękę zimny kamienny cylinder. Ocet, który znajdował się w środku, zachlupotał. Dyski były wciąż ustawione w przypadkowym położeniu, a krypteks zamknięty.

Langdon spojrzał na Teabinga.

— Skąd wiesz, że go teraz nie rozbiję?

Śmiech Teabinga zabrzmiał jak niesamowity chichot.

— Już w kościele Temple zdałem sobie sprawę, że to z twojej strony pusta groźba. Robert Langdon nigdy by nie rozbił krypteksu. Jesteś historykiem, Robercie. Trzymasz w ręku klucz do dwóch tysięcy lat historii ludzkości — zaginiony klucz do Sangreala. Czujesz ducha rycerzy, którzy spłonęli na stosach, by chronić jego tajemnicę. Pozwolisz im umrzeć na marne? Nie, ty ich pomścisz. Dołączysz do wielkich, których podziwiasz — Leonarda da Vinci, Botticellego, Newtona — każdy z nich byłby zaszczycony, gdyby mógł się teraz znaleźć na twoim miejscu. Zawartość tego krypteksu woła do nas wielkim głosem. Tęskni, żeby się wydostać na wolność. Nadszedł czas. Przeznaczenie doprowadziło nas wszystkich do tego miejsca i czasu.

— Nie mogę ci pomóc, Leigh. Nie mam pojęcia, jak to otworzyć. Widziałem grób Newtona tylko przez chwilę. A nawet gdybym znał słowo dostępu... — Langdon przerwał, zdając sobie sprawę, że powiedział za dużo.

— Nie powiedziałbyś mi? — Teabing westchnął. — Jestem rozczarowany i zdziwiony, Robercie, że nie doceniasz, do jakiego stopnia jesteś moim dłużnikiem. Moje zadanie byłoby znacznie prostsze, gdybyśmy od razu wyeliminowali was oboje, gdy weszliście do Château Villette. Tymczasem ja zaryzykowałem wszystko, żeby przestawić ster na bardziej szlachetny kurs.

— To jest szlachetne? — zapytał Langdon, skierowując wzrok na broń.

509

— To wina Saunière'a — wyjaśnił Teabing. — On i jego seneszale skłamali Sylasowi. W przeciwnym razie, gdyby tego nie zrobili, dotarłbym do klucza bez komplikacji. Jak mogłem sobie w ogóle wyobrażać, że wielki mistrz pokusi się o to, by mnie oszukać i przekazać klucz swojej wnuczce, z którą nie rozmawiał od lat? — Teabing spojrzał pogardliwie na Sophie. — Komuś o tak niskich kwalifikacjach, że potrzebuje opiekuna, znawcy symboli, żeby zrobić krok. — Teabing popatrzył znowu na Langdona. — Na szczęście, Robercie, twoje zaangażowanie okazało się łaskawym zrządzeniem losu. Nie dopuściłeś, by klucz sklepienia na zawsze pozostał w banku depozytowym, wyciągnąłeś go i ujawniłeś się w moim domu.

Gdzież indziej miałbym się udać?, pomyślał Langdon. Społeczność historyków Graala jest mała, a z Teabingiem już coś kiedyś przeżyłem.

— Kiedy dowiedziałem się, że Saunière przed śmiercią zostawił ci wiadomość — ciągnął Teabing — miałem już wyrobione zdanie i wiedziałem, że jesteś w posiadaniu wartościowych informacji na temat zakonu. Nie byłem pewien, czy masz klucz sklepienia, czy informacje, gdzie go znaleźć. Policja jednak deptała ci po piętach i podejrzewałem, że być może zjawisz się na moim progu.

— A gdybym się nie zjawił? — Langdon popatrzył na niego niechętnie.

— Już sobie planowałem, jak wyciągnąć do ciebie pomocną dłoń. Tak czy inaczej, klucz miał trafić do Château Villette. To, że rzuciłeś go wprost w moje ręce, dowodzi tylko, że działam w słusznej sprawie.

— Co?! — Langdon nie mógł wyjść ze zdumienia.

— Sylas miał się włamać i ukraść ci krypteks już w Château Villette. To miało usunąć cię z równania, nie krzywdząc nikogo, a mnie postawić poza wszelkim podejrzeniem o współdziałanie. Kiedy jednak zobaczyłem, jak skomplikowane są kody Saunière'a, postanowiłem włączyć was w moje poszukiwania na dłużej. Kazałem Sylasowi ukraść klucz sklepienia później, kiedy już będę wiedział dostatecznie dużo, żeby podążać dalej sam.

510

— W kościele Temple — powiedziała Sophie, a w tonie jej głosu słychać było głęboki niesmak.

Coś zaczyna im świtać, pomyślał Teabing. Kościół Temple nadawał się idealnie do tego, żeby wykraść klucz, a jego z pozoru olbrzymie znaczenie w świetle wiersza Saunière'a było doskonałym pretekstem. Rémy miał jasne rozkazy — trzymać się z daleka i nie pokazywać, gdy Sylas będzie odzyskiwał klucz. Niestety, Langdon zagroził, że rozbije krypteks o kamienną podłogę kaplicy, i Rémy wpadł w panikę. Szkoda, że Rémy się pokazał, myślał z żalem Teabing, przypominając sobie jego udawane porwanie. Przez Rémy'ego można przecież było do mnie dojść, a on pokazał wszystkim swoją twarz!

Na szczęście Sylas nie wiedział, kim jest Teabing, łatwo dał się ogłupić i wciągnąć w sfingowane wywlekanie z kościoła, a potem w całej naiwności obserwował, jak Rémy wiąże zakładnika w tylnej części limuzyny.

Kiedy dźwiękoszczelna szklana szyba oddzieliła kabinę pasażera od kierowcy, Teabing mógł zadzwonić do Sylasa, siedzącego z przodu, i używając francuskiego akcentu Nauczyciela, skierować go do domu Opus Dei. Anonimowy telefon na policję wystarczył, żeby usunąć Sylasa ze sceny.

Jeden kłopot z głowy.

Drugi był większy. Rémy.

Teabing długo walczył ze sobą i nie mógł podjąć żadnej decyzji, ale w końcu Rémy sam udowodnił, że jest tylko przeszkodą. Każda wyprawa po Świętego Graala wymaga poświęceń. Najprostsze rozwiązanie nasunęło się Teabingowi, kiedy zobaczył barek w limuzynie — piersiówkę, koniak i puszkę orzeszków ziemnych. Proszek na dnie tej puszki wystarczył aż nadto, żeby wywołać u Rémy'ego śmiertelną alergię. Kiedy Rémy zaparkował limuzynę na Horse Guards Parade, Teabing wstał z tylnego siedzenia, wysiadł z samochodu, podszedł do drzwi pasażera i usiadł z przodu, tuż przy Rémym. Kilka minut później znów wysiadł z samochodu, poszedł do tyłu, usunął ślady i dowody i w końcu wyłonił się ponownie, by przeprowadzić ostatni akt swojej misji.

Opactwo Westminsterskie było tylko kilka kroków stamtąd. Jednak kule Teabinga oraz broń wzbudziły impuls w wykrywaczu metalu, a ochroniarze nie wiedzieli, co robić. Mamy mu kazać ściągać obejmy z nóg i przeczołgiwać się przez bramkę? Będziemy obszukiwać jego kalekie ciało? Teabing podsunął zdezorientowanym strażnikom łatwiejsze rozwiązanie — opatrzony herbem identyfikator, mówiący niedwuznacznie, że jest szlachcicem nobilitowanym przez samą królową. Biedacy, omal się nie poprzewracali z przejęcia, kiedy go zapraszali do środka.

Teraz, patrząc na zdziwionych Langdona i Neveu, Teabing opierał się pokusie, by powiedzieć im, jak genialnie udało mu się wciągnąć Opus Dei w swój błyskotliwy plan, który już wkrótce doprowadzi cały Kościół do ruiny. To jednak musi jeszcze poczekać. Teraz miał coś innego do zrobienia.

— *Mes amis* — powiedział Teabing bezbłędną francuszczyzną — *vous ne trouvez pas le Saint-Graal, c'est le Saint-Graal qui vous trouve.* — Uśmiechnął się. — Ścieżka, którą kroczymy, nie mogła być szersza ani prostsza. Graal nas odnalazł.

Cisza.

Teraz mówił do nich szeptem.

— Posłuchajcie. Słyszycie? Graal przemawia do was przez wieki. Prosi, żebyśmy go uwolnili od szaleństwa zakonu. Błagam, zrozumcie, że to niepowtarzalna okazja. Jedynie nasze skojarzone myślenie może złamać ostatni kod i otworzyć krypteks. — Teabing przerwał i oczy mu zabłysły. — Musimy sobie poprzysiąc. Poprzysiąc sobie zaufanie. Dać sobie rycerskie słowo, że razem odkryjemy prawdę i ujawnimy ją światu.

Sophie spojrzała prosto w oczy Teabinga i odparła chłodnym tonem:

— Nigdy nie przysięgnę niczego zabójcy mojego dziadka. Mogę co najwyżej przysiąc, że zrobię wszystko, żeby go posłać do więzienia.

Teabing poczuł chłód w sercu, lecz powiedział zdecydowanie:

— Bardzo mi przykro, że pani tak myśli, *mademoiselle*. — Odwrócił się i wymierzył broń w Langdona. — A ty, Robercie? Jesteś ze mną czy przeciwko mnie?

Rozdział 100

Ciało biskupa Manuela Aringarosy znało różne rodzaje bólu, ale piekący ból rany od kuli w piersi był mu z gruntu obcy. Głęboki, ciężki ból, bliższy raczej bólowi duszy niż ciała.

Otworzył oczy, próbując coś dostrzec, ale deszcz padający na twarz rozmywał obraz. Gdzie jestem? Czuł, że trzymają go silne ramiona, że ktoś niesie go jak szmacianą lalkę, że jego czarna sutanna łopoce w porywach wiatru.

Podniósł bolące ramię i przetarł oczy. Człowiekiem, który go niósł, był Sylas. Olbrzymi albinos z trudem posuwał się zlanym wodą chodnikiem, krzycząc głośno, że potrzebny jest szpital, a w jego głosie słychać było rozdzierające serce cierpienie. Czerwone oczy skierował przed siebie, a po jego bladej, zakrwawionej twarzy płynęły łzy zmieszane z kroplami deszczu.

— Synu — szepnął Aringarosa — jesteś ranny.

Sylas spojrzał w dół, twarz miał wykrzywioną cierpieniem.

— Tak mi przykro, ojcze. — Cierpienie odbierało mu zdolność mówienia.

— Nie, Sylasie — odparł Aringarosa — to mnie jest przykro. To moja wina. — Nauczyciel przyrzekł mi, że nie będzie żadnego zabijania, a ja ci kazałem we wszystkim być mu posłusznym. — Za mocno pragnąłem. Za bardzo się bałem. Obu nas oszukano. — Nauczyciel nigdy nie zamierzał dopuścić nas do tajemnicy Świętego Graala.

W ramionach człowieka, którego przyjął do siebie tyle lat temu, biskup Aringarosa czuł, jakby cofał się w czasie. Hiszpania. Skromne początki, budowa niewielkiego kościoła w Oviedo przy pomocy Sylasa. A potem Nowy Jork, gdzie olbrzymi ośrodek Opus Dei przy Lexington Avenue głosił chwałę Boga.

Pięć miesięcy temu Aringarosa otrzymał fatalne wieści. Cała praca jego życia była zagrożona. Przypominał sobie żywo, w szczegółach, spotkanie w Castel Gandolfo, które zmieniło jego życie... I wiadomość, która zapoczątkowała całe to nieszczęście.

Aringarosa wszedł do Biblioteki Astronomicznej w Castel Gandolfo, trzymając głowę wysoko, spodziewając się, że powita go łańcuch wyciągniętych dłoni, że wszyscy będą chcieli gratulować i poklepywać go po plecach w uznaniu jego zasług dla katolicyzmu w Ameryce.

Było tam jednak tylko trzech ludzi.

Sekretarz watykański. Tłusty. Ponury.

Dwóch wysokich rangą kardynałów włoskich. Świętoszkowatych. Gładkich.

— Księże sekretarzu? — Aringarosa był zaskoczony.

Okrągłych kształtów hierarcha, do którego obowiązków należało pilnowanie spraw prawnych Watykanu, potrząsnął dłonią Aringarosy i zaprosił go ruchem ręki, by siadł na fotelu na wprost niego.

— Proszę, niech się ksiądz biskup rozgości.

Aringarosa usiadł, czując, że coś jest nie tak.

— Nie mam wprawy w pogawędkach o niczym, księże biskupie — powiedział sekretarz watykański — więc będę szczery i powiem wprost, jakie są powody księdza obecności w tym miejscu.

— Proszę mówić otwarcie. — Aringarosa spojrzał kątem oka na dwóch kardynałów, którzy mierzyli go wzrokiem, już z góry osądziwszy.

— Jak ksiądz doskonale wie — powiedział sekretarz watykański — Jego Świątobliwość i inne osobistości w Rzymie ostatnio bardzo się martwią skutkami politycznymi kontrowersyjnych praktyk Opus Dei.

Aringarosa czuł, że dostaje gęsiej skórki. Rozmawiał już o tym kilkakrotnie z nowym gospodarzem na Stolicy Piotrowej.

który, ku wielkiemu rozczarowaniu Aringarosy, okazał się gorącym zwolennikiem liberalnych zmian w Kościele.

— Chcę księdza zapewnić — powiedział szybko sekretarz watykański — że Jego Świątobliwość nie chce niczego zmieniać w metodach, jakimi ksiądz biskup prowadzi swoją posługę.

Mam nadzieję!

— O co więc chodzi?

Potężny mężczyzna westchnął.

— Księże biskupie, nie wiem, jak to powiedzieć delikatnie, więc powiem to wprost. Dwa dni temu Rada Sekretariatu Stanu przegłosowała jednomyślnie wycofanie poparcia Watykanu dla Opus Dei.

Aringarosa był pewien, że się przesłyszał.

— Nie bardzo rozumiem.

— Mówiąc wprost, za sześć miesięcy od dzisiaj Opus Dei nie będzie już traktowana jako papieska prałatura personalna. Będziecie kościołem niezależnym, niezwiązanym ze Stolicą Świętą tak jak teraz. Jego Świątobliwość akceptuje to i już zaczęliśmy przygotowywać odpowiednie dokumenty prawne.

— Ale... to niemożliwe!

— Wprost przeciwnie, to całkiem możliwe. I konieczne. Wasze agresywne metody rekrutacji i praktyki umartwiania ciała stawiają Jego Świątobliwość w niezręcznej sytuacji. — Przerwał. — Jak również wasza polityka w kwestii kobiecej. Mówiąc szczerze, Opus Dei nam ciąży i staje się kłopotliwe.

Biskup Aringarosa osłupiał.

— Staje się kłopotliwe?

— Nie powinien się ksiądz biskup dziwić, że do tego doszło.

— Opus Dei to jedyna organizacja katolicka, której szeregi rosną! Mamy teraz ponad tysiąc stu księży!

— To prawda. Bardzo nas to martwi.

Aringarosa zerwał się na równe nogi.

— Proszę zapytać Jego Świątobliwość, czy Opus Dei było takim zmartwieniem w tysiąc dziewięćset osiemdziesiątym drugim roku, kiedy wsparliśmy Bank Watykański!

— Watykan zawsze będzie wam wdzięczny — powiedział sekretarz pojednawczym tonem — ale są i tacy, którzy do dziś uważają, że wasza ówczesna szczodrość finansowa dała wam uprzywilejowany status papieskiej prałatury personalnej.

— To nieprawda! — Ta insynuacja była dla Aringarosy głęboko obraźliwa.

— Jakkolwiek było, zamierzamy działać na zasadzie dobrej woli. Planujemy, że warunki odłączenia będą obejmować zwrot tych kwot. Będą one wypłacone w pięciu ratach.

— Chcecie mnie kupić? — spytał poirytowany Aringarosa. — Spłacić mnie, żebym sobie poszedł, milcząc? Podczas gdy w dzisiejszym świecie Opus Dei jest jedynym głosem rozsądku!

Jeden z kardynałów podniósł wzrok.

— Przepraszam, czy ksiądz biskup powiedział: rozsądek?

Aringarosa pochylił się nad stołem i trochę podniósł głos.

— Czy zastanawialiście się, dlaczego katolicy odchodzą od Kościoła? Proszę się rozejrzeć wokół siebie, księże kardynale. Ludzie tracą szacunek. Zasady wiary to już przeszłość. Doktryna zamieniła się w kolejkę do lady, z której można wybierać. Abstynencja seksualna, spowiedź, komunia, chrzest, msza — proszę wybierać — bierz taką kombinację, jaka ci odpowiada, i nie zwracaj uwagi na całą resztę. Jakież to przewodnictwo duchowe proponuje dzisiaj Kościół?

— Zasad wywodzących się z trzeciego wieku — powiedział drugi kardynał — nie można stosować w odniesieniu do współczesnych wyznawców Chrystusa. Te reguły w dzisiejszym społeczeństwie nie działają.

— No cóż, jak widać, w Opus Dei działają!

— Biskupie Aringarosa — powiedział sekretarz, kończąc dyskusję. — Z szacunku dla związku waszej organizacji religijnej z poprzednim papieżem Jego Świątobliwość daje Opus Dei sześć miesięcy na dobrowolne odłączenie się od Watykanu. Proponuję, żeby Opus Dei podało jako powód różnicę zdań ze Stolicą Świętą i określiło się jako niezależna organizacja chrześcijańska.

— Odmawiam! — oświadczył Aringarosa. — I powiem to osobiście.

— Obawiam się, że Jego Świątobliwość nie życzy sobie już spotykać się z księdzem biskupem.

Aringarosa wstał.

— Nie ośmieli się unieważnić prałatury personalnej ustanowionej przez poprzedniego papieża!

— Przykro mi. — Spojrzenie sekretarza watykańskiego było twarde. — Pan daje i Pan odbiera.

Aringarosa wyszedł z tego spotkania na chwiejnych nogach, zaskoczony i przerażony tym, co się stało. Wrócił do Nowego Jorku i całe dni patrzył w horyzont — rozczarowany i odtrącony, pogrążony w smutku na myśl o przyszłości chrześcijaństwa.

Kilka tygodni później otrzymał telefon, który wszystko zmienił. Dzwoniący miał francuski akcent i przedstawił się jako Nauczyciel — tytuł powszechnie stosowany w prałaturze. Powiedział, że wie o watykańskich planach wycofania poparcia dla Opus Dei.

Skąd może o tym wiedzieć?, zastanawiał się Aringarosa. Miał nadzieję, że tylko garstka watykańskich mocodawców wie, że Opus Dei czeka zniesienie przywilejów. Widać, wieść się rozeszła. Jeśli idzie o rozprzestrzenianie się plotek, nie ma na świecie tak przepuszczalnych murów jak mury Watykanu.

— Mam uszy wszędzie, księże biskupie — szeptał Nauczyciel. — Dzięki tym uszom udało mi się pozyskać pewną wiedzę. Z pomocą Waszej Eminencji mogę odkryć miejsce, gdzie przechowuje się święty zabytek, który da księdzu olbrzymią władzę... Tak wielką, że Watykan się przed księdzem ukorzy. Tak wielką, że zdoła uratować prawdziwą wiarę. — Przerwał. — Nie tylko uratować ją dla Opus Dei. Ale dla nas wszystkich.

Pan odbiera... i Pan daje. Aringarosa zobaczył promień nadziei.

— Opowiedz, jaki masz plan.

Kiedy drzwi szpitala Świętej Marii otworzyły się, biskup Aringarosa był nieprzytomny. Sylas wpadł do przedsionka skrajnie wyczerpany. Padł na kolana i krzyczał o pomoc. Oczekujący w szpitalnym korytarzu ze zdziwieniem patrzyli na półnagiego albinosa, niosącego w ramionach zakrwawionego księdza.

Lekarz, który pomagał Sylasowi położyć nieprzytomnego biskupa, miał ponury wyraz twarzy, kiedy badał puls Aringarosy.

— Stracił wiele krwi. Słaba nadzieja.

Aringarosa zamrugał oczami, wrócił na chwilę do rzeczywistości i skierował wzrok na Sylasa.

— Mój synu...

Duszę Sylasa zalały wyrzuty sumienia i wściekłość.

— Ojcze, nawet gdybym miał poświęcić na to życie, znajdę tego, co nas oszukał, i zabiję.

Aringarosa potrząsnął głową, patrząc smutno wokół siebie, kiedy lekarze przygotowywali go do przewiezienia na salę operacyjną.

— Sylasie... Jeśli nie nauczyłeś się niczego ode mnie, proszę... przyjmij teraz tę naukę. — Wziął dłoń Sylasa w swoje dłonie i mocno ją ścisnął. — Przebaczenie to największy dar od Boga.

— Ale, ojcze...

Aringarosa zamknął oczy.

— Módl się, Sylasie.

Rozdział 101

Robert Langdon stał pod pnącą się wysoko kopułą pustego Kapitularza i patrzył wprost w wylot lufy broni Leigha Teabinga.

„Jesteś ze mną, czy przeciwko mnie, Robercie?". Słowa historyka rodziny królewskiej Wielkiej Brytanii odbijały się echem w ciszy umysłu Langdona.

Na to pytanie nie było dobrej odpowiedzi, to wiedział. Jeśli odpowie — z tobą, to sprzeda Sophie. Jeśli odpowie — przeciwko tobie, wtedy Teabing nie będzie miał innego wyjścia, jak tylko zabić ich oboje.

Lata nauczania nie wyposażyły Langdona w umiejętność stawiania czoła broni, ale dały mu umiejętność mierzenia się z paradoksalnymi pytaniami. Kiedy nie ma dobrej odpowiedzi na pytanie, pozostaje odpowiedź szczera.

Szara strefa pomiędzy tak a nie.

Milczenie.

Wpatrując się w krypteks w swoich dłoniach, Langdon postanowił zastosować unik.

Nie podnosząc wzroku, zrobił krok do tyłu, ku olbrzymiej pustej przestrzeni. Neutralny teren. Miał nadzieję, że skupienie uwagi na krypteksie zasygnalizuje Teabingowi, że jakaś forma współpracy jest możliwa, a milczenie zasygnalizuje Sophie, że jej nie opuszcza.

Kupuję sobie czas, żeby pomyśleć.

Właśnie o przemyślenia, jak podejrzewał Langdon, chodziło Teabingowi. Dlatego dał mi do ręki krypteks. Żebym mógł poczuć wagę swojej decyzji. Historyk rodziny królewskiej miał nadzieję, że dotknięcie krypteksu wielkiego mistrza pomoże Langdonowi zrozumieć w pełni znaczenie tego, co zawiera, wyzwoli jego akademicką dociekliwość i przekona, że jeśli nie uda mu się otworzyć krypteksu, będzie to strata dla historii.

Sophie stała pod muszką po drugiej stronie pomieszczenia i Langdon myślał ze strachem, że ulotne słowo dostępu jest dla niego jedyną nadzieją na uwolnienie jej. Jeśli uda mi się wydobyć mapę, Teabing będzie negocjował. Zmuszając umysł do wykonania tego najważniejszego zadania, Langdon powoli szedł w kierunku olbrzymich okien... Przez jego mózg przepływały niezliczone skojarzenia astronomiczne odnoszące się do grobu Newtona.

Brzemienna ma być kula, Róży krzew.

Podszedł bliżej do strzelistych okien, szukając inspiracji w kolorowych witrażach. Bez skutku.

Postaw się w położeniu Saunière'a, mówił sobie, patrząc na ogród za oknami. Jaka to kula według niego powinna być na grobie Newtona? Wyobrażenia gwiazd, komet i planet migotały w padającym deszczu, ale Langdon czuł, że nie tędy droga. Saunière nie był człowiekiem nauk ścisłych. Był humanistą, artystą i historykiem. Sakralność kobieca... Kielich... róża... Wygnana Maria Magdalena... Kres Wielkiej Bogini... Święty Graal.

Legenda przedstawiała Graala jako piękną kobietę, która tańczy gdzieś w cieniu, niedosięgła dla oczu, szepcze do ucha, kusi i zwodzi, a potem rozpływa się we mgle.

Patrząc na szumiące drzewa w ogrodzie, Langdon czuł jej radosną obecność. Znaki były wszędzie. Jak zwodnicze postacie wyłaniające się z mgły, gałęzie najstarszej jabłoni w Anglii, obsypane pięciolistnymi białymi kwiatami, błyszczały jak gwiazdy. Bogini Wenus była teraz w ogrodzie. Tańczyła w deszczu, śpiewała odwieczną pieśń, wyglądała spoza obsypanych kwieciem gałęzi, jakby chciała przypomnieć Langdonowi, że rosnący owoc wiedzy jest tuż-tuż.

Po drugiej stronie komnaty sir Leigh Teabing przyglądał się z ufnością Langdonowi wyglądającemu przez okno, jakby był pod działaniem jakiegoś zaklęcia.

Tak jak przewidywałem — pomyślał Teabing. Zaraz na to wpadnie.

Od dłuższego czasu Teabing podejrzewał, że Langdon ma klucz do Graala. Nie przypadkiem Teabing wprowadził w życie plan tego wieczoru, kiedy Langdon miał się spotkać z Jacques'em Saunière'em. Prowadząc nasłuch rozmów kustosza, Teabing był pewien, że jego chęć spotkania się prywatnie z Langdonem może oznaczać tylko jedno. Tajemnicza praca Langdona dotknęła czułego miejsca zakonu. Langdon jest bliski prawdy, a Saunière boi się jej ujawnienia. Teabing był przekonany, że wielki mistrz chce skłonić Langdona do milczenia.

Prawda była skrywana zbyt długo!

Teabing wiedział, że musi działać szybko. Atak Sylasa miał spełnić dwa cele. Zapobiec rozmowie Saunière'a z Langdonem i dać Teabingowi szansę na ewentualną pomoc Langdona, który wciąż jeszcze będzie w Paryżu, gdy klucz sklepienia znajdzie się już w rękach Teabinga.

Zaaranżowanie tego brzemiennego w skutki spotkania między Saunière'em a Sylasem okazało się niewiarygodnie proste. Dzięki ściśle tajnym informacjom dotyczącym najgłębszych lęków Saunière'a. Wczoraj po południu Sylas zadzwonił do kustosza Luwru i udał, że jest zagubionym duchownym.

— *Monsieur* Saunière, proszę mi wybaczyć, ale muszę z panem natychmiast porozmawiać. Nie wolno mi łamać tajemnicy spowiedzi, ale tym razem czuję, że muszę. Właśnie wyspowiadał mi się pewien człowiek, który twierdzi, że zamordował kogoś z pana rodziny.

Reakcja Saunière'a była żywa, choć ostrożna.

— Moja rodzina zginęła w wypadku. Raport policji nie pozostawia co do tego żadnych wątpliwości.

— Tak, wypadek samochodowy — powiedział Sylas, jakby

łapiąc haczyk. — Człowiek, który ze mną rozmawiał, powiedział, że zepchnął samochód z drogi do rzeki.

Saunière milczał.

— *Monsieur* Saunière, nigdy bym do pana nie zadzwonił wprost, ale ten człowiek powiedział coś takiego, że teraz boję się o pańskie bezpieczeństwo. — Przerwał. — A także pańskiej wnuczki Sophie.

Dźwięk imienia Sophie podziałał jak katalizator, skłonił Saunière'a do działania. Kazał Sylasowi przyjść natychmiast do siebie i umówił się z nim tam, gdzie jak sądził, będzie najbezpieczniej — w jego gabinecie w Luwrze. Następnie zadzwonił do Sophie, żeby ją ostrzec, że może być w niebezpieczeństwie. Spotkanie z Robertem Langdonem nie doszło do skutku.

Teraz, kiedy Teabing miał Langdona i Sophie osobno, w odległych częściach komnaty, czuł, że udało mu się ich rozdzielić. Sophie Neveu była cały czas oporna, ale Langdon widział z pewnością wszystko w szerszej perspektywie. Próbował znaleźć hasło i otworzyć krypteks. On rozumie, że znalezienie Graala oznacza również uwolnienie Sophie.

— Nie otworzy go dla pana — powiedziała zimno Sophie. — Nawet jeśli potrafi.

Teabing przyglądał się Langdonowi, cały czas trzymając Sophie na muszce. Był teraz prawie pewien, że będzie musiał użyć broni. Chociaż ta myśl nie była mu miła, wiedział, że się nie zawaha, jeżeli zajdzie konieczność. Dałem jej wiele dróg wyjścia. Graal jest większy niż każdy z nas tu obecnych.

W tej chwili Langdon odwrócił się od okna.

— Grobowiec... — powiedział, a w jego oczach zalśniła nieśmiała iskierka nadziei. — Wiem, gdzie patrzeć na grobowcu Newtona. Tak, chyba uda mi się znaleźć hasło!

Teabing poczuł, że serce mu rośnie.

— Gdzie, Robercie? Powiedz!

— Nie, Robercie! — krzyknęła Sophie przerażona. — Przecież mu nie pomożesz, prawda?

Langdon podszedł do nich pewnym krokiem, trzymając przed sobą krypteks.

— Nie — powiedział i popatrzył twardo na Teabinga. — Nic nie powiem, chyba że cię wypuści.

— Jesteśmy już tak blisko, Robercie. — Zapał Teabinga zgasł. — Niech ci nie przychodzą do głowy żadne gierki!

— To nie są gierki — ostrzegł Langdon. — Schowaj broń. Wtedy pójdziemy do grobu razem i otworzymy krypteks.

— Ja nigdzie nie idę — powiedziała stanowczo Sophie, mrużąc oczy z wściekłości. — Krypteks dał mi mój dziadek. Nie jest wasz, żebyście go sobie otwierali.

Langdon odwrócił się do niej przestraszony.

— Proszę cię, Sophie. Jesteś w niebezpieczeństwie. Chcę ci pomóc!

— Ale jak? Odkrywając tajemnicę, dla której umarł mój dziadek? Zaufał ci, Robercie. I ja ci ufam.

W niebieskich oczach Langdona błysnął strach, a Teabing tylko się uśmiechał, kiedy tych dwoje się starło. Wysiłki Langdona, żeby zachować się po rycersku, były żałosne. Stoi u wrót jednej z największych tajemnic ludzkości i chce mu się zawracać głowę kobietą, która udowodniła, że jest niegodna uczestnictwa w poszukiwaniu Świętego Graala.

— Sophie — błagał Langdon. — Proszę cię... Musisz wyjść.

Pokręciła głową.

— Nie wyjdę, chyba że oddasz mi krypteks albo rozbijesz go o podłogę.

— Co takiego? — Langdon nie potrafił ukryć zdumienia.

— Robercie, mój dziadek wolałby, żeby jego tajemnica poszła z nim do grobu, niż dostała się człowiekowi, który go zamordował. — Sophie opanowała wzruszenie i patrzyła Teabingowi prosto w oczy. — Zabij mnie, jeżeli musisz. Nie zostawię dziedzictwa mojego dziadka w twoich rękach.

No cóż, dobrze. Teabing wycelował.

— Nie! — krzyknął Langdon, podnosząc w górę rękę i zawieszając krypteks niebezpiecznie nad kamienną podłogą. — Jeśli tak, Leigh, to ja to puszczam.

Teabing się zaśmiał.

— To był blef, w który uwierzył Rémy. Ale nie ja. Dobrze cię znam.

— Czyżby, Leigh?

Tak, żebyś wiedział. Musisz popracować nad pokerową twarzą, przyjacielu. Wystarczyło mi kilka sekund, żeby się zorientować, że kłamiesz. Nie masz pojęcia, gdzie jest odpowiedź na grobie Newtona.

— Rzeczywiście, Robercie? Wiesz, gdzie szukać na grobie Newtona?

— Tak.

Teabing zauważył ślad niepewności w oczach Langdona. Wyczytał w nich kłamstwo. Desperacka, śmieszna intryga, żeby uratować Sophie. Czuł się głęboko rozczarowany Robertem Langdonem.

Jestem samotnym rycerzem otoczonym przez niegodnych. I będę musiał sam rozszyfrować hasło do klucza sklepienia.

Langdon i Neveu byli teraz dla Teabinga tylko zagrożeniem. A także zagrożeniem dla Graala. Choć rozwiązanie było przykre, wiedział, że zastosuje je z czystym sumieniem. Trzeba tylko jakoś przekonać Langdona, żeby postawił krypteks na podłodze, wówczas Teabing spokojnie zakończy tę szaradę.

— Znak zaufania — powiedział Teabing, opuszczając broń. — Postaw krypteks na podłodze, a będziemy rozmawiali.

Langdon wiedział, że jego kłamstwo nie poskutkowało.

Widział teraz na twarzy Teabinga jakieś mroczne postanowienie i wiedział, że nadeszła dla nich chwila prawdy. Kiedy postawię krypteks, zabije nas oboje. Nawet nie patrząc na Sophie, słyszał milczące wołanie jej serca. Robercie, ten człowiek nie jest wart Graala. Proszę, nie oddawaj go w jego ręce. Za żadną cenę.

Langdon podjął decyzję już kilka minut temu, kiedy stojąc samotnie, patrzył w okno wychodzące na ogród.

Uratować Sophie.

Uratować Graala.

Langdon niemal krzyknął w skrajnej rozpaczy. Ale jak!

Bolesne rozczarowanie przyniosło ze sobą jasność umysłu, jakiej nie czuł jeszcze nigdy. Prawda jest tuż-tuż, przed twoimi oczyma, Robercie. Nie wiedział, skąd przyszło to olśnienie. Graal nie szydzi z ciebie, woła do ciebie, bo jesteś go godny.

Teraz, schyliwszy się kilka metrów przed Leighem Teabingiem, Langdon trzymał krypteks w odległości kilku centymetrów od kamiennej podłogi.

— Tak, Robercie — szepnął Teabing, mierząc do niego z pistoletu. — Postaw go.

Langdon podniósł oczy ku niebu, ku ogromnej pustce kopuły Kapitularza. Przykucnął i skierował oczy na broń Teabinga, której lufa mierzyła prosto w niego.

— Wybacz mi, Leigh.

Jednym płynnym ruchem poderwał się, jednocześnie wyrzucając ręce ku niebu, a krypteks poszybował prosto w górę, ku starej kopule.

Leigh Teabing nie czuł, jak naciska spust, ale meduza wypaliła z ogłuszającym hukiem. Langdon, który przed chwilą kucał tuż przy ziemi, teraz był w powietrzu, wyprostowany jak struna, a pocisk eksplodował na podłodze tuż u jego stóp. Teabing, dzieląc uwagę, próbował w przypływie złości wymierzyć i wystrzelić jeszcze raz, ale historyk wziął w nim górę. Podniósł wzrok.

Klucz sklepienia!

Wydawało się, że czas stanął w miejscu, jak we śnie, kiedy cały świat Teabinga przeistoczył się w płynący w powietrzu krypteks. Patrzył, jak osiąga najwyższy punkt wznoszenia... zastyga niepewnie na ułamek sekundy w próżni... a potem spada, obracając się, ku kamiennej podłodze.

Wszystkie jego nadzieje i marzenia za chwilę legną w gruzach. Nie może uderzyć o podłogę! Muszę go złapać. Ciało Teabinga zareagowało instynktownie. Wypuścił broń i rzucił się naprzód, kule upadły na podłogę, a on, wyciągając ze wszystkich sił ramiona i palce, zdołał uchwycić krypteks w powietrzu w miękkie wypielęgnowane dłonie.

Dzierżąc zwycięsko klucz sklepienia w rękach, Teabing upadł do przodu. Wiedział, że spada za szybko i nic nie może zamortyzować tego upadku — przewrócił się z rękami wyciągniętymi do przodu, a krypteks uderzył twardo o podłogę.

Słychać było brzęk tłukącego się szkła.

Przez pełną sekundę Teabing nie oddychał. Leżał na zimnej, kamiennej podłodze, patrząc na kamienny cylinder w swoich dłoniach i modlił się, żeby szkło fiolki w jego wnętrzu wytrzymało. Po chwili w powietrzu rozszedł się kwaśny odór octu, a Teabing poczuł, jak chłodny płyn wypływa przez dyski krypteksu na jego ręce.

Ogarnęła go dzika rozpacz. NIE! Ocet spływał po palcach, a Teabing wyobraził sobie, że we wnętrzu krypteksu papirus rozpływa się jak wata. Robert, ty durniu! Tajemnica przepadła na zawsze!

Teabing czuł, że szarpie nim niekontrolowany szloch. Nie ma już Graala. Wszystko stracone. Trzęsąc się i wciąż nie wierząc w to, co zrobił Langdon, próbował otworzyć krypteks, pragnąc chociaż dotknąć przebłysku historii, zanim rozpadnie się na zawsze. Ku jego zdumieniu, kiedy pociągnął za nasadki, cylinder otworzył się gładko.

Westchnął ze zdumienia i zajrzał do środka.

Pusto. Tylko kawałki mokrego szkła. Nie było rozpadającego się papirusu. Teabing przewrócił się na plecy i spojrzał na Langdona. Tuż przy nim stała Sophie, mierząc teraz w Teabinga z jego własnej broni. Nie mógł wyjść ze zdumienia. Spojrzał raz jeszcze na klucz sklepienia i wreszcie zrozumiał. Układ pięciu dysków krypteksu nie był przypadkowy. Odczytał słowo JABŁKO*.

— Kula, jabłko ma kształt kuli, a Ewa ugryzła jabłko — powiedział Langdon chłodno — ściągając na siebie święty gniew Boga. Grzech pierworodny. Symbol upadku sakralności kobiecej.

Teabing poczuł, że prawda spada na niego w całej swojej potwornej prostocie. Kula, która powinna być na grobowcu Newtona, nie mogła być niczym innym jak jabłkiem w różanym kolorze, które spadło z nieba i uderzyło Newtona w głowę — było inspiracją do pracy całego jego życia. *Owocem jego pracy. Święty gniew. Brzemienna ma być kula, Róży krzew.*

— Robercie — wymamrotał Teabing, nie mogąc dojść do siebie. — Otworzyłeś krypteks. Gdzie jest... mapa?

Puściwszy oko, Langdon sięgnął do wewnętrznej kieszeni tweedowej marynarki i ostrożnie wyciągnął delikatny, zwinięty

---

* Jabłko (ang.) — *apple* (pięć liter).

526

papirus. Kilka metrów od miejsca, w którym leżał Teabing, Langdon rozwinął go i spojrzał. Po chwili na jego twarzy pojawił się uśmiech zrozumienia.

On wie! Duszę Teabinga trawiła ciekawość. Marzenie jego całego życia było tuż przed nim.

— Powiedz mi! — zażądał Teabing. — Proszę! Boże jedyny, błagam! Jeszcze nie jest za późno!

W korytarzu prowadzącym do Kapitularza rozległ się dźwięk ciężkich kroków, a Langdon spokojnie zwinął papirus i wsunął go z powrotem do kieszeni.

— Nie! — zawołał Teabing, próbując bezskutecznie wstać.

Otworzyły się drzwi i Bezu Fache wpadł do środka jak byk na arenę, a jego wściekłe, rozbiegane oczy szukały celu — Leigha Teabinga, który leżał bezradny na podłodze. Fache odetchnął z ulgą, włożył swój pistolet marki Manurhin do kabury i zwrócił się do Sophie.

— Agentko Neveu, kamień spadł mi z serca, że pani i pan Langdon jesteście bezpieczni. Powinniście się byli zgłosić na policję, kiedy was o to prosiłem.

Zaraz za Fache'em zjawiła się policja brytyjska. Policjanci złapali nieszczęsnego więźnia i założyli mu kajdanki.

— Jak pan nas znalazł? — zwróciła się do Fache'a zdumiona Sophie.

Fache wskazał na Teabinga.

— Popełnił błąd, pokazując dokumenty, kiedy wchodził do opactwa. Strażnicy słyszeli komunikat policyjny i wiedzieli, że go szukamy.

— To jest w kieszeni Langdona — wrzeszczał Teabing jak szaleniec. — Mapa do Świętego Graala! — Kiedy podnoszono go w górę i wyciągano na zewnątrz, odrzucił głowę do tyłu i zawył: — Robercie! Powiedz mi, gdzie on jest!

Langdon spojrzał mu prosto w oczy.

— Graala odnajdzie tylko ten, kto jest godzien, Leigh. Sam mnie tego uczyłeś.

Rozdział 102

W Kensington Gardens mgła opadła na trawę. Sylas szedł, kulejąc. Ukląkł na mokrej trawie w zagłębieniu gruntu i poczuł ciepły strumień krwi płynącej z rany od kuli poniżej linii żeber. Nieruchomo patrzył wprost przed siebie.

W otaczającej go mgle poczuł się jak w niebie. Unosząc zakrwawione dłonie do modlitwy, patrzył, jak krople deszczu pieszczą jego palce i obmywają z czerwieni. Kiedy deszcz zaczął mocniej zacinać i poczuł go na plecach i na ramionach, wydało mu się, że jego ciało znika, stopniowo roztapiając się we mgle. Jestem duchem.

Poczuł lekki powiew bryzy, a w nim nutę bijącego od ziemi zapachu nowego życia. Każdą komórką swojego zdruzgotanego ciała Sylas modlił się do Boga. Modlił się o wybaczenie. Modlił się o łaskę. A przede wszystkim modlił się za swojego mentora... biskupa Aringarosę... Aby Pan nie zabierał go do siebie, zanim czas jego nadejdzie. Ma jeszcze tyle do zrobienia.

Mgła wokół niego wirowała teraz na wietrze, a Sylas czuł się tak lekki, że jej strzępy z pewnością za chwilę uniosą go ze sobą w górę. Zamknął oczy i zmówił ostatnią modlitwę.

Gdzieś z głębi białej chmury, która go otaczała, usłysza szept Manuela Aringarosy.

„Nasz Pan jest miłosierny".

Ból zaczął w końcu powoli zanikać, a Sylas wiedział, że biskup ma rację.

Rozdział 103

Było późne popołudnie, kiedy londyńskie słońce przedarło się przez chmury i wszystko zaczęło schnąć. Bezu Fache poczuł zmęczenie — opadło go, kiedy wyszedł z pokoju przesłuchań i podnosił rękę, żeby zatrzymać taksówkę. Sir Leigh Teabing stanowczo oświadczył, że jest niewinny, a z jego nieskładnego bełkotu na temat Świętego Graala, tajnych dokumentów i tajemniczych bractw zakonnych Fache wnosił, że sprytny historyk przygotowuje grunt dla prawników, którzy będą chcieli przyjąć niepoczytalność jako linię obrony.

Z pewnością, pomyślał Fache. Niepoczytalny. Teabing wykazał niezwykłą precyzję w konstruowaniu planu, który w każdej sytuacji miał wykazać jego niewinność. Wykorzystał zarówno Watykan, jak i Opus Dei — instytucje, jak się okazało, zupełnie niewinne. Brudną robotę wykonywali za niego nieświadomi sytuacji fanatyczny mnich i zdesperowany biskup. Jeszcze większego sprytu dowiódł, umieszczając centrum podsłuchowe w miejscu, do którego nie mógł dotrzeć człowiek niepełnosprawny. Podsłuchiwał jego służący, Rémy — jedyna osoba, która znała prawdziwą tożsamość Teabinga — teraz jakże wygodnie dla niego rażona śmiertelną reakcją alergiczną.

Trudno byłoby to nazwać działaniami kogoś, komu brakuje piątej klepki, pomyślał Fache.

Z informacji nadchodzących od Colleta z Château Villette wynikało, że matactwa Teabinga były tak przemyślne, że sam Fache mógłby się czegoś od niego nauczyć. Aby ukryć pluskwy w gabinetach najbardziej wpływowych ludzi Paryża, brytyjski historyk sięgnął po inspirację do Greków. Konie trojańskie. Osoby, które Teabing namierzał, otrzymywały bezcenne dzieła sztuki w prezencie, inni nieświadomie kupowali je na aukcjach, na których Teabing oferował bardzo konkretne obiekty. Jeśli idzie o Saunière'a, otrzymał on zaproszenie na kolację do Château Villette, aby omówić możliwości ufundowania przez Teabinga w Luwrze nowego skrzydła poświęconego Leonardowi da Vinci. Zaproszenie zawierało pozornie niewinne postscriptum, które wyrażało fascynację Teabinga robotem w postaci rycerza, którego, jak mówiono, Saunière sam zbudował. Proszę go przywieźć na kolację — poprosił Teabing. Saunière tak właśnie zrobił i pozostawił rycerza bez opieki na tak długo, że Rémy Legaludec zdołał dodać do niego niewielki element, nie wzbudzając niczyich podejrzeń.

Teraz, siedząc w taksówce, Fache zamknął oczy. Jest jeszcze jedna rzecz, której muszę dopilnować, zanim wrócę do Paryża.

Salę pooperacyjną w szpitalu Świętej Marii wypełniało światło słońca.

— Jesteśmy wszyscy pod wrażeniem — powiedziała pielęgniarka radośnie. — Można powiedzieć, że to prawie cud.

Biskup Aringarosa uśmiechnął się blado.

— Nieodgadnione są ścieżki Pana.

Pielęgniarka skończyła rutynowe czynności przy jego łóżku i zostawiła go samego. Słońce rozlewało się ciepłem po jego twarzy. Poprzednia noc była najciemniejszą nocą jego życia. Rozgoryczony i zasmucony pomyślał o Sylasie, którego ciało odnaleziono w parku. Wybacz mi, mój synu.

Aringarosa chciał, żeby Sylas włączył się w jego wspaniały plan. Wczoraj wieczorem jednak Aringarosa odebrał telefon od Bezu Fache'a, w którym ten pytał biskupa o związki z zakonnicą, którą zamordowano w Saint-Sulpice. Aringarosa zdał sobie wtedy sprawę, że wypadki tego wieczoru niespodziewanie zmieniły bieg i potoczyły się w przerażającym tempie. Wieści o czterech pozostałych morderstwach zmieniły jego przerażenie w głęboki ból. Coś ty zrobił, Sylasie! Biskup nie był w stanie nawiązać kontaktu z Nauczycielem, wiedział, że wszelkie więzy łączące go z nim zostały odcięte. Wykorzystał cię. Jedynym sposobem zatrzymania przerażającego łańcucha zdarzeń, które pomógł wprawić w ruch, było wyznać wszystko Fache'owi i od tego momentu Aringarosa i Fache rzucili się w pościg, żeby dotrzeć do Sylasa i zrównać się z nim, zanim Nauczyciel każe mu znowu kogoś zabić.

Potwornie zmęczony Aringarosa zamknął oczy i słuchał relacji telewizyjnej na temat aresztowania znanego brytyjskiego historyka, któremu królowa nadała tytuł szlachecki, sir Leigha Teabinga. Nauczyciel był nagi i wszyscy mogli go zobaczyć. Teabing dowiedział się, że Watykan dąży do rozłączenia z Opus Dei, i wybrał Aringarosę jako idealne narzędzie do wykonania swojego planu. W końcu kto szybciej rzuci się na ślepo szukać Świętego Graala niż człowiek taki jak ja, który ma wszystko do stracenia? Graal dałby potężną władzę każdemu, kto wszedłby w jego posiadanie.

Leigh Teabing bardzo zmyślnie osłaniał swoją tożsamość, udając francuski akcent i religijność, żądając jako zapłaty jednej jedynej rzeczy, której nie potrzebował — pieniędzy. Aringarosa był zbyt zaangażowany w plan, żeby cokolwiek podejrzewać. Cena, którą Nauczyciel wyznaczył — dwadzieścia milionów euro — była niczym w porównaniu z nagrodą, jaką jest Graal, i niczym w porównaniu do wypłaty watykańskiej dla Opus Dei za niezależność, a zatem od tej strony wszystko układało się bardzo zgrabnie. Ślepy widzi to, co chce zobaczyć. Największą obrazą ze strony Teabinga było oczywiście żądanie wypłaty w obligacjach watykańskich, tak aby w razie czego śledztwo skierowało się ku Rzymowi.

— Cieszę się, że widzę Waszą Eminencję w dobrym zdrowiu.

Aringarosa rozpoznał głos mężczyzny stojącego w drzwiach, ale takiej twarzy się nie spodziewał — o poważnym wyrazie, zdecydowanych oczach. Mężczyzna miał czarne, gładko zaczesane do tyłu włosy i byczy kark, który rozpychał kołnierzyk koszuli. Jego ramiona niemal rozrywały ciemny garnitur.

— Kapitan Fache? — spytał Aringarosa. Współczucie i troska, którą kapitan okazał Aringarosie i jego krucjacie poprzedniego wieczoru, zrodziły w jego wyobraźni obraz twarzy o znacznie łagodniejszych rysach.

Kapitan podszedł do łóżka i postawił na krześle dobrze mu znaną ciężką czarną teczkę.

— To chyba należy do księdza.

Aringarosa spojrzał na teczkę wypełnioną obligacjami i natychmiast odwrócił oczy, czując wstyd.

— Tak... Bardzo dziękuję. — Przerwał, gniotąc palcami prześcieradło, a potem powiedział: — Długo o tym myślałem, panie kapitanie, i chcę pana poprosić o pewną przysługę.

— Proszę bardzo.

— Rodziny tych osób w Paryżu, które Sylas... — przerwał, przełykając ślinę i opanowując emocje. — Zdaję sobie sprawę, że żadna suma nie może im niczego wynagrodzić, ale jednak, gdyby pan był tak uprzejmy i rozdzielił zawartość tej teczki pomiędzy nich... Rodziny zmarłych.

Ciemne oczy Fache'a spoczęły na biskupie.

— Szlachetny gest, Wasza Eminencjo. Dopilnuję, żeby życzenie księdza zostało spełnione.

Zapadła ciężka cisza.

W telewizji pokazywano szczupłego oficera francuskiej policji podczas konferencji prasowej zorganizowanej przed frontonem olbrzymiej posiadłości. Fache zobaczył, kto to jest, i zaczął się przyglądać.

— Poruczniku Collet — mówiła reporterka BBC, a w jej głosie słychać było oskarżycielski ton. — Poprzedniego wieczoru pański przełożony, kapitan francuskiej policji, publicznie oskarżył dwoje niewinnych ludzi o morderstwo. Czy Robert Langdon i Sophie Neveu będą żądać zadośćuczynienia od policji? Czy kapitan Fache straci stanowisko?

W uśmiechu Colleta widać było zmęczenie, ale odpowiedział spokojnie.

— Z doświadczenia wiem, że kapitan Bezu Fache rzadko popełnia błędy. Jeszcze z nim o tym nie rozmawiałem, ale znając jego metody pracy, podejrzewam, że nagłośnione w mediach poszukiwanie agentki Neveu i pana Langdona było częścią planu prowadzącego do wyciągnięcia z kryjówki prawdziwego mordercy.

Reporterzy popatrzyli na siebie zdziwieni. Collet mówił dalej:

— Nie wiem, czy pan Langdon i agentka Neveu byli świadomymi uczestnikami tej gry. Kapitan Fache nie opowiada nikomu o swoich kreatywnych strategiach śledztwa. W tej chwili mogę powiedzieć tylko tyle, że kapitan dokonał aresztowania osoby odpowiedzialnej za te wszystkie zbrodnie, a pan Langdon i agentka Neveu są oczyszczeni z zarzutów i bezpieczni.

Fache poczuł, że jego usta układają się w słaby uśmiech i zwrócił się do Aringarosy:

— Porządny chłop z tego Colleta.

Minęło kilka kolejnych chwil. W końcu Fache podniósł rękę do czoła, wygładził włosy dłonią i spojrzał na Aringarosę.

— Wasza Eminencjo, zanim wrócę do Paryża, muszę jeszcze omówić z księdzem pewną sprawę... improwizowany lot do Londynu. Ksiądz przekupił pilota, żeby zmienił kurs. Tak czyniąc, złamał ksiądz wiele przepisów prawa międzynarodowego.

Aringarosa opadł na poduszkę.

— Byłem w rozpaczy.

— Tak. Podobnie jak pilot, kiedy przesłuchiwali go moi ludzie. — Fache sięgnął do kieszeni i wyciągnął z niej pierścień z purpurowym ametystem i dobrze biskupowi znanym symbolem jego władzy.

Aringarosa czuł, że łzy napływają mu do oczu, kiedy przyjmował pierścień i wkładał go z powrotem na palec.

— Był pan dla mnie tak wyrozumiały. — Uścisnął dłoń Fache'a. — Bardzo dziękuję.

Fache tylko machnął ręką, podchodząc do okna i wyglądając na ulice miasta. Widać było, że jest myślami gdzieś bardzo daleko. Kiedy się odwrócił, w jego głosie słychać było nutę niepewności.

— Dokąd dalej, Wasza Eminencjo?

To samo pytanie, które Aringarosa usłyszał, wychodząc z Castel Gandolfo poprzedniego wieczoru.

— Podejrzewam, że moje ścieżki są na razie tak samo niepewne jak pańskie.

— Tak. — Fache przerwał. — Myślę, że niedługo pójdę na emeryturę.

Aringarosa uśmiechnął się ciepło.

— Wiara czyni cuda, panie kapitanie. Odrobina wiary.

Rozdział 104

Kaplica Rosslyn, często zwana Katedrą Kodów, znajduje się w Szkocji siedem mil na południe od Edynburga, gdzie kiedyś stała starożytna świątynia Mithraic. Zbudowana przez templariuszy w 1446 roku, kaplica jest pokryta oszałamiającą mozaiką symboli zapożyczonych z tradycji religii żydowskiej, chrześcijańskiej, egipskiej, masońskiej i pogańskiej.

Geograficznie kaplica leży dokładnie na linii południka, który przebiega przez Glastonbury. Ta długość geograficzna, zwana linią róży, w tradycji jest znacznikiem wyspy króla Artura, Avalonu. Uważana jest też za główny filar uświęconej geometrii Brytanii. To właśnie od tej opiewanej w legendach linii róży bierze swoją nazwę Rosslyn — której nazwa w pierwotnym kształcie brzmiała Roslin.

Wieże kościelne Rosslyn rzucały długie wieczorne cienie, kiedy Langdon i Sophie Neveu zatrzymali wynajęty samochód na trawiastym parkingu u stóp wzgórza. Krótki lot z Londynu do Edynburga był spokojny, chociaż żadne z nich nie spało, nie mogąc się doczekać tego, co się wydarzy. Patrząc na surową budowlę, wznoszącą się ku zasnutemu chmurami niebu, Langdon czuł się jak Alicja z Krainy Czarów, spadająca głową w dół do nory królika. To musi być sen. Ale przecież ostatnia wiadomość Saunière'a mówiła najwyraźniej.

Pod starą Roslin Święty Graal czeka.

Langdon wyobrażał sobie, że „mapa Świętego Graala", którą pozostawił Saunière, będzie jakimś schematem, na którym krzyżyk będzie oznaczał miejsce, a tymczasem ostateczna tajemnica zakonu ukazała się przed ich oczyma w takiej samej formie, w jakiej Saunière przemawiał do nich od początku. Prosty wiersz. Cztery jasno sformułowane linijki, które bez żadnych wątpliwości wskazywały to miejsce. Oprócz tego, że Rosslyn została nazwana po imieniu, wiersz mówił o kilku elementach architektonicznych niedawno odbudowanej kaplicy.

Pomimo całej jasności przekazu Saunière'a Langdon czuł się raczej zaskoczony niż oświecony. Kaplica Rosslyn wydawała mu się lokalizacją zanadto oczywistą. Przez całe wieki szepty o Świętym Graalu odbijały się echem wśród murów tego kamiennego kościoła. W ostatnich dziesięcioleciach te szepty zamieniły się w krzyki, kiedy radar badający podziemia ujawnił istnienie pod kaplicą przedziwnej krypty — ogromnej podziemnej komnaty. Ten kamienny sejf nie tylko imponował swoim ogromem — był znacznie większy niż sama kaplica — ale wydawało się, że nie ma do niego ani wejścia, ani wyjścia. Archeolodzy skierowali do władz prośbę o umożliwienie wysadzenia części skał pod kaplicą, by dotrzeć do tajemniczej komnaty, ale Fundacja Rosslyn bardzo stanowczo zabroniła jakichkolwiek wykopalisk w tym świętym miejscu. To oczywiście tylko wyzwoliło falę spekulacji. Co chce ukryć Fundacja Rosslyn?

Rosslyn stała się teraz miejscem pielgrzymek poszukiwaczy tajemnic. Jedni twierdzili, że przyciąga ich tu potężne pole magnetyczne, inni, że przyjechali zbadać zbocze wzgórza i odnaleźć ukryte wejście do kamiennego skarbca, ale większość przyznawała, że jest tu po prostu po to, aby się przechadzać po okolicy, chłonąć atmosferę i próbować zrozumieć tradycję Świętego Graala.

Chociaż Langdon nie był nigdy w Rosslyn, zawsze uśmiechał się, gdy słyszał, że ktoś mówi, iż kaplica to aktualne miejsce spoczynku Świętego Graala. Trzeba przyznać, że kiedyś, dawno temu mogła gościć Graala... Ale na pewno nie teraz. W ostatnich dziesięcioleciach Rosslyn przyciągnęła za dużo uwagi i prędzej czy później ktoś mógłby znaleźć sposób na to, by włamać się do skarbca.

Prawdziwi badacze Graala zgadzali się co do tego, że Rosslyn ma za zadanie odciągnąć uwagę od Sangreala — że kaplica jest jednym z przemyślnych ślepych zaułków stworzonych przez zakon. Teraz jednak, mając w ręku klucz sklepienia zakonu, a w nim wersety prowadzące dokładnie w to miejsce, Langdon niczego już nie był pewien. Cały dzień pochłaniało go pytanie: Dlaczego Saunière uczynił tak wielki wysiłek, żeby nas doprowadzić do miejsca tak oczywistego?

Była na to chyba tylko jedna logiczna odpowiedź.

W kaplicy Rosslyn jest coś, co dopiero będziemy musieli zrozumieć.

— Robercie? — Sophie stała koło samochodu i patrzyła na niego. — Idziesz?

Trzymała w rękach szkatułkę z różanego drewna, którą kapitan Fache im zwrócił. Wewnątrz były oba krypteksy jeden w drugim, tak jak je znaleźli. Wiersz na papirusie leżał bezpiecznie w drugim krypteksie — brakowało, rzecz jasna, tylko zbitej fiolki z octem.

Langdon i Sophie wspinali się po długiej żwirowej ścieżce. Po chwili znaleźli się obok słynnej zachodniej ściany kaplicy. Przypadkowi zwiedzający sądzą, że ta dziwnie wystająca ściana jest częścią niedokończonej kaplicy. Prawda zaś, jak sobie przypominał Langdon, była znacznie bardziej intrygująca.

Zachodnia ściana Świątyni Salomona.

Templariusze zaprojektowali kaplicę w Rosslyn dokładnie według wzorca Świątyni Salomona w Jerozolimie — razem z zachodnią ścianą, wąskim, prostokątnym sanktuarium i podziemnym skarbcem, jak Święte Świętych, w którym dziewięciu rycerzy po raz pierwszy wykopało swój bezcenny skarb. Langdon musiał przyznać, że istnieje intrygująca symetria w zamyśle templariuszy, by zbudować dla Graala miejsce spoczynku, które jest repliką miejsca pierwotnego ukrycia skarbu.

Wejście do kaplicy Rosslyn było skromniejsze, niż Langdon

oczekiwał. Niewielkie drewniane drzwi zamocowano na dwóch żelaznych zawiasach. Można było na nich odczytać prosty, rzeźbiony w dębie napis.

ROSLIN

Stara ortografia, jak Langdon wyjaśniał Sophie, jest świadectwem pochodzenia od nazwy południka linii róży, w którego przebiegu leży kaplica, lub — jak woleli wierzyć badacze Graala — od linii róży w znaczeniu starożytnego rodu Marii Magdaleny.

Było późno, więc kaplicę pewnie wkrótce zamkną dla zwiedzających. Kiedy Langdon otwierał drzwi, wionęło ze środka ciepłym powietrzem, jakby starożytna budowla wypuszczała z płuc oddech pod koniec długiego, męczącego dnia. Łuki nad wejściem do kaplicy były ozdobione rzeźbionymi w kamieniu płatkami róży.

Róże. Łono bogini.

Weszli do środka. Oczy Langdona wędrowały po ścianach słynnego sanktuarium, wchłaniając wszystko naraz. Chociaż czytał sporo na temat zadziwiająco przemyślnej sztuki kamieniarskiej i płaskorzeźb pokrywających ściany Rosslyn, kiedy zobaczył to wszystko na własne oczy, wrażenie było przejmujące.

„Raj dla badaczy symboli" — powiedział o kaplicy jeden ze współpracowników Langdona.

Całą powierzchnię wewnętrznych ścian pokrywały symbole — chrześcijańskie krzyże, żydowskie gwiazdy Dawida, masońskie pieczęcie, krzyże templariuszy, rogi obfitości, piramidy, znaki astrologiczne, motywy roślin, warzyw, pentagramy i róże. Templariusze byli mistrzami kamieniarstwa, stawiali kościoły w całej Europie, ale Rosslyn uważano za najwspanialsze dzieło miłości i uwielbienia. Mistrzowie kamieniarstwa nie zostawili ani jednego kamienia bez rzeźby. Kaplica Rosslyn była świątynią wszystkich wyznań... Wszystkich tradycji... A przede wszystkim świątynią natury i Wielkiej Bogini.

Świątynia była właściwie pusta, tylko gdzieś z boku stało

kilkoro zwiedzających, którzy słuchali młodego człowieka, oprowadzającego ostatnią grupę turystów tego dnia. Prowadził ich gęsiego dobrze znaną trasą — niewidoczną ścieżką łączącą sześć punktów architektonicznych wnętrza. Całe pokolenia odwiedzających przechodziły wzdłuż linii łączących te punkty, a ich niezliczone kroki wyrzeźbiły na podłodze olbrzymi symbol.

Gwiazda Dawida, pomyślał Langdon. Nie ma tu nic przypadkowego. Heksagram, znany również jako pieczęć Salomona, kiedyś stanowił sekretny symbol kapłanów spoglądających w gwiazdy, a potem przejęli go królowie izraelscy — Dawid i Salomon.

Przewodnik zauważył Langdona i Sophie wchodzących do środka i chociaż kaplicę miano już wkrótce zamknąć, uśmiechnął się do nich sympatycznie i dał znak ręką, żeby się rozejrzeli, gdzie chcą.

Langdon podziękował skinieniem głowy i ruszył w kierunku wnętrza kościoła. Sophie stała jak przykuta do progu, a na twarzy miała wyraz bezbrzeżnego zdumienia.

— Co ci się stało? — spytał Langdon.

Objęła wzrokiem kaplicę.

— Ja chyba tu... już kiedyś byłam.

— Mówiłaś, że nigdy nawet nie słyszałaś o Rosslyn.

— Nie słyszałam — jeszcze raz obrzuciła wzrokiem wnętrze i rozejrzała się niepewnie dookoła. — Dziadek musiał mnie tu przywieźć, kiedy byłam jeszcze bardzo mała. Sama nie wiem... To wszystko wygląda jakoś znajomo. — Kiedy jej wzrok przebiegał po ścianach kaplicy, zaczęła z coraz większą pewnością kiwać głową. — Tak. — Wskazała ręką na część kościoła bliżej ołtarza. — Te dwa filary... Już je kiedyś widziałam.

Langdon spojrzał na dwie przepięknie rzeźbione kolumny na końcu sanktuarium. Białe kształty i linie wyrzeźbione w kamieniu tonęły w czerwonej poświacie wieczornego słońca, które wpadało przez zachodnie okno. Filary — ustawione tam, gdzie normalnie byłby ustawiony ołtarz — dziwnie do siebie nie pasowały. Lewy filar był rzeźbiony w proste, pionowe linie, a prawy zdobiła bogata, kwietna spirala.

Sophie już tam szła. Langdon pospieszył za nią, a kiedy doszli do filarów, Sophie kiwała głową z niedowierzaniem.

— Tak, jestem absolutnie pewna, że już je widziałam.

— Nie wątpię — odparł Langdon — ale niekoniecznie tutaj.

— To znaczy?

— Te dwa filary są najczęściej kopiowanymi fragmentami architektury świata. Wszędzie istnieją ich repliki.

— Repliki Rosslyn?

— Nie. Filarów. Pamiętasz, mówiłem ci, że Rosslyn też jest repliką — Świątyni Salomona? Te dwa filary to dokładne repliki filarów, które stały przy wejściu do Świątyni Salomona. — Langdon wskazał na filar po lewej. — Ten nazywa się *Boaz*, czyli Filar Mistrza, a ten *Jachin*, czyli Filar Czeladnika. Każda świątynia masońska na świecie ma takie dwa filary jak te tutaj.

Langdon opowiadał jej o mocnych związkach historycznych templariuszy ze współczesnymi tajnymi stowarzyszeniami masońskimi, których pierwsze stopnie — adepta, czeladnika i mistrza — wywodzą się z początków zakonu templariuszy. Ostatni wiersz, który napisał dziadek Sophie, odnosił się bezpośrednio do mistrzów wolnomularskich, którzy ozdabiali Rosslyn swymi pracami kamieniarskimi, stanowiącymi dar dla świątyni. W wierszu można było też przeczytać, że największy sufit kaplicy Rosslyn jest pokryty płaskorzeźbami przedstawiającymi gwiazdy i planety.

— Nigdy w życiu nie byłam w świątyni masońskiej — powiedziała Sophie, nie spuszczając oczu z filarów. — Jestem niemal pewna, że widziałam te tutaj. — Znów zwróciła oczy na kaplicę, jakby szukając czegoś, co może poruszyć wspomnienia.

Reszta zwiedzających już wychodziła, a przewodnik z uśmiechem na twarzy szedł przez kaplicę w ich kierunku. Był to przystojny młody człowiek około trzydziestki, mówiący szkockim akcentem, o jasnych włosach.

— Już miałem zamykać. Czy mogę państwu w czymś pomóc, czy państwo czegoś szukają?

Owszem, Świętego Graala, chciał odpowiedzieć Langdon.

— Kod — odezwała się nagle Sophie, jakby czymś olśniona. — Tutaj jest kod.

Przewodnika ucieszył taki wybuch entuzjazmu.

— Tak, tu jest kod, proszę pani.

— Na suficie — powiedziała, zwracając się w kierunku ściany po prawej stronie. — Gdzieś... gdzieś tam.

— Widzę, że już była pani u nas w Rosslyn. — Uśmiechnął się.

Kod, pomyślał Langdon. Zapomniał już o tym niewielkim fragmencie spuścizny historycznej. Wśród licznych zagadek i tajemnic Rosslyn był półkolisty łuk, z którego wystawały setki małych kamiennych elementów wypuszczonych w dół i tworzących dziwaczną wielopłaszczyznową powierzchnię. Na każdym elemencie wyrzeźbiony był jakiś symbol, jak się wydawało przypadkowy, ale całość tworzyła niezgłębiony szyfr. Niektórzy wierzyli, że szyfr kryje tajemnicę wejścia do podziemnego skarbca pod świątynią. Inni znów byli przekonani, że opowiada prawdziwą legendę Graala. Tak czy owak, kryptolodzy od wieków próbowali rozszyfrować jego znaczenie. Do dziś dnia Fundacja Rosslyn oferuje sporą nagrodę każdemu, kto potrafiłby odnaleźć ukryte znaczenie szyfru, ale jak dotąd nikomu się to nie udało.

— Chętnie państwu pokażę...

Głos przewodnika gubił się gdzieś za nią.

Mój pierwszy kod, pomyślała Sophie, idąc już sama jak w transie w kierunku pokrytego szyfrem łuku. Oddała szkatułkę Langdonowi i teraz czuła, że na chwilę zapomina o Świętym Graalu, Zakonie Syjonu i wszystkich tajemnych zdarzeniach poprzedniego dnia. Kiedy dotarła pod pokryte szyfrem sklepienie i zobaczyła symbole tuż nad swoją głową, wspomnienia wróciły do niej jak fala. Przypomniała sobie teraz swoją pierwszą bytność tutaj i — co dziwne — poczuła niespodziewany smutek.

Była małą dziewczynką... Przyjechali tu może rok lub dwa po tragicznej śmierci jej rodziny. Dziadek przywiózł ją do Szkocji na krótkie wakacje. Przyjechali obejrzeć kaplicę Rosslyn przed powrotem do Paryża. Był już późny wieczór i kaplica była zamknięta. Ale oni wciąż byli w środku.

— Jedźmy już do domu, Grand-père — mówiła błagalnym głosem Sophie, czując się senna i zmęczona.

— Zaraz pojedziemy, kochanie, już za chwilę — słyszała w jego głosie smutek. — Muszę tu jeszcze coś zrobić. Może byś poczekała w samochodzie?

— Musisz zrobić coś dorosłego?

Skinął głową.

— Zrobię to szybciutko. Przyrzekam.

— Mogę jeszcze zobaczyć kod pod łukiem? Jest bardzo zabawny.

— No, nie wiem. Ja będę musiał wyjść na dwór. Nie będziesz tu się sama bała?

— Pewnie, że nie! — odparła, prychając. — Jeszcze nie jest całkiem ciemno!

— No, to dobrze. — Uśmiechnął się i poprowadził ją do wymyślnie zdobionego łuku, który jej wcześniej pokazywał.

Sophie klapnęła na kamienną podłogę, potem położyła się na plecach i zaczęła wpatrywać się w plątaninę tajemniczych znaków w górze.

— Złamię ten kod, zanim wrócisz!

— W takim razie ścigamy się. — Pochylił się, pocałował ją w czoło i podszedł do bocznych drzwi nieopodal. — Będę tu, na dworze. Zostawię otwarte drzwi. Gdybyś mnie potrzebowała, po prostu zawołaj. — Wyszedł na zewnątrz, wprost w miękkie światło wieczoru.

Sophie leżała na podłodze, wpatrując się w kod. Jej powieki były coraz cięższe. Po kilku minutach symbole zaczęły się mieszać i zlewać w jedno. A potem znikły.

Kiedy się zbudziła, czuła chłód bijący od podłogi.

— Grand-père?

Nikt się nie odezwał. Wstała, otrzepała i wygładziła sukienkę. Boczne drzwi były wciąż otwarte. Na dworze robiło się coraz ciemniej. Wyszła na zewnątrz i zobaczyła dziadka na ganku małego domu z kamienia, stojącego za kościołem. Dziadek rozmawiał cicho z osobą, którą ledwo było widać w drzwiach domu.

— *Grand-père?* — zawołała.

Dziadek odwrócił się do niej i pomachał ręką, dając gestem znak, żeby poczekała jeszcze chwilę. Potem powoli wypowiedział kilka słów w kierunku osoby stojącej w środku i posłał pocałunek ku wpółprzymkniętym drzwiom. Szedł do Sophie z oczami pełnymi łez.

— Czemu płaczesz, dziadku?

Wziął ją na ręce i przytulił.

— Wiesz, Sophie, ty i ja musimy się pożegnać w tym roku z kilkoma bardzo ważnymi osobami. A to jest niełatwe.

Sophie pomyślała o wypadku, o tym, że musiała się pożegnać ze swoją mamą i tatą, z babcią i z małym braciszkiem.

— Jeszcze się z kimś żegnasz?

— Tak. Żegnam się z kimś bardzo mi drogim, kogo kocham ogromnie — odparł głosem nabrzmiałym uczuciem. — I obawiam się, że tej osoby już długo, długo nie zobaczę.

Langdon stał w kaplicy obok przewodnika i oglądał jej ściany, mając poczucie, że opada go coraz większe zmęczenie, bo znalazł się w ślepym zaułku. Sophie odeszła, żeby przyjrzeć się kodowi, a Langdon trzymał w ręku szkatułkę z mapą do Świętego Graala, która teraz wydawała się zupełnie bezużyteczna. Chociaż wiersz Saunière'a niedwuznacznie wskazywał Rosslyn, Langdon nie wiedział, co mają tutaj robić. W wierszu była również mowa o „ostrzu i kielichu", których Langdon nigdzie nie widział.

Pod starą Roslin Święty Graal czeka.
Ostrze i kielich pilnują wieka.

Langdon znów poczuł, że jest jakiś aspekt tej tajemnicy, który się jeszcze nie ujawnił.

— Przepraszam, że tak obcesowo pytam — powiedział przewodnik, spoglądając na szkatułkę w rękach Langdona. — Czy... ta szkatułka... Czy mógłbym spytać, skąd ją pan ma?

Langdon zaśmiał się i usłyszał w swoim śmiechu zmęczenie

— To wyjątkowo długa historia.

Młody człowiek wahał się przez chwilę, nie spuszczając wzroku ze szkatułki.

— To niesłychanie dziwne. Moja babcia ma dokładnie taką samą szkatułkę, trzyma w niej biżuterię. Identycznie polerowane drewno różane, ta sama intarsjowana róża, a nawet zawiasy wyglądają identycznie.

Langdon był pewien, że młody człowiek się myli. Jeżeli kiedykolwiek istniała na świecie szkatułka jedyna w swoim rodzaju, to właśnie była to ta, wykonana specjalnie po to, by przechowywać w niej klucz do sklepienia Prieuré de Sion.

— Może są podobne, ale...

Boczne drzwi trzasnęły i obaj równocześnie spojrzeli w bok. Sophie wyszła bez słowa i teraz wędrowała ścieżką na wzgórzu w kierunku stojącego w pobliżu kaplicy domu zbudowanego z miejscowego kamienia. Langdon obserwował ją. Dokąd ona idzie? Odkąd weszli do kaplicy, zachowywała się bardzo dziwnie. Zwrócił się do przewodnika.

— Wie pan, czyj to dom?

Skinął głową, również zdziwiony, że Sophie tam idzie.

— To jest plebania. Tam mieszka kustosz kaplicy. Sprawuje również nadzór nad Fundacją Rosslyn. — Przerwał. — Poza tym jest moją babcią.

— Pańska babcia sprawuje pieczę nad Fundacją Rosslyn?

Młody człowiek skinął głową.

— Mieszkam z nią na plebanii. Pomagam utrzymywać kaplicę w przyzwoitym stanie i oprowadzam wycieczki. — Wzruszył ramionami. — Mieszkam tu całe życie. Babcia tu mnie wychowywała, właśnie w tym domu.

Zaniepokojony o Sophie, Langdon szedł przez kaplicę w kierunku drzwi, żeby na nią zawołać. Był zaledwie w połowie drogi, kiedy się zatrzymał. Coś, co powiedział młody człowiek, dopiero teraz do niego dotarło.

Wychowywała mnie babcia.

Langdon popatrzył na Sophie wciąż wędrującą w górę wzniesienia, a potem spojrzał na szkatułkę, którą trzymał w rękach. To niemożliwe. Langdon odwrócił się do młodego człowieka.

— Powiedział pan, że babcia ma szkatułkę taką jak ta?

— Prawie identyczną.

— A skąd ją ma?

— Dziadek ją dla niej zrobił. Umarł, kiedy byłem dzieckiem, ale babcia wciąż o nim mówi. Powiada, że dziadek to istna złota rączka. Robił różne przedmioty.

Langdonowi nagle przed oczami wyobraźni otworzyły się wrota na niewyobrażalną sieć połączeń.

— Mówi pan, że wychowywała pana babcia. Przepraszam, że spytam, ale co się stało z pańskimi rodzicami?

— Zmarli, kiedy byłem małym dzieckiem — odpowiedział młody człowiek. — W tym samym dniu co mój dziadek.

Langdonowi zabiło serce.

— Zginęli w wypadku samochodowym?

Młody człowiek odsunął się przerażony o krok, a w jego oliwkowozielonych oczach było widać niedowierzanie.

— Tak. W wypadku samochodowym. Cała moja rodzina zginęła. Straciłem dziadka, rodziców i... — zawahał się i popatrzył na podłogę.

— I siostrę — powiedział Langdon.

Dom z surowo ciosanych kamieni stojący na wzgórzu był taki, jak go zapamiętała Sophie. Zapadała teraz noc, a z wnętrza biła ciepła, przyjazna aura. Przez półotwarte drzwi Sophie czuła zapach chleba, a z okien padały promienie złocistego światła. Kiedy podeszła bliżej, usłyszała ze środka ciche łkanie.

Przez szparę w drzwiach zobaczyła starszą kobietę w holu. Była odwrócona plecami do niej, ale Sophie wiedziała, że płacze. Kobieta miała długie srebrzyste włosy, których widok potrącił jakąś strunę w pamięci Sophie. Czuła, że coś ją tam ciągnie, i weszła na schody prowadzące na ganek. Kobieta trzymała w zaciśniętych dłoniach oprawioną fotografię jakiegoś mężczyzny i dotykała czubkami palców jego twarzy z miłością i tęsknotą.

Była to twarz, którą Sophie dobrze znała.

Grand-père.

Smutne wieści o jego śmierci z pewnością dotarły do niej poprzedniego wieczoru.

Jakaś deska skrzypnęła pod stopą Sophie i kobieta odwróciła się powoli, a jej wypełnione bezbrzeżnym smutkiem oczy odna lazły oczy Sophie. Sophie chciała się odwrócić i uciec, ale stała jak zamurowana. Pełne żalu spojrzenie kobiety nie odrywało się od Sophie, kiedy odkładała fotografię na stolik i podchodziła do półprzymkniętych drzwi. Wydawało się, że mija cała wieczność. Obie patrzyły na siebie w milczeniu. Potem, jak powoli zbierająca się na oceanie fala, na twarzy kobiety rosły emocje... niepewność... niewiara... nadzieja... a w końcu niepohamowana radość.

Kobieta jednym ruchem ręki otworzyła drzwi, wyszła, wyciągając do Spohie delikatne dłonie, po chwili tuląc w nich oniemiałą twarz Sophie.

— Moje dziecko najmilsze... Niech no ci się przyjrzę!

Chociaż Sophie jej nie rozpoznawała, wiedziała, kim jest. Próbowała coś powiedzieć, ale nawet nie mogła odetchnąć.

— Sophie — kobieta, łkając, całowała jej czoło.

Słowa Sophie wyrywały się z jej gardła zduszonym szeptem.

— Ale... *Grand-père* powiedział, że ty już...

— Wiem. — Kobieta położyła czułym gestem dłonie na ramionach Sophie i patrzyła na nią jakże znajomymi oczami. — Twój dziadek i ja byliśmy zmuszeni mówić różne rzeczy. Zrobiliśmy to, co uważaliśmy za słuszne. Tak mi przykro. Wszystko dla twojego bezpieczeństwa, księżniczko.

Sophie usłyszała ostatnie słowo i pomyślała o dziadku, który przez tyle lat nazywał ją księżniczką. Teraz wydawało jej się, że dźwięk jego głosu odbija się echem od starożytnych kamiennych murów Rosslyn, opada na ziemię i brzmi głuchym pogłosem w nieznanych pustych przestrzeniach pod kaplicą.

Kobieta zarzuciła ramiona na szyję Sophie i teraz łzy popłynęły szybciej.

— Twój dziadek tak bardzo chciał ci o wszystkim opowiedzieć, kiedy między wami wszystko się popsuło. Tak mu na tym zależało i próbował. Musimy sobie wiele wyjaśnić. Tyle ci muszę opowiedzieć. — Jeszcze raz pocałowała czoło Sophie, a potem szepnęła jej do ucha: — Nie będzie więcej sekretów, księżniczko. Już czas, żebyś się dowiedziała prawdy o swojej rodzinie.

Sophie i babcia siedziały na ganku, obejmując się i szlochając, kiedy młody przewodnik z kaplicy biegł po trawiastym zboczu dzielącym kościół od domu. W jego oczach lśniła nadzieja i niewiara.

— Sophie?

Sophie przytaknęła przez łzy i wstała. Nie poznawała jego twarzy, ale kiedy się objęli, poczuła zew krwi krążącej w jego żyłach... Krwi — tego już była pewna — ich wspólnych przodków.

Langdon szedł niespiesznie w ich kierunku. Sophie trudno sobie było wyobrazić, że jeszcze wczoraj była na świecie sama. A teraz, cudownym zrządzeniem losu, w tym zupełnie obcym dla niej miejscu, w towarzystwie trojga ludzi, których ledwo znała, czuła się wreszcie jak w domu.

Rozdział 105

Nad Rosslyn zapadła noc.

Robert Langdon stał sam na ganku kamiennego domu, uśmiechając się do siebie. Słyszał śmiech i rozmowy ludzi, którzy znów byli razem, dobiegające zza uchylonych drzwi. Kubek mocnej brazylijskiej kawy podarował mu kilka godzin jasności umysłu i uwolnił od narastającego zmęczenia, czuł jednak, że ta fala dobrego samopoczucia niedługo odpłynie. Zmęczenie przenikało go do kości.

— Wymknął się pan tak cicho — powiedział głos tuż za nim.

Odwrócił się. Z mroku wyłoniła się babcia Sophie, jej srebrzyste włosy lśniły w świetle księżyca. Nazywała się, przynajmniej przez ostatnich dwadzieścia osiem lat, Marie Chauvel.

Langdon posłał jej zmęczony uśmiech.

— Pomyślałem, że zostawię was na chwilę samych. — Przez okno widział Sophie rozmawiającą z bratem.

— Panie Langdon — Marie stanęła tuż przy nim — kiedy usłyszałam o zamordowaniu Jacques'a, przeraziłam się, bałam się o bezpieczeństwo Sophie. Widząc ją w drzwiach domu, doznałam największej ulgi i największej radości, jaka mnie mogła spotkać. Nie wiem, jak panu dziękować.

Langdon nie miał pojęcia, co odpowiedzieć. Chciał dać Sophie i babci czas, żeby porozmawiały same, ale Marie poprosiła go, żeby został i posłuchał. Mój mąż na pewno panu ufał, panie Langdon, więc ja również mogę panu zaufać.

A więc Langdon został, stał tuż obok Sophie i słuchał w niemym zdziwieniu opowieści Marie o nieżyjących rodzicach Sophie. Zadziwiające było to, że oboje pochodzili z rodzin Merowingów — byli w prostej linii potomkami Marii Magdaleny i Jezusa Chrystusa. Rodzice i przodkowie Sophie, dla ochrony i bezpieczeństwa, zmienili nazwiska rodowe Plantard i Saint-Clair. Ich dzieci, jako potomkowie rodziny królewskiej, były bardzo dobrze strzeżone przez zakon. Kiedy rodzice Sophie zginęli w wypadku, którego przyczynę trudno było ustalić, powstała obawa, że ktoś odkrył ich tożsamość.

— Twój dziadek i ja — wyjaśniała Marie głosem zdławionym bólem — musieliśmy podjąć bardzo poważną decyzję. Samochód twoich rodziców odnaleziono w rzece. — Otarła łzę chusteczką. — Tego wieczoru cała nasza szóstka, wraz z wami, dwojgiem wnuków, miała jechać tym samochodem. Na szczęście w ostatniej chwili zmieniliśmy plany i twoi rodzice pojechali sami. Kiedy Jacques i ja usłyszeliśmy o wypadku i nie można się było dowiedzieć, co właściwie zaszło... ani czy to naprawdę był wypadek, nie wiedzieliśmy, co zrobić. Wiedzieliśmy jedno — że musimy chronić swoje wnuki, a więc zrobiliśmy to, co uważaliśmy za najlepsze. Jacques zgłosił na policję, że twój brat i ja również byliśmy w samochodzie... I nasze ciała na pewno porwał nurt rzeki. Potem twój brat i ja ukrywaliśmy się i żyliśmy w konspiracji pod opieką zakonu. Jacques, który był człowiekiem znanym i sławnym, nie miał możliwości korzystania z luksusu anonimowości. Logiczne było, że Sophie, jako starsza, zostanie w Paryżu i że będzie ją wychowywał i uczył Jacques, bo Paryż był blisko serca zakonu i tam będzie pod jego opieką. — Teraz mówiła szeptem. — Rozdzielenie rodziny było najtrudniejszą decyzją, jaką kiedykolwiek musieliśmy podjąć. Jacques i ja widywaliśmy się bardzo rzadko i zawsze w miejscach bardzo odludnych, a nasze spotkania były utajnione... Pod opieką i ochroną zakonu. Istnieją pewne ceremonie, którym bractwo jest wierne.

Langdon czuł, że Marie nie mówi wszystkiego, ale wiedział również, że nie wszystko jest przeznaczone dla jego uszu, postanowił więc wyjść. Teraz, przyglądając się wieżom kaplicy Rosslyn, nie mógł wyzbyć się myśli o nierozwiązanej tajemnicy tego miejsca. Czy Graal rzeczywiście jest tutaj, w Rosslyn? Jeżeli tak, to gdzie jest ostrze i kielich, o których mówił Saunière w swoim wierszu?

— Mogę wziąć? — spytała Marie, wyciągając rękę do Langdona.

— O, dziękuję bardzo — Langdon podał jej pusty kubek po kawie.

Spojrzała na niego.

— Miałam na myśli tę drugą rękę, panie Langdon.

Langdon spuścił wzrok i zdał sobie sprawę, że trzyma w ręku papirus Saunière'a. Wyciągnął go raz jeszcze z krypteksu, mając nadzieję, że zobaczy coś, czego wcześniej nie dostrzegł.

— Oczywiście, przepraszam.

Marie z rozbawionym wyrazem twarzy wzięła od niego papier.

— Znam pewnego bankiera w Paryżu, który bardzo by chciał, żeby ta szkatułka z różanego drewna wróciła do skarbca. André Vernet był drogim sercu Jacques'a przyjacielem, a Jacques wierzył mu bezgranicznie. André zrobiłby wszystko, żeby dotrzymać danego słowa i spełnić żądania Jacques'a, który powierzył mu tę szkatułkę.

Nie wyłączając zabicia mnie, przypomniał sobie Langdon i postanowił nie wspominać, że prawdopodobnie złamał temu biednemu człowiekowi nos. W związku z Paryżem Langdon pomyślał o trzech seneszalach, których zabito poprzedniego wieczoru.

— A zakon? Co teraz będzie?

— Koła zostały już puszczone w ruch, panie Langdon. Bractwo przetrwało przez wieki i przeżyło niejeden kryzys, więc ten też przeżyje. Zawsze znajdą się ludzie, którzy czekają, by wkroczyć i wszystko odbudować.

Przez cały wieczór Langdon podejrzewał, że babcia Sophie ma silne powiązania z działaniami zakonu. W jego szeregach zawsze były kobiety. Czterokrotnie pełniły rolę wielkich mistrzów. Seneszale byli zgodnie z tradycją mężczyznami — strażnikami — ale kobiety miały w zakonie wysoki status i mogły dojść do najwyższych funkcji z każdej pozycji w zakonie.

Langdon pomyślał o Leighu Teabingu i Opactwie Westminsterskim. Cała ta historia wydawała mu się odległa o wieki.

— Czy Kościół naciskał na pani męża, żeby nie ujawniać światu dokumentów Sangreala, kiedy nadejdzie koniec dni?

— Na Boga, skądże. Koniec dni to legenda. W doktrynie zakonu nie ma nic, co by wskazywało na jakąś datę, kiedy dokumenty Graala powinny być ujawnione. W gruncie rzeczy zakon zawsze opowiadał się za tym, by nie odsłaniać przed światem Graala.

— Nigdy? — Langdon był zdumiony.

— Naszym duszom, panie Langdon, służą tajemnice i cudowności otaczające Graala, a nie on sam jako taki. Piękno Graala leży w jego nieuchwytnej istocie. — Marie Chauvel patrzyła teraz na kaplicę Rosslyn. — Dla jednych Graal jest kielichem, który przyniesie im życie wieczne. Dla innych poszukiwaniem zaginionych dokumentów i tajnych wątków historii. A dla większości z nas Graal chyba jest po prostu wspaniałą ideą... Pełnym chwały, nieosiągalnym skarbem, który nawet w naszym świecie pełnym chaosu inspiruje nas i daje natchnienie.

— Jeżeli jednak dokumenty Sangreala pozostaną w ukryciu, historia Marii Magdaleny zniknie na zawsze — powiedział Langdon.

— Czyżby? Proszę rozejrzeć się wokół siebie. Jej historię opowiada malarstwo, muzyka i książki, codziennie, coraz głośniej. Wahadło zostało puszczone w ruch. Zaczynamy rozumieć zagrożenia. Lekcje płynące z naszej historii... że wchodzimy na ścieżki prowadzące do zagłady. Zaczynamy czuć potrzebę odrodzenia sakralności kobiecej. — Przerwała. — Podobno pracuje pan nad książką poświęconą symbolom świętości żeńskiej.

— Tak, rzeczywiście.

— Proszę więc doprowadzić dzieło do końca, wyśpiewać jej pieśń. Świat potrzebuje trubadurów. — Uśmiechnęła się.

Langdon zamilkł, czując wagę tego, co mu powiedziała. Popatrzył na drzewa i ujrzał księżyc w nowiu wschodzący ponad ich ciemną, poszarpaną linią. Potem zwrócił wzrok na Rosslyn i poczuł chłopięcą ciekawość, nieopanowaną żądzę odkrycia sekretów kaplicy. Nie pytaj, mówił sobie.

To nie jest dobry moment. Spojrzał na papirus w dłoni Marie, a potem znów na Rosslyn.

— Niech pan wreszcie wydusi z siebie to pytanie, panie Langdon — powiedziała Marie rozbawiona. — Ma pan przecież do tego prawo.

Langdon poczuł, że się czerwieni.

— Chciałby pan wiedzieć, czy Graal jest tutaj, w Rosslyn.

— Może mi pani powiedzieć?

Westchnęła, udając irytację.

— Dlaczego mężczyźni nie potrafią po prostu zostawić Graala w spokoju? — Zaśmiała się i widać było, że dobrze się bawi. — Dlaczego sądzi pan, że jest akurat tutaj?

Langdon wskazał na papirus.

— Wiersz pani męża mówi o Rosslyn, ale wspomina też o kielichu i ostrzu, które czuwają nad Graalem. Nie widziałem w kaplicy żadnych symboli ostrza ani kielicha.

— Kielich i ostrze? — spytała Marie. — A jak one wyglądają?

Langdon wyczuł, że się z nim bawi, ale podjął grę i pokrótce opisał symbole.

— Ach tak, oczywiście. Ostrze symbolizuje to, co męskie. Chyba się je przedstawia w ten sposób. — Palcem wskazującym nakreśliła kształt na wnętrzu dłoni.

$$\triangle$$

— Tak — potwierdził Langdon.

Marie narysowała mniej powszechny zamknięty kształt ostrza, chociaż Langdon znał ten symbol przedstawiany na oba sposoby.

— A odwrotność — powiedziała, znów rysując na dłoni — to kielich, który reprezentuje pierwiastek kobiecy.

$$\triangledown$$

— Tak jest — potwierdził Langdon.

— Powiada pan, że w setkach symboli, które mamy tutaj na ścianach kaplicy Rosslyn, te dwa elementy się nie pojawiają?

— Nie widziałem ich.

— A jeżeli pokażę je panu, czy pójdzie się pan przespać?

Zanim Langdon zdążył odpowiedzieć, Marie Chauvel zeszła po schodach z ganku i ruszyła w kierunku kaplicy. Langdon pospieszył tuż za nią. Wchodząc do historycznego budynku, Marie zapaliła światła i wskazała na sam środek podłogi sanktuarium.

— Proszę bardzo, panie Langdon. Oto ostrze i kielich.

Langdon wpatrywał się w nierówną kamienną posadzkę. Była pusta.

— Niczego tu nie ma...

Marie westchnęła i ruszyła wzdłuż słynnej, wytartej stopami pielgrzymów ścieżki na podłodze kaplicy. Langdon objął już wzrokiem gigantycznych rozmiarów symbol, wciąż jednak jeszcze nie kojarzył.

— Ale to jest gwiazda Dawi...

Urwał w pół słowa, kiedy wreszcie to do niego dotarło.

Ostrze i kielich. Zespolone w jedno.

Gwiazda Dawida... Idealny związek kobiety i mężczyzny... Pieczęć Salomona... Święte Świętych, gdzie miały mieszkać bóstwa — męskie i kobiece — Jahwe i Szechina.

Langdon zbierał myśli.

— Wiersz rzeczywiście wskazuje na Rosslyn. Wszystko zgadza się idealnie.

— Na to wygląda.

— To znaczy, że Święty Graal jest w skarbcu tuż pod nami?

— Tylko duchem. — Zaśmiała się Marie. — Jednym z najstarszych, wywodzącym się z mroków historii zadań zakonu było przywieźć kiedyś Graala do Francji, do ojczyzny, gdzie będzie mógł spocząć na wieczność. Przez całe wieki ciągano go tu i tam, żeby mu zapewnić bezpieczeństwo. Bardzo to niegodne. Zadaniem Jacques'a, kiedy został wielkim mistrzem, było przywrócić Świętemu Graalowi honor i sprowadzić go do Francji, a potem zbudować iście królewskie miejsce spoczynku

— I udało się?

Teraz na twarzy Marie zagościła powaga.

— Panie Langdon, zważywszy na to, co pan dzisiaj dla mnie zrobił, jako prezes Fundacji Rosslyn mogę panu powiedzieć na pewno, że Graala już tu nie ma.

Langdon postanowił ją trochę przycisnąć.

— Ale klucz sklepienia ma wskazywać miejsce, w którym Święty Graal ukryty jest teraz. Dlaczego wskazuje na Rosslyn?

— Może źle pan interpretuje jego znaczenie. Proszę pamiętać, że Graal może mamić i zwodzić. Tak jak i mój świętej pamięci mąż.

— Ale czy można to powiedzieć jaśniej? Stoimy pod sufitem z gwiazd, otoczeni sztuką mistrzów masońskich, na podłodze naznaczonej ostrzem i kielichem, pod którą znajduje się podziemny skarbiec. Wszystko tu mówi o Rosslyn.

— Cóż, jeśli pan tak twierdzi... Proszę mi pokazać ten tajemniczy wiersz.

Rozwinęła papirus i przeczytała głośno i dobitnie:

Pod starą Roslin Święty Graal czeka
Zdobny największych mistrzów dziełami.
Ostrze i kielich pilnują wieka.
Nad nim niebo usiane gwiazdami.

Kiedy skończyła, jej twarz przez chwilę była nieruchoma, ale prawie natychmiast na ustach pojawił się uśmiech zrozumienia.

— Och, Jacques.

Langdon patrzył na nią, oczekując, co powie.

— Rozumie to pani?

— Jak pan widzi na przykładzie podłogi w naszej kaplicy, panie Langdon, rzeczy bardzo proste można przedstawić na wiele sposobów.

Langdon starał się z całych sił zrozumieć. Wszystko, co dotyczy Jacques'a Saunière'a, ma podwójne znaczenie, a jednak dalej niczego nie pojmował.

Marie ziewnęła, zmęczona.

— Coś panu wyznam, panie Langdon. Nigdy oficjalnie nie powiedziano mi, gdzie obecnie znajduje się Święty Graal. Ale oczywiście byłam żoną człowieka o olbrzymich wpływach... I mam niezłą kobiecą intuicję. Bardzo mi przykro, że pańska ciężka praca nie zostanie uwieńczona sukcesem i wyjedzie pan z Rosslyn bez ostatecznych odpowiedzi. Jednak coś mi mówi, że w końcu znajdzie pan to, czego pan szuka. Kiedyś to do pana dotrze. — Uśmiechnęła się. — A kiedy już tak się stanie, wierzę, że pan, jak nikt, potrafi uszanować tajemnicę.

Usłyszeli, że ktoś wchodzi.

— Gdzie zniknęliście? — spytała Sophie.

— Już wracam. — Babcia podeszła do stojącej przy drzwiach dziewczyny. — Dobranoc, księżniczko. — Pocałowała wnuczkę w czoło. — Nie męcz pana Langdona za długo.

Langdon i Sophie patrzyli, jak idzie do domu z polnych kamieni.

— Nie takiego zakończenia się spodziewałam — odezwała się Sophie.

To jest nas już dwoje, pomyślał Langdon. Widział, że Sophie jest przytłoczona wagą zdarzeń. To, czego się właśnie dowiedziała, zmieniło wszystko w jej życiu.

— Jak się czujesz? Pewnie niełatwo ci to wszystko ogarnąć.

— Mam rodzinę... — Łagodny uśmiech rozświetlił jej twarz. — Od tego się zaczyna. Kim jesteśmy i skąd pochodzimy — to przyjdzie.

Langdon milczał.

— Zostaniesz z nami trochę dłużej? — spytała Sophie. — Chociaż parę dni?

Langdon westchnął, bo niczego innego nie pragnął.

— Powinnaś mieć czas dla rodziny, Sophie. Ja jutro rano jadę do Paryża.

Była rozczarowana, ale chyba wiedziała, że tak trzeba. Oboje milczeli dłuższą chwilę. W końcu Sophie wzięła go za rękę i wyprowadziła z kaplicy. Powędrowali na wzniesienie w kierunku domu i stanęli na płaskiej skałce. Stąd rozciągał się przed nimi widok na krajobraz Szkocji, przesycony bladym światłem księżyca, które przesiąkało przez żeglujące po wieczornym niebie chmury. Stali w ciszy, trzymając się za ręce, walcząc z narastającym zmęczeniem.

Właśnie pojawiły się pierwsze gwiazdy, a na zachodzie mały punkcik jaśniał mocniej niż inne. Langdon uśmiechnął się, kiedy go zobaczył. To Wenus. Starożytna Wielka Bogini świeciła równym, cierpliwym światłem.

Noc robiła się coraz chłodniejsza, przenikliwy wiatr wiał gdzieś z dolin. Po chwili Langdon spojrzał na Sophie. Oczy miała zamknięte, a na ustach spokojny, pozbawiony napięcia uśmiech. Langdon czuł, że powieki mu opadają coraz ciężej. Ścisnął jej dłoń.

— Sophie?

Powoli otworzyła oczy. Jej twarz była przepiękna w świetle księżyca. Uśmiechnęła się do niego sennie.

— Dobranoc.

Langdon poczuł niespodziewany smutek, kiedy zdał sobie sprawę, że będzie musiał wrócić do Paryża bez niej.

— Może mnie już nie będzie, kiedy się obudzisz. — Poczuł ściskanie w gardle. — Przepraszam cię, ale nie jestem za dobry w...

Sophie dotknęła delikatnie jego twarzy. Potem, pochylając się, pocałowała go czule w policzek.

— Kiedy znowu cię zobaczę?

Langdonowi zakręciło się w głowie, utonął w jej oczach.

— Kiedy? — Myślał intensywnie. — Wiesz co? W przyszłym miesiącu mam wykład podczas konferencji we Włoszech. We Florencji. Zostanę tam przez cały tydzień i nie będę miał wiele do roboty.

— Czy to zaproszenie?

— Będziemy mieszkali w luksusie. Dają mi pokój w Brunelleschi.

Sophie uśmiechnęła się zaczepnie.

— Śmiało pan sobie poczyna, panie Langdon.

Skulił się w sobie — źle to zabrzmiało.

— Miałem na myśli...

— O niczym bardziej nie marzę, Robercie, niż o tym, żeby spędzić z tobą tydzień we Florencji. Ale pod jednym warunkiem — mówiła teraz poważniej. — Żadnych muzeów, żadnych kościołów, żadnych grobów, sztuki ani relikwii.

— We Florencji? Przez tydzień? Przecież tam nie ma nic innego do roboty.

Sophie pochyliła się i znów go pocałowała, tym razem w usta. Przytulili się do siebie, najpierw delikatnie, a potem z całej siły. Kiedy się od niego oderwała, jej oczy błyszczały nadzieją.

— Dobrze — powiedział Langdon z trudem. — W takim razie jesteśmy umówieni.

Epilog

Robert Langdon obudził się, nie wiedząc, czy to sen, czy jawa. Coś mu się śniło. Na szlafroku leżącym obok jego łóżka zobaczył wyhaftowane słowa HOTEL RITZ PARIS. Blade światło przenikało przez żaluzje okienne. Czy to wieczór, czy świt? — zastanawiał się.

W ciepłym łóżku czuł się rozluźniony i wypoczęty. Spał prawie dwa dni. Teraz usiadł powoli na łóżku i zrozumiał, co go obudziło... Bardzo dziwna myśl. Zauważył, że jego umysł skupia się na czymś, czego przedtem w ogóle nie brał pod uwagę, próbując uporządkować zalew informacji.

Czy to możliwe?

Zamarł na dłuższą chwilę.

Wstał z łóżka i przeszedł do wykładanej marmurem łazienki. Wszedł pod prysznic i odkręcił mocno wodę, silne strumienie masowały mu ramiona. Ta myśl wciąż nie dawała mu spokoju.

Nie może być.

Dwadzieścia minut później Langdon wychodził z hotelu Ritz na plac Vendôme. Zapadała noc. Przespane kamiennym snem dni wybiły go z rytmu, zagubił się w czasie... Ale myśli miał przedziwnie jasne. Obiecywał sobie, że przed wyjściem z hotelu zatrzyma się na dole na kawę z mlekiem, żeby rozjaśnić umysł, ale nogi same go poniosły wprost do wyjścia na ulicę, w paryski zmrok.

Szedł na wschód rue des Petits Champs. Czuł rosnące podniecenie. Skręcił na południe w rue Richelieu, gdzie poczuł w powietrzu słodki zapach kwitnących jaśminów z pobliskich ogrodów królewskich.

Szedł dalej na południe, aż zobaczył to, czego szukał — słynną królewską arkadę — błyszczący bezmiar polerowanego czarnego marmuru. Poszedł dalej i przemierzał wzrokiem powierzchnię pod stopami. W parę sekund znalazł to, co miało tam być — kilka brązowych medalionów wtopionych w chodnik w idealnie prostej linii. Każdy miał około trzydziestu centymetrów średnicy i wygrawerowane litery N i S.

Nord. Sud.

Odwrócił się na południe i spojrzał w przód, tak by jego wzrok rysował przedłużającą się linię wyznaczoną przez brązowe medaliony. Ruszył dalej tą trasą, nie spuszczając wzroku z chodnika. Kiedy minął narożnik koło Comédie-Française, zobaczył pod stopami kolejny brązowy medalion. Tak!

Ulice Paryża, czego Langdon dowiedział się już wiele lat temu, przyozdabiało sto trzydzieści pięć takich medalionów zatopionych w chodnikach, na dziedzińcach, w jezdniach; wyznaczały one oś miasta północ–południe. Szedł już kiedyś odcinkiem, który poprowadził go od Sacré-Coeur, na północ w kierunku Sekwany, a w końcu dotarł do historycznego Obserwatorium Paryskiego. Tutaj odkrył znaczenie pradawnej ścieżki, którą podążał.

Pierwszy południk ziemski.

Pierwsza długość geograficzna zero na kuli ziemskiej.

Starożytna linia róży Paryża.

Teraz, kiedy Langdon pospiesznie szedł dalej rue de Rivoli, czuł, że cel jego wędrówki jest już blisko. Tylko o przecznicę stąd.

Pod starą Roslin Święty Graal czeka.

Nagle go olśniło. Zrozumienie przychodziło falami. Saunière napisał słowo Roslin w dawnej formie... Ostrze i kielich... Grobowiec zdobny dziełami sztuki mistrzów.

Czy to dlatego Saunière chciał ze mną rozmawiać? Czy niechcący odkryłem prawdę?

Teraz puścił się pędem, czując pod stopami linię róży, która go prowadziła, ciągnęła w kierunku ostatecznego przeznaczenia. Kiedy wszedł w długi tunel Passage Richelieu, poczuł gęsią skórkę, owładnęło nim oczekiwanie. Wiedział, że na końcu tego tunelu jest najbardziej tajemniczy z pomników Paryża — pomnik, którego wizję stworzył i którego budowę zlecił w latach osiemdziesiątych sam Sfinks — François Mitterrand, człowiek, który jak mówiono, porusza się w kręgach tajnych stowarzyszeń, człowiek, którego spuścizną i ostatnim darem dla Paryża było miejsce, gdzie Langdon był zaledwie parę dni temu.

W innym życiu.

W przypływie energii wypadł z podziemnego przejścia na dobrze sobie znany podwórzec i tam się zatrzymał. Nie mogąc złapać tchu, podniósł wzrok powoli, nie dowierzając, na mieniącą się w wieczornym świetle budowlę tuż przed nim.

Piramida Luwru. Połyskująca w ciemnościach.

Podziwiał ją tylko przez chwilę. Bardziej interesowało go to, co znajduje się po jego prawej stronie. Odwrócił się i poczuł, że jego stopy znów przemierzają niewidzialną ścieżkę wytyczoną przez starożytną linię róży, wiodącą do Carrousel du Louvre — porośniętego trawą kręgu, otoczonego po obrzeżach starannie przystrzyżonymi krzewami — kiedyś było to miejsce, gdzie odbywały się uroczystości ku czci Matki Natury... Radosne rytuały na cześć płodności Wielkiej Bogini.

Wchodząc ponad krzewami na trawiastą przestrzeń, Langdon poczuł się tak, jakby wkraczał do innego świata. To uświęcone miejsce wyróżniał teraz jeden z dziwniejszych pomników miasta. W samym środku, wtopiona w ziemię jak kryształowa przepaść, widniała ogromna odwrócona piramida ze szkła, którą oglądał kilka dni temu, stojąc na wysokim parterze Luwru.

La pyramide inversée.

Przejęty, podszedł do jej brzegu i rzucił okiem w dół na rozciągający się poniżej podziemny kompleks Luwru, oświetlony bursztynowym światłem. Nie zatrzymując uwagi na odwróconej piramidzie, powędrował wzrokiem niżej i zobaczył to, co znajduje się bezpośrednio pod nią. Tam, na podłodze komnaty pod powierzchnią ziemi, stała miniaturowa budowla... Kompozycja, o której Langdon wspomniał w swojej pracy.

Przenikał go ożywczy dreszcz na myśl o spotkaniu z niewyobrażalną możliwością. Raz jeszcze podniósł wzrok na Luwr i poczuł, że olbrzymie skrzydła muzeum... sale, wypełnione największymi dziełami światowej sztuki, obejmują go jak ramiona.

Leonardo... Botticelli...

Zdobny największych mistrzów dziełami.

Ogarnięty podziwem, popatrzył znów przez szkło na maleńką kompozycję poniżej.

Muszę tam zejść.

Ruszył pospiesznie przez dziedziniec w kierunku potężniejącej pod niebo piramidy wejścia do Luwru. Ostatni zwiedzający wąskim strumykiem wylewali się z muzeum.

Langdon pchnął obrotowe drzwi i zszedł po spiralnych schodach w głąb piramidy. Poczuł, że powietrze robi się chłodniejsze. Kiedy dotarł na sam dół, skierował się do długiego tunelu prowadzącego pod dziedzińcem Luwru ku *la pyramide inversée.*

Znalazłszy się na końcu tunelu, wszedł do obszernego pomieszczenia. Wprost nad jego głową zwisała i błyszczała odwrócona piramida — zapierająca dech w piersiach szklana figura w kształcie litery V.

Kielich.

Wzrok Langdona wędrował coraz niżej, wzdłuż zwężających się, skośnych linii piramidy, zwisającej niecałe dwa metry nad poziomem podłogi. Wprost pod nią stała druga, miniaturowa piramida. Jej wysokość nie przekraczała metra. Jedyny obiekt zbudowany w małej skali w tym kolosalnym kompleksie architektonicznym.

W swojej pracy Langdon, omawiając przebogatą kolekcję sztuki poświęconej Wielkiej Bogini, zamieścił krótką uwagę na temat tej skromnej piramidy. *Ta miniaturowa budowla przebija się przez podłogę, jakby była czubkiem góry lodowej — szczytem jakiegoś ogromnego piramidalnego skarbca, zatopionego w głębi jak tajemna komnata.*

Oświetlone miękkim światłem opustoszałej teraz góry dwie

piramidy wskazywały na siebie nawzajem, ich osie były ustawione w idealnie prostej linii, a ich czubki niemal się stykały. Kielich powyżej. Ostrze poniżej.

Ostrze i kielich pilnują wieka.

Langdon usłyszał słowa Marie Chauvel: „Kiedyś to do pana dotrze".

Stał pod starożytną linią róży, otoczony arcydziełami mistrzów. Czyż jest gdzieś miejsce lepsze niż to, pod czujnym okiem Saunière'a? Teraz w końcu poczuł, że rozumie, co wielki mistrz chciał powiedzieć w swoim czterowierszu. Podniósł oczy ku niebu i spojrzał w górę, przez warstwę kryształowego szkła, w rozgwieżdżoną, rozświetloną gwiazdami noc.

Nad nim niebo usiane gwiazdami.

Jak z pomroki dziejów, gdzieś w ciemności, usłyszał odbijające się echem, zapomniane słowa.

Poszukiwanie Świętego Graala to w dosłownym znaczeniu poszukiwanie szczątków Marii Magdaleny, by móc przed nimi uklęknąć. To podróż, którą podejmujemy, by pomodlić się u stóp wygnanej...

Langdon poczuł falę religijnego uniesienia i coś rzuciło go na kolana.

Przez krótką chwilę wydawało mu się, że słyszy kobiecy głos... mądrość wieków... który szepce z otchłani, z głębi ziemi.

Zbrodnia i wiara — posłowie od wydawcy polskiego

Tajemnica ściga tajemnicę, zbrodnia podąża za zbrodnią. Zło przybiera rozmaite maski i kostiumy, podszywa się pod dobro i sprawiedliwość. Jest cyniczne i bezlitosne, zna każdy podstęp i nie waha się przed najokrutniejszą przemocą. Posługuje się sztyletem, intrygą, bogactwem, władzą. Sięga po sekretne symbole wiary i kultury, używa najbardziej zawikłanych szyfrów. Ale ostatecznie dobro zwycięża, prawda wychodzi na jaw, maski zła zostają odarte, a kara wymierzona. Tajemnica, obnażona przez jasne światło prawdy i sprawiedliwości, przestaje być tajemnicą.

Wszystko więc w książce Dana Browna dzieje się — zdawałoby się — jak należy. Zgodnie z najlepszymi regułami gatunku, które kiedyś wyznaczyli Artur Conan Doyle i Maurice Leblanc, a obecnie określają powieści Roberta Ludluma czy filmowe opowieści o Indianie Jonesie. Czytamy więc ten kryminał „jednym tchem".

W wielu miejscach tej książki czytelnik, zwłaszcza polski, może jednak poczuć się zaniepokojony.

Oto bowiem staje wobec konsekwentnie przez autora głoszonej idei, że zbrodnia ta jest dziełem pewnych struktur i pewnych ludzi Kościoła katolickiego. Że — co więcej — te nieprawe działania są na trwałe wpisane w dzieje tej instytucji i w znacznej mierze budują jej tożsamość. Słowem, katolicyzm staje się w oczach autora udziałowcem światowego spisku przeciw ludzkości i przeciw rzeczywistemu, „ludowemu" chrześcijaństwu, chrześcijaństwu kobiet i ubogich. Staje się grabieżcą, który zagarnął, znieprawił i zniekształcił obraz Jezusa oraz sens jego duchowego posłania.

W przeszłości narzędziami owego religijnego spisku, motywowanego jedynie żądzą władzy, byli krzyżowcy, inkwizytorzy i jezuici, dziś jego narzędziem zostało Opus Dei.

Jedną z sił napędowych książki Browna staje się więc osławiona „teoria spiskowa", w wersji mocno pokrewnej zarówno *Protokołom mędrców Syjonu* (wedle których władzę nad światem zagarniają Żydzi), jak sensacyjnemu romansowi Eugeniusza Sue *Żyd, wieczny tułacz* (gdzie, przeciwnie, w takiej roli występują jezuici).

Ale u podstaw pomysłów Browna leży coś innego jeszcze — coś, z czego w Polsce na ogół nie zdajemy sobie sprawy. Chodzi mianowicie o atawistyczny, nierozumny już dzisiaj lęk anglosaskich protestantów przed „rzymską wiarą", przed „papizmem". Miał on, owszem, pewne podstawy w szesnastym stuleciu, kiedy Anglia zrywała boleśnie z katolicyzmem i — próbując obronić swą nową, protestancką tożsamość religijną — czuła się zagrożona od wewnątrz i od zewnątrz. Dzisiaj jest zaś tylko anachronizmem, niedobrym dziedzictwem tamtych odległych czasów.

Owe emocje dają znać o sobie na rozmaite sposoby. Oto — na przykład — w oryginale (zostało to skorygowane w polskim wydaniu) nieustannie nazywa Brown papiestwo — nawet starożytne i średniowieczne — „Watykanem", chcąc tym samym podkreślić „odwieczną" ciągłość brutalnej polityki Kościoła, gdy tymczasem świecka władza papieska została ograniczona do obrębu watykańskich murów w 1870 roku, w chwili zjednoczenia Włoch. Oto, dalej, nieustannie wypomina katolicyzmowi tylko jego ciemne strony: dyskryminację kobiet, inkwizycję, krucjaty, prześladowania heretyków, innowierców czy czarownic. Zapomina przy tym absolutnie zarówno o jasnych przejawach tej odmiany chrześcijaństwa, takich choćby jak wspaniały nurt franciszkański (o którym w *Imieniu róży*, patronującym skądinąd powieści Browna, pamięta Umberto Eco), jak i o brutalnych zbrodniach protestantyzmu, którego przeszłość jest też obciążona niejedną winą. Wystarczy wspomnieć tylko, że w niemieckich krajach protestanckich rzekome czarownice były tak samo, o ile nie mocniej i nie dłużej, tępione jak w państwach katolickich, że amerykańscy purytanie mają na sumieniu nieszczęśników z Salem, podejrzanych o konszachty z diabłem, że angielski protestantyzm okrutnie prześladował katolików i odmawiał im elementarnych praw (stopniowo odzyskali je dopiero w XIX i XX stuleciu), że Kalwin urządził w swej Genewie religijne państwo totalne i palił tam na stosie heretyków (na przykład hiszpańskiego lekarza, Michała Serveta), że Luter obrzucał swych przeciwników najgorszymi inwektywami i wzywał niemieckich książąt, by rozprawili się ze zbuntowanymi chłopami jak z „wściekłymi psami", że czescy husyci wydatnie przyczynili się do pomnożenia liczby świętych męczenników katolicyzmu, że...

Nie chodzi jednak o to, aby licytować się w zbrodniach. Chodzi o to, by nie posługiwać się prostymi, czarno-białymi schematami, w których zło i zbrodnia istnieją tylko w jednym nurcie chrześcijaństwa, drugi zaś całkowicie wolny jest od winy i królują w nim jasna prawda oraz rozumna sprawiedliwość. Dzieje religii, jak wszystkie zresztą ludzkie sprawy na tym „najlepszym ze światów", są bowiem bardziej złożone, niż to się wydaje zwolennikom takiej lub innej „teorii spiskowej".

W książce Browna współczesnym narzędziem owego „katolickiego podstępu" jest Dzieło Boże, Opus Dei (właściwa, pełna nazwa: Prałatura Świętego Krzyża i Opus Dei), instytucja założona 2 października 1928 roku przez hiszpańskiego księdza, świętego José Marię Escrivę de Balaguera, i wyniesiona w roku 1982 przez papieża Jana Pawła II do rangi jedynej w Kościele katolickim prałatury personalnej — czyli swoistej eksterytorialnej diecezji. Statut Opus Dei został opublikowany, a obecnie kieruje nią biskup José Echeveria, jak się można domyślić — prototyp jednego z „czarnych" charakterów powieści. Opus Dei tworzą zarówno księża, jak i katolicy świeccy, przy czym ci ostatni we wszystkich sprawach, z wyjątkiem szczególnych dobrowolnych zobowiązań wobec Dzieła, podlegają Kościołom lokalnym i biskupom — ordynariuszom miejsca. Katolicy świeccy stają się członkami Opus Dei na mocy dwustronnego porozumienia, które ustala ich powinności duchowe i misyjne, a także sposób i formę życia, określaną m.in. przez zobowiązania rodzinne (około 70 procent z nich pozostaje w związkach małżeńskich). Opus Dei ma nie tylko własne duchowieństwo — ściśle z nim związane jest Stowarzyszenie Kapłańskie Świętego Krzyża, organizacja księży diecezjalnych, którzy — formalnie — mają w organizacji takie same prawa i obowiązki jak katolicy świeccy (stowarzyszenie to w ostatnich latach związało z Opus Dei wielu wpływowych ludzi Kościoła, także kardynałów o wysokich godnościach watykańskich).

Podstawowe swoje cele Opus Dei określa jako wezwanie do stałej modlitwy i pokuty, do nieustannego pogłębiania formacji duchowej. Dlatego członkowie Dzieła zobowiązani są do konsekwentnych praktyk pobożnych — kontemplacji, codziennego uczestnictwa w mszy, odmawiania różańca, częstej spowiedzi, rekolekcji. Ważne miejsce zajmuje też w Opus Dei szczególne „nabożeństwo" do Najświętszej Maryi Panny. Gorliwości religijnej musi jednak w Opus Dei towarzyszyć szczególne zaangażowanie społeczne, zawodowe, intelektualne. Członkowie Opus Dei chcą być — i rzeczywiście są — członkami nowej katolickiej elity. Ich działalność publiczna wyraża się zatem przede wszystkim w sferze opiekuńczej, wychowawczej, edukacyjnej — przez tworzenie uniwersytetów, ośrodków kształcenia zawodowego, szkół, przychodni i szpitali. Ale nie angażują się bezpośrednio w działalność medialną, nie prowadzą wydawnictw, nie zakładają czasopism, stacji radiowych czy telewizyjnych. Nie stronią jednak wcale od polityki — na przykład ostatni rząd frankistowski, technokratyczny i przygotowujący łagodne przejście od reżymu ku demokracji, tworzyli prawie wyłącznie ludzie powiązani z Dziełem (ale byli oni także i wśród liderów demokratycznej, antyfrankistowskiej opozycji).

Przed 1945 rokiem Opus Dei istniało jedynie w Hiszpanii. Od chwili przeniesienia się założyciela do Rzymu rozpoczęło jednak swą światową karierę. Dziś Opus Dei ma osiemdziesiąt pięć tysięcy członków (w tym blisko dwa tysiące księży) w około osiemdziesięciu krajach. Najliczniejsze są organizacje Opus Dei w Hiszpanii, Meksyku, Włoszech. W Polsce, gdzie oficjalnie Opus Dei może działać od 1989 roku, liczy ono około trzech tysięcy członków (w tym ledwie siedmiu księży).

Istnieje oczywiście i „czarna legenda" Opus Dei, której Dan Brown jest efektownym wyrazicielem. Nieufność budzą oczywiście ogromne wpływy Dzieła w Kościele i poza Kościołem. Mówi się zwłaszcza o niebywałym znaczeniu, jakie nabrało ono pod rządami Jana Pawła II. Podnosi się konserwatyzm i żelazną dyscyplinę Opus Dei, to, że wyparło — w spełnianiu tradycyjnej roli „żołnierzy Chrystusa" — zakon jezuicki, reprezentujący w wielu sprawach katolicyzm otwarty i liberalny. Podkreśla się też elitaryzm i sekretność rozmaitych działań Dzieła, formalnie kierującego się tutaj pragnieniem naśladowania „ukrytego życia Jezusa Chrystusa w Nazarecie". W związku z tym — a zwłaszcza przy okazji rozmaitych skandali, związanych z osobami należącymi do Opus Dei — padają takie określenia, jak „katolicka mafia", „sekciarze Chrystusa" (niedawno zresztą oficjalny dokument władz francuskich wymienił Dzieło pośród tzw. sekt niebezpiecznych).

Prawda jest zapewne mniej sensacyjna. W każdym razie nie wydaje się, by była ona aż tak złowieszcza, jak chce Dan Brown. Nie zanosi się też na tak absolutne, nawet — jak przypuszczam — za rządów następnego papieża, odsunięcie Opus Dei od Kościoła. Rzym zresztą ma w tym względzie całkiem inne od opisanych w książce rozwiązania, nie tak krańcowe i bezwzględne.

U Browna Opus Dei pojawia się przede wszystkim jako instrument Kościoła rzymskiego w jego porachunkach z rzeczywistym obrazem Jezusa i w walce z dopominającą się jednak ciągle o swoje zatraconą świętością kobiecą.

Swoją wizję Jezusa, mocno wspartą na dwóch sensacyjnych, choć nieźle udokumentowanych książkach z lat osiemdziesiątych — *Święty*

Graal, święta krew i *Maria Magdalena* i *Święty Graal* (Wydawnictwo Albatros A. Kuryłowicz, 2004) — buduje Brown jednak i na tradycji, która nie jest w tym przypadku użyteczna. Chodzi o tradycję tak zwanych zwojów gnostyckich z Nag Hammadi nad Nilem, odnalezionych przypadkowo przez egipskiego wieśniaka w 1945 roku. Widzi przy tym ich związek z rękopisami z Qumran w Izraelu, które odkrył trzy lata później pewien beduiński pasterz. Na dodatek twierdzi, że teksty owe stara się zniszczyć, a przynajmniej utajnić Kościół rzymski.

Nic błędniejszego. Jeśli ktoś niszczył rękopisy z Nag Hammadi, to tym kimś była matka znalazcy, która użyła części cennego znaleziska do podpałki. Zwoje z Nag Hammadi są stopniowo, krok po kroku, rozwijane i odczytywane, publikowane — także w katolickich wydawnictwach. Nie istnieje żaden „watykański spisek" w tej kwestii.

Nie są też one rękopisami, które mogłyby wspierać obraz Jezusa historycznego — cielesnego, żyjącego w małżeństwie z Marią Magdaleną i mającego z nią potomstwo. Teksty te nie są też aż tak dawne, by mogły być bezpośrednim świadectwem z czasów Jezusa. Najdawniejsze ich treści, starsze od samych zapisów, nie są zresztą w ogóle chrześcijańskie, lecz pogańskie — wiążą się z kultem egipskiego Seta i tylko dla zachowania pewnych pozorów zostały tu i ówdzie okraszone chrześcijańskimi wtrętami.

Większość z owych zwojów została spisana w języku koptyjskim (w dwóch jego odmianach, saidzkiej i dworskiej) dopiero w II i III wieku naszej ery przez chrześcijańskich gnostyków z kilku sekt. Nie były to wcale nurty chrześcijaństwa, jak chce Brown, „ludowe". Przeciwnie, gnostycyzm to odmiana chrystianizmu bardzo elitarna, wymagająca osobliwego wtajemniczenia, sekretnej inicjacji. Wymagająca wprowadzenia w *gnosis*, czyli wiedzę poufnie — zwykle w czterdzieści dni po zmartwychwstaniu — przekazaną przez Chrystusa wybranej niewieście czy wybranemu apostołowi.

Istotą tej wiedzy jest jednak potępienie — jako siedliska zła — wszelkiej materii, także ciała. Według bardzo złożonych mitów gnostyckich, które muszę z konieczności przedstawić w uproszczeniu, za stworzenie owej materii odpowiada niższy, zły Bóg — Demiurg (utożsamiany przez gnostyków z żydowskim Bogiem Starego Testamentu, Jahwe, z Lucyferem, z demonem Jadalbaothem, z Księciem Archontów, „panem tego świata"). Zazdroszcząc bowiem Ojcu — świetlistemu Bogu Najwyższemu, niedostępnemu i niepoznawalnemu Bogu Światła i Dobra — jego królestwa, Demiurg targnął się na jego królestwo i zrabował stamtąd iskry światła (wymagało ich wszelkie stworzenie), po czym uwięził je w materii. Także ludzkie dusze — Demiurg potrzebował poddanych — zawierają w sobie owe iskry światłości. Zbawienie wymaga zatem zniszczenia materii i ciała — po to, aby światło mogło powrócić do swego pierwotnego królestwa. Do boskości. Gnostycyzm zna jednak aż dwóch zbawców. Pierwszy i niższy to człowiek — Jezus z Nazaretu — który przygotuje nadejście prawdziwego Zbawcy, Chrystusa, lecz zginie w walce z siłami zła, materii i ciemności (po śmierci zostanie zaś osadzony w sferze księżycowej). Chrystus, prawdziwy Syn Ojca, dopełni zatem zbawienia — zniszczy materię. Ale skoro jest ona zła — nie może on skalać się żadnym z nią związkiem. Gnostycy wyznają zatem doketyzm (od greckiego *dokeo*, „wydawać się, być pozornym"). Oznacza on, że — także według rękopisów z Nag Hammadi — Chrystus przyszedł na świat w ciele pozornym („spłynął na świat przez kanał, zwany Marią", „przez anioła, zwanego Marią"), pozornie cierpiał mękę i pozornie tylko umarł na krzyżu. Dlatego powiada się, że wśród wysokich jest on wysoki, wśród niskich — niski itp. Dlatego w rękopisach z Nag Hammadi i innych tekstach gnostyckich pojawiają się iście przerażające wizje śmiejącego się z ukrzyżowania — krzyżowany jest bowiem nie on, lecz „człowiek archontów", inny człowiek (np. Judasz albo Szymon z Cyreny).

Taki Chrystus nie mógł być oczywiście kimś cielesnym, nie mógł być ani mężem Marii Magdaleny, ani ojcem żadnego dziecka. Gnostycyzm potępiał bowiem wszelkie płodzenie, stronił też od obrazów dziecięcego Chrystusa. Prawo do płodzenia przyznawał tylko niewtajemniczonym masom — „ludziom cielesnym", którzy „umrą jak ludzie" (czyli zostaną zatraceni). Szansę natomiast mieli niektórzy „ludzie psychiczni" — jeśli przyjmą wiedzę, czyli gnozę, jeśli przystaną do najwyższej kategorii, jedynej, która dostąpi zbawienia: gnostyków. Nie w tej zatem tradycji powinien szukać Brown. Powinien raczej sięgnąć do innych apokryfów — tekstów niekanonicznych, odrzuconych przez tradycję kościelną, takich jak choćby *Arabska ewangelia dzieciństwa*. Tam bowiem, nie gdzie indziej, znalazłby rzeczywistego, cielesnego — aż do przesady — Jezusa, Jezusa „ludowego" prawdziwie, nie w domniemaniu.

Nie powinien też powoływać się na przekaz rękopiśmienny z Qumran. To bowiem dziedzictwo żydowskiej sekty esseńczyków, istniejącej jeszcze przed Jezusem (zaginęli po śmierci Jezusa, podczas wojny żydowskiej z Rzymem w 70 roku naszej ery). Tyle tylko, że znajdują się w owych esseńskich rękopisach pewne idee Jezusowi bliskie, że pojawia się tam m.in. postać Nauczyciela Sprawiedliwości oraz mesjańska figura Syna Człowieczego.

Pewnych uściśleń wymaga też wzmiankowane przez Browna pojęcie Szechiny. Nie jest ona bynajmniej małżonką Jahwe, ale Mądrością Bożą — w wizjach chrześcijańskich gnostyków odpowiada jej, istotny dla powieści, motyw Sophii, w wyniku upadku której narodził się właśnie niższy, zły Bóg, Demiurg. Ale rozumiem, że wymagała tego powieściowa intryga, a także po części przyświecająca jej idea.

Zasadniczą ideą, którą wyraża intryga powieści Browna, jest idea zatraconej świętości żeńskiej (sakralności kobiecej). Brown postępuje tu za niektórymi obiegowymi koncepcjami feminizmu. Sprzyja zwłaszcza ważnemu w pewnych nurtach feminizmu kultowi Marii Magdaleny, czemuś, co nazwać by można kulturą magdaleńską. Ale „poprawnościowe politycznie" dowartościowywanie takiego feministycznego motywu ma pewne skutki ideologiczne — prowadzi do oskarżenia wyłącznie katolickiego chrześcijaństwa o zniszczenie pierwotnej, matriarchalnej religii Śródziemnomorza, o wyparcie w mroki podświadomości i w labirynty kultur oraz tajemnych wiar archaicznego kultu Wielkiej Bogini, pani płodności i śmierci. Tymczasem zarówno choćby znana autorowi *Biała Bogini* Gravesa, jak i — przede wszystkim — fundamentalne studia włoskiego historyka religii, Pestalozzy, pokazują, że był to proces bardziej rozległy, bardziej złożony i dramatyczny. Kult Wielkiej Bogini, żyjącej w tylu rozmaitych wcieleniach, które zresztą przypomina autor, był bowiem przez religię patriarchalną, męską, zniekształcany stopniowo przez tysiące lat, poczynając od czasów głęboko przedchrześcijańskich, głęboko pogańskich. Kościół tu raczej zwieńczył dzieło, niźli go dokonał.

Wreszcie — na koniec — jedna sprawa. Brown porusza się w obrębie anglosaskiej (i w ogóle zachodniej) tradycji ezoterycznej (tajemnej, okultystycznej). Tradycji bardzo żywotnej, szeroko rozgałęzionej, bogatej w doświadczenia i pojęcia. W Polsce podobnego zjawiska do niedawna nie doświadczaliśmy, polski ezoteryzm — jeśli już — biegł bardzo wąską ścieżką. Dlatego też tłumaczenie powieści musiało trafiać na rozmaite bariery terminologiczne. Przykładem może być chociażby pojęcie „pentagram" — w oryginale przywołuje się termin „pentakl" służący w środowiskach okultystycznych określeniu właśnie pentagramu, w kulturze potocznej kojarzonemu naiwnie z satanizmem. Dobrze zresztą, trzeba to wyraźnie powiedzieć, że Brown rozprawia się z tym obiegowym, fałszywym i diabolicznym rozumieniem owego złożonego i bogatego w znaczenia symbolu.

Zbigniew Mikołejk